2015年 中篇小说选粹

杨庆祥 _ 主编

中国小说学会　名作欣赏杂志　鼎力推荐
权威遴选　深度点评　中国最好年选

山西出版传媒集团　北岳文艺出版社

图书在版编目(CIP)数据

2015年中篇小说选粹 / 杨庆祥主编. —太原：北岳文艺出版社，2016.1

ISBN 978-7-5378-4671-4

Ⅰ.①2… Ⅱ.①杨… Ⅲ.①中篇小说—小说集—中国—当代 Ⅳ.①I247.5

中国版本图书馆CIP数据核字（2015）第304065号

书　　名：2015年中篇小说选粹
主　　编：杨庆祥
责任编辑：史晋鸿
装帧设计：张永文

出版发行：山西出版传媒集团·北岳文艺出版社
地　　址：山西省太原市并州南路57号
邮　　编：030012
电　　话：0351-5628696（发行部）
　　　　　0351-5628688（总编室）
网　　址：http://www.bywy.com
E - mail：bywycbs@163.com
经 销 商：新华书店
印刷装订：三河市华东印刷有限公司

开　　本：710mm×1000mm　　1/16
字　　数：365千字
印　　张：24
版　　次：2016年1月第1版
印　　次：2019年1月河北第2次印刷
书　　号：ISBN 978-7-5378-4671-4
定　　价：45.00元

序

/ 杨庆祥

　　2015年的中国小说写作，依然在现实与历史的多重空间里穿行。作为"中间体裁"的中篇小说写作，以横断面的形式集中折射了这一特点。以往的风格在这一年几无新变，但是因为现实的日新月异，作家试图寻找新的方式来回应这一问题——这是文学写作最基本的诉求，必须重新架构写作与世界之间的关系，重新发现问题并提出问题，写作才能在历史性的层面得到推进。在这个意义上，一流的现实主义和一流的现代主义在本质上都是相通的，也就是他们都找到了与这个世界对话的有效形式，并在这种形式中呈现了恰切的内容。而那些二流或者三流的作品，无论冠以何种主义之名，都将无法获得"成功"，因为"问题"潜藏得如此之深，一种流俗的书写将不会切开包裹这个世界的虚幻景观。但必须承认，绝大部分的书写都是景观化的，作家们以为自己把握了这个世界，其实他们却仅仅只是在打量这个世界。世界无意向那些庸俗的眼睛打开自己的内核，所以作为一个真正有意识的作家，他的第一课程，也许就是尼采所谓，需要重新学习"看"。

　　这是石一枫的《地球之眼》被首选的原因。毫无疑问，这是本年度中篇小说乃至整个当下写作中一个极为重要的作品。它之所以如此重要，并不在于这个作品讲述了一个多么深刻精彩的故事——当然，这个作品确实讲述了一个深刻且精彩的故事，以至于我不得不和我的密友争着阅读刊载有这篇作品的《十月》杂志——更因为在这个作品里，有一种新鲜的问题被呈现出来了。这个问题就是《地球之眼》所要追问的问题，在一个由权力、资本掌控一切的时代，人类何为？石一枫焦虑于他所观察到的中国现实，企图高屋建瓴地呈现这一经验对于人类精神所提出的致命性的挑战。他设置了一个二元对立的人物谱系，并不惜将这一谱系中的人物符号化和脸谱化。赵牧光是权力和资本媾和的奇葩，安小男则是"道德"原则的践履者，他们之间的斗智斗勇类似于游戏的设定。但这种瑕疵无法掩盖这部小说真正的现实主义光芒，"道德"原则并非是石一枫开出的解决良方，这更是他理解这个现实的一个放大镜——地球之眼可以完全被转喻为一个高度形式化的象征，这是一个内在于此时代的作家用于观察这个时代的一种方式，他整合、收纳、创造了他所观察到的现实世界，并通过有效的形式将现实真正创制为具有其个人色彩的"现实性"。毫无疑问，在一种去"宏大叙事"的写作语境中，这种写作尝试注定充满了自我辩解和自我质疑。但是正如安敏成在《现实主义的限制》中所言：正是在对无法把握的外部现实的无限逼近中，崭新的艺术形式才得以逐渐产生。

　　资本对人的控制以及对这一控制的反抗、嘲笑甚至是迎合，构成了中国当下现实主义写作的一个重要向度。《地球之眼》可以说是这一向度的典型之作。除此之外，入选本年选的鲍贝的《书房》、曹军庆的《我们曾经海誓山盟》、蜀虎的《本末倒置》处理的都是这一主题。鲍贝的《书房》讲述落魄的大学中文系教授为生计所迫，为财富新贵们购书配置书房的故事。书房在小说中是一种象征性的存在，它是精神的寄身之所，同时也是知识分子捍卫其存在感和价值观的摩西之地。在这个意义上，书房和博尔赫斯的图书馆以及本雅明的收藏室具有同样的功能，在现代社会，它保存了精神性的最后尊严。但鲍贝这篇作品的尖锐性在于，书房已经失去了这种象征性的功能，它变成了一个更加矫情、虚伪甚至是堕落的场所，它不但不能在资本面前保持尊严，相反却被纳入到资本和人性低劣的秩序中，它的价值被彻底粉碎了。这是一部带有反讽色彩的作品，书房的守护者温小暖最后选择了彻底和世俗妥协，它的书并没有让她变得更加富有抵抗性。《书房》最精彩的部分还不仅仅在于这一现代主题的呈现，而是叙述者在不同的空间中的挪移以及由此展示的多重现实维度。正是从一种空间进入到另外一种空间，巴尔扎克的作品全景式地展示了资本主义的堕落、邪恶以及蓬勃的生命力。在这一点上，《书房》有同样的诉求。正如作为精神象征的书房已经堕落一样，爱情、慈善、宗教等具有超越性的"精神事业"也纷纷坍塌，在《我们曾经海誓山盟》中，爱情变成了一场彻头彻尾的欺骗和谎言，甚至连神秘的巫术也不过是旅游业的赝品；《本末倒置》则呈现了一张无处不在的资本和权力之网，几乎没有一条漏网之鱼。

我们在这些作品中看到了明显的二元对立。资本象征了一切的邪恶和不人性，与之对立的另一面，则是一种被建构起来的"精神性"或者"文化性"。毫无疑问，这种对立显示了当下中国的资本化是如此残酷且具有破坏性，但是，资本并非外在于我们的事物，就像精神性与文化性一样，他们只有通过具体的人才能呈现其具体的生活感和历史感。因此，小说中的细节、质地和生活的实感变得如此重要，缺少这些，这些作品将变成一种抽象的观念演绎。这是作家们需要特别警惕的地方：只有从生活实感和人物性格中生发出来的观念，才有其生命力。

除了对当下生活的直接书写外，也有一部分作家将笔触推得稍微遥远一些。这种距离感少了一些当下的热烈、紧张和焦灼，同时也多了一份放松、舒缓和腔调。任晓雯的《药水弄往事》和温燕霞的《磷火》属于此类作品。《磷火》写的是中国远征军的故事，属于抗战题材作品。作者采用亡灵叙事，以死去的远征军战士的第一人称视角，展示了战争的残酷和人性的美好。这种"个人化"叙事的方式，已经从以前的"非主流叙事"变成了一种"主流叙事"，但无论如何，这使得这部作品亲切且富有弹性。任晓雯的《药水弄往事》延续了其一贯的上海日常生活书写风格，只不过这一次将场景设置在了一个更加"底层"和稍加偏僻的上海，在一种温婉的叙述中透露出对一切微弱事物的悲悯和同情。

我将胡学文的《闯入者》和赵志明的《你的木匠活呵天下无双》放在最后来描述。一个潜在的标准是，这两部作品虽然处理的是完全不同的题材——前者是当下生活题材而后者是历史（传说）题材——但这两篇作品都有一种比较自觉的叙述者意识。《闯入者》明显借用了一个悬疑小说的形式，那个来路不明的女人自始至终都是一个莫名其妙的存在，而这种莫名其妙感，正是贯穿小说的基本情绪，这让这部表面看起来很现实日常的小说具有一种现代主义小说的疏离感。赵志明的《你的木匠活呵天下无双》具有典型的个人气质，赵志明以一种乡野的态度去审视历史和当下，他发现的不是道德、资本，而是趣味、好玩以及随心所欲的人性。他的口吻是一派天真的说书人。所以即使在小说的最后，那个爱做木匠活的皇帝自由地飞到天上去了——我们依然认为这是合乎逻辑的。

总之，自由地观察、自由地想象、自由地虚构和自由地书写。我想，这就是小说的要义。

2015年11月23日于北京

目 录

1　地球之眼　　　/石一枫

90　磷火　　　/温燕霞

119　书房　　　/鲍贝

180　我们曾经海誓山盟　　　/曹军庆

212　你的木匠活呵天下无双　　　/赵志明

246　药水弄往事　　　/任晓雯

291　闯入者　　　/胡学文

325　本末倒置　　　/蜀虎

地球之眼

/ 石一枫

1

在我大学时认识的那些狐朋狗友里,后来混得最差的叫安小男,混得最好的叫李牧光。这本来没有什么值得多说的,人嘛,都有混得好的和混得不好的。尤其是如今这个年头,两个阵营之间的差距越拉越大,几乎有变成两个物种的趋势了。不过我想指出的是,混得最差的安小男原来可没有那么差,相应地,混得最好的李牧光原来也没有那么好。他们在学校里的状况和后来的境遇恰好相反。当然,这也没什么奇怪的。社会嘛,通行的标准肯定不是上学时的那一套,否则"混"这个词也就没有那么准确而传神了。

那么我想说的究竟是什么呢?恐怕是安小男和李牧光之间那段奇特的雇佣关系。

还是先介绍一下安小男。

他本来跟我不是一个系的,念的是"电子信息和自动化",但是宿舍离我很近,就隔着一个水房。对于理科生,我们这些读文科的往往有一种偏见,认为他们大脑发达但是思维狭隘,生活很没有情趣。当我们像孔雀开屏一样每天不知道瞎咋呼些什么的时候,他们却在实验室里吭哧吭哧地埋头干活,课余时间也就是守在电脑前面打游戏或者下"毛片"是为了在右手的帮助下抚慰肉体,他们所做的一切事情都有着简单而明确的目的。也就是说,做什么事情都必须要"有用",这是他们普遍信奉的生活哲学。然而安小男却好像和大多数理科生不一样,他跟我熟起来,恰恰是通过讨论一些"没用"的话题。

当时正是盛夏天气,学校的考试季快到了,我闲散了一个学期,如今只好捧着复印来的笔记到图书馆里死记硬背。这种工作是很折磨人的,往往还没有背上两条名词解释,我就会不停地打哈欠、流眼泪,然后不得不跑到楼下去抽一支烟。一支不够就两支,两支不够就三支,其间还要喝汽水买零食,再瞄两眼穿得比较暴露的女同学,一个晚上下来,浪费的时间肯定要比背书的时间长得多。有一次正坐在水泥台阶上发呆,背后忽然有人叫了我一声:

"这位同学。"

一回头,便看见一张又瘦又黄、胡子拉碴的脸,让人想起北京人用来搓澡的老丝瓜瓤。我想了想,似乎是在宿舍楼道里见过这人,便问他:"有事儿吗?"

"你是历史系的吧?"

"是啊,咱们共用一个厕所。"

"你对中国历史一定很有见解。"

"至今还比较懵懂……期末考试可能会挂。"

他又说:"那么就是说,你主要在研究中国社会的当下问题喽?"

我有点儿被搞晕了,但也只好敷衍道:"这就更不是区区不才所能关心的啦。"

这人却热情地一拍我的肩膀:"你太谦虚啦——咱们谈一谈怎么样?"

说完就一屁股坐在了我身旁的台阶上,瘦膝盖尖锐地顶到下巴上,脸却四十五度角上扬,呈现出一副很有情怀的样子。我更加惶惑了,同时还稍微有了一点不安,不自觉地把身体往另一侧挪了挪,问他:"你想谈什么呢?"

"谈一谈中国的历史、现状,以及中国会向何方去?"

"这也太宏大了吧。"

"那么就谈谈中国人的道德问题好了。你觉得当前的形势是不是很严峻,我们这个社会的道德体系是不是失效了?"

面对他那诚恳而热情的目光,我哼唧了半天,说:"这又太抽象了。就算我想谈,你又让我从何说起呢?"

"怎么会抽象呢?我的问题非常具体,而且离每个人都并不遥远。"他说着,突然把手往半空中的某个方位一扬,"比如说那里,很可能就存在着严重的道德缺失。"

我顺着他的手,也朝斜上方四十五度角望了过去。我看到远处的围墙之外,一幢碉堡般的建筑物耸立入云。那是我们学校的"三产",一个在中关村乃至全北京都很著名的电脑城,里面每天川流不息着形形色色的高科技二道贩子。

而现在已经是晚上八点来钟,电脑城通体黑黢黢的,只留下顶端的一圈儿航空警示灯正在有规律地明灭着,仿佛这幢大楼正在呼吸。分明是指路明灯,他是怎么看出道德问题来的呢?

"恕我肉眼凡胎……"

那人一拍膝盖,"咳"了一声,语速飞快地对我讲解起来:"国家规定,离地高度九十米以上的建筑物航空警示灯,其闪光频率应为每分钟二十至六十次之间,有效光强不低于一千六坎德拉——坎德拉也就是一种光学上的计量单位。然而根据我的实地测量,这幢大楼上的警示灯是每四秒钟才闪烁一次,也就是说每分钟只有十五次。更危险的是,光强也根本没有达标,在下雨或者大雾天气,很难对几百米上空的飞机起到提示作用。我还查了一下,国内生产信号灯的厂家很多,达到法定标准也并不需要多么先进的技术,那么采购的人为什么非要选择这种不合格产品呢?这分明就是拿了回扣嘛……这不是腐败又是什么?而腐败的根源难道不是道德败坏吗?"

作为一个高中"分科"以后就没有再翻过物理课本的人,我固然对他的那些技术用语感到糊涂,而好不容易听明白大概意思之后,糊涂的感觉却越发加剧了。我仍然想不出来几盏劣质信号灯有什么值得大书特书的。说句不好听的,就是真有一架飞机晕头转向地撞上了我们学校的电脑城,那儿离我睡觉的宿舍也还远着呢。进而,我不得不把眼前这位仁兄归入了

"校园神经病"的行列。在我们这所号称兼收并蓄的大学里，这类人还是比较常见的。其中的女神经病症状倒还温和，顶多是到比较英俊、比较有风度的老师（比如中文系的一位著名诗人）课上去发发春，当堂朗诵几首题为"翡冷翠"或者"我底爱人"之类的诗歌什么的。男神经病就要激烈得多，我在上"中国思想史"这门课的时候，曾经见过一个长相很像弗拉基米尔·伊里奇的"超实用主义民间哲学家"，他提出了一个论调，说的是应该把社会上那些"没用的人"统统消灭，肉做成罐头，脂肪用来生产力士香皂，皮拿去做鞋。他宣称，如果国务院采纳了他的建议，那么中华民族的伟大复兴也就指日可待了。然而所谓"校园神经病"大多数是一些半流浪状态下的旁听生，还有那些考了几年研究生都没考上的落榜者，年龄也都在三四十岁上下，而这人明明是个热门专业的在校生，他发哪门子神经啊。

更加让我纳闷并且懊恼的是，图书馆门口进进出出这么多人，他干吗非要找我来"谈一谈"呢？难道我看起来比别人精神不正常吗？

于是我截断了他的话头："打住打住，我可没工夫听你瞎咧咧。"

"我知道你是个谦虚而低调的人。"他居然露出了委屈的神色，"如果你觉得我的分析不够深入，没有触及本质，你可以反驳我，但不能把我扔下不管呀。我确实很想听听你的见解。"

听起来好像我对他、对中国社会负有多大的责任似的。我差点儿急了："凭什么呀？你想跟我聊天我就必须得陪你聊吗？这不是牛不喝水强按头吗？你把我当什么了？三陪？你给我钱了吗？"

对于我的一连串问话，眼前这人却不慌不忙，从随身携带的旧帆布包里拿出一摞书来。上面的几本分别是《中国大趋势》《中国可以说不》《中国何以说不》，而压在底下的那本则名叫《谁敢不让中国说不》。看到那色调花花绿绿，仿佛刚拍扁了一只老鼠的图书封面，我突然傻了眼，又好像明白了什么。

"这难道不是你的著作吗？我在楼道里见过你连夜整理书稿。"

他没说错，那本跟风烂书的确出自我手，但这么说又有点不全面。实际情况是，我在上个学期想和女朋友郭雨燕去九寨沟旅游，顺便在路上把她给"办了"，便经人介绍从一个书商那儿领了这个活儿，打算用挣来的钱支付路费、门票和宾馆的房费。书里面的内容全是我到网上扒下来，再胡乱拼贴到一块儿的，至于署名，我给自己取了个颇有"民国范儿"也颇有自知之明的笔名，叫"老放"——比起"老舍"和"老残"，我所干的事儿和通篇放屁也没什么区别。顺便说一句，这本《谁敢不让中国说不》刚一上市，雇了我的书商就破产跑路了，说好的报酬也没给我。又过了没多久，郭雨燕认为我这个人既无能又言而无信，一怒之下把我给踹了。真是赔了夫人又折兵，还导致我在考试的紧要关头遭到"热心读者"的滋扰，这都是什么事儿啊。

与此同时，我又想到了前女友郭雨燕那小狐狸般的眉眼和一对大胸，不免感到了真诚的哀伤。我站起来，茫然四顾，想找个由头甩开身边这人。恰好这时，我的身后又扬起了一个清脆的声音：

"咦，你怎么会认识他这种怪胎？"

我再次回头，看到的却是我的表妹林琳。她是比我低两级的数学系学生，长了一张白白嫩嫩的娃娃脸，眼睛又黑又亮，眼窝还有点儿异族风情的凹陷，看起来好像用气枪"砰砰"两声，把两颗葡萄打进了一坨奶油里。兄妹两人都考进了同一所著名的大学，这很可以被传为一段佳话，也说明我们家族的基因比较优秀——可能主要来源于我姥爷那边儿，他当过"反动学术权威"嘛。

然而我这个表妹自打入校伊始，就对我鼻子不是鼻子眼睛不是眼睛的，几乎见面如仇人。当然，我也有做得不对的地方，我曾经以林琳为诱饵，勒索那些暗恋她的傻小子们请我泡酒吧、打台球、到小西天的中影公司放映厅看进口大片，甚至还打算召集全体有姐姐妹妹的男同学，组建一个"换亲俱乐部"，把"因为太熟而不能下手的资源"转化为"可以下手的资源"。林琳在毫不知情的状态下，已经被我同时许配给七八个人了。

而这时，我的第一反应是，难道林琳也认识这人，并且也认为他是一个怪胎吗？可再一打量，她说话时的眼神明明是看向我身旁那人的。也就是说，她在向对方宣布我是一个怪胎。我不由得气哼哼地说："我好歹也是你哥。"

"狗屁哥。"林琳同样气哼哼地说，"摊上你这种哥，我算是倒了血霉啦。"

然后忽闪着大眼睛对那人说:"你是安小男吧?我在去年的高数冬令营里见过你。你解开那道函数方程的思路,我一直都没有想明白……"

那人却露出了和刚才的我如出一辙的惶惑,然后又转换成了乏味。他把我的著作和其他几本书一起放进包里,站起来说:"问我也没用,我也讲不明白。你自己查查书去吧。"

说完拍拍屁股就走了。

作为一个长期被本系男生像狗似的围着"嗅"的漂亮女孩,林琳遭受到这种待遇,恐怕还是破天荒头一回。我心里升起了古怪的快意,顺便问她这个安小男是什么来头,脑子到底有没有被驴踢过。林琳却鄙夷地瞥了我一眼,说:"就你,还看不起人家呢?"

据林琳介绍,安小男的确是个"神人",这里的"神"是神奇的"神",而非神神道道的"神"。他简直可以被称为近几届理科生中的传奇:高中曾经获得过奥林匹克数学竞赛的金牌;从来没上过高等数学、理论物理的专业课,但考试的时候随随便便一写就是满分;可以背诵小数点后一千多位的圆周率……他还是个电脑高手,不管多复杂的计算机编程语言,只要看一遍就无师自通。据说电子系的系主任,一位年近七十的老院士曾经摩挲着他的脑袋,笃定地说:

"这里面装着半个硅谷!"

这话说得,倒令我感到那位"民间哲学家"的思想应该修正:需要活体利用的其实是安小男这样的奇才,只要把他的大脑像杏仁豆腐一样一勺一勺地挖出来,就够中科院之类的单位忙活上几十年的了。

林琳又问我:"他找你做什么?"

我矜持地说:"事实上,他有一些问题向我请教。"

林琳的眼神更加鄙夷了,仿佛在看《围城》里自称"被罗素请教过几个问题"的野鸡哲学家褚慎明。而我也的确疑惑起来:安小男为什么会对《中国可以说不》《中国何以说不》以及《谁敢不让中国说不》这样的狗屁玩意儿感兴趣呢?经过一番思索,我的答案是:这恰恰可能是因为他太聪明了。作为一个奇才,"自然科学"这个确定性的、答案一望可知的领域令安小男感到了乏味,而"人文思想"的本质则是混乱的、含糊的,想不明白的东西更能容纳他那无穷无尽的智力,也就更让他觉得有意思。就像老鼠特别爱啃桌子腿一样,是因为桌子腿好吃吗?不不不,只是由于老鼠的牙齿过于发达。这样一想,我在感到滑稽的同时,又有了那么一点肃然起敬。

总而言之,经过那天晚上的一面之交,我和安小男就熟悉了起来。一个楼道里低头不见抬头见,我在此后又被他频频骚扰,请教一些历史学以及有关"中国社会"的问题。

他的请教常常发生在厕所里,有时我们正在并排尿着,他突然就撇过来一句:

"农耕文明是否终将被海洋文明打败?"

或者我正在蹲坑,他从隔板外面撇过来一句:"官僚体制是否扼杀了中国社会的创新能力?"

他那虚心向学的态度令我越来越不好意思了,而在这期间,又发生了一个让人哭笑不得的小插曲:我表妹林琳写了一封信,逼我转交给安小男。那封信我毫不犹豫地拆开来偷看了,内容很简洁,说的是她有几道数学难题一直没解开,想请安小男帮她讲解一下;还说希望安小男能和她结成"对子",在晚自习期间一起探讨、共同进步。言辞虽然纯洁,可是其心昭昭——对于文科生而言,恋爱的发端是借书,对于理科生就变成解习题了。

"你是不是对他有'意思'啦?"我直截了当地问林琳。

林琳还想抵赖:"你管得着吗?"

"当然要管,狗屁哥也是哥嘛。"我苦口婆心地劝她,"我知道在你看来,安小男有很大的优点,这个优点就是聪明。可是找男朋友又不是数学比赛,聪明不是唯一的标准,否则你直接找台586去谈情说爱不就得了吗?对于男朋友,还是需要看看长相,看看性格,看看他有没有……魅力嘛。"

"可我恰恰觉得他有魅力。"林琳涨红了脸说,"他那副呆头呆脑的样子再配上聪明得冒尖儿的脑袋,让我觉得帅极了。"

这个小书呆子,对男性的口味也真够古怪的。我劝她不动,只好冷笑两声,抱着看热闹的心态把信交给了安小男。而安小男自然是看不出林琳的潜台词的,他哼唧了几声,极不情愿地说:"我是看你的面子才去的。"

当晚他便离开了男生宿舍,到理科楼后面的小自习室去和林琳会面了。这两个家伙待在一起会闹出什么样的笑话呢？我躺在下铺饶有兴致地猜测着。到了晚上九点多钟，安小男回来了，他敲开门告诉我"任务已经完成"，我表妹的数学难题全被他解开了。

"除了数学题，你还解开了别的什么没有？"我相当下流地问。

他好像没听懂一样，继续汇报道："不过，其他的事情，她让我很为难。"

我更加好奇并且焦急了："她让你干吗了？"

安小男说："我们从自习室出来的时候，她突然对我说，大家都是爱学习的人，所以不要在勾勾搭搭上浪费时间，如果我喜欢她，那么就亲她一下好了。"

"你怎么做的？"

"她把脸一仰，眼睛一闭，我就趁机跑了……这不直接回来了嘛。"安小男摊摊手说。

我"咳"了一声，穿鞋出门往外就跑。安小男居然把一个向他求吻的漂亮女孩孤零零地扔在了大街上，这他妈的是人干的事儿吗？好找歹找，我总算在食堂斜对面的冷饮店里找到了林琳，这时候她已经咕噜咕噜地喝下去了三瓶酸奶。好在林琳并没有因为羞辱而大哭，她只是眼神儿发直地盯着呈等边三角形排列的瓷瓶，幽幽地说了一句：

"他比我更不愿意浪费时间。"

后来林琳就再没动过谈恋爱的念头，一心念书，考GRE，没过两年就出国留学去了。而经过这件事情，我对安小男倒有了点儿模模糊糊的好感，对于他在人文学科方面的兴趣，也不得不郑重对待了起来。为了不至于误人子弟，我劝他扔掉从地摊儿上买来的"说不"系列，转而到图书馆里找几本"有营养"的书籍进行深入学习，比如汤因比的《历史哲学》、斯塔夫利阿诺斯的《1500年以后的世界》和费正清的《剑桥中国史》之类的。那些书我只是听说过却压根儿没看过，但是既然被公认为名著，那么想来应该是不错的。况且它们还有一个共同的优点，就是厚，都是能压弯一根勃起的阳具的大部头，这有利于更多地消耗安小男的时间和精力，让他少来烦我。

在这么做的时候，我本人也承受着一定的思想压力。我有时会想：我间接地助长了安小男把他那得天独厚的大脑浪费在"没有用"的事情上,这会不会导致我们国家错失一个诺贝尔奖,甚至让整个人类的科技进步都将蒙受巨大的损失呢?再举个历史八卦作为例子,抽水马桶是英国女王伊丽莎白一世的侍臣哈灵顿爵士发明的,但如果女王在当时勒令爵士先生去研究点儿别的,那么我们今天就还得忍受厕所里的臭气熏天。但我也安慰自己:

万一安小男本来会变成一个邪恶的科学家,发明出一种能够毁灭地球的机器、电磁场或者计算机程序呢?那么我的所作所为就相当于把全世界人民给救了。

在跟安小男的接触中,我倒是越来越有科学精神了。

就这样又熬过了一个学期,暑假来了又走,我们这茬儿学生迎来了大四学年。重新回到学校之后,我特地昼伏夜出了好几天,为的是躲开安小男。躲他有着另外的原因:按照他的认真劲儿以及智力水平,那几本大部头应该全都"啃"完了吧?如果他再来缠着我"谈一谈",而我却一问三不知可怎么办?那这人可就丢大了。事实上,随着阅读的深入,他上个学期问的那些问题已经让我越来越头疼了。身为安小男在人文领域的指路明灯,我既感受到了荒唐的虚荣,又不知不觉地心虚了起来。我担忧自己这个"伪劣产品"会像电脑城顶端的引航灯一样,被他有理有据地揭穿。

然而躲是躲不过的,我总得拉屎撒尿嘛。那天晚上十点多,我夹着本书溜出了宿舍,正好在厕所门口撞上了同样夹着一本书的安小男。只不过我手里的书是看了第三遍的《笑傲江湖》,而他的则是法国历史学大师布罗代尔的《十五至十八世纪的物质文明、经济和资本主义》。狭路相逢,我心下一凛,在那一瞬间多么希望他考一考我东方不败的男朋友叫什么名字,或者华山派共有几人为了修炼"葵花宝典"而把自己给阉了。

那当然不太可能。安小男的眼神依然热切,拉住我说:"跟你说个事儿。"

"你问吧。"我又瞥了瞥他的书,心里绝望地打着鼓。

安小男却说:"我想从低年级的专业课听起,把历史系的所有课程都听一遍,你说怎么样?"

我吃了一惊:"你图什么呀?"

"当然是解决问题喽。"他用食指指了指太阳穴，但那动作却像是朝着自己的脑袋开了一枪，"你给我推荐的那些书我全读了……都很好。但是对于我心里的那些疑问，他们似乎都说了点儿，但又都没说清楚。再来问你呢，恐怕也不是个事儿。说句不怕得罪你的话，你和我一样年轻，和你探讨一下问题，共同进步是可以的，但要想答疑解惑，恐怕还得求助教过你的那些老师。他们都是真正的专家，我想我有必要系统地接受一下他们的思想。"

也许安小男已经看出我是个不学无术的混混了？他的话让我一阵失落，同时却又感到释然。但随后，我却真切地为他担忧了起来："可是咱们都已经大四了啊，马上就要找工作或者考研究生了，哪有时间去听外系的课呢？况且你还要听全本儿的。"

"那就申请延期毕业嘛。"安小男挥了挥手说，"实在不行我就转系，从历史系的大一开始念起。我查了学校的规定，这在理论上来说是可行的。"

他那既淡然又决然的态度，简直让人想起弃医从文的鲁迅先生。也许一个天才的脑袋，就是和我们这样的俗人不同。但我仍然本着一个俗人的善意，继续劝解着他：

"这恐怕有些不妥……你应该三思而后行。没必要为了爱好把专业都扔了啊，那可是你将来吃饭的手艺。"

安小男却说："我意已决。"

说完，他就错开身子走了出去，而我也没再说些什么。

这一来是因为我感到自己至今仍然缺乏和他这样一个"神人"沟通的能力，二来则是因为我已经快憋不住了，再废话裤衩上就要多出一个"柿饼"来。后来不出我所料，安小男的延期毕业和转系申请果然闹出了不小的风波，他本人也成了我们毕业季里一桩奇闻的主角。

首先是安小男的母亲，一个肉联厂洗肠工，从河北H市赶到了北京。她冲进我们学校的校务办公室，怒斥有关责任人"没有抓好学生的思想教育工作"，导致她的儿子眼看就要自毁大好前途，去钻研"连猪屎都不如的没用学问"。

她质问校方，如果安小男真的转了系，那么谁能为他注定穷酸到底的未来负责？又有谁能为一个含辛茹苦的寡妇的晚年生活负责？如果只是学生家长闹一闹，那还不算什么，但是经由这一闹，安小男的问题就演变成了电子系和历史系两个团伙之间的矛盾。没过几天，电子系的系主任，曾经断言安小男的脑袋"装着半个硅谷"的老院士也向学校施加了压力。他表示，一般的学生倒也罢了，但是如果把安小男埋进了故纸堆，那实在是一种资源的浪费。老院士的言辞固然委婉，但也使得我所在的历史系深受侮辱，老师们抗议说，你身为一个知识分子的楷模，怎么说话的逻辑也像家庭妇女一样呢？这不还是在说历史作为一个冷门学问，不如电子、信息、自动化之类的"格致之学"有用吗？进而不又是在说人文学科的人不如理工科的人有用吗？你们这些理工科也太欺负人了，盖大楼你们先盖，拿项目经费你们比我们多几十倍上百倍，连买汽车都能从项目里面报销，到了这时候还不忘踩我们一脚，让不让人活了？

本来是一个学生的一厢情愿，只要稍有阻力，那么说不要也就可以不要的，但是本着不争馒头争口气的精神，历史系的老师却怂恿历史系的领导，跟电子系"杠"上了。他们向校方递交了一份意见：学生选择专业，本是个人自由，又所谓失之东隅，收之桑榆，焉知损失"半个硅谷"，换不来一个范文澜、陈寅恪或者钱穆？进而又大谈历史学乃至全体人文学科之重要性，并上升到了国家民族的高度。搞文科的人都是善于言辞之士，那份意见写得冠冕堂皇，让校方也不好反驳，于是决定破例为安小男举行一个多方面试，大家来决定一下这个学生到底待在哪个系比较好。

没承想，那个面试会议又把风波推向了新的高潮。在会上，电子系的班主任先代表老院士发了言，说的还是人尽其才那一套。安小男表情呆滞，无动于衷。接下来，历史系颇有名气的商教授便闪亮登了场。我们系的老师里，能在学校外面混得开的人物不多，这位商教授就是其中之一。

他入选了好几个政府机关的参事，为不少级别相当高的领导干部写过讲话稿，隔三岔五还会在党报的头版"刷"上一篇社论；而给他带来最大名气的事儿，当然还是登上过央视的《百家讲坛》，讲的好像是"中国宦官干政考"。大家公推这样一位人物出面，可见是想先声夺人，让对方知道我们历史系也不全是碌碌鼠辈。

商教授保持着他在电视机里的一贯做派，先轻轻胡噜了一下大背头，又抖了抖西门庆风格的"五彩洒线揉头狮子"对襟唐装，然后才循循善诱地开了口。他问道："这位同学，你贵姓？"

"姓安。"

"那么我可以叫你小安子吗？"

不得不指出，这话说得实在有些轻佻。而商教授这个人，向来的确是轻佻的。对于轻佻，他还专门发表过一番解释：既然我们这个社会的风气，就是把轻佻当有趣，而人在任何时代都在追求有趣，都在尽量活得不那么沉重，那么轻佻一下又何妨呢？他还引证说，许多历史上的名士，譬如阮籍、金圣叹和唐寅，骨子里都是些轻佻的人。这么一说，他的轻佻好像就有了传承与深度。再加上这套做派在电视上和领导干部的圈子里都很受欢迎，那么商教授更可以理直气壮地插科打诨下去了。

果不其然，商教授一开口，原本凝重、尴尬的会场气氛登时轻松了下来，许多人脸上不知不觉地泛上了一丝笑意。有些人就是有这样的本领，他们很善于改变周遭的"气场"。现在，全体教职工都在等着欣赏这位电视名人的表演了。

对于商教授的问话，安小男的反应先是愣了几秒钟，然后磕磕巴巴地说："这不妥吧。"

过了一会儿又补充道："您又不是慈禧。"

此言一出，现场的人们就真的忍俊不禁了。不要说学校教务处的领导，就连电子系那两个满脸"常量函数"的教师代表都互相看了一眼，嘴里"扑哧"一声。本来嘛，地球又不是围着一个学生转的，搞得那么兴师动众干什么？而得到了安小男不经意间的"配合"，商教授就更加胸有成竹了，他笑容一敛，将谈话引入了正题：

"还是说说你平时都看一些什么书吧——我指的是在课余时间里。"

安小男便将我开给他的书目一一报上名来。要知道，这些书连许多历史系的研究生都是没有读完的，就像很多中文系的研究生却没有读过《红楼梦》一样。

商教授眼睛一亮，有些惊奇也有些技痒，便当堂考问起安小男的学问来。

一考之下，令人惊奇，安小男对答如流。他不仅能够把商教授提到的具体章节精确地复述下来,而且对关键的段落还能全文背诵。他原本是木木讷讷的模样,一谈到书本却像插了电一样,眼珠子里往外喷射的全是精光。如果不是商教授及时打住,那么他可能会孜孜不倦地说下去,直到两个嘴角下方越积越多的白沫流到脖子里去。

"大家都看到,情况已经很清楚了。"商教授轻轻地吁了一口气,转向了校方代表,"这位小安……同学在历史方面达到了相当的造诣,虽然他的阅读稍嫌不成系统,还有点凌乱,但是他对重要著作的熟悉程度已经超出了我的想象。兴趣才是最好的老师,我想如果不是对历史有着浓厚的兴趣,他是不可能付出这么多的时间与精力的。而学校作为一所人才培养机构,为什么要扼杀学生的兴趣呢?这是不负责任的。当然,搞教育的都有爱才之心,电子系诸位同仁的心情,我们历史系也能理解。不如由我个人来提一个折中的方案:我们给予小安同学电子系和历史系的双重学籍,他继续在电子系读研究生,同时还可以到历史系来念本科,由我本人亲自担任辅导老师。现在的大学教育不是提倡打通,提倡跨学科吗?历史上那些真正的大师也都是通才:笛卡尔既是一位数学家,同时也是一位哲学家;爱因斯坦发现了相对论,同时也热衷于演奏小提琴;杨振宁获得了诺贝尔物理学奖,同时也爱好着古典诗词以及翁帆女士……"

商教授好不容易正经了片刻,终于又在发言的结尾流于轻佻。但这轻佻却是恰到好处的轻佻,它让在座的众人哄堂一笑,有了皆大欢喜之感。既把安小男的人留在了电子系,又保全了历史系的面子,多么完满。只要这种长袖善舞的人物在场,那么什么问题都不是问题。校方的领导们满意地点了点头,宣布"再回去研究一下",假如对学生好,对学校好,"特事特办也是可以的"。

大家抬起屁股,已经准备离席了。但没想到,安小男却在这时候又开了口。他的话是对商教授说的:"我还没决定去不去历史系。"

难道今天的会不是为了你转系才开的吗?这时候说这种话,不是消遣人吗?商教授不免一愣:"什么意思?"

"我是说,在系统学习历史之前,我想再问您一个问题。"安小男说。

"你也想考考我吗?"商教授饶有兴致地笑了,"一个问题够吗?"

"就一个。"

"那你说。"

"历史到底有什么用？"

商教授又一愣，但过了半晌，笑容便重新圆熟起来："历史当然不如电子有用啦。但是兴趣嘛，喜欢嘛，如果再纠缠于有用没用，是不是有点儿俗了呢？"

"您没听懂我的意思，可能我没表述清楚。"安小男舔了舔嘴唇，直视着商教授说，"研究历史是否有助于解决中国的当下问题？"

"比如说什么问题？"

"比如说中国人的道德缺失问题。"

"明史鉴今当然也是一种思路……但是我想，没必要把历史学理解得这么直接吧。"

"可是有些问题明明是绕不过去的。或者我再换一种问法，您对中国社会的腐败和道德缺失有什么看法？想过怎么解决它们吗？"安小男说。

"这就是另一个问题了。"商教授的眼神便开始迷离了。他一定感到了和我当初一样的惶惑。

"在我看来，这是一个问题。"

在安小男的锲而不舍之下，商教授又吁了口气，看了看与会者中有着领导头衔的那些人。历史系的党委书记还没有走出门去，据说这人有可能要提成主管文科教学的副校长了。于是商教授陷入了另一种逻辑，这种逻辑就是容不得轻佻，但也容不得过分郑重的了。

"你可以去看一看上个月《新华文摘》上的一篇文章，是我今年刚写的，其中也有一部分谈到了知识分子应该如何面对今天的现实。"商教授说，"我认为我们应该分清主流和支流，比起繁荣的、蓬勃的历史主旋律，这样那样的问题都是小小不言的。"

"也就是说，可以不关心吗？"

"我们更应该关心的是主流，或者潜心于自己的专业……"

安小男一字一顿地说："我认为您很无耻。"

他说话的声音并不大，但在会场上却有如炸雷。一些人被定住了，另一些人则逃也似的加快了脚步离开。商教授着实是蒙了，他半张着嘴，瞪着安小男，僵在了原地，连话也说不出来。

接着,安小男便抬起了一只手,手指尖利地指着商教授的鼻子,开始了滔滔不绝的大鸣大放大批判。他质问道,中国社会已经沦落到了怎样的一个地步,难道您没有看到吗?难道您不忧虑吗?如果是一般的人也就罢了,但您作为一个学者,一个在公共领域拥有话语权的知名人士,居然选择了鸵鸟策略甚至是睁着眼睛说瞎话,这是何种用心?

安小男还说,他之所以对历史产生了浓厚的兴趣,正是由于认为比起中文、哲学和社会学等等其他人文学科,历史最有希望解决他的"核心问题",但今天看来他错了。中国的历史学家并没有他所希望的那样高大,他们归根结底还是一群"没用"的家伙。

谁能想到,安小男的历史研究之路沿着汤因比、费正清和布罗代尔等等大师绕了一圈儿,又绕回了在那个盛夏之夜和我讨论的领域。他挥斥方遒地发表了十来分钟的演说,直到商教授也面色铁青地溜走了,会场上空无一人,才喘息着停下来。据说此时的他已是满脸热泪,他居然哭了。

毫无疑问,转系的事儿被彻底搞砸了,而安小男也在文科生之中出了大名。再顺便说一句,那位商教授曾经把我们折腾得不善,他自己忙于上电视和走穴,基本上不给学生上课,但到了考试的时候却摆出铁面无私的架势,把题目出得非常难,一定要"挂"掉一批人才过瘾;他还把系里比较漂亮的几个女生招致麾下,通宵达旦地为他整理新一期《百家讲坛》栏目《中国秽乱宫闱考》的讲义。基于这个情况,大家虽然认为安小男有可能疯了,但也不得不感到大快人心。一时间,大家争相到电子系的宿舍去瞻仰、声援安小男,每天都有人隔着门帘对他挥挥拳头:

"干得漂亮!"

按照众人的理解,安小男之所以突然发飙,正是因为那个"小安子"的玩笑——那让他觉得受到了侮辱,进而失去了自控能力。再细一想,他对商教授的指责虽然突兀,但又来得多么刁钻,多么让对方无所适从。一个研究过西方现代主义思潮的同学阐释道,按照福柯的理论,疯子虽然和正常人驴唇不对马嘴,但是他们的思维其实有着严密的内部逻辑,一旦进入那个逻辑,正常人的经验和智慧便丧失了作用,甚至也有可能会被搞疯掉。这也是以商教授之机智老辣,却被一个小毛孩子诘问得张口结舌的原因。

在这种时候，我却越发感到自己有必要躲开安小男了。作为一个骨子里很"厌"的人，我对于那些具有狂暴因素的人与事，向来抱以本能的敬而远之。然而还得怪学校宿舍的布局以及我们排泄系统的生物钟，躲了一阵，我终于又被安小男堵在了厕所里。

那是一个清晨，我刚冲完水，正迈着发麻的两腿从隔扇里挪出来，正好撞上安小男也站在小便池前。他迅速抖了一抖，提上裤子拦住了我的去路，眼里满是悲伤。

我抠了抠眼屎，仍旧不知说什么才好。安小男却先开了口："我想，你应该理解我。"

"理解你什么？"

"我的初衷并不是想去故意捣乱，更没有针对商教授个人的意思。"他的一边嘴角抽搐了两下，"我很真挚，的确是希望历史学，希望研究历史的人能够帮助我解决困惑。"

"对不起，我们都让你失望了。"

"怪我，我不该强人所难……我太幼稚了。"

安小男说完，抛下我转身走了。而我却沉默地站在原地，生出了一种类似于羞愧的心态。那感觉，就好像急匆匆地方便完了，才发现自己闯进了一间女厕所一样。

2

相比于安小男，后来混得最好的李牧光虽然和我是一个系的，住得也离我近得不能再近，但我对这个人的印象却一度是模糊的。这倒不是说他没有特点，恰恰相反，李牧光正是由于特点太过鲜明了，才导致我最初和他的交流极其有限。

第一次见到他，是在新生入校的时候。因为我属于北京生源，所以不必提前几天赶过来安家，而是卡在了录取通知书上规定的最后一天，才背着铺盖卷走进了宿舍。当时屋里看似没有人，大家或许都去参加"入学教育"了。我草草铺好了褥子，又到水房涮了涮脸盆，突然瞥到窗台上摆着一只"爱华"牌双卡收录机，还是那个年代最新的款式呢。

我一时手欠，便按了播放键，喇叭里随即传出了鼻音浓重的"牛津腔"英语：

> 约翰先生，今天的培根煎得怎么样？
> 爱丽丝小姐，我们来跳一曲华尔兹吧。

看来这台收录机主人还真爱学习。我无言地笑了笑，把机器关了，这时却听见一声呻吟从我床铺的上方传来。然后，上铺的被窝里钻出了一个人脑袋：

"哥们儿，几点了？"

这人一嘴东北腔，同样也是鼻音浓重。刚才居然没发现自己的脑袋顶上就躺着一个活人，这让我先被小小地吓了一跳，随后便不好意思起来。人家正在睡觉，我却在宿舍里东搞西搞，太不合适了。

我抬手看了看表："下午四点多了……吵到你了吧？"

"没事儿没事儿。"那人长得倒还周正，是一张东北人里常见的国字脸，肤色也颇为白嫩，只不过睡得有点儿肿胀了。他把一条光溜溜的胳膊也拔了出来，指了指双卡收录机，"你要听就接着听，抽屉里还有磁带，音乐的也有，相声小品二人转的也有。"

看来他是那台机器的主人，我就更不好意思了："那多吵呀，你怎么睡觉？"

"我不怕吵，在哪儿都睡得着。"他说完，把身子往被窝里一蜷。

我看了看他杂草丛生的天灵盖，又扭脸望了望窗外，轻声叫他："那我先出去，你知道别的同学在哪个教室吗……哥们儿，哥们儿？"

上铺无声无息，这人居然一转眼就又睡着了。

到了晚上，和宿舍里的其他同学见了面，才知道我上铺这人名叫李牧光，是从赵本山的故乡"铁岭那旮旯儿"来的。同学们又啧啧称奇地介绍道，自从到校以来，他就一直在睡觉，已经连睡了两天两夜了。何以要睡这么长时间？

这时李牧光终于不情愿地起了床，他一边睡眼惺忪地刷着牙，一边对大家解释，这是因为报到之前，他们家人带他到欧洲和澳大利亚玩了一圈儿，偏巧地球又是圆的，纵横几万里，时差把他的生物钟统统搞乱了，所以需要用睡觉调整过来。这个理由有些牵强，但却暴露了李牧光的另一个情况，就是他的家庭条件很不错。我考上大学以后，父母只是给我买了块手表，并且还不是瑞士的，而是日本"精工"，就算"以资鼓励"了。其他两个来自广西和贵州的兄弟更惨，拿到录取通知书之后的第一件事情就是走亲串邻地借债。再瞧瞧人家这日子过的。

一个同学问："欧洲什么样？"

李牧光打了个哈欠说："上车睡觉，下车拍照，全忘了。"

有一个同学问："你爸是老板吧？"

"算不上，也就是给国家打工的。"

说到这儿，李牧光咂巴咂巴嘴，又从柜子里拽出一只沉重的纸箱子来。嚯，那里面真是五花八门：真空包装的酱鸡腿、卤牛肉、整只鸭子，进口蛇果、红提、山竹和哈密瓜……这些大概是李牧光的父母给他留下来的，难道他们怕儿子吃不饱饭吗？李牧光嚼了两块饼干，然后又看了看我们，招招手说：

"愣着干吗，大伙儿一块儿呗。"

我们这些没出息的家伙便一拥而上，吭哧吭哧地吃了起来。这个聚餐会刚进行到一半，李牧光突然又伸了个懒腰说："你们慢用，我就不陪了。"说完爬上床，不到半分钟，又没声儿了。

谁也没见过这么爱睡觉、这么能睡觉的人。此后的日子里，我更加为李牧光在睡眠方面的造诣而惊叹。每天早晨大家出门去上课，他正在被窝里酣睡；中午大家回来，他仍在被窝里酣睡；勉强被我们拽起来，极不情愿地到食堂扒拉两口饭之后，他总算有了一点精神，于是便会在园子里东逛逛西逛逛，到球场去看人家打会儿篮球，但才过晚饭点儿就又困了，火急火燎地跑回来睡觉，好像刚上了一个大夜班似的。课他自然是不怎么上的，不管是本专业还是公共课，考勤表上缺席的记录都占了大多数。大二的时候，全体学生被拉出去军训，李牧光正在太阳底下站着"军姿"，突然就像一段枕木一样拍在地上，不省人事了。教官被吓了一跳，以为他中暑了，休克了，然而我们几个同宿舍的人却一点儿也不着急。我们知道，他只是睡着了。

这基本上就是李牧光大学生活的常态。套用一句伟人的名言来说，一个人能睡觉不难，能天天睡觉也不难，但要是能天天都睡得像李牧光这样惊世骇俗，那可就难了。日子久了，对于宿舍里永远有一个人在睡觉，我们从不适应到适应，又从适应过渡到胡思乱想，甚至还有了一种恐怖的感觉。大家都担心突然有一天，李牧光会无声无息地睡死在被窝里。于是我提议，每天早上出门之前，都要有一个人去探一探他的鼻息，如果不幸真的发生了，那就赶紧通知校医院的太平间。我们不能允许他臭在屋里。

这个习惯一直保持到了大学毕业。

我也不免好奇：难道李牧光一直都是这么嗜睡吗？假如中学时代也是这么睡过来的，他又是如何考进我们这所赫赫有名的大学的呢？难不成他像电子系那个传说中的安小男一样，也是一个天才型的人物，而学校为了保护天才，才特批了他不需要上课、写论文，甚至不需要考试吗？

事实当然并非如此，天才怎么会像那些抱着小孩卖黄色光盘的妇女一样，你走到地铁A口冒出一个，走到地铁B口又冒出一个。有一次班级聚餐，我们的班主任老师被灌醉了，才吐露了李牧光背后的真相：他父亲是东北一家重工业大厂的一把手，专门在厂里为我们学校设立了一个理工科的"创新基地"，说白了就是赠送一块地皮，供学校在当地开办形形色色的收费班，贩卖注水文凭；而这么做的条件，是学校要给李牧光一个免试入学名额，并且保证他顺利毕业。换句话说，李牧光虽然不是天才，但是他爸却是天才——搞钱的天才、搞关系的天才，而那些天才要比智力上的天才更加畅通无阻。

不过这个信息流露出来，我们虽然在理性上感到了不公，但却对事不对人。再看到李牧光安然高卧的时候，并没有谁会真正地讨厌他。平心而论，李牧光其人除了舍生忘死地爱睡觉之外，身上并没有一点儿"各色"的、让人不愉快的东西。他的脾性随和极了，压根儿没显露出过公子哥儿的骄娇二气。有的时候大家闲得无聊，就用报纸卷成小棍，去捅他的鼻子，捅得他喷嚏连天的，但人家却一点儿也不生气，打完喷嚏哼哼两声"不要搞我，想吃什么柜子里有"，然后就继续睡过去了。还有一次，我对面床上那位兄弟也不知怎么弄的，把半壶热水浇到了李牧光的被子上，他被烫得嗷的一声坐了起来，愣了片刻，憨笑道：

"我尿炕了吗？"

除此之外，自然还有物质上的收买。如前所述，李牧光那装满了吃食的百宝箱，大家是可以随意享用的；他那台"爱华"牌双卡收录机也早被宿舍里的两个英语狂人霸占，练听力用了。世纪之交，个人电脑在学生中间普及了起来，别的宿舍都是大家凑钱集体购买，还有为了你掏多点我掏少点而打架的，李牧光却大手笔地一人买了两台，一台台式机，一台笔记本。这两台电脑，他这个长睡不醒的人几乎从来没有摸过，而我们却可以用台式机打游戏时用笔记本下"毛片"，或者用笔记本打游戏时用台式机下"毛片"。

说来也惭愧，我吃着李牧光的，用着李牧光的，心里还不止一次地嘲弄和诋毁过李牧光，但整整四年，我却从来没跟这个人进行过深入的交谈，更别提交心了。我对他说过的话，仅限于"你果然还在睡""你居然也会醒"和"给我用""给我吃"这样的层面，而他的回答则基本上是"哦""嗯""好"以及无声无息。我毫不怀疑，只要大学一毕业，我就会把李牧光给忘了，就像他同样会在睡梦中把我也给忘了。然而临到毕业时的一件事，却使得李牧光认定我是他"最好的朋友"，而交到我这样一个朋友，是他大学期间唯一的收获——当然，作为一个永远长眠的人，他也不可能有别的收获。

那又是在盛夏季节，我再次迎来了一年中最繁忙的时候。只不过以往是忙于应付考试，这时却在忙于投简历、找工作。我们历史系的毕业生可比不得理工科，到各大招聘会上稍微一打听，就会发现自己的出路少得可怜。而我的成绩本来就不怎么样，又不是党员和学生干部，形势便更加不容乐观，也就更加需要勤勉。有一天夜里十二点，我才刚刚结束了一个位于昌平县城的企业面试，坐着长途车赶回城里。这时宿舍已经熄灯了，屋里充满了此起彼伏的鼾声和臭脚丫子味儿，我本想直接脱了衣服上床，却忽然听到咯吱一响，李牧光的脑袋探了下来。

"小庄……庄博益，你睡了吗？"他问我。

四年以来，我只见过李牧光在不该睡觉的时候闭着眼，可从来没见过他在该睡觉的时候睁开过眼。我不由得哆嗦了一下，甚至觉得天有异象，马上就快地震了：

"你他妈的要吓死我？"

"对不住，对不住。"李牧光的眼睛在黑暗中闪闪发亮，"不过我的确睡不着……也有个事儿想找你帮个忙。"

难道李牧光也在为找工作的事儿发愁吗？我没好气地说："我能帮你什么忙？你应该找你爸说去。"

"这事儿他也帮不了我，只能找咱们同学。"他的语气突然变得可怜巴巴的，"我也问过宿舍里的别人，可他们都不愿意。"

"别人不愿意，我为什么会愿意呢……到底什么事儿？"

李牧光就磕磕巴巴地说了。原来他爸按照很多成功人士的育儿之道，决定送他去美国留学。为了办这事儿，老头子亲自跑了趟得克萨斯，给他联系了一所州立大学，并且以慈善家的身份留下了一笔不菲的捐款。按说这已经足够把路"蹚"平了，然而快办手续的时候，外国佬那种特别"死性"的毛病却又犯了。他们提出，李牧光就算可以不参加入学考试，但总得提交一篇本专业领域的论文，否则没法儿向所谓的"学术委员会"交代。

"你们学校的委员会，难道不是归你们这些校领导管的吗？实在不行我就跟你们书记谈。"李牧光他爸什么时候受过这种刁难，他一怒之下，简直口不择言了。

对方表示，那个委员会还真是有权把任何学生拒之门外的；而他们已经对李牧光很宽松了，如果不是因为这两年财政吃紧，哪能随便糊弄一篇文章就可以入学。至于"书记"这个说法，对方问道："那是什么东西？"

于是压力就转嫁到了李牧光的头上。他爸打来电话，让他火速"攒"出一篇论文来，再翻译成英文。这让李牧光感到很无辜："我又没想出国，是他们非逼着我去的。这时候事情没有完全搞定，却又来折腾我，有这么不负责任的父母吗？"

我只好顺着他说："就是，他们太不知道心疼你了。"

"可是我也只好给他们擦屁股。"李牧光又说，"我这个着急呀，上火上得牙床子都疼了。今天我已经问了好几个人，但他们都说正在找工作，根本没时间替我动笔。"

"可我也在找工作呀，我的牙床子也在疼。"我说。

"别人不管我可以，但你可不能不管我。"李牧光急道，"谁让你是我的下铺呢，咱俩睡得最近，交情也就应该最深。再说我不会让你白干的……我给你钱。"

"不要说得这么赤裸……"我眨眨眼,"多少钱?"

他说了个数:"两万够吗?"

我仰着头,像一只坐井观天的青蛙,和李牧光对视着。

过了半晌,我说:"够了。"

我之所以答应了李牧光,首先是因为两万块钱对于一个学生来说,实在是一笔无法抗拒的巨款;而第二个原因,就是我突然想到,那篇文章其实并不需要我来写——再说我也不认为自己有能骗过美国佬的水平。说定之后,我和李牧光分头安然入睡。第二天他照常没有起床,而我则披上衣服,蹲在厕所门口守候安小男。

七点来钟的时候,安小男果然出现了。这时候却是我追着他问了:"你对历史还有兴趣吗?"

"实话实说,已经没有了。"

"话不能这么说。"我开导他说,"你其实只是对历史系以及历史系的那些人没有兴趣了,但对于历史本身,你一定仍然是乐于思考的……否则也不能解释你为什么一口气读了那么多书啊。"

"可我正是因为历史系的人而对历史丧失了兴趣,我不认为那些人所搞的学问,能够解释我的困惑。"安小男把逻辑拽回到自己的轨道上,然后看了看我说,"你到底想说什么?"

"我想说的是,凡事应该有始有终,你可以写一篇文章,谈一谈你前段时间研究历史的心得。"我进而扯起了谎话,"我正在给出版社编辑另一本书,是《谁敢不让中国说不》的姊妹篇,名叫《中国想说不,谁也拦不住》。你对历史学的思考,是我见过最独特也最终极的,仆未尝闻有为道德而研究历史者。我认为这本书里如果没有你的文章,那么将是一大遗憾。"

安小男的眼神陡然凝聚起来:"你真这么认为?"

我点了点头,他也随之点了点头。

然后我补充道:"对了,稿费五千。"

半个月后,安小男果然交给我一篇洋洋洒洒,长达几万字的雄文。那篇文章我大概扫了一眼,所用的材料和大多数论点都注明来自我向他推荐过的那些书,但安小男对它们进行了重新整合,从而指向了一个终极的天问：中国人的道德水准是如何不断降低的？他从秦王扫六合、五胡乱华和竹林七贤一直写到了五四运动，写到了"文化大革命"。在他看来，中国原本是有道德的，但中国的历史却是一个不断击穿道德底线的过程。一穿再穿，时至今日，我们的民族已经相当于穿着开裆裤上街了。客观地说，安小男的文章存在着严重的硬伤。首先，他将历史解释成了一个有目的、有意志（也即消灭道德）的过程，这已经近乎阴谋论了。要知道，吾国吾民除了败坏道德之外，还在春种秋收，男耕女织，需要忙活的事儿多着呢，谁那么有闲心专门和道德这个劳什子较劲。其次，他絮絮叨叨地说了八百多遍"道德"，但却并没有对道德进行起码的辨析——是儒家道德还是法家道德？内心道德还是社会道德？在他看来，"道德"似乎是一种先验的天成之物，在人类的蒙昧阶段保存完好，一进入文明社会就腐化变质了。但据我所知，原始社会不说别的，起码婚姻制度的基本形态是：看上哪个女的就"给丫一闷棍"，哥儿几个把她扛到山洞里轮流上——这道德吗？

看来天才也是有局限性的，安小男在理工科方面的智慧并没有平移到人文社科领域。或者说，他那种一根筋、特别"轴"的性格恰恰说明老院士制止他转系是正确的。我有些担忧这样一篇文章是否能够通过美国学校的审查，但转念一想，我又何必替李牧光那么尽职尽责呢？再说了，也许美国人会非常喜欢这种中国人自爆家丑的态度——就像他们很喜欢张艺谋的《大红灯笼高高挂》一样。于是我没有耽误，又拿着文章找到了我的前女友，外语学院的郭雨燕，请她将其翻译成英文，翻译费五千元。挟着巨款之威，我顺便企图和郭雨燕重修旧好，并且再次提起了去九寨沟旅游的计划，但是郭雨燕干脆利索地请我滚蛋：

"你这种人，一起玩玩儿倒是挺有乐趣的，过日子就太靠不住了。"

"谁也没说要奔着过日子去呀。"我说着"香"了她一记，又揽住了她的腰，"我们就是玩玩儿也可以嘛，纯娱乐。"

郭雨燕脸色泛红，一对大胸起伏了两下，但随即却嘤咛一声，将我推开。她正色道："这就是你的爱情观吗？太不道德了。"

他妈的，怎么又是道德。安小男不是已经得出结论，中国人早就全无道德可言了吗？可见他那篇文章的确是大谬特谬。

随着我的彻底失恋，我们这茬儿学生也最终毕了业。朋友或仇人们像狂风里的杂草一样飞向天南地北，转眼之间大部分都成了陌路人。李牧光如愿以偿地拿到了美国的入学通知书，连最后的聚餐都没参加就上了飞机。临走之前，他给我们留下了两台电脑、一台双卡收录机、几身簇新的西服，还单独交给我一个装满了钱的厚信封。我有点好奇，帮助他通过审查的，究竟是安小男那篇旁征博引的文章呢，还是郭雨燕那流利而精确的英文翻译？抑或这两者都不重要，美国佬既然拿了他爸的钱，所谓提交论文仅仅是走个过场罢了？当然，对于既成事实，我们也没有必要像历史学家那样一味追寻原因，否则生活将会变得更让人疲倦，也更让人难以适应。

讽刺的是，出国之后的李牧光倒是与我交往得日益密切了起来，并且真的发展成了他所谓的"朋友"。恨不得刚一下飞机，他就开始给我写信，告诉我自己在美国的见闻和生活状况。这也能够理解，人毕竟是需要回忆的，到了陌生的环境里，往事就会焕发出原先所不具备的温馨色彩。而李牧光的大学四年几乎都在睡觉，可供他回忆的，似乎只剩下了和我之间的那点儿交往。于是他美化了我们的一手交钱一手交货，将我给他"攒"文章说成了两肋插刀的朋友之义，又把他给我两万块钱说成了自己的仗义疏财。他的信上没有一点儿美国气息，反而发散着越来越浓厚的东北味儿：

咋说呢？咱们兄弟就啥也不要说了。

自从我有了手机之后，他和我的沟通方式就变成了打越洋电话。每周起码一次，一打就是一个小时，先声称"啥也不要说了"，然后说的话却比我们睡在上下铺的四年还要多。这个期间，李牧光的谈话主题变成了抱怨。他抱怨美国的白人看不起他，黑人居然也看不起他；中国留学生里比他更富的看不起他，那些穷得连二手"丰田"都买不起的家伙居然也看不起他。作为一个肤色、体格和智力都不占优势的外乡人，他在美国可真是受够了委屈。更加让他忍受不了的，是他在中国都可以尽情享受的自由，在美国却受到了粗暴的干涉。

"他们还不让我睡觉。"

"谁？"

"我那个印度导师，还有美国房东。"说到这儿，李牧光都快哭了，"有一次我在屋里睡了三天，房东就报警了。他们说这是病，必须得治。"

我想了想，第一次给了他真诚而善意的忠告："我也认为你应该配合治疗。"

再后来，也许是度过了初来乍到的不适应阶段，李牧光的电话总算渐渐少了下来，每次通话的时间也变短了。但这并没有影响到我们的"交情"，当他父母来北京，我总会跑一趟他们下榻的豪华饭店，为他们磕磕巴巴地讲解一遍美国补药的说明书——都是李牧光寄过去的，其实也就是些深海鱼油和褪黑素什么的，想来"吃错了药"也没什么危险；而过了两年，我的表妹林琳考入了美国名校斯坦福大学，我指派李牧光开着他的"凯迪拉克"横穿了几个州，去接林琳入学、给她安顿住处、采购生活必需品，并且由他埋单。能交上这么一位有钱有闲，又傻乎乎的热心肠的朋友，这也是我在表妹面前唯一一件有面子的事儿了。

林琳专门打电话感谢我，说的话和《围城》里赵辛楣对方鸿渐的评价刚好相反："你这人虽然讨厌，但还有点儿用处。"

3

直到这个阶段，安小男和李牧光之间还没有发生直接的交集。我想介绍的发生在他们之间的雇佣关系，指的也绝非安小男那篇被我克扣了大半稿费的文章。一个"枪手"有什么稀奇的呢？在我毕业之后，找到的头一份差事，是在一个市属机关当秘书，工作内容就是给副局长写发言稿。而像我这样的编制内"枪手"，在各级单位里数不胜数。

再说一个笑话，我所"跟"的那位副局长本来是一平谷桃农，普通话不太标准，总是把"我们"说成"碗们"，而恰好我们的局长又姓郭，于是他朗读稿件的时候就变成了：

"碗们要团结在锅的周围，坚决解决好老百姓的副食供应问题。"

这份工作我干到第二年，就死活坚持不下去了。坐在单位的会议室里，我感到自己真的是一只碗，叮当乱响地空空如也，只等着从锅里分出一点肉汤来。然而锅身边积极踊跃的碗又太多了，他们有的会往锅里倒米，有的是从更大的锅里空降下来的，还有的镶着金边妩媚多姿，并且不惮于随时和锅跳到同一个水槽里去洗澡。看起来，我这只缺了口的破瓷碗是很难熬到出头之日了，于是我咬了咬牙，放弃了这条许多人眼里的"人间正道"，跳槽去了一个地方电视台下属的节目制作公司。

随着广电系统的市场化改革，如今的制作公司完全采用项目制，拍一个片子拿一份钱，不想干活的时候，在家躺半个月也没人管你。虽说碗们和锅的关系仍然颠扑不破地存在着，但在这个管理相对松散的单位，我的生活状态总算轻快了一些。我先是当记者，跑了一段时间的社会新闻，然后又转入了编导岗位，很快混上了一个导演的头衔。只可惜我这个导演和动画片导演、动物世界导演一样，都是没机会和女演员们"深入说戏"的。我干的是纪录片，所表现的内容不是边远山区的孩子走几十里路去上学，就是挺着大肚子的女支书都"破水"了还坚持带领乡亲们抢修养猪场。

斗转星移地又过了几年，我的某部主旋律片子蒙上了一个政府奖，进而和公司签订合同，成立了自己的工作室。随着财务上的宽裕，我在通州买了房子，接手了一个朋友的二手"大切诺基"，染上了把玩檀木佛珠和沏工夫茶的爱好；为了让自己时时刻刻"更像个导演"，我还留起了络腮胡子，每天出门之前都给自己扣上一顶镶有红五星的绿帽子。总而言之，我终于变成了自己既向往又厌恶的那般模样——一个满嘴跑火车的文化混混。

大概是北京刚开完奥运会的时候，我的不知第几任女朋友，一位社会学专业的在读研究生向我建议了一个新选题：中关村和学院路一带的"校漂"人群。这个群体和那两年受到大量关注的"蚁族"又有不同，他们之所以不是学生还赖在大学周边，原因是多种多样的：有人纯粹是毕业之后收入低，贪图食堂的价格便宜；有人是因为还保持着华而不实的精神追求，喜欢隔三岔五去听听讲座什么的；还有人是因为怎么也跨越不了从学生到社会人的心理转变，索性就拒绝长大了。凭着直觉，我感到这些人里也许能挖出点儿什么东西，弄不好还能再骗个国际上的二流奖呢。况且，我也迫切需要拓宽题材。

说做就做，我"撒"出去几个聘来的实习生，让他们为我搜集汇总了一批"校漂"的典型人物，然后带着摄像扛着长枪短炮，逐一进行采访。工作进行得出奇的顺利，那些"素材"形形色色，但有一个共通的特点，就是都不把自个儿当凡人，表现欲也特别强。他们对着镜头手舞足蹈，或抒情或明志，令我不得不临时调整思路，将一部绷着块儿装深刻的纪录片改换成了喜剧风格。我还特地留心寻找了一下当年见过的那个"民间哲学家"，很可惜，留校任教的同学告诉我，那人因为偷窃了几十件女生内衣，已经被移交公安机关了。

几天以后，前期采访工作大致告一段落，我在母校的留学生餐厅请全组人员吃了顿饭，准备回去整理录音。但在席间，一个比较负责任的实习生小张告诉我，在她搜集到的采访对象中，还有一个没有"采"到。

"不是都没落下吗？"我翻了翻名单说。

"那个人比较孤僻，不愿意透露自己的名字，也死活不愿意上镜。"小张说，"不过我总觉得这人身上有故事。他没工作，也从来不到学校的课堂去听课，每天就是在学生宿舍里窜来窜去，保安把他当成捡破烂的，往外撵了好几回，但每次撵出去，没两天他又回来了……"

"没准真是个捡破烂的呢？或者在倒卖偷来的自行车？"

"我见过他一次，绝对不像。"小张笃定地说。

我时常教育手下的孩子们，干活儿一定要有始有终，哪怕一个镜头没拍到也不能收工。我也对他们说过，真正有意思的素材往往是锲而不舍地"抠"出来的，而非随便拍一拍就能捕捉到的。小张的态度倒好像将了我一军，于是我让其他人先吃，自己跟着她走出了餐厅。

小张所说的那人的住处，就在我们学校西门外的"挂甲屯"一带。那儿的居民把平房加盖成摇摇欲坠的简易小楼，再按间甚至按床位租给住户。这么多年过去了，这个城中村仍然又脏又破，熙熙攘攘，土路的两侧摆满了卖鸡蛋灌饼、麻辣烫和羊肉串的摊子，不时有戴着厚厚的眼镜、满脸木然的年轻人夹着书本匆匆而过。小张带我穿街过巷，拐进了靠近圆明园西路的一个小院儿。她在一扇紧闭的门上敲了敲，半天无人应声，又不甘心地透过窗帘缝往屋里打量。

"干吗的？"一个穿花睡裤的矮胖女人拎着一网兜蔬菜进来，警觉地看着我们。她大概是小院儿的房主。

"这儿的住户不在家吗？"我指指那扇门说。

"我出门的时候还在呀。"房主说，"难道又被抓走了吗？"

"什么人抓他？警察？"

"不是警察，是学校里的人。"房主撇撇嘴，"给我惹了不少麻烦呢，要不是看他孤苦伶仃的挺可怜，早把他撵出去了。"

我对小张努了努嘴，和她走出了小院儿。院门对面，是一间污水横流的公共厕所，从刚才起，那股恶臭已经把我熏得很烦躁了。我没好气地对她说："八成就是个小偷什么的。我上学的时候，就在宿舍里撞上过一个，哥儿几个撵着他满学校乱跑，最后差点儿没跳湖了。"

小张却瞪大了眼睛，朝我身后望去，同时抬起了随身携带的微型摄像机："就是他就是他。"

我不由得回过头，看见一个又黄又瘦的人。他的头发长可及肩，脏得都打绺了，身上穿了件分不出颜色的双排扣西服，脚踩一双塑料拖鞋。他的手里攥着一卷卫生纸，卫生纸耷拉下来一截，随风摆动着，倒是这人周身上下唯一鲜亮的颜色了。

我像被什么奇异的情绪击中了，半晌没说出话来。他却在红五星绿帽子和络腮胡子之中努力地辨认着我的脸，片刻之后，眼睛里流露出了单纯的、近乎天真的惊喜：

"你是庄博益？"

"安小男？"

他扭头看了看小张，伸出一只因干枯蜕皮而处处斑驳的手，急促地摆动着："念及同学的情分，你就别拍我了行吗？"

真没想到，我和安小男久别重逢，居然又在厕所门口。我让小张关了摄像机先回去，自己跟着他走进了那间小平房。房屋低矮，进门时必须得低头，否则会蹭一脑门子灰；屋里有一床一桌一椅，看起来都是二手市场淘来的旧货，此外再无他物。坐在二十五瓦灯泡的下方，安小男便显得更加肮脏，也更加瘦弱了，但如小张所言，他绝不像个捡破烂的和小偷。如果让我说，他倒像个20世纪80年代的流浪诗人兼过度手淫犯。

他那手足无措、局促不安的模样也让我心酸。要知道，我们可是名牌大学的毕业生，作为改革的同龄人，我们虽然没占到什么改革的便宜，但是比起那些更年轻的后辈，吃改革的亏也还算吃得比较少的——起码找个相对体面的工作不难做到。那些和我一样不学无术的家伙都已经有资格在办公室里大搞性骚扰了，而安小男可是理科生里公认的天才，脑袋里据称"装着半个硅谷"，他怎么会混到这般田地？

因为害怕刺激到他，我没有直接发问，而是延续拍纪录片的思路，迂回着和他谈起了眼下的学校生活——都是些琐碎细节。安小男告诉我，学生第一食堂那著名的冬菜包子已成绝唱，图书馆地下室的录像厅也停业了；原来被我称为"肉香阁"的澡堂子却还开着，尤其是女部，飘出来的香味儿越来越浓了，"但洗澡的早已不是原来的人了吧"，他咂吧了一下嘴说，那一瞬间居然显得有些风趣了。

总之，学校是雕栏玉砌应犹在，我是前度刘郎今又来，安小男则已经乡音不改鬓毛衰。看到他的状态倒还平和，我终于开口："毕业之后就再也没见过面……我还以为你留在电子系读研究生了呢。"

"也是命，也是活该。"安小男垂下头去苦笑了一声，"我还得感谢你呢，当初刚毕业的时候，是你那五千块钱帮我在北京安了家。"

我扫了一眼他的"家"，脸上发起了烧。幸好安小男没有察觉，他自顾自地讲了下去。当初本科毕业以后，他固然没有进入历史系，而电子系力邀他继续读研究生，还开出了免试英语、政治的条件，却也被他拒绝了。之所以做出这样的决定，和兴趣、追求之类的东西无关，起作用的只是一个简单的因素——生计。在安小男十岁出头的时候，父亲就去世了，他是靠母亲在肉联厂洗猪肠子拉扯大的。天长日久，母亲的手已经被碱水烧坏了，眼睛也被熏得迎风流泪，视力大大下降，眼瞅着这份活计都做不下去了，幸亏熬到了儿子大学毕业，手里攥着的又是一份热门专业的文凭。供养安小男上学读书，在他母亲看来就是为了改变家里的生活状况，只要能实现这一目标，那么就算回了本儿，含辛茹苦没有白费；相反，如果不能立竿见影地赚出真金白银，那么再多的头衔也是扯淡。

"我真是干不动活儿了。"他母亲对他说，"手像咬了几千只蚂蚁，这我能忍，但眼睛要是瞎了，拖累的反而是你。"

在此后的择业过程中，也是母亲的意见起了主导作用。安小男没有进入对口的通信公司或者大型国有电子管厂，他母亲的理由是，前者不是有保障的铁饭碗，而后者的效益不好，工资太低。选来选去，她主张让安小男去银行上班。一个纯粹的理工科，到银行又能做什么呢？这是因为刚好在这期间，金融机构开始大力推进数字化办公，他们需要安小男这样的人才提供"技术支持"，说白了也就是当局域网的设备管理员。

于是安小男穿上了黑西服，胸口别了一只镀金领带夹。本来这份工作还是很实惠的。首先工资可观，旱涝保收；其次活儿也不多，办公室里遇到的技术问题在他看来都是小儿科，最麻烦的不过是重装系统和恢复硬盘，实在不行还可以开单子重买一台电脑，反正单位有的是钱。那段时间，安小男的生活过得相当滋润，他在西单附近分到了一间精装修的宿舍，宿舍里堆着工会发的鱼、肉、水果、成袋的大米，他还能每月定期往家里寄一笔钱，不仅足够母亲在H市衣食无忧，而且还能攒下来"将来结婚用"。

但是变化发生在三年前。某一天的午休时间，安小男所在的那个支行行长突然打来了电话，想约他谈谈。这还是他头一次受到顶头上司的单独召见呢，安小男有点懵懂，但还是准时推开了行长办公室的大门。

支行行长正在屋里看文件，他抬起手来向里摆了摆，示意安小男进屋，又向外摆了摆，示意安小男把门关上。安小男把半个瘦屁股坐在写字台对面的沙发上，眼巴巴地看着领导给他倒了杯茶，给他拿出了一包中华烟，又将写字台上那只沉重的水晶烟灰缸放在了他身旁的沙发扶手上，这才意识到了什么。他立刻跳起来，慌乱地躬着腰说：

"我不渴，我也不会抽烟……要不您喝吧，您抽吧。"

行长被他那拘谨的样子逗得哈哈大笑："我就喜欢你们这些搞技术的人——实诚，心里没那么多道道儿。"

然后又草草问了安小男的工作以及生活情况。安小男一一答了："谢谢您的关心。"

支行行长话锋一转："向你咨询一个技术问题。"

安小男说："您说。"

支行行长说："通过你那台主机，能否掌握行里每个人的电脑数据，以及他们都用电脑干了些什么——比如聊天、转账、炒股……"

安小男说："从理论上来说，只要使用特定的软件，那么就是可以做到的。因为行里的网络是通过我这台服务器对外连接的，这就相当于我这里是公共汽车的调度站，每一辆车的行驶速度快慢虽然有差别，但是路线和停靠站点全都被我记录着。"

支行行长满意地点了点头："那么交给你一个任务吧。"

安小男说："什么任务？"

"去搞一个你说的那种软件，花多少钱我给你报。"支行行长说着，又把一张打印纸递到他面前："这个名单上的人,你从今以后把他们上班期间收发的所有邮件、用通信软件和别人说的话都保存下来,每周拷贝给我过目。"

安小男就傻了。他不知道行长让他做这个是为了什么。这是在严肃工作纪律,落实考勤制度吗?可门口分明已经安装了指纹打卡机,办公室里也设有不留死角的摄像头,总行还会定期派出检查人员,一旦发现谁用单位的电脑玩游戏或者炒股票,立刻通报批评。再说所谓的纪律和制度,说到底都是执行给上面的人看的,又何必么较真儿,非得将监控细致到每一封邮件和每一段聊天记录呢?

"我当时首先的反应,是这个领导吃饱了撑的,多此一举。"安小男对我说。

"你太稚嫩了。"我笑着回答他,"他给你的那个监控名单上都是什么人?肯定有一个是单位的其他领导,比如副行长什么的吧?剩下的都是这个领导的直接下属或者有裙带关系的员工吧?这哪儿是执行纪律,明明就是在搞人嘛。你们行长想要通过你的技术优势,把他的对头们搞串联的动向掌握在手里,如果还能抓到什么黑材料,那就更好了……"

"还是你聪明。"安小男由衷地说,"我当时就没有想到这一点。"

"后来想明白了吗?"

"想明白也晚了。"

"你是怎么答复你们那位行长的呢?"

安小男当时的举动是——凝视了行长片刻,像垂死的鱼一样"啵"地吐了个泡儿,然后说:"您这么干很不道德。"

行长同样凝视了安小男片刻,然后抬起手来,往外挥了挥,示意他出去,又向里挥了挥,示意他把门关上。但是我也猜到,事情当然不可能这样过去。在行长眼里,安小男就算没被对立面提前收买,也已经属于那种"知道得太多的人",如果不能加入自己的阵营,那么就万万留不得了。没过多久,上面来了一纸调令,将安小男调离了技术部门,发配去总行直属的信用卡中心做推销员了。

而我突然问道:"对了……那个时候,你是不是还在看书呢?"

"什么书?"

"历史书。还有那些思想神棍写的骗人玩意儿。"

"当然不了。"安小男说,"不是告诉过你嘛,我已经对历史学失望了。"

"那你又何苦扯什么道德啊?"

"我也不知道。"安小男在昏黄的光线下垂下了脑袋,油毡一般的长发散发出一股霉味儿,"我当时只是觉得特别别扭,特别难受,好像被人掐着脖子,往肚子上擂了两拳,如果再不说点儿什么就要喘不过气来了。于是我就说了。"

我又想起了他在商谈转系事宜时,对商教授的那次发飙。安小男虽然对历史学失去了兴趣,但促使他去研究历史学的终极目标,也即"中国人的道德问题",却还像华老栓的那包洋钱一样,往腰间一摸,硬硬的还在。调动了工作岗位之后,他的生活就走上了下坡路。信用卡中心属于新组建的市场部门,人员构成大多是编制外的合同工,效益考核也纯粹是计件工资,拉进来一个客户算一分钱。为了多拿提成,大家各显其能,有到各种展会门口摆摊的,有到人多密集的场所扫街的,还有像出租车司机一样隔三岔五到机场趴活儿的。但无论在什么地点面对什么人,你都必须要放得开,要有一张好嘴皮子,让目标客户在极短的时间内对你产生亲和感。而这恰恰是安小男的劣势,他实在不知道应该和那些人说些什么,更不知道如何让人对一样他不感兴趣的东西产生兴趣。他也曾经把同事们的那套推销词语记在心里,一蹴而就地对着目标客户全文背诵,但还没等他把书背完,人家却早已带着莫名其妙的表情走开了。连续几个季度的考核下来,安小男始终是单位里的最后一名,他不仅工资被扣得所剩无几,还要遭受同事们的奚落乃至敌视,因为他的推销成绩严重地拖了别人的后腿,连累大家一块儿跟着挨批评、扣奖金。

终于,在信用卡中心新一轮的竞聘组合即将展开时,安小男又一次承蒙领导单独谈话了。

这次仍然有茶,有中华烟,有水晶烟灰缸,而当他再一次如梦方醒地客气起来时,领导的话却是:"两条道儿你自己选:要不你自己走,要不我们请你走。咱们这儿任务太重,竞争也激烈,不是养大爷的地方。"

就这样,安小男被迫从银行辞了职。

"然后你没再找别的工作?"

我问他。

"找了,但没找着。推销的岗位肯定是干不了了,我说我还能做技术,但人家都不信,因为原先那个行长给我写的鉴定是'业务水平无法胜任'。"

"那么你回到学校来,是打算重新考研究生吗?"

"考上也念不起呀。"

"你现在靠什么生活呢?"

"感谢母校,还是有办法。"

安小男告诉我,他失业之后,单位的宿舍自然也没了,于是便来到这里租了间小平房。

茫茫北京,他真正熟悉的地方只有学校,走投无路之时也只能回到学校附近。几乎所有的学生在上学期间都恨过自己的学校,但毕业之后一旦混得不如意,却又把学校当成了避风港。他们甚至是在自我欺骗,感觉只要回到当初的状态,那么生活就还有希望。这也是我在拍摄这部"校漂"的纪录片时总结出来的共性。总算是天无绝人之路,安小男闲散了半年,手头的一点积蓄差不多快花光了,却意外地发现了一个在学校里靠山吃山的新门路。以前银行的人事干部给他打来了电话,吞吞吐吐地求他代替自己十九岁的儿子参加高等数学考试:

"我看过你的成绩单,理科全是满分,所以请你千万不要谦虚。"

前同事愿意为"这一单活儿"支付"市价",也即五千块钱,恰好和我当初把李牧光的论文"转包"给安小男的价格是一样的。

由此可见,那时候的李牧光的确是一个睡糊涂了的冤大头,想找枪手也不先打听打听行情,从而给我留下了巨大的利润空间。没过几天,安小男拿到了用自己照片制作的假学生证,走进了考场。他第一次干这种勾当,固然紧张得满头大汗,但实际的操作过程却波澜不惊。公共课都是好几个系的学生混考,几百人的阶梯教室里基本上谁都不认识谁;况且大家都在埋头答题,即便是同班同学之间,也不会留意谁该来没来,谁不该来却来了。他只用了半个小时就做完了卷子,并故意答错了几道题——这是出于雇主的要求:

"我们只要七八十分就够了,太高了容易暴露目标。"

有了良好的开头，后面的路也就平坦了。通过成绩不好的学生们的口口相传，安小男变成了中关村一带几所大学中赫赫有名的"枪手"，雇主们对他的评价普遍是：待人诚恳，业务精湛，要价合理，不留后患。还有人在校内论坛上主动为他打广告：小男小男，考试不难。他的名气甚至传到了外地，就在去年，一个上海富商的孩子专门为他买了头等舱的机票，请他过去为其斩获了复旦大学微积分竞赛第一名的奖杯。这个行当的经营周期和地坛庙会上卖羊肉串的有相似之处，都属于干三天顶一年，安小男只会在期末的考试季里马不停蹄地赶场，其他的时间则都在学校周边闲逛，或者干脆窝在屋里。

不过作为一个枪手，安小男也有着明显的缺点。首先是他的穿着和外貌越来越不修边幅了，身上还散发着呛人的霉味儿，这导致他很容易在考场上引起怀疑；其次就是他过于注重"售后服务"这个环节，每次从考场出来拿到钱，都要苦口婆心地把考试题目向对方讲解一遍，然后再进行一通思想教育：

"连这都不会，你对得起父母吗？"

听到这里，我不禁哑然失笑，但才笑了一声就生生咽住了。我看到安小男的脸上浮现出了货真价实的痛苦，他讲到自己的失业和窘迫困境时都是心平气和的，但现在却两眼湿润了起来。如果只看那双眼睛，你甚至会把安小男当成一个不慎失足的纯情少女。

"我知道你觉得我虚伪，我也知道替人代考本身就是弄虚作假。"他打着磕巴说，"所以我每次劝那些学生好好学习的时候都是真心的，如果他们都能用功点儿，也就不用把父母的辛苦钱花在这种事情上了……"

"那样的话，你就连这碗饭也吃不上了。"我打断他，扯开了话题，"你妈怎么样？"

"暂时还过得去。"安小男舔了舔嘴唇告诉我，他的代考收入除了维持最基本的生活开销，其余全部寄回了H市，并且是分月寄的。他至今没有把失业的消息告诉母亲，因此反倒庆幸母亲的眼睛越来越不好，已经没法儿坐火车来北京看他了。而每年春节回家的时候，只要临时换一身西服，也能大致搪塞过去。这么大的事儿，居然被他瞒了个严实。

"所以说嘛，别再把道德什么的当压力。"我顺势替他开脱道，"道德的标准也不是绝对的,得视情况而定。你的处境是饥寒交迫而不是衣食无忧,你面对的又是赤裸裸的生活而不是宗教审判,况且你还有一个母亲要赡养——凭什么要求你的灵魂像那些有钱人的后脖颈子一样雪白呢?那反而不道德也不公平。"

"你真是这么想的?"

"那当然,而且一直都是这么实践的。"我说,"这年头,就算苍天有眼也被马路上的摄像头给取代了,只要警察不来找你的麻烦,那你就是一理直气壮的良民。日子已经过得不容易了,咱们都得活得尽量轻松一点儿,也务实一点儿,对吧?"

安小男这时却咧开了嘴:"可是警察没准儿已经盯上我了,上次替人家考完力学出来,有个助教带着保安跟了我一路,还把我叫出去盘问了半天……他们说以后再看见我就报警。"

"那也不用怕,咱们再想想别的出路。"

那天一直聊到了傍晚,我带着安小男离开挂甲屯,到以前开在学校东门外的胡同里、后来又移师到海淀体育场一侧的"千鹤"餐厅吃了顿日本菜。没有想到,如今的安小男也开始喝酒了,而且量还不小,我们一共要了五六瓶糯米酿制的清酒,差不多都被他一个人给喝了。酒足饭饱,我又提出找个地方"咯吱咯吱洗干净",便强拽着他打车去了一家洗浴中心。酒劲儿被冷风吹上了头,安小男的情绪也终于开朗了一些,他跟跄着走在门口的几个"罗马人"中间,手四处乱指着,像小孩儿一样卖弄着学识:

"这孙子叫屋大维,这孙子是恺撒。"

他身上的泥都快结成壳儿了,搓澡师傅表示必须得收双倍费用。趁他正在搓着,我便穿好衣服走出了洗浴中心,到街拐角的自动提款机上取钱。先取了一万,这是当年我利用安小男的文章从李牧光那儿赚的;又加到一万五,这是把给我前女友郭雨燕的那份儿也添了进去;最后又加到了两万,这是每天的提款上限。我从脚边捡了个塑料袋,将那摞钱胡乱包了,揣进洗浴中心里递给安小男。

他正坐在休息间,赤身裸体地摩挲着两扇瘦排骨,好像一只洗干净又燀了毛,只等下锅的菜狗。看到袋子里的是钱,他惊慌地推回来:"这怎么使得……你已经对我够好的了。"

我感到了心酸，脸上再次发烧，硬是将钱推回去："都是同学，客气什么。你先换一个像样点儿的地方去住，再给我留个联系方式，我看看能不能帮上你。"

安小男的嘴像鲶鱼一样一瘪一瘪的，似乎马上又要哭了。我的心里五味杂陈，不禁动情地胡噜了一下他的满头杂毛，又用力搂了搂他的肩膀。这个举动倒惹得旁边两个膀大腰圆的汉子好奇地打量了过来，在他们眼里，我们也许很像一对正在上演爱情悲剧的同性恋人。

4

在此之后，我又断断续续地找过安小男几次，有时候请他吃顿饭，有时候给他送几件剧组里配发的工作装。那两万块钱他没有用于换房子住，而是都寄回了H市，支付他母亲治疗眼病的费用了。他继续住在挂甲屯厕所边的平房里，等待着下一个考试季的来临，并提心吊胆会不会被校方抓个现行。

我也帮他找过工作。很遗憾，我们那个工作室的经费非常有限，因此才只能剥削那些"有志于艺术"的实习生，而要想添加一个全职的岗位基本上是不可能的。至于我问过的其他同学那里，情况就比较气人了。那些家伙平常都吹得天花乱坠的，可是真赶上事儿，却一个比一个缩得快，给我的答复不是"能力不济"，就是"掣肘奈何"，还有人反过来开导我："为了那么一个人，你犯得着吗？"

这固然也没什么不正常的，世上有贫贱之交，有富贵之交，但最让人无法想象的就是富贵与贫贱之交。让我不舒服的是，他们对我的义举也挪揄了起来。"上次我想在你的片子里插俩'软广'，你张嘴就要十万，这时候却他娘的扮演起了爱心大使——"一个自己开了个小公司的同学刻毒地挤对我说，"告诉你，就你兜里那俩钢镚儿，想沾染真正的富人癖好还早着呢。"

更让我不适应的，反而是和安小男的交往本身。他看我的眼神已经不对劲了，刚开始是羞怯和感激的，后来就渐渐地变成了崇敬。那崇敬之中似乎又藏着什么严肃、高远的东西，仿佛崇敬的并非我这个人，而是我所代表的某种抽象观念。他不会认为我对他的关切是出于什么伟大的情怀，进而把我看成"道德"的楷模了吧?

"我在大学期间所做的最正确的一件事,你知道是什么吗?"在五道口一个挤满了韩国人、"西巴"之声不绝于耳的串儿吧里,安小男奋力地用嘴撸着一根烤火腿肠,喷散着酒气问我。

"是当众痛斥了商教授吗?"

"不不不,是那天在图书馆门口和你打了个招呼。"

"这实在不敢当。"我躲着他的目光说,"事实证明,我帮助你学习历史什么的,明明都是浪费时间。"

"那些都是鸡毛蒜皮的小事儿,不值一提。"安小男用竹签子"点"了我一记,"我的意思是,我很庆幸能交到你这个朋友,这让我不再那么孤独了。"

我忍不住打了个寒战,突然有一种冲动,那就是向安小男坦白,我之所以愿意帮助他只是因为"黑"过他的钱,如今心里突然过意不去了——假如非得把这种情绪称为"负罪感"的话,其性质也仅仅类似于一个立志减肥的胖子在酒足饭饱之后的后悔与自责。但我又在话要脱口之际憋住了。告诉他实情又有什么用呢?当务之急,其实是寻找到一条门路,改变安小男的处境,帮助这个已经被现实逼到墙角的人"跳出来"。

恰恰是在这个当口上,另一个曾经把我视为"唯一的朋友"的人空降到了北京。

李牧光回国之前并没有通知我,但降落之后的第一件事,就是给我打了电话。从那鲸鱼腹腔一样拥挤、杂乱的波音777机舱内,我先是听到了乱糟糟的美式英语、澳洲英语、印度英语和粤语、上海话,随后,在一片全球化的南腔北调之中,一个东北铁岭口音抑扬顿挫地宣布:

"惊喜不?我南霸天又回来啦!"

事实上,我已经有两三年没怎么和李牧光通过信儿了,偶尔在网上聊两句,也是浮皮潦草地匆匆而散。看起来,李牧光已经完全适应了美国的生活。他建立起了新的交往圈子和业余爱好,更重要的是看似弄明白了自己在那边应该干点儿什么,以及能够干点儿什么。而这样一想,他能够念及旧情,首先找到我,就足以令我受宠若惊了。

我立刻放下手头的事儿,奔向机场接他。在一群因为不熟悉新航站楼而晕头转向的海外赤子中，我一眼就发现了李牧光。他正穿着一身80年代华侨风格的白西服和花衬衫，精神矍铄地东张西望。看见我之后，他高呼了一声小沈阳味儿的"long time no see（好久不见）"，张开双臂将我淹没在"迪奥"男士香水的气息中。

"先看看这几个宝贝吧，他们是贝贝晶晶欢欢莹莹和妮妮。"我被呛得喉咙发痒，挣脱出来指着远处广告牌上的五个"福娃"介绍道。这就有点儿没话找话的意思了——我突然对眼前这个李牧光感到陌生。

"网上不是说还有丫丫吗，她没来？"

"这不你丫来了吗……"

李牧光哈哈大笑，用力地拍着我的肩膀："兄弟，你还是那么风趣。"

开车回城的路上，我递给他一张剧组长包的酒店房卡：

"还没订房的话就先到我那儿歇会儿吧，想必你也累了……"

"不累不累，"李牧光挥着手说，"我在飞机的头等舱里都没睡，好几年没回国了，太兴奋了。"

我惊愕地睁大了眼睛。难道李牧光还有睡不着觉的时候吗？睡不着觉的李牧光还是李牧光吗？突然间，我总算反应过来他哪里令我感到不对劲了。一个一天到晚都在睡觉的人是萎靡的、淡漠的，就算站着，好像也已经完全垮塌了，过去的他就是这种样子。而今天的李牧光却是如此的亢奋、躁动和兴致勃勃，身上除了香水味儿之外，还散发着既强烈又炽热的能量。他俨然已经脱胎换骨了。

我自然问到了他是怎么治愈嗜睡症的："他们电你了吗？给你注射什么药了吗？"

"电倒是没电。药吃了不少，不过也没什么用。"李牧光不堪回首地摇了摇头，随后又笑了，"倒也真奇了，本来所有人都觉得我那毛病是治不好的，但是突然有一天，我自己反而不想睡觉了。好像我已经把一辈子的精神都养足了，突然就想去吃、想去玩儿、想去找女人、想去干点儿事业了。"

"就那么自然而然地——好了，没有什么具体的契机吗？"

李牧光歪了歪脑袋，好像思索了一会儿："如果说契机，可能是我爸退休吧。退休了也就是没权力了嘛，我妈打电话告诉我的时候都哭了，说他们不能再像以前那样什么事儿都照顾我了，还说我也该长大了，以后就得靠自己了……他们还给我寄了笔钱，让我学着投资去做点儿生意。打这之后，我总感觉身后有一群狗撵着我，日子过得快了，人也有精神了。"

这倒是个合理的解释：地无压力不出油，人无压力爱犯困。别说李牧光了，我们所有人身上的精气神，又何尝不是被狗撵出来的。只不过在有些人屁股后面追着咬的，是一群得了狂犬病的疯狗，个中滋味就与李牧光这种公子哥儿不同了。不管怎么说，我还是要祝贺他，并且尽量利用好和他的交情——从那身"阿玛尼"西服和"瑞摩瓦"旅行箱看出来，他很可能已经是个相当成功的买卖人了。

随后的几天，在李牧光的要求下，我开车带着他满北京地找乐子。这些年，从世界各地尤其是欧美窜回来的中国人越来越多，我身边的不少朋友都会隔三岔五地接待一批外国还乡团，并且把这种事情当成了负担。他们抱怨说，有一类从海外回来的人很难伺候，那些家伙既像原来一样爱面子，又新学会了斤斤计较；既什么都没见过，又要装作什么都见过；既要蹭吃蹭喝从来不掏钱，又要指桑骂槐地暗示国内的种种不好。总而言之，他们同时具备着中国人与外国人的双重没出息和双重不满意。但李牧光可绝不是这样的人，他的做派与其说像个海归，倒不如说像个土财主：

"只要是国内有而在美国享受不到的，你就尽管带我去。"

于是我们去了"大三元"吃佛跳墙，去了朝阳公园的"八号公馆"做泰式按摩，还去了昆仑饭店附近那家当时尚未查封的夜总会喝了场花酒。每次折腾完，都是李牧光抢着结账，我和他争过两回，他差点儿跟我急了：

"看不起我是不是？看不起美国人民是不是？"

还训斥我："别以为世界上的钱都被你们中国人挣了。"

我问他："你入了美国籍了？"

"那当然，现在国家荣誉感正强着呢。"

能够这样爱美国，可见李牧光的确在那边混得很开。几天吃吃喝喝下来，我便开始打探他"发的是哪一路财"，这一趟回来又是做什么的。

"中国人在美国还能做什么生意，无非是老三样：餐馆、洗衣房、倒买倒卖。"李牧光爽快地回答我，"我是最后一样，只不过玩得比一般人大一点儿。刚开始，我在洛杉矶的一家玩具批发公司干活儿，老板是我爸的朋友,他带了我两年,教会了我一些门道,然后就收手不干,搬到迈阿密去享受生活了。我趁机买下了他的公司,又扩大规模,在一个'帽儿'里新开了家玩具城,占了整整一层楼。这趟回来当然是跑货源,中国是世界工厂嘛。我过两天就要到义乌去了,如果能跟那边的商业协会谈好,绕过中间商直接发货,一个芭比娃娃就能省下十美元呢。"

我仿佛看到成千上万个芭比娃娃身穿着一模一样的花裙子,浩浩荡荡地跨过太平洋,前往天使之城,走进了李牧光的玩具大观园。接着,他又向我介绍了正在经手的各种玩具的产地、价钱和受欢迎程度:小丑鱼尼莫、机器人瓦力、凯蒂猫、胡迪和巴斯光年……看来他这个老板的管理风格是亲力亲为,事无巨细都要了解和掌握的。他谈论起生意的精明劲儿,也让我再次感到恍惚,怀疑眼前这人和当年在我头顶长睡不醒的李牧光究竟是不是一个人。

也就是在这时候,我动了把安小男引荐给李牧光的念头。我尚未想明白在李牧光的生意里,安小男那样一个人到底能有什么用处,但既然李牧光看起来不像大多数同学那样势利,又"做人正在兴头上",那么就算他不能帮安小男谋个职位,出于同学之谊施以援手也是很可能的。但我并没有立刻采取行动,而是鞍前马后地送走了李牧光,又耗过了一个多星期,等到他从义乌回来,才打电话约上了安小男。

那天算是我为李牧光回美国而设的送行宴,除了安小男之外,还叫上了以前历史系的几个同学。大家都惊愕于李牧光的巨变,但也旋即就适应了全新的李牧光,进而拿出场面上那一套,驾轻就熟地和他套起"瓷"来。在纷飞的名片和酒杯中,安小男表现得比那天面对摄像机时还要无所适从。他佝偻着腰,深陷在沙发椅里,下巴都快与桌面齐平了,歪着脑袋一会儿看看这个,一会儿看看那个。别人说话他插不进嘴,别人问他什么也完全接不上茬儿。或许他一直搞不明白我把他弄到这种场合是为了什么。

"这哥们儿不是那个——那个谁吗?"菜走了大半,李牧光仿佛才发现了饭桌上还有一个安小男。他睥睨着,把酒杯举了过去。

"咱们着实不认识。"安小男颤颤巍巍地举起酒杯,却没跟李牧光碰,径自干了。我知道,他的举动并非有意失礼,只是因为面对陌生人的紧张。

"庄博益的兄弟就是我的兄弟。"李牧光不以为意地笑着,又问,"哥们儿在哪儿发财呢?"

"失业。"安小男小声地如实答道。

"实业救国吗?具体是哪一行?"

"不是实业是失业,没工作。"

"那就是自由职业者嘛——你太会开玩笑了。"李牧光还替他打了个圆场。

但安小男认真地纠正道:"的确是失业。"

他的态度好像在和谁负气,更加与酒桌上的气氛格格不入了。旁边的几个人侧目而视,已经不加掩饰地冷笑了起来。李牧光倒被闹了个大红脸,讪讪地起身去了卫生间。

我趁此机会跟了上去,在走廊里拦住他:"刚才那人,你觉得怎么样?"

"哪人?"

"失业那人啊。"

"他失业也不能赖我……不过看起来倒是个老实人,不像其他几个人那么滑头。"

"这就对了,你果然是块干事业的料,很有识人之明。"我恭维了一句,随后介绍起安小男这个人来:他是我们的同级校友,他是理科天才,他恰恰是因为太"老实"才被打压成了一个失业人员,他还要供养一个两眼昏花的母亲……自然,我略去了李牧光去美国学校的入学论文是安小男捉刀这一环节。现在再提这事儿,对我们三个人都没什么好处。

"那么你的意思是……"李牧光迟疑着问我。

"能不能扶他一把,帮他撑过这个难关。"

"这种事儿干吗找我?你也知道,我是个买卖人,不是开粥棚的。"

"但你是我所认识的混得最好的人。"我赤裸地说。

这恐怕也是我能想出的最义正词严的理由了。我说完,就像真的站在了某种道义那一边,以审视的眼神直勾勾地看着李牧光。自从在心理上变成了一个成年人以来,我就很少如此诚恳而郑重地对人说过什么事儿了。

李牧光却淡淡地笑了。

"你这不是要挟我吗?"他耸了耸肩膀说,"我招谁惹谁了,混得好什么时候也成罪过了。"

在那个瞬间,我很想向他阐述一个逻辑:如果这个世界的运行规则就是零和游戏,那么混得好也许还真是有罪的。就像墙角里只有一撮面包屑,胖老鼠吃了,瘦老鼠只能眼巴巴地看着;还像这两只老鼠只够一只猫填饱肚子的,黑猫吃了,白猫便只能饿肚子。但李牧光那慵懒的笑容又让我心虚了一下,随后换上了习以为常的、漫无边际的微笑。

这可能是条件反射,但也可能是深思熟虑的结果——前面说过,我很害怕变成一个偏激的人。我还怀疑自己是不是被安小男身上那种既沉郁又凄凉的气质给催眠了,这可不是个好现象。

于是,我们寡淡地咂吧了一下嘴,肩并肩地回到席上,继续吃,继续喝。那天的晚饭一直持续到了夜里,很多人都喝得语无伦次了,安小男则是自己把自己灌高了。他到卫生间里吐了两趟,皱巴巴的衬衫上沾着来历不明的液体,脸却越来越白,两只眼睛泛出血丝来。幸好有两个人的老婆打来了电话,异口同声地威胁他们"再不回来就甭回来了",李牧光这才把杯中酒一干,瞥了瞥我说:"就这么着吧?"

大家出了餐馆的大门,又在几根朱红的仿古柱子之间疯癫地熊抱了一番,口中说的无非是"何日君再来""常回家看看"或者"狗富贵,猪相忘"之类的套话。等别的鸟兽都散了,我凑近李牧光,拍了拍他的肩膀:"再去喝壶茶?"

"要喝就到我那儿喝去吧,别再单找地方了。"李牧光仍然懒洋洋地笑着,又对不远处正在发怔的安小男歪歪下巴,"你要叫上他也可以。"

李牧光的确变得很精明,他已经料到了我接着想要做些什么,而他的意思分明是那桩事情还"有缓儿"。我欣慰了一下,赶紧过去拉住安小男。

"我就算了吧……"安小男两眼往地上溜着说。

我硬生生地扯着他:"你就权当再陪陪我吧。"

李牧光的住处离餐馆不远。我们溜溜达达,影子被路灯拉长复又缩短了几个来回,一起走进了长安街畔的那家老牌五星酒店。记得李牧光的父母来北京的时候,常住的也是这一家。喝了两杯客房服务送来的"锡兰伯爵茶",大家很快气定神闲下来。抓住这难得的清静时刻,我又把话头拽回到刚才的主题上,对李牧光反复强调安小男是多么的需要帮助,又是多么的值得帮助。但我已经学乖了，不再企图论述这种帮助是一种责任，而是将它渲染成了一种乐善好施、一种只有李牧光这个级别的成功者才配拥有的美德。我的有些话已经说得很肉麻了，就连"你拔一根毛比我们的腰都粗"这样的名句都引用了出来。

"哪个部位的毛呢？"李牧光还在打哈哈，脸上却泛上了颇为享受的神色。

"任何部位。"我一挥手说，"只要你舍得拔。"

说这些话的时候，我是一点羞耻之心也没有的。反正我是在替安小男央求李牧光，出卖的也不是我的自尊心。而安小男的头却一再地低下去，几乎低到了地毯的羊毛里去。他的手还在用力地抠着皮沙发的边角，发出轻微的啵啵响声。他的这副样子让我觉得自己有点儿残忍，但又不得不时时扼杀着自己那令人反胃的同情心。

说到底，我是为了他安小男好。

终于，李牧光逗够了闷子，瞥了安小男一眼："别光人家说呀，你的态度呢？"

安小男歪头看了我一眼，没有说话。他站起来，为李牧光把茶杯斟满，又从写字台上拿过一只"高希棒"牌南美雪茄，连同水晶烟灰缸一起放到了李牧光的手边。这是安小男在社会上混了那么一遭，学会的唯一的"礼数"。做完这些，他对李牧光近乎羞惭地笑了。

李牧光点燃了那根狼烟弥漫的屎状物，轻轻地感叹了一句："你呀，还真是个老实人。"

"咱们谁也不忍心看着老实人受委屈，对吧？"我赶紧说。

李牧光点点头，站起来说：

"再说了，庄博益的面子我也不能不给。"

"你的意思是——"

"给我看仓库，你能吗？"李牧光对安小男说。

我心里升起的悬念顿时坠落了下去，甚至觉得李牧光是在开一个恶意的玩笑了。我一个没忍住，叫了起来："这也太屈才了吧？要看仓库你找一老头儿、找一残疾人不就行了吗，用得着找安小男吗？再说了，你在国内又没有厂子，你让他到哪儿看去，把他带到美国去吗？"

"你听我解释嘛。"李牧光摇着雪茄,不紧不慢地娓娓道来,"我说的看仓库,可不是一般的看仓库,而且正因为不用去美国,所以才非得找个过硬的技术人员不可。还是从头说起吧,我公司的仓库有两个篮球场那么大,地方就在洛杉矶港口附近的一个物流基地里,是一次签了几年的合同整租下来的,不光我的货得从这儿进出,同时还租给其他人用。这么重要的产业,当然得找人看着啦,但是美国那鸟地方,劳动力的质量实在令人担忧,所有的穷人都是被宠坏了的家伙,又懒又滑。我曾经一次性地雇了两个黑人、一个白人和一个墨西哥人,让他们两人一组双班倒,结果差点儿被气死。有一次物流基地里闹水老鼠,他们却喝多了睡大觉,导致几箱芭比娃娃被啃得七零八落的,简直像遭到了集体奸杀似的。还有一次,他们居然串通一伙越南流氓,把我的一批玩具给偷出去卖了……就这样的货色,我他娘的居然还要给他们发福利、上保险,而且要像伺候大爷一样伺候他们。尤其是那俩老黑,连训也不敢训他们一句,否则他们就要上法院去告我种族歧视。这他妈的是什么世道,还有没有天理呀?比来比去,还是咱们自己的同胞靠得住,世界上再没有人比中国人更勤劳勇敢的了,所以我下定决心,一定要把仓储这一块的业务外包到国内来。"

说到这儿,李牧光的语调就激愤了起来。但我仍然没听出个所以然来,忍不住插嘴问道:"你的意思是把仓库挪到国内来吗?"

"那怎么可能。"李牧光像看傻子一样扫了我一眼,"我的玩具都要在美国卖,吃饱了撑的在中国盖什么仓库?仓库还在美国,但看仓库的人要在中国。"

"这怎么可能?"

"这并不难。"一直像闷葫芦一样的安小男这时却突然开了口,"我们只要通过互联网建立一套可视系统,把摄像头安装在美国的仓库里,监视器则设置在中国,完全可以实现远程监控。不光是监控,如果把电子报警器和美国的保安公司、警察局对接,一旦仓库里出了什么意外,报警也完全可以通过网络来实现。"

"对啦。"李牧光一拍巴掌,激赏地看了一眼安小男,继续对我说,"在这方面,他就比你灵光得多。其实我这个想法也是受别人的启发,现在美国的很多行业已经这么干了——比如那些推销电话,常常就是雇了一帮印度阿三从新德里打过来的；还有我前些天新换了一辆林肯车，号称有真人实时导航系统，结果接通了一听，妈的，马来西亚口音。一个马来西亚土鳖教我在美国怎么开车去比弗利山庄参加安吉丽娜·朱莉出席的新款服装发布会，多神奇！不过我在美国也咨询过专家，他们说如果要实现我的这个创造性计划，就必须在中国找一个技术过硬的人，因为这边的监控终端得由他来建立和调试——你行不行？"

他的最后一句话就是问安小男的了。而安小男眨了眨眼睛还没说话，我就已经代为回答了：

"当然行。"

"那么恭喜你。"李牧光笑着向安小男伸出了手，"从今以后，你就是外企雇员了。"

5

随后的两天，李牧光痛快地和安小男签订了劳务合同，然后又痛快地和我告别，登上如同鲸鱼插了翅膀的波音777，返回美国了。没过多久，他往国内汇了一笔钱，让安小男租房子、买设备，将他们商量好的那个"监控中心"的中国分部建立起来。他还专门给我打了个电话，让我帮他"看着点儿那小子"："如果他想从我这儿揩油的话，那就打错主意了。美国的财务制度和你们中国可不是一码事儿。"

这个态度令我隐隐地感到不快，但也只好担保道："安小男你又不是没见过，那就是一榆木脑袋，让他在钱上做手脚还得现教呢。再说你让我监督他，但又焉知我是不是个老实人呢？"

"知人知面不知心啊。我爸他们单位以前有个干部，日子过得节俭极了，连过年也舍不得炖一锅肉，可后来一查才知道，人家在北京和上海买了七八套房子——那钱又是从哪儿来的呢？"李牧光哼哼冷笑两声，但大概听出了我的不满，又安抚我说，"至于你，我是一百个放心的，咱们是朋友嘛。"

他干净利索地挂了电话，却把我留在一派类似于懊恼的情绪里，莫名其妙地生了会子闷气。在和李牧光接触的这些日子里，我一边重新对他熟悉起来，一边却又感到他比以前更加陌生了。他的神态和语气里有了一种毫不掩饰的倨傲之气，并轻而易举地重新定位了和以往故交的关系，把人与人之间的平视一律改为俯视，那架势不言而喻——我和你们不是一个阶级的。与此同时，他又展示出了令人直打寒战的精明。就以他和安小男之间的雇佣关系为例吧，这个念头李牧光也许早就盘算好了，但他一直不说，而是在我反复央求之后才以施舍的姿态答应。如此一来，便可以顺理成章地开出那些苛刻的、对他大为有利的条件了：安小男是拿不到各种保险的，如果需要加班也没有加班费，工资更是只有李牧光原先雇佣的一个黑人保安的三分之二，仅为区区一千美元出头而已。李牧光对此的解释是，黑人看仓库是需要上夜班的，而安小男人在中国，美国的夜晚恰好就是中国的白天，夜班补助也就可以免了。这样算下来，安小男每个月就要替他省下几千美元的人工成本，李牧光真是赚大了。

　　当然，我并没有把李牧光的这些变化理解为加入美国籍的结果。决定人身上某些特性的，往往不是国籍而是阶级。在全世界的无产者联合起来之前，全世界的资产者已经率先联合了起来，他们的嘴脸也大抵如出一辙。试想换成一个中国富人同学，就会对我保持平等，对安小男出手大方吗？情况恐怕更甚。所以不管怎么说，我还是应该替安小男感谢李牧光，正是因为他的创意和实践精神，才让安小男重新有了工作。再考虑到中美两国之间货币以及"人"本身的价格差异，这份工作甚至称得上差强人意。

　　如今的安小男终于搬离了挂甲屯，结束了校漂生活。在我的帮忙张罗下，他在中关村以北的上地附近租下了一个写字楼里的开间。房间大概有三四十平米，里屋的墙上挂着七八台液晶屏幕，此外还有保证时时畅通的网线以及高性能电脑主机；外屋则是洗手间和一张单人床，他下了美国的班，足不出户就可以睡中国的觉。在设置那套监控系统的时候，安小男再次显露了一个理科高才生的素养。他指挥李牧光那边的技术人员将摄像头安置在最合理、最精确的位置，保证偌大的仓库不留一个死角；他还修改了软件程序，升级出一套可以迅速切换视角的操作方法，这样一来，同一个屏幕可以分别显示几个摄像头的视角，当某一个摄像头损坏或者被挡住之后，它附近的摄像头也能及时填补空白。总之，这套系统的精髓正是：让安小男像身临其境一样，在那两个篮球场大的空间里明察秋毫。

　　监控屏幕里每天显示着什么样的内容呢？无非是一个又一个庖丁解牛

般的黑白图像：水泥地、墙角、货架、通向走廊的安全门……把这些切片拼合起来，就得到了仓库的全貌。只不过是一个单调呆板的巨大长方体而已。但一想到这个长方体位于太平洋的彼岸，位于上万公里以外的我们的脚下，就不由得让人心里生出一种奇妙的感觉。

在高清晰的微观摄像头里，我还见过工人们往玩具包装盒上打价签：一个芭比娃娃14.99美元，一个Hello Kitty 16.99美元，一个会摇头晃脑的机器猫略贵一些，是19.99美元。美国的物价的确令我们眼红，我曾经给一个亲戚的孩子买过一模一样的"进口"芭比和Hello Kitty，国内商场的售价几乎高了一倍不止。而据我所知，我们国家东南沿海的打工妹们忍受着化学原料的毒气，冒着手指和整张头皮被机器绞掉的危险，生产出了这些人见人爱的小玩意儿，出厂价也就是二十几块人民币。

很显然，安小男非常珍视这份工作。他几乎变成了一个网上所说的"技术宅"，周一到周五的整个白天都坐在监控台前，两眼聚精会神地盯着美国夜晚的仓库。这其实不是一个轻松的活儿，那些图像几乎永远是寂静的、一成不变的，我曾经替上厕所的安小男盯过一会儿，才不到五分钟就心烦意乱地走起了神儿。别说是水泥地和货架子了，就是换成哪位性感女演员的艳照，让你直愣愣地盯上几个钟头，恐怕也得看吐了。

但是安小男却能做到绝对的忠于职守，永远不会审美疲劳，并且很快就立下了一件奇功。那是在一个中国的正午美国的子夜，一个弯腰驼背的白人老头儿溜进了仓库，先是蹦脚乱跳地自言自语了一阵，然后又哆哆嗦嗦地拿出一只打火机，企图引燃货架上的纸箱子。安小男利用网络报警系统接通了物流港的保安室，片刻就有两个屁股像八仙桌面一样大的胖子冲了进来，上演了美国警匪片里才有的场面：掏枪顶着嫌疑人的后脑勺，将其按倒在地，双手背后铐成了一条肉虫子。

"那人就是被安小男顶替的老保安，因为失业了，所以丫疯了，妄想报复我。"李牧光兴冲冲地给我打电话，"这套监控太管用了，所以我总是说，干活儿还是中国人靠得住。"

我向安小男传达了李牧光的褒扬，但对被抓住的那个老头儿的身份，我却缄口不言。

这事儿过后，安小男的工作积极性更高了。当他再坐到那排昆虫复眼一般的监控屏幕对面时，脸上几乎泛起了少女怀春般的红晕。他是如此的专注和激动，就连呼吸都变得沉重了。这人从来就没在人际关系中扮演过强势的一方，更没有支配、掌控过谁，但通过这套监控系统，他一定获得了巨大的心理满足——那也是一种权力的滋味。

俯瞰一切，全知全能。毫不夸张地说，在那个仓库里，安小男扮演的角色简直可以比拟上帝。

这一切也令我获得了莫大的成就感。安小男其人能够重新走上正轨，和我对他的关心不也是密不可分的吗？再扯得远一点儿，我所从事的纪录片工作，说起来是以"记录人生、改变社会"为宗旨的，我们这个行当的人假如说还有一点儿职业理想的话，也应该是给寒冷者以温暖，给绝望者以希望。但这个观念几乎没有实现过，在操作的过程中，我所做的无非是不停地退让、妥协、谄媚，乃至于一个庙一个庙地拜菩萨，从那些头面人物的手指头缝儿里抠出一点项目经费来，说白了和要饭也差不多。然而在安小男身上，我却意识到自己还有着影响别人生活的力量，意识到自己似乎还是一个有用的人。在这种信心的激励下，我或许也将有勇气去结婚、生孩子、承担起一个家庭的责任来——当然，前提是得在那些急功近利的小娘们儿里发掘出一个值得我"爱"的。

而当安小男的状态彻底安定下来之后，我便不得不离开北京，到外地跑了一圈儿。"校漂"那部片子粗剪完成，有个教育主管机构提出了意见，说我的作品里"亮色"太少，然后拨了笔钱，让我着力反映一下几个近年新建的"大学城"的风貌。从而和方兴未艾的"教育产业化"改革挂上关系。对于那纸批文，我在同行圈子里极尽嘲弄之能事，但一扭脸就包了辆"依维柯"摄像车，叫上组里的几个得力人手准备动身。

"你怎么竟依了？"一块儿去的实习生小张问我。

"你不晓得他们的力气有多大。"我和她对了句鲁迅在《祝福》里的台词，然后无耻地辩解道，"反正我不答应他们也会收买别人，这种好处与其便宜了那帮王八蛋，还不如自己抢在手里。"

出发之前，我专门到上地的办公室看了看安小男，给他带了一盒从楼下"屈臣氏"商店买的眼药水："敬业归敬业，也不要太废寝忘食。"

安小男"嗯"了一声，捋了捋仍如乱草一般，但总算干净了一些的头发，从怀里掏出一个牛皮纸信封递给我："里面是这两个月的工资，李牧光给我打过来的是美元，我已经换成了人民币。你路过河北的时候，能不能顺便弯到H市一趟，把这些钱给我妈带过去？她眼睛不好，去银行取钱很不方便。"

我自然一口答应，并在两天之后就把这事儿给办了。紧邻H市不远，就有一片刚刚竣工的大学城。那儿基本上就是一块镶嵌在华北平原上的水泥疙瘩，到处都是明晃晃的道路和操场，连一棵树也见不着。大学城里聚集着省内几所三流学校的低年级本科生，他们因为被发配到这种地方而心情颓丧，像一群走错了门的鸡一样仓皇地闲逛。在取景的时候，我们还遇到了一个突发情况：几个农民工攀登上大学城的主楼，悲愤地呼号着什么，频频作势欲往下跳。一打听，才知道是开发商一直没给建筑方付清尾款，导致他们的工钱也被拖欠了。但在当地政府工作人员的陪同下，这样的场面肯定是没法抓拍的。

晚上又被几个头头脑脑拉进宾馆狠"撮"了一顿，到了晚上九点左右，我才有了空暇，下楼拦了辆出租车开往H市的老城区。这地方在很久以前还做过一个诸侯国的国都，并流传下来诸如"纸上谈兵""一枕黄粱"等等名声不太好听的成语，但如今已经看不出一点儿王城的气象了，整个儿就是一个巨大的工厂宿舍区。安小男家坐落在一条格外破旧的巷子里，车都开不进去。我下车步行，因为没有路灯，几乎在坑坑洼洼的土路上崴了脚。

由于提前打了电话，安小男他妈并未惊讶，热情地接待了我。这个当年勇闯校办公室的肉联厂洗肠工衰老得很厉害，头发像七八十岁的人一样苍白而稀疏，软塌塌地贴在天灵盖上。她的眼睛一翻一翻的，明显是在努力地看却又看不清楚，在狭窄的斗室里必须摸索着桌沿才能行走。

我把装钱的信封放在桌上，本想客气两句就走，但她却死活不依，非要让我喝壶茶。她摸到厨房去烧水的时候，我便只好歪在塌陷的布面沙发里，打量这间兼做客厅和卧室的房间。像所有独居的老年人一样，安小男他妈在屋里摆满了杂七杂八的破烂儿，床脚的夹缝里居然塞着一台竹制的老式婴儿车，难道她正期待着用它给安小男看孩子吗？而在一只矮柜上方的白灰墙上，我看到了密密麻麻地悬挂着的奖状和照片。

"你是有出息的人，能拍电视……"安小男他妈的声音从满是中药味儿的厨房传来。

"安小男更不赖，挣的都是美元了。"我敷衍着她，起身踱到那扇墙边端详。

红底黄边儿的奖状自然都是安小男获得的，来自五花八门的数学和物理竞赛；照片则是他们一家人在过往的不同时期拍摄的，在昏黄的灯光下具有浓郁的复古意味。有两张八寸的合影吸引了我的注意，照片的主角是一位四十上下的男人，穿着笔挺的西装，戴着一副金边眼镜，长相也很精神。他不是在主席台上领奖，就是正向某位年迈的大人物进行讲解，俨然是那个时代报纸上频繁报道的"青年改革家"或"科技标兵"什么的。这人无疑是安小男他爸。在另一张生活照里，他正在给儿子过生日，父子俩一人捧着一块奶油蛋糕，满嘴白胡子明媚地笑着。

我突然想，如果这男人还活着，那么一家人的生活就不会是现在这副模样吧？或许安小男的脾性也不会发展成后来那样。从心理学上讲，许多性格有明显缺陷的人，都是少年时代没能生活在一个完整的家庭里造成的。

安小男他妈沏好茶，又絮絮叨叨地拉着我聊了很久。她感谢我这么长时间来一直照应着安小男，并让我提醒安小男除了埋头干活儿，还得注意和领导、同事搞好关系。"他现在跳槽到美国公司去了，我觉得挺好，听说那种地方的人际关系单纯一些，更适合他这样的人……他爸当年就是在这方面吃了亏。"说到这儿，安小男他妈的神色有些凄然，又有些恍惚，但马上岔开话题：

"他也该找对象结婚了——还有你也是。别光顾着挣钱，多少钱也买不来一个家。"

我走的时候，她还给我带上了好几张下午烙好的糖饼，让我路上吃。她坚持将我送出门外，又陪着我在漆黑的巷子里走了一小段，走的时候手扒着墙，小步慢慢挪着，仿佛每一步都不知道应该先迈左脚还是右脚。

那是我第一次以辛酸的感情理解了"邯郸学步"这个成语。

离开安小男家后，我们的剧组一路南下，途经郑州、武汉、长沙，边走边拍，终于在深圳结束了工作。至此已经在外面奔波了两个月有余，每个人都蓬头垢面，乍一看很有漂泊感。在这期间，我的生活发生了两个小小的变化，一是原先那个女朋友跟着一个搞金融的跑了，二是我导致了组里的实习生小张受孕。奇妙的是，这两件事之间并不存在逻辑上的因果关系，所以我们三个当事人谁也不觉得亏欠了谁。小张的妊娠反应很强烈，才两周就开始哇哇大吐，恨不得把苦胆都清空了，而且还有小产的迹象。到了深圳之后，我只好让剧组里的其他人就地解散，自己陪着她到医院保胎。我们已经商量好，等她一毕业就结婚，把孩子生下来。做出这个决定之后，我的心情倒是颇为激荡，乃至于充满了初为人父的悲壮之感。记得夜里躺在宾馆的床上，我拉着她的手说了好多煽情的话，有几次把自己都快感动哭了。

小张一句话就戳穿了我："不要试图给自己的每个举动寻找意义——累不累啊？我和你别的那些女人相比，唯一的特殊性就是恰好在你即将折腾不动了的节骨眼上插了进来，相当于击鼓传花的最后一棒。"

比我们小十岁的那代人都是天生的现实主义者，早早儿就把什么都看透了。她们让我欣慰，也让我惭愧。

又拖拖拉拉地磨蹭到北方的天气暖和了，我才带着小腹微微隆起的未婚妻回到了北京，但也不再出去和各路魑魅魍魉厮混，而是把自己那套房子好好布置了一番，过起了深居简出的生活。小张的研究生论文答辩在即，一旦通过就可以和我去"扯证儿"了。她在正式上任之前便已经很进入状态，不但把我饲养得越来越肥嫩，而且还严格地限制了我能跟什么人交往、不能跟什么人交往。她也算在我那个圈子里混过，对我周围人的品行相当了解，好几个德高望重的老艺术家都被列入了黑名单。

"你那群所谓的朋友里，也就安小男还算个老实货色。"她如是评价道。

但即便是这个老实货色，我也有很长日子没见面了。就连美国仓库放假休息的周六周日，他也忙得团团转，根本没工夫出来和我消磨时间。正所谓天将降大任于斯人，安小男在沉沦数年之后，终于迎来了事业的"黄金期"，这还得益于李牧光那敏锐的商业嗅觉——他让安小男为洛杉矶那个物流港里的每一间仓库、每一条过道和每一间办公室都设计好"跨国监控系统"，再由自己出面推销给附近的企业主们。他还有个长远而宏大的计划，就是把那些设备贴牌批量生产，行销到所有人力成本高昂的国家和地区去。不管在中国还是美国，什么东西一旦沾上了"高科技"又沾上了

"国际化"，利润都会像苹果手机一样打着滚儿地往上蹿，李牧光迅速地在玩具生意以外拓展出了新的滚滚财源。而在这一轮的雇佣关系里，他对安小男也变得仁慈多了，答应每售出一套监控系统，便返给他五千美元的提成，当然这也只是整个销售额里的小小零头罢了。

安小男甚至不必前往美国进行实地考察，只需要对着那些房间的3D图形，把监控系统的设计方案做好，再用网络传给李牧光就算大功告成。至于监控终端设在哪个国家、哪个地区，也可以由购买系统的美国老板们自行决定。在短短的几个月时间里，地球的各个角落如同雨后春笋一般，冒出了十几二十个和安小男干着同样工作的人，他们端坐在印度、马来西亚、菲律宾、墨西哥或者中国的电脑屏幕之前，注视着美国一隅的风吹草动。闭着眼睛想一想，这是多么壮观的场景啊。

"不要老说我们美国人在监控全世界，"李牧光给我打电话时说，"全世界人民也在监控着美国嘛。"

又过了不到两个月，李牧光再次乘坐着鲸鱼一般的波音777，声势浩大地空降到了北京——对于这种行程，他现在已经不再称之为"回国"，而是改口叫作"访华"了。仍旧是到了机场，他才给我打了电话，但这一次却不再叫我出去鬼混。跟在他身旁东跑西颠的人变成了安小男。

他们先是结伴去了西安的高新区，然后又依次到华北的几个大中型城市溜了一圈儿，此行的目的是为投资建厂选址，有可能的话还要跟当地政府洽谈一系列相关事宜。既然监控系统已经打开了销路，就需要找一个国内的厂家进行规模化生产，把采购来的摄像头和主机贴上统一的商标。美国发明出来的玩意儿总是要在中国制造，这条法则就像地球总是自西向东旋转一样不言自明。然而我却想不明白，要建厂干吗不去东北啊？那儿是李牧光的老家，他爸虽然退了，但想必余威还在，再加上和他们家沾亲带故的人非官即商，办起事情来总是要方便得多。

"恰恰因为父母和亲戚都在那边，所以才多有不便嘛。"对于我的疑问，李牧光解释道，"越是家门口越要注意影响——你这个人还是幼稚。"

我也算在中国的江湖混迹过一些年头的人，如今却被一个美国人训斥为"幼稚"，这不免让人啼笑皆非。而没过两天，又有一个消息传了过来：李牧光为厂子初步选定的地址就在H市。这就不能不说是一个巧合了。据说当地的官员常年苦恼于经济发展和钢铁绑定在一起，污染大不说，这几年的销路也不大好，一吨钢材才赚十几块钱。他们早就叫嚣着要"转型升级"，却拉不来合适的项目，如今正好和李牧光一拍即合，不光口头承诺了税费方面的优惠，而且就连地皮也是可以低价出让的。李牧光他们在H市盘桓的时候，我特地打了个电话，请他去安小男家里拜访一下，最好再拉上一两个政府里的干部作陪。我的用意很简单，是想让安小男的母亲见证到儿子的确"出息了"，而且对老人以后的日子也有好处——哪怕能招徕一伙儿学雷锋标兵，逢年过节给她刷锅刷碗擦擦玻璃也是好的。

"这个也不用你说。"李牧光回答我，"你这朋友既然跟着我干，我就亏待不了他。"

但不久之后，安小男却一个人先回来了。打电话时一问才知道，他到H市只是作为"技术总监"走个过场，向当地的有关领导"汇报"一下监控系统的功能以及原理。而当洽谈涉及股权、地皮和人员安置等等关键阶段时，就得李牧光亲自出面了——那想必是个漫长而艰难的扯皮过程，尤其是在李牧光打定主意让自己的叔叔出任新厂长的前提下。

我再次见到安小男，就是在自己的婚礼上了。小张的肚子已经骇人地鼓了起来，如果再不早点儿办事儿，恐怕将来就得让亲儿子来给我们当伴童了。好在现在的婚庆公司很高效，服务也很周全，还能定做用钢丝把裙子高高地撑起来的孕妇婚纱。婚礼的地点是在一个酒店的露天花园里，我与小张并肩走过草坪，感觉自己正挽着一只雪白的蘑菇。来宾们自然对着她那奉子成婚的肚子指指点点，被请来当证婚人的一个"央视"春晚副导演更不靠谱，他摇头晃脑地指导我们互相戴上戒指，然后宣布：

"祝福你们仨！"

好歹把仪式进行完，我还得在人群中不停地穿梭寒暄、被人打趣。转到同学的那一桌时，我一眼就看见了被几个人勾肩搭背地簇拥着的安小男。人们对他的态度明显变了，那副亲热劲儿就好像在对待熟识已久的老朋友。这也是可想而知的。安小男"咸鱼翻身"的消息经我添油加醋地扩散出去，几乎成为一个现实中的小小奇迹，一个美国梦的中国翻版。

"啊呀呀，你放了道台了，还说不阔？"有个家伙正狠摇着安小男的肩胛骨说。而安小男一定还不习惯这样的恭维，他双手交叉抱在胸前，茫然失措地四处望着。直到看见了我,他的眼睛才亮了一下。

我过去和那帮人喝了杯酒,解围似的把安小男揽出了人堆儿,在一蓬浓郁的月季花边聊了起来。

"李牧光还在H市吗?"

安小男舒了口气说:"还在。他投资的条件挺苛刻,两边还在僵持。"

我又说:"你怎么不趁机在老家多待两天?你妈还好吗?她烙的糖饼料真足,咬一口能烫后脑勺。"

"你要喜欢吃,下次让她再给你做……我爸活着的时候,每次听完高英培的相声都要吃糖饼。"安小男笑了笑,又吸溜了一下鼻子,"李牧光让我先回来,一是因为公司的仓库还得有人看,二是让我再改进一下那套监控器材,现在的成本还有点儿高。"

"得加班吧?"

"昨天又熬到三点多钟。"

李牧光果真是疑人不用,一旦用了就往死里用——还是那句话,他们那个阶级的人大凡如此。这时我如果斥责他"剥削",反倒显得矫情了。于是我说:"累点儿无所谓,能挣着钱就行。既然荣升了什么总监,他给你的工资也该涨了吧?他答应的那些提成兑现了吗?"

安小男近乎难为情地点了点头。

"那就好。"我说,"手头宽裕的话就赶紧买套房子,现在北京的房价涨得厉害,人家都说晚买俩月白干一年……还有,你妈让我劝你找个对象。我老婆有几个同学正好闲着呢,比如那个,我看就还行——"

我朝隔壁桌边一个把自己涂抹得如同雕花萝卜的姑娘指了指。那姑娘正在奋力地对付着一堆冷盘,看见我们粲然笑了,嘴里差点儿蹦出俩潮州肉丸子。

我也扑哧了一声,正想认真地寻觅出两个可以被称为"果儿"的姑娘,安小男忽然说:"你结婚了,我给你备了份礼。"

"搞那么'虚'干吗?"我笑道,"要是钱的话就直接塞前台那捐款箱里吧,美元也收。"

"除了钱还有别的。"安小男匆匆跑回座位,从桌子底下抱着一个纸箱子出来,"我亲手做的,你们的孩子生出来之后也许用得着。"

这时小张也好奇地凑了过来，我们两个打开箱子，看见里面分门别类地绑着几个摄像头和数据线什么的。分明是一套仓库监控系统的具体而微者嘛。

"这有什么用呢？"我不免感到荒诞。

安小男解释起来："你想呀，你很忙，小张学历这么高，也不可能不出去工作吧？到时候孩子放在家里，只能请保姆来照顾。可现在信得过的保姆太不好找了，她万一要是不给孩子按时喂奶呢？要是给孩子吃安眠药呢？所以我就专门给你们设计了这套婴儿用的监控系统，环绕着小床三百六十度无死角，而且还有体温遥感器，孩子发烧的话也能报警。你们在外面一开电脑，就可以随时掌握孩子的情况了……"

他那认真的样子让我们同时哈哈大笑了起来。小张向安小男道了谢，然后又指着我说："你还不如帮我把他也上了监控呢，他那个行当里不三不四的女人太多了，这人意志又不坚定，他每天上班我都提心吊胆的。"

"这就是所有正房的通病——刚扶了正就过河拆桥，也不想想当初是怎么'扑'我的。"我笑着跟小张"逗"，"但是归根结底还得怪我，魅力太大了无法抵挡。"

小张反唇相讥："咱俩谁'扑'谁呀？谁在器材间里痛哭流涕地哀求人家'暖一暖我的灵魂'呀？当时就应该把这段给你录下来。"

我们两个你一言我一语，但安小男却茫然地抬起了眼睛，看向了北京阴沉沉的天空。他好像正在走神，从周围的气氛里"间离"了出去。小张便有点儿讪讪地，对安小男说了句"多喝点儿"，然后就挺着肚子找她那帮女伴去了。

我拍了拍安小男的肩膀，换上了诚恳而体贴的口吻："谢谢啊——看到你能越过越好，我也很高兴。"

但这时，安小男却舔了舔嘴唇，说出了一句让我目瞪口呆的话："我不想干了。"

6

安小男的话虽然让我惊诧，但却又有似曾相识之感，就像一出彩排了几遍的拙劣话剧。只不过第一次和他演对手戏的是商教授，第二次是那个银行行长,第三次就变成了我。但我招他惹他了?我可以说是唯一真心想帮他的人啊,他怎么就这么不让我省心呢。

"为什么啊?"带着近乎委屈的情绪,我叫了出来。

"我有心理负担……"安小男的眼神游移起来,仿佛正在斟酌词句。

我突然想到了被安小男协助逮捕的那个酒鬼老头儿:"难道你是因为不忍心抢了美国老弱病残的工作吗?这就是妇人之仁了。咱们第三世界国家人民哪儿配同情美国人啊?那国家的福利好得很,当个失业的穷人幸福着呢。"

"不是这个原因。"他说。

"那么就是李牧光逼你干过什么事儿……比方说除了仓库以外,还监视监听什么人?"

"也没有。"

"那你抽什么疯啊?你的心理负担是从哪儿来的?"我索性任由酒劲儿发作,指着安小男的鼻子质问道,"别身在福中不知福了,你这份儿工作多让人羡慕,你自己知道吗?挣钱多少都不提了,姑且谈谈尊严,谈谈人生价值吧。你知道咱们那些坐机关的同学十年如一日打水扫地擦桌子上级放个屁都得叫好越讨厌谁越得冲谁乐乐得脸都抽筋了是什么滋味吗?你知道我为了拍个片子骗完项目骗赞助骗完审查骗观众这活儿干得有多没劲吗——制片人都改叫'只骗人'了。再跟你说个玄的,我有个前女友是开皮草行的,参观了一次活剥水貂皮就开始夜夜做噩梦,梦见自己也被开了个口子,然后'啵'的一声从皮里拽了出来,因为这事儿她信了佛,结果还让一假冒'仁波切'财色通吃了。谁没压力呀,谁活得容易呀?也就是你这种干高科技的,一不用缺德造孽,二不用自毁人格站着就把钱挣了——你还有什么不知足的?"

对于我这番泄愤式的长篇大论,安小男似乎无话可说地点了点头。但他随后却又说道:"工作本身当然没有问题,只不过……"

"只不过什么?"

安小男猛然直视我,目光炯炯,"你知道李牧光的钱是哪儿来的吗?"

"不是卖玩具挣的吗?"

安小男的口齿也加快了,但却远比我要冷静、清晰得多:"我看过他的入库单和出货单,他那个公司处于整个儿玩具流通环节的末端,利润已经被其他公司瓜分得差不多了。就以一个芭比娃娃为例,中国出厂价大约三美元,到了他手里已经涨到了将近十五美元,而他还要应付税收、场租和每个季度一轮的打折促销,再刨除美国那昂贵的人工成本,能打个平手就算万幸。还记得他曾经跑到义乌,想要绕开代理商低价拿货的事情吗?当地的商会害怕得罪几家垄断性的贸易组织,根本没敢答应他。总而言之,李牧光靠他玩具生意的营收,根本不可能赚出现在这么多的钱——你知道他在H市谈的那个项目投资有多少?连厂房带地皮他都想买,起码要拿出几千万人民币。"

我尽力跟着安小男的思路,大概听懂了他的意思,突然又含糊了一下,打断他问道:"你说你……看过李牧光的流水单据?"

安小男"嗯"了一声。

"他怎么会让你看这种东西?你一个技术人员,他吃饱了撑的才会请你查公司的账。"

"说起来也是凑巧。那些材料李牧光本来是不可能给我看的,他每次核对完货物,都会把单据放回仓库旁边的办公室里。但这一阵他不是回国了吗?他待在H市而我又回了北京的那几个白天——也就是美国的夜里,我继续在办公室监控着仓库。恰好这期间,公司到了一批货,是他手下的一个业务经理接收的,那人大概比较马虎,签完字就顺手把一摞单据都扔在了货架上,结果被风卷了一地。而等到我上班打开摄像头的时候,看见仓库里乱七八糟都是纸张,还以为出了什么事儿呢,赶紧用摄像头的放大功能拉近了看,结果就大概了解了李牧光公司的经营情况。"

我这个技术方面的白痴又提出了新的疑问:"摄像头都在天花板上,那些进货单和出货单上的字迹想必又很小,离得那么远能看清楚吗?"

"对于专用的高清摄像头来说不是问题。"安小男笑了笑,"没听说过吗?在伊拉克战争期间,假如一个萨达姆军营里的士兵正在吃橘子,美国卫星能够清楚地拍到他手里的橘子有几瓣。类似的技术早就开始转人民用了。"

"再过两年,我们剧组的器材没准儿也该更新换代了。"我跑题道。

但安小男板起脸来问我:"咱们还是说回李牧光吧,既然现在的公司利润很薄，他的钱到底是哪儿来的呢？"

"也许是他在开玩具公司以前挣的呢？"我含糊道，"再说李牧光家里也给了他一笔启动资金……"

"可他告诉过我——你一定也知道，李牧光在做玩具生意之前患有神经性疾病，他一直在被强制治疗嗜睡症。"安小男敏捷地打断了我，"倒是你说的后一件事情可以作为解释，但那恰恰是让我怀疑的地方：李牧光的父母再怎么混得好，也是国企干部，他们的收入保证全家丰衣足食并不奇怪，然而聚积出那么大的一笔财富就说不通了。"

"你的意思是……"我几乎是在明知故问了。

"这里面有问题。"安小男笃定地抿了抿嘴，"道德问题。"

时隔多日，我再次听到他的嘴里迸出了那两个字。此时给我的感觉，"道德"这玩意儿简直就像一种罕见的隐疾，它蛰伏于宿主体内，无形无迹，但一有机会就会不可避免地发作。在这喜庆的、觥筹交错的婚礼现场，我从安小男身上嗅出了前所未有的不合时宜的气味，仿佛他不是地球上的一个活生生的人，而是从哪个遥远的、未知的世界流窜过来的。他站在草坪上，却好像两脚悬空，只是一个飘飘然的人影。

接着，我的心里升起了一团厌恶。这厌恶并非针对安小男，但恰恰因为没有具体指向而让我格外恼火。我瞪着安小男，一字一顿地说："你这是病，得找个心理医生看看。"

"你说的是道德吗？"

"不是道德，而是你这种把一切都和道德扯上关系，再和一切较劲的怪癖。这和卫道士有什么区别？搁一百年前你是不是也得哭天喊地地阻止女人天足寡妇改嫁呀？你刚过上几天安稳日子啊，这么快就好了伤疤忘了疼了？"我冷笑了一声又说，"而且你刚看出李牧光他们家有问题呀？告诉你，我早就看出来了，从他刚一入校上大学就看出来了。但我们能怎么办——你又能怎么办？不为他那五斗米折腰吗？那好，你要有骨气的话就抡圆了抽丫一大嘴巴，搬回你的小平房里去，你妈的眼睛也干脆甭治了，省得看着你糟心……我也懒得再管你了，我管够了。"

在我的逼视下，安小男的脑袋便低了下去。他的嗓子里发出了"吭、吭"的声音，好像一个挨了批评正在啜泣的小学生。片刻以后，他才重新扬起脸来，表情却很平静，甚至称得上淡漠："你说得也对。"

我乘胜追击道："我对在哪儿了，你错在哪儿了——不要口是心非，要深刻反省。"

"日子得过下去，而且得好好儿过下去，你说的就是这个意思吧？"他嗫嚅道，"可我老管不住自己，成天都在乱想……我辜负了你对我的好意，我以后不这样了。"

他的声音很细小，让我一下子就心软了。于是我不知是叹了还是舒了一口气，搂住了安小男的肩膀。我挟着他往人群中走去，路上调整情绪，又掀起了一轮场面上的高潮：

"请允许我敬你们一杯！"

"为什么不呢？"大家雀跃着拥了上来，间或还有砰砰的开香槟酒的声音在半空中回荡。

那天我用七八种酒连续干了无数杯，但不知为何根本没有喝多。和身边那热火朝天的气氛相反，我的心里只感到空寂、落寞，甚至有一丝寒意在周身游走，让我不时像刚撒完尿似的打个哆嗦。安小男大概提前走了，不知何时我一回头，就发现他的座位上已经没有人了。到了下午三点多钟，折腾够了的宾客们才零零落落地散了个干净，我终于也疲了，叉着两腿坐在椅子上一边抽烟一边看着满地狼藉发呆。小张则在当场开箱盘点收上来的份子钱，不时向我通报一声谁给多了下次得找机会把人情还上，谁比较"鸡贼"红包里的票子还不够自助餐的人头费呢。

过了一会儿，她走到我面前，递过来一个沉甸甸的纸包："你看看这个，也没写名字。"

我打开一看，里面居然是美元，而且都是百元大钞。小张说她大致点了点，足有五千之多。

这五千美元大概是安小男从监控系统上获得的第一笔提成收入，而他也没换个信封，就给我送来了。我把纸包还给小张："甭管谁的，来则收之，收则花之。你不是一直想出国玩一圈吗？留着那时候用吧。"

"我是真没看出来，你们那群人里面居然还有这么值钱的友谊。"

"要是友谊犯得着用钱来衡量吗？"我惨笑道，"也许这是宣布跟我绝交呢。"

这之后的很长一段时间，我便再没见过安小男，就连电话也没通过一个。他仍在上地附近的那个写字楼里为李牧光工作着，同样没有再来找过我。分析一下我们互相敬而远之的心态，从我这边来讲，是因为他那顽冥不化的"道德感"令我感到疲惫和无所适从；而他呢，则是为了不得不继续端着眼下这个饭碗而羞愧，并害怕来自我的冷嘲热讽吧。所以说人哪，真没必要把自个儿的调子定得太高，除非你已经做好准备和生活决裂了——这也是义士们只有在刑场上的那两句豪言壮语才具有说服力的缘故——没有功德圆满的最后一枪，其他时候再怎么喊也做不得数。

实话实说，我这些年也没少"掰"过朋友。有些人是因为利益上的纠葛而翻了脸，还有些人也没什么具体的冲突，仿佛突然之间就话不投机了，然后互相在背后说对方"俗"。我本想用以往的经验来处理和安小男的疏远，宽慰自己"谁离了谁活不了"，但我居然没有做到。每当看到什么有关于我们母校的新闻，甚或在夜阑人静无法入睡之时，安小男那张老丝瓜瓢般的脸总会无声无息地浮现出来，不动声色地搓着我心里的某个污痕累累的部位，搓得我的灵魂都疼了。安小男如芒在背，安小男如鲠在喉。但这样的感受我也不好意思对任何人提起，就连和小张都没说过，因为我无法接受自己对安小男的古怪感情被她往"基情"方面引申——这丫头怀孕期间闲得没事儿，看了不少日本电视剧，特别热衷于在男人与男人之间捕风捉影。按照她现在的理论，世界上根本就不存在同性的交情这码事儿，远到陈胜吴广，近到希特勒和墨索里尼，无不是尽心竭力地"卖腐"的结果。

"你注意点儿胎教行不行？我们家可是三代单传。"我怒斥她，"再说对于龙阳这事儿，你不认为教唆和歧视一样可耻吗？"

又挨了些日子，我们的儿子终于顺利出生并且满月了。四面八方的闲杂人等咸来相贺，我索性又到外面摆了几桌，给了他们凑在一起说吉利话的机会。小张的奶水很足，那天饭还没吃到一半就又快喷了，于是赶紧抱着孩子离席。我也愈发觉得正常的繁殖能力似乎没什么可值得显摆的，对那些有口无凭的祝福更是提不起道谢的兴致，便默默地喝起了闷酒。我就这么成了一个孩子的父亲，但是除了把他制造出来之外，我还为他做了些什么呢？我是否曾经尝试过使他大驾光临的这个世界变得更美好一点呢？

这样的疑问让我感到沮丧,越发地不想搭理人了。

正在低着头若有所思,身边似乎有人站了起来,朝着包间大门的方向打招呼:"你怎么才来?"

"这么大的喜事儿,你也不早点儿告诉我。"进来的人热情地嗔怪我。

我抬起头来,赫然看见了李牧光。他穿着一身簇新的西服,越发显得身材高壮挺拔,方脸上挂着温润的笑。我赶紧对他解释:"也不知道你是在外地还是外国……"

"甭管在哪儿也得专程来一趟——我可不像你那么薄情寡义,觉得我这朋友可有可无。"李牧光在我身边坐下,从皮包里掏出一样东西,"给咱们儿子的。"

他递过来的是一枚巴掌大的纯金长命锁,我一接,被那分量吓了一跳——居然是实心的。这些金子足够换一辆越野车的了。

我下意识地推让着:"太重了,这要挂上对小孩儿颈椎不好。"

"没劲了啊,看不起我是不是?"

我只好把那块金疙瘩揣进兜里,和他寒暄了起来。除了这份大礼,今天李牧光的态度也让人觉得奇怪——他那种居高临下的语气不见了,哼哼哈哈的样子几乎可以称得上谄媚,全然不像一个少年得志的国际"新贵"。我打量着他,他也打量着我。我们的屁股一个比一个沉,直到把所有的客人都耗走了,李牧光站起身来,把门关上,回来后掏出烟来,双手笼着火儿为我点上。

我还在没话找话地试探他:"H市那厂子筹备得怎么样了?"

"还行,土地批文已经快拿到了,他们还准备以我的这个厂子为试点,在H市城区打造一个高新产业园。"李牧光宣告着好消息,语气里却陡然没了喜色。

"那应该恭喜你才是——可惜我拿不出那么厚的礼。"我作势要举杯。

他摇了摇手,两眼迟疑地眨了眨:"但我有点儿别的事儿想请你帮忙。"

帮什么样的忙能值得上偌大一个金锁呢?我郑重起来:"什么事儿?"

"安小男的事儿。"

我心里怦然一跳,说:"我也很久没跟他联系了。"

"但这种事儿还非得你去跟他谈谈不可。"李牧光下意识地往别处瞥了瞥，压低了声音说，"我怀疑他正在查我。"

"查你什么了？你什么时候发觉的？"

"就在最近。以前我觉得他就是一傻乎乎的理科生，现在才发现这人太阴了。自打我从H市回到北京，他就老套我的话，问的全是他不该问的事儿，比如我在美国的哪个银行存过钱，我洛杉矶的房子是全款还是贷款，还有我和供货商的结算周期。这还不算最过分的，就在上个星期，东北那边的亲戚突然告诉我，他居然还在刺探我们家里的情况……"

"他跑到东北去了吗？"

"那倒没有。他通过电话和网络联系上了咱们分配到辽宁工作的那些校友，还拐弯抹角地找到了我上高中时的几个朋友，说什么他是公司人力资源部的，要为我建立信息档案。这借口也太他妈拙劣了，美国是最尊重个人隐私的地方，哪个外企的人事部门需要掌握老板他爸担任过什么职务、交往过什么人、经常到哪个球场打高尔夫、打完球到哪个会所洗澡啊？好在我这人平日里手面还算大方，因此那些人就算嫉妒我也不愿意得罪我，扭脸就把这事儿告诉了我……而我一猜就猜到了是安小男。我爸都退下来有些日子了，除了他，早已经没人对我们家的事儿感兴趣了。"李牧光越讲越激动，又烦躁地咬了咬牙，咀嚼肌像马一样涌动着隆起，"到现在我都不知道这孙子这么干究竟有什么目的，而身边潜伏着这么一个人，实在太让人难受了。就跟裤裆里盘了条蛇似的，谁知道它哪天不高兴了会照着你最要命的地方咬上一口。我已经好几天都没睡好觉了，早上醒来一把一把地往下掉头发……你知道我现在最怀念的是什么时候吗？就是大学的时候躺在你上铺——完全没有烦心事儿，想睡多久就能睡多久……"

这时候我突然想，也许李牧光治愈了嗜睡症真不是一个明智之举。人醒了就要折腾，从而把自己折腾进无穷无尽的麻烦之中，但折腾一圈儿的结论，往往不还是那句"浮生若梦"吗？早知如此，何必要醒。然而我也知道，现在可不是抒发那些旧式文人感想的时候。又不知是怎么搞的，李牧光所说的事情让我产生了某种暧昧、含混的好奇，但他那火燎屁股般的焦虑模样却引不起我丝毫的同情。

于是我盯着他的眼睛说："这有什么难办的，你是老板他是员工啊。

如果他让你不舒服，让他卷铺盖卷儿滚蛋不就得了吗——也不必在意我的面子，我对他已经仁至义尽了。"

李牧光嘟囔道："事儿恐怕还不能这么说……我现在还不好解雇他。"

"为什么呢？"

"一句半句也说不清。"

"你该不会是怕打草惊蛇吧？"我嘿嘿干笑了两声，仿佛是在为自己那极其有限的逻辑推理能力而得意，"可不可以这样理解，安小男没准儿已经掌握了你——或许还有你家里——的什么事儿，而这些事儿又是不大适宜让太多的人知道的，所以你既讨厌安小男又害怕安小男，怕他被惹急了反倒会把事情捅出去。至于你想让我帮的忙呢，自然就是说服安小男别找你的麻烦，你甚至还打算让我出面替你收买他，用钱堵住他的嘴……"

李牧光的额头上冒出一排虚汗，他抬手擦着，趁势挡着眼睛说："可以这么理解。"

"那么好了，"我两手一摊，"你还应该告诉我，你害怕被安小男知道的到底是什么事儿？"

"有这个必要吗？怎么你也调查起我来了。"李牧光梗了梗脖子，白了我一眼。

我不慌不忙地又对他说：

"你要搞清楚情况，你既然想请我帮忙，那么总得对我坦诚一点儿吧，把我蒙在鼓里当枪使算怎么回事儿？再打个不一定恰当的比方：犯人的作案过程可以瞒着法官，但绝不能对他的辩护律师说假话。"

李牧光张开手指顶着太阳穴，好像在忍受头痛，喉咙里忽然发出了小狗一般的呜咽声。现在我算看出来了，这人从来就不是一个心理强悍的狠角色，他曾经摆出来的精明和傲慢，只不过是仗着有钱虚张声势罢了。只要面临足够大的外部压力，他便会像孩子一样乱了分寸。果然，李牧光又磨叽了两下，随后便吞吞吐吐地向我交代了起来。正如安小男所推测的，他从来就没在玩具生意里赚到过什么钱，而他也并没指望靠做正经买卖发家致富；开那个公司只是个幌子，其作用是把他爸积累下来的财富转移到美国去，说白了就是利用国际贸易来"洗钱"。而追根溯源，李牧光家里的钱又是从哪儿来的呢？积累财富的过程往往要比转移财富更加简单粗暴

——无非是提成回扣、资产贱卖那一套，相当一部分曾经辉煌过的国有大厂都是被这些人生生玩儿垮的。

当然，这都不是什么新鲜事情。就连李牧光也委屈地说："不是好多人都这么干吗。"那语气就好像我的询问都是多此一举似的。但我的心里却冒出了一种酣畅的、简直可以称之为快意的情绪。这倒不是因为曾经不可一世的李牧光终于又在我面前服软认小，而是因为，这是我第一次听到在中国发了不义之财的那一小撮人亲口认账——此前从来没有过。

"该知道的你也知道了，那么你是不是可以……"李牧光满脸涨红地问我。

我眯着眼睛看了看他，缓缓地把那枚金锁拿出来，咚的一声拍在桌上。然后，我尽量铿锵地对自己做了个评价："我这个人吧，缺点是做人的底线偏低，但优点是还有点儿底线。"

李牧光反而笑了："真没想到，咱们俩的交情这么不牢靠。"

"在这种事儿上你跟我扯交情，本来就显得居心叵测。"我用贾惜春的台词反诘他，"我清清白白一个人，不想被你这样的人带坏了。"

我的态度不仅坚决，而且颇有几分豪壮。按照我的脚本，李牧光应该窘迫地、耻辱地离开，或者当场撕破脸，对我大发雷霆也可以。而不管哪种情况，我都将会成为某种意义上的胜利者——就像上中学时戒除手淫一样，哪怕满脑子里肉体横飞，可我最终"守住了也就光荣了"。

但没想到，李牧光非但屁股纹丝不动，而且把身子往椅背上一靠，坐得更加舒展了。他又点上了一棵烟，透过浓郁的烟雾似笑非笑地打量着我。他的神色反倒让我不由自主地感到了虚弱，并且对刚才的那番表态自我反省了起来：我有想象中的那么昂然而坚定吗？我把李牧光"崩儿"回去，是出于自己的本意吗？另外，难不成我在潜移默化中受到了安小男的洗脑，因此处事态度也开始"安小男化"了？

我正在颠三倒四地踌躇着，李牧光却幽幽地撇过来一句话："就算咱们两个人的交情不值什么，你还是要考虑一下三个人的交情嘛。"

"怎么成了三个人的事儿……还有谁？"

"你表妹林琳啊。"他轻巧地说。

我的眼睛仿佛往外鼓了一鼓："跟她有什么关系？"

"我们已经结婚了，就在我上次回美国的期间。"李牧光再次对我亲热地笑了，"论起亲戚来，我现在得管你叫表舅子了，难道林琳没告诉过你吗？"

没想到会插进来这么一个突然性的消息，我的头都大了，猛地抓住了李牧光的衣领子："她从来没跟我提过……这丫头只跟我说过，她正在斯坦福大学读博士。你妈的王八蛋，居然敢勾引我表妹。"

"都是一家人了，别把话说得那么难听。"李牧光把我的手拨开，脸却凑得离我更近了，"再说我也没勾引她啊，是你表妹自己来找我的，她哭着喊着想嫁给我，拦都拦不住。"

"别扯淡了，我表妹是个女学霸，她怎么可能看上你这种暴发户。"

"可我是个国际暴发户啊，拥有美国国籍。"李牧光说，"说白了吧，林琳除了一门心思念书之外，还一门心思想留在美国，而她的留学签证又马上就要到期了，所以她突然找到我，想要跟我假结婚——你也不要太吃惊，这种事情很常见，唐人街还有专门的中介在做这种生意呢，只不过给留学生们介绍的都是美国的孤寡老人。所以说，哪怕是名义上的丈夫，林琳能找上我还算不错呢，且不提钱，哥们儿起码体健貌端，比那些肯德基上校似的洋老头儿可强多了。"

难道不找他李牧光，我表妹就要嫁给肯德基上校和麦当劳叔叔吗？我憋着口气说："照你的说法，你娶了她还是帮她的忙啦？"

"这首先当然是看在你的面子上喽。而且我也不是白帮忙，如果林琳成了我的妻子，我可以用她的名义开个银行户头，用来处理我的那些……款项。她家底清白，无论是中国还是美国政府都不会怀疑到她头上。"李牧光说，"还是说回你表妹的情况吧。我再给你普普法，按照美国的现行规定，结婚之后必须通过两年的审核期而不被移民局发现破绽，她才能拿到独立绿卡。而这期间如果我向美国政府揭发她，会发生什么情况呢？对于我这个美国人来说无非是罚点儿款，大不了再交点儿律师费罢了，而她呢，驱逐出境都是轻的，并且还有可能因为婚姻欺诈而被判一年监禁——你可以自己到网上去查，最近有一拨儿串通美国水兵假结婚的东欧女人就被这么处理了，这案子在美国很有名。"

我都快听不下去了："李牧光，你他妈的威胁我是不是？"

"我是想提醒你血浓于水,不过你要是把这理解为要挟也无所谓。"说到这儿,李牧光终于露出了优雅的、全然无耻的笑容,"我知道我的做法有点儿不地道,但对于你来说,眼下的当务之急应该是和我这个妹夫搞好关系,否则你表妹的苦日子可就来了。试想林琳要是真坐了牢,你们一家人尤其是你姥爷得有多伤心啊……据我所知他老人家都八十多了,这两年身体还不太好。而我想让你做的事也并不难,你对安小男有恩,他又把你看成唯一的朋友,你的话他一定听得进去。"

接着,李牧光伸出两根指头,轻柔地推着那枚长命锁,让它像一只金光灿灿的小乌龟一样爬到了我的近前。我低头盯着那坨金子,看得头晕目眩,而李牧光却拍了拍我的肩膀,再没说什么就走了。

那天回家之后,我所做的第一件事就是尝试着联系林琳,但她在美国的手机居然停机了,再打她在斯坦福附近租住的公寓电话,一个外国老太太告诉我,她几个月之前就搬走了。于是我又去找林琳她爸,我的前姨父。这儿要补充一句,我表妹的父母早就离婚了,她爸娶了自己的女秘书,她妈没过多久就心肌梗死去世了,我们一家人都认为林琳她妈是被她爸给气死的。而那位老花花公子对女儿的情况知道得比我还少,他连林琳进了哪所大学读博士都没搞清楚:

"她在斯坦福吗……这么说我女儿和克林顿的女儿还是校友哪。"

"嗯,您和克林顿也有相同的爱好。"我说。

把亲戚们问了一圈儿,居然是从我姥爷家固话的来电显示里找到了林琳的新手机号码。她曾经给我姥爷打过一个电话,也没提她结婚的事儿,只是简短地问了个安。但或许是"隔辈亲"的心灵感应吧,我姥爷一口咬定林琳是心事重重的,并让我一定要劝她"凡事看开点儿,实在不行就回来"。我哼哼哈哈地答应着,出门用手机拨通了林琳的电话。

电话通了,中国的傍晚连接了美国的黎明。林琳半晌才开口,她这一次没叫我"怪胎",也没叫我"混混",而是低低地唤了一声:

"哥。"

记得我最后一次见到林琳,还是在机场送她去留学,那时她还是个俏皮的小甜姐儿,临走前狠狠地扯住我的耳朵揪了一记。

而现在,她连个招呼也没打,就把自己给嫁了。我也沉默了一会儿,才说:"才知道你结婚的事儿,但你别指望我会恭喜你。"

"李牧光告诉你了?"

"嫁得好呀,挑了个有钱的主儿。"

"你应该知道,我和他结婚可不是为了钱。"林琳的口气随着我一起变冷了,"再说他对婚前财产做过了公证,就算我们离了,我也分不到他一毛钱。"

"只为了个美国户口,就把自个儿嫁了?"

"可以这么说。美国经济不景气,大学和研究所的预算都削减了一大截,我熬了八年才熬到一个博士学位,可还是找不到工作,要想继续留下也只能通过结婚办个身份了……比起雇来的人,你这个同学还算靠得住,更重要的是愿意帮我的忙……我想,干脆就别浪费时间了。"

林琳的话让我想起了当初她与安小男的那场约会闹剧。"别浪费时间",那时候她也是这么说的。她到底是聪明还是傻呀?

我问她:"然后你允许他使用你的名字去开账户什么的?"

"反正我名下也没钱,随他怎么使去。"

"你这是图什么呀?混不下去了回来不就得了吗?"我恶狠狠地说,"是不是人一到那边脑子都变笨了?现在不比以前了,美国有的中国也有,这边挣钱的机会没准儿比那边还要多呢。别跟我说你是为了民主自由才死乞白赖留在那儿的,在国内的时候也没见你好过那一口儿……"

林琳却没跟我吵,而是缓缓地对我说:"我也有我的难处。家里的情况是一方面,我没妈了,爸也等于没有了,当初之所以决心要走,就是这个原因。其实快毕业的时候也不是没想过回国,但事到临头又犹豫了。我已经不年轻了,回去的话得重新习惯中国的空气、交通,得重新学习那些明规则潜规则,还有想想就让人头疼的人际关系,还得打起精神来和那些比我年轻得多的孩子们竞争,这对我来说实在是太难了……我是个两头不靠的人,如果回去的话仍然没找到出路,那就算彻底失败了,可我承受不了失败,只能硬着头皮在美国扛下去……站在我的处境想一想,你说我还能有什么办法?"

说着说着,林琳就抽泣了两声。我和她隔着一个太平洋,却仿佛看到了她的眼泪亮晶晶地滑落了下来。我又想起了我们小的时候,因为家里大人都忙，一到寒暑假就被送到姥爷家相依为命。那时候林琳老和我大吵大闹，还曾经为了半根糖葫芦把我的脸挠出过一片血道子，但我要是真的烦她了，不跟她说话了，她就会一声不吭地跟在我身后，脸上默默地滚着泪水。她说我不理她就是欺负她。

我的鼻子一酸，对林琳说：

"不管怎么说你也是我妹。如果李牧光趁机欺负你，你就告诉我，我他妈坐着飞机到美国跟他拼命去。"

林琳更加响亮地抽了抽鼻子，想对我咯咯笑两声，但却完全笑跑了调。她又说："别担心我和李牧光的关系。假结婚嘛，我们只是走了个手续，其实还是互不相干，更没在一块儿住。我已经搬到了西雅图，在这边的大学里找了份短期代课的工作，而且跟他说好了，一旦拿到绿卡，就跟他离婚。"

我愕然了一下："你还挺坚贞。"

"我只是求他帮忙，但绝不想把这事儿变成卖淫。"林琳说。

7

再引申一下我对李牧光所说的那句自我评价：假如我这人的优点是还有点儿底线，那么缺点却是底线偏软，随便被什么外力一捅，往往便汤汤水水、乌七八糟地漏了一地。既然不仅低而且软，那么再奢谈底线不仅形同放屁，而且还会给自己带来许多不必要的困扰。和李牧光的那番对峙反倒令我更加明确了这个道理，因此受他之命去说服安小男的时候，我尽量把自己调整成了漠然的、就事论事的心态。我一再提醒自己不要再被安小男的情绪所蛊惑。

随着北京路面的大拆大建，上地那地方几乎变得令我认不出来了。原先窄小、坑洼的柏油路被大幅度拓宽，路边新增了许多奇形怪状的建筑，有一栋大楼竟然像是正在缓缓降落的飞碟。越来越多的高科技公司把总部搬到了这里，原先的那些近郊农民则摇身一变成了房东，和新迁入的外来者们既互相羡慕又互相蔑视着。安小男所在的那幢写字楼显得旧了一些，但他的办公环境却经过了扩充和改造，面积达到了一百多平方米，俨然是个相当正规的跨国企业驻华办事处了。毛玻璃门上悬挂着李牧光公司的名头,屋里的空间分成两块,一块仍是联通着美国仓库的值班室,另一块则是"产品研发部",还新雇了两个技术员,在安小男的带领下对监控设备做进一步的调试。

我推门走进办公室的时候,安小男正举着一只摄像头,对一个二十多岁的小伙子讲解着什么。这场面倒令我对完成任务有了信心:看起来他仍然是很在乎这个饭碗的。而当安小男扭过头来,我们的见面还是不免尴尬——毕竟相互冷落了不少日子,这时都不知道该怎么打招呼了。

我搓了搓手,讪笑道:"正好到这边来办事,想到好久没见你了……"

"我挺好。"安小男僵着脸说,"你也挺好?"

"瞧瞧你,真像个领导了。"

"卖出去的产品得做售后,李牧光怕我一个人忙不过来,就又找了两个帮忙的。"安小男放下手里的东西,抄起工作台上的外套说,"这儿太乱,咱们到楼下的咖啡馆聊吧。"

"不用专门招待我,给我杯白水就行……"

他却没理我,径直领我走出了办公室,来到电梯间。铁门合拢,短暂的失重感从下半身袭来,他忽然又说:"我怀疑那些人是李牧光派来监视我的。"

员工和老板之间互相提防到了这个地步,所以才会苦了我这个中间人。我感到自己就像三明治里的那片奶酪,在两块面包之间夹得紧紧的,横竖躲不过被咬一口的厄运。而酝酿好的那些话却不知从何说起了。

在咖啡馆里坐定之后,安小男直接抛过来一句:"你也是李牧光请来的吧?"

他再怎么不通人情世故,但果然还是个聪明人。我坦诚地点了点头,反问他:"你真在调查李牧光?"

安小男没说话,这就等于了默认。

我说:"何苦来哉?"

"最开始就是因为好奇吧。"安小男说,"你也知道我这人有点儿……怪癖,对什么事儿都爱刨根问底。"

我问到了关键性的地方:"那么你掌握了什么……信息了吗?"

安小男清脆地嗑了一记牙花子:"很抱歉,这就不能告诉你了。"

他那警惕的样子，明显是彻底把我当成李牧光的人了。我脸上红了红，但也只好硬着头皮继续说："我知道你眼里揉不得沙子，特别有原则和——道德。我这个人呢，没什么骨气，但是非好歹还是分得清楚的，所以能和你做朋友，我感到很荣幸。但我也想问你一个问题——假如世道真的出了问题，我们又能怎么办呢？跟丫死磕吗？那好像也改变不了什么。人生下来不是为了当斗士的，我们要吃饭，我们的家人也要吃饭，能当个好儿子、好丈夫和好爹就已经不容易了。让李牧光他们那些人富去吧，反正他们黑的是全国人民的钱，平摊到咱们头上顶多相当于俩钢镚儿掉下水道里了，不值得心疼。再说个你举过的例子，咱们学校电脑城楼顶上的那圈儿灯，它就算不合格，大楼不还在那儿戳着吗？可见个人觉得天大的事儿，其实并不影响世界照转……"

"处在你这个位置，当然可以事不关己高高挂起了。"安小男突然打断我，"但你有没有想过，一旦李牧光那样的人祸害到我们头上会怎么样？谁能承受得起啊？"

"你……具体指的是什么呢？"

安小男说："上次参加完你婚礼之后，我也用你的话劝过自己，但事情随后的进展让我忍不下去了。你知道他在H市的厂子选定了哪块地址吗？就是我妈现在住的那片宿舍区。政府早就想要拿那块地方开发房地产了，正愁找不到由头，恰好他的项目就来了。他们的计划是把附近几平方公里的民房统统拆掉，一小部分用来建科技产业园，其余的都盖成商品楼往外卖。至于以前住在那里的退休工人，只能被赶到郊区的安置房里去，那里基本上就是一片孤零零的荒地，连公共汽车都不通，上医院要徒步走上十几公里。这些老工人招谁惹谁了？他们苦哈哈地干了一辈子，许多人都落下了一身病，结果却像没用的牲口一样被赶出家门自生自灭……而这都是因为李牧光……"

原来还有这样一层关系。大约安小男想做的事，是找出破绽并停掉李牧光的投资项目，从而保全那一片老宿舍区。我躲着他的眼睛，继续找着说辞："拆迁的事情对你的影响其实并不大。你现在的收入不低，完全可以给你妈在H市城区买一套像样的房子，哪怕就是接到北京来也行，这边的医疗条件更好。如果手头实在紧的话，我还可以替你去跟李牧光谈谈……"

"但我们家的那些邻居呢?"安小男再次打断了我,"我能管我妈,谁来管他们呀?我爸死得早,我妈的身体又不好,自从我们退掉了以前的房子,搬到那片宿舍区,就一直受到邻居们的照顾。记得高考之前我从楼梯上滚下来摔折了腿,还是邻居们用三轮车把我拉到考场的。现在我是不为钱发愁了,但却把他们抛下不管,这道德吗?"

安小男再次说出了"道德"这个词,但这一次,质问的对象却变成了他自己。他的手臂横放在桌子上,面前那杯一口没动的咖啡里,泛起了一圈又一圈的涟漪。他的眼眶也空洞地撑大了一圈,好像突然坠入黑暗之中的夜盲症患者。这时我的心里已经很清楚,对这个状态的人是没法"讲理"了。或者说,我这种人根本没资格与他理论。

可是李牧光不容我退缩回去。我今天出门之前,还接到了他的电话:"等着你的好消息。"然后他又对我说,美国移民局已经开始对他和林琳的婚姻进行核实审查了。于是,我换上了那种饱含感情但实则无赖的口吻:

"安小男,我对你也不错吧。"

"你对我有恩,这我忘不了。"他简短地说。

"那么我求你为我考虑一次,就权当是你报答我了好不好?"在羞愧和感伤的双重情绪下,我的嗓子居然哽咽了。这到底是真情流露,还是在进行某种夸张的表演呢?我本人也说不清楚。接着,我就把我表妹林琳和李牧光的那场非事实婚姻告诉了安小男。如果李牧光不高兴了,便会把林琳送进监狱,他真有这样的权力,也有这种狠劲儿。讲完之后,我又补充道:

"林琳你还记得吧?这么多年以来,只有一个女孩曾经表示喜欢过你,那就是她。"

安小男半张着嘴,点了点头。

"我知道这是个不情之请,也知道我的要求不那么——道德。"我接着说,"但我实在没办法了。今天这件事提得太突然,我不指望你能现在就答复我,只希望你再做什么事情的时候,还记着有我这么个朋友,好吗?"

说完,我就低下了头,看着自己面前那半杯咖啡里的涟漪。水波一圈又一圈地扩大,仿佛地球正在蠕动。在斯皮尔伯格的电影里,这样的波纹总是预兆着什么惊天动地的危险,比如将会蹿出一头恐龙,或者火山快要喷发了。然而很遗憾,时间不知过去了多久,当我恍然地抬起头来,安小男还是我对面那个木然的安小男。我们的世界未曾发生任何改变。

我叹了口气，欠起身来叫服务员结账。但这时，安小男却摆了摆手，示意我继续坐下。他干哑、迟疑地开了口："有件事我也一直想告诉你，但始终没说……是关于我爸的。"

我疑惑了一下："我见过他的照片……"

"搬到现在那片宿舍区之前，我们三口人住在当地一家建筑公司的家属院儿里，我爸是那单位的土木工程师。"安小男断断续续地讲了起来，声如锉铁，但音调悠远，"记得十岁以前，家里的日子还是挺好过的，福利好，房子大，更没为钱犯过难。因为有个设计方案受到了省里领导的表扬，我爸很年轻就被提拔成了公司的副总，但没想到厄运从此就来了。以前他只管埋头画图纸，并不过问工程的具体进度，但进了管理层之后，却发现公司的几个领导没有一个不贪的。他们把钢筋的标号降低，用来路不明的劣质水泥代替品牌货，居然连地基的深度也敢改，克扣下来的钱都揣进个人腰包里了。那些人还拉我爸入伙，表示可以把赃款分给他一部分，我爸不敢答应，他们先是笑话他傻，后来还集体排挤他……这也好理解，假如所有人都在贪的话，不贪的那个就破坏了生态，成了众矢之的。为了避开这些人，我爸提出不再参与公司层面的决策，回到原来的岗位上继续画图纸，但那些人仍然没放过他……后来终于出事儿了，他们公司承建的一个会展中心发生了垮塌，砸死了几个工人。事故的原因是使用了不合格的建筑材料，可那几个领导却买通了监察部门，还走了上层关系，硬把责任扣到了我爸头上，说是他的设计方案不合理导致的。我爸被就地免职，还被公安局监控了起来，死者的家属也一天到晚上门来闹，说要让他一命还一命，我和我妈连家门也不敢出……"

咖啡杯里的涟漪忽然停了。安小男的身体离开了桌子，直直地靠在了沙发座的椅背上。他闭上了眼睛，我张了张嘴却没发出声音。

漫长的几秒钟之后，安小男重新开始说话："刚才讲的那些，是我后来才听说的事实。而我记得最清楚的，还是最后一次见到我爸时的情形。当时是晚上，我正趴在客厅的餐桌上做奥数题，看见我爸打开他书房的门走了出来。自从出了那件事，他在几天之内老了十几岁，连头发都白了大半，在日光灯下银光闪闪的。我抬头望望我爸，没敢说话，我爸却破天荒地朝我笑了笑，低头看看作业本，问我学到了哪一课，有什么不明白的东西没有。我就一道题接着一道题地对他讲了起来，他歪着脑袋好像在听。等我讲完了，我爸忽然俯下身子抱住了我，问了我一句和数学题不相干的话。他说：他们那些人怎么能这么没有道德呢？这个问题我根本听不懂，当然没法回答，而我爸说完，就慢慢地走出了家门。他走得弯腰驼背，连头也没有回……二十分钟之后，单位保安敲我们家门，告诉我妈，我爸从19层办公楼的顶端跳下去了。"

说到这儿，安小男再次闭上了眼，如同正襟危坐地睡觉。无须他再做什么解释，我已经明白了他的意思，甚而可以说终于明白了他这个人。他爸那句关于"道德"的感慨如同天问，在安小男的心里种下了缠扰毕生的魔咒。从此他一直致力于求解那道难题，仿佛一旦解开，父亲就能死得其所。

"刚开始我和我妈一样，恨的只是我爸生前的那些领导和同事。但后来渐渐就变了，我觉得我爸所说的'他们'并不是那几个具体的人，而是世界上的所有人；我爸讲到的'道德'也不是一件事情上的对与错，而是笼罩着整个地球的神秘理念。但道德究竟是什么呢？它既然那么重要，为什么又会被人轻而易举地忘却和抛弃呢？一看到这个词我就想哭，一说到这个词我的心就会发抖，在我看来，我爸不是死于自杀也不是被人害死的，他是为一个浩浩荡荡的宏大谜团殉葬了……为了解开这个谜，我曾经求助于历史和人文学科，可最后还是失败了。你还记得我写过的那篇文章吗？我在里面说中国人已经没有道德可言了，但那只是在承认失败，是为了让自己认命。其实我不是那么想的，因为那种痛彻骨髓的感觉仍然存在。在没有道德的社会里，怎么会有人为了道德而疼痛呢……"

这时，安小男神态毫无过渡地变得暴烈，他的一只手还在胸口撕扯着，手肘撞到了桌角发出闷响，使得咖啡中的涟漪变成了海浪，热腾腾地泼了出来。接着，安小男便哭了，头两声凄厉如狼嗥，被邻桌的两个女孩惊异地看了一眼之后，就变成了泪泪不息的呜咽。他的眼泪在脸上奔涌着，像个受了天大委屈的孩子。

这人几乎完全失控了。我赶紧掏出张钞票压在杯子底下，走到桌子对面，试图扶着他站起来。我们撕扯挣扎了一会儿，才跟跟跄跄走出了咖啡馆。马路上是明朗的艳阳天，铺天盖地的光线之中，卡车扬起的尘埃像海里的微生物一样漂浮着。一家饭馆里走出了三个同样脚下拌蒜的男人，他们中的那个胖子喝多了，正豪迈地发表演讲，呕吐物就顺着他的嘴汹涌地漫过了胸膛。一个小个子男人被胖子夹在腋下，同病相怜地对我投来一笑。

"怎么有人活得那么容易，有人就活得那么难呢……"安小男已经哭得浑身抽搐了起来，两脚在路面上毫无方向地漫舞着。

我没再和他说话，近乎坚忍地把他架回了"监控室"里，扶到窄小的单人床上躺下。那两个小伙子关切地过来询问，我把他们都推了出去，反手拉上了门，将安小男关在了里面。整理着被他浸湿揉皱的外套往外走时，我突然想，随着这次说客任务的结束，我和安小男的友谊也可以寿终正寝了吧。不管他以后是继续与李牧光为难，还是因为我而隐忍下去，都不是我能够管得了的事情了。我们已经互相摊了牌，他不可能再对我这种混混高看一眼，我也无法理解一个幼年丧父之人的创痛。我们从骨子里就不是一条道儿上的人，道不同不相为谋。

但晚上回到家，躺在床上之后，我却还是不由自主地想着安小男这个人。在我看来，他虽然口口声声地宣称着"道德"，然而他是否能对这个词做出一个哪怕是个人主观意义上的定义呢？恐怕是做不到的。他敌视李牧光的"道德"和本科时怒斥商教授的"道德"是一码事吗？这两者是否又和他拒绝银行行长的"道德"一脉相承？安小男想必给不出答案。"道德"让他在二十年来备受煎熬，却又在他的脑海中长久地面目模糊。虽然他曾经用他那理科天才的大脑去剖析研究过它，但归根结底不过是被他爸死前的一句感慨蛊惑了、催眠了。按照我惯有的那种嘲讽性的、自以为世事洞明的思路，安小男的生活可以被定义为一场怪诞的黑色喜剧，而我也可以一如既往地从几声苦涩的冷笑中重新获得轻松。

但我没能做到。夜已经深了，窗外的天空静谧、幽深，连风的声音都没有。孩子吃饱了奶，和保姆睡在隔壁，小张正靠着枕头看书，脸色在台灯下分外光洁。在这安详得暄软的氛围里，我却感到了浩大无比的悲怆，仿佛肉体以外的东西都被震成了粉末。

随后的几天，我到一家贵金属商场卖掉了李牧光送的金锁，又将一份还没到期的理财产品赎了出来，然后把那些现金换成了美元。如果安小男真的和李牧光决裂的话，那么我应该提前为林琳做打算。据我所知，美国请律师打官司是很贵的，这点儿钱恐怕还是远远不够，但我能做的似乎也只有这么多了。

然而日子一天接一天地过去，无论中国还是美国都风平浪静，并没有什么突发消息传来。一个多月以后，一直没跟我联系过的李牧光终于打来了电话，他的腔调又恢复了原先的志得意满：

"还是你行，帮了我的大忙了。"

李牧光告诉我，根据多方打探以及安插在公司里的"眼线"的汇报，安小男已经彻底放弃了对他的调查。不仅如此，安小男的工作态度也比以前更加任劳任怨了，每天除了监视仓库，就是坐在电脑前废寝忘食地调试修改那些监控器材的操作程序。随着他从李牧光的心腹大患变回了左膀右臂，量产版的跨国保安系统定型在即，而H市那片厂区的兴建计划也通过了主管部门的审批，只等着半年以后正式开工了。"现在还有一点小小的麻烦，以前那些居民不想搬走，纠集起来静坐示威了几次。但是梅花欢喜漫天雪，冻死苍蝇未足奇，"美国人李牧光居然引用了两句毛主席诗词，"这些小打小闹能成什么气候？在你们国家，政府决定的事情是不能阻挡的，大不了抓几个判几个，推土机就轰隆隆地开过去了。"

接着，他专门提到了我的表妹：林琳已经拿到了婚内绿卡，一年多以后就可以升级为独立绿卡，有资格在美国定居下来。届时他也将信守承诺，和林琳离婚。至于我，他表示已经和H市内的一家文化公司达成协议，拍摄一部宣传他这个"华人企业家"的专题片，并请我担任导演："费用你可以随便提。"

"另请高明吧，我手头还有俩别的片子没剪完。"我说。

"你挂名也行……我就是想谢谢你。"李牧光故技重施地说，"你要不答应就是看不起我。"

"那不敢，我他妈配看不起谁呀？"我不由自主地衰颓了下去。

与我相反，李牧光的声调陡然高亢了起来："你也不必跟我打马虎眼，我知道你是怎么想的。你觉得我的钱来得不干净，觉得我这人不那么……道德，对不对？这些我都承认，但我还想向你说明一点，钱来得不干净不等于用得不干净，更不等于以后永远来得不干净。佛教里不是还说放下屠刀立地成佛吗？还有西方那些倍儿光明倍儿灿烂，动不动就绷着劲儿维护普世价值的国家，不也是从羊吃人、从奴隶贸易干起来的吗？所以别纠缠于我以前干了什么，还得看看我以后会干什么。一直以来，我就想找一个合适的项目，把手头的钱投到光明正大的生意里去，我亏过本也被人骗过，现在总算抓住了机会……当然这还得感谢安小男。为了生产监控设备，我已经注册了新公司，等它一旦开始盈利，我就不是从前的我了，我会变成下一个比尔·盖茨、乔布斯和扎克伯格……"

李牧光说得如此诚恳，如此梦幻，仿佛手中握有不容辩驳的信念与真理。但我的脑子更乱了，同时还感到了累，累得连听人说话都成了一种莫大的负担。我嘟囔了一句："随你大小便吧……反正我是不想掺和你们的事儿了。"说完便挂了电话。

就此，我与安小男和李牧光都断了往来，而他们也不约而同地没再打搅我的生活。随后的一段日子里，我的工作也发生了一些变化。我放弃了"体制内"的身份，从电视台的节目制作中心跳槽到了一家才上线没多久的视频网站。新东家并没有给我提供更高的工资和制作经费，但却不会粗暴地干涉我的拍摄题材。很多过去一直酝酿着的构思终于得以实施，居然在小范围内获得了不错的声誉。与此同时，我的儿子也在茁壮成长，当我在外地拍片子的时候，小张会打开结婚时安小男赠送的那套微缩版的监控设备，让儿子在摄像头前为我表演种种人类奇观：翻身、打哈欠、乱哭乱叫，第一次坐立，第一次尝试爬行，第一次学大人做鬼脸……

在这种时刻，我才会想起那两个曾经的朋友。半年的时间一眨眼便快过去了，H市的科技园是不是即将正式动工了呢？看来老宿舍区已经无可避免地面临拆迁，而安小男终于没有做出让李牧光担心的举动。他是彻底无能为力了呢，还是被我说服了？我的"恩情"能对他起得了那么大的作用吗？也不知为何，我总是隐隐觉得我们三个的事情还没完，就像人已散曲未终，仍然有一股潜流在我们之间流淌，酝酿着冲出地表的爆发。

虽然早有预感，但那一天终于来临时，还是让人猝不及防。当时是中秋节前后，我正带着剧组在江苏拍摄化工厂排污造成的海鸟灭绝，突然接到了李牧光的电话。这一次，他一句寒暄也没有，劈头就问："安小男去哪儿了？"

我反问他:"他不是在你公司上班吗,你问我干吗?"

"他跑了,一个招呼也没打,我让人找了好几天都没找到。"

李牧光咬牙切齿地说,"说实话,是不是你把他藏起来的?"

我突然火了:"你他妈什么意思?他在的时候你找我,他不见了你还找我?我又不是专业给你擦屁股的。"

"反正我要是出了事儿,你表妹就别想在美国待下去了。"李牧光又骂了句脏话,摔了电话。

我一头雾水,同时心里窝火,但还是从手机电话簿里找出安小男的号码,拨了过去。电话没通,一个电子娘们儿告诉我:"您所拨打的电话已停机。"

这之后的两天,我心里一直都是惶惶然的。而到了第三天,小张突然也打了一个电话过来。她还没开口却先呜咽了两嗓子,然后喊叫着让我立刻回家。

我还以为是儿子生了病呢,便道:"别怕别怕,有事儿慢慢说。"

"你在外面得罪什么人了?要不就是安小男,他干吗要连累你?"小张说。

我心里咯噔一下:"到底怎么了?"

小张顺了几口气,才把事情说清楚。原来就在刚才,有三个东北口音的男人来我们家敲门,声称是网站派来给我送月饼的,没想到小张才一开门,他们就闯进屋里来,不仅把每个房间都逛了一遍,还恶狠狠地问我们"把安小男藏到哪儿了"。这几个男人虽然没有身穿整齐划一的黑西装,但是有的剃着个大光头,有的领口底下露出一条龙或者带鱼的尾巴,看起来很像"道儿上"的人。小张自然被吓得魂不附体,抱着儿子只是摇头。好在小区的物业恰好上来收物业费,他们才一声不吭地走了。

我费了好大口舌让小张放心,又建议把她姐叫到家里住两天,总算把她安抚下来。随后我又给安小男打电话,但仍然是停机。这个时候,我已经猜到了什么,便克服着烦躁又给李牧光打,没想到他的电话也关了,听筒里传出一片忙音。

两个人都找不着了,让我像没头苍蝇飞进了微波炉,沉浸在随时会被烤熟的危机感之中。这一天剩下的时间里,我也无心干活儿了,草草让大家收了工，把自己憋在宾馆里坐一会儿，卧一会儿，又打开电脑到网上溜达一会儿，总之是安生不下来。一晃到了晚上九点多钟，一条已经被转发了两万多次的微博辗转出现在我的页面上，标题像所有热门消息一样耸人听闻：贪官家族转移财产，芭比娃娃惨遭肢解。内容则是一组连环画似的高清照片，图中的男人在大部分时间里侧对着镜头，只露了半张脸；他从货架上搬下了一箱玩具，拿出里面的数十个芭比娃娃，然后粗暴地扭断了她们的脊椎，导致她们的胳膊腿散落一地。从娃娃们的腹腔里，则掏出了一捆一捆的钞票，估摸是大面额的美元，此外居然还有十来根金条……图下配了说明，指出这组照片是在美国洛杉矶的一家仓库里拍到的，照片里的主人公名叫李牧光，身份既是美国人，又是一名东北国企退休领导的儿子。我又放大一张图片看了看，在右下角的角落里，发现了截屏过程中留下的时间标记。照片拍摄在几个月以前，正是李牧光对安小男最为寝食难安、提心吊胆的那个阶段。具体时刻则是中国的黎明、美国的傍晚，仓库里的美国搬运工人已经下班离开，中国电脑屏幕前的安小男又还没有上班。在不是人来人往就是被摄像头严密监控的仓库里，只有这段时间是个空当。

微博是用"天眼"这个网名发出的，一经推送便呈几何级数扩散。网友们除了一如既往地调侃、骂街，还人肉出了李牧光及其家人的各种背景资料，并推理再现了他们利用玩具贸易洗钱的全过程：随着我们国家反腐力度的加强，领导干部的账号已经被严密监控，这使得他们不敢再像过去那样通过金融渠道大摇大摆地转移资产，手里的钱也成了烫手的山芋；比起那些把现金在家里堆积如山、放到发霉的贪官们，李牧光一家的手法倒是独辟蹊径，他们在国内把钱和金条塞进了即将出口的玩具体内，再把这些玩具的批次和箱号告诉李牧光，一旦在美国接了货，剩下的事情就方便了。这么干不光安全隐蔽，而且还省去了被洗钱机构抽头的烦恼。

不出所料，安小男终于"出手"了。李牧光费尽心力地要挟我去说服他，只不过把事情往后拖延了不到半年而已。H市的科技园用地应该还没有正式开工吧？考虑到这桩丑闻的恶劣影响，那个项目八成是会被临时叫停的，老宿舍区从而也避免了拆迁。至于跑到我家去找安小男的那些男人，我倒认为不太可能是李牧光指使的，而是他爸或者哪个气急败坏的叔叔伯伯所为。他们这么做，当然是想用威胁的方法逼迫安小男删掉微博，但这个想法却太幼稚，太不了解今天的互联网了。一条信息只要发出，就会和它的主人毫无关系，它更像是游弋在宇宙中的一颗彗星，到底是在茫茫的时空里销声匿迹，还是天崩地裂地把地球撞出一个大洞，都不是人能够决定的了。

而我随后的一个反应，则是得赶紧去一趟美国。在事情的连锁反应里，林琳是那条被殃及的池鱼，就算救不了她，我也要看她一眼。

8

这几十年以来，最多中国人前往的国家就是美国了。无数有志之士像不远万里前去交配的信天翁一样飞越太平洋，摇身一变成了遍地精英或者遍地土鳖。然而"去美国"这个行为却又存在着一个悖论：最多人去的地方有可能是最难去的地方，甚至要比越狱还难。因为那里不是中国的旅游目的地国家，我申请下来护照之后还得到大使馆面前，结果没聊两句就被"毙"了，原因是我声称前去游览，却说不出几个风景名胜，支支吾吾了半天才憋出一句"要看湖人队的比赛"。对面那洋人和蔼地告诉我：

"在家看转播吧。"

但我总不能告诉他们，我表妹马上就要坐美国的牢了，我是去试图营救她的。排在我前面的一个老头儿更活该，他被儿子儿媳叫过去看孩子，可提出申请理由的时候不说"我孙子在美国"或者"我孙子是美国人"，而是说："美国人是我孙子。"这种故意颠倒的语序让精通汉语的签证官大为不爽，随便扣了顶"有移民倾向"的帽子便撵了出来。

老头儿一边往外走一边愤愤地说："孙子才想当美国人呢。"

经此一拖，时间又过去了一个月。这期间我着急上火，又给安小男、李牧光和林琳轮番打了无数个电话，但却一个人也找不着。我还开车奔波几百里，去了一趟安小男在H市的家，可把门拍得山响又在楼道里守了大半天，也没见着半个人影。后来还是一个穿着秋裤出门倒垃圾的邻居告诉我，安小男好像悄悄回来过一趟，连夜把他妈接走了。至于去了哪儿，就没人知道了。

"他是不是欠债了？除了你之外，还有几个东北人来找过他，模样凶得很。"邻居唏嘘道，"这孩子小时候多老实啊，怎么看也不像出格的人……"

我无法解释，便岔开话题又问："这片儿不拆迁了？"

"你也听说了？拆迁公司都进驻了，但又突然停了。"穿秋裤的大叔说，"为了这事儿，我们还在楼道口放了挂炮呢。"

微博事件正在飞速发酵，不久之后网上有了正式的消息，李牧光他爸已被"双规"并接受调查，而他本人却凭借美国国籍继续逍遥法外；由于中美两国尚未签订引渡条款，流失的国有资产被追回的希望非常渺茫。这条新闻也让人们对那些给外国人当了爹的官员们产生了更大的愤怒。到了那年冬天，事情总算有了转机。我拐弯抹角地联系上了同样定居美国、正在波士顿"中美文化交流中心"供职的前女友郭雨燕，请她把我塞进了一个"文物保护考察团"的名单里。于是再次面对签证官的时候，我的理由就变成了"到你们国家看看我们的宝贝"。

也是有缘，在这个考察团里同行的还有一位故人，正是历史系的商教授。此人与时俱进，最近靠"歪批历史"从电视明星转型成了网络红人，因而轻佻的风格愈演愈烈。自打坐进飞机的头等舱，他就招猫逗狗地和空姐打哈哈，唯恐别人认不出他来，浪费了胸前那杆"万宝龙"签字笔。听说我这个过去的学生混成了导演以后，他还屈尊纡贵地莅临了一帘之隔的经济舱，和我探讨了许多90后才感兴趣的时新话题，并隐晦地暗示我，可以把范增、余秋雨和他并列在一起，拍摄一套名为"当代大儒"的传记片。

飞机已经升空，我们的屁股下面是浩瀚的太平洋。看着这位在三万英尺高空乱舞的恩师，我蓦然生出了何似在人间的荒谬感。商教授侃得兴起，我忽然打断他问道：

"您还记得安小男吗？"

"记得记得。"商教授热忱地呼应着我，"也是媒体圈儿的对吧？我还看过他对文怀沙做的访谈，问题问得特犀利……你们是不是老管他叫小安子？"

除了外号，没有一样对得上的。我苦笑了一声，没再搭茬。谁想商教授却又反过来问我："对了，你们那些同学里，是不是还有一个叫李牧光的？"

我瞪大了眼睛:"是啊,您认识他?"

"当然不认识。"商教授摆了摆手,脸上浮现出一丝高深莫测的得意,"前些天突然有网站的'推手'发过来一条微博,让我转一下,说的好像就是国企领导往海外转移资产什么的。现在这种事还真吸引眼球,我和别的几个大V动了动鼠标,一转眼就成了新闻,听说还在东北那边揪出来一个窝案……又过了一阵才知道那个李牧光以前也是历史系的学生,可我怎么一点儿印象也没有啊?"

"他从来没上过课。"

"怪不得。"商教授又说,"后来他们家的亲戚还找到了我,说要给我十万块钱,让我把帖子撤了。"

"您答应了吗?"

商教授昂了昂下巴,愤慨地说:"这些蠢虫——居然想用一点小钱收买我,我有那么无耻吗?"

万里奔波到了美国,落地之后的行程倒是非常简单。我们被拉到一个不知名的小博物馆亮了个相,就算完成了出资机构的任务,此后的时间尽可以自由玩耍。商教授在国内当够了华威先生,到了美国却执意"追求内心的宁静",非要到梭罗隐居过的瓦尔登湖去"度过一个沉思的午后"。他这么一提议,其他几条大尾巴狼纷纷响应,而我则趁机脱了队,先去找郭雨燕。

我的前女友如今住在波士顿郊区的一个小农场里,她每天要开车去"downtown"上班,是她的白人老公接待了我。这个富裕农民长得像个结结实实的肉球儿,大脑袋下面连接着一根名副其实的红脖子。他大概听说了我和郭雨燕以前的关系,对我的态度热情而又存有芥蒂,一再套我的话,还警告我不要对"wife"存有什么念头。可见中国人在美国的名声也不怎么样,几乎成了乱搞男女关系的代名词——就像当年的美国人在中国一样。我被问得泼烦,便用结结巴巴的英语回答他说,我和郭雨燕不仅现在很清白,而且当年也很清白,"连睡都没睡过一觉,就原装出口到你这儿来了"。

那家伙登时放心了,居然还说:"多么遗憾。"

然后他邀请我一起进行他最喜爱的运动:端着双筒猎枪到他的农场里

去打土拨鼠。看到那些可爱的啮齿类动物刚一探头就被轰得血肉模糊，我实在是胆寒肝儿颤，而郭雨燕的老公却兴奋得又蹦又跳，简直像个迷恋暴力的呆傻儿童。他还请我喝了地窖里封存了几十年的波本威士忌。

好容易等到门外传来停车的声音，郭雨燕从一辆巨大的凯迪拉克汽车里跳了出来。朱颜辞镜花辞树，她也和我的大多数女性同龄人一样，不可避免地显老了：小狐狸脸上涂着厚重而魔斓的妆，变成了刚遭了三昧真火的狐狸精；一对大胸倒是越发蓬勃，可惜看不出肉的质感，分明是用钢丝撑起来的。

她进门也不看我，径直搂着丈夫响亮地接吻。我则直言不讳地用汉语问道："你怎么找了这么个二傻子？"

郭雨燕一翻白眼："你们这帮中国男的又好在哪儿啊——看着倒是一个比一个精，其实成天琢磨的还不是吃亏占便宜那点儿烂事儿？没劲。"

郭雨燕的老公问："你们在说什么呢？"

郭雨燕回答他："他说你可真是一个tough guy（强壮的家伙）。"

肉球儿鼓着胸脯子说："那当然。"

接下来，她便谈起了我这趟来美国的主要目的。郭雨燕已经在办公室联系了北美地区的几个中国同学会，打听到了林琳现在在哪儿："她已经不在西雅图了，而是搬到了加利福尼亚……听说她遇到了麻烦，正在那儿打官司。"

看来最坏的事情还是发生了，我心里一凛，问："是移民局把她告了吗？"

"那倒没有。移民局的程序不是起诉而是直接遣返。"郭雨燕说，"听洛杉矶的一个同学说，好像是她把她刚结婚没多久的老公告了。"

这个信息让我始料未及。按理说，林琳的绿卡捏在李牧光的手里，只要对方翻脸，她就完全处于被动地位，拿什么和人家打官司啊？难不成李牧光在气急败坏之余，还对林琳使用了家庭暴力吗？这让我更加揪心了。

还好，郭雨燕虽然对我的态度冷嘲热讽，但帮起忙来总算热心。她给了我林琳的新地址，又上网为我订好了机票，并让肉球儿开着他的福特皮卡送我去机场。当天晚上，我就从美国的东海岸飞到了西海岸，又换乘了曾经载着杰克·凯鲁亚克横穿大半个美国的"灰狗"巴士，来到了距离洛杉矶城区几十公里的一个小镇。

此时天已彻底黑了，镇上一片寂静，只有酒吧和中餐馆还灯火通明。我循着落满了阔叶的街道找到了林琳的住处。那是一幢红砖垒砌的二层小楼，楼前像许多美国人家一样，有草坪装点门面。我按了门铃，一个华人老太太开了门，用粤语问我"雷海冰果"。

接着，像有心灵感应一样，林琳便从老太太身后的走廊里走了出来。很没出息，我的眼睛湿了一下，令她的面貌在瞬间变得模糊。当我眨了眨眼，林琳已经站到了我的面前。她竟然没什么变化，还是洋娃娃般的皮肤和又大又黑的眼睛，更让我意外的是，她的脸上一片笑吟吟的，完全看不出身处水深火热之中的样子。

"你现在不是个搞艺术的吗？怎么肚子鼓得跟个腐败干部似的。"这是我表妹在分别多年之后对我说的第一句话。

"你倒驻颜有术，用了什么神奇的化妆品吗？"我说。

"读书读的——人在学校里都不会变老。"林琳说着，便把我领进了她租住的那个小套间。

"我很担心你。"我进门之后说。

"我知道……谢谢你。"林琳低了低头，好像抽了抽鼻子，但旋即又笑了，"你来得倒巧，下个星期我就不在这儿了。"

"去哪儿……"

"伦敦。"她说，"还没来得及告诉你，我已经被帝国理工学院录取了，准备到那儿去读为期六年的自动化专业，拿第二个博士学位。"

我惊讶得几乎跳了起来，简直觉得她是在存心开玩笑。但是再看看屋里，的确有几个大箱子堆放在地板上，外面剩的不过是笔记本电脑和几件日用品。

我扯着嗓子问："你不是正在打官司吗？"

"官司打完了，我胜诉了。"林琳说，"李牧光答应跟我离婚，还赔给我一笔损失费，支付在英国的学费和生活费富富有余。"

"这到底是怎么回事儿……我的脑子有点儿乱。"

林琳便又笑了，但这一次，她笑得若有所思："说实话，我也没闹清楚是怎么回事儿。我只知道我重新自由了。"

林琳把她这半年多来所经历的事情告诉了我。在和李牧光结婚之后，他们保持着相安无事的两地分居，只有在移民局例行问话的时候才一起去做做样子。李牧光这个名义上的"丈夫"在美国和中国忙得团团转，也压根儿没工夫去滋扰林琳。但是一个多月以前，突然有其他留学生警告林琳，李牧光可能"出了事儿"，让她加点儿小心。而林琳这个书呆子又不会去上国内的网，她下意识地去查了查自己的银行户头，却发现账号里的钱已经统统被转走了。

　　接着，李牧光醉醺醺地找到了她，宣布要和她离婚，还要向移民局告发她。他还告诉林琳：

　　"要恨就恨你那个流氓假仗义的表哥吧，谁让他和别人一起串通起来搞我——这对他又有什么好处？他他妈的就是嫉妒我。"林琳也听不出个所以然来，但还是被对方那副丧心病狂的样子吓坏了，并且为有可能到来的牢狱之灾忧心忡忡。然而就在这个时候，匪夷所思的事情发生了：一封匿名邮件发到了林琳的信箱里，内容是数十张李牧光和不同肤色女人做爱的艳照。

　　"那些女人一看就是妓女，他们的样子别提多恶心了。"林琳做了个呕吐状说，"幸亏我不是和这种人真结婚。"

　　"照片在哪儿呢？"我问。

　　"我电脑里就有——我是不要再看了。"

　　我打开林琳的电脑，找到了那组照片。拍摄场所是一间敞亮、整洁的办公室，那里有宽大的写字台、旋转大班椅，还有一圈锃光瓦亮但几乎空空如也的书柜。至于那些蝶乱蜂狂的场面，就和办公室的环境很不搭调了：李牧光或者全身赤裸，或者穿着一件皮质小内裤，或者嘴巴里塞着一只粉红色的小塑料球；他有时趴在桌子上被东欧女人用皮鞭打屁股，有时像狗一样被拉美女人用锁链牵着满地爬，有时被亚裔女人绑在一根钢管上。真没想到这哥们儿在性生活方面有着如此离奇的爱好。而这些照片都是从同一个角度居高临下拍摄的，显然来自安置在天花板边缘的摄像头。

　　林琳继续告诉我，她虽然不知道这些照片是谁发来的，但却条件反射地想到了应该怎么利用它们。她雇了一个律师，抢先一步对李牧光提出了离婚诉讼，理由是对方婚内不忠，生活放荡。自然，李牧光也图穷匕见，揭出了他们假结婚的事实，但这时候形势已经发生了逆转：结婚是真是假还需要移民局进一步调查，照片上的淫乱场面却是铁证如山；法院还怀疑他是在为了逃避责任而胡搅蛮缠。而在美国这种极其强调保护妇女利益的国家，即使他在婚前做过财产公证，一旦成为"过失方"也会吃不了兜着走。官司三下五除二就宣判了，林琳得到了大笔赔偿。一旦手头有了钱，因为离婚而失效的绿卡反而是小问题了。

"如果我愿意，可以用那些钱来直接办理投资移民，不过我可不想过得像个暴发户，还是接着上学比较舒服。"稀里糊涂地变成了小富婆的林琳说，"只要有学可上，在美国还是在英国都是无所谓的了。"

"那么李牧光呢，他现在在哪儿？"

"从法院出来就没见过他，好像是藏起来了……听说他的生意出了很大的麻烦，在中国一个什么项目的投资亏了个一干二净，被迫把美国的公司也给卖了。后来，连离婚协议都是由他的委托律师代发的。"

我暗暗舒了一口气。而至于这些反戈一击的照片究竟从何而来，我心里已经有了答案，只不过还有一些技术上的问题需要确认。好在我面前就坐着一位理工科的双料女博士。

我对林琳说："我还是好奇这些照片是怎么拍下来的。照片上的地点应该是李牧光的公司，而大多数写字楼都会装有监控设备，这是没问题的。可李牧光难道是个傻瓜吗？他要是在办公室淫乱，肯定会提前把那些摄像头关掉才对啊。这么大张旗鼓地现场直播，不成了黄色录像的演员了嘛。"

林琳给出了相当专业的解答："监控设备既然可以关掉，也就可以重新打开，而它一旦联网的话，都是能通过电脑来远程控制的——当然，前提是操纵它的人对这套设备的源代码极其熟悉，又通过病毒或者其他黑客手段入侵了李牧光办公室的电脑防火墙。一旦入侵成功，就算李牧光关掉了摄像头，他在这房间里的一举一动都有可能出现在地球上的任何一台电脑屏幕里。这么做的难度当然很高，但在理论上是可行的。"

我点了点头："还有一个问题……通过那封匿名邮件，可以追查到发件人的位置吗？"

"也不容易，但理论上也可行。"林琳说，"一般情况下，只有军方和警察的专业设备才能做到，但如果是精通计算机和互联网技术的高手，也可以用民用电脑进入邮箱的服务器，定位出某一封邮件的发送地址。那些人还常常受雇于大公司，做点儿商业间谍什么的勾当。"

"你在美国的同学里，有这样的人吗？"我问，"我付钱。"

林琳看了我一眼："有倒是有……不过你有必要非得这么做吗？反正我已经离开了李牧光，我这个当事人都没有好奇心了，你又何苦呢？"

我说："这涉及一个朋友。"

林琳没再说什么，坐在电脑前打开了聊天软件。没过一会儿，她告诉我，联系上了一个每次考试之前都能从教授的电脑里把试题"黑出来"的印度裔同学，对方对这趟活儿的报价不高，只要一千美元。她已经替我把账转了过去。我点点头，走出她的房间，站在草坪上抽了支烟。

美国小镇的天空透亮而悠远，满天星光交替明灭，竟有蠕动之感，这是在国内大多数地方都看不到的。我站在这地球的另一面，怀念着我的朋友安小男。他的工作是在电脑前监视着美国，但却从来没有来过这里；然而他却神出鬼没地改变了周边那些美国人和中国人的生活。做出了这一连串事情，他心里的积郁会减轻一些吗？

戏剧性的是，他报答我、帮助了林琳的手段，其实和当初那位银行行长交给他的任务如出一辙。曾经拒绝过的事情，如今却主动为之。

经由他这个人，我对于身处其中的这个世界的观念，似乎也发生了震撼性的改变。毫无疑问，在那钢铁洪流一般运转的规则之下，我们都是一些孱弱无力的蝼蚁，但通过某种阴差阳错的方式，蝼蚁也能钻过现实厚重的铠甲缝隙，在最嫩的肉上狠狠地咬上一口。

抽完烟，我到小镇边缘的汽车旅馆订了一个房间，然后才步行回到林琳那里。才一进门，林琳就告诉我，事情搞定了。印度人的活儿干得很漂亮，他在谷歌地图上用箭头标记了发件人的具体地址。我转动着鼠标，把电脑上的地球放大，再放大——亚洲，中国，华北平原和燕山山脉，北京城区，海淀区中关村一带的几所高校……终于，箭头指向了一个叫作挂甲屯的地方。

没想到是挂甲屯，理所应当是挂甲屯。

当天晚上，我提前订好了从洛杉矶回北京的机票。第二天一早，林琳借了房东那辆又老又破的"庞蒂亚克"汽车,从旅店送我去机场。我们兄妹的异国相聚就这么匆匆结束了,而下次再见面,就有可能是在伦敦或者别的什么国家的城市里了。

临别前,我像小时候一样抬起手来,把林琳额前的刘海胡噜乱了。她的眼圈分明一红。我问她:"你就准备在全世界的学校里混下去吗……也不为以后做一下打算?"

"我是个规划能力特别弱的人。"林琳说,"以后的事情那就以后再说吧。"

然后,我们尽量轻描淡写地告了别。十个来小时之后,我回到了北京。地球的另一面仍然是白天,但由于在飞机上一直都戴着眼罩昏睡,我并不困。上了出租车之后,我让司机把我拉到了挂甲屯。

因为学校周边的特殊生态,这里的住户仍以年轻的闲杂人等为主,街道和房屋也持续着乱七八糟。我循着记忆在窄小的土路上缓缓穿行,与一张张仿佛当年自己的面孔擦肩而过,找到了当初见到安小男的那个小院儿。公共厕所仍在院子的斜对面散发着浓郁的气味,但这一次,安小男却没有攥着一卷飘荡的卫生纸走出来。我走进了院门,正好撞上了那位习惯于穿着睡衣去买菜的女房东,便问她安小男有没有搬回来住。

"没有。"女房东笃定地回答,但又歪了歪脑袋说,"但我前一阵还见过他呢……应该又回到这一片儿了吧。"

电子地图的精确范围大概是几百平方米,也就是说,安小男总会在附近的这几条巷子里窝着。然而即使是在几百平方米之内,大大小小的出租屋也多如牛毛,想要找到他并不容易。我一边乱转,一边安慰自己:就算今天找不着,还有明天和后天,时间多的是。

但刚这么想,路边的一个门脸便吸引了我的注意。土路拐角的街口,开着一家"香辣鸭脖"和一家"黄鸡焖米饭",鸡鸭之间夹着一幢矮小的小平房,格局分为里外两层,外面是个玻璃柜台,柜台里摆着几台电脑主机和主板、硬盘之类的配件。在学生聚居的地方,这种专修电脑的小店本不稀奇,但柜台后面那个女人的侧影却分外眼熟。我放慢脚步,缓缓地挪动着脚步,认出了安小男他妈。她正面对着一台十四寸黑白电视,不知是在看还是在听。

那么安小男一定是在里屋吧，我看见刚好有一个男人走了进去，说他的车总是被邻居划破了漆，想买一套摄像的玩意儿"抓他个现行"。然后，里屋那杂乱的工作台前便出现了半个背影。的确是安小男。他正弯着腰从地上的纸箱子里往外翻着什么，同时问买主需不需要上门安装。

我心里一热，几乎脱口喊出他的名字，但随即却又硬生生地止住了自己：我来这里，只不过是想看一看安小男这个人是否还在，看到了，心愿也就了了。我不确定自己是否应该拖泥带水地和他把交情续上——如果李牧光家里的亲戚和手下仍在锲而不舍地寻找安小男，他们是很可能通过我把他挖出来的。况且，安小男这样的人最好的结局，不正是和所有的朋友"相忘于江湖"吗？

正这么想着，柜台后面的安小男他妈却缓缓地转过了脸来，朝着我和蔼地笑了。我慌了一下，本想回报给她一个笑容，但马上便发现她的目光是全然空洞的。她的眼睛即使还没有接近失明，也不可能从这么远的地方辨认出我来了吧。那个笑无非是她对街上来来往往的人们的本能反应。

我掉头就走，卷着风离开了挂甲屯。一路上从小跑变成了飞奔，扛着行李来到母校北墙外的那条大宽马路上，这才停下来，扶着电线杆子喘息。而当我重新直起腰来，忽然发现手边的水泥柱上，镶着一张写有"图像采集"字样的蓝色标牌。再往上看过去，一枚360度的摄像头正不动声色地悬在我的头顶。

我盯着它，如同在与苍穹之上的一双眼睛对视。

选自《十月》2015年第3期

评鉴与感悟

寻找光亮的黑暗之眼

"黑夜给了我黑色的眼睛，我却用它寻找光明。"

"眼睛"是小说中一个典型意象，由它关涉出的，是一对相反的事物：安小男制造出的能够跨越大洲进行探视的电子眼，和几乎失明的他母亲的眼睛；而故事情节的背后，还蕴含着一系列的对立，比如凝视主体和被凝视者、自然道德与技术伦理等等。整个文本恰恰叙述了这样一个有些令人惊异的故事，被碾压者安小男怀揣着令人发笑的人文"道德感"，却利用新兴的网络技术，解救了散落在全球、与他有关的老人、女人和邻居群，并对象征着集权者和碾压者的李牧光进行了致命的反击。这样，通过"眼睛"，小说完成了从一场滑稽的闹剧，向一个当代的英雄成长史的演进，从而在读者内心升腾起当下文本里难得的历史感和庄严感。

"黑色的眼睛"不仅属于主人公安小男，还属于作者。校漂、跨国洗钱、网红教授、拆迁、海外假夫妻、监控系统……以及一切在全球化、阶层分化和网络化下诞生的，属于20世纪头十几年的事物，都被作者一一摇摄进入文本，为读者展现出一个广阔而典型的、在巨大时代碾压之下的生存场景。而作者往往利用叙述者庄博益的口吻，对包括庄博益本人在内的涣散、消沉、混沌、低俗的当代生存进行了无加辩解地讽刺；并对于安小男对道德一根筋似的追问、坚守，保持着严肃的敬意。庄博益自己、他的妻子小张、历史系庄教授、利用跨国公司洗黑钱的李牧光无一不在文本里露出浑噩与"现实"之象，而安小男以及他寻求了一辈子的"道德"，在显得格格不入、不合时宜的同时，却在这暗淡的文本世界中愈加光亮。

面对驳杂混乱的现实，作家应该如何处理当下的经验呢？石一枫的《地球之眼》给予了一条路径：利用手中现有的资源和手段，以收纳、处理、检视当下，将当下的经验典型化——安小男的"电子眼"，正是这种收纳与检视的象征。摇摄、收纳是一种囊括整体历史社会的努力，而检视，则在这背后设置了击破平庸的现实，重建公共理性与公共道义的态度。经历过多种现代性和后现代性写作，以及它们的逐渐失效的中国读者们，大概能够感受到，这种传统的现实主义写作手段正重新凝聚起巨大的力量。而与现实近身力搏的作者，也传递出在黑暗中寻求光明的理想主义的勇气。（刘启民）

磷火

/ 温燕霞

　　这是片一望无际的热带雨林，高大葳蕤的树木互相交缠，遮天蔽日。阳光经过茂密枝叶的过滤，只剩下几道可怜兮兮的光柱和点点跃动的亮斑，越发衬托出雨林的幽暗。风艰难地挤进来，感受到微风轻拂的青皮猴子兴奋地在树梢间跳跃，叫声惊扰得隔夜的雨珠滴滴答答地洒下。一群色彩斑斓的蝴蝶扇动着翅膀，在这片绿得浓稠的树林间翩飞，忽然，从苔痕累累的石头上伸出两根布满铜绿色结晶的手指，轻轻地捏住了那只美得妖异的蝴蝶。

　　没错，捏住蝴蝶的正是我的手指，确切地说，是我的尸骨。自从1944年战死在缅北这片密林中，成为无家可归的孤魂野鬼后，七十多年来，捉弄蝴蝶、看猴子嬉戏、观毒蛇交尾、听疾风中枝柯相撞的响动和雨珠敲打树枝的沙沙声，是我仅有的乐趣。

　　由于时间久远，加上长年累月的日蚀风吹雨淋，我那原本坚硬的骨头仿佛一株饱受虫蛀的老树，外表完好，而中间全空了。所幸我们置身的土壤中含有丰富的矿物质，渐渐地，战壕里几十具战友的尸骨披上了一层奇异的铜绿，原本疏松、空洞、几近风化的骨头近年也彻底石化了。所以，七十多年之后，我们依然保持着当年严阵以待的姿势。

　　钱释伽上尉，你说俺眼眶里长的是啥玩意儿？一丛一丛，长角带棱的，会不会是蓝水晶啊？要是还活着，这玩意儿可以镶戒指做耳环。俺娘那时老担心家里没钱给俺娶媳妇，也不晓得这玩意儿值钱不？缅甸出玉，敢情俺们身上长出玉石来了！

要是老家有人能找到俺们的尸骨，把俺们带回去该多好，这样俺眼眶里的玉就有用了。唉，说来也可怜，俺是被人抓壮丁抓走的，俺娘不知道哇。那天，俺娘烙了几张细面饼，又做了肉酱，俺想吃新鲜大葱，就出门到屋后的菜园子去拔葱，哪晓得刚低头就挨了一闷棍，醒来时已经在闷罐车里了。俺娘肯定哭瞎了眼，要不就急疯了。俺爹走得早，俺是遗腹子，原先一直说独子不当兵，怎么抓壮丁就抓到俺头上了呢？

王栋梁很讨厌他眼眶里长出的那几丛成分可疑的蓝色晶凌，总是唠唠叨叨地说那是蓝水晶，扯着扯着，话题就绕回到他被抓壮丁的那天去了，然后，开始不歇气地讲他和他娘的故事。在这样的雨林里，声音是有分量的。七十多年来，他坚持用这种沉甸甸的声音摩擦我的耳轮，愣是把我可怜的耳轮碎成了几块。现在的我肯定比他家的虫子还要熟悉他们村的一草一木。可我能怎么样呢？别看这儿窝着一百多具尸骨，爱开口说话的只有我和他。没办法，除了听之任之，我只好陷入回忆以排遣郁闷。

1942年，为了支援英军在缅甸抗击日寇，保卫滇缅公路和西南大后方，国民政府组建的中国远征军从畹町出国门，一路高唱："一呼同志逾十万，高唱战歌齐从军。齐从军，净胡尘，誓扫倭奴不顾身！忍情轻断思家念，慷慨捧出报国心。昂然含笑赴沙场，大旗招展日无光……"真是气吞山河，声撼日月。哪知入缅后和英方沟通不畅，加上多头指挥，战况并不理想。1942年4月29日，日军占领腊戍之后，所谓的曼德勒会战成为泡影，撤退成了当务之急。第五军军长杜聿明下令各部队分路回国，孙立人抗命率部退到印度，杜聿明率六万余人遁入野人山，结果三万多人葬身山中，成了异国的鬼魂。无奈之下，杜聿明只好带领残部撤往印度。第一次入缅作战，就这样以失败告终，引得国人唏嘘不已。

和王栋梁被抓壮丁不同，我是主动加入远征军的。我是江西进贤人，大学英语系毕业后，在南昌开了家照相馆，自己兼任照相师和洗印工。那个年代照相是件奢侈的事，摄影更是门技术活儿，因为我技术好，照相馆生意不错。我在进贤老家置了二十多亩水田，种的谷物除了自给外，还能得些银钱，后来又在南昌最繁华的胜利路买了三间上下二层楼带铺面的房子，娶了个在小学当音乐教员、温柔美丽的太太，两个儿子聪明伶俐，日子过得很滋润。可是，1939年日军进攻南昌，房屋被焚毁，我为炮火所伤，醒来时躺在瓦砾堆里，旁边是太太的尸体，两个儿子下落不明。1940年下半年伤好后，我苦苦寻找儿子，可惜一无所获。

一次，我到佑民寺拜佛，一个老和尚见我可怜，带我去找他的老乡问"阴人"。神婆能通冥界，她说我两个儿子早已葬身火海，现在跟妈妈在冥界，终日啼哭，她要我到庙里做七天七夜的法事，为他们祈福。我本来是不信神鬼的，可当神婆轮流用我太太、大儿子、小儿子的嗓音跟我说话后，我立刻瘫倒在地。我把乡下的田卖了，连做半个月的法事，又在妻子的坟旁给两个儿子建了小墓，埋着从废墟里找到的他们穿过的鞋子。

后来，满心伤痛的我到重庆舅舅家去投亲。大表哥在重庆江北县鸳鸯桥寸滩的学生军训练营当副总队长，他看我长得少相，又是大学毕业生，英语讲得好，还会照相，就让我改小了四岁，参加了学生军，到他管辖下的训练营里训练。当时我已经失去了求生的欲望，幸亏从了军，否则肯定成了一个"路倒"。在寸滩训练了三个月后，我加入了远征军。

那是1943年春天，我和另外四十多位战友从鸳鸯桥上船，过江津，到泸州后再转汽车至昆明，然后从巫家坝坐飞机到了印度汀江。一下飞机就被两排美国大兵荷枪实弹地盯着，那阵势很吓人。他们让我们到大帐篷洗澡消毒，接着把我们脱下的旧衣服泼上汽油烧掉。大家从头到脚换上美国兵的行头，还领了很多东西，咔叽布的战斗帽、钢盔各一顶，有铜纽扣的咔叽布军服夏冬装各两套，羊毛衫上衣一件，棉织内衣内裤两套，短袜、衬裤及呢绑腿各一副，帆布胶鞋、大头皮鞋各一双，还有毛毯、橡胶雨衣、橡皮垫褥、水壶、手电、遮风镜、防蚊头罩、毛巾、铝饭盒、行军背囊等，武器有汤姆森冲锋枪、M1加兰德半自动步枪、布伦式轻机枪、勃朗宁M1919A4重机枪，另外还发了大砍刀、斧头和锯子。我们原来在国内不管春夏秋冬天天穿草鞋，一年四季吃不饱穿不暖，武器更是老掉牙，一下子拿了这么多好东西，大家觉得像做梦，乐得全都合不拢嘴。就在这种高兴劲中，我们坐火车来到了加尔各答，之后换船从恒河到兰姆伽，在那儿训练三个月后，我被补充到×部队六十五团特务连。连里的老兵们对一年前的战败耿耿于怀，他们每天都想打回去。二〇〇师戴安澜师长牺牲后，由他谱写的《战场行》成为我们空闲时最爱哼的歌曲之一："弟兄们，向前走！弟兄们，向前走！五千年历史的责任，已落在我们的肩头。日本强盗要灭亡我们的国家，奴役我们的民族，我们不愿做亡国奴，我们不愿做亡国奴，只有誓死奋斗！只有誓死奋斗！只有誓死奋斗！"

1943年10月，为配合国内战场及太平洋地区的战争形势，我驻印军开始了代号"安纳吉姆"的作战计划。我们从兰姆伽坐火车到列多，11月推进到新平阳，我们连奉命掩护工兵筑路。哪知南下时被日军包围，由于我们连的守区太小，美军空投的食品弹药大部分落到日军阵地上去了，后来就中止了空投，我们靠吃草根树皮，坚守了一个多月。一直到新一一四团到达增援，里应外合，才击败日军，突围而出。1943年12月中旬，列多至新平阳的公路修通了，我们团从密林中开路南进，袭击和消灭沿途的敌军部队。由于战斗英勇，1944年1月我荣获二等功，并提升为少尉排长。当时我们部队来了个美军一六四连的照相兵詹姆斯，我的主要任务是保护他，同时兼任他的翻译和助手。

詹姆斯？他就趴在我旁边，你看，他还保持着射击的姿势呢！我们牺牲那天的战斗太惨烈了，一百多人全部阵亡。可惜了，我们这支部队大部分是学生兵，我阵亡的时候二十八岁，算是年长的，詹姆斯二十六岁，其他的战友大部分介于十八到二十四岁之间。年龄最小的战士绰号"花生米"，他才十五岁。喏，就是踮脚站在战壕里的那个。看见没有？他的头顶上长了丛兰花，开的花比血还红。那是他死得不甘心，心里有恨哪！

说到这儿我想起了一件事，前几年，有一帮到丛林里收集阵亡日军骨殖的日本人发现了我们，其中一个长着太田痣的跛脚老汉先是狐疑地去摸"花生米"头上的兰花，然后又来抠我脸上的苔藓。我和"花生米"同时愤怒地吼叫起来，转眼间晴朗的天空阴云密布，地上的树叶围着那群日本人直打旋，仿佛一股龙卷风，接着几个连环雷在他们头顶炸响，犹如当年榴弹炮弹的惊天大爆炸，雨哗啦哗啦地泼下来，那是我们战士的英魂在呐喊，在怒吼！惊魂未定的日本人鬼哭狼嚎地逃到了外面，林子这才逐渐恢复平静。我认得那个日本跛脚老汉，他也是扛枪吃粮的。你问我怎么知道的？当年他们部队的营地就在江对岸，我们曾经有过一面之雅。我和他的故事，稍后再说，先说说当年吧。

　　提升少尉排长之前我在部队担任文书，其实战斗打响后部队一直处在运动状态，我这个文书无文可书。詹姆斯来时我刚提升为排长，连长姚志君很看重我，让我保护詹姆斯，在给他当翻译和助手的同时，我还要协助炊事班寻找水源。为什么？能者多劳呗。谁叫我爹是水局的会头，我从小就和水打交道呢。不是吹的，我懂水性识水性，水有毒没毒，我嗅一嗅就晓得。这不是常人能够做到的，得有天赋。缅甸密林的水常被毒气所侵、毒物所染，所以我这个懂水识水的人就多了项活计。你问水局是干什么的？水局就是以前的消防队，负责保管灭火器材和临阵指挥施救。一旦着火，穿着印有"水局"号衣的青壮会员便赶到水局，担桶集合到着火地点灭火。那时的水局其实是乡里街坊筹义款建起来的公益事业，会员参加灭火不但没有钱，还要出钱。我爹当会头出大份，所以一般的会头要薄有资财。我爹的正当职业是南昌西岸榷运局的科长，专管盐运盐税，俸禄不错。小时候我常到水局去玩，因为住在江边，一年有大半年泡在赣江，有时还会坐船到鄱阳湖游玩，呛过几次水，差点儿淹死了。詹姆斯对我这种本事特别钦佩，一直说要拜我为师呢。

　　詹姆斯入伍前是美国《纽约时报》的摄影记者，同时还是某射击俱乐部的成员，在俱乐部组织的比赛中多次夺冠。1941年他应征入伍，尽了一年公民的义务后正要退役，不料珍珠港事件爆发，美国宣布参战。后来詹姆斯被编到一六四照相部队。1943年夏季的一个晚上，他们乘船穿过赤道来到开普敦，绕过好望角，经过马达加斯加海峡后，一直往北航行，最后到达南印度孟买。三十四天的航行中，为防日本潜艇攻击，一直有英国和美国的飞机护航。一六四照相部队二百五十名成员中的一半留在了印度，另一半前往中国。詹姆斯就是留在印度的一百三十人之一。但命运就是这么奇妙，他兜兜转转之后，还是像另一半照相部队成员一样，和中国人结下了不解之缘。从兰姆伽起他就一直给驻印军拍照，然后又跟着我们一路南行。作为金贵的照相兵，詹姆斯以前都是随团部行动。不过拍了几个月后，他嫌跟着团部离前线稍远，不过瘾，于是找到团长要求到前线去。詹姆斯是个拼命三郎，短短几个月，他拍过步兵、炮兵、工兵、通信兵、骡马辎重兵、卫生队和汽车辎重兵，就是没拍过特务连和搜索兵。本来他是想跟拍搜索兵的,可那里没有会说英语的人,那天我恰巧在团部,见团长正为此着急,便自告奋勇把他抢到我们连来了。

当高大英俊的詹姆斯来到×部队六十五团一营三连时,战士们一片欢呼。上尉连长姚志君尤其高兴,因为去缅甸前他父母在江西老家给他相了门亲,还随信附了张妹子的照片过来。妹子长得水灵灵的,姚志君特别中意。读过私塾的妹子在信尾用秀丽的小楷写了两行字,让他寄张照片回去,可他一直没空儿照相。如今我带了个专管照相的美国大兵回来,这不是天上掉馅饼吗?

詹姆斯到我们连的第三天,我们奉命阻击某江南岸的日军,为大部队争取行动时间。那次遭遇的日军特别凶猛,不断地向我们发起攻击。我们连虽然是特务连,但阻击战打得一点儿也不比步兵连差。加上我们所在的北侧地形比南岸要高,还有一条舌状巨石伸入江中,居高临下,有险可依,仗打得就更漂亮了。姚志君从军以前是安源煤矿挖巷道的工人,在他的指挥下,我们连的工事构筑得相当科学、坚固。而且,与日军相比,我们的火力更为强大,因此成功地击退了敌人的多次进攻。由于伤亡不大,大家心情不错,趁战斗间隙进行休整。三排长王栋梁投军前是山东沂蒙山区的猎户,枪法精准,而且他还会挖陷阱捕野兽。那时我们的一日三餐都是空投下来的肉罐头和干粮,营养是营养,但久吃令人反胃。姚志君一有机会就动员王栋梁打猎,瞅空子还会亲自下厨,给战士们改善生活。这次也不例外,枪炮声刚停下,他就鼓动王栋梁去打猎。

除了阵地后头的林子里多了十几座新坟、运输队又驮了些伤员出去外,阵地上一派平静而喜悦的气氛。王栋梁捕到了一头水鹿,大家兴奋地商量着该如何享用。詹姆斯也非常高兴,他从印度兰姆伽到缅北后,一直辗转于各个战场。他拍过训练和战斗中的士兵、血肉横飞的爆炸场面,也拍过大炮、飞机、战壕、缅甸的寺庙、和尚、村庄、蛇、猴子、大象、骡马、鸟,却从没拍过水鹿。当他看到水鹿头上那两根弯刀似的长犄角时,举起相机连拍了十几张照片。这时炊事班的战士过来要杀水鹿,身为基督徒的詹姆斯叽里咕噜念了一大段基督教教义中关于动物的论述,最后,他以高亢的语调要求大家把这头水鹿放走!可我实在吃罐头吃腻了,想改善改善伙食,就故意漏翻了他最后那句话。王栋梁会意,怂恿我带詹姆斯去拍阵地前头的那片野花。

等我们回来时，那头水鹿已经成了热腾腾、香喷喷的肉块。战士们坐在壕沟里，无比珍惜地细嚼慢咽，整个阵地安静得只剩下咀嚼的声音。詹姆斯看着炊事班战士递来的那块肉，碧绿的眼睛眯成一道寒冷的冰刃。我正要解释，他突然像头熊似的把我扑倒在地，他是个将近一米九的大块头，个儿高却单薄的我绝不是他的对手，一下就被他压住了手脚。疼痛中我一口咬住了詹姆斯的肩膀，詹姆斯下手更重了，我挣扎着抽出右手，双指往他的眼睛戳去，可快到他眼眶处，我又改了主意，合指成掌，用力地推他。因为我突然想起自己是他的助手，接受任务时王团长还叮嘱我：钱释伽呀，这个洋人就交给你了。听说他是史老爷的远房亲戚，少他一根毫毛，你们连就别想发补给了！

史老爷是谁？史迪威呀！中缅印战区美军总司令，响当当的人物。他是个爱对着军官发牢骚的刺儿头，对我们这些小兵倒亲切有加，大家背后都叫他史老爷。

你说我想起这些后还能跟詹姆斯对打吗？好在詹姆斯这时也恢复了理智，他翻身跪在地上，呼呼地喘着粗气。

也许是事发突然，要么就是大家在香喷喷的水鹿肉上倾注了所有的注意力，我和詹姆斯扭打好一阵之后姚志君才带着人过来拉架。接着我瞥见王栋梁手擎一根啃得光光的水鹿腿骨，边骂边朝詹姆斯的后脑勺砸去。

不能打他！我和姚志君同时吼道。好在姚志君用那看上去瘦弱的胳膊一把箍住了胖墩墩的王栋梁，那根骨头这才停在了距离詹姆斯后脑勺半寸的地方。

你发神经啊？打死了他我们都完蛋。姚志君轻声慢语的责备在这种场合显得有些滑稽，王栋梁喘着粗气，显然不服。詹姆斯回头看看那些愤恨的面孔，也意识到自己刚才的举动不妥。他不声不响地爬起来，拍拍身上的泥土，往战壕后头的林子走去。

钱释伽，你小子怎么惹恼了他？姚志君的关心让我顿感委屈，忙把前因后果说了。姚志君听罢提醒道，他是有来头的人，有什么事说开了最好，不要这样打肚皮官司。

姚志君这一提醒，我立刻觉出自己的不是了。

嘿，这绿眼狗，还想从我们口中夺食！想得美！老钱，他下回要再敢欺负你，俺们三排帮你出头！王栋梁捧着铝饭盒大口大口地喝着肉汤，烫得龇牙咧嘴，还不忘占点儿嘴上的便宜。

栋梁，你刚才那一骨头棒子敲下去，可是要出人命的。他死了，我们喝西北风啊？你以后得长点儿记性。一排长安景世说。他本是延边人，按说他该是个大刀阔斧的北方汉子，可因从小在南京长大，六朝古都秦淮河畔的水愣是把他滋养成了一个秀气、安静的男人。

钱释伽，你这人不识好歹。俺这么帮你，你屁都不放一个，像话吗？王栋梁抹着嘴给自己找台阶下。

我扭头扔了半盒烟给他，这不算帮，你下次要是能帮我挡日本鬼子的子弹那才是帮我！

好咧！王栋梁接过烟，乐得声音汪起了一串油星。

钱，我们砍树，做洗澡的水管。詹姆斯站在树下抽了几根烟，突发奇想，要为大家造淋浴设备，引来了一片欢呼。

詹姆斯的父亲是个建筑商，自小在蜜罐里泡大的他对生活细节相当讲究。这样一个人，在我看来是十足的少爷兵。哪知少爷兵想到做到，不但拉着炊事班的战士到镇上买来了全套木工用具，还顺带请了一老一少两个缅甸木匠回来。

缅北森林里的树高达几十米，詹姆斯让木匠把一棵树截成等长的段木，挖槽，每隔一段距离在槽底钻几个梅花孔。然后把木槽架在两米高的地方，旁边垒上几口大灶，灶上坐着汽油桶，桶里的水烧热后，倒入木槽，就成了淋浴设备。

第二天，我们连的战士洗了一次永生难忘的淋浴。

王栋梁骂归骂，细长的眼睛却笑成了一条缝。

詹姆斯这小子不错，是个好人。安景世为了表达谢意，送了一把他缴获的日本军刀给詹姆斯。

我呢，躺在两树之间的吊床上，暂时忘了自己身处战场。迷蒙间我似乎看见妻子牵着两个儿子向我走来，孩子们伸出双手让我抱，可我张开的手指却只抓到几只偷袭我的蚊子。心一凉，眼一热，我赶忙拭去泪水，扭头看蹲在壕沟边专心致志给战友们拍照的詹姆斯。詹姆斯说这是他送给大家的礼物。由于我们黄种人在他看来长得都一样，所以他每拍一张就在笔记本上记下胶片编号、我们的英文译名和特征，他的表情认真到庄重。

老钱，万一我成仁了，你一定要把照片寄给我妈。姚志君是个悲观主义者，每次上战场之前他都觉得自己会死。也许正因为持有这种心态，他反而最勇敢。

安景世跟他相反，他不愿意谈任何关于死的问题，轮到他照相了，他把脸一蒙，说不拍不拍，省得照相机摄走魂魄。他这一奇怪的观点居然得到了王栋梁和其他七八个人的赞同，大家围着詹姆斯笑闹起来。

这时，那两个貌似父子的缅甸木匠背着工具走过来，向詹姆斯道别。詹姆斯给他们各拍了两张照片。见年轻木匠羡慕地瞅着他手中的烟，他把剩下的半盒烟送给了年轻木匠。年轻木匠冲他竖起大拇指，连说一大串"good"，詹姆斯难得地咧嘴大笑起来。两个木匠好奇地东张西望，年老的那个还跳下战壕，伸手向王栋梁讨烟。这时一旁冷眼旁观的姚志君冲安景世使了个眼色，安景世立刻冲过去，连推带搡地把两个木匠撵走了。

他们是好人，帮了我们大忙。为什么赶他们走？詹姆斯不高兴地质问我，我只好严肃地告诉他，在中国军队进入缅甸之前，日本人已经在缅境经营了十多年，培养了一支"第五纵队"。中国远征军入缅后，第五纵队专门暗杀远征军官兵。缅甸的一般百姓因为仇恨英国殖民者，很自然地将帮助英国人的远征军视为敌人。因我们特务连负责的是侦察任务，无法空投，带的干粮不够，半个月前我们连在一个村子旁安营，司务长去村里购买食品，他刚走进一间吊脚楼就被埋伏在里头的缅奸用大刀砍死了，所以得提防缅奸。

听到这儿，詹姆斯的脸色倏地沉下来，然后眨巴着那两排站得住小鸟、毛刷一般的睫毛连声说，他内心深处是个反对战争的和平主义者。你看，我没要发给我的卡宾枪。我只要相机，你明白吗？詹姆斯说着抬了抬胳膊。

我苦笑一下，心想你不带枪，苦的还不是我？

这样的詹姆斯自然是需要我们费心保护的。

那天对岸的日军很平静，只在上午发动过两次冲锋，然后就按兵不动了。姚志君上尉估计，他们在等待弹药和粮食的补给。夜里，我们趁机打了两次偷袭，本以为能趁对方弹尽粮绝时彻底消灭他们，未料我们刚下江，周遭就被日军的曳光弹照得亮如白昼，然后子弹狂泻过来，我们偷袭未成，反而死伤了二十多名兄弟。偏偏这时我们的补给也出了问题，武器弹药不够，只好转攻为守，双方僵持着。时间一分一秒地过去，姚志君的眉头却一分一分地舒展开来，因为按照团部命令，再守一天我们就可以撤离了。

这时，炊事班长老牛跑过来，说林子里头我们取水的小湾汊里不知怎的泡了几具日军尸体，水不能喝了。

妈的，肯定是那些缅奸干的！安景世对缅奸耿耿于怀。上周死去的司务长老万是他的老乡，那段时间他只要一见缅甸人就两眼放绿光。

老钱，你带他们去上游取水。千万小心啊！姚上尉说罢看看表，布满血丝的眼睛转瞬又盯住了对岸。

钱释伽，你真的能嗅出水里的毒吗？安景世肯定听到了有关我上次嗅水辨毒的传闻，好奇地看着我。

两个月前的一天，高温难耐，我们连在一座村庄旁废弃的庙宇里安营扎寨。庙中有口井，刚刚急行军百余里的士兵们渴得嗓子冒烟，听说有清凉的井水，大家冲上去，恨不得像条龙似的把井水吸干。姚志君仔细，让我先检查一下水质。我低下头，抽动鼻子，忽然，从水的清甜里嗅到了一缕似有若无的异味。我说水有毒，王栋梁不信，恰巧有条黄狗蹿过来，他就让黄狗喝了半碗水。黄狗喝水后甩甩脸上的水珠，活蹦乱跳地往外跑。王栋梁一看狗的那股精神劲，吵着要喝水，我不让，十三岁的少年兵小李子趁我俩吵架的空当儿偷偷地灌了半碗水下肚。就在这时，后面有人怪叫起来，黄狗倒地了，小李子你快把水吐掉！

王栋梁忙把小李子搁在我背上，狠劲地挤压他的背部，我们挤呀挤呀，把绿色的胃液都挤出来了，可惜还是没能救活小李子。事后我在井底发现了五六捆折断的树枝，其中两捆是俗称见血封喉的毒箭木树枝，另几捆估计也是毒树枝。这一定是缅奸干的！

从那以后，有关我的传说越来越多，也越来越神。上次我们宿营，炊事班长从塘里挑了担水回来，恰巧我有事过去，一看那水的颜色就觉得不对劲。炊事班长说到处找遍了，只找到这种水，不能喝也得喝，多煮会儿吧。我不放心，让"花生米"养的宠物小猴子喝了一碗，见小猴子没事，我们才敢喝，哪知最后还是喝得我们所有人上吐下泻。

就在我领着炊事班战士前往取水的半途，耳边忽然掠过一丝轻微的呼啸，我心头一凛，赶忙推了詹姆斯一把。他机灵地往后一仰，子弹射进了走在他旁边的炊事班长老牛的脑袋。

说老实话，从到缅甸起，我就讨厌缅甸，满眼绿得疹人，气候也怪异，没有四季，一年只有干季、雨季和凉季。每年3月至5月是缅甸气候最热的季节，即干季；6月至9月为雨季；10月至次年2月为凉季。当时是11月，雨季刚刚结束，是凉季。按说不应该多雨，可天公却像吃错药的癫佬，连着刮了几天的大风，下了几天的暴雨，阵地前头的江水猛涨，壕沟成了水沟。大家下半截身子泡在水中，整天湿淋淋的，苦倒在其次，树林里扑出大团大团的白雾，那就是可怕的瘴气。生病的人越来越多，且病情来势汹汹，头晚还好好的，第二天就烧得翻白眼，打摆子，体弱的经不住几下烧，过个两天就一命归西，所以大家很怕下雨。日本人估计也有这样的心理，恨不得立刻结束和我们的对峙。我们驻守江北的第四天早上，得到补给的日寇冒雨向我们发起了猛烈攻击，双方激战两个多小时后，我军伤二十五人，阵亡十七人，日军在汹涌、混浊的江水中心丢下了几十具尸体后，不甘心地撤回了南岸。

时近中午，大家又饿又累。炊事班战士晓得我们吃罐头吃怕了，烧了锅野鸡汤给我们喝。一直在拍照的詹姆斯脸上溅了几块血渍，蓝眼睛里的沉静被一种近乎疯狂的神情代替，看上去有些神经质。姚志君把我拉到一旁，问我看出詹姆斯的变化没有，我说看出了，姚志君忧郁地瞄了他一眼，命令道，他再待下去要出事的，你赶快送他回团部吧。

我明白他的担忧，找到詹姆斯，转告了连长的意思，背起他的摄影包就要护送他回团部。

哪知詹姆斯却一迭声地说"No"，拒绝执行连长的命令。我无可奈何地朝不远处的姚志君摊摊手。

姚上尉说，钱释伽，你把他带到后面的林子里去。万一我们顶不住，你就带着他跑。还有，你把这支枪给他！

头两天运输队来时，姚志君帮詹姆斯挑了支卡宾枪。在补给方面，士兵们都说美国人比英国人大方。前方一件武器，后方两件武器，武器一有损坏，立刻补充。不过姚志君不同意"美国人大方"这一说法，他说美军后勤部队之所以给我们发弹药、武器、车辆、油料、骡马，是因为有《中美租借法案》。既然是租借，就说明我们现在用的一切，日后都是要还的，用来用去，其实我们还是在用自己国家的钱，所以他希望大家能省则省，千万不要浪费。

这次，詹姆斯没有再拒绝姚志君给他的那支枪。

对不起，要完整地叙述这个故事，我还得绕过詹姆斯，回到我之前关于雨的话题上去。刚才我讲到哪儿了？天发癫了，不是雨季也在疯狂下雨。没错，那两天的雨可真大，每根雨柱都像是老家的伞柄，抽得人浑身疼痛。猴群吱吱叫着蹿入树冠，似在嘲笑全身透湿的我们。脚下的战壕已然成了污水沟，浮游着蚂蟥、蚂蚁、蛇，以及其他说不出名字的恐怖昆虫。我拉詹姆斯去后边林子的简易救护所躲雨，詹姆斯不肯去，因为那儿摆了几十具阵亡兄弟的尸体，他掉头往江的下游方向走去。我担心他走得太远，一把拽住他，朝头顶那间当地村民建在树上狩猎时用的小木棚指了指。詹姆斯向我伸出大拇哥，流利地说：顶好！顶好！这是和我们打交道的美国人最爱说的一句中国话和最爱做的一个动作。我们爬进树棚，詹姆斯迫不及待地从背包里掏出烟盒，可惜没有火，他只好把烟叼在嘴里闻烟味儿。

这时，我听见一阵奇怪的轰隆声。刚抬眼，就见一股浊浪从上游汹涌而来，估计是上游的某座堤坝垮了，水势相当凶猛。我举起詹姆斯前两天送给我的那架望远镜仔细观察着。突然，两张稚嫩、惊恐的脸庞闯入了我的视野，定睛一看，两个七八岁的男孩趴在一块木板上，正随水流飞驰而下。大弟和二弟的面容倏地浮现在我眼前。那年在赣江游泳，突遭风浪，我们仨误入整片的木排下，无法伸头呼吸。浑浊的水中，我绝望地睁开眼睛，恰好看见大弟和二弟惊恐无助、痛苦万状的脸浮在涌动的浪涛里。我急忙两手各拽一个弟弟，双腿狠命地踩水，往光亮的地方游去。也不知扑腾了多久，终于从竹排下钻了出来，可惜大弟二弟再也没有睁开他们明亮的眼睛。从那以后，我一直觉得是自己害死了两个弟弟，只要看见跟弟弟年龄相仿的男孩，心就扑通扑通直跳。

当我从望远镜里看见那两个男孩时，忘了对岸的敌人和自己的使命，我不顾詹姆斯的阻挠，飞快地放下枪和望远镜，脱下十几斤重的军靴顺着树枝爬到江的上方，一个猛子扎进了江里。江水湍急，我连呛几口水，头脑昏沉，幸亏翻滚的树枝划破了我的脸，钻心的疼痛使我得以保持清醒。可浑浊的江水幕布一样裹挟着我往下拽，眼看我就要葬身水底了，这时耳边倏地响起两声稚嫩的喊声："哥哥！"接着身体一轻，我终于游出了水面。我想是两个弟弟保佑了我。我刚喘了口气，几声惨叫从浪涛的轰鸣中钻出，让我猛醒过来。我借势凫到木板边，伸手去拽离我最近的那个男孩，哪知一个浪头打来，木板竖直翘起，两个男孩像杂技演员似的紧扒着木板边缘竖在空中，发出惊恐的喊声。

小心！我话音未落，木板轰地砸回江里，溅起的水浪拍得我双颊疼痛，可我根本顾不上，只晓得死死地按住擦身而过的木板，想去够那两个孩子。无奈水流太急，带着木板直往下冲。就在这时，从水里冒出一个左脸长着块太田痣的年轻男人。他那土黄色的军服和红色的领章让我双眼喷火，可是我还没来得及冲他大喊，一个高高的浪头打来，木板掀翻了，两个男孩惨叫着落入水中。我眼疾手快地抓住了其中一个孩子，不料江水打着旋推着我们下沉，惊恐的孩子死死地抱住我的腰，让我使不上力。眼看我们两人就要葬身江底，忽然"太田痣"伸手狠命地把我和孩子拽离了漩涡。我还没反应过来，就见一个浪头挟着根木头朝"太田痣"撞去，我两脚一蹬，将他和孩子蹬开了几米远。说时迟那时快，木头唰地从我俩之间穿过。我和"太田痣"怔怔地对视了几秒，下意识地冲对方咧嘴一笑，他的牙很白，右唇边有个深深的酒窝。如果不是左颊上那块太田痣，算得上是个美男子。然后我们拽着孩子，往相反的方向游去。

我还没爬上岸，就听见一阵快门声，接着我脑门上挨了两记重重的栗暴：你不要命是吧？你想害死大家啊？

姚志君骂毕仍不解气，接着又扬手甩了我几记响亮的耳光。不过当他看见那个缅甸男孩受伤的胳膊后，停止了对我的体罚，蹲在男孩面前嘘寒问暖。遗憾的是孩子听不懂他的话，缩成一团，满脸的恐惧。姚志君肯定想起了他未来的孩子，掏出两块巧克力给男孩吃，又亲自给他包扎腿上的伤口，然后托运输队的人把他捎回了上游的村庄。

由于浪高水急,加上我刚才跳江的地方在主阵地的下游,所以只有树上的詹姆斯看见了我在江心和那个日本兵的邂逅。詹姆斯非常高兴,因为他拍到了一张我和"太田壶"相视而笑的照片。

顶好!这张照片一定能获奖!詹姆斯小心地收起了胶卷,明天他会让运输队把胶卷捎回团部冲洗。想到那张敌对双方因为救两个孩子而在浪涛中相逢一笑的照片,詹姆斯乐得送了我两罐牛肉罐头。而我,则带着被姚志君打松的两颗大牙,当天晚上被罚站四个钟头的夜岗。

缅北的天气非常易变,晚上十二点接班时天上还有轮明晃晃的月亮,等我沿着壕沟走到如同舌头般伸向江中的那块巨石旁时,不知何处飘来的乌云遮住了月亮和天空。我睁大眼睛盯着前方,感觉整个地面在微微震颤,那是不可计数的蚂蚁、蜈蚣、蝎子在悄悄地骚动。尽管我打着绑腿,戴了防蚊罩,可蚊子还是穿透厚厚的哔叽布咬得我浑身是包。也许不是蚊子,而是别的昆虫。这片丛林实在太可怕了。

上眼皮巨磨般地往下沉,我不断地捏大腿咬手指,眼皮总算掀开了一道缝,迷蒙间我看见两个男孩从江水中冒出来。

哥哥,我是观音生。这是大弟的声音。

哥哥,我是罗汉。小弟发出憨笑。

月辉越来越黯淡,小弟那排整齐的白牙忽然间变成锋利的刀刃,挟带着一缕寒风向我砍来。我抽出背上的大缅刀,迅捷地朝那道白光砍去。咣的一声,几星火花冒出,照亮了一张黢黑狰狞的脸。

有敌人!木匠是缅奸!

我的嘶喊淹没在一片金属撞击的铿锵声中。

詹姆斯那天晚上睡在树棚上,敌人并没有发现他。和敌人搏杀得昏天黑地的我脑中闪过一丝庆幸,希望他缩在树棚里别出来,也好减轻我的压力。哪知不一会儿瞻姆斯拎着卡宾枪跑过来了,边跑边大声地用英语询问情况。月辉下,高大的詹姆斯非常显眼,估计他是缅奸这次偷袭行动的主要目标之一,不然那些正和我们打斗的缅奸不会呼啦一下朝他围过去。我想过去助阵,年轻木匠却用一把大缅刀把我逼到壕沟。就在他再次挥刀砍来的刹那,我的刀伸进了他的裆下,在双手上拉的同时,我弓起腿往刀背上一顶,一下把年轻木匠的肚子劈成了两半。在他的惨叫声中,我疾步过去增援詹姆斯。

那个老木匠呜里哇啦一通,又有几个缅奸拥上来,看架势,他们想活捉詹姆斯。就在詹姆斯、王栋梁他们不敌的危急时刻,姚志君和我赶到了。别看我单薄,却自小跟着水局里的一个丰城师傅习武,大刀片子舞得呼呼生风。姚志君入伍前在乡间当屠夫,十多斤重的大刀在他手上轻得像片柳叶,加上又有十多个战士前来支援,经过一番搏杀,我们终于全歼这次偷袭的二十一名缅奸。与此同时,我方也损失了十三名兄弟,九人受伤。另外,缅奸还毁坏了我们堆放在壕沟边的防毒面具,可见做淋浴设备时那两个木匠已经侦察好了,詹姆斯为此异常自责。

望着月光下血淋淋的尸首,我感到前所未有的恶心和乏力。由于震惊和后怕,有那么一刻我忘记了詹姆斯。等我想起他时,战壕里已没有了他的身影。

要不是他想洗澡,缅奸还摸不清我们阵地上的情况呢,他该好好闭门思过!姚志君脸上划了道浅浅的伤口,说话时表情痛楚。

我走到左侧的林子,看见詹姆斯孤零零地站在那一溜尸体前。

死了,他们都死了!詹姆斯说着,递给我一支烟,我们背对着阵地吸烟,以防对岸的日军狙击手冲着烟头打冷枪。上次我们团有个副营长就是在夜晚吸烟时被敌人的狙击手打死的。抽完烟,詹姆斯看着缅甸木匠的尸首发愣。那个年轻木匠的上衣口袋里露出了半截烟盒,那是詹姆斯白天送给他的,当时年轻木匠的笑容灿烂而迷人。

詹姆斯弯腰抽出那只被血浸透的烟盒,丢在地上,用脚跟蹍了几下,闷头叹道,钱,人是世界上最凶残的动物!

詹姆斯说罢,扭头走了。

这时又下起了雨,林子里寒气侵人。除了警戒哨,大部分人躺进了用空投降落伞搭成的帐篷里。地面泥泞,幸亏有制造淋浴设备没用完的木头和木板,大家你一根我一块地搭在地面上,再垫上树枝,和衣而卧。也许是刚刚经历过血的洗礼,詹姆斯睡不着。我跟他搭话,他也不理睬,独自在黑暗中往枪膛里压子弹。他的动作熟练、轻悄。我正纳闷间,詹姆斯告诉我他曾是纽约某射击俱乐部的成员,还得过区域比赛的冠军。在一次训练中,他失手误伤了前来观看的侄女,致使侄女重度残疾。从那以后,他再也不肯摸枪。

钱，你今天砍死了人吗？詹姆斯突然问道，我有些愣怔。说实话，刚才的厮杀因为过于突兀而显得荒诞、虚幻。

杀没杀？詹姆斯固执地追问在我眼前带出一片刀光和血影。我定定心神：四个。

詹姆斯听罢没吭声，抱着枪独自发了会儿呆，十多分钟后终于靠在树干上沉入了梦乡。他睡得很不安稳，不断地磨牙，加上呼噜声，扰得我天亮时才昏昏睡去。

我还没睡几分钟，就被凄厉的呼声惊醒。正愣怔间，詹姆斯已分辨出声源方向：在石头那边！

说着，他抓起相机和卡宾枪，领头朝战壕北侧跑去。这时天已放亮，那块伸向江中的大石头看上去像极了怪兽的巨舌。当值的二排战士——江苏佬祁向孝斜靠在石头上，脸白如纸，左肩和衣襟上满是血渍。先行赶到的姚志君察看后，脸部肌肉恐惧地抖起来，语不成句地说，蚂蟥，蚂蟥，钻进他的颈动脉了！

我顺着他的手指一看，果然，在祁向孝左边脖子上发现了两截胖得跟海参似的蚂蟥身体。看来这两条贪婪的蚂蟥咬破他的颈动脉后并没有满足，而是继续分泌阻凝液体，最后让祁向孝血尽而亡，自己也胖得脱不了身。

姚志君恨恨地骂着，脸白得像堵粉墙，大家猜他肯定想起了两个月前发生在他身上的那幕惨剧。那天我们在丛林中宿营，有只蚂蟥悄悄地钻进了他的尿道眼，连血带尿一块儿喝，身子粗如大拇指，差点儿把姚上尉的吃饭家伙给胀破了。

姚志君怀着深切的仇恨扯出了那两条害人的蚂蟥，点火把它们烧成了灰。这期间詹姆斯一直在不停地拍照，残留着昨晚缅奸血渍的脸上看不出悲喜。抱着祁向孝遗体的安景世被他这种置身事外的冷静激怒了，他放下祁向孝，拾起块石头朝詹姆斯手中的相机砸去。我一把拉开了詹姆斯，否则那部相机肯定完蛋。

山蚂蟥是债主，你找人家詹姆斯的碴儿干什么？我拦住安景世。

你给我滚开！安景世愤怒地推了我一掌，继续大吼，钱释伽你这个混蛋，不要以为你会念几句洋文，头上的毛打卷就真成洋鬼子的儿子了！我告诉你，他要是再拍祁向孝，我就弄死他！

安景世性格内向，一年难得讲两句话，有时你只能从他的影子上感觉到他的存在。十多天前部队遭遇敌机轰炸，他旁边的几个战友在爆炸中化为碎片，他被气浪冲到了树杈上，虽然毫发无损，醒来时脸上却蒙着副炸烂的肚肠，为此他这些天一直精神不太正常。詹姆斯是个聪明人，他明白安景世已经到了疯狂的边缘，忙飞快地收起相机，转身钻入了灌木丛。

钱释伽，你跟着他！一个疯了还不够，这美国佬也疯了！

姚志君看自己的属下折损一半，心下烦恼，偏偏詹姆斯又四处乱窜，他还不敢发火。我们部队的给养全部仰仗美军，团长又把詹姆斯委托给了他。他只好让我寸步不离地跟着，还时不时提醒我，钱释伽，你的命没他小命值钱，晓得不？

姚志君这话在我听来相当可笑。詹姆斯的重要意义我们都明白，问题是敌人的枪炮会不会饶过他，只有天晓得了。也许一发炮弹过来，我和他一块儿上西天呢。

尽管如此，作为詹姆斯的助手和保镖，我还是如影随形地跟着他。也许是受到昨夜缅奸大刀队暗杀和祁向孝死亡的刺激，詹姆斯变得更加神经质，话比往常少了，行动却异常敏捷，而且很冒险。他居然一口气爬到几十米高的树上拍对岸日军的阵地。估计是相机反光的原因，没多久对方朝他所在的位置打了几梭子子弹，众人的心立刻悬在了嗓子眼。

詹，你快下来！老钱，你赶快翻译！要不你爬上去呀！姚志君生怕有什么闪失，让我赶快把詹姆斯弄下来。但话音未落，又一梭子子弹过来，断枝残叶扑簌簌掉了一地。

我方不甘示弱，迫击炮开始发言，可这并没能阻止对方的狙击手向詹姆斯开火。就在王栋梁和安景世准备上树时，浓密的枝叶间，詹姆斯的卡宾枪响了，接着阵地上响起一阵惊呼：詹洋人把对面的日本鬼子从树上打下来了！

这时敌人的几发炮弹在战壕炸开了花。我被气浪冲倒在地，爬起来时，看见一条断腿挂在壕沟上。日军向舌状巨石发起猛攻，一阵炮击过后，隆起的石舌被削平，日军朝我方拥来。所幸的是江水淹到了日军胸部,影响了他们的速度和火力的发挥。经过几番激战,日军在舌状巨石前的滩涂上留下了一片尸体,我方减员三分之一,损失惨重。姚志君正在调置人员,日军再一次发起了进攻。步枪、轻机枪、重机枪、迫击炮响成一片,眼前硝烟四起、子弹横飞、血肉飞溅,受惊的猴子惊恐地在树上蹿来蹿去,昆虫、蛇在地面乱爬。一只蝎子爬到了我滚烫的枪管上,嗞地烫熟了。

詹姆斯!詹姆斯!老钱,你保护那个洋鬼子啊!姚志君指挥战斗的间隙还没忘了喊这么一嗓子。刚才火网密织,詹姆斯躲在树干另一侧的凹洞里,倒也安全。这时一颗炮弹挟带着锐利的哨音直扑詹姆斯所在的那棵大树,我嘶声大喊,詹姆斯,往左边的树上跳!

说时迟,那时快,高大的詹姆斯猴子似的攀着树枝跳到了另一棵树上。他刚转移,原来藏身的那棵树便被炮火击中。粗大的树干倒向江中,成了正涉水冲锋的鬼子们的桥梁。

王栋梁,干掉那棵树!姚志君一边开枪一边大喊。

王栋梁手中的掷弹筒连着两次击发,树干和周边的鬼子顿时化为碎片。这时詹姆斯从树上滑下,他蹲在一个弹坑旁,按几下快门打几发子弹,动作干练、潇洒。突然,一发炮弹在我们身后爆炸了,气浪把我和詹姆斯掀倒在地。从泥土中爬起来后,詹姆斯顾不得胳膊上的擦伤,第一时间察看他的相机。见相机无恙,他满是泥土的脸上露出了由衷的微笑。

钱,相机顶好!你,顶好!

炸弹爆炸时,我下意识地趴在了詹姆斯身上,因此背部被石块和树枝划破,血染战衣。还好都是皮外伤,卫生兵帮我做了简单包扎后并无大碍。

这次双方一直打到下午四点多钟,以日军的惨败而告终。经过这场战斗,和平主义者詹姆斯不见了,代之以一个表情冷峻、目光狂热的复仇者。简单地吃了点儿食物后,姚志君安排好警戒,让大家抓紧时间就地休息,然后忧心忡忡地趴在壕沟边,掏出望远镜观察着敌方阵地。

几天激战下来,我方减员严重,这次战斗尤甚。刚刚从战壕里清理出去三十多具阵亡兄弟的尸体和二十多位轻重伤员,有生的战斗力量不足六十人。按原定时间,我们可以在傍晚时撤离,可是就在姚志君通过步话机向上级请求增援时,上级说情况有变,让我们坚持到明天中午十二点。我们几近弹尽粮绝，离我们最近的B团二连最快也要到今晚半夜才能赶到。姚志君做了殉国动员，让大家把早就写好的遗书装进一只铁罐，挂在显眼的树杈上，然后命令大家就地休息。好在日军也受到重创，暂时无力发起攻击。江两岸笼罩在一片不祥的寂静中。我奉姚志君之命，再次动员詹姆斯回团部。和我预想的一样，詹姆斯拒绝了。

姚上尉，他不走。我无奈地摊开手。

姚志君眨眨眼皮，叹道，也好，多个人多份力。我看他不赖，以一当三没问题。拿一箱子弹给他，让他把相机收起来吧。

我刚端起子弹箱，就听见姚志君急促的叫声，喂喂，詹洋人，你不能去那边，危险！钱释伽，你快拦住他啊！

我抬头一看，詹姆斯挎着相机拎着枪，猫腰朝阵地前方跑去。我猜他是想去拍江中心随波涌动的日军尸体方阵。

钱释伽，我看你就别跟了。他死了就死了吧，我们的人能死，美国人怎么就不能死？抱枪倚着树干休息的王栋梁说罢，又懒懒地闭上了眼睛。

这时，詹姆斯已经走出灌木丛，正猫腰往舌状巨石那儿跑去。敌人的子弹打过来，詹姆斯滚到地势稍低的另一侧，小心翼翼地匍匐过去。我紧紧地跟在他后头，手里拖着两箱姚志君让我带给安景世和另两个士兵的子弹。他们正趴在那片遭受炮击后失去了完整形状和原有高度的乱石堆里放哨呢。

安景世人长得清秀单薄，身手却敏捷，战斗刚结束，就用石块垒起了掩体。好不容易爬到掩体后的詹姆斯给了安景世和另外两名战士每人一块巧克力，然后专心致志地拍摄。敌人似乎意识到什么，不断地朝处于他们射程内的掩体开枪。刺鼻的尸臭中又混入了呛人的硝烟味，我又开始胸闷了。

安景世朝我眨眨眼，你让詹洋人到外头看看去！

他神秘的表情激起了我的好奇心。我从处于敌人盲点的掩体侧边探头一看，立刻汗毛倒竖——江滩上几十号日本人的头和双手被人斩去！裸露的颈腔和手腕上落着厚厚一层苍蝇和不知从何处冒出来的甲虫。日军有个习惯，如果无法带走阵亡者的遗体，那么他们就会想方设法割下阵亡者的首级和双手，焚烧后把骨灰装坛带回国，以慰家人。看样子昨晚缅奸进入我阵地，除偷袭外，还有这样一个任务。估计江滩边的阵亡者中有日军认为比较重要的人物。

詹姆斯从我的表情中看出了端倪，他探头一看，吓得孩子似的捂住了眼睛。几秒钟后他移开手掌，那双蓝色的眼睛困惑地眨巴着，好一阵他才举起相机咔嚓咔嚓地拍照。尽管詹姆斯拍照时用了保护装置，可对岸的敌人还是从镜头的反光中发现了他。重机枪开始扫射，子弹在詹姆斯身边的石头上溅起丛丛簇簇的火星。安景世和战士手中的汤姆森冲锋枪吼叫起来，这种俗称"芝加哥打字机"的冲锋枪火力很猛，一下就压住了日军的重机枪，为我和詹姆斯撤回掩体赢得了时间。

当我们从尸堆旁的草丛里往回爬时，突然听到草丛间有人痛楚地哼了几句，詹姆斯扒开草丛，从土坑里拽出一个日军伤兵，把他拖回了掩体内。伤兵满身是血，一张稚气的脸却干净得出奇，看模样也就十六七岁。由于失血过多，他神志不太清醒，干裂的唇间不断地吐出"欧巴桑"的音节。他的神情让我想起了两个弟弟。小弟如果活着，也就是他这年纪。我心一软，托起他的头给他喂水。詹姆斯在旁边拍照。安景世面对着伤兵，横眉竖眼地骂我，钱释伽，你发神经是吧？他刚才打死了我们多少人你晓得不？尿都不给他喝！

也许是水滋润了日军伤兵，也许是安景世的骂声惊醒了他，他慢慢睁开了眼睛。起初他有些愣怔，但转瞬就明白了自己的处境，两颗乌黑的眸子射出仇恨的光，紧接着他拉响了胸前的手榴弹。

闪开！电光石火间，安景世推开了詹姆斯，我也被詹姆斯拽着退后了几米。轰隆一声巨响，我的左臂一阵刺痛，满是硝烟的空气中除了尸臭，又洋溢出浓浓的血腥味。

钱，你受伤了！詹姆斯拉着我爬起来，我们两人看着眼前的土坑，半天说不出话来。

刚才还活生生的安景世，和那个日本伤兵一起，被经过特殊改装用于自杀的手榴弹炸成了残骸断肢。那两个和安景世一起守哨位的战士闻声跑过来，木然得像是失去了知觉。爆炸声引起了双方更加猛烈的对射，日方的重机枪和歪把子机枪、迫击炮一并作响。趁着火力掩护，日军再次发动了进攻。"舌尖"上那两个战士怀着为安景世报仇的心，向江中密密麻麻的鬼子狂泻子弹，日本兵像镰刀下的麦子似的纷纷倒伏。詹姆斯不失时机地抢拍了几张照片，然后开始扫射日军。我则疯了似的四处寻找安景世的遗体，好不容易找到了他的半条腿，詹姆斯捡起地上的冲锋枪塞进我手中，大声地说，钱，他们中弹了，我们俩上！

我把安景世的腿放在旁边，趴在那两个受伤的战士身旁，迎头痛击日寇。姚志君怕我们顶不住，亲自带着十几名战士上前增援。

钱释伽，敌人攻势猛烈，你带着詹姆斯后……姚志君话还未说完，一颗子弹击中了他的颈动脉，鲜血在空中划出一道艳丽的彩虹，洒了詹姆斯一脸。我冲过去，拼命地按住他的伤口，掏出急救包给他包扎。可姚志君的颈动脉好像发了洪水，鲜血奔涌，不一会儿他就浑身抽搐着离去了。我抢过旁边那位战友的掷弹筒，一个击发，将前头那片鬼子轰上了天。接着，几发炮弹落入敌阵，日寇丢下几十具尸体撤回了阵地。满脸是血的詹姆斯怔怔地看了会儿姚志君，然后掏出相机对着他的遗体欲按快门，但双手发颤，怎么也无法对焦，努力了几分钟，他长叹一声，单膝跪地，轻轻地合上了姚志君那对仍大睁着的眼睛。

傍晚时分，在倏然安静下来的战壕边，詹姆斯倚树而坐，静静地在笔记本上做着记录，如所拍的人物、所拍事件发生的地点和时间，以备日后查档。这是他们照相兵必做的功课。詹姆斯的笔没水了，他弯腰在地上蘸了蘸，接着写，暗红的字迹在雪白的纸上触目惊心。那是姚志君和安景世的血，还有其他战友的血。战斗紧张，他们的尸体还来不及掩埋，就那么散卧在我们身后的林地里。我双目发涩地盯着江对岸，由于炮击的原因，对面的林子和我们这边的林子一样火光四起、硝烟弥漫。姚志君英俊的脸在这浓烟里悬着，如同一幅年画。

钱释伽，你脚生锈了？快带詹姆斯走哇！年画上的姚志君开腔了，那口江西土话就像柔软的棉花棒，搔得我耳朵眼儿发痒。他雪白的牙齿让我想起妻子胸前的那块玉佩，他黑亮的眼睛酷肖大弟，我倏地想起那两个被救的缅甸孩子，他们的父亲是否参加了昨晚的偷袭？孩子们现在怎样了？还有那个长着太田痣的日本兵，他有怎样的身世？是什么原因促使他和我一样跳进江里救人？他参加战斗了吗？现在他是死是活？还像个人吗？是不是等会儿他就会从浓烟里冒出来，子弹从他枪口中嗖嗖地射出？抑或他也疯掉了？前些日子我们部队攻打一座日军盘踞的村庄，连天的炮火中一个日本少佐挥舞着一只鲜血淋漓的断手从战壕里爬出来，在战壕前跳起了动作笨拙的大狼舞，画面怪异而震撼，双方的士兵不约而同地停止了对射。詹姆斯飞快地按下了快门，把那个日本少佐的癫狂记录在胶片上。

那家伙疯了。当时安景世就在我旁边，他抬起枪口正要扣动扳机，从日军战壕里射出两颗子弹将那少佐击倒在地。双方回过神来，接着枪声大作，之前那片刻的沉寂越发显得怪异和不可置信。

那次驻守村庄的日军很凶顽，仗着那幢罕见的坚固石屋，愣是把我们阻拦了一上午。眼看我们的前进之路就要被这只拦路虎阻断，姚志君急得抱着汤姆森冲锋枪向斜里一滚，跳入一个水坑，试图借机接近石屋。察觉了他的企图的敌人立即进行火力封锁，子弹织成火网让姚志君动弹不得。水坑很深，水淹到了姚志君的脖子，敌人的火网越来越密集，压得他把头缩进了水中，无法还击。一旁的詹姆斯见状，把装着相机和他视如生命的胶卷、笔记本、巧克力的挎包塞给我，拽着地上两捆手榴弹匍匐到水坑边。石屋上的日军发现了他，集中火力朝他射击，处于射程内的詹姆斯冒着火力爬到水坑前的石头后面，他暂时安全了。刚冒出头喘息的姚志君又被嗖嗖的子弹压得把头埋入了水中，幸亏那块石头挡着，敌人的射点略高，可贴着头皮飞的子弹逼得姚志君无法抬头，时间一长，他不被打死也会被憋死。我把相机和挎包一放，拉起旁边的王栋梁翻上了战壕，在战友的火力掩护下，我俩分头爬上了战壕后的两棵大树。日军显然识破了我们的企图，一挺机关枪集中火力向我们扫射，打得枝叶簌簌作响。因敌人火力分散而得到喘息之机的姚志君和詹姆斯趁机往前推进了十几米。这时我看见屋子后院有架迫击炮，几个敌人正在装填炮弹。我向王栋梁做了个手势，我们两人在同一时间分别向屋顶和后院的敌人开火。别小看我这个少尉文书，由于从小练弹弓，我打枪的水平虽然比不上百步穿杨的养由基，但命中几十米开外楼顶上的机枪却是毫无悬念的。几个点射下来，敌人楼顶上的机枪手哑了，后院的炮手也倒了。这时从石屋里跑出十几个敌人，他们沿着楼梯往屋顶上爬。在姚志君的火力掩护下，詹姆斯顺利地甩出了那两捆手榴弹，随着轰的一声巨响，石屋炸塌了半边。我军将士一跃而起，转眼就占领了石屋，为后续部队向前挺进打通了一条血路。

怎么样？姚上尉和詹姆斯是不是很勇敢？我和王栋梁也相当不错，所以部队为我们记了功。当然，由于战事紧张，我们立功都是上峰口头嘉奖的。有命活下来的才能领到勋章和奖状。再说了，我们杀敌时谁也没想过这件事。立不立功，真的不在大家的考虑之列。

唉，在丛林里待久了，已经不太会说话了，偶尔说说，也颠三倒四。我刚才说到哪儿了？姚志君牺牲后我看见他的脸像年画般挂在硝烟中？没错，我当时的确产生了幻觉。旁边的詹姆斯貌似比我冷静，一声不吭地往他的卡宾枪里压子弹。他满脸都是姚志君的血，眼睛红得像兔子，络腮胡子闪着金光，我非常担心对岸的鬼子会因为这金灿灿的胡子而发现他。注视着詹姆斯，我忽然想到那两个被我和"太田痣"救起的孩子，万一鬼子兵用他们和无辜的村民当人盾，我们还开不开枪？

上次在兰姆伽集训时，我听一个参加过第一次入缅作战的老兵说过戴安澜师长的故事。话说日军和戴师长打仗，迫于二〇〇师的善战，日本鬼子想出一记阴招，用被俘的远征军士兵做人盾，让他们一边冲锋一边高喊：都是老乡，枪口朝上！二〇〇师士兵一听老乡口音，开枪吧，先死的是同胞；不打吧，日军阴谋得逞，转瞬就到眼前。戴安澜师长立刻命令手下喊话：丢下武器，就地卧倒！被俘的远征军士兵一听立即趴下，紧接着二〇〇师士兵手中的子弹拖着愤怒的火苗，越过卧倒的被俘远征军士兵的身体，准确地在日本鬼子的身上钻出一个又一个血洞。

如果日本人故伎重演，拿听不懂汉语的缅甸人当人盾，我们喊话也没有用，那可怎么办？

姚志君牺牲后，这个莫名其妙的问题仿佛赣江轮船上生锈的绞索，在我的脑海里固执地拉扯出咯吱咯吱的响声，让我夜不能寐。

詹姆斯，我们佛教相信轮回和来世，你们相信天堂和地狱，你觉得自己能上天堂吗？通过一个多月的相处，我觉得詹姆斯是个有头脑但一般情况下不怎么爱动脑的人，于是决定用这个问题激发一下他的智慧。

詹姆斯眯起眼睛反问我，你来世愿意做人还是动物？

我想了想，认真地说，我下辈子想变成一条棉被，要么躺在床上，要么在院坪上晒太阳。

詹姆斯听后笑弯了腰，然后咳嗽着说，他来生要成为飘在天堂里的一朵云。我这才想起詹姆斯还是个业余诗人。我正要开口,詹姆斯的表情倏地严峻起来。顺着他的视线,我看见几股土黄色的烟尘从对岸的林中升起。坐在我方战壕后头树杈上观察的王栋梁跳下来,嘶喊道,大家注意,敌人的援兵到了,俺现在代理姚志君上尉指挥战斗!大家卖力地给俺顶住,谁也不许当孬种,哪个退后俺赏他一颗子弹!

王栋梁一副舍我其谁的慷慨气势,我这才记起他三个月前已提升为中尉,军衔比我高。1943年入伍的他和我坐同一架飞机来到印度,他自小放羊,没上过学,进步却比我快,不过对于他的升迁,我毫不眼红。这里且容我讲讲他升迁的故事。

三个月前日军在丛林中偷袭某团指挥所,因敌强我弱,我军伤亡惨重,随队的美军联络官大腿中枪,眼看就要落入敌手,王栋梁正好率小分队执行任务路过,他不顾一切地冲杀过去,救出了美军联络官和几个团指挥部成员。最了不起的是,身材不高的王栋梁居然背着受伤的美军联络官一口气狂奔几公里,终于和大部队会合了。

美军联络官对我们部队意味着什么?他们是我们的衣食父母啊!我所在的部队从师到团都有美军联络官,他们传达中美军队要求,沟通双方情况,是中美联军作战的桥梁。他们在后勤补给方面发挥了关键作用。我们驻印军的后勤供应,统由总指挥部供应处管理,经各级联络官直接配发到连队。你说救了这样一个联络官,不是给自己造了一架登天的梯子吗?美军联络官感于他的英勇,当即致电军长,大大地表扬了王栋梁一番。第三天,王栋梁升为中尉。这是他拿命换来的乌纱帽,谁敢不服?挺服他的。

我正胡乱想着,敌人向我方阵地发起了进攻,詹姆斯拍了几张照片后,把相机丢在身后的树根下,开始对敌扫射。相比王栋梁救回的那个粗犷奔放的联络官,詹姆斯更为内向,平常不多言语,在没有女人的场合总是衔着烟斗遐思,要不就从皮包里翻出他和妻子、儿子、女儿的全家福来看。看照片时他最爱嚼巧克力。有一次王栋梁嘴馋,问他要巧克力,詹姆斯对着王栋梁拍了几张照片后扭身走了,王栋梁嫌他没给自己面子,从那以后不再搭理他。其实詹姆斯是个很随和的人,只是喜欢安静和独处而已。当他眺望远方时,那双灰蓝色的眸子就像两口深潭,让人产生迷幻之感。可现在迷幻之潭变成了两粒烧红的石子,喷着灼人的杀气。他举枪瞄了一会儿，忽然扭身爬到树上去了，估计想从高处点射，以发挥他射击俱乐部冠军的优势。

　　江里的水位原本已经下降，现在又被密密麻麻的鬼子挤得水位上涨。眼看鬼子越走越近，王栋梁却没动静，一直到已经能看清鬼子的眉目了，这才下令开火。一时间，迫击炮、轻重机枪和士兵手中的M4汤姆式冲锋枪子弹狂泻，组成一道密不透风的火墙。端着三八大盖步枪的日本鬼子一片片倒下，江水像匹红绸。迫击炮的巨吼震得大地颤抖，树上的青皮猴子吱吱乱蹦，有几只还跳进了战壕和江里。日本鬼子再一次退回了对岸，江中的尸体在红浪中浮沉着往下游漂去，我军阵地上发出了阵阵欢呼。其中尤以王栋梁的声音最大，不过他不是欢呼，而是在破口大骂刚才那只狂乱中抓伤了他耳朵、如今不知去向的猴子，他娘的，日本鬼子的子弹奈何不了俺，死猴子你可好，咬了老子耳朵半块肉！

　　接着王栋梁点了遍名，此战我方重伤六名，轻伤十五名，无有阵亡。

　　钱释伽，要是每一仗都打得这么顺溜就好了。包扎好的王栋梁看上去比平时多了几分可爱和淘气。看着他乌溜溜的大眼睛，我才想起他原来只有二十二岁，难怪唇边那圈胡子软不拉塌的。我正想打趣他几句，忽然发现刚才还在撮烟丝的詹姆斯和身后树根下放着的摄影包不见了。我急得头皮一炸，四处找了一圈也没发现他的踪迹。正着急间，日军朝我方阵地的下游开枪了。王栋梁举起望远镜一看，嗓子眼里立刻冒出股烟来。

　　钱释伽，你带一班到右前四十五度角方向增援詹姆斯，这家伙跑那边去拍照了。真是个不知轻重的疯子！这时候拍照有屁用！

　　其实王栋梁说到四十五度角时，我和一班的战士已经冲出去了十几米。明眼人都能看到詹姆斯在江中沉浮的脑袋。

　　原来詹姆斯刚才在树上射击，被日军发现，子弹泼过来，詹姆斯顶不住，赶忙往江里跳。所幸的是日军的视线被江中心那片密集的尸体干扰了，加上我们的及时增援，詹姆斯这才捡了条命回来。

　　相机呢？我心疼相机里那些他玩命拍下的照片，不由得唉声叹气。詹姆斯长满金色汗毛的手往上一指，只见挂在树枝上的相机在半空中得意地摇晃着。一个瘦小的战士猿猴般攀上树去，取下照相机和摄影包。詹姆斯兴奋地给了战士和我一个大大的拥抱。

天近黄昏，疲惫已极的战士们抱着枪，靠着战壕或是树干打盹儿，时不时地会从身后的林子里飘出几声伤员的呻吟。铁人般的王栋梁终于被睡魔击垮，打起了响亮的呼噜。我和詹姆斯毫无睡意，和旁边两个担任警戒的士兵一起，睁大眼睛瞪着对面的树林和江岸。打了几天几夜，对面的鬼子好像也累了，一点儿动静都没有。激战之后，林子里的动物早已逃之夭夭，四周只有江水的哗哗声、风吹树梢声和战士们的鼾声。突然，一声呼啸掠过耳畔，紧接着几只巨大的黑鸟从天而降，伴随着震耳欲聋的爆炸声，一片黄色的烟雾在暮色中弥漫开来。

Gas bombs（毒气弹）！詹姆斯惊呼着抄起相机，对着那片艳丽的黄色烟雾猛按快门。

毒气弹！大家捂住鼻子，快跑啊！詹姆斯，我们快走！我大喊着，抬眼一看，发现詹姆斯早跑到前头去了。美国佬看重性命，他们一般以保全自己为前提。我们连曾经和美军混编成一个战斗突击队，完成任务后穿过丛林时迷了路。为了减轻体力损耗，美国大兵把武器全扔了，我们中国兵个儿没他们高，体力没他们好，却把美国大兵扔掉的枪全捡回来了，帮他们背着。不是我们的兵自找苦吃，而是实在舍不得那些丢弃的枪。以前在国内时我们能拿把破汉阳造就不错了，到了驻印军后全副美式装备，心里别提多美了。枪在人在，这是古训，所以战士们才会那样做。后来美国兵不好意思了，总算咬牙扛起了自己的枪。那次多亏我们的士兵替他们捡回了枪，要不然怎么能在后面碰到的偷袭中突围呢？

从那以后，美国士兵再也不敢轻视我们这些小个子兵了。

话扯得有些远，还是回到那生命攸关的一刻吧。

那天黄昏，我们的战士听到"毒气弹"三个字后四散逃跑。他们迎着风跑，这可把已经跑得老远的詹姆斯急坏了。

钱！你让大家往横里跑！边缘地带毒气要少很多！

詹姆斯做着手势，我这才明白他刚才是在示范而非逃跑。

就在大家四处乱窜时，传来了"花生米"的喊声，上树！上树！

"花生米"背着步话机敏捷地爬上了树。烟雾飘得低，上到树的高处就没关系了。可那些树大部分几人合抱那么粗，很难攀爬。有的树到几十米高的地方才有分枝，除非猿猴，一般的人根本上不去，大家只好无头苍蝇似的往詹姆斯的方向跑去，力图避开毒雾。哪知紧接着敌人又打了十几发毒气弹，整个森林被毒雾笼罩。

王栋梁一声大喝，跟日本鬼子拼了！

大家知道这次拼也是死，不拼也是死，于是铁下一条心，又跑回战壕里，愤怒的子弹雨点似的射向戴着防毒面具、正涉水过江的日本鬼子。

钱！你看看天，我是那朵最白的云。

詹姆斯知道这回在劫难逃，他跑回来，拍着我的肩笑道。然后趴在壕沟上，以射击冠军特有的优美姿态认真地扣着扳机。

詹姆斯，下雨时你告诉我一声，省得淋湿我的被子。

说罢，我屏住呼吸朝江里那些戴着防毒面具的鬼子扫射，力求多保持几分钟清醒。那一刻掠过脑海的不是对死亡的恐惧，而是纳闷后勤保障不了的鬼子哪来这么多防毒面具？难道他们一开始就准备使用毒气弹？真是阴险毒辣到家了！

怀着对日本鬼子的仇恨，我们手中的M1903春田式步枪、M1卡宾枪、汤姆森冲锋枪和勃朗宁机枪扫射出艳丽的火网，鬼子成片成片地倒下，我们也开始集体打喷嚏、流眼泪、胸闷头晕。没过多久，我方阵地便渐渐沉寂下来。

在失去知觉前，我看见詹姆斯把他的相机塞进了壕沟壁部的一个土洞中，那是士兵们放烟丝用的。接着他费力地趴在壕沟上，扣响了他的卡宾枪，咔嗒，枪膛空了，他似乎没听到，静静地趴在那儿，保持着射击的姿势。

这时从树上传来"花生米"有些缥缈的声音：地瓜，地瓜，我是猿猴，我是猿猴，四号地域向西一百米至三百米，江水，敌排散兵冲击队形，六号地域向西……敌迫击炮阵地……

几排密集的子弹过来，"花生米"应声落地，奇怪的是子弹把他打成了马蜂窝，他掉下来时却是站着的，估计是惯性将他的脚插进了泥浆里。这时身边的王栋梁和我一样还存有几分思维，娘的，俺赏你们几颗地……"瓜"字尚未出口，王栋梁的所有动作就突然静止了，他成了弯腰振臂扔手雷的一尊肉身塑像。

这时，我的五脏六腑像是着了火，鲜血从七窍涌出，世界一片殷红。

在这片血色中,我看到浑身缟素的妻儿向我跑来。

释伽,我们一家人再也不分开了。

爸爸!爸爸!

妻儿的喊声如同珠玉相敲后微弱的颤音,随风而逝。

世界黑暗而寂静。

几分钟后,我榴弹炮营的炮弹纷纷坠落在江水和对岸的密林中。惊天的爆炸中,残肢和枝叶一起纷飞,仇恨与爱情一并消融。当这个地方再次归于宁静时,只剩下满地的尸骸和灰烬。

这就是伴随了我七十多年的回忆。

选自《人民文学》2015年第8期

评鉴与感悟

英魂长存　记忆不灭

今年是中国人民抗日战争暨世界人民反法西斯战争胜利七十周年,发表于《人民文学》第8期的温燕霞作品《磷火》,是对所有英魂的一曲赞歌。

小说采用第一人称视角,以一位1944年战死于缅北森林的远征军亡灵口吻叙述那段历史,"没错,捏住蝴蝶的正是我的手指,确切地说,是我的尸骨"。奥尔罕·帕慕克《我的名字叫红》也以这样的方式开场:"如今我已是一个死人,成了一具躺在井底的死尸。"这样的结构成功地吸引了读者,并营造出配合鬼魅森林的气氛,给文本涂上了历史的铜绿。

《磷火》将浪漫主义的审美趣味与现实主义的细节还原描写融为一体,在保证文本磅礴厚实的同时,不丧失高度的艺术美感。文中交代了1942年中国远征军第一次入缅作战的惨败,1943年的安纳吉姆作战计划、戴安澜师长英勇杀敌的故事等,为整个文本构建了坚实的史学基础。战士因蚂蟥钻入颈动脉而亡、对缅北森林的描写等使小说背景极为真实,有了历史的骨架,虚构的故事、浪漫主义想象等便更容易被填充进去。

文本的主要人物是大学英文系毕业、经营照相馆的"我"——钱释迦，美国战地摄影师詹姆斯，还有英勇的王栋梁、睿智的姚志君、清秀的安景世等官兵，他们都长眠于异国的森林中。例如詹姆斯，在战争前是美国的枪击俱乐部冠军，是个爱好诗歌的文艺青年，生性善良的他在战时连一头水鹿都不舍得杀，在目睹敌军的残暴之后也杀红了眼；"我"曾与一名日军一起救了两个落水儿童；昏迷的日本小兵被"我"救醒后却恩将仇报，拉响手榴弹。战争夺去了人的亲情友情，泯灭了纯良之天性，文本传达的不是英雄主义之无坚不摧，而是人道主义底色下人性的复杂，以及战争对人性的摧残。

文本带有电影的镜头感，尸骨之上，高大葳蕤的树干漏下的光斑清晰可触，牺牲战士的侧脸在硝烟背景中有如年画，詹姆斯在最后的冲锋之前许愿来世变作天堂里的云，美的诗意都与残酷的死亡相伴，体现了强烈的悲剧美感。对神秘的拯救性力量的触碰，例如信奉佛教的"我"（钱释迦）与信奉基督教的詹姆斯讨论来世与轮回，使文本有了史诗的庄严感。战争题材写到最后，都会回归情感与人性，那是对生命的贪欲，对家庭和亲人的眷恋与怀念。作为一名女作家，温燕霞的笔触大气深刻而又细腻感人，人文关怀贯穿始终。

诗人、翻译家穆旦与文本中的"我"经历相似，都是毕业于外语系，二十多岁时怀着家国情怀加入中国远征军。穆旦在《森林之魅——祭胡康河上的白骨》中这样写道："静静的，在那被遗忘的山坡上，还下着密雨，还吹着细风。没有人知道历史曾在此走过，留下了英灵化入树干而滋生。"生命是脆弱的，因战争而更加坚韧，《磷火》字里行间没有煽情的字句，对生命的礼赞却暗流涌动。每一片密林里都有白骨如何脱尽血肉的故事，时间如同詹姆斯手中的相机，在历史的弹道里见证与记录了一切。

英魂长存，记忆不灭。（李琦）

书房

/ 鲍贝

我做梦都想拥有一间自己的书房。对我来说书房就是一个人的圣地，是可以安置灵魂和全部秘密的地方。

遗憾的是，到目前为止，我还没有一间真正属于自己的书房。

最近我在为"青藤书屋"服务，那是一家私人书店。等天黑下去，打发走最后一个客人，我会把卷闸门拉上，把书店想象成我一个人的书房，收银台成了我临时的书桌。这是我一天最幸福最安静的时光。

然而，这样的时间总是短暂。书店毕竟不是我的书房，我不能在这里待太久。回家之前，当我把还没看完的书放回到书架上去的时候，就仿佛是在跟自己热恋中的情人告别那样不舍。

回到家里，妻子的脸就像一块旧抹布，又臭又难看。我好像已经忘记她笑的时候是什么模样了。

也难怪她高兴不起来。总共六十平米的家，除去厨房、餐厅和卫生间，硬是隔出两间房。女儿一间，我们一间。最近我妈身体不好，一个人孤苦伶仃在乡下没人照顾。我把我妈也接了过来。家里本来就小，现在就更拥挤了。我母亲和女儿睡一张床。刚满十岁的女儿，还不是太懂事。有一次在吃饭的时候，女儿忽然说："我不想跟奶奶睡，奶奶身上有一股臭味。"

女儿的话还没落地,我妻子的手就举了起来,一个耳光狠狠扇了过去。接着就是一顿痛斥和教训。谁都知道,她痛斥女儿只是借题发挥、指桑骂槐。她的话里充满着对这个凌乱不堪的生活的一种怨恨和控诉。最终她将矛头指向我。在她看来,是我把生活弄得一团糟。现在的家庭处境,都是我一手造成的。她觉得她嫁错了人。

但是十年前,可是她先主动追的我,搂着我的脖子口口声声说,只要我们两人相爱,没钱、没车、没房的日子她都愿意跟我过。

我后来才明白过来,那时的她其实是对我充满信心的。她满以为我已经拥有了一份体面的工作,早晚是会有钱、有车、有房子的。

我北大中文系毕业,在浙江大学当教授。她认识我的时候,学校就已经分配给我一套单身公寓,就是现在我们仍然住着的这一套。那时她就在盼望着,只要我们结了婚,学校就会给我们换一套大房子。

其实我心里明白,像我这样的人,在这所学校哪怕待到死,分到房子的可能性几乎为零,有一套单身公寓住已经不错了。

现在的大学重在抓创收,为了从上面争得一笔又一笔的经费,很少有人愿意去花心思专心讲课。教授们都去搞科研了,五花八门的课题,只要你想得出来,能从中获取荣誉和经费,就纷纷往上报。

而我,从来都认为一个教授,最关键、最重要的事就是跟学生讲好课。我拒绝参与任何所谓的科题申报活动。我只想讲好我的课。为了给学生上好一堂课,我可以不惜耗费半个月的时间去做准备。在我的课堂上,听课的学生总是最多。然而到了年终考核,我总是被排到最后一名。

一年前,我实在忍无可忍,一气之下向学校递交了辞职报告。那天我喝了点酒,算是安慰自己,也算是为自己壮胆。

自古以来,我们不是常接受这样的教育吗,"天无绝人之路""天生我才必有用",何况我是从北大出来的,又当过教授。离开这所学校,我难道真就活不下去了吗?

我的离去对这所学校来说,仿佛一阵风吹过,如同一片叶子从一棵大树上飘落下来,是件自然而然的事情。

只有胡东梅教授给我打过一个电话。她问我哪天有空,想请我吃个饭，同事一场，也算是对我的告别。

胡教授是中文系的系主任，也是我的领导。她平时总是板着个脸，不爱说话也不爱与人交往。我们都有点怕她。她整个人看上去阴沉沉的，像是刚从墓地里回来。学生们也不太爱听她的课，她上课过于严肃古板，表述也不生动。

听说她的老伴是位目不识丁的好好先生，好像没有固定工作，只待在家里干些家务活，就像一位"家庭主夫"，一辈子靠女人在外面赚钱养活这个家。也不知道胡东梅教授怎么会嫁给这样一个男人的，也不知道她的日子是怎么过的。但小道消息并无事实依据，何况我这人不喜欢打探别人的隐私，这些都不是我要去操心的事。不过我知道，胡教授只要坚持上完这个学期的课，熬到放假，就可以光荣退休了。

我在电话里答应她，等我哪天空了一起吃个饭。但是我并不怎么想见她，觉着和她在一起实在没什么好说的。我就一直没给她打去电话。奇怪的是，她也没再约我。

流落到这个社会中，我才知道什么叫"百无一用是书生"。原来除了讲课，我什么都不会。

真的什么都不会。

我不得不说，"青藤书屋"的老板娘，是个有眼光的人。从她店里摆放的书，就能基本判断出来。至少在我看来，这是全城最有品位的一家私人书店了。记得一年前的那个下午，我又去她店里选书。那天客人很少，她跟我攀谈起来。当她知道我曾经是浙大中文系的教授时，两眼放光。问我是否愿意留在她店里帮忙。当然，她说帮忙只是客气，其实是问我是否愿意为她打工。看着满屋子的好书，和她对我的赏识，又想到目前正好无事可做，我便毫不犹豫地答应了。

我的工作并不是站在店里帮她卖书，而是帮她做另外的一项"特殊服务"。所谓的特殊服务是指书店专门推出的一项"整理书房"的服务，就是帮那些有身份又有钱的人配书。

这个时代人人都在忙、都在拼，很多有钱又有身份的人，平时其实都不看书。因此，也不太会买书。甚至不知道买什么样的书放在自己的书房里才合适。这确实是一门需要动脑筋的技术活。

在外人看来，一个人拥有什么样的书房，他的书房里又摆放着哪些书，平时他都在看些什么书，几乎就可以判定这个人的基本修养和品味。书房是最能泄露一个人秘密的地方。因此，人在有了钱、有了身份之后，都会去考虑布置他的书房。

老板娘为我印了一张名片，正面写着"青藤书屋——文教授"。背面印了一小段广告：

> 没有书的书房，是一间没有灵魂的屋子；没有书房的家，就是一座死气沉沉的坟墓。青藤书店将根据您的书房和您的需求，为您配送最有品位的书籍。

我不得不承认，老板娘是个极其聪明的女人。所有的广告词，说到底都是在挖掘人内心深处的自卑。穷人的自卑无须深挖，挖到血淋淋也无利可图。而富人的自卑一旦成功挖掘，利润的空间可就不可估量。她的精明之处在于把矛头指向富人：

"你是很有钱，你有豪宅、有名车、有名牌、有身份、有地位，也有许许多多的朋友簇拥着你。但是，你的豪宅里有书房吗，你的书房里有好书吗，你是个有灵魂、有品位的人吗？"

——没有。那么，我们有配售，还亲自上门服务，你只需要付钱。

毫无疑问，躺着中枪的人有很多。尤其对富人来说，争取心更强。当一个人的身份、地位、金钱，该拥有的全都拥有了，还没拥有的，就会更想去拥有，而且是更迫切地想去拥有。谁都希望自己变成一个真正的富人。谁都忌讳被人指着脊梁骨说上这么一句：此人穷到只有钱了，没灵魂、没品位，只一身铜臭。这样的侮辱，对一个体面的富人来说，就跟指着他鼻子骂他祖宗十八代也没什么区别。

帮人家"整理书房"，并不是一件容易的事。首先，你得先上门去实地考察。根据书房的大小，估算出大概需要的书本册数。最主要的是，你要跟主人沟通，基本确定他是属于哪种类型和性格的人，才能知道大概要帮他配什么样的书。

刚刚入住豪宅没多久的主人，一般都会好说话些。因为他家的新书房是全空的，书架上没有一本书，要是他没有特别的要求，你尽管挑些世界名著类的经典书配送过去，基本上就都能搞定。因为他自己对自己需要什么样的书籍，也是一无所知的。你帮他配什么书都可以。只要能够将他的书架摆满，让人看上去有些文化气息，貌似很有品位就行。

但有些却不仅仅是让你去"整理书房"，而是让你去"重新整理书房"，那就得用点心思了。

"重新"的意思是，他的书房原先就已经有书了，只是他还不满意，所以要重新整理。而这种"不满意"，往往并不取决于他们自己的本意。如果是他们的本意，那也就好办多了，你只要根据他的意思去配购即可。他们的"不满意"，一般都取决于别人。因为他们的书，并不是用来自己看的，而是做给别人看的。因此，在帮人家配书的时候，不仅要考虑到主人的品位和要求，你还得考虑到别人进入这间书房，他们又会怎么想。作为装点门面用的书籍，也是需要和主人的精神气质和修养内涵稍微达成一致才行。要不然，是很容易闹笑话和遭人嘲讽的。

那天，我接到一个姓李的电话，他要我去他家看看他的书房。

我问他家在哪儿，约个时间，我找过去。

他说，他已经派司机来接我的路上了。听得出来，他有些焦急。

大概十分钟之后，他的司机就出现在了青藤书屋门口。

李总的名字叫李来福，他的家住在桃花源别墅区，这里是富人聚集的地方。李总的别墅大得有点吓人，通往正门的草坪广阔得像草原。明明是冬天，草坪上的草却没有一根是枯萎的，绿意盎然、欣欣向荣。叫不出名字的鲜花到处盛开着。我有点恍惚，像是一脚踏进了春的怀抱。

李总的书房里都是烟味。他抽烟抽得像火烧，显然刚刚还在生闷气。

我被吓着了。不是被李总吓着，而是被他的书房吓着了。这哪是书房，简直就是图书馆，或者说，比一般小型的图书馆还要大。

这一年多来，我见识过很多书房，但还没见过这么大面积的。要装门面也没必要那么狠吧——可这句话，我只是卡在喉咙里。我不会对他说出口。

李总大概四十出头，浓眉大眼、英气逼人，正是男人最强大、最有实力的阶段。况且他混得这么成功，这么有钱，完全可以在人前人后扬眉吐气。可是，在他奢华的生活里面，就是缺了那么点儿东西。

他递给我一根烟，是熊猫牌的。我摆摆手说，我不抽烟。其实在平时，我也抽，只是工作时我不抽。李总递过来的那根烟，大概可以换我平时抽的好几条中南海。李总随手把那根烟往桌上一扔。然后，他吐尽嘴里的最后一口烟，开始冲我发牢骚：

"你说这书房，不就是摆满书的房间就叫书房吗？至于书架上的书我看没看过，别人又怎么会一眼识破的呢？你倒是帮我看看，这些书到底出了什么问题。当初帮我配书的那个破小伙子，还是个大学生呢，连买几本书都不会，真是白读书了！"

原来李总刚送走一拨朋友。他被人嘲笑了一通，又被人奚落了一番。他朋友的话伤到了李总，而且伤得还不轻。

我的目光在书架上往返浏览。书架分成好几排，我不得不看完这排，又走到另一排。我上下左右，一排又一排地检阅着。

李总跟在我身后，不偏不离、神色凝重。就好像一个病人，明知自己有病，却不知道病根在哪儿那样，小心翼翼又忧心忡忡地等着医生为他把脉，并急切地想知道病症到底在哪儿，好对症下药。

这么说吧，只要是个读书人，或者稍微读点书的人，都会一眼识破这间书房的主人从不读书，甚至碰都没碰过它们。这些满满当当、整整齐齐塞满书架的可怜的书，自从被请进这间屋子之后，再没人理睬过它们。它们清冷而肃穆地沉寂着，那么有序、那么整洁。

我突然可怜起这些书和写这些书的作者们。他们的灵魂被深锁在此，无人问津，也无任何交流。只是安葬，或者，只是被霸占。

可是，我该怎么跟他说呢。迟疑了好半天，我才对李总说："书，不应该这么买的。"

李总的神情又焦躁起来，说："那要怎么买，你快说。你认为买什么样的书好，统统帮我换掉好了。"

我说："不用换，这些书，都好，都是好书，也都很有品位，扔了可惜。"

李总变得很不耐烦，他说："你们读书人就是麻烦，说话爱绕弯，快说，我要买哪些书，怎样摆放它们？才能让别人看起来我也是个会读书的人?"

我哭笑不得地别过头去，让目光搁在书架上，就像面对一个急躁不安的慢性病症患者，我帮他把了脉，正想着要慢慢告诉他病因和应该如何去调理的时候，他却只需要我为他下几服猛药。药到病除即可。至于病从何来，他并不需要知道。或许对他来说，知道与不知道，病就在那儿，有药就行。

其实道理很简单，一个人要让自己看上去像个读书人，那就得去读书，这跟书又有什么关系？——可是，这样的心理，也是万万不可让对方察觉出来的。亡羊补牢、掩耳盗铃、刻舟求剑等蠢事，不管人类进化到哪个时代，一直都有人在干着。我目前所要做的工作，本来就是尽可能地去帮助人家补救、补缺，做一些貌似乎深刻的表面文章。从我的忙碌程度可以想见，这个时代的人们还是很需要做表面文章的。各种形式、各种内容的表面文章，正在大行其道。

我沉吟片刻，对李总说："我们现在要做的是，要把这些书打乱，再补充些别的简装书，再在书本上做些手脚，让人看上去你是翻读过它们的就可以了。"

李总问："怎么打乱，你快教教我。"李总的态度诚恳、迫切到令人心碎。

我说："你看，书架上的这些书，几乎都是精装本，而且全都是成套的。成套的百科全书、成套的卡夫卡全集、成套的莎士比亚全集、成套的博尔赫斯全集、成套的鲁迅全集、成套的托尔斯泰文集、成套的川端康成文集、成套的世界名著、成套的中国古典文学全集、成套的孙子兵法、成套的马尔克斯小说集、成套的唐诗宋词元曲三百首、成套的中国四大名著……"

李总拒绝听下去，烦躁地用手势阻止我，他的意思是，他只想知道问题的症结所在，然后去解决问题。

我说："我的意思是，这些成套买来的精装书，摆放在书架上虽然很好看，也很高档整齐。但是人家一眼就能看出，这些书就是买来摆放的，肯定不会看。真正的读书人，不会买成套成套的书，这看上去很笨，也不会这样子摆放书。"

李总双手叉腰,对我下命令:"你直接帮我整理,该扔的扔,该换的换,然后告诉我该怎么做,成不?"

我说:"成。只要李总信任我。"

李总说:"不信任你,我还能咋办?"

听说李总是做房地产发家的,我就顺便帮他挑了一些跟建筑有关的书籍,专门放在一排书架上。其他的书本,我故意将它们打乱,把成套的书抽掉其中几本,或故意增加几本。比如莎士比亚全集,我帮他又多配了几本不同版本和不同出版社出版的。看上去,他是在不同年代购买的,出于喜欢,又第二次或第三次在其他的书店购买了全套。简装书我全部帮他配了从二手市场运回来的书籍。这些书都是半新的,每一本书上都有经过翻读之后留下的痕迹,有明显的折痕,还有一些画线和备注。

"不过呢,"我提醒李总,"这也不过是蒙混一时的,只是让人一眼看上去像个比较正常的书房,但只要有人坐在书房里抽出其中几本书来读,和你做详细攀谈或讨论,那可能就会很快露出马脚来了。"

李总呵呵一笑,说:"没事,我不会让人家在我书房待上很久的。"

那天除了书费,我又得到了一笔额外的酬金。说白了,是书房主人一高兴给的小费。但我很不愿意把这笔钱称之为"小费"。这多少有损颜面。在我的理解中,小费是一些国家用来支付服务生和下等人的小钱,而我所干的,是知识分子才能干的事儿;而且我每次得到的酬金数目都不小,有时三五百块,有时一千,这次李总居然给了我两千。这差不多是我在学校半个月的工资了。

这次安排我去配书的那户人家,是老板娘朋友的朋友介绍的。她给了我一个地址,让我自己找过去。

我没有骑车。一个人坐着公交车去的。他家离书店并不远,我很快就找到了。

那家的主人很特别,是个残疾人。由他保姆推着他的轮椅行动。我不知道他是腿不好,还是下半身全残的。我没有问,也不敢问,这不是我要关心的事情。我需要做的,是和他沟通,试着探知他的内心需要,我好为他尽可能精确地配送书。

他说:"我听说你们书店有专门帮人配书的服务,我觉得很新鲜。我想看看,你到底能够为我配些什么样的书,或者说,你觉得像我这样的人,应该会去喜欢看哪种类别的书?"

我心想,这下坏了,坐我对面的这个残废,钱多到没处花,时间也多到过剩,他找我来为他配书,可能是出于无法摆脱的极度无聊。

我本能的反应是:"我能看看你的书房吗?"

他慢条斯理地说:"书房怎么可以随便让人去看的?"

我干咳了一声,随口应和:"是啊,书房一般都不太会让外人进的。"

他说:"你是否经常进出别人的书房?"

我说:"这是我的工作。"

他说:"我很好奇。"

我不知他好奇什么。我的目光越过他的轮椅,假装望向别处。

他说:"你可以走了,去帮我选些好看的书来。"

我说:"你还没告诉我,你需要哪方面的书。"

他说:"要是我知道需要哪方面的书,还用得着你上门来服务吗?"

我再一次无语。

他说:"你帮人家配书的时候,难道也是别人告诉你要哪方面的书,然后你才去配哪类书的吗?"

我说:"你跟别人不一样。"

"哪儿不一样了?"他的语气立即变得敏感又尖刻,还带着点挑衅和嘲讽随时准备着要攻击人的意味。

我说:"他们买书,只是为了装点门面,把书房填满即可。而你不一样,你看上去是个读书人。"

他嘴角抽动了一下,飘过一丝似笑非笑的笑意。但,转瞬即逝。

他说:"我的书房不需要填满,填不填满都是无意义的。"

我又沉默着。

他说:"听说你是个教授?"

我说:"以前是。"

他说:"一个教授不在学校教书,干起这个行当来,也是蛮奇怪的,你能告诉我原因吗?"

我有点烦躁,他妈的这关他屁事。但我还是极其忍耐地对他说:"因为我辞职了,而且我也爱书。"

他"哦"了一声,意味深长地看了我一眼,说:"我还以为你是被学校开除的,原来不是,你是自己不想干的?"

我说:"是。"

他转动了一下轮椅,离我近了一些,对我竖起一根大拇指说:"有种!"

我不知道他这是在夸我,还是在嘲讽我。

他说:"你去配书吧,我等着看。"

我已经不能再问他需要什么书了,只得说:"好吧,但愿你会喜欢。"

他又牵动嘴角,神秘而嘲讽地一笑。

回到书店,我坐了好久,也想不好应该帮他配些什么书。只得在书架上乱翻。想起这个人眼神忧郁、又神经兮兮的,便觉得应该给他选些占星术之类的书籍。我想,有神秘异教思想的思想家的著作,或许更适合他。我还特意帮他选了那些被火刑架上烧死的那种异教思想家写的书。

我去送书那天,下着阴森森的小雨,很冷。

他坐在轮椅上,骄傲地等着我。

我说:"书送来了。"

他说:"呈上来!"

他居然说"呈上来——",那不是皇上对臣子说的话吗?整个一神经病!我在心里骂着,但脸上却不动声色。我把一叠书递给他。

总共十本书,他全部接过去也不会太重。但他却伸过一只青筋暴露、瘦得就跟鸡爪似的手,只轻飘飘地抽过去一本,低下头翻了翻,随手放在轮椅一边的宽边扶手上。然后,再伸出那只手来,又抽过去一本,翻了翻,再叠放在扶手上⋯⋯

而我,就这样双手捧着书,等着他一本接一本地检阅完毕,再一本接一本地抽走。那情景,我真他妈的成了他的臣子,而他就是个威严的皇上。

所不同的是,臣子是跪着的,而我是站着的。他应该给我一把椅子,让我跟他一样坐着。真是没有教养。

当他以这种古怪的方式,检阅完最后一本书的时候,忽然满脸感动,仰起头说:"你真是我的知音啊。"

也不知他是真的感动,还是装出来的。

我说:"谢谢!书费总共369。"

我只想拿了钱,赶紧走人。

他说:"369?好奇妙的数字。为什么正好369,而不是368,或370?"

我实在不想陪他无聊下去。我面无表情,尽可能让自己变得冷漠一些,我说:"我老板还等着我回去交差呢。"

他说:"你老板是个女的吧?"

我说:"是。"

他又牵动嘴角笑了一下,说:"你看,我猜中了吧,我就知道你的老板一定是个女的,而不是个男的,从你的面相和行为上我便能看出来。怎样,我厉害吧?"

"可是,我真的要走了。"我说。

他说:"那好吧,我给你钱,等我把这些书看完了,你再帮我送些别的书。"

我说:"好的,很荣幸能够为你服务。"

他说:"如果你需要的话,下次我也可以为你服务的,只要大家高兴。"

我听不懂他在说什么。一个残废,连路都不会自己走的人,还能指望他为我服务什么?我拿着钱,逃一样逃走了。

我数了下他给我的钱,一分不多,一分不少,正好369。

他妈的这个残废!我在心里暗暗骂道,连公交车费都要我自己贴。

雨倒是停了。街道上行人稀少,显得更冷清了。我没有坐公交车回去,反正离书店不远,我想一个人走回去。

想起我一辈子苦读书、做学问,到头来就只是为别人整理书房这点儿本事。顿生凄凉,只觉得一阵又一阵悲哀。

回到家,满心的凄凉和悲哀变成了彻头彻尾的寒冷。家里没装地暖,唯一的那台空调早就坏了,挂在墙上成了摆设。

妻子在灯下缝一双裂了口的棉拖鞋。我发现妻子的手有好几处裂开了口,冻得像红萝卜。我好像很久都没这么仔细地看过她的这双手了,刹那间有想弯下腰去握住她那双手的冲动。但那点儿冲动转瞬即逝。我们好像早已不习惯温情于这些生活中的细枝末节了。要是我真去握住她的双手，说不定还会把她给吓着。

我若无其事地经过妻子。她头也没抬一下，仿佛在她面前，我只是一团飘过的空气。我把刚发的工资、奖金和李总给我的钱，一分不少，整整齐齐叠好，摆在桌子上，对她说："明天去买台空调吧，家里太冷。"

妻子停下她的针线活，抬起头来看着我，问了一个她从来没问过我的问题："我们到底为了什么活着？你说我们这样子活下去，还有什么意思？"

我一时语塞，没话找话地想扯开去，我说："小蕾已经睡了？"

妻子没理我，扔下针线活进了卧室。

这该死的天实在太冷。我也默然地走进卧室，小心地钻进被子里，在我妻子身边躺下。

每次总觉得被子不够大，也不够暖。我总是穿着棉毛衫裤睡。我知道我妻子也在忍受着寒冷，但她从不愿意往我身上靠。不知从哪天开始的，她身上小鸟依人的温柔早已消失殆尽。仿佛"彼此取暖"这四个字，也不再适合盖同一条被子的我们。我再也不会抬抬胳膊去抱抱她。好久好久都没这么做了。我们只是躺着。在同一条被子里各自睡着。

偶尔我也会在半梦半醒之间，被来自于身体内部的某种需要所牵引，促使我爬上她的身体。她有时拒绝，有时迎合，也只不过为了配合我解决一下生理问题，很快便结束。也无快感，也无悲哀。她更是。从头到脚就像一条死去的鱼，连条件反射一下都没有。

在沉寂了几个月之后，我的下半身忽然又在这个晚上出现蠢蠢欲动的迹象。我抓住这个瞬间，像一只发情的雄性动物，试图爬上我妻子的身体。在黑咕隆咚的夜里，我看不清妻子的表情，是欲拒还迎，还是勉强应付。她的身体僵着，任我的双手在她身上摸索着去解开她的衣扣。就在我拱起身半跪在被窝里，马上就要脱下她裤子的那一刻，我听见她又在接着问我那个问题：

"你刚还没回答我呢，我们这样活着到底为了什么，还有什么意义？"

我一下子泄了气，对着一片漆黑说："不要总在生活里追究什么意义，那是注定要落空的事情。"

那天傍晚，送走最后一位客人，我拉上卷闸门，把自己关在书店里。终于又可以好好享受一小段独自看书的时光了。

我刚从书架上抽出一本我喜欢的书，手机便响了起来。是李总打来的。李总这次打电话给我，不是让我去帮他整理书房，而是像老朋友那样邀我去他家喝茶。李总日理万机、天天忙于日进斗金，怎么还会有时间邀我去他家喝茶闲聊？但恭敬不如从命，我还是接受了李总的邀请。

李总的豪宅里，有专门喝茶、品咖啡的房间，但他却将他精美的茶具移至书房，邀我在他的书房圣地闲聊品茶。这又一次让我有一种受宠的感觉。

但转而一想，李总并不是一个真正的读书人。他的灵魂和他的内心并非安置在他的书房。想到此，我方觉释然。然而李总的态度让我获得了一种前所未有的被尊重的感觉。他左一句文教授，右一句文教授，让我立即重获一种身份的尊重和认可。这种被人尊重的感觉久违了。

我端着李总递过来的精美茶盏，对他说："李总，你需要我做什么，只要我能做的，您尽管吩咐。"

李总说："文教授客气了，难得遇上像文教授这样的文化人，我这次请你来，是真心想跟你交个朋友。不知是否能够高攀？"

我差点就想站起来给对方深深一鞠躬，或者一个热烈的拥抱。但我并没有这么做，只是一迭声地说："这是我的荣幸。"

一番称兄道弟之后，李总话锋一转，说："文教授，我有一事相求，无论如何你得帮我这个忙，但我实在不知道如何启齿。"

在我的再三鼓励下，又绕了好几个弯，李总最后还是"启齿"了。

事情是这样的。李总出身寒门，终于在这座城市拼得一席之地。他深知在这个社会上，一个人再有钱，但要是没文化，还是会让人瞧不起的。他的意思是，他自己已经没文化了，不可能会去娶一个跟自己一样没文化的女人。而有文化、品位高的女人又看不上他，这导致了他到了四十还打着单身。而现在，他的生活中出现了一位女子，是个文学硕士，能文能画还懂音乐，还会说好几个国家的语言。用李总的话说，她是一个年轻貌美、生活品位高，又极具文艺气质的那么一个女子。一句话，她就是他的梦中情人，是他等了一辈子的女神。

我不知道这些跟我又有什么关系。

但李总说有关系的。李总说，通过介绍，女神对他的第一印象不错，包括他们之间的年龄差距，她也毫不介意。只是在她做出决定之前，她有个要求，想来李总家里看看他的书房再做最后的决定。

李总的意思是，这是关键性的一次见面。他和女神之间的关系能否延续，全在见过这一面之后见分晓。

李总拍了拍我的肩膀，说："成败在此一举。"

我决定帮李总这个忙。至于能否蒙混过关，就全看李总的造化了。

我只有一天时间帮李总再次整理他的书房。我所要做的，是赋予李总的书房在精神面貌上的焕然一新，假装有李总的灵魂居住或经常出现在这间书房里。

这听起来很不靠谱，也没有什么道理。完全属于灵虚事件。我忽然觉得自己像个巫师，或直接就是个跳大神的，匆匆赶来救一个死去还魂的场。

一天时间能干什么呢，让李总去把这些书的作者和书名默记下来，那是很不现实的，每本书里写的内容和故事那就更不用提了。我只能凭着直觉去整理那些书，并挑出一些李总能记住作者名的书往醒目处摆放。这样万一随手拿到，也好应付过去。

我把建筑类的书籍尽量往前面放。因为女神一般不太会关注这类书籍。万一随手抽出来，女神也只会觉得这个男人对建筑学很有研究，但她自己不会对建筑感兴趣。不感兴趣，也就不会有提问。女神是文科生毕业，肯定会关注些文学类的书籍。

与其被抽到，不如主动切入主题。我抽出一本《百年孤独》，看得出来这本二手书，已经被好多个人翻过好多遍了。我把书的内容，简要地跟李总讲了一遍。

李总听得很认真，最后他说，大概内容他已经记住了。很多外国人的名字都记不住。说上好几遍，一转身就又忘了。

但李总说"马尔克斯"这个名字，我说第一遍他就立即记住。因为跟"马克斯（思）"这个名字只多出来一个"尔"字。他说小时候他家的墙壁上就一直挂着马克思和恩格斯，还有毛泽东的画像。这几个伟人的名字，他到死都不会忘记。

我还跟他讲了《百年孤独》里的几个较为奇特的细节，比如一只黄蝴蝶总是缠着马乌里肖·巴比伦；一个青年一夜之间长出一根奇怪的猪尾巴；美人儿蕾梅黛丝乘着床单飞上了天空。

李总听得津津有味。听完之后，他哈哈大笑，说："这个作家脑子有点问题的，床单怎么可以让一个人飞上天去的。"

然后，他又有些尴尬地对我说："里面的那些人名我还是一个都记不住，怎么也记不住。"

我安慰他："没事，你只要记住《百年孤独》这本书的作者是谁就行。"

"马克思——"李总又迅速加进一个字："马尔克斯"。

"没错，就是马尔克斯，听上去一样就行。"我说，"这本书，你就直接放在书桌上好了。"

我问李总是否听过歌剧，或者高雅点的音乐会。

李总摇了摇头，说："从来没有。倒是经常去卡拉OK厅陪客户和领导唱歌。"

我说："卡拉OK就尽量别提了，那些都太低俗。"

李总着急地说："我去电影院看过电影的，都是大牌明星们演的香港片和美国大片。"

我说："你去过台湾吗？"

李总说："去过，几年前去过台北。"

"太好了！"我说，"我正好带了一张台北国家音乐厅的歌剧门票，是很多年前的某个夏天，我去台北时听完歌剧保存下来的旧门票。"

李总说："旧门票？拿它何用？"

我说："你就当几年前你去台北时出差，正好有空闲，便一个人去看了场歌剧。"我把它夹进《百年孤独》这本书里，然后，把这本书随意地摆在书桌最醒目的地方。

直觉告诉我，女神走进书房，不一定会动手去书架上乱翻别人的书。一般情况下，我们都有个习惯，书架上陈列的书我们只会用眼睛浏览。但摆在书桌上的那本，必定会拿来翻一翻。因为放在书桌上的那本，必定是主人正在读的书。每个人都会好奇对方最近正在读什么书。当女神无意中翻开这本书，又无意中从这本书里掉出来一张多年前在台北看的一场高雅歌剧的旧门票……嗯，这个人的品位和格调基本上就可以定位了。

最后，我环顾书房四周，真诚地对李总说："浩瀚书海，真正的天才都低调，半瓶子晃荡，满瓶子不响。最好的办法是，装傻不说，或者尽量少说。因为你的书房和这些书就是证明，它们的存在本身就是语言，无须你去多说什么。"

李总说："那她要是去翻书，又随口问过来一些问题，我怎么办，总不能一直装傻不说话吧？"

我说："这样吧，你让她在书房多休息一会，然后，你走开，假装去烧水泡茶，或者，煮咖啡去。"

李总说："泡茶和煮咖啡，我都会。"

我想了想说："还是去煮咖啡吧。煮咖啡的时间越久，说明你越讲究，等你慢悠悠端上来一杯香浓的又是你亲手煮的咖啡，估计浏览完书房的女神已经是心驰神醉了。你就可以带她去别的房间，聊些书籍之外的话题了。"

"文教授你太棒了！"李总突然给了我一个深情的熊抱。

第二天，我心里不免有些紧张和焦虑，一整天都在想着，女神到李总的书房是否会拿起那本《百年孤独》；是否会看到里面的那张旧门票；看到了之后到底会有什么样的表情和想法；会不会去抽读书架上的一部书；又会是谁的作品？是否会试探性地向李总提些问题，会问些什么；在那些问题面前，李总将如何作答；那杯咖啡李总又会煮多久。

总之，我不在现场。看不见的现场犹如战场。感觉此时的李总正身陷其中，如临大敌。想起李总拍着我的肩膀说的那句"成败在此一举"，我紧张得汗都要出来了。

我一直在等着李总的电话。但一天下来，我没有接到李总的任何消息。倒是接到了那个变态残废的电话。他说上次送去的那几本书他都已经看完了，要我再挑一些书帮他送过去。

最后，那残废在电话里对我说："文教授你晚上有空不？我想在今天晚上请你玩。"

我说："送书有时间的，玩没时间，送完书我还要赶回家。"

他说："那你先过来，反正今晚有好玩的。"

那天黄昏，我在书店找了几本书，为那个残废送去。对了，我一直"残废、残废"地称呼那个人，是因为一开始我确实不知道他的名字；另外，我对他也确实没好感，心底里对他有一股莫名其妙的抵触和厌恶情绪。说出那两个字，对我来说有一种莫名的报复的快感和舒爽。我也说不清楚为什么会有想要报复的感觉，人家也没怎样得罪或冒犯过我。如果仅仅是为他那点儿傲慢习性，那也是人家的自由。我打算改口。决定叫他名字。

也就是在那天去送书，我才知道他的名字。

他叫"金万亿"。他居然会是这个名字。一般情况下这是穷人才会起的名字。比如张大福、李大财、钱富贵什么的，都是穷人想钱想疯了才会起这么个名字。

也许我脸上的表情有点奇怪。金万亿对我笑了笑，说："没什么好惊怪的，我的名字不过是我父母的一个愿望，他们希望我继承他们的家产，继续成为拥有上万上亿财产的富人。"

他说话时右边的嘴角拼命往上抽动。似笑非笑里，饱含着一种难以言喻的嘲讽和蔑视。他那意思是：成为富人又怎样，拥有亿万又如何，我还不是残废一个？！

那天替金万亿来开门的是一个淡雅纯净的女子。她倚在门内，斜出半个身子，笑靥如花，她说："嗨，文教授——"，这情景，就好像一个熟悉已久的人突然出现在那门里面，跟我深情款款又自然而然地打招呼。

那女子大方地向我伸出她的右手，说："我叫温小暖，很高兴认识您。"

看来，金万亿已经跟她介绍过我了。不知为何我在她面前变成了一个笨拙的不善言辞的人。我只是伸出手去，生硬地跟她握了握，并极不自然地对她僵笑了一下，算是招呼。

她迎我进屋，对我说："金先生请您去他的书房。"

书房？真是奇怪，他的书房不是不让别人随便进入的吗？

我跟着这个叫温小暖的女子一直往前走。

屋子可真大。穿过客厅，再经过一个长长的通道。透过窗口，可以看见外面的花园。花园里没有任何鲜花。种了好多四季常青的树木。这些树木看上去欣欣向荣，又出奇地寂静。寂静到令人生出些肃穆的感觉。

这栋屋子的设计非常特别，以至于我第一次光顾的时候，只知道客厅的局部，还不知道它的内部结构竟如此复杂和庞大，还深藏着这么大个花园。在通道的尽头，再拐个弯，走进一扇古色古香的月洞门。走进门去，又是一条曲径通幽的小道。在小道的尽头，赫然出现了一栋小而精致的洋房。要不是有人领着我，我会以为那是另外一户人家。

那栋小洋房，便是金万亿的书房。我发誓，我从没见过这么古怪的书房。地暖和空调让这个大书房热浪翻滚，比夏天还热。我穿着羽绒服，瞬间感到浑身燥热，汗水浸满全身，可是我不敢脱掉外套。

这个奇怪的书房和书房里的女人们，令我瞠目结舌、目瞪口呆。那些女人，全都裸着身体，席地而坐，或半躺在地上。地上铺着厚实的红色地毯，我相信躺在那上面一定比躺在棉被上还暖和。

书房中间有个大壁炉，壁炉里炉火旺盛。壁炉前面有个矮矮的大理石台面，上面陈列着许多高档的红酒和洋酒，还有一些精美奢侈的水晶容器和华丽丽的杯具。

书可真多！与其说这是个书房，不如说是书的仓库，或者说，是书的海洋。但却没有书柜，也没有书架。所有的书籍凌乱而自由地堆放在地上，就像无数放浪形骸的灵魂聚集在一起。它们来自世界各地，来自不同的民族和部落和不同的性别。不管它们的内容和灵魂相容或者不相容，只要身处此屋，它们便是东倒西歪、自由任性的浪荡而颓废的一族。

书房里也没有书桌和凳子。只有一条无与伦比的考究的轮椅。轮椅上坐着威严如王者的金万亿。

偌大的书房里，如果你不想坐在地上，那么，你就只能站着。

我站着。完全手足无措。仿佛一脚踏进神话世界。不，这直接就是一座魔幻之城或人肉世界。房间里全都是一只只妖魔鬼怪和灵魂。

那个叫温小暖的女子，去壁炉前倒了杯红酒，轻盈地喝了一口。也很快脱光了衣服。也许进入这间书房的女人，都得脱光衣服。当脱光衣服的温小暖举着红酒杯从我面前经过，我居然像看见了一道彩虹般心惊肉跳！她的身体竟然如此美艳！就只那匆匆一瞥，仿佛灵魂出了窍，我感觉我的脸已涨到发烫，有点血脉贲张的感觉。

裸着身体的温小暖居然过来问我："文教授要来一杯吗？"

我紧张地别过头去，说不要。

温小暖便端着她的酒杯，从我眼前经过，旁若无人地坐在地上，开始去阅读一本书。酒杯里酒红色的液体艳丽如血。

我凭着仅剩的一点理智，去寻找金万亿。我想尽快把书给他，收了钱就走人。

金万亿就坐在他的轮椅宝座上，置身于那些东倒西歪的裸体女人们的中间。他的上半身裸着，下半身居然穿了条裤子，而且是条厚实的长裤子。在这间热火朝天的屋子里，在这些赤身裸体的女人们中间，他为什么要遮起他的下身？他瘫痪的下身是否完全失去了正常功能，他要将他失去功能的瘫痪部分给严严实实地遮掩起来？这个恶毒的念头在我脑海里一闪而过。

我强作镇定地对他说："书，我给你送来了。"

"非常感谢！"金万亿满意而嘲讽地朝我点了点头，他的神态无比骄傲："为了表示感谢，我说过，我要请你玩一次。这些女人，你可以随便挑一个，她们会陪着你玩，你想怎么玩都可以。当然，你如果全都要，我也不介意。"

金万亿哈哈笑着，并朝着那些女人大声问："嗨，我说你们，介意一起陪文教授玩玩吗？"

他像召唤女奴般召唤着这些女人们。这间屋子里的女人，仿佛都没有灵魂，都失去了一种自我存在，只被某种权欲吞噬着，完全受控或听命于坐于轮椅上的这个残废男人的使令。为了迎合他的召唤，这些女人们立即轻盈地围拢来，开始脱我的衣服，嘻嘻哈哈、拉拉扯扯地把我摁倒在地。

我哪见过这般场面，只觉得一具具女人的肉体，散发着黏稠的又热又燥的气流缠绕着我，吓得我魂飞魄散！怀里的书本撒了一地，我只得拼了命挣脱，狼狈不堪。

满屋子都是放浪形骸的笑声。金万亿的笑声最响，夹杂着极为满足又刺激的嘶喊。他和那些女子，都在看我一个人的好戏。我惊心动魄从地上爬起来，带着受辱的心情，落荒而逃。

"这哪是什么书房，简直就是淫窝！荒诞、无耻、淫乱到极致，连牲畜都不如！"我把我不堪的经历全盘告诉给我的老板娘听，并斩钉截铁地表示，从今往后，我再不会替那个叫金万亿的牲畜去送书了。送去那几本书的书费，我也不会去要，我宁愿从自己工资里扣除。

老板娘听我说完，咯咯咯咯地看着我笑个不停，直笑得两眼喷泪，怎么也停不下来。

就在这个时候，书店里的电话响了起来，老板娘拎起电话"喂"了一声，然后又说了一句"他在"，就把话筒扔我手上，而她端坐一侧，摆出一副看戏的模样。

我接过电话，才知是金万亿打来的。可我已经不能说我不在，于是硬着头皮跟这个神经病一问一答——

"文教授，你在书店呢？"

"是，我在。"

"你什么时候过来拿书费？"

"没时间过去。"

"钱都不要了？"

"无所谓。"

"哈，好一个无所谓，除书费之外，我还给你准备了一笔十万元的酬金，难得交上你这么个朋友，请你玩女人你又不要。那就送你点钱，就当我的一点小心意。你哪天过来取？"

"不用了。"

"如果你没时间，那我让温小暖送过去。"

"无功不受禄，真不用。"

"哈你就别推了，我知道你们这些文人，眼里最瞧不起的是钱，嘴里最痛恨的也是钱，但在心里却最需要钱。女人对你来说，似乎还真是没用的，抱歉，我拿你做了个实验。"

我的脸一阵发烫。他妈的，我成了他的实验品了！

我果然收到了温小暖的一条短信：

>文教授您好，我是温小暖。金先生吩咐我把一只大信封交给您，请告知我地址，我这就送过去。

短短几行字，我捧着手机反复读了好几遍。说实话，我忽然很想再见一见这位女子。但我若是立即告知她地址，就等于验证了金万亿的那句话：对于钱，我们这些文人都是嘴上说不要，实际上在心里却是渴望至极的。也即是说，他的实验再次成功。

而温小暖清纯素净的面容，一直烙在我的脑海里挥之不去。当我闭上眼睛想起她，记忆里的图景就会立即进行切换。迅速切换到她褪去衣服之后的完美到令人血脉贲张的身体。我甚至想。在这样的身体面前，哪怕最正直老实的男人，犯错的概率也会直线飙升。

不过美中不足的是，与她的遇见却发生在那个神经病一样的金万亿家中，而且是在那个魔窟一般的书房里。她竟然那样毫无羞耻地当众脱光衣服，形同妓女，令人心生鄙视和憎恶。忽然悲从中来。不知不觉眼泪悄无声息地滑下脸庞，我被自己吓了一跳。我竟然哭了。

这么多年来，我一直在夹缝里讨生活，过着捉襟见肘的日子。经常情绪低落、委屈、失意、忍受、愤怒、抗拒、辞职、低声下气地为了生活四处奔波……但，我从来没有流过一滴泪。而这次，当我想起那个叫温小暖的女子，却伤心地哭了起来。

傍晚，从街道上刮过来的风，一阵阵灌进衣领里，湿冷湿冷的。从入冬以来，我就一直在等一场雪，可雪就是下不来。

妻子又来电话催促，让我赶紧回家吃饭。我关上书店的卷闸门，跨上自行车，晃晃悠悠骑回家，像一只突然失去分量的在寒风中游荡的孤魂。

我站在家门外，按了两下门铃，整个人仍处于魂魄分离之中。我拼命聚集精神气，让自己尽快置换到回家的正常神态中来。

是女儿小蕾开的门。

我问她："妈妈呢？"

她快乐地用小手指了指厨房，就跑开去玩了。

厨房里居然传出妻子轻快的小调。这什么日子？是不是太阳打西边升起了？

我换了双棉拖鞋，去厨房看我妻子。她看上去竟然满面春风，随手递给我一盘刚起锅的葱油压扁土豆。我接过盘子，心中好生疑惑。家里到底发生了什么事儿呢，她会这么轻快又开心？

餐桌上已经摆好了五六个菜。我习惯性地朝着女儿房间叫我母亲吃饭。扯开喉咙刚喊出半句，便突然意识到我母亲已经不在家。她昨天去我小舅舅那儿了，要住上一阵才回来。我恍然大悟，原来是家里少了我母亲拥挤着，让我妻子恢复了往日的自由和轻松，她便不由自主地在厨房里哼起了快乐的小调。想到这里，我心里不免又是一阵心酸和凄凉。

我脱去羽绒外套，才惊讶地发现，原来空调一直都在送着暖风。不是早就坏了吗，怎么又可以用了呢？

妻子取下围裙，张罗着碗筷，并招呼小蕾过来吃饭，她对我说："不用研究了，还是原来旧的那台。我本来想去换台新的，但中午让人来修理了一下，还居然就修好了。"

无论如何，这是入冬以来家里最为温暖的一天。妻子格外温柔。居然还强烈要求喝点小酒。

女儿吃完饭去睡了。但，我们似乎还没尽兴，妻子又要去开酒。我转着空酒瓶子，看到"拉菲"二字，忽然想起这种酒很贵。

我很奇怪妻子平时买几棵菜也要比较来比较去，怎就一夜之间变得如此大手大放，花大价钱去买这种高档酒来喝？

我小着声问妻子："这酒很贵吧，你买的？"

"人家送的。"妻子脱口而出，却又立即改口："这小拉菲，也贵不到哪儿去，咱买得起。是我去超市买的，我今天特别想喝酒。"

我借故去厨房看，不是几瓶，竟然是两箱，总共十二瓶。这就更奇怪了！哪怕今天她特别想喝酒，要挥霍一把，也没必要买两箱回来吧，又喝不完。

妻子开了第三瓶酒，说："喝吧，别疑神疑鬼的了，我哪会舍得花这笔钱？是我单位提前发年货了，每人两箱红酒。"

我说："你老板可真阔气！"但，我根本不相信她老板真就这么阔气。

这酒肯定也不是我妻子买的，她舍不得那钱。谁又会送酒给我妻子呢？她不过一个临时工，谁会平白无故送酒给她？无数种可能性在我脑海里蜂拥而至，乱成一团麻。

当第三瓶红酒下肚的时候，妻子忽然伤心地哭了起来。她已烂醉如泥。哭着哭着，便倒在了我的怀里，如死了一般。

好在我还没有醉到不省人事，虽然也喝了不少酒，但浑身都是劲。我把妻子半抱半拖地弄到床上。她额头上微微地冒着细密的汗珠子。我帮她脱了衣服。我已经好久没帮妻子脱过衣服了。半年，一年，还是更久？借着酒劲，我忽然很想跟妻子亲热一番，索性帮她连内衣也脱了去。

妻子嘟囔了一下，转了个身，我一阵恍惚，我眼前的女人刹那间变了个人。我仿佛看见那个叫温小暖的女子，仿佛看见她那完美的身体、诱人的曲线，不断诱惑着我，拼命引我深陷、深陷。我猛地压住她，低下头去亲吻她，我是如此深情而苦恼，当我的唇就要碰到她胸前的肌肤时，赫然被一个深深的吻痕给惊醒了！仔细看，还不止一处，她胸前有好几处都是又深又狠的吻痕。

是昨天？不可能。我母亲昨天下午才走，而我昨晚早早就回了家。那么，就在今天中午？我崩溃似的离开妻子的身体，一下泄了气，像一片衰败又枯萎的叶子。我想起她居然瞒着我在心里深锁着一个情人，却又若无其事地与我过着日子，多么荒谬的婚姻！而我居然安之若素、浑然不觉。我哭丧着脸，失魂落魄地躺在床上，一动不动，彻夜未眠。对着无边无际、深黑凄凉的夜，我一遍遍咬牙切齿地在心里问：

"他是谁？他是谁？他到底是谁？！"

有那么几个瞬间，我想杀了她。

我居然在愤怒中睡着了。

等我醒来的时候，妻子已不在床上。我挣扎着爬起来，跌跌撞撞走到房间外，家里空荡荡的。看墙上的挂钟，已是早上九点。奇怪的是，我昨天并没有向老板娘请过假，但今天我睡到此刻还没有去书店，她居然也没打个电话来催问。好像她已经知道了我们家发生了事儿似的。

发生什么事儿了吗？我茫然四顾。

家还是原来的那个样子。只是，突然静寂了下来，无限的凄凉和落寞将我紧紧包围，令我悲伤不已，却又无从宣泄。

我翻看着手机，除了几条垃圾短信之外，其中有一条是温小暖发来的。可能是她一直没有等到我的回复，今天早上又给我补发了一条：

    文教授，昨天没收到你回复，也不知去哪儿找你。要是你收到此条信息，请尽快回复我。若你方便的话，也可以来我住处取走你的大信封。我住在西湖春天小区，今天我哪儿也不去，宅家里，你随时都可过来取。

我颓然叹息一声，此时此刻的我，哪还有心思去取什么大信封，包括对温小暖偶尔滋长出来的那点儿情愫，也已经荡然无存。

我穿戴整齐，和往常一样骑上自行车出门。在楼下拐角处的一家早餐店里喝了一碗热乎乎的豆浆，再要了两个馒头，在两个馒头之间还夹了一根油条。

手机响了起来，是李总打来的。李总的声音格外兴高采烈。他向我宣布：他成功了！在电话里李总反复夸我是个高人，是他和女神的大媒人。

我听着电话，却心如枯井。他哪会知道，我这个"高人"，又是"媒人"，此刻却被自己的女人倒扣上一顶绿帽子，孤独寂寞又冷清地坐在街角的早餐店里黯然神伤、味同嚼蜡。

我付了早餐费，骑上自行车。我和我的自行车在逆风中穿行。在这个冰冷的世界里，仿佛永无止境，也不着边际。我不知道该往何处去，去干什么。

意识流动，我像一个独行客，在风中漫无目标地骑行。我骑得很快。穿过繁华的大街，又穿过人流密集的小巷。我的身体热了起来，背上微微有了汗意。

我捏紧自行车的把手停下来。单脚着地。抬起头，赫然看见"西湖春天"四个字。原来我不知不觉间，居然已经骑到了"西湖春天"小区的大门口。这个小区我以前来过，离我家大概半小时左右的路程。它虽然叫"西湖春天"，但离西湖其实很远。

我怎么就骑到这里来了呢？我问自己。仿佛此行我并没有经过大脑，而是我的身体带领我来到这里。

我拿出手机，给温小暖回了一条信息："我正好路过春天花园小区，你在家吗？"唉，多虚伪，好像必须要撒这么个谎，好给自己一个台阶。好吧，我只是"路过"，而非"特地到此"。

"文教授——"我听见温小暖在叫我。我循着她的声音找过去。原来就在小区大门的右侧，有个最底层的一扇窗户被打开了，温小暖就倚在那个窗子里向我招手，她说："文教授，你进来坐会吧。"

在踏进她家门之前，我飞速地想了想，我到底是来要那个大信封的，还是来看温小暖的？或者，两者都有？我居然没法回答自己。

——我是个多么虚伪的人啊！我这么想着，甚至暗暗憎恨着自己，我的双脚已迈进了温小暖的家里。

原来这里并不是温小暖的家。而是温小暖与人合租的。总共三室一厅。温小暖租了其中一个房间。另外两个房间是另外两个人的。但这会儿屋里就只温小暖一个人。温小暖说，她也很少和那两个人碰面，她们经常不回来住。

我跟着温小暖走进她的房间。我很难形容这个瞬间的惊诧，我完完全全被震住了，同时也迷糊了！

这么说吧，要是我对温小暖的房间曾经产生过千万种的想象，但这恰恰是最出乎我意料的一种，我敲破脑壳也想象不到的。

——这是一间书房。

是我见过最纯粹、最朴素、最迷人、最温馨，最像书房的书房。在我所有对书房的想象中，这就是我梦寐以求的书房的样子。书香弥漫。原来我遇见的这位女子，她竟是一个真正的爱书者，一个真正的读书人。

书架沿着四面墙拔地而起，直至天花板。除了留出门和窗洞，所有墙面都安装了牢固而朴实的书架。书架上全都是书。

由于四面墙上都是书架，床就只能居中放置。宽度大约为一米多点的单人床，有滑轮，可以四面移动。床上的小碎花棉被和小碎花枕套以及碎花布靠垫，都透露着乡间田园的温暖而浪漫的气息。书桌也是小巧玲珑的，靠着窗的位置摆放。桌上放着几盆形态各异、小而可爱的仙人掌。黑色的长颈梅瓶上斜插着一枝蜡梅。蜡梅清雅的香气在空气中若有若无。

书桌旁边只有一把木椅子，也装有轮子，可以随处移动和转身。再没有比这间书房更为简约的了。但简约，却并不简单。这绝非一个简单的女人所能布置出来的书房。而是一个格调高雅的上乘女子安置在喧嚣都市中的一处精神家园和灵魂的居所。这间书房，是一种境界，一种格局，非一般人的灵魂所能抵达。

我随手往书架上抽出一本《尤利西斯》。乔伊斯的这部小说，无疑是文学史上的奇迹。和普鲁斯特写的那部长篇小说《追忆逝水年华》一样，代表着人类精神的高度。阅读几乎是不可能的。不过没关系，不阅读，买一套供奉在书架上，也可以冒充一下精神贵族。之前我在帮人整理书房的时候，也会配上几部类似《尤利西斯》或《追忆逝水年华》这样的绝对重量级别的经典书籍装点门面。

然而，当我随手翻开《尤利西斯》这部书的时候，我又被震了一下。里面居然有画线，有蓝色墨水的画线，也有黑色墨水的画线。显然阅读的人，是分很多次在阅读，或者，是几个人在不同的时间曾经阅读过它。画线代表思考。

我好奇地问："你读过这本书？"

"这间屋子里的书，我都读过。"温小暖正忙着在准备沏茶的器具，她这么回答我的时候，并没有回头看我。她一定不知道我手里拿着的并不是一本普通的书，而是一部几乎人人都有阅读障碍的"天书"。

这部书，为了给学生上课，多年以前我曾经强迫自己去阅读。但说实在，那种阅读真不叫阅读，而是啃读，是一点一点艰难苦涩的啃。纵然如此，我仍然也没有读完它，只是啃了一小部分。记得那次给学生上研讨课，我心里七上八下的。但半个小时后，我便完全无所顾忌了。我发现前来听课的所有学生的表情都显得有点茫茫然，形同傻子或白痴。我于是相信他们中间并无一人读过这部书。即使读过，也一定不知所云。因此，我倒可以随便说，怎么解读和阐释都不会有问题。

那么，哪怕此刻我手里捧着的这部天书里有画线，我也不认为她真就阅读过，并读懂它了。于是，我依凭着我阅读过的那点儿内容，开始信口开河，试着想跟温小暖有所沟通。

温小暖认真听了一会，突然打断我，说："文教授，我敢断定，你也并没读完这部书。"

我愣住,一时陷入极其尴尬的境地。就凭她这一句,我可能真是低估了她。一个没有读过这本书的人,是不会断定别人读没读过这本书的。或许她真的读过这部书。在此之前,每当我谈论起《尤利西斯》的时候,还从来就没有人敢发言或站出来跟我反驳。

温小暖又说:"不过,这部书我也没读完,是我父亲读完了整部书,并跟我聊过很多次。"

我试着从尴尬中脱身出来:"你父亲真了不起!"

她说:"我父亲和你一样,也是个教授,我估计你们都是为了应付上课而硬着头皮去阅读的,不然,谁会去读这样的书呢?那时候的我也是被我父亲逼着读了一点。我认为写这种天书的所谓的先锋派作者,都是一群精神错乱分子,反正我不喜欢读他们。"

我说:"那你对20世纪的先锋文学怎么看待?"天哪,问出这一句,我仿佛就在跟一位德高望重的学者探讨学术,而不是面对这个叫温小暖的年轻女子。

而温小暖却并没有选择退场,她说:"我觉得20世纪的先锋派小说,有点像一个人得了精神分裂症,而且还极度自恋又冷漠,在他们心里只有自己,没有读者。而我是个阅读者,我讨厌跟读者有仇的所有的作品。要啃石头一样地去读一本书,对我们来说是件很残忍的事,不公平,也不人道。"

她的这番言辞,让我又对她刮目相看。就像我读不懂乔伊斯的书那样,我也读不懂眼前这位女子,有点懵。我把书放回书架上,回到书桌旁边。

温小暖沏好一杯普洱,对我说:"文教授请喝茶。"

我毕恭毕敬地用双手端起茶杯,茶汤清澈透亮,轻轻喝上一口,立即有一股荡气回肠的感觉,忍不住夸一句:"好茶!"

温小暖也轻啜一口,很享受地说:"很难得的好茶,喝这般好茶,能教人尝到时间的味道。"

"时间的味道?"她极随意的一句,我听了却颇为惊讶。

我继续听她吐气若兰:"是啊,一款年代久远的上好普洱,就像米沃什的诗，从来就是一部关于时间的挽歌。可惜，喝完这一饼，就彻底绝迹了，以后再也喝不到。"

她轻轻叹出一口气，神情有些黯然。

"可以再去找，应该能找到的。"我小心地说。

"再找不到了，那是我妈年轻时亲手做的茶饼，保存了二十多年。"

"那让你妈再做一些。"

"我妈不在了，和我爸一起走了。"温小暖的声音轻下去，转身去添水。

"对不起！"我心里非常不安。

听她这么说的意思，应该是指她父母已双双不在这个人世了。但我没敢刨根问底问下去，怕惹她伤心。

接下来，是短暂的沉默。

品着茶，我的目光在满屋子的书架上巡回，然后，我被悬挂于门背后的那把古典吉他所吸引。

我好奇地问："你会弹吉他？"

她说："会。"

我说："想听你弹一曲，可以吗？"

她说："当然！"

说着，走过去抱过吉他，坐在床沿上拨弄了几下。稍稍沉吟片刻，她说，为你弹一曲《月光》吧。

这首曲子，我以前听人用钢琴弹过，也听人用小提琴拉过，但却从没听过有人用吉他弹过它。我也从不知道原来用吉他也可以弹出像小提琴那样的音质。轻柔，忧伤，凄迷悱恻。聆听着她弹奏的音乐声，闭上眼睛，仿佛能够看见那个月光下遥远的远方变得不再遥远，它就近在我眼前。

她仍然埋首拨弄她的琴弦，似乎沉浸在另外一个世界里。接着，她又开始了另一曲。和前一首的《月光》截然不同。这一回她的吉他声里灌满激烈昂扬的悲伤，一种难以言说的疼痛和思念汹涌而来。神经再麻木的人，也会被这琴声给击中。我听得目瞪口呆，有一种想落泪的感觉。

思念如控诉。突然弦断。她抱琴而泣。

不过，很快，她调整好自己，将吉他放在床上，说："对不起，我有点失控。"

"没关系,你过于用心。"我安慰她,又问:"那是什么曲子?我以前从没听过。"

"是《亚马孙河的传说》。"说到"亚马孙河"几个字,仿佛一道咒语,她这次没能控制住,突然泣不成声。

七年前的温小暖,有一个令人羡慕到嫉妒的家庭。她父亲是清华大学的中文系教授。她母亲和她舅舅继承了外公创办的一家外贸公司。可是她母亲一直没把心思放在公司的管理和经营上。她喜欢画画。和温小暖的爸爸一起,酷爱旅行。七年前的夏天,趁着暑假的时间,他们约了几个驴友同行,一起从中国出发,横穿整个南美洲。他们在亚马孙的雨林中,横越了八个国家:巴西、哥伦比亚、秘鲁、委内瑞拉、厄瓜多尔、玻利维亚、圭亚那,以及苏里南。他们是在折回巴西的时候,双双跌入亚马孙河。那一段流域水流湍急,人一滑落,便迅速被水浪裹挟,不知去向。没有人能够救回他们。

几乎同时,温小暖母亲和她舅舅一起经营的公司,因涉及偷税逃税等原因,公司被查封,她舅舅被抓进监狱。

为了还清债务,由她舅妈出面,盘点变卖了所有的家产,包括温小暖父母留下的那套别墅和车子,也一夜之间消失。不久之后,她舅妈便远走高飞,另嫁他人。

一切清零。那年的温小暖还在读大二,被迫停学。在这个世界上,她变成了一个举目无亲、一无所有的人。

"不过,我终于留住了这些书。"她指着那些书说:"在这七年里,我又买了不少书。我所干的事就是,赚钱养自己,和养这些书。它们需要有间像样的书房。因此,我不能租太小的房间,我怕它们会觉得拥挤。有时候翻读一本书,看到里面的画线,或者折痕,我都会感觉到我的父母就在这些书本里,有过他们的体温,有过他们的记忆,他们曾在某个日子里买下它们,并翻读它们。每一本书里都留有我父亲和母亲的气息,我不能让这些书分开,我要让它们住在一起。只要这些书还在一起,我就感觉我的父母还在我身边,我们从没分开过。"

我突然懂得了她怎么会沦落如此,也明白了她骨子里的清纯和气韵源于何处。但对于她眼前的这份所谓的"职业",我心里仍是想不通。不过,谁又知道在这七年里她经历了多少伤痛、挣扎和妥协无助。整个世界又脏又乱,让她一个弱女子又何以自保,何以清白?也许,在她心里,不洁的只不过是一身皮囊,是微不足道的。她所看重的,是她的书,和寄存于书中的灵魂的清洁与高贵。

温小暖把那只大信封交给我,说:"只顾着喝茶说事,差点忘了它了,你赶紧拿着,是金先生给你的。"

我突然心虚,脸一阵燥热,仿佛哪儿被扎了一下。我又想起在金万亿家的书房里,温小暖和那些女子脱光了衣服供他玩赏之后,金万亿是否也这样给她们分发每人一只大信封?那么,在这只大信封面前,我,一个堂堂正正的大学教授,和温小暖她们这些靠取悦于人过生活的女子,又有什么不同呢?她们出卖的是色相,或者皮囊。我呢,我卖出的又是什么?

回到家里,开门的仍然是小蕾,我还是问了她一句:"妈妈呢?"

小蕾往厨房方向指了指,自己又跑开去玩了。我仍听见妻子在厨房里哼着小曲……这情景和昨晚一模一样,如同复制。

妻子并不知晓她的私情已被我发现。只要我不去揭穿,不刨根问底,那么,妻子一直可以这样和风细雨、满面微笑。只要妻子心情愉悦舒畅,基本上这个家的气氛也就能保持舒畅。

我决定了不揭穿,也不想追究。穷究不舍、刨根问底,真刨出实话来,我是翻脸还是不翻脸? 我不知道,我的放弃追究,到底是出于一个男人的大度宽容,还是窝囊?不过,比起好好活下去,我觉得很多事情真的是不那么重要的。

夜里,当我又像僵尸一样躺到妻子的身边,同盖一床被,却并没有任何肌肤相亲,纵然相亲也毫无激情。我突然便明白了一件事:其实早在我妻子出轨之前,我已经对她没有爱了。虽然,我的身体还没有出轨,可我的精神和灵魂,早就出了轨,只是还没有遇到合适的人和时机,带领我的肉身也偏离轨道。

第二天,我早早去了书店。没想到,比我更早的人是温小暖。她一大早就站在书店门口等。见到我的时候,有一种如释重负的感觉。她把一只小小的牛皮纸信封交给我。

我奇怪地问她:"是给我的?"

她笑而不语,说等她走了之后,拆开看看就知道了。并一再叮嘱我,现在不许拆,一定要在她走之后再拆。

我邀请她进书店坐坐。

她说,不了,她还得赶时间。说完就走了。

我感觉她有些忧伤,看上去心事重重的样子。我看着她招手拦了一辆蓝色的士,并随手把羽绒服的帽子戴在头上。一弯腰,钻进车里去。蓝色的士风一样开走了。那天风很大,车速也超快。有点绝尘而去的感觉。

直到快挨近中午的时候,书店才终于安静下来。我把自己缩在收银台后面的椅子上。拆信的心情有点迫不及待,但又拼命压制那份好奇和急躁,故意放慢速度。

慢一些,再慢一些。我把一个小小的信封封口撕得郑重其事。撕开封口之后,从里面抽出来两张宣纸,宣纸中间包着一把小小的银白色钥匙。信的内容是用毛笔写的小楷。

温小暖居然写得一手好字,一行行的蝇头小楷,字体流畅秀丽又端庄。我屏住呼吸,一口气读下来——

文教授您好:

当你读到这封信的时候,我已经去找我的父母了。这是我准备了七年的计划。七年来,我也一直在寻找一位能够替我管理书房的合适人选。请原谅我的鲁莽。我认定了你。我相信,你是一个真正的爱书之人。你会喜欢这些书,并一定能够替我保管好它们,我完全信赖你。

房租我交了十年,还有三年就到期了。要是三年内我能回来,我会去找你要回钥匙,要是三年后我还没回来,恳请文教授替我继续保管这些书。

温小暖含泪恳求!

就此别过——

我被温小暖的遭遇和行为深深感动了。她对我的信任也让我受宠若惊。我不知道该拿这份信任怎么办？但我立即给自己一个承诺，我一定会替她好好保管这满屋子的书，一本都不会少。哪怕等到三年之后她还没回来，我也一样会替她继续保管，直至等到她回来的那天。我发誓，我将原封不动地将这些书还给她！

我不知道她为什么不当面托付，而是要用书信的方式。她是怕我推托吗？我拨出了她的手机号码。虽然不能当面承诺，但我想，我还是可以在电话里给她一个承诺，好让她放心。

可是，电话通不上，对方已关机。显然她去意已决，一切皆已安排妥当，可能连手机也不会用了。手机连接着这个红尘滚滚、物欲横飞的乱世，她是要干干净净去见她的父母的。

我要了一个送货上门的盒饭，一个人坐在书店里吃。其实也不觉得饿。只是到了该吃饭的时间就该吃饭。我一口一口咀嚼着混合在一起的饭菜，也不知什么滋味。只是在吞咽时，总觉得一阵又一阵的哽咽、鼻子发酸。

终于熬到关门。我跨上自行车就往"春天花园"小区骑去。

当我用手中的钥匙打开温小暖的房门时，满屋子的书香和一个女人的气息扑面而来。我置身其中，仿佛沐浴在春风沉醉却与情人走失的傍晚。我闭上眼睛。温小暖那天为我沏茶时的音容笑貌，历历在目。

不知为何，我发现我心跳得好快，有点心神不宁，有股热血在沸腾，还有点按捺不住地想哭的冲动。我深吸一口气，再深呼一口气，静了静心，顺手打开了门边的开关。我甚至没花什么心思和时间就摸到了那个开关。这间书房里的一切事物，似乎都是我熟悉已久的。它仿佛就是我前世的书房，是可以让我的灵魂寄居的地方。

我抽出一本精装的《包法利夫人》，翻开，首页上写着几行字：

给宝贝女儿：

读书不一定能让你变得很有钱，但读很多书，一定能够让你变得很富裕、很充实、吐气若兰。

生日快乐！

爱你的爸爸、妈妈。

2006年12月28日

这本书，原来是温小暖父母送给她的生日礼物。

就在《包法利夫人》这本书里，夹着一枚书签，书签上是张爱玲穿着旗袍的侧身照片，可能是在另外的哪一本书上拿过来的，在书签的背面空白处，这样写着：

> 果然如此，包法利夫人就是福楼拜自己。福楼拜竟也如此孤独。张爱玲也是孤独的。卡夫卡更是阴郁加孤独。格林的孤独居无定所。厄普代克干脆足不出户。为什么，他们写出那么好的书，却没有一个过得好？

这是用钢笔写的小楷，娟秀清雅。我认得这些字，是温小暖写的。不知她记下这些文字，是在何年何月何地？下面并无落款。

但我能想象，她一定是在刚读完这本《包法利夫人》之后即兴所记。也可以想象当时她的内心一定充满无助与难以名状的孤独，以及悲哀。

我把《包法利夫人》放回书架原处。旁边那本是胡兰成写的《今生今世》。我抽出来看。

一翻开，就从书里掉出来一枚书签，也是张爱玲的旗袍照，跟夹在《包法利夫人》那本书里的书签一模一样。那么，这书签可能是温小暖在书店买的，也许一次买了好多。也有可能是别人送她的。这张书签上，同样写着几句话：

> 要不是为了张爱玲，我本来也不那么讨厌胡兰成。读完他的这本书，更是觉得他人品不好，文章也是很一般的。并没有别人传说的那般好。什么文字优美、用词华丽，无非是强行堆砌的一些言论罢了。才华远不及爱玲。

在这本《今生今世》的最后一张空白页上，她这样写着：

读完。想来也是，那个时代的张爱玲，若是不去爱胡兰成，那她还能去爱谁呢？谁还能够有资格让她爱上呢？现在更是，满大街都是打了鸡血般狂奔着的人，个个顶着个势利脑袋，煞费苦心就只知道追名逐利。哪还有风雅之人？连个安静的读书人都难得遇上。好不容易遇上的，也都是酸得要死，不可接近的……

在这些随手写下的文字里，记述着女孩即兴的小情绪和小感悟。心中不免升起些悲哀和凉薄之意。几乎每一本书里都有不同的故事。每翻开一本书，就如打开一段完全未知的新的旅行，舍不得再合上。每本书里所批注的文字，都有一种深不可测的吸引我进入并迫切地想去探知的魔力，能够随时将我带走，带我去到那个不为人知的奇幻而绮丽的未知世界。

温小暖在这些书里，保存着她一个人的窃窃私语，寄居着她和她父母的灵魂和内心世界，这是一份隐秘而绮丽的精神生活。难怪温小暖舍命也要保存它们。对她来说，这些书籍比她自身更重要。

我抚摸着书架上这些排列整齐的书本，此刻的我，俨然成了这满屋书籍的拥有者。我像个富翁般立于屋子中央，被无穷无尽的财富包围，被一种莫名的气息绕缠。我忽然感动到想哭。我被一种无条件的信任和托付所感动，仿佛突然间拥有了一份向往已久的完美爱情。

在我的内心深处，刹那间有了软肋，同时也有了铠甲。心里的柔软和英雄气概交融在一起，只想着拼了命也要去保护好这一屋子的书，拼了命也要去保护这个女人对我无条件的信任和托付。对我来说，在这个世界上，难道还有比这更重要和更有意义的事吗？

在温小暖的心里，我一定是个正直而又讲义气的读书人。要不然她不会把她的书房托付给我。我在这个傍晚骤然膨胀的英雄气概，在我翻开一本日记本之后瞬间毁灭。

那是一本羊皮纸封面的记事本，和一般的书本差不多厚薄。它并没有被温小暖锁在抽屉里，也没有藏在某个隐秘的角落里，而是和书一起摆在书架上，被我随手抽出来。

其实，拿在手上我立即知道这不是书，而是一本记事本。按理，我应该自觉地放回去。但是，我紧握着它。它就像长在我手心里一样，再也舍不得回到书架上去。我忍不住翻开它，强烈的好奇心驱使我去掠取里面的内容——

  这确实是个不好玩的时代。至少，我还没遇到过一个好玩的人。也没有一件好玩的事。人人都在忙着追名逐利。所有的人都在你追我赶、迂回求进、气喘吁吁，在通往名利场的那条羊肠小道上挤得头破血流，甚至不惜倒地身亡。

  相比，我觉得金先生这人还有点意思。虽然他也不过是个钱多到没处花的浪荡公子，又下身瘫痪，行为也颇古怪，但他却是个读书人。这一点也没错。就凭这，已然让我对他刮目相看。因此，我愿意服从于他。当然，我们之间的服从与被服从，也不过是桩交易罢了。他从我们身上获取一些占有的满足感和视觉上的刺激，而我们获取钱财。各取所需。

  当然，有人会说我们是在沉沦……但是，在这个时代，谁又不是在沉沦呢？沦为官奴、沦为房奴、沦为财奴、沦为性奴……这是一个沉沦的时代。

  我尝试过很多生存方式，但处处潜规则，我不得不一次又一次以失败告终。我不知道是这个社会变态，还是我与这个社会格格不入。我无力于去改变这个世界，只能顺其自然，过一天是一天。

  金先生不仅是个读书人，而且画得一手好画。只可惜，他不在纸上画。别的画家喜欢将女人的身体画到纸上去，然后去拍卖，去换取功名荣誉。而他却喜欢在女人身体上画各种动物。只画动物，不画别的。画完就给我们钱，并让我们去清洗干净。他说，比起人类，他更喜欢跟动物玩。可他身边并没有动物，他家也从不养动物。我想他是没有能力去养别的动物的，因为所有动物都需要人去喂养和照顾，他连自己都照顾不了，连生活都不能自理。或许，出于某种潜意识，他养我们，是把我们当成了好玩的并可以听从他、愿意陪他玩的动物。

  因此，他并不需要跟我们做精神上的过多交流，只是在一起玩。当然玩的方式有无数种。我们跟他之间的玩，纯粹是一方配合另一方的形式。我们并没有主动权。当我脱光衣服仰躺在他书房的地毯上，他的画笔一笔一笔经过我身体的时候，我对周围的现实世界产生了一种奇异的感觉，恍惚觉得自己置身于一个无比荒唐的由暴君统治的古代帝国，阴暗而明亮。

不过，我并不觉得这是一种受辱行为。这只不过一种极其简单的交易。在这桩交易里，并不存在任何的钩心斗角和尔虞我诈。我们陪他玩，他给我们钱，然后走人。互不相欠，也不相欺。

虽然金先生是个行为古怪的人。我并不喜欢他。但我喜欢他那个大书房。里面有好多古今中外的好书，还有好多怪人写的古怪的书，都是我以前从未碰触过的。不用陪他玩的时候，我就躺在他的大书房看一整天的书。而且不用担心会饿着或冻着。他的书房永远热得像夏天。他的厨房随时都备有我们需要的食物。还有永远也喝不完的美酒。

我们几乎很少有沟通。其实对我来说，不沟通最好。反正只是谋生赚钱的交易。我并不出卖灵魂。金先生觉得我们很可怜，因为我们穷。其实，我们都是可怜人，有谁不是呢？每次当我离开金先生的大书房，与他告别时，我的心里连悲壮都没有，只有苍凉。无尽的苍凉与寂寞。

读完这篇文字，我有点脸红心跳，心碎了又碎，哀伤不已。这是怎样的一个女子，独自承受着怎样一份隐秘而沉重的生活？

在她的书房里，我居然一直待到凌晨。仿佛跟一个心仪的女子沐浴在爱河中，彻头彻尾地忘了还有回家和吃饭这么一件事。

等我顶着寒风骑车回到家里，已经半夜一点多了。女儿早已熟睡。妻子也睡了。卧室里一片漆黑。

我摸着黑，蹑手蹑脚推门进去。我不敢摁亮电灯，怕刺眼的灯光会吵醒妻子。

空调风把房间吹得热乎乎的，能感觉到空气里的干和燥。当我小心翼翼地在黑暗里挪动我双腿的时候，觉得自己像是一个闯入别人家房间的贼。心虚得很。又紧张又担忧。怕一不小心弄出些什么响声来吵醒安睡的妻子。背上居然在冒汗。

我的一只脚终于碰到了床沿，我松出一口气。轻手轻脚地脱去羽绒服，我只想无声无息、如一片落叶归根般的姿势躺进被窝里去，静下心来理一理头绪，想一想我的心事。今天的我，就像一口气吃了太多的干货，需要一定的时间来帮助我慢慢消化。

突然"啪"一声，灯光大亮。我吓了一大跳。妻子居然没有睡。一动不动仰躺在床上，也不跟我说话，眼睛直直地瞪着天花板。看不出她脸上有什么表情，也不知她在想什么。我等着妻子发话，甚至向我发难。

可奇怪的是，她居然一句话都不说。不仅嘴巴紧闭，连眼睛也闭上了。不过，既然她不开口，求之不得。她的那点事儿，我也没有去理会和探知的心情。我只求她不要同我说话最好。我连说一句话的欲望都没有。我只想尽快躺到床上去，躺在属于我的左半边的那个位置上，回到黑夜的静里，回到一个人的内心深处。

灯光熄灭。妻子仍旧不作声。

我如释重负。

棉被里的我和妻子，就像井水与河水，互不越界，也互不干扰。她睡在她的世界里。我睡在我的世界里。就像一个在左半球，一个在右半球，我们之间相隔着难以跨越的万水千山。

那一夜的我的身体一动不动，就像一具没有气息的尸体，心却被别的事物和另外一种情感占据、充满，每一根感知的神经都处于一种前所未有的活跃和兴奋之中。

关于温小暖的点点滴滴犹如电影镜头般，在我脑海里回放，历历在目。我承认，我被这些突然发生在我身上的传奇般的故事，搅得彻夜难眠、激动不已。

我偷偷地把书店关门的时间提前了。我想去温小暖的书房多待一会。在温小暖的书房静静待着，翻读书架上的那些书和温小暖留在书里的那些注解和心情文字，成了我每天最爱做的事情。仿佛中了蛊、着了魔。

这段时间让我明白，当一个人疯狂而执着地爱上一件事，就如同爱上一个人的感觉是一样的，也是会着魔的。

有那么几晚，我居然彻夜不归。一个人翻着书，想着心事，不知不觉就到了天亮。迷迷糊糊地就睡了过去。醒来发现自己躺在温小暖的床上，盖着她曾经盖过的被子，惊出一身汗。

我想要是让温小暖知道,那可是一件不可原谅的事情。是谁允许我这么一个臭男人自作主张地睡到她的闺床上去?

——真是汗颜至极。

然而,在一阵羞愧自惭之后,我竟然对这张床起了贪恋之心。

开始的时候,应该是无意识的,只是读书读到累了倦了,为身体找一个可以躺下来休息的地方。然而,渐渐地,我已从心里开始迷恋躺在那张床上去的微妙感觉。

有一天夜里,昏暗的灯光下,我怀里抱着一本书,倒在床上,双腿伸直又分开,让自己睡成一个夸张的"大"字,尽量延伸对这张床的侵犯。

当我觉得自己是在侵犯这张床的时候,脑海里就会浮现出温小暖在金万亿的书房赤裸着身体看书的镜头。这是我一生中第一次看见一位陌生女子的裸体,也是最后一次。那完美性感的裸体属于温小暖,温小暖属于这张床,而此刻这张床属于我。我睡在上面,侵犯着它。满脑子天马行空、想入非非,充满各种幻想。

我告诉自己,我已无可救药地爱上了温小暖。这有点疯狂,也不太现实。但我已阻止不了爱的种子在我心里疯狂滋长,我已经被爱的幻觉催眠。

忽然有一天,我想起了温小暖替金万亿交给我的那十万块钱。无功不受禄。虽然我很穷,也很需要钱,但我不能要。我不是这种人。俗话说,人穷志不短。我为什么要莫明其妙去接受一个残废的施舍。

有时候,爱情这东西确实是能够让一个人的品格变得高尚又固执的东西。我不能为了那包钱,让人给轻视了。我决定把这十万块钱,原封不动地还给金万亿。

那包钱是我亲手放进左边那只床头柜的抽屉里的。右边那只抽屉属于我妻子。我们一边一只,各自放置自己的零碎,从不越界。可是,那包钱却不翼而飞。连那个装钱的牛皮纸袋也不见了。幽暗的灯光下,我看不清妻子是睡着了,还是在那儿装睡?

我说:"那包钱呢?"

妻子忽地从被窝里坐起来,冷笑一声,说:"钱我拿了,存在银行里。"

我说:"这是人家给我的钱,我要去还给人家的。"

"怎么，这钱还要还的？你们分手了？还是人家不愿养你了？"妻子居然冷嘲热讽，话里字字带刺。

我说："我不知道你在说什么?!"

妻子说："我还以为你在家里没用，在别人那儿还是蛮有用的，反正我们家缺钱，这钱怎么着也算是你从外面辛苦挣回来的。不花白不花。只可惜，你只拿回家一次，后来她就没再给过你吗？还是你藏别的什么地方去了？存银行了？"

真是见了鬼了！我在心里愤慨不已、哭笑不得。原来妻子把我当成某富婆包养的小白脸了。

"我是这种人吗?！就我这德性，有哪个会要我吗？"我愤怒地指着妻子说："你一定脑子进了水了！"

妻子却大言不惭："我脑子进水，总要比你进人家身体去干净。"

没法往下说了，越说越不像话。

我命令她："明天就去把钱取出来，我要去还给人家！"

妻子把身体躬回被窝里，不再理我。

我没做什么亏心事，她倒反过来咬我一口，先发制人了。我索性扯开嗓门对她说："你不要以为我不知道你那点事儿，你去摸摸你的心，问问你自己，你跟那个男人到底干了什么？"

妻子再次从被窝里跳起来，嘴唇有点轻微的颤抖，铁青着一张脸，气汹汹地责问："你说哪个男人？你在说什么?!"

我嘲讽地笑着，有点报复的快感。妻子说我诬陷她，逼我拿出证据来。

"嘿——"，我忍不住笑出声来。一口恶气闷在肚里那么多天，我早就想发作了，我说："真需要我说出来吗，你身上那些被狗啃过的嘴巴印子，我全都看到了。还有那两箱红酒，价格不菲啊。"

我的话音刚落，妻子便忽地脱去睡衣，以迅雷不及掩耳之势向我展示她赤裸的上身。此刻她站在床的中央，两脚踩在棉被上，整个人摇摇晃晃。天花板的那盏吸顶灯就像镁光灯一样打着她。她表演似的拍打着她的胸脯，她那两只耷拉着下坠的乳房在她愤怒的拍击下摇来晃去。灯光照射下的皮肤满是鸡皮疙瘩，粗糙而暗沉。

她拍着她的胸脯责问我："哪有印子？哪来的印子？你说的印子呢?!"

仿佛在她身上找不到证据,她就要置我于死地。

可是,我一点也不怕她。她越是对我凶巴巴的样子,我就越坚定她出轨的事。我渐渐冷静下来,索性让报复来得更痛快淋漓些,我更恶毒地嘲讽她:

"原来你也被人家甩了?这么快被人家玩腻了?扔回来了是吧?我被人家玩,好歹也赚回来个十万。你呢,除了那两箱红酒,人家有给过你钱吗?"

妻子好像忍不住了,吼叫着从床上向我扑过来。

我本来站在地上,她在床上,就像看着她在舞台上表演。可此刻,在台上表演的那个人突然便扑向她的观众。这场面几乎是奇怪而荒诞的。她挥舞着双手,各种撕扯与扭打纷纷而至。

我身上的衣服瞬间凌乱不堪。我任她发泄吼叫,只站在那里一动不动,连伸出手去挡她一下都没有。等她歇斯底里发作了一通。我拿过羽绒服披上,转身出门。

我又去了温小暖的书房。仿佛这是一件自然而然的事情。这间书房,就好比是我的故乡,充满我的乡愁和思念。置身于溢满书香的书房里,我仿佛看见现实中的自己正与另一个想象中的自己在光阴里隔世重逢。每次赶往温小暖书房的途中,我都像风尘仆仆地去奔赴一场诡秘而又隆重的约会那样,又激动又兴奋。

我随手抽出一本书,又自然而然地在温小暖的床上半躺下来。一阵温软的感觉遍布全身。

真是舒服啊!我在心里忍不住叹息。毫无疑问,这是我睡过的所有床里最温软、最舒适的一张床。

此时此刻,在这张温软柔情的床上,浪漫温暖又充满书香的碎花棉被包裹着我。同时,有一种莫名所以的羞耻感,也像棉被一样裹挟着我。也许在潜意识里,我是在故意攻击我妻子,得了一点理就不肯让人,要故意去招惹她、撩拨她,使得她不得不朝我发怒、宣泄,如此一来,我就可以理直气壮地愤然离家出走了。再把手机一关,谁也不知道我去哪儿。

我真是恶毒啊,——但,这个念头转瞬即逝。我的那点儿羞耻感迅速又被一种来自精神的自由和身体的舒适感所收买。

我又想到了那包打算还给金万亿的十万块钱。它居然被妻子偷偷地拿了去。她说是拿去存在银行里了。但，谁知道呢？说不定她拿去养她的情人了。

我发觉我最近真是变了不少。仿佛一个受了伤、又受了无限委屈的人，是会慢慢变得蛮不讲理和刻薄尖酸起来的。是从哪一天开始的呢，我和我的妻子，两个原本温顺又老实本分的人，怎么忽然就变成了一对"男盗女娼"的夫妇了呢？貌似明知犯了错却还要一错再错、固执到底的倔劲。

在那个深夜里，我翻开的那本书是法国女作家杜拉斯写的《情人》。我已很多次阅读过它。但在这个寂寞孤独冷的冬夜里，我又一次抽出它来陪伴我。

打开书本第一页，仍然是那个无人不知的著名的开头：

> 一个男子从大厅另一头走来，对我说，比起您年轻时候的面容，我更喜欢您现在备受摧残的脸……

一个青年男子在大厅广场之下，对一位垂垂老妇说出这番情话的画面，是何等的荡气回肠和激情四溢。读着这些文字，我似乎又被催眠了一般。

我不是杜拉斯，也不是她笔下的那位老妇。我是个男人。平凡到不能再平凡的男人。每天每天朝着垂垂老夫的方向正大踏步走去。我幻想着有一位年轻女子，突然在某个时刻出现在我面前，然后深情款款地对我说……

我只能说，爱情是最喜欢在孤独的暗夜里生长的花朵，越孤独越黑暗的夜里，它便越是开得绚烂迷人。因为在孤独的黑暗的深夜里，所有与现实有关的俗念都冻结了，而唯有爱情，却能跳脱出严酷又平庸的现实，在忽然之间生长出来，并澎湃蔓延，成为人心里唯一的依靠，无比柔软却强而有力。

一旦白天光临，各种欲念复苏，为生存奔波的事件纷乱繁杂，爱情便会被挤压成小小的一团，为各种生存事务让路。因此我想说，世间上最美的爱情，通常只能够生长在生活的夹缝中间和最深的绝望里。

我的眼里积聚了泪水。我不知道这样一份生长于隐秘世界里的爱情，它能持续多久？到底是想施予谁？是为一个谜一样的神秘女子？还是一间被书籍充满的书房？

老板娘吩咐我去帮她进些书。一般的进货的渠道在出版社和书商那儿，也有从二手货市场进到的好书。但这次有点意外，老板娘让我去一户人家的书房里收书。

据说那户人家的书房主人，是一位德高望重的大学女教授，刚死不久。听说她收藏了很多好书。她过世后，那些书便失去了收藏的意义。老板娘说，那老伴每次走进她的书房，看见这么多书，反而会勾起他的很多回忆。书房里的每一本书都被那个女教授拿在手里反复阅读过。因此，只要这些书还留在这间书房，那位女教授的老伴便觉得女教授还在这间书房里，到处都是她的气息，有点阴魂不散的感觉。但是当垃圾处理掉，那老伴又觉得对不住女教授，于是，便想着要把这些书给卖掉，给那些喜欢书的人继续阅读或者收藏。

听起来有点意思。

老板娘递给我一张小纸条，纸条上抄着一串手机号码。她让我抽个时间先过去看看。我刚把这个手机号输入我的手机里，手机便响了起来。吓了我一跳，还以为是那个阴魂不散的女教授来催我去收书了。

电话是李总打来的，他兴高采烈地邀请我明天晚上去他家喝喜酒，婚礼仪式就在他家边上的教堂举行。

这也太神速了吧！有钱真是好！我只能这么总结。

但李总却否认我这个结论。他还是坚持认为，是我帮了他大忙。李总告诉我，那天女神参观完他的书房之后对他说："你的书房就像一座图书馆，是我喜欢的天堂。"

真是玄幻，女神把李总的书房比作图书馆，比作她喜欢的天堂，难不成她心甘情愿嫁的是书房而不是李总？

好吧，李总成功了。美梦成真，人生圆满。

我在心里衷心祝福他：有钱人终成眷属。

我在心里其实仍是不愿相信的，他们之间会有什么感情；我更不相信，那个高学历的被李总奉为女神的女人，真是为了李总的书房或者书房里的书籍而去嫁给他。要是这一书房的书，是一个又穷又酸的书生的，除了一屋子书之外什么都没有，这样的人，她也愿意嫁吗？

别看我傻不啦几的，在这滚滚红尘的人世间混了几十年，也算是阅尽人世沧桑的人了，我根本不相信童话般美好的傻傻的爱情，果真会在这个人世间出现。除非奇迹。

不过，在我们的生活中，奇迹还真是无处不在。好多敲破脑壳也意想不到的事情，几乎天天都在发生着。

挂掉李总的电话之后，我立即亲身体验了一桩完全出乎我意料的事件。

我按老板娘的吩咐，拨通了那个电话。接电话的是一位老人，他的声音低沉而略微有点嘶哑。听起来丧失老伴的悲伤还没有完全过去。

他报给我一个小区的地址。

半小时之后，我摁响了他家的门铃。

出来开门的就是刚才和我通过电话的那个老人。他的声音我听得出来。他的头发已花白，微躬着背，连走路都是吃力的。

他伸出手来和我握了握。我差点被这双手给刺激到了。这是一双每天都得干苦力活才会变成这样的粗糙而失去光泽的手。我们的目光有了短暂的接触。我明明遇上了他的目光，可我却并不能很清晰地看清他的眼睛。可能是他脸上布满一条条车辙似的皱纹，以至于他的双眼是深邃不见的。

此刻他正引我去他家的书房，并叹息般地向我解释，他本来也不想卖掉这些书的，可是，他每次打扫房间的时候看着这么多书，心里就难受。而且，他自己不看书，再说他也活不了多久了。

我小心翼翼地问了一句："你的子女或者亲人呢，他们也不要这些书吗？"

他轻描淡写地说："我们没有子女。"

我立即噤声。不知道他们的子女是先他们而离世了，还是，他们从来就没有生过孩子。很难想象，这位看上去像是刚从土地里干完活回来的男人，居然是一位大学教授的先生。充满书香的知识分子家庭里，又如何会将一个男人铸造成这副模样？

我开始想象那位刚刚过世的女教授，她会是个什么样的人呢？我自己就是个教授，在大学里授课那些年，我几乎天天和各种教授打交道。我见过各种各样的教授。但我想象不出来，这户人家的女教授应该是个什么模样，居然会有这么一位老伴？

正在我眼前发生的一切，简直就是个谜。但一时之间，我没有办法去解开。我不能打破砂锅问到底。这是很不礼貌的。我只是个替人打工的过来收书的工人。我现在所要做的工作是赶紧去书房，看看死者留下的那些书。

我是在进入书房的那个瞬间崩溃的。

正对着门的墙上，赫然挂着逝者的遗像。我前脚迈进，后脚就再也挪不动了。我惊悚地看着遗像中的那个女人，差点没尖叫出声。

她竟然就是和我共事十年的胡东梅教授！这里居然是她的家。在我身边的这位老人，竟然就是传说中目不识丁的她的先生。这一切实在太难以置信了！

她怎么就死了呢？在我调进浙大之前，她就在浙大教书了。教了一辈子书，终于熬到可以退休享清福的日子，怎么突然就死了呢？

我没敢多看胡教授的遗像。像片中的她和我在学校里看到的她一模一样。永远板着脸，永远不苟言笑，永远严肃不合群。她不参加学校的宴会和各种活动，也从不招惹是非。想起她打给我的那个电话，我心里又是一阵难过。

忍了又忍，还是没能忍住悲伤。眼泪夺眶而出。她老伴有点奇怪地看着我。我知道我失态了。我对他撒了个谎。说我认识胡教授，她是我老师。我没敢告诉他，我们是同事。因为我实在没办法向他解释，为什么好好的教授不当，却要变成一个搬运工人？

老先生听说我是胡教授的学生，无可奈何的脸上露出一丝欣慰。

他说："那请你看看，这些书能否回收？大概能值多少价？"

一般情况下，个人藏书一旦被遗弃，然后流入市场，是相当廉价的。大都是要被沦为论斤卖的下场。这就跟收废纸没多大区别。但是，我不能眼看着胡教授的书也沦为废品回收的下场。但我实在不知道，这些书到底要多少钱，或者说，老先生需要多少钱？我扫视了一下书架。书倒并不是很多，大概一千多册。除了一些学术类的书籍，文学类的居多。

我对老先生说："您出个价吧，随便多少都可以。我改天带了钱来搬书。"

老先生疑惑地看了我一眼，目光在书架上扫来扫去，似乎在思考一个合适又合理的价格。

我浏览着书架上的书，偶尔抽出几本来翻翻摸摸，又放回去。仿佛胡教授的灵魂就凝聚在这里，在她的书架上忽隐忽现。这些书应该就是胡教授的全部。要是把这些书回收到书店去，然后分解拆散一本一本卖给别人，就像把一个人的灵魂进行分解，然后捣成碎片，再难以聚拢。这对一个爱书的人来说，无疑是件酷刑。

我心意一转，决定帮胡教授收藏这些书。我在心里想好之后，和遗像上的胡教授对视了一下，我仿佛看见她严肃古板的脸上露出一丝欣慰的微笑。我触摸着这些书，重温胡教授在学校里跟我擦肩而过的情景。

太多的疑惑缠绕着我。

很多问题没法问出口。

但胡教授为什么会死，老先生这么告诉我。他说，胡教授一直患有抑郁症，只是从未向外人提及。尤其最近这几年，她一直在努力调整自己，直至被宣告退休那天。她觉得活着再无意义，便选择了结束生命。她吞下了整瓶安眠药，丝毫不留生还的余地。

老先生仿佛在安慰我似的，又说："她是自己选择去死的，死的时候很安静，那一整瓶的药丸让她一点也不痛、也不苦。这样的走，也是好的。她终于解脱了。不用再留在这世上受苦。这个世界对她不公平。"

他用极平静的语气说着这些，让我奇怪地觉得，他好像是事先知道她要死，一直陪在她身边的。是不是这样的呢，他看着她吞下药丸，甚至还为她倒了一杯清水，是为了她更顺畅地吞服，然后他握着她的手，一直陪着她，等着她慢慢闭上眼睛，就像看书看累了的某个晚上，静静地睡熟了过去……

当老先生在说"这个世界对她不公平"这句话时，并无抱怨之意，而是一种认命臣服的态度。或许他们早就活明白了，抱怨是没有用的。

我们常常抱怨生活对我们不公平，世界对我们不公平，但是生活和世界根本就不知道我们是谁。因此，他们明知不公平，但却不抱怨。而是井然有序地面对着所有的不公平和绝望。直至走到无路可走的那一天，所有意义对他们来说都不再有意义的时候，便坦然而平静地选择了去死。

我又跳出来这么个念头，他们两人是否事先就商量好的？先送走一个，等把走掉的那个全部安顿好了之后，再自己去死？当我再次看着老先生的时候，感觉自己就像在看着一张死人的脸。

两室一厅的房子，就像一座毫无生气的坟墓。而此刻的我，就置身于这座坟墓里，和两个灵魂在同时对话。

我听见胡教授在对我说："文教授，请好好收留我的书吧。"我心里一阵凉，又一阵热，谁能拒绝一个死者对活人的请求呢？我鼻子一酸，眼泪再次涌上来。

我答应胡教授："你放心，我会很快把书搬走，找个清静的地方，好好收藏。"

老先生说："谢谢了。"

我蓦然回过神来，和我说话的人，不是胡教授，而是老先生。他就站在我身边。

我再次对老先生说："您开个价吧。"

这回老先生似乎已经考虑成熟了，他向我伸出一根食指，问我："可以吗？"

我不知道他竖起的那一根手指头，是代表一千，还是一万？如果按书的标价来卖，差不多一千多册书，一万是不够的。但要是按照旧书抛售的方式卖，不会到一千。

我试探着问："一万？"

老先生有点诚惶诚恐地点了点头，但他似乎又有点担心我会不想要，立即对我说："太多的话，也可以少一些的，你可以说个价。"

我豪爽地说："没问题，就一万，我明天送钱过来。"

回到书店，老板娘扔给我一碗康师傅牛肉泡面。她哭笑不得地盯着我看了好久，然后对我说："你是不是哪儿出了问题？一万块钱完全可以进一千多册全新的好书了。你怎么会答应人家的？"

我默默地吃完泡面，对老板娘说："这一千多册书，我自己掏钱买吧。我想收藏它们，不想让它们七零八落地被分解掉。"

可是，话是这么说出口了，我身上却没那么多钱，我实在不知道去哪儿弄一万块。我叹息一声，金万亿的十万没还成，现在又欠了老先生一万，明天李总那儿吃喜酒，送红包的钱也还没着落。真是莫明其妙，我成了一个四处欠债的人。而且这些债，还不能拖欠太久，明天老先生的一万和李总的红包钱都必须得兑现。

我开始焦虑起来。无论如何，我得先回家里去碰碰运气。我知道妻子的银行卡十有八九会放在她的那只抽屉里。平时她从不上锁。哪怕锁着，这次我也得把它撬开，先救急要紧。我跟老板娘请了半天假，说下午有事，要先回家去一趟。

这么说吧，我从来没有在中午回过家，因为书店在中午是不关门的。

可是，这个中午我回家了。

在家门口，我意外地发现妻子居然也在家。我看见她的鞋子就脱在门外边。在她鞋子旁边，还倒着一双陌生的男式皮鞋，大概四十二码左右的大小！还没等我掏出钥匙，我便听到了屋里传来的妻子的尖叫声。那是一种无比快乐又淫荡的声音。这分明是我妻子的声音，但我听来却又如此陌生。

她跟我结婚这么多年，从来就没有发出过这种声音。哪怕刚结婚那会，当我骑在她身上，搞得我满头大汗，她仍然紧闭着双眼紧闭着她圣洁的嘴，连个急促的喘息或呻吟声都没有过，更别说这么夸张又淫荡的大声尖叫。

要不是这个中午，我还真没有什么证据。那些留在她身上的印痕，充其量过上一阵子我也就不了了之了。在我的潜意识里，还是不愿意去相信妻子真的出轨这件事。

然而，这个中午已经摆在我面前。我没法重新退回去，或者假装不知道。愤怒令我失去理智。手一抖，钥匙已狠狠插进锁孔。

妻子和那个男人正赤裸着身体，在我的床上拼死博弈。空调风吹得热火朝天。那个男人的背脊上下起伏、强壮有力，滚动着大颗大颗的汗珠子，就如一只在海浪里搏击的海豹。他的双手凶猛地掐着我妻子的胳膊，偶尔拿嘴去啃去咬她的身子，就像一个饿极了的人在撕咬啃吃一只美味无比的叫花鸡。妻子疯狂扭动着她的身体，尖叫声一浪高过一浪。她越尖叫，他便越来劲，他越来劲，她叫得越响。他仍在撕着咬着啃着吮吸着美味的汁液那样吮吸着我妻子。看来他们都在体验着传说中的性高潮。连我走进房间，他们都浑然不觉。要是我手里有一把刀，我想我会随手劈过去。

但我居然站在那里，很奇怪地站在那里，一动不动地看着这幕惊心动魄的场面。我的背上渗出汗。我听见骨头或者牙齿在相互摩擦的咯咯声。

忽然我听见自己大吼一声，用力掀掉那张床。我居然把床掀翻了。那张床倾斜着，被褥床单内衣裤堆满一地。我的世界也倾斜了。

这对不要脸的狗男女，在我倾斜的床上居然仍紧紧抱作一团。他们还是没有分开，好像再也分不开。我举起衣架子就往他们身上砸。那男的已经站了起来，轻易地就用胳膊挡住衣架，并把衣架子从我手上夺走。

我见过他一面。他就是我妻子的老板。那两箱拉菲红酒就是他送的。我那天喝的居然是他的酒。我感到一阵恶心。

刚才的肉搏拼杀仍让他气喘不已，就像一个剧烈快跑着的人突然一个急刹，在我面前站住，他尽量在调息，然后对我说："对不起。"

但我听出来，他在说这句话的时候，根本没有丝毫羞耻感。他应该像电影里演的那样，被人捉奸在床之后，会立即落荒而逃，或者惊慌不已恨不得挖个地洞让自己立即消失。他倒好，就在我的卧房里睡了我的妻子被我当场抓住，却还能淡定地站在那里对我轻飘飘抛过来一句"对不起"，连衣服也不穿。我想他可能连衣服丢哪儿也忘了。那总得随便扯块床单遮下羞处吧。他就这么示威一样光着身，把人家卧房当公共澡堂了！

他弄脏了我的床单。我拼命去扯我的床单，我要用床单绞死他！绞死他！

我妻子从地上爬起来，顺手捡起一件外套披身上，是那个男人的外套。她披着他的外套一把夺过我的床单，理直气壮地对我说：

"别发疯了，我们离婚吧。反正你外面也有女人，我们两不相欠，早就可以离了。再这么过下去有什么意义呢。"

我气得浑身颤抖，说不出一句话来。他们两个谁都没有要离开的意思，好像就在等这么一个中午的到来，摆出一副要跟我好好谈谈的架势。

我有点崩溃。我意识到我的理智正在失控。我忽然抽身而退，逃一样冲出客厅，摔门而去。

说来真是荒唐，在自己家里把别人捉奸在床之后，先离开的竟然是我自己，留下这对狼狈为奸的狗男女在我的家里继续狼狈为奸。

我还是个男人吗？

我还是个男人吗？

我还是个男人吗？

……

我一路问着我自己。反复问。反复问。反复问。就像一个没有信仰的人，不断追问着上帝到底是否存在一样，完全没有出路。

我和我的自行车，在春天花园小区停住。我又回到了温小暖的书房。这是我最后的隐秘的精神花园。

当我掏出钥匙，打开门进入的那个瞬间，我奇迹般地消了气。我不再追问自己。就好像突然跟自己讲和了。我不想再为难我自己。这个世界本来就是不公平的。生活里处处是无常。无常才是生活本身。

我拥有着这间可以疗伤的书房，拥有着这么多的书籍，拥有着一个美好女子的无限信任，而她自己却去了遥远的亚马孙，下落不明、生死未卜。我想到了绝望的胡教授选择了心平气和地去死；我想到了苍老朴素就跟农民父亲一样的那位孤独的老先生；我想到了许许多多的灾难；想到了在一场又一场灾难中不幸丢失的生命……

我像在接受着一场自我治疗的过程，挂着一瓶神奇的"心理盐水"。慢慢地，竟然平静了下来，我又变得心平气和了。

我把窗帘拉得严严实实，遮阳布立即把所有的阳光挡在了窗外。我拧亮床头灯，抽出一本书，又在床上躺下来。

白天轻易地便变成了黑夜的模样。柔软的碎花棉被又包裹了我。真是舒服啊。我翻了几页书，居然睡了过去。就像在夜里一样。我仿佛做了一只梦。在梦里我又遇见了温小暖。梦中的温小暖风情万种、又性感又妩媚，我们的身体自然而然地交缠在一起。

我竟然梦遗了。

这是从未有过的事。

醒在床上的我，并无觉得羞耻，而是一种无尽的忧伤和释放之后的轻松自在。

我并没忘记我妻子出轨那件事。但所有的一切，都被我轻易地抛在了脑后。过一天是一天，谁知道明天会发生什么呢？

我相信所有的幸福和悲伤以及绝望，都会在该出现的时刻出现，或许会早到和晚到，但从来都不会缺席。

明天很快就到了。

昨天的明天，立即变成了眼前的今天。

我拉开窗帘，晨曦的光芒照进来，我微微地眯起眼睛。不一会儿，我的眼睛便完全适应了室外的光线。

今天需要我去做的，是必须要在今天完成的几件事，我心里非常清楚。我要先去趟书店，向老板娘借一万块钱，然后带上钱去胡教授家搬书。到了晚饭期间，我要去李总家参加他的婚礼。当然得带上红包。

其他的事情，都暂时搁着，过完今天再说。

等我走出书房，天空中竟然洋洋洒洒地飘起了雪花。我终于等来了一场雪。

这应该是入冬以来的第一场雪。

我很轻易地就向老板娘借了一万块钱。代价是我替她打工五个月不发工钱。

老板娘说："以后这种事我劝你还是别干了，这年头赚钱不容易，亏本买卖犯不着。"

我在街上叫了一辆平板三轮货车。车夫在后面跟，我骑着自行车在前面带路。雪花飞舞。清冽寒冷的风穿过雪花迎面而来，我打了个寒噤，但却觉得从未有过的淋漓、痛快。

还没等我摁响门铃，门便打开了。

在我上楼的时候，老先生一定听到了我的脚步声。想必他一大早就坐在家门口等着我过去。

这次见面，他跟我的陌生感已完全消失，好像我们本来就是交往了好多年的老朋友。当我把一万块钱交与他手上的时候，他竟然推了回来。

这令我惊诧不已。难道他反悔了？还是觉得不够？从他布满皱纹的脸上，看不出他到底隐藏着哪一层意思。

他这么跟我说，事实上他并不真的想卖掉这些书，而是在为这些书找一个真正爱书的人。胡教授在临走之前就跟他交代好的，所有上门来收书的人，他只要跟人家伸出一根手指头，然后等着对方表态。要是能够遇到愿意出价一万的人，那就可以把这些书全部赠送与对方，若是对方一定得付钱，那么，只收人家一百块就行。要是遇到只愿付一百的人，那就是当垃圾在回收了，这样的人一定不会珍惜书。哪怕他事后再回过来出一万，或者加更多的钱也不能卖。因为他们往往只为谋利，而不是真正的爱书。

——原来他们还有如此的谋划。

但我还是坚持要把钱给老先生。

"这是我愿意给的价。"我说。

老先生说："我都没几天好活的人了，你说我要这钱有什么用？"

我已经明白，他们的一切谋划只不过是想找一个真正爱书的人，而不是想要钱。但是，我又想，胡教授和老先生也是可爱，就这一千多册旧书，上门来收的人，哪个又会出价一万的呢？一开始出价一百块的人，就更不可能事后反悔了，难道谁还会回去又后悔，再回过头来加钱给他？

老先生像是看出了我的心思，笑了笑。他轻轻推开书房墙上的那幅水墨画。原来，那幅巨大的水墨画，竟是一扇暗门。推开门，我完全被门内的景象给吓着了。墙上、地上、架子上全都是书，满满实实一屋子书。原来这间屋子才是胡教授一生的心血。这么多书一年到头要清扫、要理来理去，也得请个搬运工。我迅速目测了一下，要是把这些书全都搬回去，估计还得再造个"青藤书屋"才能够放得下。

我这是碰到了什么运，从浙大出来之后，天天失魂落魄、穷困潦倒，一个人走着走着，突然便来到了一座宝藏面前，无穷无尽的金银珠宝山一样堆在我眼前，向我闪闪发光、只等我纳它们入怀。

而我只叫了一辆平板三轮车。看来得叫几辆大卡车才行。但是，这么多书，我能够搬哪儿去呢？哪儿都放不下的。

老先生把一串钥匙交给我，说："文教授，不用搬来搬去，这些书都是你的了，连同这套公寓房。"

我目瞪口呆，顿时之间热血沸腾。这实在太意外！就如做梦似的。不，比做梦还不真实。这怎么可能，这怎么可以？

怎么不可以。

老先生说:"这一切都是胡教授生前的安排。在这个世界上,我们没有留下子女,也没有亲人,你就是她所选中的继承人。你还记得她打过一个电话给你吗?"

我说:"当然记得。"

他说:"那时她打电话给你,便想同你谈这件事。但是又怕你不肯接受,后来便没再约见你。但她交代了我替她办这件事。是她给了我你书店的电话。"

原来一切都是事先安排好的。我只是被牵引着一步一步走到这里。这让我想起"所有的安排都是最好的安排"这句话。我不得不相信,人有时候是会逐渐同他的遭遇和经历混为一体的。从长远来说,人也就是他自己的处境。我的遭遇和经历决定了我的处境。我的处境决定了我此刻。

胡教授和我共事十年,她当然很清楚发生在我身上的所有遭遇和经历。她一定默默注视着我很多年。但我不知道是从哪一天开始的,我才真正变成了她心里被选中的那个人。就像被上帝注定了似的,再不可改变。

老先生说完,重重地叹了一口气。他坐在那把旧藤椅上,仿佛他已功德圆满了。他的一生也圆满了。

他握着我的手说:"文教授,我替她感谢你,把这一切托付给你,她终于可以放心地去了。而我也该收拾一下,回乡下去。这里就交给你了。"

说着,他环顾四周,忽然老泪纵横,无声地抽噎。

我诧异地问他:"您是要回乡下去吗?"

老先生点点头,说:"叶落归根,哪儿来还回哪儿去。这些年我是不放心她一个人,她身边没有一个亲人,也没有朋友。这么多年来,她一直与抑郁症搏斗,吃了不少苦。所以我下定决心进城陪着她。现在她走了,我也可以回去了。虽然在这座城里已居住了几十年,可我还是不习惯城里的生活。城里除了冷漠和自私,什么都没有。"

老先生的话令我唏嘘不已,他殉道士般的精神和行为不得不叫人肃然起敬。在这座表面繁华光鲜的城市里,到底有多少孤独的灵魂深陷其中。而在这栋公寓里,可以想见两个孤独的人,各自捧着孤独的心。对方的孤独也一目了然。在两个孤独的人身上,难免会发生一些深刻而怪异的事。

越孤独，就越难适应社会的洪流。孤独会在人身上漫延滋长，像霉菌，像水垢，像是防止你与外界接触的预防药。随着时间流逝，孤独会聚积，会延伸，会让孤独自身永存。

胡教授的孤独是一种孤独。当她静静坐下来，翻开一本书，书中的世界即是她的世界，书中的孤独也即是她的孤独。关上书，再跌回到现实。而老先生的孤独，又是完全不同的另一种孤独。他一定能够看得见胡教授的孤独，但他不一定能够懂得她的孤独。

我很想知道，老先生和胡教授是怎么认识的，一个目不识丁的农民，又如何会跟一个大学教授达成默契并相依相伴走过一生？

这本身是个传奇。他们之间一定蕴藏着一段不为人知的传奇故事。然而，老先生并不打算细说，他只是轻描淡写地将他们的结合归于天意。

这么去理解人生，也许是对的。

因为老天爷永远是对的。

在人们看似荒谬和不可思议的组合中，一定包含着某种深刻的必然。老先生，就是老天爷特意安排到胡教授身边的人。现在是老天爷要让他们彻底分开的时候了。胡教授已经去了天堂，而老先生还留在人间。

当我低下头去翻看房契的时候，我才知道房契上并没有写老先生的名字。房主那栏只有"胡东梅"三个字。

老先生表示，这些都不重要。重要的是，他们在一起走过了一生。我甚至可以肯定地怀疑，老先生事实上并没有和胡教授结婚。因为我没有见到他们的结婚证书。如果他们领过结婚证，房产证上就一定会出现配偶的名字。

我问老先生，他叫什么名字？回乡下的哪个地方？那边是否还有亲人在？

老先生摇摇头，说不方便告诉我。他说，他已没有什么亲人，就算有，这么多年不回去，也早就变的不是了。

从他最后那句话里，我听出来，他一定是有亲人的，至少曾经有过。他为何要抛开那边的亲人，甘愿隐姓埋名陪胡教授几十年。个中因由只有老先生一个人知道了。胡教授已去了天国，要是老先生守口如瓶，就再也不会有人知道他们之间的秘密和故事的来龙去脉了。

有可能的话，我还是想知道老先生回去的地方，我想担负起照顾他余生的责任和义务。这样，也算是我告慰胡教授在天之灵的一种方式。无论如何，让我对老先生尽一份微薄的孝敬之心。

可是，老先生全盘拒绝了我的请求。他说他早就安排好了他的余生，让我放心。感觉他完全不希望被人打扰的样子。他只希望得到平安和宁静。这是一种类似死亡的平安和宁静。

傍晚来临，我要去参加李总的婚礼了。我不得不先跟老先生告别。老先生让我把钥匙带上，说，你下次来就可以自己开门进来了。

我接过钥匙，百感交集，这份奇遇般的馈赠和无私的托付让我感动得再也说不出一句话。我只是紧紧紧紧地握住老先生的手，怕一张口，泪又滂沱。

整座城市都在飘雪。

李总家的花园，一夜之间开满了各种鲜花，就像恍惚间进入了巨大的花房。记得上次来李总家，也有鲜花开在那里，只是没有这么多的品种和密集。

事实上，对于富人来说，园花从未落尽，无论春夏秋冬。

花园被分开两半，一半的上空装上了透明玻璃，另外一半露天。装上透明玻璃那一半，室里开着暖气，热得像夏天。露天那边是冷的冬天。

宾客们可以随兴，高兴去冬天，就去露天花园。高兴去夏天，就进开着暖气的玻璃房。

雪花洋洋洒洒、飘来又舞去。明明是冷的事物，可它们飘洒在鲜花盛开的花园里、轻轻落在娇艳的花瓣上、融进绿油油的草丛间，飘落在透明玻璃的上空，飘舞在一场喜气洋洋的婚宴上，就带上了童话般神奇又美丽的色彩。

这是我一生中所见过的最美最精致的婚宴现场。

穷人的婚礼要是遇上大雪，那简直是灾难，至少会增加车人进出的诸多不便。然而，对于富人来说，这场不请自来的雪花，却变成了不可或缺的美丽点缀。

许多厨子往来穿梭，在忙着布置山珍海味。宾客们纷至沓来、络绎不绝，个个脸上兴高采烈，喜气洋洋。

客人太多，李总的花园和房子又实在太大，我并没有碰到李总，也不知道此刻的他和他的女神新娘会在哪间屋子里。

突然，闹哄哄地有人在叫唤，让我们都先去教堂。新郎和新娘已坐上婚车前往教堂，让我们随后跟过去，去见证他们的婚礼仪式。

教堂就在隔壁。从李总家步行过去，只需要五分钟左右。但今天的新郎是绝对不会让新娘在雪地里多走一步路的。哪怕一分钟的路程，也会用专车护送。

宾客们闹哄哄、成群结队地往教堂方向走去。短短几分钟的路上，人们时不时打着招呼，或者把身边的人介绍给对方。好像他们本来就是一伙的，是从同一个单位或同一个群体里出来的。就算不认识，转个弯抹个角经人介绍一番也就熟识了。就我一个人，默然混在这个群体里，不认识任何人，任何人也都不认识我。我像一个偶尔经过这个路段的路人，并不是去参加婚礼的。

行至教堂门口，当所有的宾客鱼贯而入时，我变得有点局促起来，忽然就不想去参加了。但这么想的时候，我的脚步还是跟随着乱哄哄的人们，迈入了教堂的大门。

牧师站在舞台上，默默地看着陆续到来的客人。他在等待着所有客人到齐，好为新郎、新娘举行一场婚礼仪式，宣读那几句永远不变、适合所有婚礼的台词。

教堂的舞台，仿佛是见证爱情的流水线。经过红地毯，走上这个舞台，交换完婚戒，然后宣誓完毕，见证完毕，再从舞台上走下去，整个程序完成。一对新人便算正式踏入婚姻的大门，从此变为信誓旦旦要白头到老的合法夫妻。其实，谁都知道，婚姻和爱情总是会背道而驰。但，就算人人都知道会背道而驰，人人都知道这是条流水线，人们还是排着队，站了上去，纷纷挤进婚姻里。

没有熟人的好处，就是可以让自己一个人站在角落里胡思乱想。我只想着婚礼仪式快点结束，好快点回去。时间早的话，我还可以去老先生那儿，再陪他聊会天。如果晚的话，就要等明天再过去了。

如此想着，我真想立即就走人。但来都来了，我还是劝自己不可任性。我已答应了李总来参加，饭都不吃就提前走掉，总是不好。再说结婚是大事，一辈子也就那么一次。何况我也想目睹一下女神新娘的风采。这位爱书成癖的女神到底长啥样，我非常好奇。

教堂外的场地上，礼花响起来。一声喧闹的噼里啪啦之后，司仪呼唤着新人上台。从红地毯的那端，西服笔挺的新郎，正挽着他的新娘款款而来。新娘一袭洁白的婚纱，长长地拖在红地毯上，头上戴上同样洁白的纱巾，手里怀抱着一束洁白的玫瑰。如同圣洁的仙女下凡。

而我已经瞠目结舌，张大的嘴再也难以合拢。那位传说中的女神，现在是李总的新娘，居然就是温小暖。

她说她去了亚马孙，她要我替她看管她的书房和她的书，她说她也有可能回不来……可为什么，她竟会出现在这场婚礼中？

我惊诧不已，渐渐被一种惊悚和诡异的感觉攫住。仿佛在静谧的深夜里独自一人看鬼片。我心里受着惊吓，却绝口不能跟任何人说出这个秘密，也无从说起。我将身体往角落里缩了缩。我怕温小暖突然会回过头来看见我。对于温小暖来说，我肯定是个不祥之物，我不能在这个场合出现。

虽然我知道，爱情是最解释不清的东西，它的面貌说到底都是大同小异的，谁遇上谁，谁又爱上谁，都是机缘巧合。

但我还是无法说服自己。温小暖为什么要骗我？为什么会嫁给李总？难道她真是为了李总家的书房，把她自己嫁给那些书？她已经读了那么多书，还想读更多的书？

古人说"腹有诗书气自华"。我相信读书一定能够改变人。我也相信，读好多书未必就能够把一个人变好、变善良。有人书读多了，就变书呆子了，回不到现实生活中来。也有一种人，书读得越多越坏，甚至变得邪恶阴暗。有一些书本，在思想和灵性上的深度使得一个本来就很聪明的读书人变得很危险。因为它让一个读书人可能比一个不读书的人会变得更加邪恶。而温小暖身上透出来的灵性之美和天使般的气质，肯定也和她的读书有关联。读了太多书之后的她，是否也培养起了一种编造谎言的能力，以及其他不为人知的隐秘的能力？

我的思绪左冲右突，脑门发热，四肢颤抖，这对我来说，就像是个脑筋急转弯。我却没有智力博弈的快感。因为我无法猜度出其中的奥秘。有一种快窒息的感觉裹挟着我。

我把羽绒衣的黑色帽子套在头上，贼一样溜出教堂，在温小暖和李总迈上舞台之前。

我怕温小暖真的看见我。今天是她大婚的日子。无论如何，我都不能把自己暴露在她眼皮底子下。

教堂外的天慢慢黑下去，地上白起来。

我穿过教堂，摇摇晃晃走入一块偏僻的荒地。落了一天的雪花，已经开始积雪。我蹲在地上，抓几把冰冷的雪，很想像小时候那样，堆个雪人自己玩。

好多好多往事浪潮般涌上来。我想起在金万亿家第一次遇见温小暖的那个样子，想起她脱光了衣服却仍冰清玉洁地坐在那个古怪的书房里读书。想起那天的她把金万亿那十万块钱交与我手上，并请我喝茶。想起她泡茶时候温润而娴静的样子。想起她跟我谈先锋文学时精妙的比喻。想起她弹起吉他，悲伤地唱起那首《亚马孙河的传说》，并告诉我关于她父亲和母亲的故事。想起她交给我一封信请求我替她保管那一书房的书。想起昨夜就在她的床上我梦遗了，让我梦遗的梦中女子就是她……而现在她却披着洁白的婚纱出现在别人的婚礼上。

我还想起金万亿那十万块，今生今世哪怕拼了老命我也是要去还掉的，我不能让这个残废计谋得逞。穷不可怜，他残废才真正可怜，休想拿穷人做什么人性测试的实验。想起我妻子瞒着我在外面偷男人还偷去我的钱，还先发制人提出离婚。想起我妈就要回来了，回来她住哪儿去，谁来为她烧饭、谁来照顾她？想起我今晚上该去哪儿过夜？去温小暖的床上，还是回我睡了十年左半边如今却被别的男人弄脏了的我的婚床上？我想起刚过世的胡教授以及她生前对我的重托。想起老先生还孤身一人待在那间真空般的公寓房里，或者他已经不在屋里了，已经踏雪而去，永远消失在他来时的路上。也有可能去了那个我永远找不到的乡下，从此变成另一种隐士，生活在我永远看不见够不着的那堵墙的背后……

太多的人与事纷纷如雪花飘落，落满整个大地。我知道所有的一切终将消逝。在多年之后，当我再次想起这些人与事，我是否还会平静地向人谈论起我的从前……就像谈论我亲眼目睹的这一场雪？

选自《钟山》2015年4期

评鉴与感悟

桃源何处

一位大学教授不堪忍受高校沽名钓誉的风气，辞职改行"帮那些有身份又有钱的人配书"，期间遇到了浅薄的暴发户李来福、古怪的残疾富豪金万亿，结识了金万亿的女仆温小暖并逐渐对她一往情深。教授得到了前辈学者的遗赠，家庭生活却被"妻子的老板"摧残得千疮百孔。最后，那位教授发现自己的梦中情人温小暖竟然嫁给了庸俗不堪的李来福。鲍贝的《书房》给我们讲述了这样的故事。

故事中的胡教授和温小暖两个形象存在某种意义上的对照，并且都可以看作是一种隐喻和象征。以胡教授为代表的老一辈的知识分子人在不为人知的角落慢慢凋零，以温小暖为代表的年轻人则最终沦落为资本的附庸。胡教授事实上作为"我"的分身，忍受着抑郁症与孤独的折磨，兢兢业业地工作，她的去世也象征着淳良的文人气质在社会上的逐渐消亡。温小暖的书房对"我"来说就像是世外桃源，小说结尾的婚礼则表明世外桃源的崩溃，也象征这人文精神被资本征服。温小暖嫁给李来福的情节乍看会让人匪夷所思，但也在情理之中。毕竟书籍也是良莠不齐的，正像作者所说，"读好多书未必就能够把一个人变好"。也许如果温小暖读的不是张爱玲，而是萧红、丁玲、杨沫，那么她可能会做出不一样的选择。

小说还塑造了几种不同的资本家形象，例如李来福、金万亿、"我妻子的老板"等。性格各异的他们，具有属于资本家的共同丑态。其一是财产的获得并非凭借勤劳致富。李来福是通过房地产发家致富，金万亿则是通过继承或者说世袭得到财产。李来福的浅薄自不待言，金万亿看似读书人，其所作所为却也同样表现出精神空虚。其二是倚仗金钱奴役他人。金万亿家财万贯，于是俨然成了"威严的皇上"，在书房里上演穷奢极欲的荒诞闹剧。金万亿还高高在上给别人做"人性试验"，企图用金钱占据道德制高点。而"我妻子的老板"仗着资本特权，破坏他人的婚姻家庭，并且不知羞耻。"我"所秉持的文人风骨、书生意趣之类，在"我妻子的老板"的威压之下显得不堪一击。以至于"我"哀叹"我还是个男人吗？"

小说中的"我"，也就是文教授这一形象，在面对资本压迫之时有坚持也有妥协。"我"开篇就不满高校风气毅然辞职，结尾对金万亿给的那十万元"拼了老命我也是要去还掉"。"我"通过有限的反抗，试图捍卫知识分子的操守。然而，"我"又不得不为了生计而给富人提供配书的服务，虽然"我"自认为这是对书籍的践踏，是"亡羊补牢、掩耳盗铃"，但为了养家糊口就不得不如此。"我"身为知识分子，却被李来福当成"服务生和下等人"来看待，无论是作为知识分子的精神追求，还是作为普通人的幸福，都惨遭无情践踏。"我"身为知识分子尚且遭受到如此的人生悲剧，不难想到底层卑微者的人生景况。

《书房》中，"我"想要用书房这一"世外桃源"来救赎那种"凌乱不堪的生活"，然而不仅事与愿违，生活被毁，连书房的纯洁美好也几乎遭到玷污。古语云："覆巢之下，焉有完卵。"当整个社会都处于资本的淫威之下时，无论是书房还是书房里的知识分子都无法做到独善其身，哪怕他们与世无争，也还会成为资本血盆大口下的牺牲品。面对资本，书房仅仅是"批判的武器"，其作用远远不及"武器的批判"更有效果。（李剑章）

言情的暗涌
——读鲍贝小说《书房》所草

庆祥兄最近极为焦虑于"资本"的问题。以至于这种情绪带到了今年中篇小说年选的序言中，他在强调了"写作与世界"的关系之后，说，"资本对人的控制以及对这一控制的反抗、嘲笑甚至是迎合，构成了中国当下现实主义写作的一个重要向度。"我认为这个判断是比较准确的，对于专业的文学研究者而言，也是一个相当不错的角度。比如在鲍贝的这个小说中，几个小说人物都不同程度地存在着被"资本"的无形之手"钳制"的问题。

《钟山》杂志的老贾梦玮兄读了这篇小说，给我手机发了一个文本信息，谈，这个小说"不过是一通俗文本而已"。老贾很忙，要读的文字实在太多，虽是一句话的意见，却不得不让人重视。为此，我还真是想了好久。小说自然是"通俗文本"之一种，这没有什么可躲藏的，"通俗"也没有什么褒义与贬义。"不过……而已"，已是价值判断了，我想，在老贾看来，他读得是有些意犹未尽，或者说，是这个小说写得还有些意犹未尽，也许他还认为，在写法（技法）上，这个小说还存在着一些问题。什么问题呢，让人犹豫而模糊了。

读张永和的《作文本》，他讲过一句大概如下意思的话，渔夫打开瓶子，只是一次的冒险，而建筑师却一次次地打开这个瓶子，因为建筑师有永不满足的好奇心。这个意思移用到批评家身上，也有别样的光彩。外国人讲，一个千个人便有一千个哈姆雷特，中国人讲，情人眼里出西施，这些话，小朋友也熟知。大体也是上述的那个意思。说到批评，就是王德威常常讲的"众声喧哗"。所以，才有小说家的"不幸"，人为刀俎，我为鱼肉呀。

"资本"的力量真是大，已经充塞于天地万物间了，以致所有的人和事都"通俗"了起来。任凭我们如何的"华丽转身"，"铁屋中的呐喊"，我们每一个人的境遇，大约都"不过是一通俗文本而已"。小说家的难，就在这个地方吧。世俗生活的终极意义何在？与政治的教条不同，如此终极意义的追索，却不是以终极意义或终极真理为最终目的的。相信有终极意义的存在，却怀疑终极目标的达成，应是小说家的写作伦理之一。每一次解决都是一次破坏，对既定秩序的摧毁，所以，我说，歧路丛生，或为希望。批评家呢，不仅仅有渔夫的好奇心，更有一种塞壬歌声下的迷醉，更有一种精卫填海般的痴狂。是一"通俗文本"，然一"而已"，就别有洞天，不论魏晋，世上已千年了。从小说我们看到，在资本的魔爪下，生活的艰苦与精神的困惑从来就没有终结过，如霾般总是悬在那低低的空中。可这魔爪的凶恶，于书房的精神底色并没有丝毫的损害。"书房"不言，"书"亦不言，人有言，而伤而痛。金万亿，李来福（这个名字只出现过一次，以后便是"李总""李总"了），从起的这个名字上来看，也是有些俗而造作了，资本家的名字其实也是可以极好听的。毫无疑问，这两个人物，作为故事的推动，起了大作用。不过，这个作用，实在是过于机械式的了。小说自有它柔软的特质，自有它难以言说的自然而然的肌理。这两个人物，我想塑造是很不成功的，刻意的经营，便如削足适履。一种小说家特有的故意与傲慢，在文教授家庭生活的叙写中，我们是再次领教了。读到这一段段的"插曲"，不知为何，我总想起《警世恒言》一类的古旧小说来。"年少争夸风月，场中波浪偏多。"又有，"春来处处百花新，蜂蝶纷纷竞采春。堪爱豪家多子弟，风流不及卖油人。"这一类的教训句子，总在脑海里飘来飘去。看来，"习之而不厌，传之而可久"，大约是古今小说家的共同梦想吧。

而文教授却是一个极有趣的人物,另一个知识分子胡教授写得也是意味深长。鲍贝的小说,散文化的调子特别明显,抒情的笔墨也颇为浓重,处理这一类精神气质明显的人物,她似乎别有心得,所取得的效果也极"走心"。有趣不是好玩,是因了他的多义性。意味深长,在于,这是一极有韵致的闲笔。

知识分子身上集聚有常人不备的气质,亦有普通人也极少有的弱点。在小说史的人物序列中,文教授有许许多多的前辈,亦可想见,未来趋之如鹜者亦多多。他的用情之深,不好说是好还是坏。他的自私、自尊、自傲,他亦自欺与自弃。由于他的光芒,我们甚至还会想到身边很多的物事,想到过去和将来很远的彼岸;如此光芒的直射,是不是也照出我们的"小"了呢?

难说。

也许是为了"配合"文教授的"故事"与"行动",温小暖有点"女神"塑造的铺排意味。他们的交往纯粹明净,真是这个小说一笔不可多得的亮彩。文字哀婉动人,温小暖是有一种清丽的大气象的,这个弱女子,为同为女性的小说家关照得是极妥帖了。两人的交往,处处可见言情的暗涌,发乎情,却止乎资本。我想,非小说不能残酷如此吧。胡教授的叙写是一处闲笔,却拓展了小说的空间。我们见识了另一样的女知识分子,亦见识了与文教授不同的另一样的婚姻生活。如此生活的状态,表面是小说家对自身"故意"与"傲慢"的带有传统伦理不得不默认的平衡,内里呢,却是小说人物的自我主张,毫不用心,竟然偏离了叙事最初的设定。如此的显现,有极为个性化的色彩。由此,我们似乎看到了小说家们"下笔千言,离题万里"还是要炫耀的合理性。

读小说,往往也有如此的感慨:"在深邃的命运里,我仅孤身一人。"再没有一场雪来作为文教授先生的最后舞台而合适恰切了。

"我躺进雪地里。想把自己变成雪人。想着被雪覆盖。想着被雪覆盖的那些情怀、理想、追求,和我尚未看见过的那些世界。……所有的声音消逝无痕。……"

这是《书房》另一个版本的结尾。如此的清冷诗意,我想便不是任何的"资本"与"通俗"可以形容的了。(续小强)

我们曾经海誓山盟

/ 曹军庆

赵文化在凌晨自杀了，大概五点十分。他新沐浴过，刷了牙，用洗发香波洗了头，还刮了胡子。他披着一条白色的大浴巾，盘腿坐在床上。他掏出刀来，刀子被多次擦洗过。浴巾敞开了，滑下来，堆积在他腰间。他把刀尖含在嘴里，舌头使劲抵着刃口，直到涌出血丝。赵文化满嘴的血沫子，他咽下一口血水，再咽下一些。随后，他竖向在胸窝那儿划开一道口子，但不太深。皮肤和软组织向两边豁开，形成一个小洞。他双手握住刀柄，翻转过来，刀尖插在洞里。他猛力一拉，像是要把一捧什么东西抱在怀里。刀子穿过他胸膛，他慢慢地倒下去。

同一时间，我的身子飞起来，向墙上撞去。这是一面陌生的墙，我从来也没见过。墙上有一根露在外面的铁桩，顶部尖细，我飞行的终点恰是这段铁器。我一下子就撞上去了，它锋利无比。我的身体从中间穿透，一下子贴在墙上，我被挂在上面。

这当然是一场梦境。眼下我在广州的一家旅馆里，正捂着胸口发呆。我喜欢一种带有巫术意味的说法，并深信不疑。这种说法指称相爱的两个人当中，如果有一个人自杀，或遭遇不测，那么，他或她将在自杀的同时，也误伤到另一个人。严重的话，甚至也可以导致另一个人死亡。在电影和小说里，常常能听到这类哗众取宠的传说。人们愿意相信类似的事情，它代表着爱、矢志不渝和生死同心。前提是要有爱，哪怕不曾说出口也一定有潜藏在内心深处的盟誓。这是一种十分古老的心灵感应，时空被排除在外。它既可以发生在恋人间，也可以发生在双胞胎、父子或母女之间。蛊术，种蛊，除了见诸文字和恐怖电影，也确曾在某些偏僻地区秘密盛行、流传。我和赵文化旅游时去过那里。有一段时间，我和赵文化专门挑选这一类偏僻的地方跑。我们对此说法深怀敬畏，并充满羡慕。

"要是以后我们能够这样，那就好，此生足矣！"我在赵文化耳边窃窃私语。

我们经历过多么美好的时光啊，一起旅游，向往蛊术。赵文化搂紧我说："我也想啊。"

那是一个十分僻远的村落，暂时还没有开发，也因此没有商业气。村里边住着许多从前还俗的僧侣、流落至此的匪徒、逃兵和他们的后代。村落封闭，不与外界联系。他们是什么族裔已不可考，族裔或血统或许非常混杂。那村子我和赵文化去过几次，我们私底下叫它杂村。杂村的居民相信巫术，相信一个人杀死自己的同时，也能杀死另一个人。或者一个人杀死了另一个人，那么他同时也误杀了身在异地的第三个人。他们不是当作猎奇故事讲，而是当作事实在陈述。他们言之凿凿，并举出了很多我们闻所未闻的实例。给我们耐心讲述这些故事的人，只是为了能得到赵文化送给他们的香烟、罐装啤酒、风油精、清凉油和方便面。他们喜爱这些东西，对电子表和劣质手机却连瞅也不瞅，根本不屑一顾。

那地方没有年轻人。我们怀疑年轻人都到外地打工去了，只有老年人还固守在杂村。我和赵文化去杂村旅游，在那村子里住过，吃当地的食物，喝当地的水，在杂草里撒尿。

但是一离开杂村，赵文化就不信那些子鬼话了。他大笑不止，竖着手指头说："操，那帮臭老头子臭老太婆，无非是想要得着些我的东西，跟我胡扯。瞎编，比导演还能扯。"

我不知道赵文化是怎么回事，他在杂村的时候显得比我还虔诚，为什么一转身就那样说呢？到底哪一个赵文化才是真的，他信还是不信？不过我宁愿相信。我不是说我已经相信了，而是说我愿意相信。女人大概都愿意，毕竟这么一种说法充满诗意。

现在，我刚刚经历过的这场梦境有没有寓意啊？事实是怎样的，我无从知晓。我没了手机，也不是真没手机，是以前的手机不能用。我没法和赵文化联络，不能打他电话。据说手机具有定位功能，我不能随便和他通话。只要我给赵文化打电话，人们就有办法把我这粒沙子从大海的沙滩里给拣出来。你根本没隐私，也无处躲藏。但是赵文化的刀子刺中他自己的同时，我的身体也因为惯性飞起来了。我被刺穿的地方和他是同一部位，世上绝没有比这更美妙的事情。

我想把这事告诉赵文化，不知道他会不会嘲笑我。尽管在外面赵文化很严谨，但在骨子里却很玩世不恭。他游戏人生，游戏别人也游戏自己。关键是赵文化还聪明绝顶。这个世界存在着缝隙，聪明人擅长在各种缝隙间钻来钻去。钻营是先天性的本钱和能力，赵文化一直都在钻营。我没办法，赵文化有很多事我并不知情，不是我要装糊涂，而是我根本就操不了那么多心。因此没人能说我跟他是一伙的，但也不能说我和他不是一伙的。原因很简单，赵文化是我丈夫，不，现在应该说是前夫。我们不久前才离婚，当然是假离婚，我才不会真和他离。从法律上说，我和赵文化已经是两个陌生人，我们俩互不相干。不过我一点也不担心，事实上我们仍是夫妻。赵文化说没人能拆散我们。

我们假离婚是被迫的。事情是这样：赵文化在福锐公司做经理。福锐公司的前身挂靠在幸福县工业局下面，有一家商场，一楼卖自行车，二楼卖日用杂货和服装，三楼卖家具。那时候在幸福县城，福锐还算得上是比较大的商场。到了赵文化手上，他做了经理之后便大张旗鼓地扩充业务。县里提倡办工业，赵文化在此旗号下圈了一块地，办起农机厂。反正要钱就能到银行去贷上，那时候贷款容易。可是黄金时光转瞬即逝，小企业纷纷倒闭。农机厂又没有主营产品，必死无疑。农机厂死了，拖累得商场也不行了。福锐越做越垮，最后只剩下一个空壳。生产职工早下岗了，厂里只有几名留守人员。商场化整为零，租给私人商铺经营。今年三月份，公司宣告破产。

公司破产了，得有一个说法。福锐并非私人公司，是谁该谁倒霉。没那么简单，它是工业局的二级单位。里面有财政拨款、有工业局历年下拨的资金，当然更多的还是银行贷款。全部家底的组成部分异常复杂，更重要的是它们的去向。那些钱可不是一笔小数目，它们去了哪里。要有一个专班来清理债务、安置职工。

这期间非常敏感，我从没见过赵文化如此忧愁和阴沉。他终日里忙忙碌碌，憔悴不堪。社会上已经有很多传言，说福锐之所以变成空壳，是因为赵文化早就把资金转走了。赵文化胆大心黑，上面有官员早让他搞定了。会计吴艳艳也是个精明鬼，两人上过床，穿着同一条裤腿。什么破产！不过是换了一个说法，其实是赵文化把整个福锐公司偷走了。他独吞了，只留下空壳子，把里头所有的资金全都据为己有。社会上关于赵文化的传言沸沸扬扬，有人举报，有人等着看大戏。

看他怎么收场。

专班进驻福锐公司。专班的构成人员空前复杂，有银行、税务、财政、经贸局、会计事务所的人。同时也有审计、纪委、公安局和检察院的人。赵文化告诉我，有人要查他，摆明了是想整他。有人说国有资产流失严重，这家公司长期以来一直有鬼。这次破产，更是存在暗箱操作。

"妈的，就是想整死我。"

我挺吃惊，也害怕。问他："那么，你到底有没有腐败过呢？"

"嗨，哪能呢。"赵文化说，"我腐不腐败你还不知道？我的钱不是都交给你了吗，看看你手上的存折，我们的住房，你不就什么都明白了。我要真腐败，钱还不是在你手上，我们家还不早就发了。"

倒也是，想想他说的话确实有道理。家里的存折和财产都在我手上，我们也就是一普通家庭，和其他人没什么区别。要说还算得上贫寒，我们没暴富。赵文化只要有钱，都会交给我。我们没钱，只是在外面吃吃饭喝喝茶什么的可以挂在福锐账上。我们就贪过这种便宜，用赵文化的话说就是吃点喝点。

我说："那我就不怕了，查就查吧，让他们查清楚，也好证明你清白。只是不知道是哪些人弄的，为什么要查你。"

"哪些人？估计是下岗职工吧。那些人他们又不了解内情，也就知道瞎起哄。"

"下岗职工就更不用怕了，散马无笼头，树倒猢狲散。他们无非要为自己多争取一点利益，多发点钱走路。他们能有什么证据，查吧，看能查出什么，没人能扳倒你。"

我不担心，赵文化却不这么想。他显得忧心忡忡，像是世界末日就要来了。

"也不能这么说，我不在乎下岗职工，不在乎公检法的人。我现在最担忧的环节是吴艳艳。"

吴艳艳是赵文化的会计，在福锐公司主管财务。她长相漂亮，性情看上去又特别温柔。和赵文化精明强干、见人说人话见鬼说鬼话不同，吴艳艳对谁都像是阳光。没人怀疑吴艳艳怀有恶意，也没人怀疑她会做坏事。

"为什么会是吴艳艳？"我问道，"她有问题吗？你怎么会认为她很危险？她会害你？"

"直觉，"赵文化皱着眉头，直搔脑袋。"我说不清楚，但是我有直觉，说不定问题真会出在吴艳艳身上。账目上的事情都是她在做主，我几乎不过问，也看不太懂。她精得很，不像表面上看到的那样子，事实上她有城府得很。什么事都倒腾来倒腾去的，我总觉得里面会有些名堂。不会风平浪静，我不相信吴艳艳这个人不搞鬼。不相信，你也知道，我平常最讨厌痛恨的人就是她。"

对吴艳艳的厌恶，我平时也听赵文化说起过。他说吴艳艳在财务方面是个天才，她对数字有天然的敏感，在做假账上很有一手。公司要逃税、要逃避审计都需要做假账。给上级报成绩写报告，也需要一套数据。至于年末给统计局报数字，则需要另一本账。事实上公司的财务有好几本账，吴艳艳都能做到滴水不漏。账目里面有缝隙，数字里面也有缝隙，吴艳艳钻起里面的缝隙来游刃有余。看来账目数字和社会关系一样，和制度也一样。赵文化擅长钻营，吴艳艳也在钻营。但是赵文化平时厌恶她的，并不是这些。做假账对会计来说是不可多得的能力，赵文化平时一直在表扬她，因为她让公司得以平稳地运行，不被追究。相反，他还经常奖励她。奖励她钱，奖励她出去旅游。吴艳艳喜欢旅游，尤其喜欢做背包客徒步旅行。平时赵文化不厌恶她这些，他跟我说过很多次。平时赵文化厌恶吴艳艳走路的样子，他说，"她走得像妓女一样。"他还厌恶她的笑容，说"她笑起来就像是个含蓄的荡妇！"从她笑容的缝隙里钻进去，看到的全是淫乱。

平常赵文化在我耳边提到吴艳艳，说的全是坏话。不过不涉及工作，涉及的都是她身体方面的事情，或她品行气质方面的事情。他像是对她的美貌有仇，怎么会这样？有时候赵文化一边和我恶狠狠地做爱，一边还在念叨吴艳艳潜藏着的淫秽。我甚至怀疑，厌恶吴艳艳是不是赵文化某种性欲的驱动力。

但是现在，赵文化对吴艳艳如何做假账突然有了警惕。他怕假账的事情败露，更怕吴艳艳做假账蒙骗税务审计的同时，也蒙骗了他，赵文化害怕他也蒙在鼓里。吴艳艳有圈套应付上面，难免她就没有另外的圈套来对付赵文化。

"这太有可能了，"赵文化说，"真可怕，最初是我让她做假账，到末了很可能是这事害死我。"

赵文化的担忧不是没有道理，他害怕自食其果。

我安慰他说："那有什么，即使吴艳艳查出问题，那也是她的事，一人做事一人当，应该与你无关。"

"嘿嘿！"赵文化突然冷笑起来，"你真够幼稚的，真要查出她的问题，我能脱得了干系？我可是法人啊。再说，一个公司就这么蒸发掉了，他们会查不出一点东西来？吴艳艳有没有把公司的钱掖进她私人口袋，就连我自己都不知道。这天大的漏洞，怎么会查不出什么来！"

"这么说，你并不清白？"

"我清白有什么用？有他妈的什么用！"赵文化痛苦地摇晃着脑袋。"没办法一两句话跟你说清楚。无论有人怎么鼓噪，他们要么不立案，不立案就没事。可是既然他们要立案、要审查，要进驻专班，则必然会弄出事来。这世上如果要审查，绝不会有谁没事，没事岂不是笑柄，岂不是一开始审查就是个错误？所以但凡审查总会有问题，这是惯例。"

"我被弄糊涂了。"

事情正在变得复杂。这么说吧，赵文化没问题，这是我所能确认的。但是，如果遭到审查，他就会有问题，这又是逻辑。那么，他到底有问题还是没问题？

"总得有罪犯，或至少要有替罪羊。"

"为什么一定是你?"

"你不要老纠缠这个，"赵文化不耐烦地挥了挥手，"我想和你商量商量，这才是大事，要不我们暂时先离婚?"

"离婚?"我睁大了眼睛，"我们为什么要离婚?"

"并不是真离，我是说假离婚。俗话说叫跑路，躲避一阵子，回避掉这个敏感时期。现在假离婚的人多着呢，为躲债，为买房，办个手续就是。等风声过去了，我们再复婚，也不过就是办另一个手续。办不办手续都一样，反正我们又不真离。"

赵文化一通话，把我给说蒙了。他言辞恳切，看来我们不得不走这一步了。

"假离也难受，"我说，"像是在我心上捅了一刀子。"

赵文化说："可是我不想连累你，不想连累这个家庭。无论什么事，由我一个人承担好了。"

"只要你没问题，我们何必要回避。"

"没事最好，要不了多久我们就又能在一起。"赵文化苦口婆心地说，"如果万一有事了，也好有个关照，有个可以回旋的余地。说句不吉利的话，至少不至于一块沉到水底。即使我进去了，也会有个人救我。"

是赵文化最后这句话说服了我，我们就这么着办了手续。

对赵文化的话我将信将疑，我认为他不会真没问题，真没问题他不会这样小题大做。但是对他的安排我又言听计从，我没有别的选择。我听说过跑路的事，也听说过回避的事。或许赵文化现在已经很危险了，他这么做实在是迫不得已，是在保护我。

他给我一笔钱，五万块，要我到外地去待一段时间。

我选择了广州，住在一处商务酒店里。赵文化要我住贵一点的酒店，"不能让你吃苦，"他说。我不舍得，尽量替他着想。

他告诉我要回避就彻底回避。他的意思是让我消失，因此禁止我和他通电话。

"现在他们的手段太厉害了，稍有蛛丝马迹，就能顺藤摸瓜。要整谁，真是易如反掌。"

"聊QQ行吗?"

"不行。"

"发电子邮件行吗?"

"也不行。"

那我还能干什么?和软禁有什么区别?我都不知道赵文化所说的他们究竟是谁,我被追踪了吗?就因为我是赵文化的老婆?在广州待下去,我越来越心绪不宁。刚来时,我强制自己去逛街,买一些廉价服装。去护肤品商店看看。可是不久我就厌烦了。没意思,我在一所陌生的城市里无所事事。没心情玩,也无处可玩。

大多数时间里,我都闷在酒店。如果真像赵文化所说的那样,有人要整他,他过得了关吗?对此我疑虑重重。赵文化不是一个清白的人。即使他没有贪污腐败,没有拿钱回来让我们家暴富。这一点我能作证。不是面对警方,也不是面对审查作证,而是我自己内心的评估。可是他送钱给别人,为了升迁为了公司发展,他一次又一次行贿。赵文化没念过大学,因此上班早。他十七岁就进了幸福县工业局,能进局机关,在于他还有些家庭背景。他父亲是组织部一个科长。组织部出干部,但赵祖明太老实太本分,只会给领导写公文材料,一生没做上去,始终停在科长位置上。赵文化出生时,赵祖明都三十大几岁了。因为这个原因,赵祖明对儿子过分溺爱,从不严加管教,也不逼着他读书。读到高中毕业,高考都不愿参加,实在没信心,考也白考。赵祖明倒想得开,怎么过也是一生,不如留在身边。这便去找一个又一个领导。马上要退了,在职时没提过过分要求,现在只想给儿子找一条出路,也就心满意足了。赵祖明口碑好,从不给人添麻烦,临退休所提要求合情合理。赵文化顺利进了工业局。可是他文化素质差,做不了别的事情,只能打杂。好在他年轻,手脚快,局里也需要这么一个人。本来准备让他学打字,打打局里的文件、材料,他学不来,只得作罢。后来司机老范病了一场,莫名其妙瘸掉一条腿,车是不能开了。局里缺了司机,要去外面招聘。有人出主意,说赵文化闲着也是闲着,不如让他试试。这一试竟对了路子。赵文化学打字不行,干那些细致的活没悟性。对机械一类的东西却有感觉,一学就会。

回顾赵文化的过去，我突然发现他天生就是一个司机。赵文化在司机的岗位上干得如鱼得水，他机灵、活泛、会伺候人。工业局的历任局长，都被他侍奉得舒舒服服。如果不是林局长，赵文化或许会像老范那样干上一辈子司机。但是不可能，赵文化生命中的贵人肯定会出现。林局长是一个有魄力、有思想、像下棋一样有大局观的领导。他由乡镇党委书记调过来，正要在工业局大展拳脚，干出一番轰轰烈烈的事业。没人相信林局长会在工业局长时间待下去，他一定会往上升，他的仕途一片光明。赵文化是林局长的司机，林局长一心扑在工作上，家里的事顾不上。于是林家灯泡坏了、抽水马桶漏水，或者墙上挂钩脱落这类小事都由赵文化张罗。林局长老婆总能记得别人的好，一个劲在林局长面前夸小赵。林局长这才注意到身边的司机，观察过一段时间，果然喜欢。机灵、听话、忠诚。有一次去省城办事，可能是事情办得顺利，林局长心情大好，回去的路上，林局长说："小赵你好好干，我想办法用你。"

赵文化谢了，也只是笑笑。他这人没太大野心，侍奉好领导，也不过是报些发票揩些公家的油水罢了，哪想过别的。但是林局长说话算话，没过几天，局里宣布赵文化兼任局办公室副主任。兼任的意思是既做副主任，同时也还继续做林局长的司机。赵文化以为林局长说要用他就是指这个，他又想错了。林局长的棋局还在往前下。半年后，赵文化调到二级单位福锐公司担任经理。赵文化不得不服气，做任何一件事都得有铺垫，铺垫太重要了。如果调一个领导的司机下去做经理，肯定有人说三道四，难以服众。但如果去的人是办公室副主任，纵然有人觉得不妥，也难以说得出口。

这些天，我一直在想赵文化的事。全县人都知道他的靠山是林局长，不，应该是林县长。林局长做了副县长，分管经贸财税。赵文化去了福锐，大事小事都要请示老领导。当时的林局长指点他改革胆子要更大一点，搞经济就是要扩张，先得把块头搞起来。得了林局长的指令，赵文化大干快上，正是在那时候圈了地办起了福锐农机厂。要办事，就得打点。方方面面都要兼顾到，赵文化办起这事来无师自通八面玲珑。因为有当司机的底子，会侍候人，送钱也能送得恰当、得体。以前我经常看到他带着一包一包的钱回来，说是要送给谁和谁。后来不是现金，是卡。说现金不好拿，打眼睛，还是卡方便。赵文化在灯下抚摸那些现金和卡的时候，脸上浮现出幸福的表情，喜形于色。看得出来他的幸福感是由衷的。对于行贿，他从不心疼，我从没见过赵文化在行贿之前诅咒过受贿的人。因此他行贿时能够做到神情自若、恳切、真诚。看不出丝毫的狡诈和忸怩作态。这使得受贿的人能有一个良好的气氛接受赃款赃物，不至于像吞下苍蝇一样别扭，或不得不怀有戒备之心。赵文化具有这方面的才能，似乎他天生就是一个行贿的人。林局长对他这方面的才能赞赏有加。当然，赵文化也给林局长送。林局长第一次收下三万块钱的信封时，这样对赵文化说，"因为是你，如果换了别人给我来这一套，我早从窗口扔出去了。"林局长没说假话，他从窗口扔过好几次信封，这种举动让林县长在幸福县获得了清廉的名声。能够收赵文化的信封，让他受宠若惊，他告诉我这说明林局长真把他当成了自己人。

疯狂行贿，带来了福锐公司的疯狂扩张。那个阶段是福锐公司的黄金时期，要贷款有贷款，要土地有土地。县电视台每天晚上播放的电视连续剧，几乎全都由福锐公司领衔点播，片头片尾都会打出字幕：本剧由幸福县福锐公司独家点播，总经理赵文化向全县人民问好。树活皮，人活名，赵文化很轻易就变成了全县的名人。看到赵文化往外送钱，我眼红过，心想这么些钱走的全是黑账。送谁不送谁，送多送少又没个准，给自己留一些能有谁知道。我把我的想法跟赵文化说了，却受到他严厉呵斥："你是不是想钱想疯了？你是不是想害我坐牢？"一连串责问，搞得我无比羞愧。"送别人是为了公司发展，是公事。万一败露了，也不是大罪，顶多是错误。可是自己拿了，则是贪污，贪污你明白吗？"

如果赵文化贪污，我们家早就发家致富了。他没那么做真够幸运，我想就让他们查吧，顶多也就是行点贿而已。可那是工作需要，赵文化并没有为自己谋取私利。

福锐像吹气泡一样膨胀的同时，工业局的经济总量也在迅速壮大。林局长以强人形象成为县里的政治明星，他干练的做派、清廉的名声让人对他充满期待。林局长如愿当上了副县长，在副县长的位置上，仍然延续着他雷厉风行的为政神话。贫穷落后、资源短缺毫无特色的幸福县，居然硬生生被林县长开辟了一条声名远扬的旅游线路，这不是神话又是什么？马上就要换届，已经有传言说，林县长将调任太平县做书记。类似的传言并不让人吃惊，太平县的书记也不会是林县长的终点，他还会有更大发展。

但是，偏偏在这时候却出事了。林县长坏事不是坏在钱上，而是坏在女人身上。这类事说起来都没新意，特没劲，偏又屡屡被重复。林县长不止一个女人，他的好几个女人因为争风吃醋，竟在街头打起来了。女人们你揪我的头发，我撕你的脸，一边还破口大骂。女人打架在幸福县和在其他地方一样，并不是什么大不了的事。尽管也有人围观，多半是看热闹。可是这一次不同，女人们一边对骂，一边叫出了林县长的名字。林县长的名字，被不同的女人频繁地提起。这下便坏事了，因为围观者中有网民。妈的网民都是些顶无聊的人，他们巴不得官员们出点什么事。没事还想造谣造出点什么呢，真有事了哪会放过。于是就拿手机拍了视频，发到网上去。发论坛，发微博，一时间大量被转发。

林县长垮台了，即将去太平县担任书记前夕，他却意外地倒在幸福县。先双规，然后进入司法程序。由女人入手，人们发现人世间的故事都是一样的。名声清廉的林县长，其实是个大贪官。

在福锐公司破产前两个月，林县长的案子尘埃落定，他被判了八年有期徒刑。

我在广州十分心烦，实在没事干，便闷着脑袋把赵文化的事前前后后想了个遍，试图捋出头绪来。渐渐地，我把疑点放在林县长身上了。赵文化不会无缘无故地要我跑路，更不会无缘无故地和我假离婚。这么些年来赵文化别的没学会，倒是学会了深思熟虑。他一定有他的打算，有他没明明白白说出来的东西。那么只能是林县长。林县长是赵文化的贵人，是他的靠山。赵文化别的没事，要出事恐怕这儿才是缺口。

我很听赵文化的话，他让我不和他联系，我做到了。一个月之后，我到底憋不住，决定打电话回去探探风声。不打赵文化，我可以打闺蜜呀。为什么那么笨？完全不和那边联系，我有一种坐以待毙的感觉，很绝望。我想要透口气。

闺蜜叫焦文燕。听到我的声音，她有片刻的惊讶，似乎还哽咽了一会儿，当然我不知道这是不是幻听。总之焦文燕很激动，也很恼火。

她说:"你疯了啊,先是闪电般不明原因地离婚,然后消失。你干吗要玩失踪?连手机也关了,你在捣什么鬼呀?"

焦文燕在检察院工作,只是一名小职员,但是跟我铁。

本来我有一大堆问题要问她,没想到一接上头,竟是她没头没脑地先问起我来了。

我先解释无关紧要的事,"我换了手机,正在外地旅游。"我说,"至于离婚的事一句两句说不清楚,等我回来再详细跟你说吧。"

以前的手机卡早丢了,赵文化把它扔在马桶里放水冲走了。我跟焦文燕通话的号码,是在广州办的新卡。

"你是不是吃错药了?神志不清吗?干吗要和赵文化离婚?他眼下可是幸福县数一数二的富翁,你居然要离开他,我搞不懂原因,你为什么要离开他呢?"

我被问糊涂了。不是我要离婚,事实上也并不是真离婚。他妈的,我和赵文化还是夫妻。但是这话和焦文燕怎么说?因为在法律上,我们又确实办了手续。

突然,我全身寒战起来。没来由的寒战,天啦,好冷啊。就像我站立的房间里裂开一道口子,我听到了轧轧轧破裂的声音。那口子正要吞下我,我在下坠。

我想抓住什么。

"你还在吗焦文燕?"我问道。

"在呀,"她说,"你没病吧,怎么听上去你的声音好软弱。你知不知道,这么久没你的消息,都把我急死了。我找过赵文化,他很忙,打他电话他不接。晚上才回过来,先道歉说他太忙了,请老朋友原谅。然后再问我有什么事?我说我没事,就想知道你在哪里。赵文化过半天才小声说,对不起他和你已经离婚了。我说我知道你们离婚了,全幸福县没人不知道。我问的是你人在哪里,他说他不知道就挂了电话。"

我亲眼看见房间里的裂口变成深渊,它望不到底。

"这时候还没病,"我说。焦文燕差点让我哭出声来,我这个蠢货,我被人揪着头发扔进了深渊。深渊就在我脚边,在房间里。可是我仍然不愿意相信,我至少还抓住了焦文燕的声音。焦文燕的声音像绳子一样,我希望它不要断掉。

"请你告诉我，一定要跟我说实话，好吗？"

"废话，我们死党谁跟谁呀，你问吧。"

"赵文化他还好吗？"

"好着呢，赵文化他如今是幸福县的大红人。破产之后的福锐公司，已经被他收购了。听说新公司的名字叫祥瑞有限公司，搞股份制。在一系列中小企业的破产和改制中，福锐公司被当作样板，受到县里表彰，被新闻媒体追踪报道。赵文化无疑是最大的赢家，他有一家商场办超市。农机厂又处在黄金地段，将来搞房地产开发绝对是聚宝盆。"

"不是有人要查他吗？"

"查他什么？"

是啊查他什么？我说："我离开幸福之前，就有专班进驻福锐公司，难道他们没查出什么？"

焦文燕很吃惊，她说："我不知道你在说什么。那不过是按照正当程序要做的工作，比如债权债务和职工安置。没人要查他。再说了，赵文化经营了这么多年，各个关节早打点妥当了，怎么可能去查他。"

"林县长呢，林县长的案子也连累不了他吗？"

"天啊，你怎么就这么幼稚。林县长早已结案，他都判刑了，听说马上还要减刑。这事怎么可能扯上赵文化？就算之前真扯上了他，在林县长的案子里，他也不过是个小角色，能有他什么事。"

我还想捞到最后一根稻草，"赵文化他真没事吗？"

"没事，"焦文燕说，"赵文化他正风光着呢。"

整整一个月，我担惊受怕，害怕赵文化有事，可是现在，我多么希望他能有点事啊。我希望他遭到查处，他有罪，被抓进了监狱。我必须马上回去救他，倾家荡产我也愿意。但不是这么回事，不是！事实太残酷了，我不能不承认，赵文化他安排了一场彻头彻尾的骗局。他骗了我！什么假离婚，我们真离了。他处心积虑地哄骗我，让我心甘情愿地像狗一样尾随着他去办了手续。

焦文燕还在电话里唠叨。她说县城里风平浪静，唯一的谈资是我和赵文化的离婚事件。我不露面，给了人们巨大的想象空间。有人说我有可能被谋害了。更多的人都在猜测，这次离婚赵文化付给我多少钱。一个大款，或一个影视明星如果要离婚，支付的金钱大都是天文数字。赵文化以他在幸福县的身价，要搞定和我离婚的事情，拿出来的钱也一定不会少。

我极不礼貌地挂断了焦文燕的电话，既粗鲁又悲怆。那些议论仿佛就在耳边，对我无异于又是一种羞辱。我想给赵文化打电话，可是手指抖得厉害，几次触摸到手机都像是烫伤似的缩了回来。那一组我熟记在心像宝贝般紧紧揣在记忆里的数字，此时却像十一粒子弹射中我的心脏。我的心脏千疮百孔，像一面筛子。我无比绝望地想，即使我打通了他的电话，我能和他说什么？老天！谁能告诉我，我和他说什么？说他卑鄙？说他无赖？诅咒他天打五雷轰，竟骗到结发妻子头上。和赵文化说这些有什么意义？我头痛欲裂。谁的脚在我的脑袋内部踢我，不止一只脚，好多只脚，像争抢足球一样狠命地踢我。

继续待在广州岂不可笑，我要回去。火车开动的时候，已是黄昏，一些房屋、田野和池塘，在暮色里纷纷向后掠去。我正在回武汉的路上，再从武汉回到幸福。

我像是一件垃圾，轻而易举就让赵文化甩掉了。他没费劲，无论什么事他都有恰当的策略。但是今天早晨我还梦见了他，赵文化在我的梦境里自杀了。这太奇怪了，很可笑。他为什么要自杀？更可笑的是赵文化自杀，竟导致远在广州的我也同时被误杀。它印证了一种蛊术，借助梦的形式来说服我，让我相信赵文化还在和我相亲相爱。这不是一个正常的梦，要么虚伪，要么被谁暗中动过手脚。刚醒来时我还认为它很凄美，这会儿我一眼就能看出它实在是太丑恶。

不过，我的确看到了吴艳艳。她站在一栋楼房的楼顶上。看上去她满腹心事，在这座孤零零楼房的顶层，她慢慢踱着步。她似乎在轻声地自言自语，听不到声音，只有嘴形在动。我侧着耳朵，想要听见吴艳艳在说什么，可这是徒劳的，我听不见。她走到楼顶的边沿，就站在那儿。她在边沿处停了停，随后她张开双臂。我看见她跳了下去，她像是一名跳水运动员。下面不是水池，没有碧波。吴艳艳躺在地上，她微仰起头，嘴角含笑。一辆红色轿车呼啸着开过来，它没有减速。驾驶员还举着手机，和看不见的人谈笑风生。我看见它从吴艳艳身上轧了过去。车过处，没了吴艳艳。她嘴角的笑像招贴画贴在车轮上，我看到吴艳艳的笑容在飞旋。

马上到了另一条街道，事实上这是同一时间。赵文化夹着一只黑皮公文包，他刚从一幢灰色办公大楼里走出来。在门口，他和一个秃顶中年男子说了几句话。他频频点头，两人握手。寒暄结束，秃顶男子上了一辆车，那辆车一直停在旁边等他，马达响着，还开着车门。赵文化对着那辆一溜烟远去的车挥了挥手，以示告别，之后他捋了捋自己的头发。好像赵文化还接听了一次手机，时间不长，他不耐烦地皱紧眉头。没别的事了，赵文化绕过花坛。今天他不想开车，也没要司机。他走上了人行斑马线，正准备横穿马路。恰在这时，有一辆车从侧面横着滑过来，径直滑到人行斑马线撞上了他。赵文化在注意马路纵向的两端。但是那辆肇事车辆却像喝醉了酒，直接从侧面追了上来。

我可能睡了一会儿，睡的时间还不短。我看了看表，已是夜里，快十二点了。这也是一个梦吗？是我刚做的梦？还是隐藏在我早晨那个梦里的另一部分内容？我们知道，能被记住的梦往往只是冰山一角。梦有时候很庞杂。我现在梦见的，或许仍然是早晨那个梦里的部分章节。一个梦补充另一个梦。需要梳理一下，很明显吴艳艳是死于撞车，而非坠楼。她从楼顶跳下，落在地上时并没有死去。尽管此时抢救，也不一定能救她一命，但毕竟她身上还残留着生命迹象。最后是那辆红色轿车给了她致命一击。没有争议的是另一件事，赵文化也死于车祸，并且在同一时间。

吴艳艳选择跳楼自杀，但致她死命的却是一辆红色轿车。赵文化也在毫无先兆的情况下被一辆车撞死。富有戏剧性的不仅在时间上保持同一性，而且两部车同样都是红色。

我一下子惊呆了，某两个点突然被我的意识画上了一道线。在赵文化和吴艳艳之间，肯定存在着一种秘密关系。这种关系并非从前赵文化曾对我说过的那样，他厌恶和忌恨这个女人。不对，恰恰相反，他们两人一定还有另外的关系。

列车上如此寂静，车轮撞击铁轨的哐哐声不绝于耳。我被赵文化抛弃不是偶然的，这件事在很早以前就已经开始了。我又打了焦文燕电话，这么晚了我不认为能打通。我只不过试着打一下，但却打通了。焦文燕从睡梦中醒来，她连着打了几个呵欠。如果她不连着打几个呵欠，可能我真会认为是我的电话吵醒了她。可是她打了，我忽然明白她正和某一个男人睡在一起。焦文燕单身，她和谁睡本不是大不了的事。我这么想，不过是看清了她在掩饰自己。这证明我现在特别敏感，就像是长着千里眼。

"我打扰你了吗？"我说。

"没有，我正在做梦。"

我故意停顿了一会才说："我在火车上，想再和你聊聊。你要是说话不太方便，就到客厅去说吧。"

她捂着手机，有很轻的低语声。接着是拖鞋发出的声音，啪嗒啪嗒。

"好了，我已经在客厅。"焦文燕说，"你说。"

"告诉我，吴艳艳是不是也离婚了？"

"是啊，她也离了。谁告诉你的？"

"没谁告诉我，我猜到了。"

"这可是公开的秘密，再正常不过。赵文化的祥瑞公司将开成一家夫妻店，他一定会继续安排吴艳艳做财务总监。人们都在说，他们俩才是黄金搭档。"

"可是以前赵文化对我说，他特别厌恶吴艳艳。"

"你真不明白吗，男人都会放这种烟幕弹。无非让你放松警惕，仔细想想其实很小儿科。"

"我明白，可惜明白得太晚了。"

火车是一个让人脑子清醒的地方，我想清楚了。从前的事情，我一一找到了对应的逻辑，即使是那些破绽，我也能补充完整。

赵文化没拿钱回来，并不是真不贪污。实际上他在贪更大的污，只不过他不让我知道，不让我染指。他没把我当同伙，也不需要我。他的同伙是吴艳艳。吴艳艳和他一样，也一定没拿钱回去，她老公同样不是她同伙。我被赵文化蒙在鼓里，她老公被吴艳艳蒙在鼓里。然后他们偷窃，不一定要拿现金。转账可能是更高明的手段，对了，吴艳艳善于做假账，她是假账高手。福锐公司早就是一只空壳了，就像一只果子，里面的果肉老早就让他们合伙吞食了。他们都把钱转到哪里去了？福锐的家底可不是个小数。在银行里吗？还是在哪里？他们一定有另外的账本，他们的钱都在那上面。等到安全了，所有的手续办妥当了，等到云开日出，那些黑钱终于可以见阳光了。他们便能取出钱来，堂而皇之地办一家新公司。其实祥瑞不过是福锐的翻版，无非是换了名字，无非是把国家集体的钱，变成了赵文化他们私人的，区别仅在这里。

"听说吴艳艳以前的老公很丑陋，"焦文燕问道，"你见过吗？怎么漂亮女人都要嫁给丑男人呢？这下好了，她老公以前不为人知，现在曝光率也一下子高了。"

我此时不愿意说吴艳艳老公的坏话，毕竟同是天涯沦落人。他的确长得丑陋，个头特别矮小，是一名小学教师。我认识他，赵文化在家里和我一起嘲笑过他。我们笑称他是武大郎，叫他武大郎的绝不止我们，事实上武大郎正是他的外号。但是他让人叫他小马哥，因为他姓马。需要自我介绍时，他就这样说："我姓马，如果不太好记的话，就请叫我小马哥吧。"

小马哥确实好记。

我说："他长得不是太好看，但是他书教得好，听说特别认真。对了，他叫小马哥。"

小马哥刻板、阴郁，有好几次我看到他的面容时，竟不寒而栗。可是这会儿，我却说他认真。

"吴艳艳甩了他。"

"你能不能不用这个词？"

我吼了焦文燕一句，忍着没把手机扔到车窗上去。

和焦文燕的两次对话，证实了我猜想的那些事情。能够撕破骗局，得以窥见真相，老实说窗口便是梦境。我做下的奇怪的梦，就像一扇窗打开，于是我看见了赵文化的鬼名堂。

我一向重视梦，做梦是我生活的另一面。

十几年前，杂村还没有大红大紫，也没有成为大热的旅游景区。那时候我和赵文化就去过几次了。我们徒步旅行，做背包客。晚上，我们在杂村住下，住老百姓家里。杂村在花山镇，花山镇在幸福县最北边，靠近河南。在花山镇，杂村也在最北边。是个两不管的地方，有几座山头在河南境内，另几座山头又在湖北。极为贫困，鸟都不愿意在这里拉屎。交通又不便，坐车到花山镇，再要步行走进杂村，还要三四个小时。所以杂村封闭得很，没人知道这么一个去处。

吴艳艳应该是最早进到杂村去的少数背包客之一。吴艳艳比较浪漫，她的爱好就是做驴友。幸福县有一家驴友俱乐部，吴艳艳也算是发起人。现在幸福县的驴友俱乐部发展了好几家，吴艳艳仍然是最早的那一拨。他们背着背包，带上帐篷、刀具和指南针，去杂村探险。杂村的消息正是吴艳艳带回来的，她是赵文化的会计。闲聊中，吴艳艳谈到了杂村的食物，世外桃源般的闲适，以及杂村的蛊术。

蛊术听说只在湘西贵州一带流传，好像是苗族或哪一支少数民族。我和赵文化都说不清楚，但却没听说幸福县也有这种东西。幸福县似乎没有少数民族，全是汉人。吴艳艳却坚持说杂村是一个独特的地方，它的原居民谁也说不出来历，习俗和服饰与外面不同。至于蛊术，那只是我们的说法，他们也就是习惯，是从远古传下来的。杂村从不与外界交流，它的山洼子，千百年来都密封着。

"你想想看，凡是在密封状态里流传，大多不会走样。"

"还有，"吴艳艳又说，"也别把蛊术看得太神秘了，其实呢，也不过就是山盟海誓。"

说到这儿，吴艳艳咯咯咯地笑起来了。

没别的，就山盟海誓这句话打动了我。我也想和赵文化山盟海誓，于是鼓动他和我一起去杂村，反正又不远。找一个周末，两天时间就够了。

杂村是我和赵文化取的名字，因为我们去的路上杂树杂草丛生。它从前正式的名称叫前海村。这么一个隐藏在山里面的村子，名称里为何会有一个"海"字，谁也弄不清原因。后来成了旅游景区，林县长又将村名改为蛊村。前海村也好，蛊村也好，都与我无关，我只叫它杂村。就像吴艳艳的老公，别人叫他"武大郎"不重要，他只管认为自己是小马哥就行了。

每次去杂村，我们都住在皂婆家里，皂婆在村子西头。她的堂屋里摆放着一口黑色大棺材。那棺材很大，大到能在里面并排躺下两个人，像一只大柜子，放在堂屋里占去了大半边屋子。

"为什么要把棺材放在屋里？"第一次看见，我有些胆怯。

赵文化捏了捏我的手："可能是习俗，别瞎问。"

怎么不能问，是不是怕有禁忌。

我要求皂婆给我们种蛊，山盟海誓。皂婆取出两只小布人，问了我和赵文化的生辰八字。我们说了，皂婆拿一枝线香般粗细的黑炭在小布人上写写画画。她写上的线条和符号，我看不懂，不是汉字。皂婆不识字，或许她写下的是另一种什么文字。我不好问她，不想瞎问。涂写完毕，皂婆咕哝咕哝念了一通咒语，我同样听不明白。然后，皂婆拿出一根细长细长的白针，穿透两个小布人的心脏，把它们连在一起。当皂婆在布人身上穿心而过时，我的心脏剧烈地疼痛了一下。我看了赵文化一眼，但是他不动声色。皂婆把穿在一起的俩布人放在小木盒里，小木盒只有巴掌大，挂着木锁，缠上白布。小木盒放在稍大点的木盒里。稍大点的木盒又放在更大点的木盒里。更大点的木盒放在还要大一点的木盒里。再大一些，就像是木箱了。最后，皂婆把木箱放进了那口漆黑的棺材。

那便是我跟赵文化，我们将生死与共。

睡在隔壁厢房，躺在赵文化怀里，我还在想那口棺材。我不记得那一次赵文化和我做过爱没有，好像做过，又好像没做。就记得憋闷得慌，像是喘不过气。

赵文化说："你别害怕，棺材是好东西。棺材棺材就是要升官发财。你放心好了，我赵文化就算升不了官，也一定要发大财。"

可见我们想的并不是一回事。我想的是，既然种过蛊了，以后我和赵文化就算死也要死在一起。蛊不蛊的无所谓，但它就是我的誓言。女人可能在乎这个，我也不例外。赵文化想的却是发财的事，在这个时候想发财，是不是太过分了。

在皂婆的厢房里，我睡得很踏实。

醒来后，我们在杂村闲逛。遇到一个种地的老头，赵文化给他拍照，请他看相机里的照片。老头特开心，笑得合不拢嘴。赵文化又请他吸烟，送他风油精。老头喜欢风油精，特意掖在内衣里边，卷巴一下，又卷巴一下。末了，还不放心地捏了一把。

他又看了看相机里的照片，笑着对赵文化说："你把我照得丑死了。"

"那我重照。"赵文化不好意思地说，他对老头特有耐心。

就又照，老头说："这下更丑了。"

这么说着，老头却越发笑得开心。

我和老头说了种蛊的事，说皂婆把我们扎在一起了。

老头大笑："你们信这个？"

这有什么好笑的？

老头说："这也太蠢了。"

"蠢在哪里呀？"我问道。

老头却狡黠地闭了嘴。

问不出什么就不问，别自讨没趣。棺材搁在家里，这事我听说过，可是皂婆的棺材太大了。我请教老头，为什么那么大呢？老头告诉我这事不奇怪，村里的棺材都这么大，因为每一口棺材都要埋两个人。除非是单身汉，单身汉才会给自己置办小棺材。小棺材搁在家里特别丢脸。

"可是，"我说，"不一定所有的夫妻都能同时去世啊。"

"那是，同时去世要修炼到家才行，大多数老伴都还是一前一后地死。"老头说，"不过，先死的人可以放在棺材里，等着另一个人死了，再一起下葬。"

"这么说，皂婆的棺材里有人？"

"是啊，皂伯死了快三年，他在棺材里早就干了。"

赵文化脸色灰白，皂婆的堂屋里居然有一具干尸。老头还在继续说，"我老婆死得更早，有五年了。她也在我堂屋里，我守着她，等我死了就和她一起入土。"

哇的一声，赵文化呕吐不止。

有过杂村的经历，透过残破的梦境，我居然猜测出了我没有看到的事情。到了武汉，我坐公交车回到幸福。我先前的钥匙能打开房门，看来赵文化没给这套房子换锁。屋子里有一股尘土味，从我离开那天起，赵文化好像也没回来过。他哪用回来，一定是和吴艳艳在一起。从前的摆设，看着就觉得凄凉。不再是家了，赵文化大概打算把这套房子留给我，反正是旧房，又小又破。我没收拾，和衣躺在床上睡了半天。死活睡不着，也没想自己有多么悲惨，奇怪的是脑子里尽想些旧电影。

睡不着索性爬起来，我得去找赵文化。就算他一脚把我踢开了，我也得见他一面。

赵文化在装修办公楼。福锐改成祥瑞，必须重新装修。他的意思一要去掉晦气，二要图个吉祥。我在办公楼下碰见了赵文化。一个秃顶的中年男人正在和他说话，那男人在我梦中出现过，和我梦中的形象一模一样。他是装修公司的小老板，在回复赵文化的话，时刻点头哈腰。有轿车响着马达、开着车门在旁边等他。

看到我，赵文化有些迟疑。他盘算着要不要和我握手，或是要不要对着我微笑。

"你回来了。"他说。

"不回来，难道要我死在外面吗？跟我说实话，你是不是想我死在外面？一了百了。"

"别这么说话，"赵文化迅速恢复了常态，"你要知道，事情在不断变化。没有一成不变，我也没想到会这样。"

"怎样了，你还要怎样，一切不都是在你的掌控中吗？"

"我没掌控。"

"你让我和你去办手续，说是假离婚。但却是真离了。没有比这个更真的了，因为我们拿了离婚证。你让我出去躲着，说是你有危险，有人要查你。我信了你，真躲在外地。你却在家里办新公司，筹备你和吴艳艳的婚礼。你都已经安排好了，等我回来时，你的新公司开张了，新婚礼也结束了。所有的事情木已成舟。你的如意算盘就是这样，没有争吵，没有纠缠，也没有分割，一切的麻烦都省略了。你不是商人吗？事事都要算账，你一定在窃喜，因为你占了天大的便宜。赵文化，只有你才能离这么便宜的婚。"

"事已至此，我承认我很无耻。这没办法，你也替我想想，我只能这么做。"赵文化搓着手，他那张脸我太熟悉了。"当然，你可以去告我，维护你的权益。去哪儿告都行，现在你也就这一条路了。"

"那你告诉我，我能告倒你吗？"

赵文化认真想了想："估计不可能。"

"是啊，那我还告你什么呢？岂不是自取其辱，我不告你。"

"真不告？"

我直视着赵文化的眼睛:"真不告!"

喜悦从赵文化的眼睛里一闪即逝。"那么,我可以适当考虑给你一些补偿。房子我已经留给你了,我没动。以前的存折也归你,你出去的时候我给过你五万块钱,现在我还可以再给你五万。"

赵文化说得很流畅,他真的是深思熟虑过。

"我想问你,你和吴艳艳真要结婚?"

"婚总还是要结,她等了我这么多年。"

"你这话我就听不懂了,"我说,"什么叫她等了你这么多年?她有老公你也有老婆,何来等你之说。"

"看在多年夫妻的份上,你就不要逼我了,说来也没意思。"

"好,那么我不为难你。你们的婚礼定在什么时候?"

"九月初九。"

"图个长长久久的意思,对吧?"

"时间是她定的,她信这个。"

我揉着眼睛,疲惫不堪。赵文化穿着名牌衬衫,不停地接听手机。

"你死过一次。"我说。

"你说什么?"赵文化把手机从耳边拿下来。

"我说你死过一次,吴艳艳也死过一次。"

"你还在说。"赵文化手足无措。

"其实,我也死过。"

"你是不是疯掉了?"

"那么,我和你也就是死人在和死人说话。"我笑着说,赵文化宽大的手掌在我眼前扇动。

"你真疯了吗?"

我不会放过赵文化。大不了鱼死网破,我和他一起死。到现在我还相信蛊术,皂婆为我们种过蛊。她拿一根白色的细银针,把我和赵文化心贴心地死扎着。她还当场念过咒语,我记得她扎的时候,我的心口剧痛。生死与共,或许真能这样:只要我自杀,杀掉我自己,他也会同时死掉。我们死也要死在一起,在杂村皂婆为我们做过仪式。我宁愿相信,它是我最后的挡箭牌和避风港。我的计划是，当赵文化和吴艳艳举行婚礼时，我喝下早已准备好的剧毒药品。在我被毒死的同一瞬间，赵文化也突然捂着胸口倒地身亡。全场乱成一锅粥，如此混乱戏剧化的场景才是我的理想，是我想要的结果。也唯有这样，我才能死而瞑目。

吴艳艳真会定时间，赵文化都听她的。她把他们的婚礼定在九月初九晚上九点九分九秒，里面有好多九啊，她企图把所有的九都囊括进去。长久对她就那么重要吗？女人是不是都想要天长地久？这种想法到底是自欺，还是欺人？婚礼将在悦来大酒店举行。悦来是幸福县最大的酒店，号称五星级，酒店老早就在为这场盛大的婚礼做准备。他们将从武汉请来一支管弦乐队，可以现场演奏交响乐。乐手们身穿燕尾服，脖颈上打着硬领结。吴艳艳戴着钻戒。来宾们全都穿着华丽的衣服。香槟，红葡萄酒。侍者顶着托盘，在人群间穿来穿去。宴席间，弥漫着脂粉和鲜花的气息。人们在窃窃私语，或低声咳嗽。县里的名流们都会来捧场。据说证婚人是一名县委副书记，或者至少也会是政协的一名副主席。所有的富翁都会到场。文化人也会来。县文联的一位诗人将现场赋诗，讴歌他们不朽的爱情。黑道上的人要来。赵文化黑白通吃，在黑道上同样有市场。黑道上的大哥们将穿上西服，面带微笑，看上去他们和普通人没什么不一样。还有一项秘而不宣的内容，让人浮想联翩。不过，也已经有人走漏了风声。据说这项神秘的内容很可能是，正在监狱中服刑的林县长将通过一名代理人，在婚礼上致辞。有可能代为转达林县长的口头致辞，更可能由代理人念一篇林县长的书面文稿。人们对此拭目以待，许多人都明白，林县长尽管人在监狱，在外面仍然有他的势力范围。

对赵文化这场婚礼的奢华程度，怎么想象都不为过。可是如果我的计划变为现实，那又会怎样。婚礼的男主角赵文化咚的一声栽倒在地上，气息全无，死于非命。会不会有人以为是赵文化在搞怪？是婚礼上又一个出其不意的节目？花絮？当赵文化被确认已经死亡时，整个场面将会像火海里的战场一眨眼就哑火了。乐队、司仪、来宾，所有的声音之源都被堵塞了。之后，将爆发更大的声音浪潮。尖叫、哭泣、咒骂以及杂沓的脚步。还有警笛声，匆匆而至的救护车，伴随着持久的玻璃碎裂声。

我沉溺于类似的想象中不能自拔，它像麻醉剂一样对我的痛苦有稍许疗效。我仇恨赵文化，同时我也仇恨吴艳艳。但是我走投无路，面对他们我没办法可想，无能为力。我承认我已经歇斯底里，钻入了牛角尖。我把希望寄托在我们曾经有过的爱情盟誓上面，寄托在关于蛊术的传说上面。相信只要我自杀，同时我也就能杀掉赵文化。如果真能这样，在这场无望的战役里，我一下子就扭转了战局。即使不能这样，蛊术无效。我杀死了自己，对他却没有丝毫损伤。我必须做好这一手准备，做最坏的打算，真这样的话我也能接受。我这样活着还有什么意思，不如一死百了。能和他一起死固然好，就算弄不死他，我自己也到了该死的时候了。

想清楚了这件事，我也就安心了。我找到了一种剧毒药品，是液体。听说入口并不困难，吞进去大约几秒钟即可毙命。我把它放在一只白色的矿泉水瓶子里，里面加入了蜂蜜、白醋。我还在里面加入了泡过红枣、枸杞和菊花的茶水。矿泉水瓶装满了，从外面看有些混浊，像是粉红色或橘色。颜色上类似红茶或尿液。拎在手上它极不起眼，但是它的毒性却足以毒死一百个人。

九月初九这天，我一大早就搭车前往杂村。矿泉水瓶被我宝贝似的藏掖在背包里。

我已经十好几年没去过杂村了。现在的杂村和过去早已不可同日而语，杂村成了远近闻名的旅游景区。在百度上，有人说关于杂村的词条多达几千万条。道路修通了，可以直达杂村。过了花山镇，在快要进入杂村的山口处，公路边立着一块巨大的广告牌。上面写着：中国的丘比特之村。

中国的丘比特之村，每一个字都有箩筐那么大，下面有红色的粗线画上一道箭头，直指杂村。

进了杂村，和记忆中的模样完全不同。旅游景点的所有商业模式，全都复制过来了。一下车就有不绝于耳的叫卖声和拉客声。举着小旗、戴着统一太阳帽的人群四处扎堆。所有的导游使用同样的口音和语速，唱同样的山歌小调，说同样的黄色段子。小摊上挂满假玉石、假黄杨木和假字画制作的各类纪念品，在海边和深山老林一样能买到。我这是到了哪里，它还是杂村吗？走一路，地上全摆放着山货。

再看先前的住房，每一家每一户都被改造成了家庭旅馆。挂着招牌，琳琅满目。村子中央平整出了一块空场地，中间立着个土台子。每隔两个小时，这儿都会有一场演出。演出的内容叫跳蛊，跳蛊的人据说都是七八十岁的老者。他们跳着怪异的舞蹈，既能通神又能通鬼。导游说他们是这个村子最后的舞者，死去一个就会减少一个。因此十分珍贵，能看到跳蛊的人都是有福的人。

跳蛊之后，便是种蛊。

种蛊是杂村旅游中最为热门的项目，种一次蛊，收费三百九十九块钱。刚才还在大汗淋漓跳蛊的老者，一停下来都成了种蛊的人。每一个老者身边都围满了人。多是些年轻人。也有中年人。老年人很少，但也不是没有。他们都信奉爱情，满脸热忱。有恋人，也一定混杂着私通的人。私通的人和恋人在表情上一目了然，他们少了些坦然，多了些胆怯。

我站在旁边看了一会，杂村的旅游确实已经很完备，很成熟。当那些老者停止跳蛊开始种蛊时，刚才还毫无踪迹的小姐们一下子全涌了出来。她们个子高挑，身着红色或蓝色的开衩旗袍，脸上固定着训练有素的职业微笑。哪些人围着哪个老人，早有分工。有人收费，有人开收据，还有人端着托盘。一只托盘里装着纸人，两人一组。老者记下生辰八字，念一通咒语，用细针将纸人扎在一起。然后端着第一只托盘的小姐下去，第二只托盘上，上面放着小陶罐。老者把扎好的纸人放进陶罐。小陶罐再放进稍大点的陶罐，稍大点的陶罐放进更大些的陶罐，以此类推。在老者后面，演出场地四周，立着数十个半间房屋那么大的陶瓮。最小的陶罐里只装着一对纸人儿，大陶罐里装多少只小陶罐，都有讲究。等到一只木箱大小的陶罐装满了，便有工人爬上木梯，用长钩子把它放进陶瓮内部。

看到这样的流程，我胆战心寒。一件无比虔诚和诡异的事情，被他们无耻地娱乐化了，商业化了，或者干脆叫旅游化了。那些被种过蛊的人也都嬉皮笑脸，或许都明白，也就是好玩。但是我不同，先前皂婆给我们扎的是布人。她把我和赵文化放进了棺材，而不是什么陶罐。

我找了家旅馆住下。凭印象还是尽量想找皂婆的房子，我果然找到了。皂婆现在的房子叫老营哨客栈。为什么要叫老营哨呢？就跟这村子以前为什么要叫前海村一样，完全无迹可寻。我之所以能确认它还是皂婆的房子，因为皂婆没有死，她还在。

皂婆现在是老营哨客栈的老板娘，她手下还请了一些临时工，帮她打理生意。

我还住在厢房里，它改造成了标准间。里面有抽水马桶，能淋浴，洗热水澡。堂屋里的大棺材不见了，变成了接待室。屋子后面另修了几间客房。菜谱上标明，都是土菜。但是我知道，它们全是由镇上或县里托运过来的。因为早上搭车时，我看到车厢过道和车顶上满是这类物品。吧台里有一个女孩在收钱结账，机打发票的声音不时响起。皂婆坐在一边，死死盯着女孩的一举一动。

杂村的一切，让我头疼。我睡了大半天。下午五点钟，我叫了几个菜，就搁在我房间里。我开始吃饭，这将是一个漫长的晚餐。我要了一瓶酒，矿泉水瓶也放在桌上。酒和饮料瓶盖都打开了。我在等待那个时间：九点九分九秒。就像在电视机前等待一场重要的现场直播，我已经做好了最坏的准备。如果我死在杂村了，赵文化却毫发无损，我也无怨无悔。我真的不留恋这个世界，因为没什么好留恋的。

正在我吃着时，吴艳艳之前的老公却突然出现了。他出现在杂村，出现在我的房间里。

他说："我可以坐下吗？和你共进晚餐？"

还没等我说话，他就坐下了。我们是熟人，以前打过交道。我说："行啊马老师，你请。"

"别叫我马老师，"他说，"生分得很，你就叫我小马哥吧。"

"小马哥。"我真这么叫了一声。他生得丑，人又矮，外面的人都叫他"武大郎"。

"我喜欢别人叫我小马哥。"

"这名字不错。"

"你知道为什么吗？"

"为什么？"

"吴艳艳刚和我好上时，讲私房话就叫我小马哥。"

原来原因在这里。小马哥喝了一口酒，他看了眼矿泉水瓶："自制饮料啊，这酒不错。"他说，"怎么样？你对这蛊村印象如何？"

"它不叫蛊村，"我说，"它叫杂村。"

"可能吧，"小马哥很宽容地说，"那可能是你或你们私底下的叫法，但实际上它就叫蛊村。以前它叫前海村，后来大搞旅游开发，当时的林县长将它更名为蛊村。林县长的意思是，要大力弘扬地方蛊文化。"

太新奇了！"这里面也有林县长的事？"

"有啊，林县长的事多着呢，你想听吗？"

我看了看时间，还早。"想听。"我说。

林县长善于埋伏笔，搞铺垫。担任工业局局长之前，他是花山镇的党委书记。花山镇一穷二白，要什么没什么。林书记着急啊，想弄点政绩难上加难。招商引资也没起色，都不愿上这儿来。哪怕是重度污染企业，求爷爷告奶奶人家也不来。林书记实在没辙，整天在他辖区里四处转悠，有一天就来到了前海村。这儿的荒凉，让林书记倒吸了几口凉气。年轻人都逃到外地打工去了，就剩下孤寡老人。一问三不知，像是还停留在过去的哪个朝代。但是林书记没灰心，他脑子活，恰恰从这荒凉颓败的地方，看到了绝处逢生的机会。林书记悄悄从武汉请来了几个民俗学家，他们实地调查踏访了前海村。然后按照林书记的设想，民俗学家们开始在这个小村子里伪造民俗。民俗学家们坚信，民俗是可以伪造的。只要村民们配合，照着要求做就是了。林书记和这几个民俗学家一拍即合，他的目的是要通过伪造民俗，人为地制造出一条旅游线路。

伪造在秘密状态下进行。作为一个庞大的工程，需要分步骤进行。刚开始，由几个老人穿上奇异的服饰装神弄鬼，念咒，扎布人。再把这消息由几个像是偶然闯入的背包客传扬出去，消息在口中传播，或者在网上传播。所谓偶然闯入，其实是事先安排好的托。这一步可以视作发现，人们无意间发现了一处未曾开发却又价值无限的处女地。口口相传。接着有文字和图片，在网上大量转发。有更多的人涌入前海村，这时候更多所谓的民俗必须跟上，人们来了要有东西可看。越新奇怪异越好，越神秘越令人毛骨悚然越好。接着，再适时安排地方官员接受访谈，安排权威的民俗专家接受访谈。

大家一致认为：前海村遗落在深山老林，是一块几近失传的蛊文化"活化石。"

前面所做的这些，都是有效的铺排。做足文章，等待火候。对前海村的大规模开发，还是在林书记担任了副县长之后。林县长在一个没有任何旅游资源的农业县里，大力提倡开发旅游业。他成立了幸福县蛊文化协会，亲自担任名誉会长。将前海村更名为蛊村。蛊文化是幸福县最重要的地方文化特色，他要在花山镇打造中华蛊文化第一村。在公路边上，林县长还赫然竖起了中国丘比特之村的巨幅招牌。

"现在你明白了吗？"小马哥问我。

"明白了。"我说。

"那么，你明白了什么？"

"杂村是林县长一手制造出来的，里面的一切都是假的。"

"它现在叫蛊村。"

"我还叫它杂村。"

"随你的便，"小马哥说，"的确是假的。在场子里跳蛊和种蛊的那些老人全是演员，年岁比较大，但要经过严格的训练才能上岗。死了一个，还会有另外的候选演员补上。他们只有很少几个本村人，其他都是周边村里或外地人。"

"明白了。"

"你仍然没明白，"小马哥十分阴险地说道，"蛊村眼下是幸福县最有钱的一个村子。掌控这个村子的老大是皂婆的儿子，他既是蛊村村长，也是蛊村集团董事长。当年皂婆的儿子在深圳发展，林书记礼贤下士，亲自到深圳去把他请了回来。"

"那么，皂婆当年给我和赵文化种蛊也是假的。"

"这就对了，你终于开始开窍了。皂婆是最早的表演者之一，她会的那一套，民俗学家手把手地教了她好几个月。"

妈的，这都是什么跟什么呀。我咕嘟咕嘟地猛灌了几大口酒。"还有背包客呢，驴友，吴艳艳是不是也那么早就参与进来了？"

"当然喽，"小马哥的手指头都快戳上我的脑门了，"这件事情是不是变得越来越有意思了？吴艳艳是最早的托。还有，尽管吴艳艳马上就要嫁给赵文化，但是最早的时候，她却是花山镇林书记的情人。"

"这怎么可能！"

"没有不可能，不过林书记当上林局长之后就甩了她。吴艳艳绝望之余，慢慢和赵文化搞到一起。事实证明，他们在一起倒是挺合适。"

"我住的老营哨客栈，原来是皂老大的旅馆。"

"可是皂老大徒有虚名，"小马哥说，"他其实并没有多少钱，他只是一个马前卒子。"

"你什么意思？"

"尽管林县长还在服刑，但他仍然在幕后操控蛊村的发展。他正在积极要求进步，努力减刑，要不了多久，林县长就要出来。"

这下我终于明白了，我说："林县长将以他的余生弘扬蛊文化。"

"但是你知道蛊村最大的投资人是谁吗？"

"是谁？"

"赵文化。"

我头晕目眩，如果不是死抓住桌子，我一定会瘫倒在地。"去他妈的！"我声嘶力竭地喊了一声。

"你那矿泉水瓶里装着毒药，我知道。你打算在九点九分九秒他们正举行婚礼时喝下毒药。我知道，你想以这种方式自杀，或是让赵文化和你一起死掉。这会儿已经八点，还差一个多小时就到了。我把所有的事情都告诉你了，即使你死掉也是白死。"

我说："你好像什么都知道，你到这里来就是为了阻止我吗？"

"不是阻止你，"小马哥说，"我来劝你不要自杀。"

"那么我们干什么？"

小马哥说："我们干杯。"

说着，他给我倒酒，也给他自己倒满。

"干杯？总得有个理由吧，为他们的婚礼？"

"不，"小马哥说，"为去他妈的！"

"好，就为去他妈的！"

我们连干了几杯，那瓶酒很快光了。小马哥又另拿出一瓶酒，很快也光了。一定是小马哥那瓶酒有问题，因为我一喝完就倒在床上睡着了。

睡着以前，我依稀记得小马哥目露凶光地对我说："你放心，我不会放过他们。"

等我醒来，天已大亮。小马哥不见了，装满饮料的矿泉水瓶也不见了。我打小马哥电话，问他是不是偷走了我的饮料。小马哥在电话里跟我打哈哈，说你那饮料还有什么用！我怪他的酒里面说不定有蒙汗药，害得我睡死过去。即使我不做蠢事，我也准备让死党拿手机给我做现场直播，因为我有死党在他们的婚礼现场。小马哥继续给我打哈哈，他说有些事情事后知道个结果就行了，不一定非要看现场直播。比如四个月前，中国和泰国在合肥打的那场足球赛，所有看现场直播的人都快气死了。你知道什么原因吗？因为中国队一比五输了，结果往往匪夷所思。看来小马哥很啰唆，说起来就没个完。他说你没让死党做现场直播真是幸运，而他们婚礼的结果同样匪夷所思，和中泰足球赛一样令人大跌眼镜。因为在婚礼开始时，悦来大酒店屋顶的豪华吊灯突然坠落。这种失误的概率大概只有几亿分之一，但是居然让他们碰上了。赵文化眼疾手快，他把新娘子推了一下。千真万确，赵文化是为了保护吴艳艳。但恰恰是他这一推，使得吊灯生生砸死了她。如果赵文化不推，吊灯将正好落在吴艳艳的脚旁边。

我赶紧问小马哥，我说："你在哪里？"

小马哥说："不知道，你可能是幸福县最后一个听到我声音的人。"

接着，我便听到嘟嘟声。

我继续重拨小马哥的电话，却再也打不通。我打焦文燕，一拨就通了。从她那儿，我得到证实，吴艳艳的确被吊灯砸死了。好像警方也将介入调查。别的事，她也说不清楚。但是赵文化还活着，他轻推吴艳艳那一下的照片，正在网上热传。

选自《作家》2015年第2期

评鉴与感悟

"一本正经地造假"

我们究竟是活在一个自己看到的"真实世界"中，还是活在别人为我们创造的一个虚构世界里，这是曹军庆的中篇小说，《我们曾经山盟海誓》带给我的最大的问号。

故事从一个梦境开始，"我"的前夫赵文化，在凌晨5点10分，用一把被多次擦洗的刀子自杀了，而和他曾经种蛊"山盟海誓"的"我"，也在同一时间飞向了一根顶部尖细的铁桩，"我"对于这种两人被刺穿同一部位同时死去的梦境感到美妙非常。"我"是一个对爱情充满浪漫憧憬和理想的女人，深爱着自己的丈夫，对两个相爱的人之间存在着某种巫术意义上的联系深信不疑，这也是大多数女人的特点，她们渴望通过一种神秘的仪式为爱情赋予永恒的意义，一旦仪式结束，契约生效，她们就成了爱情的忠实信徒，并且理所当然地认为男人和她们一样虔诚。

"我"和赵文化曾经在杂村种过蛊，那是一种古老和神秘的民俗，代表一对男女的两只小布人被一根细长的白针穿透，连在一起，放入层层的小木盒，最后放入了一口漆黑的棺材里。在小布人被针穿透的一瞬间，"我"的心脏剧烈地疼痛了一下，而赵文化不动声色，"我"想"我"和赵文化会因为蛊术形成某种心灵感应，同生共死，但赵文化想的却是："棺材代表升官发财。""我"觉得赵文化这么想很过分，但"我"从未怀疑过他对"山盟海誓"的敬畏。于是"我"相信了赵文化说的一切，与他假离婚，拿着他给的五万块钱，只身来到广州，不和他联系，在一座陌生的城市里担惊受怕，直到"我"从和闺蜜的电话里得知赵文化的近况，得知他不仅没出事儿还成了幸福县的大红人，而"我"则是那个被抛弃的结发妻子，是个被大款花钱搞定了的女人。明明是假离婚，却成了板上钉钉的现实，明明口口声声地说厌恶吴艳艳，却最后要和她结婚，明明与"我"曾经"山盟海誓"，却成了那个背叛者，所有的假的都变成了真的，所有的真的都被证实其实是假的，"我"其实一直活在赵文化为我虚构出来的世界里。这对"我"来说是一个毁灭性的打击，但是在曹军庆笔下，我们惊奇地发现，即便"我"知道了真相，却依然逃不出这个虚构的幻境。"我"仍幻想着那个"山盟海誓"的蛊术是能够生效，希望通过自杀来同时夺去赵文化的生命，从而在这场无望的爱情战役中扭转战局。于是"我"带着自杀用的毒药，在赵文化和吴艳艳婚礼的那天来到杂村，希望在那个"山盟海誓"开始的地方完成这个戏剧化的仪式。

杂村并不叫杂村，最开始它叫前海村，被林县长开发后变成了蛊村，当"我"十几年后再回来时，它成了远近闻名的自然景区，名叫中国的丘比特之村。曾经为两人种蛊的皂婆成了老板娘，摆着棺材的房子变成了客栈，而令"我"感到无比虔诚和诡异的种蛊仪式，也被人无耻地娱乐化、商业化和旅游化了。"我"在曾经的厢房里慢慢喝酒吃菜，等待着赵文化和吴艳艳的婚礼时刻了结自己，直到吴艳艳的老公突然出现，告诉"我"其实这个蛊村都是赵文化和林县长一手缔造出的名利场，所谓的种蛊文化也是编造出来的民俗，目的是为了打造一条民俗旅游线路。这其中，"我"是被牺牲者，也是被利用的人，"我"笃信的爱情在这里被兜售，被消费，被金钱量化，最后变得一文不值，"我"内心的耶路撒冷实际上是官员和商人勾结起来的捞金之地，爱情，在利益面前成了最可笑的字眼，而相信爱情的人，比如"我"，则是一个彻头彻尾的白痴。

爱情中的"山盟海誓"既是可以被虚构的，那么我们生活中的其他方面呢？我们自以为的幸福是不是也是虚构的，我们认为来之不易的成功是不是也是虚构的，那些书卷中言之凿凿的历史事实呢，是不是其实也是人为虚构的。曹军庆在《我们看到的多半是通俗故事——〈我们曾经山盟海誓〉创作谈》中这样写道："当下的现实大体上有两种，一种是真实的现实，另一种则是赝品的现实。真实的现实不去说它，早已沦为你方唱罢我登场的通俗大戏。赝品现实则因为其严肃性，因为其一本正经地造假，很有可能在未来被追认为正统的历史。那么多地方热衷于伪造民俗，热衷于伪造地方文化，实际上既不敬畏心灵，又不敬畏鬼神。至于篡改过去，修改记忆已经是很陈旧的方法了，现在我们直接在当下，从源头上打造我们想要的东西。事实也正是如此：赝品现实当然比真实的现实更端庄，更完美，也更超凡脱俗。"

在小说的最后，曹军庆用一种十分戏剧化的笔法收场，闯入者吴艳艳十分巧合的被婚礼的吊灯砸死，背叛者赵文化虽然活着，却可能被警方指控谋杀，甚至"我"也被小马哥点醒，看到了事情的真相，虽对爱情绝望，却最终完成了自我救赎。作者安排这样一种"善有善报、恶有恶报"大团圆式的结局，也许是表达了对撕开赝品现实的幕布，回归真实现实的期待，但这篇小说毕竟也是作者虚构出来的故事，而我们现实的世界也依旧"光怪陆离、逻辑混乱"，而我们如何在这样被虚构的世界找回本真，如何在被虚构的世界里依然愿意去选择相信一些事物，是当下最值得深思的问题。（董丝雨）

你的木匠活呵天下无双

/ 赵志明

戴允常想起自己年幼的时候，于来京城的一路上，看到那些荷锄的农夫，往来的商贾，闲聊的茶客，嬉游的子弟，觉得吃酒喝茶、打牌听戏、日常劳作，这样的生活是值得羡慕和尊重的，不应该被搅扰。但这样的生活太容易被打破了。

1

有三个人，他们的身体被一根铁链子绞在一起，像一根人肉串。

前面的人又聋又哑，他能看到一切却无法说出，称之为"罔见"；中间的人又瞎又哑，但他的听觉非常灵敏，称之为"道听"；后面的人又瞎又聋，却能开口讲话，称之为"途说"。

凭借着"途说"沿路说书赚取些许盘缠路费，他们已经走遍了整个帝国。每经过一座城池，他们奇怪的队列都会吸引无数人围观，他们的"海派清口"造成万人空巷的局面。虽然都有残疾，三个残疾人拼凑成了一个整体，倒也不缺眼睛、嘴巴和耳朵，这不是很"圣哉"吗？

"罔见""道听"和"途说"尝遍了世间炎凉百态，洞彻了世故两面三刀。上下五千年，帝王将相，是非成败，潮打空城寂寞回；纵横几万里，生老病死，七情六欲，人立枯骨如是观。于是乎，什么事到了他们的嘴里（其实三个人也就只有一张嘴），都变成了笑谈。

他们走南闯北，积累了无数谈资。有时候他们说的是古人，却像今人一般无二；有时候他们说的是今人，却像古人一样行事；这种混淆，就好像时空错乱的穿越一般。

甚至有传言说，他们拥有秘密通道，可以随心所欲地"到此一游"。也有人信誓旦旦地证明，这条"人体蜈蚣"每三百年就会出现一次，因为他的祖上曾经在"家训"中提到过他们，说他们出现的时候，世界必有异相出现。

每到一地，有人就会向着"道听"发问（因为只有他能听到）："先生们来到我们这里，沿途经过无数城镇。不知道那些城市里有些什么稀奇古怪的故事？"

好像有心灵感应"途说"（只有他能开口讲话）就像被打开的收音机一样，开始播放一轮新闻联播：海边某座城市发生了海啸，十几米高的海啸就像海怪伸出来的长手，把树上的椰子全都摘跑了；中部某座城市深夜发生了地震，很多人赤身裸体跑到了街上，全然忘了羞耻感，就像梦中一样有一个名门望族的公子哥患有龙阳之癖，结果遭人戏弄，冲撞了自己的父亲；有一个地方的母亲怀胎十月，生出了六胞胎猪孩，他们的耳朵就跟猪一样，屁股上还有一根打着卷儿的小尾巴。

围观的人不相信，开始嘘场：咿——你这是信口开河说书呢。

"途说"打蛇随棍上，顺着话题铺陈开来："天下之大，无奇不有。真假虚实，也就是傻子演给痴子看。就好像一首歌里唱的，'你是疯儿我是傻，繁荣富贵都是假'。可笑的是，繁荣富贵都是假，吃苦受罪难道就是真吗？"

人群中的一个人仗着有几分见识，插嘴道："我们凤姐儿也说过，'你以为说书人嘴里说的都是假事，好像我们的生活就很真一样'。可见，'知道分子'肚子里的肠肠就是不一样。"

说新闻不过是暖场，是人都爱听闻新鲜事，不过等新鲜劲过去了，大家还是要听"老九九"的。有人要听许仙白娘子的"人兽畸恋千年修得共枕眠"，或者是董永七仙女的"偷窥狂恋物癖窃衣弄奇缘"；有人要听布宜诺斯艾利斯的建城史，或者是庞培古城的挖掘史；有人要听秦始皇扫六合的丰功伟绩，或者是特洛伊英雄的远征故事；有人要听国家领袖的杀伐决断，或者是豪门贵族的恩怨情仇。

正在众人七嘴八舌之际，突然有一个官员模样的人挤到人群中，挤了一头的汗，先是对拴在一起的三个人说："劳驾，我们王爷想请三位到府上做客。"又对围观的老少爷们连连抱拳作揖，"实在是对不住大家了。今日就先请回，改日再来听吧。"

这也就是当地官府衙门用的是情治，不是法治，要不然只需一个"聚众闹事"的罪名，派军士衙卫上街一吆喝，人还不都一溜烟散去吗？大家都是明白人，赶紧说："官爷客套了，请自便。"又向三人说些奉承话："这下你们好了，去王爷府上，还不是老鼠掉到米笼里。说不定你们以后就能留下来，这不强似你们风餐露宿四海为家吗？"

见三个人俱都面露迟疑之色，众人又都解释起来："你们初来乍到怕是不晓得，我们这里的王爷可是如假包换正宗货，是龙脉嫡传呢。"

于是围得水泄不通的人群让出一条路，官员在前引路，三人尾随其后。众人中间有那些好事者，跟了一段路程，到底是王爷府邸，不比寻常人家的酒肆茶楼，断然是跟不到底的，也就逐渐散去。

进入王爷府邸，一路亭台水榭、富丽堂皇，自不待言。

俗话说，一入侯门深似海，王爷的身份又岂是区区侯爷可比的。不过，外放的王爷虽然威风八面，可以尽享荣华富贵，超然凌驾于地方官吏衙门之上，但是有一条雷区却绝对不能碰，那就是不能逾制。一切都得遵从朝廷的安排，稍微出格一点，就会扣上"预谋不轨"的罪名。也确实，你都已经是王爷了，还想再前一步，那不就是顶破天了吗？

当然了，作为皇帝的子嗣，如果不能够继承大统，偶尔把自己关在黑屋子里想象一下假扮一下满足一下也是可以的。一旦暗室漏光，大逆不道的事情被传了出去，那可是很可能就要掉脑袋的。

王爷在中堂会客，简单寒暄过后，引入了正题，问道："你们走南闯北，见多识广，一路走来，想必听说了我朝最近发生的动乱。因为动乱，朝廷与王府早就断了正常的通讯渠道。我想问你们，这乱是越来越大了呢，还是已经控制住了？"

三人不知道王爷端出来的盘子里放的是什么菜，一时都棍子样戳在那里。

王爷自我解嘲道："你们不必惊慌。我早就是一个废远放黜的人，偏安一隅。我关心的与其说是国家大事，不如说是我的家事私事，只是想知道家人的近况罢了。"

"途说"于是大着胆子说："太后被几个奸臣所胁迫，先帝的子嗣十之七八遭到了迫害，二十一个王子现在只剩下了四个。不过太后也渐渐明白过来了，手心手背都是肉，一方面是自己的娘家人，一方面是帝王夫家的千古基业，两方面都伤不起啊。"

王爷默然，他也有不得已的苦衷。说穿了，当今太后只是他的后妈而已，和自己的母亲有争宠的前嫌，她的儿子与她的娘家人和自己又潜在着夺权的后隙。女人争宠，男人夺权，都是一叶障目的事情，很容易会失去理智。

当初先帝并不待见他们母子，他年纪轻轻就成了外放王爷，从此与京城的权力绝缘。先帝驾崩后，王爷甚至都没能够去守灵送葬，被忽视一至于此。

等到太后专权，外戚把持朝政，皇族势力受到压制。太后家人野心愈来愈大，羽翼丰满，必然视皇族血脉为眼中钉肉中刺，斩草而后快，除根得安枕。幸亏王爷和母亲早就来到这座小城，才可以置身事外，逃离这场名利场上冰与火的权力游戏。所以说，塞翁失马焉知非福，确实如此。

开始的时候，王爷偏居一隅，免不了一阵泄气，后来听说了京城的连年动荡，又为自己感到庆幸，现在则是开始越发担心起兄弟手足的安危来。

"途说"安慰王爷："纷乱既起，四海无宁。解铃还须系铃人，这场动乱可以说始于太后，也必将终于太后。

"我的同伴（指"罔见"）能见常人之所不能见，我的同伴（指"道听"）能闻常人之所不能闻。他们告诉我，钦差大臣已经在来此的路上了，随时都会抵达。王爷请做好准备。"

王爷听了忧心更甚，说道："你们既然有此异能，何不运用千里眼和顺风耳之术。告诉本王，钦差一行，到底是吉是凶？"

"途说"向王爷密语了几句："钦差大臣此番前来，是要接世子去京城。至于凶吉，就不是我们所能妄断的了。"话已至此，三人就要行礼告辞。

有一个小男孩一直在内室偷看他们，不过七八岁光景，眼见怪人们要走了，才跑出来抱住王爷的腿："大大，我不要他们走，我要跟他们一起玩。"

随后，小男孩又对三个人说："我知道的，你们一个人能看到我，一个人能听到我说话，一个人能和我说话，你们三个人是'三位一体'。你们是不是做错了事，才被拴在一起合并成了一个人？也许你们是一个人，因为做错了事，被分成了三个人，对不对？"

带三人进来的官员哑然失笑。王爷皱起眉头，将他抱起来，径直送去内室。

那个官员小声介绍："这是世子殿下，生来早慧，平时就爱说些天真古怪之语，很多话我们成人都是听不大懂的。"

"途说"说道："非也非也。世子天资聪颖，原非常人可比。"

官员说道："可不是吗，世子出生之日可是有吉兆的。"也许意识到说漏了嘴，官员立刻岔开了话题，"不过我们王爷只希望世子能够平平安安地过一辈子。"

"途说"说道："王爷深谋远虑，自有道理。不过儿孙自有儿孙福，也就是了。"

他们见王爷迟迟没有出来，于是向那官员告辞出了王府。

2

王爷抱着小男孩进入内室，看到小男孩眼中依然满是乞求的神色。自己的这个宝贝疙瘩，生来就喜欢怪人怪谈，闻怪则喜，志趣太过异于常人。即使生在帝王家，有这等癖好的也绝无仅有。

想到这里，王爷有点于心不忍，就哄他说："允儿，大大带你去看外公砌墙好不好？"

小男孩这才高兴起来，父子二人于是携手来到后花园的一处别院中。

一位布衣老者正在砌墙。那堵墙已经快有一人高了。

"外公，你这堵墙什么时候推倒啊？"

"快了,再有两三天时间,外公就够不着啦。那时候就可以推倒了重建喽。"

"外公,为什么你会够不着啊?你可以先砌一堵墙,再站在这堵墙上砌一堵更高的墙。这样,不就可以一直不用把砌好的墙推倒了吗?"

"就你的脑袋瓜子聪明。外公年纪大啦,这么高的墙是砌不动啦。"

"外公,今天来了三个怪人。我觉得他们是仙人!"

"哦,为什么他们是仙人?"

"因为他们和我们不一样。他们很奇怪,一个人没有眼睛,一个人没有嘴巴,一个人没有耳朵,真奇怪。"

祖孙俩的谈话被王爷打断了。

"现在外面世道越来越乱了。先皇生了我们二十六个兄弟,除了早夭和病逝的,现在二十一人中只剩下了四个。京城里的三皇兄瘫痪在床,十四弟落发出家为僧,他们不争不抢,不问世事。十六弟因为守着边防重镇,手里握有实权,想必自保无虞。我虽然身体多病,早就外放出来,但难免会有人向太后进献谗言,诬陷我韬光养晦、图谋不轨之类。刚才那几个人告诉我,钦差已经在路上,要将允儿接到京都去。不知道他们所言是真是假,更不知道太后葫芦里装的是什么药。"王爷脸有忧容。

老者忙宽慰他:"吉人自有天相,情况也未必有你想象的那么糟。京城离这里有千里之遥,眼下又是朝争愈演愈烈之际,估计他们一时半会也腾不出手来处理我们的事情。话说回来,即使大难临头,也未必就没有应对之法。"

小男孩说道:"外公有办法,外公有办法。外公砌一堵很高很高的墙,把我们都保护在里面,外面的人就进不来了。"

老者道:"他们会把墙推倒啊。"

小男孩说:"几十道墙叠在一处,外面一座墙最高,里面依次降低。我们在里面可以一级一级攀到最高的墙上。外面的人是不可能越过那道高墙的。外公你说是不是?"

王爷说:"我希望您能带允儿走,隐姓埋名。哪怕让他跟着您学砌墙,做个快乐的泥水匠、小木匠,也比做个担惊受怕的外放王爷强。"

老者道:"天潢贵胄,说什么也不会就此埋没荒山野岭的。你是多虑了。"

王爷说:"昨儿个我梦到了先皇。他把一枚玉斑戒指给了允儿,又扳着允儿的手指说:'这根手指太细了,套不上;这根手指太细了,也套不上。'最后套在了允儿的大拇指上。我说:'父皇,这是您的孙儿戴允常,您还没有见过。'先皇非常生气,大声斥责我:'见没见过,不都是朕的皇孙吗?'说完,先皇就牵着允儿的手离开了。我在梦里急得大叫父皇父皇,可哪里还能见到他们的身影。原来是南柯一梦,醒来一时心绪难宁。又听说城里来了三个怪人,我就想请他们来,问一下他们,可有远近的消息。现下这个光景,我也不担心自身,横竖就是一死,算是为家国靖难了。我只是放心不下允儿。此前我就曾发誓,荣华富贵没有边,到头来也就是镜花水月,只希望允儿能如普通家庭的孩子一样成长生活,健康快乐些,知书达理些,人情世故些。钱财不在多,不捉襟见肘就行。名不在显贵,不遭遇横祸就行。

"您不是一直说要回故乡颐养天年吗?您把允儿带走吧。"

小男孩一听又喜又愁,高兴的是他可以跟外祖父在一块,担忧的是他会因此离开父母,不知道什么时候能够再相见。

正在这时,管家一路小跑着进了别院,告诉他们有懿旨到。

果然如那几个怪人所言,钦差大臣已在途中,只是没想到这么快就到了。

王爷以为一家人终于还是难逃噩运,急火攻心,眼前一发黑,软绵绵地垂倒在地。老者赶紧抱起王爷,给他深掐人中。一番手忙脚乱之后,王爷悠悠醒来,他紧紧握住老者的手,摇了摇,一切尽在不言中。随后他挣扎着起身,去迎接懿旨了。

懿旨诏令戴允常即刻进宫陪伴懿驾,除了侍奉的仆人,亲人一律不得随行。

安顿好了钦差大臣一行,王爷急忙叫来了自己左近之人,商讨应对之策。

太后此举,实在是让人捉摸不透。如果说是将戴允常作为人质扣押在京城,实在没有必要;换成是将十六王爷的世子人质于京,倒还更容易理解些。不过既然太后下诏如此,抗命只能速祸。可是将戴允常送入宫中,无疑是将年幼的他推入火坑。众人一时左右为难，都是满面愁容，哀叹连连。

王府晚上设宴款待钦差一行人，少不了随行上下都有一番打点。看到王爷等人强颜欢笑，钦差大臣于心不忍，就点拨了一下王爷："世子此番入京，卑职以为，王爷无须太过担心。虽然天威难测，但太后最近凤体违和，病榻之上多有所虑。动荡时期或许即将告一段落。"

钦差大臣认为这是天大的一场富贵落下来，王爷应该笑得合不拢嘴才是。他没想到，王爷压根就不愿意让他的儿子去京城。

虽然诰命责令即刻启程，钦差大臣还是尽量宽限了数日，让王爷一家人可以多相守几天。

这种类似重温的天伦之乐被离别的哀愁笼罩着。

外放王爷没有谕旨是无法进京面圣的，私自离开自己的封地也是一项重罪。王爷仔细权衡之下，只能让外公冒充老仆，夹杂在随行下人中，照料戴允常一路的起居，以应付不测。

在舟车劳顿中，外公利用一切机会，和戴允常独处。

戴允常第一次出远门，对沿途所见的一切都充满了好奇，同时准备了一箩筐的问题问自己的外公："为什么父王一再叮嘱我，只有在没有闲杂人等的时候，我才能喊你外公？"

外公说："因为你这次是去见你的奶奶，她可能不希望你带着外公一起去见她。"

戴允常又想到了一个问题："我不是有奶奶吗？怎么又冒出来一个奶奶？"

外公说："她是你的大奶奶。你要比对你的奶奶更尊敬她。"

戴允常又问："那我到底有多少奶奶啊？"

外公说："允儿的爷爷娶了很多老婆，按理说你都要喊她们奶奶。不过，目前你只要记住这个大奶奶就行。而且，你不能喊她大奶奶，或者是老太太，你要喊她太后。"

戴允常还是不理解，他想，不是说是奶奶吗，怎么又成太后了。很快他又冒出了一个问题："外公，我们在这个奶奶家会待多久？我们什么时候回家？"

外公说:"如果允儿很听话,讨奶奶喜欢,她就会很快让我们回家。如果你惹她生气,她就不会让我们回家。"

戴允常吐了吐舌头,"我会很听话的。这个奶奶人很凶吗?为什么大家说起她来都很害怕,就好像我们府里的丫鬟仆人们说起父亲母亲一样?这么凶的奶奶家里肯定也不好玩。外公,我能一直跟你玩吗?"

外公说:"我不会离开允儿的。"

途中无事,一路行止都有驿站工作人员打点,很快就到了京城。

戴允常被宫中太监径直接进宫里,其他人原地待命。后来宫中太监又传下谕旨,戴允常得留宫中太后身边,一应生活起居都有宫女太监服侍,随行的仆从着令回归王府。

外公放心不下,打发一名仆人回去复命,自己和其他人等在京城找了个院子住了下来。

这一住就是五年。

五年里,外公不知道砌了多少道墙,又推翻了多少道墙,但是戴允常一星半点的消息都打听不到。

有一天,外公倒是等来了王爷的一封密函。

信中写道:"自允儿前往宫中,我们夫妇二人夙夜兴叹,忧思难忘,病体沉疴,欢颜不再。不意想接到密诏,太后懿旨,勒令我们夫妇饮鸩自尽。想来是立子去亲。若允儿果真被扶植做了皇帝,他在京城毫无根基,朝政格局又是钩心斗角,他置身风口浪尖,又如何自保?很容易成为朝争的牺牲品。我们去后,允儿在这世上就只有您一个亲人了。允儿就交付给您了。"

外公看后老泪纵横,泣不成声。

他下定决心,哪怕将这把老骨头埋在京城也要等到和外孙见面的那一天。

3

戴允常进宫后,先是被带去叩见了大奶奶。

那么小的一个孩子跪在地上,大奶奶仰望上去可不就不怒而威,让他胆战心惊。退下来后,很快就有几十个人跑过来侍候他,大大超出王府的规格。

给他洗澡的就有五个人，一个人负责搓身子，一个人负责用香料，一个人负责打水，一个人负责挤毛巾，一个人负责给他擦身子。洗完澡后，给他更衣的有三个人，给他梳妆打扮的有两个人。

然后是吃饭，为了防止菜肴变凉了，光是传菜的就有二十几个人，他要吃什么菜，还有一个太监专门给他布菜，边给他添菜边报菜名。

此外，还有侍寝的，照顾他大小解的。

接下来，戴允常又见到了好几个山羊胡子老头，他们都是他的老师，负责教他各门功课。

课程排得满满的，上午四小时，下午四小时，晚上还有两小时。除了学习圣人之言，重温祖宗家法，还要上体能锻炼课。

几天下来，戴允常就开始打瞌睡了，还差点忘了自己的外公。但是他知道，外公这个秘密不能让太后这些人知道。他甚至很担心，外公会不会因为等不到他，自己先回家了。

每隔一段时间，太后就会召见戴允常，查看他的学习成果。

有时候太后会问他："如果让你做皇帝，你乐意吗？"

戴允常不知道皇帝是什么工种，只是联系到目前自己的处境，反过来问太后："做皇帝是不是就要永远离开自己的父母，要被很多人跟着，要上很多功课？"

太后默然，隔了一会才答道："做皇帝可能是要很辛苦，但很多人认为是值得的。兄弟反目，众叛亲离，到后来君临天下，就会称为'孤家寡人'。个中滋味，也许只有做了皇帝的人才能知道。"

戴允常见太后有点闷闷不乐，就说道："那我就做一回皇帝好了。等我做了皇帝，我就告诉你做皇帝是怎么回事，这样你就用不着遗憾啦。"

太后被逗乐了，有意捉弄戴允常，问他："我让你像笼子里的小鸟，失去了自由自在，看得见的只有四方城墙之上的天空，不能像普通孩子那样撒欢扑腾翅膀；我让你小小年纪就要离开父母，每天要学这么多的功课，远远超出了你这个年纪所能体会和承受的辛苦。你为什么还要对我这么好呢？"

戴允常于是放胆靠近太后，依偎着耳语道："因为你是我的大奶奶啊。但是，他们都不让我这么喊你，叮嘱我要称呼你为太后。"

太后听后有所触动，不觉呆呆出神。她第一次像祖母一样将戴允常抱起来，心想自己是何苦来哉，生在帝王家是何苦来哉。

自此以后，太后心无旁骛，决意要让戴允常这个孙儿来继承大统。为了替他登上帝位扫除障碍，太后找来帝党后党的核心人员，告诉他们，既往不咎，自今以后再没有后党帝党之争。于是众大臣心里都跟明镜似的，知道太后内心已有明鉴，要为新皇预立顾命大臣了。

新皇是谁，从太后谕旨戴允常进京就昭然若揭了。只是当时朝廷大臣还不清楚太后葫芦里卖什么药，是要垂帘听政呢，还是还政戴氏？是要为缓和愈演愈烈的朝争，找一个双方都能接受的权衡点呢，还是想要彻底结束这段混乱，选立一个恩威并施的君主？

从后续来看，太后对戴允常宠爱有加，似乎不像是要扶持一个傀儡孙皇帝这么简单。太后年已迟暮，迟早要日薄西山；戴允常却还是一个小屁孩，极富可塑性，早晚要荣登大位，到时候赏罚臧否，还不都是仰在帝心，自出圣裁？

临时抱佛脚，容易被佛踩一脚；平时滴点眼药，总有低眉顺眼的时刻。

一众文武大臣就这么纷纷打起了自己的如意算盘。

太后冷眼旁观，洞若观火，只是不挑破这层窗户纸儿。她着手培养戴允常，看到他天资聪颖，学业精进，老怀大是开慰。她自忖虽然一时糊涂，导致皇室人丁凋零，但天可怜见让她挖掘出了戴允常。在太后眼里，这位孙儿必定是一位中兴之主，好歹也算是补偿了自己的过失。

五年之后，太后自觉油尽灯枯，大限已到，而戴允常在她的刻意栽培之下，文才武略，已经有乃祖之雄风。只是有一点，让太后隐隐有些担心。

五年之中，戴允常时刻不忘自己的父母，有一次甚至跟自己的大奶奶（在私下里他们以祖孙相称）说，希望有朝一日他能够带着祖母返回故里一趟。太后愀然，故里之思让她想到了很多。狐死必首丘，羊羔总跪乳。"首丘"让她意识到了自己来日无多的命运，"跪乳"却让她心弦紧张了起来。

戴允常的父亲贵为王爷。在戴允常称帝之后，这个王爷会不会以天皇老子自居？自己多年的苦心经营，会不会因为这根出头椽子而"为山九仞功亏一篑"？自己百年之后，如果天下再度陷入混乱不治的境地，那不就是自己亲手将戴允常架在火上烤吗？

太后思前想后，一时嘘叹连连。时隔五年之后。太后再次将目光对准了王族。不过这次没有大动干戈，只是下达了两道谕旨：第一，手握重兵的十六王爷，宠命优渥，加其肃亲王头衔，担任新皇帝的监国；第二，密令戴允常的生父七王爷和嫔妃们自尽，以避免新帝继位之后，有制掣之虞。

此时太后又老又病，眼睛白内障严重，已经不能视物，双耳失聪，说话也颇费周章。她所能安排的一切既已停当，新皇继位就显得刻不容缓。即使皇家司仪夜观星象，极力劝阻，谏言新皇登位最好另选吉时良辰，但太后已经迫不及待。她已经撑不下去了，希望能在新帝登基之后死去，用太后之薨来巩固新皇的权势，强调皇帝已经君临天下，独掌乾断。

果然，新皇隆重的登基大典之后，太后说死就死了，一点也没有留恋。

4

所有这一切对戴允常来说，就像梦一样。首先，他不知道自己日复一日地学习，将来会发挥什么作用。山羊胡子们告诉他："学以致用，是备着将来不时之需。"

戴允常百思不得其解，觉得这种说法简直是狗屁不通，问他们："这些都是你们教我的，我学得再好也没有你们的学问大。将来如果有需要，为什么不干脆由你们来提供答案，却要我用从你们那里得来的二手答案来解决呢？"

山羊胡子们每每听到这句话，就会吓得面无人色，一个劲地磕头，像捣蒜一样。

另外，宫中生活特别无聊，没有一点点娱乐，很不符合孩子的天性。

当初他在王府的时候，经常会央求侍卫仆人带他出去逛街，偶尔也会央求外公带他去远足野炊。现在这些都是奢望。他无法走出皇宫半步，最多也就是抬头仰望天空。可是皇宫禁卫森严，上空真的连一只鸟儿都没有飞过。

除了太后，他再没有一个亲人在身边；就是太后，他也觉得更多的时候最好"敬而远之"。她很少流露真情实感，导致她去世之后很长一段时间，她似乎还在俯瞰着皇宫，让人无时无处不感觉到她的威严。好像她的死，也是一次深谋远虑的布局，显得很不真实。

年幼的戴允常自从进宫后，就在太后的监督下学习烦冗琐碎的"王道"。例如"人伦纲常""御人之道""简在帝心""政从人出""有法可度""任人唯才""人尽其用""文张武弛""权力意志"之类。

太后更是对他谆谆善导：作为帝王，要什么都懂一点，这样才不会受到左右之人的蒙蔽和忽悠；要"克己复礼"，才能避免因为自己的好恶对国家政权造成不可挽回的损失；要知人善用，才能扬长补短，将他人的智慧能力服务于自己；要见微知著，才能高瞻远瞩，防微杜渐，不让星星之火终成燎原之势。

简单点说，作为帝王，就是终其一生重复做一件事情：让文官们成为他智力的延伸，让武将们成为他力量的延伸，让厂卫们成为他的眼睛和耳朵，让御史们成为他的口舌，让各级地方政府成为神经元和血脉，源源不断地下达命令和传递营养。帝王深居内宫，影响却遍及全国。普天之下莫非王土，率土之滨莫非王臣。他要能如身使臂，如臂使手，如手使指那样，调动全国的人力资源，然后像一只超级宅男蜘蛛那样，吸食这些供养。

一位合格的帝王，所做的无非是这些。一位超级帝王，无非就是更讲究效率，控制得更为严密，像一个设计精密的机器人那样，不能出现一点故障。假如出现了故障，可以自检，如果自检无效，那就只能换一个机器人。

所有帝王都喜欢说"存天理，灭人欲"，是因为帝王基本上都是这一规则的受害者，他们希望天下的老百姓都能"存天理，灭人欲"，成为小机器人，那样统治起来就方便多了。可惜帝王时不时都会冒出些人欲，而且这些人欲因为久经抑制之后才冒出来的，就好像火山喷发一样，又壮观又可怕。帝王如果在这样的壮观面前自我陶醉，那就会让这种喷发成为常态。上有所好，下必附焉。所以说，天下之治，是不可能长治久安的。

地震火山频发地带，想要不乌烟瘴气，那也是不可能的。

那么，帝王就没有一星半点正常的志趣吗？比如说，像王冕在雨后的山坡上放羊之余画点荷花；像一个樵夫那样背着柴放歌山畔；像热衷于填字游戏的职场白领那样纵思横想；像奥巴马那样喜欢打篮球，经常邀请篮球运动员在白宫聚会。

作为一个人,肯定会是有一些天然志趣的,就好像有些植物具有趋光性一样。不过,当一个人成为皇帝之后,他就成了一株病梅,什么枝条都没有了,只有光溜溜的一根主杆,看上去是那么的单调、乏味。作为皇帝,他将被培养成只有一种志趣,那就是做皇帝。

皇帝不是一个工种,也不是一种身份,而是一种基因突变之后出现的变种。就好像印度象在基因发生变异之后,出现白象一样。它其实是白化病。人类中也会出现白化病,但白化病人很少是皇帝。如果白化病人做了皇帝,他可能就会要求所有人跟他一样,用布匹严严实实地将自己遮掩起来。

作为皇帝的人,除了在任期内,不遗余力地大做特做苦做巧做"皇帝活",基本是无法发展其他正常志趣的。

如果你喜欢修仙,你就无法正常地处理朝政;如果你喜欢画画,那就是不务正业。这样的皇帝,显然没有做好自己的本职工作。

只有喜欢做皇帝,努力发展做皇帝的基本技能,不断地练级升级,才可能成为一个制造盛世的帝王。他可以收获盛誉,在帝王史上留下浓墨重彩的一笔,修建规模庞大的皇陵供人凭吊,在时间长河中磨洗,半遭沙埋。

为了对抗这种终极无聊,每一个帝王在其生涯中都会挖掘出一些可疑的志趣爱好。比如说,有龙阳之癖,喜欢伶官、太监、侏儒、阉歌人、弄臣等,偶尔会出现异装癖、异食癖、歇斯底里症(俗称大头病)之类。

当一个皇帝坐在龙椅上,努力压制自己要啃食指甲的冲动,耐着性子听取大臣们的请示汇报,或者是慷慨激昂的演说,或者是针锋相对的辩论,他会油然而生一种虚无感。做皇帝做到这个份上,真是折磨人,而能把龙椅坐穿的人,绝对是极品,已经不能用恋栈来形容,他们已经像吸食毒品一样享受这样的超级待遇了。

戴允常,或者说是每一个帝王,都遭受着这样的折磨。做皇帝,绝对是一个苦差事。从人到皇帝,绝对是最为辛苦的蜕变。而且终其一生,即使遭遇武装逼宫、主动退位这样的事情,可以让他们摆脱掉皇帝这样的角色扮演,仍然处于变态发育中。

只有死亡,才能将一个帝王彻底解放。

5

继位之后，戴允常最迫不及待要做的事情是：出宫去，找外公。

皇帝的旨令，没有人胆敢不遵。虽然在此之前，戴允常即使只是提出出宫的想法，也会遭到左右的苦苦劝止。原因很简单，戴允常出宫，他们可能会遭到牵连。太后则会直接呵斥戴允常。这也难怪，宫里面什么都有，干嘛要出宫去。外面有什么好，市井生活而已，实在是有辱视听。

即使是一只老鼠，在京城挖地三尺也能找出来。

戴允常不费吹灰之力就找到了外公，非常高兴。他像一个天真烂漫的少年人一样，急于向外公倾吐自己在五年里所遇到的一切。

"他们教我做皇帝的一切。教我言行举止，教我如何表达自己的情绪，如何揣摩他人的欲望和恐惧，如何运用手上无边的权力，一方面要控制，一方面要展示。这让我觉得，做皇帝就像是在扮演一个不存在的偶像一样。"

"学习时间很长，有很多功课，而且几乎没有休息。我常常不知不觉就睡着了，有一段时间我特别想着外公，可是有时候我又忘了外公。"

虽然戴允常已经成为一国之君，外公在久别重逢之后，仔细端详着外孙，忍不住还是提出心存良久的疑问，那就是做皇帝的准备期既然如此辛苦和残酷，他的允儿是怎么扛过来的。

戴允常将外公带到御书房，那里有一扇暗门，里面是一个工作间。

平常戴允常看书累了的时候，会享有一段课余时间。他让随侍的太监找来了一套袖珍的木匠工具，有斧头、刨子、钻、锯、墨斗、角尺和竹尺；又找来一些木料，先是自己做一些形状各异的积木，继而开始制作木质的玩具，例如木刀木枪等。最后又找来宫中建筑的图纸，琢磨怎么制作楼台亭阁。

"有一个太监叫王德，他尽量满足我的一些要求，哪怕是违规会受到惩罚，也会偷偷地去做。有时候我觉得他其实就是可怜我。"

很快戴允常就能熟练地搭建出一座模型宫殿。为了不让别人发现，他就像外公砌墙那样，修了拆，拆了修。常人都认为宫殿模型里面空间有限，但是戴允常发现模型内部结构其实非常精妙，或许里面的空间比设想的要大很多。

外公跟随戴允常进入暗室，当时还不觉得里面空间有多大；但是等他再出来的时候，却迷惑了。他进入的房间内部，其实就在一堵墙之内，那堵墙根本容不下一个人的身子。

这是怎么回事？

看到外公惊骇的表情，戴允常就跟外公解释："外公，你知道一个这样的故事吗？有几个人一起吃饭。有个人觉得吃饭喝酒没有多大意思，就在一个碗里注入清水，倒映出了一个月亮。那个人拔出头簪，在水中月亮上画了一条线，就像门缝一样。门缝打开，从里面出来了一个女孩，轻轻一跳，就悬在了半空中，开始翩翩起舞。另外一个人大笑，说没有丝竹音乐，只有一个舞者怪冷清的。他将袖子卷起，从里面跌出一堆人来，有吹笛子的，有弹古筝的，活脱脱就是一个戏班子。演出完毕，这些人谢幕之后就都回到水中月和袖子里去了。那几个人早已经喝醉了，在呼呼大睡。"

"外公，水面之下，我们不知道有多幽深；铜镜的内部，我们也不知道究竟有多少曲折。就好像你砌的墙一样。一堵墙隔开的是同一个世界吗？墙的内部是不是就像我们所以为的那样逼仄？"

"我将模型搭建，我又将模型拆除。反复往来，我觉得即使材料完全一样，但模型的内部空间完全不一样。起初还只是隐约觉得，慢慢我就开始积极求证。为了探索这种空间的秘密，我将模型做得尽量大，我可以自由地出入其中，得以在内部构思它的结构，丈量它的空间。我发现，空间就好像海里的水，会不停地流溢出来。如果我在这里加一座花园，花园就出现了；如果我在那里添加一道回廊，回廊就出现了。我不停地添加，奇怪的是空间并没有因此而显得拥挤。虽然当我出来之后，觉得模型外部并没有变化，但内部确实在膨胀了。由此我想到，模型外部的轮廓，只是和外部世界的界限，它可以永远保持不变，但是其内部却不受这样的限制。换句话说，模型的内部是另外一个世界，可以不停地扩张。甚至我怀疑这种扩张是无限的。就好像宇宙一样，它可能诞生于一个原点，随后就不停地扩张蔓延，大到无边无际，长到无穷无尽。"

"现在我还只能制造一个外部看上去就像一道墙的暗室，给我足够的时间，我觉得我可以在模型内部塑造一座城市，甚至是一个国家，甚至是世界。"

"外公，相比于做皇帝，这件事更吸引我。我一直在想，为什么一个人要做皇帝？只要他愿意，他完全可以创造出一个世界，他可以一无所有，也可以拥有一切。"

"这个世界很大，但我可以制造一个更大的世界。这个世界属于我，但我希望有一个更大的世界，是属于每一个人的。在那里，每个人都自由平等，分享阳光雨露，可以有自己的兴趣爱好。志趣无贵贱高下之分。一个农民与另一个农民是一样的，与一个歌唱家也是一样的。那个世界如果还存在皇帝，那么皇帝和一个农民也是一样的，只是职责不一样，劳动的性质不一样，有可能更为辛苦，虽然获得更多的尊重，但是他没有额外的权力。他不能奴役其他人和所有人，他最多只能奴役自己。在那个世界，皇帝或许会是最痛苦的职业，只有苦行者和自虐狂才会选择，并且在众人的悲悯下坚持到底，就像一次献祭或者行为艺术。"

外公一时无法理解这些，他觉得自己可能会选择在这样的世界里生活，但生活在其中的人未必都要理解这样的世界。诠释是属于创造者的。就好像宗教一样。他想到自己的外孙做了皇帝，付出的代价却极为惨重，除了一个无趣的童年，还有父母的生命。所幸的是，外孙看来不会被皇帝这种身份压垮，而且他的发现也将给他提供最安全的庇护所。即使发生叛乱，即使朝臣阳奉阴违，在最后时刻出卖他，他也可以"躲进小楼成一统，管他春夏与秋冬"。

外公提醒戴允常，这件事非同小可，不到万不得已，不能泄露给任何人。

外公觉得戴允常现在已经可以独当一面，完全可以不需要他的照顾。心事已了，再无牵挂，他很快就驾鹤西去了。

6

自此，戴允常作为皇帝，世上再无亲人，成了真正的孤家寡人。戴允常未到弱冠之年，事事谨慎，不敢专断。赏罚臧否，也都尽量做到兼听。一时之间，倒也政事平稳。戴允常一边做皇帝，一边继续精研他的木匠活。随着年岁增加，他手上的权力也越来越大，而他做皇帝的兴趣却越来越小，他完全沉浸在探索内部空间的欲望之中。

这样的情况下，诞生一两个皇帝的助理就显得很正常了。本来十六王叔是最恰当的人选，由他来分担皇帝的职责顺理成章。不过新帝继位之后，周边国家趁着邻国内部动乱国势减弱，想要给新皇帝来个下马威，边境形势紧张，十六王爷要镇守边疆，须臾不能离开。

戴允常就只能从自己的身边挑选用得趁手的助理。一来二去，那个照顾他的太监王德就脱颖而出，地位举足轻重。

皇帝喜欢重用太监，可能是因为这些人没有子嗣，即使弄权贪婪，对国家的祸害也要比官员小很多。官员如果弄权，不仅会拉帮结派，而且还会为自己的七大姑八大姨谋福利，更要为自己的子孙考虑。嬴政想让自己的后代子孙世代都做皇帝，因此自称始皇帝；那些掌握权柄的大臣未必想让自己的子孙后代都做大臣，但肯定不愿意让他们成为穷人，因此他们的贪污都是没有止境的。

更关键的是，太监主事之后，即使弄权，做成九千岁，但也很少会想要再进一步，成为万岁的。他们虽然欺上瞒下，但很少会直接背叛皇帝。他们未必是很好的代理人，但绝对是忠诚的奴仆。

戴允常心思不在做皇帝，但是他也希望自己的管理能给臣民带来一些实惠。他想要让自己的国境内，物尽其用，人尽其才。耕者有其田，百工之人有一技之长，商人可以自由地穿行做生意，政府官吏有度地行使权责，而且他们都能因为做这些事儿感到快乐。

当初戴允常刚进宫中的时候，为他找来木匠工具，并为他保守秘密的王德，就这样受到了戴允常的倚重。有很多重要的指示，都是王德传达的。一来二去，王德在一定程度上就成了皇帝的代言人。虽然这种权力是一种镜像，但见风使舵的官员们的奉承和巴结，就让这种权力变实了。

戴允常与王德达成了一种默契。

王德可以通过皇帝默许的权力为自己谋取物质财富。太监没有了生殖的功能，可能更渴望通过敛财来达到一种心理上的平衡。而戴允常则可以从烦冗的政事中尽量脱身出来。戴允常对模型内部空间的探索已经到了关键的时刻。一旦突破了这个瓶颈，内部空间就可能自成一体，变成一种平行空间。

为了实现这样的奇迹，戴允常需要闭关一段时期，集中时间攻克难关。

戴允常交代王德："接下来一段时间我不能亲理朝政。除了非常重要的事情，其他的都给我挡回去。"

王德知道皇帝痴迷木匠活，可能是要制作一个惊奇的玩意儿。他以为皇帝心血来潮，闭关只是几天时间。反正以前这样的事情也时有发生，他早就老马识途了，也不以为意。

积压了大量奏折，引起了部分官员的不满。在王朝时代，很多官员还是有点职业素养和做人的良心的，比如说，黄河改道造成千万家庭颠沛流离失所，这样的大事一定要向朝廷申报赈灾。领取到了救济款，即使遭到层层盘剥扣留，至少老百姓还能分到一点，能够糊口，能够御寒，能够勉强活下去。

可是朝廷不管不问，御史们就不干了。他们虽然还不敢大骂昏君，至少会阐明心迹，甚至不惜以死明志。皇帝也是要上班的，主持早朝，听取各种工作报告，商讨解决之道。如果朝廷意见分为针锋相对的两派，就要举行廷争，搞一场辩论会。这种廷争，听起来很公平，其实就是展示自己的实力，亮出自己的底牌。很多皇帝喜欢看自己的大臣为某一个问题争论得面红脖子粗，这样他就知道朝臣有没有结党营私，势力有多大，是不是要出手制衡一下。

如果皇帝不上早朝，皇帝翘班了，就缺少了主持人和裁判，事情就只能搁置。事情一旦搁置，官员们就觉得自己尸位素餐了，严重不满起来。

官员们要抗议，却不能越级，他们得分别找自己的顶头上司反映情况，礼部的有礼部尚书，吏部的有吏部尚书，此外还有刑部等等。问题和意见汇总给尚书，再由尚书汇总到首相那里。他们对首相一通诉苦，跟竹筒倒黄豆差不多：皇帝不玩了，我们还怎么玩啊。

首相也是愁眉苦脸，新皇登基之后，其他一切都还正常，就是隔三岔五喜欢玩失踪。谁也不知道他干什么去了，有的人以为是去逛窑子了，有的人以为是修仙去了。做皇帝要嫖妓，或者去修仙，也挺不可思议的。做皇帝的还缺女人吗？做皇帝的什么都有，得道成仙有这么爽吗？他这个首辅大人，也当得窝囊，哪怕是碰上汉武帝、明成祖，他也可以冒险去用相权制约帝权，给手下的言官们做做榜样。

这些"居庙堂之高则忧其君"的官员们说着说着，突然想到了一个问题。皇帝该不是出什么事了吧？比如说染了花柳病，得了伤寒天花，或者是被人软禁了，甚至有可能被饿死在了内宫。想到这里，这个不测的可能性就更大了。

如果皇帝真的是被动不抛头露面，那么最值得怀疑的对象只有"假传圣旨"的王德。王德在效仿曹孟德，挟天子以令朝臣啊。

这还了得！大家群情汹汹，就往内宫涌过去，在门口被侍卫拦住了。没有谕旨，谁也不能擅闯。首相还是有办法的人，他让大家少安勿躁。他跟侍卫理论不成，就找来了王德。王德开始的时候吓坏了，他怕自己成为出气筒，一不小心就被众人撕碎了。但是他也不敢得罪首相，只能过来相见。

王德还是留了一个心眼，他留在宫门里头，陪着一万个小心。首相看见王德这样的举动，不啻火上浇油。他压低了声音说："王德，你给我出来。"

王德说："首辅大人有什么话尽管吩咐，我这儿听得倍儿清。"

其潜台词是：反正我今儿个不出这个宫门，你们这么多人气势汹汹地前来，肯定是问罪的。你们不敢对皇帝怎么着，只会拿我来出气。我出去还不是羊入虎口吗。

首相怒火中烧，冷哼了一下，"怎么着，王德，你是以为我不敢踏入内宫了？"

王德赔着笑，说："首辅大人，是小人不敢走出这道宫门。看诸位大人俱都面带怒色，小人不敢迎其锋。到时候血溅宫廷，小人贱命一条无足挂齿，引起皇上震怒，只怕会牵连诸位王大臣们。"

首相更生气了，好你个王德，不提到皇帝还好，提到皇帝就好比滚油里滴了一滴水。首相说："我只问你，皇帝人现在哪里？"

王德心下也明白，这些大臣们是不见皇帝心不死。光凭着自己是拦不住的了，只怕还会生出其他的乱子。于是王德对首相软言相求："皇帝现在好着呢，只是不愿意被人打搅。首相如果一定要见皇帝，小人可以带你去，但是只能您一人前去。"

首相权衡了一下，料定王德也整不出什么幺蛾子来，就跟众大臣交代:"诸位大人少安勿躁,我这就去面见皇帝。"

首相随着王德进入了内宫,最后在一个建筑沙盘前停了下来。那是一座精致的宫殿,很像现实中的皇宫,只是被缩小了几十倍。

王德畏畏缩缩地走到沙盘前,用一块红木轻轻敲击了进入宫殿的台阶一下。很快,一张帛纸抛了出来,上面写着"什么事"?确实是皇帝的手笔无疑。

王德在其后写上"首相求见",将帛纸卷起来塞进宫殿。很快,帛纸又递出来了,上面写着"请回"。王德默默地将皇帝手谕递给首相。首相一脸惊诧,他实在想不通皇帝干嘛会进入这样的宫殿,看着又不像是障眼术。难道皇帝真的有难言之隐,需要这般独处面壁?

首相也不说话,只是跪倒在地,不停地以额触地,砰砰有声,说道:"国不可一日无君,还请圣上明察。"里面半晌没有回音,王德轻轻拉起首相,送出宫外。此时首相虽然确定皇帝没有出意外,稍微放心了一点,但皇帝行事诡异,让他更是满腹狐疑。

首相回到宫外,劝散了文武官员。

可是第二天,首相独自一人又来了。他强逼着王德带他前去面圣,虽然明知道很难见到皇帝,但不知为什么,他跪在那里捣首,好像也是在为国尽忠,成了他首辅工作的一部分。

连接着好几天,首相都长跪在沙盘前。首相年纪不小,老胳膊老腿的,膝盖自然受不了,酸痛,出血,首相仍然咬牙坚持。尽管王德很快给首相拿来了软垫,首相依然吃不消。有一次他竟然跪着跪着晕倒了。

等他醒来时,发现自己躺在卧榻上,皇帝在一旁守着自己。月余不见,皇帝神情憔悴,显得很是疲惫。

首相很是惶恐,"还请皇上原谅老臣的斗胆,实在是国不可一日无君。"

戴允常打断了首相的话:"爱卿忧国忧民,何罪之有。现在你醒了,不妨跟随我到外面去走走,透透气。"

首相亦步亦趋跟着皇帝出了宫门。只见皇帝足不点地一般,很快出了紫禁城,置身于闹市街头。首相吃力地跟在后面,走得口干舌燥,但又不敢拦阻。

大街上酒肆茶楼，当铺客舍，一应俱全，只是没有一个人影。

皇帝在前面七转八转，登上了城楼。城楼上也是一个把守的兵丁都看不见。放眼望去，沃野千里，正是京畿的情形。皇帝指着远处，告诉首相："爱卿胸中有丘壑，当知道千百里外的一座座城池，它们拓展着帝国的疆域，拱卫着京都的安全。封疆大吏和地方官员们勤勤恳恳地牧民，让他们生活得自由富足。"

首相突然有一种错觉，自己置身于一座空城中，皇帝所描述的疆域虽然存在，但也是空无的。有那么一会儿，他觉得自己像是一叶醉舟，飘荡在广阔无边的大海中。身边什么都有，但又什么都没有。

皇帝看着首相："我知道，这也许太过离奇了。但是，我确实从我所迷恋的木匠活中发现了一个空间的秘密。那就是在任何一个有限的空间中，都有一种无限。在一滴水或者一颗芥子中，都有一个完整的世界。再造一个世界充满了挑战，其工程量是巨大的，需要不断地进行想象与复制。消耗的精力越多我就越亢奋，越欲罢不能。我想要复制一个帝国，它完全有可能比我们现有的帝国更要宽广，甚至远远超出我的经验。我现在需要有人搭把手，所以我不惜将此秘密告诉你，希望你能帮助我管理外面的国家，让我能够全力以赴再造一个世界中的世界。"

首相晕乎乎的，他只有一个问题想不明白：既然已经存在一个世界了，为什么还要再造一个世界，这两个世界有什么区别？

"区别很大。在那个世界里，你只能是首相，我只能是皇帝。但在这个世界里，你可以做任何你想做的事情，你可以重新安排你的生活，没有任何人会干扰你。这个世界是无穷的，所以每个人都可以拥有一切，而不会为了有限的资源和空间发生竞争、压迫和争斗。也许，我不想做这劳什子皇帝，你也不愿意做什么狗屁大臣。"

首相丧失了抵抗，"你是皇帝，你完全可以命令我。"

皇帝轻声说道："从现在起不是了。你现在是这个新空间的第二个自由个体。我们之间是平等的。所有进入这个空间的人都是平等的。"

首相答应了皇帝，虽然以他的年龄，这样的空间对他并没有太大的吸引力，但他还是觉得帮助皇帝实现这种冒险是值得的。他可能在想，任何一个皇帝穷兵黩武去开疆辟土，都更为大胆和危险。假如皇帝能够为他的臣民找到一个无限扩展的乐土，却不存在流血牺牲。那无疑是最好的途径。

首相还有一个疑问，王德肯定也是知情者，难道他没有被这个新空间接纳吗？

皇帝告诉首相："我默许王德可以积累他想得到的家财。他得到了这些，却不愿意放弃这些，因此他主动弃权，不想成为这个空荡荡的世界的一员。我曾经带领他进入这个一无所有的世界，他在惊讶之余，有自己的切身体会。他打了一个奇怪的比方，认为这个世界让他想到了自己的被净身。我告诉他，这只是这个世界的原始状态，一旦有了人烟之后，这个世界就会在自己的车轮上前进。但我无法打消他的疑虑，因为他太消极了，以为不管怎么努力，他都是不完整的，他的人生和世界也是不完整的。他对钱财有奇怪的占有欲。我许诺他可以变得非常富有，但不能超过一个皇帝所能给他的赏赐。皇帝占有了太多的资源，权力过于集中，前者让他不贪而贪，后者让他贪而不贪。如果我不贪恋这个世界的荣华富贵，放弃了这些，那么我是不是可以让渡其中的一些给一个可怜的太监，比如像王德这样的人？"

7

百官们发现，自从首相面见皇帝之后，和王德就像一根绳上串的蚂蚱一样。他们一个主内，一个主外，一个负责传达皇帝的旨意，一个负责执行皇帝的旨意。他们一唱一和，里应外合，难免让人生出这样的怀疑：首相和宦官相互勾结，把持了朝政。

尤其是，皇帝经月不理朝政，避不露面，而能够有权面圣的人却只有首相与王德。此前对王德个人擅权的担心，现在变成了对王德和首相合谋的怀疑，而且显得更有说服力了。

有些心细的官员买通了内宫的耳目，却探查不到皇帝的一点音讯。所有的证据表明，皇帝要么已经不在宫内，要么就被囚禁在宫内一个秘密的场所，比如一口枯井内，甚至有可能已经暴毙，却被王德和首相压制住，秘不发丧。

有些胆大的官员甚至选择翻越宫墙，像狗一样在深宫内到处嗅闻，想要找出皇帝的下落。虽然暂时没有传出这些人与宫女们苟合的传闻，但大内"闲人免进"的禁条却不能这样继续被无视下去。

首相和王德还担心，万一皇帝的秘密被太多人发觉，会发生什么样的灾难性后果，有多少人会在没有排队参观的前提下认同皇帝的想法？他们会不会觉得皇帝是一个不学无术、游手好闲的混混，或者是一个捣鼓神秘术的魔法学院的忠实信徒？他们会不会推翻皇帝，将他裸体游街示众、命丧在鬼头刀下？

一切都是可能的，民愤无可阻挡，不管是在秦朝初建期间的连绵阴雨中，还是法国大革命时期的轰隆枪炮声中。

为了加强戒备，首相与王德更换了明显渎职不作为的禁卫军首领，让首相的本家侄子接任。这一举动坐实了首相与王德勾结的罪名，首相的不臣之心昭然若揭。官员们最不能容忍的是，首相与一个宦官勾结，就好比是和魔鬼缔约，实在愧为人臣，是下作的、无耻的。

在这样的形势下，十六王叔登台亮相了。他贵为王叔，手握兵权，负有监国之责，自然应当出面扭转京城失察的风气，对皇帝的失政也有提醒指责的责任。他是最合适的人选，即使他提出的"清君侧，诛王德"的口号，包含了"皇帝轮流做明年到我家"的野心。

十六王叔发出了"檄文"，也就是通电天下，他要证明皇帝是生还是死，是耽于淫乐还是遭人挟持。如果皇帝还在，那么他就要皇帝勤政爱民，不要荒芜了朝政。如果皇帝不在了，那么就对不起了，国不可一日无君，他就要从监国到摄政，从摄政到帝王了。

十六王叔的军队是帝国战力最强的铁血之师，即使各地有零星的勤王之师，在其铁蹄前也是一触即溃，根本无法阻挡十六王叔直指帝京的步伐。更多的人选择的是观望的态度，他们不在乎十六王叔是不是真的想造反做皇帝，他们只希望十六王叔的举动能逼得皇帝现身。

皇帝啊皇帝，你在哪里啊你在哪里。

都火烧屁股了，皇帝只要还活着，总要现身了吧。如果皇帝还掌控着局面，他应该现身告诉十六王叔，自家人有事好商量，不要整出这么大的动静；如果皇帝是被王德和首相监禁了，他们这个时候也要抬出皇帝，镇抚天下，才有足够的资本和十六王叔唱对台戏。

可惜都没有。

王德和首相对十六王叔起兵之事视而不见，充耳不闻，他们依旧像往常那样，一个负责传达皇帝的旨意，一个负责具体落实下去。

不仅百官糊涂了，连十六王叔也很不解。叔叔来给侄子解围，或者说向侄子逼宫，总得要激起一些反应，行动才能够继续进行下去。十六王叔的感觉是，自己的一记重拳，好像打在了一个相扑运动员身上，对方浑然无觉。甚至更不如，就好像将一块千斤巨石扔下深渊，一点涟漪都没有出现，就好像一颗质量超级巨大的天体被黑洞悄无声息地吞噬。

十六王叔迷茫了。一个人的一生，总会有迷茫的时刻，不管是在青春期，还是在巨大的成功将要落到自己肩上的时刻。

更让十六王叔崩溃的是，当他包围了帝京，才发现这里已经是一座空城。生活的痕迹还在，但制造这些痕迹的人却都蒸发了。好像一次有条不紊的大逃亡，人们甚至有时间好好整理，除了实在没法带走的物件，其他所有东西都被席卷一空。

据说在大洪水之前，诺亚因为提前得到了上帝的指令，才有足够的时间制造方舟，并且将蒙恩的万物带上方舟避难。

十六王叔进入了皇宫，皇宫也是空空的，只有一个死了的王德。他的起居室里堆满了金银财宝，就在这些财宝上面，王德的尸体悬吊在大梁下，他悬梁自尽了。吊死鬼的死相都很难看。

十六王叔看到王德伸出来的舌头和快要掉出来的眼珠子。王德保持了一个贪财者的形象，至死都对财物垂涎欲滴，眼睛里看到的也只有这些。

十六王叔占领了帝京，也如愿登上了帝位，但是他给自己制造了一个难题：他的侄子去哪里了，满城之人去哪里了？为什么偌大的京城只有王德一个死者？

他只能昭告天下，说王德与首相弄权，不仅谋害了皇帝，还做出了屠城的疯狂举动。他们杀死了城里的所有人，让他们殉葬。他们想要通过这样的举动，以便死后还能控制他们，奴役他们。

做了皇帝的十六王叔经常做噩梦，梦见宫内某面墙上突然开了一道门，自己的侄子带着一队披甲武士涌出，将自己斩杀之后，他们又循着那道门隐退了。十六王叔在梦中亲眼目睹了自己的死亡，看到自己的后人为自己操办后事，只是口不能言，无法告诉他们真相。醒来后，他大汗淋漓。

就像武则天相信猫和老鼠的梦境，十六王叔也坚信这样的事情必然发生。他的恐惧日甚一日，为了堵住消失的人出现的通道，他开始让人拆掉宫里一些可疑的墙，随后更是下令彻底铲平了皇宫，最后迁都了事，仍然为后人留下了一座空城。

一座空城目睹了他的前来，同样一座空城目睹了他的离去，期间只是完成了一次重复。那座城池在时间长河中，经历了从无到有、从有到无的过程。往事越千年，也许都不需要千年时光，它就会化为齑粉，不复存在。

8

戴允常无法停止自己的工作。他不知道自己的这一发现最后将给自己，给两个世界带来什么后果。也许每一种后果都是唯一的，也是不可逆转的。

当十六王叔起兵问难的时候，首相和王德忧心忡忡，寝食难安。戴允常觉得这反而是好事，他现在可以将君权交出来，如果是十六王叔来取代自己，可能于国于家都是相宜的。天下大统本来是戴家的，虽然这件事本身也很值得商榷。戴允常想起自己年幼的时候，于来京城的一路上，看到那些荷锄的农夫，往来的商贾，闲聊的茶客，嬉游的子弟，觉得吃酒喝茶、打牌听戏、日常劳作，这样的生活是值得羡慕和尊重的，不应该被搅扰。但这样的生活又太容易被打破了。

生活一旦失去了平静，人们就会忧思终日，长吁短叹。老不得所养，幼不得所教，年轻人也失去了努力的方向。好像一口随便哪里吹来的恶气，就会让人经受不起，人生的水面皱纹陡生，生命的烛焰摇曳一下就熄灭了。

这样的生活是多么脆弱。

他跟外公说："如果天下人都能这样没有压力地生活着，那不是很好嘛。"

外公告诉他："每个人内心都希望过上这样的生活。当一个地方的人听说另外一个地方的生活很好，他们就会涌过去，造成那个地方的繁华。可是这种繁华生活的压力，注定要落在其中的一些人肩上。人口增加了，物产却没有相应增加，这是贫穷之源。分配的不均，造成了不公平的现象。快乐被少数人垄断和独占,很多人的脸上被忧愁笼罩。"

他当时就琢磨,如果所有人都生活在一个无限的世界里,是不是就不会受制于有限了。

十六王叔的军队离京城越来越近,京城里渐渐分为两个阵营:一个是主降派,他们觉得如果抵抗,就是以卵击石;一个是主战派,他们觉得十六王叔大逆不道,不得人心,应该誓死抵抗。不过主降派都是暗地里的,明里大家都不敢公然投向十六王叔阵营,还是以主战派自居。只有当他们必须做出抉择的时候,他们才会亮出自己的底牌。

首相每天被主战派包围着,开始担忧起这些盲目脑袋发热的人。他将自己的隐忧告诉给了皇帝:"十六王叔的军队每天都在逼近京城。现在京城上下弥漫着死战的情绪。大家群情激昂,要誓死保卫皇上。城在人在,城亡人亡。我担心如此一来,恶战不可避免,势必流血漂橹,白骨无数。帝国的元气可能会就此大伤。"

戴允常觉得因为这件事(十六王叔与自己争帝位)死伤无数,实在没有必要。他本来打算趁这个机会索性交出君权,平稳过渡,让十六王叔去做皇帝,自己可以心无旁骛地继续自己的研究。但是,现在事情的发展显然超出了原先的预计。

戴允常不希望看到任何的流血牺牲。

首相和王德苦思良策:"如果圣上同意将追随陛下的臣民带入空间,就可以避免目前鱼死网破的惨剧。否则他们肯定会以身殉难的。"

这不失为一个两全其美的好办法。但前提是,如何区分出这样的人群,进而给他们提供保护呢?王德提出了一条建议,他认为皇帝发明的这个空间可以不断地扩展下去,而且既然现在就已经超出了实际京城的规模,那么何不干脆将满城百姓都带到空间里,先避开这场眼前的灾难再说。

王德说:"让他们都进到空间里面,实际上每个人都还可以照常生活下去。只要我们不告诉他们实情,他们完全相信十六王叔已经退兵,而他们的生活没有发生一点改变。"

首相提出了自己的担心:"人们怎么能相信十六王叔会兵退得无声无息呢?"

王德说:"我不会跟你们进到空间里。十六王叔不是说要'诛王德'

吗。既然不再有王德这个人了，十六王叔的目的已经达到，再不退兵他就是公然谋反了。人们肯定不会怀疑的。"

首相说："把你留给十六王叔，你不是死路一条吗？"

王德说："人为财死。我贪污了这么多钱财，我也舍不得扔下它们。"

首相说："如果你舍不下你的钱财，你可以将它们都移到那个空间去。"

王德说："首辅大人，诚如圣上所言，在那个空间每个人可以重新做人，过上焕然一新的生活。既然这样，还要么多钱财，有什么意义呢？在这个世界是贪污犯，在那个世界还要守着钱财过日子，我那又是何苦来着？"

首相还待苦劝，王德突然很郑重地说道："首辅大人请放心，我会严守圣上的秘密，不会泄露分毫的。我再不肖，也不敢拿一城几十万人的生命做游戏。"

听王德这样说，首相知道王德已经决意赴死了。

计议已定，首相将自己和王德的打算全盘告诉了皇帝，希望得到皇帝的首肯，允许大家进入空间避难。"只要不告诉他们实情，谁也不会发现自己的生活已经有了改变。"

戴允常也想不出更好的办法，他只是感到很遗憾，"我创造了这样的空间，本来是希望生活在里面的人可以更为自由自在地过他们想过的生活。如果不能告诉他们实情，那他们生活在此岸和彼岸，又有什么实质性的区别呢？"

首相安慰皇帝："现在只是权宜之计。以后有的是时间，可以慢慢找机会告诉他们实情。希望留在空间里的人，可以留在那里生活，想要回来的人，也可以选择回来。"

首相让自己的侄子着手安排迁移的事情。他们以一个社区为单位，以审查为名，把全社区的人都组织起来。卫兵给他们戴上了眼罩，带领他们穿过首相和王德预先布置好的曲径通道，等到他们摘下眼罩的时候，发现自己又回到了家中。一切原封未动，这是因为卫兵们早就从同一条渠道将他们的财产转移了过来。

所有人都被蒙在鼓里，即使执行任务的官员和卫兵也一头雾水。他们对朝廷这次莫名举动的突击检查深感怀疑，却不知道问题出在哪里。

对此首相的解释是，朝廷此举是为了排查出十六王叔的奸细贼人，以便更好地拱卫京城。大家认可的解释是，王德这个家伙大难临头，所以借检查为名，大肆搜刮财物。这是王德最后的疯狂。

让文武百官更为惊讶的是，许久不露面的皇帝也出现了。皇帝不仅上朝议事，而且还做出了重大决断，将王德腰斩于市。另外一个连锁反应的喜讯是，十六王叔听说皇帝挥泪斩了王德，也就退兵返回，继续镇守他的边疆去了。

原先知道真相的只有三个人，皇帝、首相和王德。王德最后留在了外面，在十六王叔进入京城的同时悬梁自尽了。最后知道秘密的只剩下皇帝和首相。

他们分享这个秘密，同时又因为这个秘密而深受其苦。

很显然，皇帝和首相还要继续颇为辛苦地扮演他们的角色，背离了他们的初衷。

皇帝不能像之前那样花更多精力营造更大的空间，因而非常苦恼。首相重复着之前的工作，但因为洞悉了所有秘密，常常觉得自己身在梦中。这种真实的荒诞性往往让他在工作中力不从心。

为了维护这个秘密，皇帝和首相也不得不做些防范。

比如，在京城之外存在而蛮荒的空间，就像一块画布上尚未完工的部分，一旦人们涉足其间，就会引发怀疑和思索。假如人们发现这个世界与此前生活的世界似是而非，他们会做何感想？

虽然皇帝和首相都希望人们生活在一个没有帝王的世界中，但如果人们真的领悟到这点，他们会不会习惯没有皇帝的生活？

他们现在唯一能做的，反而是阻止人们去发现真相，虽然这种真相其实是他们最想告诉人们的，只是目前还不到时候。

城墙和四角城门都派驻了大量警卫，人们出城需要出示通行证。

禁卫军在郊区布了一个警戒圈，部分人被许可在这个范围里面开垦和种植。按照皇帝的设想，这个警戒圈向外缓慢地扩展着，形势的变化，需要更多的人加入禁卫军。

所有人都好像突然被扔在了一座荒野小岛上，或者是置身于一个全然陌生的星球上，像垦荒团一样。

秘密通道被封锁了，派有重兵把守。之前人们通过它来到这个世界，也可以遵循原路返回过去。不过，为了避免十六王叔发现这个空间，从而将杀戮带到这里，这里是绝对的禁区。除了皇帝和首相之外，谁也不能接近这里。

当十六王叔下令彻底铲除皇宫的时候，那条秘密通道也被毁了，实际上已经不复存在。

当皇帝告诉首相这一事实的时候，他们面如死灰，这预示着他们将一城人带入了一个封闭的空间。皇帝虽然发现了入口，但这个入口之前是双向的，现在却成了单向的，再也无法通过它来返回原来的世界。皇帝当然也可以再次发现一个入口，但这一入口通向哪里却是未知数。很有可能的是，皇帝将在这个新的空间中再次复制一个空间，就好像镜中之镜一样。

皇帝和首相会愿意打开一扇又一扇门，在复制的空间中不停地深入下去吗？

这异常恐怖，让人绝望。

9

在新的空间中，人们继续着繁衍生息。

一代人死去，一代人降生。周而复始，就像树叶生长，树叶凋零。

首相临死的时候，把他所知道的秘密带走了。

皇帝来探视奄奄一息的首相。首相感到解脱在即，他拉住皇帝的手，不停地问："圣上，我是不是生活在你的梦中？我们是不是被命运抛到了一艘奇怪的船上？"在临终的谵语中，首相高呼皇帝为"我的船长"。

皇帝告诉首相："你生活在我的梦中，我同样生活在你的梦中。我是皇帝，你是首相。这种身份是双重的，因而也是虚假的。我不是皇帝，你也不是首相。"

首相的侄子，以前是禁卫军首领，现在已经是大将军。他随同皇帝一起来探视自己的叔父，皇帝与首相的对话触动了他。

大将军一直是皇帝和首相重要决定的执行人。首相去世后，皇帝也迫切需要一个可靠的人来帮助自己，他选择了大将军。

大将军脑中盘旋着那句话，"我不是皇帝，你也不是首相。"这句话点醒了大将军，他完全可以取代皇帝，成为一个独裁者。虽然他对自身所处的这个世界一无所知，不知道它是残缺的，是在不断生长着的。相比于外部的世界，他更在乎和熟悉的是自己内部的欲望。

枪杆子里出政权，这绝对是至理名言。

大将军成功谋反，他将戴允常囚禁在一间密室中，严加防范。

戴允常意识到，自己虽然可以创造一个全新的世界，但这个世界最终还是会不可避免地落入像大将军这样的人手中。任何一个完美的世界，都会被这些人控制、享有和推动。他们扼杀了一个鲜活的自由生长的世界，在有限的世界里助长着掠夺、侵占、杀戮的蔓延。

只要有这些人存在，世界就是吵闹的、纷争的，就会随时爆发冲突和战争。这个世界已经停止生长，就好像星球进入衰变期一样，迎接它的只有消亡。

戴允常向看管自己的人请求一套木工用具。大将军听说戴允常索要这些，就让人都予以满足。大将军对左右说道："我们不能剥夺一个木匠皇帝的乐趣。我听说他做皇帝一点不在行，倒是喜欢做木工活。我们大家什么时候也去参观一下他的作品。"

不过大将军最终没有能够如愿，虽然他的手下随时向他汇报戴允常的动静。根据手下人的报告，戴允常花了很长时间制作一件宫殿模型。模型非常精致，简直就像是一件艺术品。

但奇怪的是，模型制造完毕之后，戴允常就失踪了。

大将军勃然大怒，他以为戴允常使用了障眼法，很有可能是挖了地道逃遁出去。不过即使他命人挖地三尺，别说地洞，连一点蛛丝马迹也没有发现。

大将军迁怒于那座宫殿模型，下令烧掉它。

熊熊火光中，宫殿很快就成了一堆灰烬。

大将军还不解恨，又去用脚去踩踏那堆灰烬。可是他竟然撞痛了脚，好像碰到了一个障碍物。他又用手脚去试探，惊骇地发现，在灰烬之上，还有一座无形的宫殿模型屹立在那里。

大将军让几个力士去搬动那座无形的宫殿。力士们使出吃奶的劲才将它搬离地面，很快就发现，脱离地面之后，它就好像一块冰在化成水一样，变得越来越轻，变得比空气还轻，开始往上飘了。这跟它看不见很吻合。到最后，力士们已经不是用力抬起它，而是将身体全挂在上面，即使如此，依然不能阻止它的飞升。

这样的场面很骇然，几个彪形大汉突然脚就离地了。他们哇哇大叫，最后都摔落到了地上。

现在大将军隐隐觉得，戴允常，这位被他罢黜囚禁的皇帝，就在那个宫殿里面。他命令更多人来拉住这座飞升的看不见的宫殿，俱都无功而返。

到后来，谁也不知道这座看不见的宫殿漂浮到哪里去了。

10

有人说，戴允常居住的那个宫殿就时常漂浮在我们的头顶上。

他曾经是一个皇帝。在他做皇帝之前，他是皇帝的孙子，王爷的儿子。他做皇帝时间很短，很快就被他的叔叔赶下台了，成了前皇帝。他的叔叔没有杀他，不是不想杀他，而是找不到他。他的下落不明，成为历史上最著名的未解之谜。

他是因为痴迷做木匠活，荒废了朝政，才被他自己的叔叔造反的。因为他不太看重皇帝这种身份，而他的叔叔显然比他更想做皇帝。

有关戴允常喜欢做木匠活，更像是一种杜撰。爱因斯坦留下了三个丑陋的小板凳，但是戴允常的木匠作品一件都没有流传下来。

也许因为他确实是鬼斧神工，人间难以留存他的作品。

据说，他制作的木牛木马神乎其神，不仅能载物，还能交媾繁衍；他制作的笛子，即使不懂韵律的人拿到，都会吹奏出"只应天上有"的曲调；尤其是他制作的宫殿模型，里面深藏奥妙，别有洞天。

也许有人会质疑，说鲁班爷爷都没有这么厉害，没必要在这里瞎说八道，信口开河。

好吧，那就说一个不那么玄乎的，更为耳熟能详的关于戴允常的传说。

当北风刮得越来越可怕，温度越来越低，耳朵都快要冻掉，哈出去的气会变成雪霰，尿液可能会随时变成冰柱，这样的时候，人们就会说："快要下雪了。"

雪从高空洒落下来，密密麻麻的，直到覆盖住所有的活动痕迹，连声音似乎也都消失了，天地间一片静谧。就像变魔术一样，世界瞬间完全不同以往，变得素净洁白，像一个刚出生的孩子一样，像回归到世界的本初一样。

这个时候，人们就会仰望天空，喃喃低语："你的木匠活呵天下无双。"

每一个冬天都会发生这样的赞美，年复一年。

据说，在九霄云外，漂浮着一座看不见的宫殿，里面住着的就是戴允常。他是最有本事的木匠。当人间弥漫着不幸与悲哀，没有同情，没有慈悲，没有良善；当普天下怨声载道、哀鸿遍野；他就会在那看不见的高处，拿出他的刨子，开始哼哧哼哧地做他的木匠活。

那些刨花不断飘落下来，就变成了雪花。

雪花越来越大，越来越密，地上的积雪越来越厚，遮盖住了世界的贪婪、丑恶和肮脏。

当然了，他做的都是无用功。当雪花融化后，世界依然是老样子。不过不管怎么说，他还是为我们保留住了这个世界善良、纯洁和美好的一面。

虽然为时短暂，美好得像一个梦一样。

选自《青年作家》2015年第5期

评鉴与感悟

河的第三条岸

赵志明讲故事的方式很任性，让人眼前一亮。

他的小说没有文艺腔，随兴所至，像在聊闲天，读了让人觉得很亲切。他有丰厚的生活积累，很节制也很冷静，不轻易做道德判断。在他的《万物停止生长时》，他开始去记录一代人的生活经历，那是从录像厅辗转到租书摊，在录像到武侠小说里流连，在江南水汽蒸腾的别桥一带，少年人成长的孤独体验。插科打诨之间，嬉笑不已，仿佛顽童。

这些都让人欣喜不已，仿佛故友重逢。在看完赵志明故乡系列的小说时，还曾隐隐为他担心，怕他处理完这一部分经历后创作将无以为继，现在事实证明了担心的多余。他还是那样不紧不慢，从容不迫，身着长袍，响木一拍，还是像个顽童一样，"信口开河"地弄出千万种陌生的声响。

在赵志明看来，小说似乎是这样一个矛盾的文体：它至轻且至重，它至快且至慢，又可以举重若轻，快慢相宜。所以，结尾那个爱做木匠的皇帝轻盈地飞到了天上去，可是在现实生活中他也有解不开的沉重难题——父母的死，新一任首相的背叛，还有和周围人的格格不入。他空有美好的理想，认为万物当平等，结果只能飞到天上去。现实也许是强悍的，但小说是自由的。在赵志明小说里的成人为什么无趣？因为他们太沉重，沉重则因为他们想得太明白，类似小说里提到的"大头病"。

我们都知道历史上明朝有很多怪皇帝，有的爱扮小贩，有的爱炼丹，还有的爱做木匠。书上说，那是中央集权的后果——从中央到地方，从皇权到相权。书上总是这么说，那是一般没出息的皇帝。

我们都觉得做个皇帝就应该宵衣旰食，夙兴夜寐，像大禹一样"腓无跋，胫无毛"，"三过家门而不入"。扮小贩、炼丹、做木匠，不是昏君，也是智障，坐拥天下，富有四海，还倒腾这些劳什子做什么？

——你又没做过皇帝你怎么知道？

——你也没做过皇帝，你怎么知道我不知道？

在我们的印象里，太监有好多种叫法——阉党、阉官、阉人、内竖、宦官。我们还可以毫不费力举出一长串的名字，赵高、魏忠贤、刘瑾、李莲英……他们一律有着奇怪的面孔，贪得无厌，非男非女，阴阳怪气，阴暗狡猾的怪物。

我们都知道水有三种形态，当温度低的时候气体会凝结成水，再低一些就是冰雪，天要下雪就是因为温度足够低。不过也有人说要是有谁陈冤未白，六月也会飞雪；一如有的时候有人无事可干，也会在天上"哼哧哼哧"做木匠。

当看到赵志明运斤成风，把手中的板斧抡得呼呼作响，在小说里把做木匠的皇帝和下雪天巧妙地对接在一起的时候，我们恍然大悟：在小说里，河流不止两条岸，还可以有第三条。（沈建阳）

药水弄往事

/ 任晓雯

宋没用最早的人生记忆，是两岁时，缩在艒艒船舷边。水面升起的寒意，使她忽盹忽醒。父亲划船，母亲与两个姐姐依偎。哥哥浸一只手，滑小桨似的。河水顺掌侧破开。那手耆然一勾，指向前方："药水弄！"

苏州河绕弯，浮大片艒艒船。水色黳然，豆油燃起船灯，扎出荧荧星星的亮。

岸边一排褴褛的女人，就着月光洗东西。脑袋此起彼伏，像一颗颗没有刨净的土豆。

父亲宋榔头问："药水弄吗？"有苏北口音"嗯"一声。

全家换上体面衣服。靠了岸，系好船，一脚踩进泥浆。宋没用扯母亲，没扯住。

身体里仍然一漾一漾，仿佛蹚着看不见的水。她闻到苏州河的腥臭。

那是1923年，苏北人沓来，据说上海遍地钞票。在城里做缲丝阿姐的远房表亲，建议宋榔头住药水弄。老乡多，方便介绍工作。

药水弄有座药水厂，还有窑厂、纺织厂、化工厂、机械厂。棚户跟出疹子似的，围着厂房疯长。宋榔头领着妻小，起先住艒艒船。船身裂了，就上岸来。捡几根毛竹，烤成弓形。帆篷为顶，草苫做门，搭成半圆"滚地龙",内铺稻草棉絮。下雨天气,棚内跟着泥泞。妈妈让孩子们捡拾芦苇、麻袋、碎砖、木板、铁皮,和着泥巴,不断修复棚顶。

宋榔头戏唱得好,还会敲盐阜花鼓锣。从香火戏《魏徵斩龙》《刘全进瓜》《秦始皇赶山塞海》,到淮剧小戏《对舌》《赶脚》《巧奶奶骂猫》。一口高亮的淮调,唱得人乡愁百转。很快在苏北老乡中混熟。

有人介绍他做码头搬运。逾月,被辞,再受老乡荐,当起更夫。凌晨三时下更,赶去拉粪车。拉了一阵,应聘扫马路。他嫌市里统发的红布衫工作服丢人。不久结识个小扬州,受荐去澡堂当临时工。修脚、捶背、端茶送水。活计轻松,常能趁隙盹觉。

宋榔头像蛇一样,在新环境里复苏。辗转游刃,东打西敲。两年后,抠省出零余,想打点工头,把老婆送进烟厂。厂里多浙江人,苏北人只能进烟叶车间。工作重,薪水低。最重要的,仅招年轻女孩。他盘算几晚,交了钱,把十七岁的大女儿送去。

他们开始有大米吃。吃大米的顿数,渐多过吃红薯。大腿浮肿消退了,荒脑门重新生长头发。

气力一饱,往别处溢。他找了个相好,还生出儿子,头顶有双旋。"双旋滚鸡蛋,长大做大官"。

他最疼这个孩子。

宋没用的母亲,已经四十五岁。头发夹灰,腋窝发酸,洗衣服都蹲不住。榔头打她。有时一边打,一边从后面操她,仿佛她只是一袋长着器官的肉。他有别的女人,并不隐瞒。"你的屄松了,骨头也脆了。"他当着孩子们说。

"妈妈,什么松了?"宋没用问。她面颊常年红肿,背上烫痕斑驳,肩头洼了一块,是妈妈用鱼钩剜的。她五岁时,看着只有三四岁大。肩膀瘦窄,脑袋仿佛架不住,要从脖颈上颤颤折飞出去。

六岁那年,妈妈塞一个小竹篮,让宋没用拾荒。天不亮,宋没用满目眵垢、首如飞蓬地出门。每天卖垃圾,得一二百文,偶尔四五百文。还到菜摊边,偷捡烂菜叶,回家煮着吃。

她不识路。面目雷同的街道,让她晕头转向。

她想出对策:若第一路口左拐,接着的路口,也连续左拐。兜兜转转，总能回到原地。她甚至搞不清左右，只能以此区分：拿筷子的手的方向，不拿筷子的手的方向。

她一边走，一边默记标志：一家商店，一杆路灯，一个小摊子。记得熟稔了，才敢穿过更多路口。她用三个月，走遍槟榔路、草鞋浜路、小沙渡路、劳勃生路。又花半年，走出第十三警区。

她慢慢走出更远，捡得更多。

垃圾是宋没用的玩具。拾一块碎布，有滋有味想半天：原先是件啥衣服，穿在啥人身上，怎就破了扔了；捡一方硬板，假装是银圆，学着二姐的腔调，自言自语："老板，来罐白兰霜"，或者"老板娘，要盒双美人香粉"。她曾掘到半个骷髅头，表面发黄，顶端破一洞。洗了洗，当头盔玩。还曾穿过小半上海，把一块涂磁漆铁皮拖回家，藏在邻居鸡棚里。那是宣传高档肥皂的广告牌。

宋没用最有感情的，是药水厂后门的大垃圾堆。常有拾荒孩子，蠕虫一样攀爬翻拣。宋没用深一脚，浅一脚，上到最高处。越过一只只疮痍的草棚，望见铁灰色外墙，褐黄色厂房。房顶挑起几竿烟囱，黑烟时而冲天一线，时而扬洒如旗。

风向紊乱时，黑烟跟着乱，在烟囱口纠缠成一团。

除了烟，还有水，从铁管子滚滚出来，一路泥土渗阻，棚架隔挡，淤成臭烘烘的小浜。小孩们唱："棚户区，陷人坑；天下雨，积水深；脚下踩，陷半身。"一边唱，一边踩水玩。宋没用讨厌蚊蝇。那些没头没脑的小黑点，直往眼眶、鼻孔、嘴巴里钻。更恨跳蚤，咬出米粒大的红点，让人抓得腿上血迹条条。她站在用泥土填高的地坪上，看别人耍烂泥和脏水。

宋榔头离开澡堂。澡堂是扬州帮地盘，扬州大哥看他不顺眼。他去面粉厂，做临时工，扛面粉袋。数月后，攒钱打点，托了东邻蒋大哥，做起黄包车夫。他俩和一对姓孙的高邮兄弟，从开车行的苏北老乡那里，合租一辆人力车。孙氏兄弟拉白班，他和蒋大哥晚班。工厂下班后，隔天轮流，拉六七钟头"车屁股"。凌晨几小时，出让给一个阜宁老头。老头六十二岁了，怕巡捕和乘客看出年龄，黑帽遮面，只露双眼。

现在，除开面粉厂工资，他每月多挣十来块。

偶遇乘客慷慨，单趟就能挣一块。拉黄包车比扛面粉轻松。榔头很快学会持平衡，控气力。车杆上提，车座重心下沉，一路顺溜溜滑动。从苏州河石拱桥下坡，几可足不点地。上坡费些劲儿，会有流浪汉帮推一把，讨赏几个铜板。

他们那辆车，是工部局牌照，俗称"大照会"，可跑华界、法租界和公共租界。榔头戴起新买的西式便帽，满上海奔跑。吃红灯时，和其他车夫斗嘴说笑。绿灯一亮，蜂拥而起，马拉松跑似的往前冲。见缝插针，超过马车、汽车、自行车，蹭过穿制服的交警，直至被下一红灯截住。

入伏之后，面粉厂淡季。榔头睡饱了觉，闲暇花不完，就去茶室。聊天、打牌、听评弹。偶被邻居拉着麻将，连输几场，不敢再赌。他知道几条巷子，有廉价鸦片窝。蒋大哥告诫碰不得——以前一个搭档，就让鸦片废了。

有阵子，榔头迷上"江北大世界"，没事往法租界安纳金路跑。妻子说："带上没用吧，让可怜孩子领领世面。"他不喜欢宋没用。她长得像她娘，枯瘪瘪、木讷讷，仿佛从旧生活里走出来。哀求再三，勉强带上。女人嘱咐："没用，你爸做了什么，见了谁，统统回来告诉我。"

江北大世界，把戏多得不敢想。说书、车技、剑术、斗兽、驯猴、说唱、吞剑、气功、变戏法、独角戏、西洋镜、木偶戏、走钢丝、说因果、唱大鼓、现代话剧、畸人表演。遇江北戏班在街角搭台，一听大半天。有时也去别的场子。八仙桥、宁波路、爱来格路、东自来火街、西自来火街。

榔头不和宋没用说话，也不笑。怕走失，拿麻绳系住她腰，一路牵着。很多年后，宋没用记不清父亲长相，却记得西洋镜。父亲交了两分钱，抱起她，贴近小圆洞。透过油污斑斑的放大镜，她看见魆黑的木匣子中，有个撑洋伞、戴窄沿帽、穿鲸骨裙的女人，披一肩蜜合色鬈发，荼白的手指，捻起裙褶子。琉璃色的天空，葱黄色的田野。

繁花纷缀，是深深浅浅的红。茶红、赭红、殷红、妃红、酡红、银红、品红、丹红。每种颜色，都比真实世界鲜亮。亮得宋没用双目淌泪，脑中萦萦不散，仿佛自己也活在了画境里。

榔头开始胃疼，时而拉稀，时而便秘。双眼一曝太阳，就莫名流泪。后颈和面颊起泡流脓。

更重要的是，气力衰减，跑跑就累。这是黄包车夫职业病。妻子却说:"被女人掏空的吧。"被他打一顿。

拉白班的孙家弟弟,被一户洋买办包下。每月发十个银圆,提供食宿衣物,还给小费。孙弟把私人包车牌照租予蒋大哥。蒋大哥有几个妓女熟客。她们装成良家,在"上只角"坐车闲逛,寻找有钱主顾。偶有巡捕查车,就让嫖客假扮包车的东家。

拉上"野鸡车",每月能挣四五十元,扣掉三元牌照费,七元伙食费,约抵小学教员薪水。

蒋大哥拆掉滚地龙,建起草棚。棚顶是硬铅皮的,有木门和泥巴墙,墙上凿洞为窗。又搭出阁楼,每月一元,租给别家。蒋家有个柜子,污垢黏腻,辨不出木色。但它毕竟是一件像样家具,上面还有抽屉。宋没用觉得稀奇——她家连椅子都没有。

蒋大哥把三个儿子送到人力车夫互助会读书,自己也在互助会识字。他计划拼搏三年,攒够票子,做转租人力车的二老板。他将穿起长袍马褂,成为体面人。

榔头也想拉野鸡车,怕被抓罚钱。犹豫之间,日本人忽然疯起来。飞机嗖嗖,炸弹轰轰,热闹得像过年。妈妈命没用拾荒别走远。"听说闸北炸没了,南京路上在打枪。知道日本鬼子最爱干吗?吃小孩,不听话的小孩。扯着腿,撕成两片,血淋淋蘸盐巴吃。"炮声震得她躁恼,发起无名火,把宋没用推出棚外,任她在黑夜里哭。去,去,让日本鬼子吃了你!哭得几欲晕厥,才拎回去。

大姐替宋没用求情,给她擦脸,帮她裤管贴补丁,让她挨罚跪地时,膝盖好受些。大姐二十四岁了,已是烟厂老员工。车间湿且热,灰尘迷眼,烟屑呛鼻。黄色蒸汽腾腾灼人,汗液也被染黄,在衣服上淌成一道道。她得了慢性支气管炎,每天拖泥带水地咳。锁骨状若犁头,在薄皮肤下,一咳一咳地滑动。她有个相好,盐城人,泥瓦工,常给她买冰糖。糖甜,嘴也甜,小伙子讨人喜欢。妈妈迟迟不允婚事——她舍不得家里失一份收入。

五月里,日本人终于消停。天气倏然转热,家里潮闷如蒸。蚊子比往年出得早,不舍昼夜地聒噪。宋没用捂着一身汗,等待脱掉棉袄、光身乱跑的日子。等啊等,没有任何征兆地——瘟疫来了。

起先是蒋大哥家。大儿子低烧、胸闷、喉咙充血。以为是呼吸道疾病，拼命灌盐水。二儿很快也染上。有人说，蒋秃子从坐车的"野鸡"那儿得了病，回来传给孩子。嚼舌头的话不及传开，瘟疫先传开了。钱家双胞胎、赵家大伯、孙家媳妇……人跟草似的，一片一片枯倒。

没有一家去医院。病人们看起来恹恹欲死，怕浪费了钞票，人也救不回。还怕报纸做文章——政府早想拆棚户，说"妨碍公共卫生"。邻里凑钱请道士辟邪。道士杀鸡取血，混着墨汁画符。

杀的是宋没用家的鸡。那只毛羽疏暗、鸡冠缩垂的老公鸡，项上挨了刀，疯叫着，扑腾着，满地跌撞。它并不比其他畜生倒霉多少。

棚户多有饲养。猪圈挨着棚屋，鸡鸭索性与人同住，宿在床底。不养的人闹起来，说畜生太脏，引了传染病。养的人骂他们没凭据。吵着吵着要动手。

道士做法事之后，瘟疫更凶。受灾人家一多，不好意思惊天动地，多少压着点哭声。高高低低，如吼似喘。开始有人杀鸡卖猪。舍不得的，发现自家畜生被谁弄死，也没奈何憋着脾气。

接着入了梅，雨水推涨疫情。秽物夹裹霉臭和沼气，冲来荡去。密密挨挤的旱船、棚屋、滚地龙，俟次坍斜，互相倾轧。缝隙般的过道，人称"阎王路"，被煤屑和泥土反复夯实，白白高出来。雨水顺势灌进屋子，没及膝盖。妈妈把宋没用放在桌上。

人们耷拉着脸，动作迟缓，任由路面淤着。

一场雨后，垃圾静静嵌在泥水里，显出曲终人散的意思。棺柩停厝在户外。多是杨木的，也有几具松木。这些装殓尸体的器皿，像是亡者生前的衣衫，材质单薄，拼裰而成。至于死孩子，配不得寿材，大些的钉个木匣子，小点的直接装进瓦罐。

渐渐，活人们态度散漫了。一则死亡太多，情感麻木；二则恐惧压倒悲伤，各人终究更操心自己。他们不再置棺，改用草席包裹。接着草席也省了，直接放在家门口。远望去，乌褐的泥水里，一摊一摊青白色，是剥得光溜溜的背膀屁股——活人们更需要衣服。

流浪狗来了，在尸体间嗅来嗅去。人们用脚踢，用竹竿捅，用吃喝声吓唬。它们不怕。它们野了，吠叫的样子像狼。于是人类怕了。不再管它们，转而巴望尸体赶紧瘗埋。

东方荧亮时，收尸的来了。戴着手套，将尸体逐一裹了白布，扔上板车。每天一二十具，重的在下，轻的在上，层层叠起，左右推压。确认堆结实了，悄无声息拉走。

轮子蹚水，吃力不匀。车身稍作歪斜，尸体就一卷卷滑落。收尸人们骂骂咧咧，重新捡起，堆好。宋没用几次被吵醒，想出去看，被妈妈摁住。

一次，妈妈允许她看。那是大姐被推走的日子。

大姐是前夜死的。父亲不在。他和姘头生的儿子也染瘟疫，他去帮忙照看。大姐躺在月光里，腮黄唇白，瞑目不语，皮肤透着尸臭。这味道直冲宋没用脑门，缭绕多年。下半夜，棚外野猫呜咽，挠拨人心。宋没用不安稳了，手往身边摸，以为大姐还在那儿。咦一声，又睡过去，直至被妈妈叫醒："走，送送你姐。"

曦光微透，雾气深染，棚屋影子濡湿了。世界清爽得令人惊惶。他们到门帘外。二姐拉着妈，妈搭住哥哥肩膀，哥哥贴在宋没用背后。宋没用听见他粗重的喘息。脑袋昏昏然，想赶紧回到梦里。

妈妈给大姐身上留了内衣，算对骨肉的最后一点疼爱。套着背心裤衩的大姐，被收尸人卷起，掷到车上。妈妈发出一记细细的声音。不像人的喉咙发出的，倒像金属厮磨的声音。宋没用耳朵一刺凉，清醒了。没有人哭，她也不敢哭。眼巴巴看着板车，东一歪，西一斜，从宋家门口远去。

妈妈以前常说"死了算了"，现在却不说——

因为死亡这件事情，真真实实离她不远了。她比任何时候渴望长命百岁。有钱花，有房子住，有儿孙孝顺。她过早变成一个自私小老太，心肠被命运敲打得硬邦邦。她告诫宋没用："你要待妈妈好，否则就像你大姐那样，年轻轻死掉。"

宋没用很快忘记，大姐究竟长啥样。她甚至来不及伤感。回想那个清晨，只记得拉车的收尸人。那个高乎寻常的男人，身上补丁连补丁，辨不出衣服的原先形状。仿佛为了俯就这个低微世界，背脊佝紧着，脑袋埋向胸口，双手抓牢板车柄。他沉默得像个阎王爷。

蒋大哥三子皆亡，一夜灰了头发，染上烟瘾。终日躲进窄巷陋馆，躺在油腻的烟榻上。榔头找去，见他凑着烟灯，勾着眼睛，注视小厮捏起烟针,将烟泡子挑进烟锅。旋即脑袋一歪,如痴似醉,将竹烟杆架到烟灯上。

榔头气得肝疼,骂他一顿。几天后,找到新搭档,海门人,被称"范猴子"。在苏北,海门算是富庶。范猴子说,他爸嗜赌,输光了地。老婆又太能生。为养活十几个娃,只身来上海。

范猴子是老车夫,自认"门槛精"。听音识客,分出老上海、外地人、新上海人。后两类统称"乡下人",拉他们绕路,索取数倍车费,或者中途停住,就地抬价。他在夹衣第三粒纽扣下,开一洞口,匿入镀银铜片。在乘客付钱时"调元宝",诈称收了假币。遇到较真的人,解开衣服,任凭搜看。手抓衣襟,遮住藏钱地方。运气好的日子,能讹二十多元。"人诈你,你诈人,到底还是公平的。"

榔头跟着范猴子,胆量撑大起来。依样搞些假钱,藏进车灯和防雨帆布。范猴子教他在码头候客。穿长衫、拎提箱的旅人,大多没钱乘汽车,却好面子,不愿拖行李上街。他学会拉长腔调,抛一句:"三个洋,少一分不走。"生气似的眼神,将他们睃来睃去。若遇急病就诊,或者雨天没有伞和胶鞋的人,更是低眉耷眼,故作无视,直至他们一再高声叫车。这时就能肆意开价了。

但多数日子,苏北庄稼人的腰板,跟熟麦子似的,伏得低微。巡捕、乘客、车行业主,个个压他们一头。范猴子挨过揍,损三颗门牙。那是拉一胖子,说好打个来回,收三十铜板。范猴子拉完单程,索要车钱。"刚才讲好的,拉到这里给三十。"对方也不辩,招来伙伴,殴他一顿。

"最后还是给了钱,单趟三十,"范猴子唇间漏风,嘶嘶作声,"支那人,凶得要死,抠得要死。爷爷我是经常拉洋人的。洋人当的官,比大清国皇帝还大。"

榔头也喜欢洋人。洋人体型偏重,车速要求快,但出手豪爽。有次拉一对洋人夫妇,从外滩到南京路,要价"三个洋",对方没说二话。他学会几句洋泾浜英语,"卖大母"(Madame)、"卖斯丹"(Master)、"力克西"(rickshaw)。候在洋行、戏院、旅馆、舞厅、大商店门口。看见金发碧眼的,不管英美、白俄、犹太人,扔开正在还价的中国客,欠身过去问:"去哪儿,卖斯丹?"他不知道,自己的车夫生涯,终会废在洋人手里。

数月后,有人在弄口墙面上,用石灰粉写大字:"人口平安""四季太平"。似为气势衰竭的瘟疫画句号。幸存者盘点损失,振作生活。

大姐的短口衫和蝴蝶鞋子归了二姐。宋没用得一根头绳、两只发夹子。闻一闻,似有余温,微微酸腻。那是大姐头皮上的味道。

二姐是家里唯一衣着体面的人。一件石青色短口衫,洗得微微泛灰。苏北口音淡了,面孔变得圆白,刘海浅浅遮一道。她在"钢窗蜡地"的花园里弄当保姆。东家有煤气、浴缸、抽水马桶,还有小汽车。工作是父亲的姘头介绍的。父亲让她喊"孃孃"。孃孃是盐城寡妇,在同一条弄堂上班,孃孃送她双妹花露水和旁氏白玉霜。她觉得花露水好闻,做保姆体面,"孃孃"比亲妈温柔。她被轻易收买了。

宋没用黏二姐。二姐像月历牌人物,好看又冷远。

二姐骂:"小跟屁虫,干吗老跟着我。"

宋没用说:"我要听你说话。"

二姐摸摸她,摸得她香气满额。二姐说上海人文雅,东家有见识讲礼貌,说洋女人胳肢窝发臭,洋男人都怕老婆,他们能把活人印在纸片上。

二姐的东家和洋人打交道,洋文说得溜,什么都知道。

宋没用问:"东家知道得多,还是咱爸知道得多?"二姐拧她一下。宋没用去问母亲。母亲听了,拿钳子戳二女儿:"打死你个忘本的贱骨头,以为沾了上海人的床,就真变上海人了。"

二姐隔开她,眼神疏疏然。"看着吧,"她对宋没用说,"总有一天,我要走得远远。乡下老太婆死掉了,我也不回来。"背地里,她称母亲"乡下老太婆",或者"苏北老太婆"。

一夜,榔头拉西班牙海员,从虹口到法租界,跑了五英里。海员下车就走。他拦住要钱,海员抽出刀来。他怯了,不甘心,拖着车子,尾随其后。海员进卡巴莱酒吧。他上前抓衣角,被管门的搡出来。

他坐在街沿,瞅着对面铁皮路牌。中文字"朱葆三路",不识得;外文字" SAN-PAO-CHU-RUE",亦不识得。他只识得,这条不足百米、铺设卵石的窄街,叫作"血巷"。

霓虹障目,乐声挠耳。小汽车嘟嘟而来,突突而去。各色水手服,喝酒、跳舞、打架、按摩、赌钱、找女人。这里的中国女人,或旗袍,或洋装,妆容娆艳,满头硬邦邦的发卷,颈腕闪着廉价珠宝。她们被称"钉棚",与洋人三五作堆,勾肩搭背。收个三五毛钱,就任由他们钉一钉。

他啐了一口,环视左右,又伸脚蹭掉痰渍。

外滩码头离得不远。他想象江水翻沫,撞向岸堤,留下水波的湿印。大小泊船,一浪浪轻曳,船灯飘摇不定。继而想起自家眉眉船,月光漏进船篷,渗在孩子们睡脸上。他想起早夭的儿子,变冷淡的情人。她不爱笑了,眼角塌耷着。葬完孩子,他给她二十块钱。她请他喝杯水,早早赶他走。

仿佛心照不宣认定,是他亏了她。

想了一晌,见海员出来,勾着一双妓女,伙着三五同伴,步态醺醺。榔头即刻堆笑上前:"卖斯丹,车钱,车钱。"海员撩起拳头,他耳朵一嗡,不及反应,面颊已磕在地上。过了漫漫几秒,感觉到疼。爬起,被击倒,又爬起。他担心人力车,生怕损了偷了,要破费钱。想扭头瞅瞅,迎面又吃一脚。海员踩住他,淋了他一脑袋啤酒,想点火,被同伴劝止。他趁隙挣起身体,去拖车子。怕被海员追上,榨出气力狂奔。到药水弄口,就地一瘫,动弹不得。

榔头休了几日。周身此起彼伏疼痛。右腕尤甚,变粗变硬,转成黑紫色。找了个中医,掰弄一番,反而严重了,日不能安,夜难成寐。熬月余,右腕皮肤溃烂发臭。听说有家"红头发人医院",看病不花钱。宋没用陪他去。

医院熙攘如早市,气派似商店。复古壁灯、走廊拱顶、雕花护墙、落地钢窗、深色打蜡木地板。父亲袖着坏手,宋没用战战兢兢,缩在门边。

一名护士走向他们,眉目柔顺,话语轻细,"看病是吗?"引到门诊队伍。

队伍拖至走廊,弯折过来,直逼扶梯口。排在后面的小伙,面色焦黄,蜷在地上。前方是两位大娘,嗓门洪大地聊天。一个住得近,头痛耳热,常来蹭诊。端起见识广阔的派头,说医院啥人都有,枪弹打伤的、电车压残的、吞鸦片自杀的,"还有给机器轧的呢,指头秃秃的轧没了,巴掌血淋嘀嗒。"另一大娘配合着,眉毛一耸一扬,"啊啊"惊叹。"机器最吓人了,那么大,轰隆隆响。洋鬼子工厂有啥好。上海人都不去,只有乡下人去。"她俩同时停住,瞥瞥排在身后的乡下人父女。

宋没用胃囊空洞,紧了一紧。移视别处,见一外国修女,推着轮椅病人,左右避让,穿过人群。榔头也看见了,白皮金发,搅动他的记忆。

他想起那晚,洋人肌肉似山,腋臭如鼬,让他透不过气。有那么几瞬,他以为自己被打死了。他哇哇大叫。前后队伍即刻躲散,医护人员跑来。

宋没用慌道:"爸,他们抓人啦。"错神之间,榔头被一白大褂拉住。她哭起来,跟进大病房,见他被摁到棉软的白床上,才稍稍安静。

医生是中国人,戴圆眼镜。皮肤光滑无纹,略略松弛,像一席保养得当,但毕竟用旧了的皮革。说话的腔调,使宋没用战战兢兢,手脚没处搁置。

医生说一句,榔头"嗯"一声,宋没用跟着"嗯"一声。

医生说完,问:"听懂了吗?"

他摇头,她也摇头。

"我的意思是,你手腕骨折,没及时上医院。现在感染了,只能截肢。"

榔头仍不明白,不敢问,"嗯"一声。宋没用不响。

这样,他的一只手没了。

事后回想,榔头认定"红头发人医院"害人,剁了他的手,拿去做法术了。他听一个老车夫说,那家医院把胎儿、断肢、五脏六腑,泡在怪味水里,用透明罐子封住。"那就是洋人下的洋蛊。"

又怪宋没用,"都是你,他们要剁手,你干吗不拦着。"宋没用哭起来,觉得错在自己。

父亲整夜睡不着,偶尔迷糊过去,觉得断手犹在,又惊醒。他落了发,皱了皮,满嘴腐臭,全身脓疮。二女儿偷塞五个银圆,说"嬢嬢"给的。"嬢嬢讲她也困难,大家各过日子吧。"妻子不知怎么发现,夺走银圆。"老不死的,在外轧姘头、下崽子。以为我不晓得。"

范猴子来探望:"我有好东西,帮你解解痛,消消愁。"

"我不抽鸦片。"

"不是鸦片,是酒。"

他以前偶尔小啜。初次醉酒,哦哟一声,心想原来这么好,仿佛全世界的秘密，被他发现了。

娇娘，金屋，良田，银圆。只需一满觥，想啥有啥，腾腾欲仙。他成了药水弄有名的酒疯子，吃饱老酒，到处乱跑。跑得裤头松弛，索性剥光躺倒。他被狗咬走一个睾丸，灰发里虱子麻麻。他不饿，也不冷。单衣薄衫的，就入冬了。

母亲说，宋家出疯子。榔头的祖父，晚年发疯跳了河；父亲年过半百，开始寡言健忘，一日砸烂所有碗盏，摔门而去，再无音讯；还有个二伯，满村疯跑，榔头跟着跑。"没用，那时候啊，我就看出来，你爸也要疯。"

范猴子除了拉车，兼做杂货贩子。不断供酒给榔头，再问女人讨酒钱。女人骂范猴子"狗养的"，痛打自家醉汉。醉汉不怕疼，面色酡然，任打任骂。清醒时，他告诉女人，当初拉黄包车，垫过五元押金。女人找去，范猴子不承认，"老宋醉糊涂了。"他已有新的拉车搭档。

儿子和二女儿，见榔头瘫在地上，总是绕行。二女儿拿鞋尖踢他。只有宋没用，帮他擦脸、洗手、换衣服、抓痒痒。他伏在地上，猪似的哼哼，觑见妻子经过，眼皮霎时撩高，"老嫚子，老子"，爬过去，抱住她腿，哀求赏酒喝。现在，他吃穿靠她，横不起来。她可以报复他了。有时赏一口，有时任凭他失眠、吼叫、砸东西。她最爱看他醉瘫在屎尿里，光屁股朝天，泥黑的小腿抽搐着。一次，他哀求她。她说："你把自己的屎吃了，我就给你酒。"他嘤嘤哭泣。哭了会儿，嘴里咕哝，似说"么么"或者"嘛嘛"。她凑近，听见他在呼唤："妹妹。"

她想起自己被唤作"妹妹"，遥远得仿佛上辈子。那时榔头还是身材精简的壮年，面色赤黑，胸膛毛刺刺。他喊她"妹妹"，汗腥的手掌抚摸她，整夜整夜黏住她。那是她毕生仅有的好日子。

"妹妹，妹妹。"榔头肩胛骨耸起，四肢拧成奇怪形状。仿佛关节失灵，肌肉也脱离控制——那是被随意抛置的尸体才有的形状。她吓坏了，把他拖到空地，打一桶水，洗他的脸，洗他的胸脯。

她洗到他的手，终于哭出来。左手没了，腕子秃着，像根用得光滑了的洗衣绳。健全的右手皮肉残缺。她想象酒瘾发作时，他把它塞进嘴里啃啮。她边哭边骂："死人，死人，怎么不去死。"榔头哼哼着，孩子一般，往她乳房上靠。当她清洁他的下身,他颧骨颤动,淌下一径口水。她知道,他在笑。她轻拍他耳光。

换好干净衣服,她取出黄鳝酒,倒了半碗。活黄鳝泡白酒,据说是治酒瘾的偏方。男人一口干完,还想要。女人早就锁回去。"睡你的觉吧。"

她让他躺在自己身边,这是很久没有的事了。

是夜,弄底一户高邮女人,半夜拎炭炉进屋,给收工的丈夫温菜,附带暖暖屋子。她一手抱婴儿,一手烧木炭。婴儿哭了,她叫醒大丫头。接手之际,灶边木墙起火。棚屋挨得紧,又短水,芦草木片,一点即着,须臾腾腾。

烟雾飘来时,榔头正被尿憋醒。抽抽鼻子,以为还醉着。听见喊:"着火啦,着火啦。"赶忙在稻草和破棉絮压成的地铺上摸索,摸到老婆,掰过她的肩膀,往胸里一掏,掏到钥匙。女人醒了,骂道:"死不掉的,又偷酒喝!"

"起火啦,起火啦!"他满地拍打。

被拍醒的儿女不明就里,跟着嚷。妻子一边抢救什物,一边"观音娘娘、火神爷爷"乱喊。

宋没用没醒,耳边隐隐喧阗,于是梦见父亲殴打母亲。有人在梦中将她提起。那是她的父亲,拎她出去,扔在垃圾堆前。又回来拿黄鳝酒,跑到无人处,很快喝得头晕面热。远处亮汪汪,灭火的人们甩着棉被,挥着扫帚,看起来像些可笑的影子。榔头笑了。酒真是他妈的好东西,他怎么浪费了半辈子,才知道这件事。

宋没用终于呛醒。木头燃烧,焦里带着臭。

火星子啪啪爆裂。人们喊着、跑着。孩子哭,野狗狺。父亲瘫在焦灰上。酒坛碎在手边,黄鳝湿漉漉散着,其中一条被咬剩半截。

租界消防队姗姗而来。天色迷蒙时,人们发现自己衣衫狼狈、面色枯淡,站在残竹败草之间。

无风,火势不大,起夜人及时呼喊,很快喊成一片,纷纷惊起。除了一个家人故意不救的瘫婆子,没有其他伤亡。失去居所的人们,像是重新醒来,迅速包围消防队员。队长声称道路汙窄,阻碍救火车。居民却咬定施救故意延误。——半个月前,土地所有者命令他们搬走,称据1845年土地法三十三条，搭建草棚非法。居民向政府请愿，要求推迟期限。僵持之际，就起火了。

宋没用听不懂在争什么。一双双泥脚，一截截污腿，围着她，揉着她。居民逐渐占上风。有几个拎起竹竿。消防队员逃上车。在叫骂和泥团掷击中，歪歪扭扭开走。宋没用在散了的人群里乱撞。她看见母亲直愣愣站着，脚边一堆被褥家什。哥哥靠在半截竹架上。看见她了，招招手。妈妈问："你二姐死哪儿去了？"仿佛宋没用理应负责。

宋没用见过二姐。二姐穿过烟雾，面颊熏红，眼白闪烁。她站定下来，摸摸小妹额头。"我受够了，受够了，是时候了，"她古怪一笑，旋即刹住，"不许你跟别人说，啥都不许说，否则日本鬼子吃了你。"她揸起五指，似要戳来，直至宋没用面露惊惶。她嘘一口气，直起身前后张望，突然奔跑起来。双腿飞速轮替，脚跟踢着屁股。

宋没用从未见过，有谁跑那么快。二姐跑过火光，跑过垃圾堆，跑过影幢幢的人群，从宋没用的生活中，永远地跑出去。

天亮得犹豫不决。火的余热，雾的清寒，交替侵蚀人们。母亲脑袋扎疼，浑身刀刮骨缝似的。草窝没了，二女儿没了。她昏昏然站着，有那么一刻，也想撂下摊子，醉进混沌世界。

"妈。"宋没用叫。

她骤惊，见小女儿脸面花糊，头发蓬散，丑得认不出。撩手一巴掌。宋没用往哥哥身后躲。

她转视儿子，发现他隐绰绰有喉结，看起来像个靠山了。"德旺，过来。"

宋德旺过来。

"以后家里靠你了。"

宋德旺努努嘴。

她看着他。儿子毕竟是儿子。从小到大，他挨的打骂最少，是时候报答自己了。她想让宋德旺找人，怕他也逃走，一把抓过宋没用，"找你二姐去。"

宋没用不知往哪儿找，哆哆嗦嗦迈步。走出一段，扭头见妈妈蹲在地上，像是哭泣，又似晕厥。她想冲回去，怕挨打，站住掉眼泪。

草棚燃烧一夜，将万物染成黑白。黑与白之间，氤着蒙蒙灰烟，盯得久了，形状模糊，竟似在看照相馆橱窗相片。衣衫狼狈的男女，在相片内外呼号奔走。他们都是陌生的，晃眼而过，永不再见。

母亲强振精神，堆拢救出的杂物，逐一数点。

木盆裂了，菜刀丢了，儿女轮穿的厚袄，烧得只剩半拉。掀开饭焐子，发现一兜法币，猜是二女儿留的。心里一瞬难过，抓起来，扎进裤腰，瞅瞅左右，怕有人看见。

她命儿子捡柴草。宋德旺溜一圈，说捡不到。"每家都在抢，草也给拔光了。还是买吧。"

"说得轻巧。"她骂骂咧咧，给了几铜板。

"你裤腰里有钱。"宋德旺笑了，露出歪斜的门牙。

"不许瞎说。"

"你不给，我就嚷嚷啦。"

她赶忙给一元。"精明点儿，别让人坑了，"看他走远，又叫住，"早些回来，一定要回来。"

天黑时分，宋德旺回来。抱一捧麦秆，背几爿木柴。

"去那么长时间，"她说，"钱呢？"

"买柴了。"

"剩的呢？"

"全花掉了。"

"败家子，败家子！"她想搜他身，被他轻巧躲开。

"别打我，否则我也跑掉，不回来了。"

"畜生，畜生。"她浑身发抖，语气却软下来。

她知道他在嫖。他二十四岁了。七年前，攒钱送他到造船厂，当铆工。只做了一个月。"上海工人结伙欺负我。活儿最累，钱最少，还是临时的。不做就不做，有二姐东家罩着，不愁大米吃。"

他手脚懒，家境穷，没人愿意嫁。混着混着，嫖上了。他瞧不起苏北野鸡，觉得"珠江老举"身子干净，又会打扮。

她不怪儿子。男人到年龄了，总会想女人。

是自家没钱娶亲。她恨她的丈夫，钞票花在姘头和小杂种身上。"儿子，过来。"她招手。

宋德旺眨巴眼睛，观察她的神情，磨磨蹭蹭过去。

她塞几个铜板。"这事怪你爸。等以后有钱了，给你找最漂亮的媳妇。"

宋德旺低头掂掂铜板，一脸无所谓。

日头很快熄灭，大地仿佛废冷的炉子。她把木柴堆进洋铁罐，烧了点儿粥，取了会儿暖。和儿子穿上所有衣裤。襟袴里塞稻草，泥地上铺麦秆，相拥而眠。

整夜冻得不安稳。模糊之间，有人摸来。一惊，旋即意识到，是自己的男人。他不知何处捡了一张油毡纸，覆在妻儿身上，又颤巍巍躺下，从背后抱她。残存的左手，罩住她的奶子。

她感觉他胸前滚烫，掌心冰凉。继续假寐，想起宋没用。不成事的废物，死哪里去了。或因连失二女，或因年岁已老，她想到小女儿，就开始没完没了想她。

她从油毡纸底下，平平探过手，捏一下丈夫。

"没用没回来。"

"什么？"他声音混沌。

"你女儿没回来。"

他搞不清哪个女儿。脑中盘桓片刻，意识到只剩一个女儿。

"你去找找。"女人说。

"大半夜，上哪儿找？"

"一个丫头浪在外面，可怎么好。"

他勉勉强强起来，抱着胸，嘶嘶吸气，走出一段。

"回来。"她又命令，"黑咕隆咚的，明天再找。"

那个晚上，她再没睡着。凌晨三时，衣裤变得潮冷，黏在身上。她牙齿打战，满耳朵咯啦声。

反手拧她男人。他皮肉也冻得硬邦邦。过四时，寒意略减，起一两声鸟鸣。失去居所的人们，依然遍卧于地，沉沉无声。仿佛黑夜没完没了，他们睡得不耐烦，终于死了过去。

清晨五时，黑暗疏淡了，远处药水厂轮廓隐现。早起的人们，咳嗽、哈欠，把痰吐在冰碴碴的泥里。宋没用回来了，穿过那些移动的阴影，远远站住。

"过来，"母亲说，"我不打你。"

宋没用端一个土碗，双手抖抖，放在地上。

"消防龙头刚接的水。"

药水弄几千户人家，靠着苏州河。饮水、洗衣、刷马桶，全做一处。两个公共水站，被地痞控制，谑称"自来水十大股东"，节节提水价。榔头拉黄包车时，他们偶尔买水喝。后来只能接免费自来水。过两条马路，左拐弯，立着消防龙头。工部局规定，每日清晨七点，开放一小时。六点多，街边陆续站了人，一色青壮年，拎着大木桶。——接不了多少水，但桶带小了，总觉吃亏。人越汇越多，成百上千。挤着，揉着，抢占靠前位置。龙头打开的一刻，人堆轰然收紧。木器撞击，肢体磕碰。有时擦了火，争起来。争热了，打起来。旁人顾不得看热闹，抻着手臂，空桶往前送。够到龙头了，使力霸住，直至被更大力的挤掉。外围挨不上的，眼热猴急，故意碰翻他们的水。很快地面透湿，摔跤者众。

宋德旺滑伤了脚，再不肯接水。全家饮苏州河水。沸过几遍，淀掉渣滓，仍然臭烘烘。有时带酸，有时偏苦。屎尿、垃圾、工业污水混合出的口感。

此刻，父亲、母亲、德旺，全都起身，怔视地上那碗水。他们几乎忘记，干净水是什么味道。

母亲睨视宋没用，想盘问，暂且按捺。"一人一口，轮流喝。"她说，"德旺先喝。"

宋德旺碗捧得低低，脑袋俯就过去。还没喝到，母亲就喊："好了好了，快让别人喝。"他嘴唇一沾，挪不开了。母亲拍打他，迫他松手。

她把碗放回地上，调整坐姿，重新端起，抿一口。水清冽冽刷过喉咙，让她觉得自己像个人了。

宋没用说已喝过，让父亲喝。女人说："他也配。"他转视妻子。她扭头不看他。他得了允许似的，喝掉最后两口。一个冰冷的嗝，从腹腔深处涌起。他眼眶湿了。"没用，哪来的碗，怎么抢到水了？"

宋没用答非所问："我找不到二姐。"

渐亮的光线里,她发现母亲在瑟抖,愤怒使调门上下翻飞。"白眼狼,以为给上海男人当姘头,就了不起啊。下贱胚子!"

一时安静。远处忽有痛嚎——邻家孩子在夜里冻死了。宋德旺哈一大口白气。宋没用左手掐右手,又右手掐左手。

榔头咳了一声:"现在最要紧的,是重新盖个窝,这么大冬天的。"

他的妻子说:"钱呢,钱哪来。没个正经赚钱的。没用,以后靠你了,进厂上班去。"

榔头说:"没钱打点啊。"

宋德旺嘿嘿笑。母亲剜他一眼,又拉他手。

怕他泄露二女儿留的钱。"你们给我好好的,"她说,"一家只剩四口了,可别把家搞散了。"

宋德旺说:"人总要死的,死了也就散了。"

母亲说:"打你个小崽子。"

榔头说:"德旺,怎么尽说怪话。"

母亲说:"老不死的,你插什么嘴。"

宋没用始终默然,抽一根麦秆,扭起,松开。手指渐渐停住。她跪坐着,睡着了。

宋没用度过了艰难一日。

母亲命令找人。她在棚户区乱转,猜测二姐去吴先生家。二姐能用标准上海话,称呼东家"吴先生"。一年前,趁吴先生全家度假,她带宋没用去洗澡。那是大姐过世不久,她似乎对小妹友善了些。

吴先生住三层房子,有小花园,屋里开暖气。宋没用第一次见沙发、油画、钢琴、手工地毯、丝质挂墙、西洋石膏像。每样都想摸摸,被二姐呵止。她在浴缸里,躺了两小时,愣怔怔对着冰花似的水晶吊灯,直至二姐拽起她。

宋没用记得,吴先生家在东南。出药水弄,左拐,右转,再左拐。很快迷了方向。她满城乱撞,不敢停步,怕被冻僵。风从每个衣物缺口袭击她,一掌一掌,扇击开皴的面颊。梧桐枝条、广告纸牌、店头彩带,往同一方向翻滚。垃圾被刮离地面,旋转飞舞。她不能捡拾它们,换成钱币,因而惋惜。当风尘扑鼻,无法呼吸,她会躲进商店,直至被店员驱赶。教会医院不赶人。她缩在门口，观察片刻，走去挤在椅子上，大半屁股悬空。浑身一松，霎时盹住。她做了简短的梦，在吴先生家，浴缸白如雪，滑似油。她洗得浑身酸痛。醒了，果然浑身酸痛，额头火烧火燎。她想喝水，吃东西，还想躺倒不起。一个护士笑眯眯过来，问她怎么了。她记起父亲说，"红头发人医院"白白剁掉他的手。她推开护士，逃出去。

天色黑得仓促，路灯光像被寒气冻住。树枝、路牌、广告……明一块暗一块，显得彼此疏离。

她沿着水门汀路。路面越走越宽，反出铁灰色暗光。贴满小广告的电线杆，节节拔升，耸入暗夜。

行人影子被拉长，弯折，拖到下街沿。在那里，汽车、黄包车、自行车、有轨电车，嗡嗡轰轰，交响不迭。她辨出父亲唱淮剧的声音。循声而去，忽觉自己趴在地上。汽车停住，人腿如栅栏，包围她。她飘乎乎起来，拨开围观者。看见一张熟脸，是大姐。"大姐。"她喊。她意识到幻觉。

很快什么都意识不到。

她踅进一间老虎灶。一屋子人，被她蟹青的面色吓住。老板娘过来问话。她怔怏怏，眼神越过她，落在灶台上。

"这姑娘冻得不灵光了。"有人说。老板娘搬张凳子，将她按坐下来，又替她斟一碗热水。暖汽一蒸，宋没用活过来。左腿疼痛，想起受了撞，挨过骂。皮肉未破，淤一块青。继而感觉嘴角淌血，冻疮流脓，胃里抽筋似的饥饿。她怯怯捂着热水，舍不得喝。

老虎灶十多平方米，门边搭灶台，趴三口大锅，二前一后，沸水滚滚。灶尾耸起烟囱管，戏称"老虎尾巴"。买热水的不绝，有挑木桶的，也有拎铁壳保温瓶的。掏几毛钱，拍在灶台上，"老板娘，泡开水啦。"偶有邻家商贩，进来兑零钱，递一支烟。

老板娘在灶台边挪移，电灯光随之明暗。她四十来岁，眼睑肥厚，一双眼珠嵌得过深。"爱国布"裁成黑短袄，将胸脯裹得滚圆。她一手夹烟，一手叉腰。烟雾在昏光里丝缕交错。房门关拢的时刻，它们似乎静止，既不上升，也不下降。她默默注视自己吐出的烟。

靠窗位置，一长桌，一条凳，七八茶客，把着紫砂壶聊天。一个秃脑门、酒糟鼻的烧水工，不时侧身踮脚，从他们背后穿过，往灶膛添木柴。屋子里侧，垂一挂蓝花夹棉布帘。帘后盆汤哗响。一个脸蛋通红的女人出来，把同样脸蛋通红的儿子放到桌上。她头发滴水，打湿前襟。男茶客说起猥亵话。她双眉一扎，和他们对说。手里不停，帮孩子穿好衣服，提溜在地。余光扫荡，发现宋没用，咦一声。宋没用怵生，脸皮仍僵着。

"丫头长得好。老板娘，新讨的儿媳吗。"

女浴客咯咯笑。

茶客们跟着笑。"仁道呢？仁道在哪里？"

"挑水去了。"

女浴客说："讨老婆要屁股大，奶子大，容易生娃。"

"姑娘家家的，奶子都小。男人摸摸就大了。"

宋没用听惯街坊逗乐。逗到自己头上，是第一次。佯作不闻，脑袋渐垂。

众人愈发起劲。老板娘道："说够了。这丫头在外面冻得半死，留她暖暖身子。"她南通口音，声线喑沉。宋没用上下打浮的心，一下托稳了。

"老板娘菩萨肠子。"女浴客掀开布帘，收好毛巾、肥皂、脏衣。孩子腿脚软软，跟住娘亲。

烧水工弯腰，指自己的油红鼻子，逗弄道："戆小囡，不认亲爹啦。"

老板娘说："老姚，浪什么浪，烧你的水去。"

女浴客前脚出门，老板娘后脚骂："白相女人，野鸡一只。"男人们怅怅然。一时安静。宋没用怕自己讨嫌，也想走。周身酥暖，舍不得动。

粗茶泡得寡淡了。老姚提着铜吊，往一个个壶里灌水。话题又接起：阮玲玉自杀，长江涨大水，汪精卫遇刺，国民党发法币，学生上街游行，抗议日本鬼子……

宋没用凝神听着，指间汗腻腻。她围着垃圾打转，日复一日。不晓得年头凌乱至此。棚户区的新移民，说起夏季水灾，听听罢了；捡来的垃圾，起先换银两，接着改"船洋"，现又变作纸币，能花就好；她也见过游行，在大马路上。有人递传单。她一揉，塞进拾荒篮子。她听从母亲告诫：少说话，多干活。免听闲事，避走人群。母亲有个大哥，读西洋学堂，被同学撺着弄革命，尸骨无存。老爷替次子退学。勒令全家不惹世事，谨慎度日。

老爷的训导，母亲照搬给儿女。三个大孩子，左耳进，右耳出。只有宋没用，向日葵似的跟着转。母亲认为她卖乖。她实则听懂了，记住了。这狗一样的小女儿，是活得最长的。只管兢兢业业地活，熬过残杀、纷乱、争斗，最终成为幸存者。

门开了，风打旋。茶客们缩起脖子。一个小伙提木桶。门槛晃出一径水渍。

"这么长时间，死哪儿去了。"老板娘说。

"是啊，这么久，你娘帮你媳妇都讨好了。"

小伙睃着宋没用。

"对上眼了，对上眼了，脸红什么呀。"

门又开，来俩洗澡的。茶客与之招呼，暂且放过小伙。老板娘将女客洗剩的盆汤，倒进小桶，留待他用。小伙退到屋角，搓搓手，抖抖领子，仿佛上面有看不见的灰垢。

这是茶客嘴里的"仁道"。似和宋德旺一般大，但细瘦。脸薄如纸，肩削似刀，棉袄从膀头斜斜耷下。打量之间，他突然回视。宋没用挪挪屁股。凳面硌人，起念想走。

老板娘呵道："仁道，加柴。"

仁道诺诺。

老板娘转视宋没用："怎么不喝水。"

宋没用赧然："我没钱。"

"这碗我送了，"老板娘眼珠一溜，"听你口音，哪里人？"

"阜宁。"

老板娘面无表情，肥指头戳戳碗："凉了。"

满屋人看着宋没用。宋没用慢慢喝水。放下空碗，知道该走了。"我走了。"

"行。"老板娘说。

仁道盯住她，眼神发黏。宋没用哈着腰，去揎房门。没迈几步，脚底溜滑，无声摔倒。她趴坐在冰碴上，将脑中嗡嗡声熬过。决定不走了。

老板娘见她回来，问："怎么啦？"声音并不惊讶。

宋没用只管掉泪。老板娘指指凳子，让她坐回去。宋没用觉得，茶客们言语拘束了。或是她多想。过八时，茶堂散场。老虎灶一冷清，有了焦败之味，满壁黑绿霉斑。老板娘拉灭电灯，浴堂留一点亮。老姚收拾了茶桌灶膛，告辞而去。

　　老板娘命儿子洗澡，自己搬过板凳，对着宋没用。

　　宋没用平日寡言。超过三句，就口舌结巴，颠来倒去。停顿之间，浴堂水声细小，似在偷听。老板娘不耐烦："慢慢讲，讲清楚。"直至仁道浴罢上楼，宋没用讲完。老板娘从嘴角吐雾，掐灭剩余半支烟。"今晚宿这儿吧。让你妈赶紧盖棚，会冻死人的。"她也洗澡，上楼，取大棉袄。甩下一句："你那姐姐，让她走吧，别找了。她不想当一辈子苏北穷人。"

　　宋没用拼两条长凳，盖好大棉袄。楼上鞋底啪嗒。俄顷，静了。茶堂有一窗。风儿嘶嘶过隙。有人起鼾，忽高忽低。较低的鼾声听似呜咽。月色冷白，光影参差，笼着灶台积口、加煤孔、烧水锅。

　　宋没用想老板娘的话。一个字，一个字，来回想。忽欲学二姐，也走得远远。一惊，惑然。

　　换个姿势，再换个姿势。弯过臂膀，将黏潮的大袄，掖到身下。

　　醒至下半夜，有腻香。宋没用起身，循气味，转到墙角，见一篮矮脚青菜。浑身瑟抖，抖到站不住，抓起一株。胃里饿虫受了挠拨，成千上万冒出来。她一边打嗝，一边生啃。转眼没了半篮。月光淡成铁青色。氤氲之中，杵一条影子。

　　是那叫仁道的小年轻。宋没用一凛，不敢动。仁道小眼睛，像妈，半睁不睁，似梦似醒。探一手，摸摸宋没用肩膀。摸实了，加把力。宋没用后退，剩余青菜塞进嘴。仁道缓缓迫来。迫到窗边，抓住她胸脯。手触电似的一抖，眼睛亮了。

　　他们对视。他眼珠呈黎色，眼白反光。鼻翼轻轻搐动。宋没用举手，缩起，又举，拍向他脸的一刻，停住。他不动，不躲闪。她扑地磕头，被他扶住。两具年轻身体，气息一近，他简直疯起来。无声扭斗中，她觉得他像湿泥巴，黏黏糊糊，甩不干净。

　　宋没用知道那种事。她看到邻家养的公猪，爬去母猪背上。也见过爸爸拉下妈妈裤头，从后面贴住她。更小的时候，她常半夜惊醒，听他们蠕动喘息。她学着兄姐假寐。直至爸爸"啊"地长叹。短暂死寂后,他开始殴打老婆。她哀声绵细,断成一截截,喘不过气似的。

那是久远的事了。彼时,父亲尚强壮,一家仍有六口。宋没用想得心软,手脚也软。仁道肆着胆,探入衣内。掌如冰铁,烙她皮肤,一路向下,喘息渐重。当他摸到阴部,忽然两眼翻白,嗓尖卡出一声"呃——"宋没用闭眼,等他殴打自己。仁道抽开手,瘫在她肩上。酸冷的呼吸,喷在她耳郭。旋即站直,帮她擦眼泪,整衣服,搀她到凳边,扶着躺下,裹好棉袄。宋没用懵懵,任由摆布。

楼上忽有响动。两人僵住,侧耳。老板娘叹息一声,长梦不醒。他们再次对视,各自松气。

刹那之间,仿佛成了共谋。他嘴唇抖抖俯向她。她直起一臂,用虎口卡他脸。他往后退,鞠一躬,蹑足而去。

宋没用听他上楼,索性不睡了。棉袄叠好,长凳归位。揸开手指,对窗抓梳头发。抓了几下,晕沉沉起来。感觉他的手,还在自己身上,如蚁爬,似虱挠。

窗外,天色渐透,微响四起。咳嗽、哈欠、低语、墙角撒尿。老板娘也起了,在头顶走动。

木梯吱咯。"这么早,不睡了?"

宋没用点头,正待告辞,门开了,有人拖长声音,"老板娘——"老板娘拉亮电灯。入一老头,黛蓝色绒帽,苍黄色棉袄。余光扫扫宋没用,径直坐到昨晚位置。脱帽,捏扁。取出一壶、一绵纸。纸内包着自带茶叶。

"金爷叔来啦。"老板娘开灶膛。老姚也到。

两人热腾腾忙。熟水端上。金爷叔泡好茶,酽酽喝了,额纹往上一提,"撒泡尿去,"又说,"苏北小娘姨还在啊。"

老板娘"嗯",乜斜着眼。宋没用不安稳了,说走。老板娘说:"喝碗水再走。"

水烫。宋没用端到桌上,甩甩手。楼梯响,下来两只脚跟,男人的。

她慌道:"我拿水给妈喝。"

老板娘道:"等等,怎么拿。"

宋没用道:"碗会送回来。"双手捧起,肩膀急急顶门。门轴歇了一夜，反响巨大。松木门板吱咯开，嘭嘟关。阖拢的一瞬，听见仁道声音："妈——"

宋没用疾走一段，才觉手背溅烫。置碗于地，愀然而立。街物罩一层牙白色寒气，显得杳远。

法国梧桐光叉叉，枝条迎风互撞。一辆黑色小奥斯汀汽车，发动机扎破阒静，转瞬在耳道上留一片空洞。

宋没用混沌的心胸，忽地开了。她以为自己没有感情。母亲把她当狗，她也把自己当狗。活着，就是活着。忍饥挨冻，任打由骂。但在此时，一切不同了。她说不清楚。委屈、伤感、愤懑，交替起伏。仿佛揭了一块疤，忽觉脓血四溢，伤痕遍体。妈妈巴望她死，好省一口粮。爸爸昼出夜归，像个影子。她恨他们。站在街上，大声咒骂他们。骂完，眼泪流干，平静了。低头瞅脚边的水，端起来，慢慢走。走到药水弄，水已凛冽似冰。双手硬邦邦，黏在了碗壁上。

母亲脊梁迅速弯了，整个人旧巴巴。她抱怨得更多。两爿布满褶皱的青紫色嘴唇，翻卷开阖，做出各种形状。二丫头最精明能干，二丫头跟男东家好了，二丫头做姨太太享福去了，没脸没皮的东西，不知报恩的东西，不管老母亲死活的东西……有时她怔怔停住，简直被自己弄糊涂了：到底哀伤丢了一个女儿，还是愤怒少了一份家用。

火灾之后，棚户如野稗，出得更旺。宋家的滚地龙，升级为草棚。母亲执意装玻璃窗。父亲说："为啥不像别家那样，打个窗洞，遮幅草帘就好。"被骂一通。宋德旺悄对宋没用说："二姐留了大笔钞票。老太婆发财了，可劲儿使钱，"又说，"老太婆对我们，一分一厘抠着，待自己最大方。"

二女儿一走，持家担子沉了。宋德旺找了临时工作，在纱厂扫垃圾。每月给宋没用两块钱，嘱咐别让妈知道。母亲不时探问："德旺进工厂啦，发财啦，贴不贴家用？"翻开席子，寻寻觅觅。宋没用不忍，上缴。母亲说："没用只有一个妈，要待妈好。"

宋没用想学做草鞋。母亲教几下，犯懒。整日站在玻璃窗前看洋眼。姿态闲闲落落，像是个小姐。宋没用跟邻居学。捡芦苇、芒壳、路边草。晒干，搓绳。买来糯稻草，置于石板，用洗衣槌敲软。借一张条凳，支上草鞋耙。经经纬纬，边搓边编，层层勒紧。上火蒸熟，修剪完工。"鞋扎得结实，和我当年差不多，"母亲说，"没用，原来你不笨。"

倏尔入夏，草鞋销得热了。宋没用指头磨破、结疤、生茧。渐渐熟稔，一天打十双。新置了草鞋齿、草鞋腰、草鞋槌，和四尺条凳。草鞋耙架一头，双腿夹坐另一头。打完，提到街上叫卖。有几次，叫卖到鸿寿坊，见那家老虎灶。想起欠老板娘一个土碗，半篮矮脚青菜。还想起那个叫"仁道"的。鸡爪似的手，仿佛仍搭在她尚未发育的胸前。宋没用脚步紊乱，心思浮动。对自己说，如果碰到他，要杀了他。至少打一顿，骂几句。不，还是杀了他。兜兜转转，且盼且惧。一刻想走远，以免真的碰上；一刻又想径直寻到老虎灶。

一日上街，见游行队伍。四百号人，敲铁锅，打木铲、举扫帚、拎便壶。道边居民，纷纷揎窗观赏。俩年轻人领头。麻布拼成横幅，一人一头，支在竹竿上。写有标语，宋没用不识字，问路人。路人说，他们是去巡捕房。工部局又要拆棚户，抓了几个用屎尿围攻巡捕的女人，押去杨树浦监狱了。全市的棚户联合会组织游行。

宋没用怕惹事，欲躲开，瞅见个背影，似宋德旺。举着便壶刷，挑一只布鞋，赤脚走在队伍里。宋没用认得那鞋。脑袋一嗡，挤过去。路面窄小，游行者互相搡挤，宋德旺忽近忽远。

宋没用顺着人流，到劳勃生路，拐至小沙渡路，瞅见沿街面老虎灶。灶门大开，泡水的、喝茶的，戳戳点点，笑看热闹。宋没用一眼认出那个叫"仁道"的，叠在其他脑袋后头。脸廓瘦削了，头发被推得简短。他小眼睛扫动，扫到宋没用的方向，没有停留。一个年轻女人，凑到他脑袋边。交换几句。他消失了。

宋没用转身，拨开旁人。不停被踩脚背。逃到上街沿，过路口，脚底渐沉，立定，折返，贴住电线杆，慌张张一觑。游行队伍拖沓而过，老虎灶前散掉，地面空留一径径水渍。

宋没用脸颊作痒，一抹一手泪。快步回家，哭一场。她搞不清难过什么，是宋德旺惹事，还是篮里草鞋在游行中被偷光。哭到兴浓，榔头挟酒气而归，跌坐于地。眼皮半掀，撩一只糙手，替她拭泪。拭几下，嘴唇嚅动，蓦然扑面倒下。

"爸。"宋没用俯近,听见他说:"我要回老家。"

宋没用"哦",不懂。父亲脑袋偏斜,手脚发沉。她将他摆正,出门打草鞋。至日头偏西,对面屋顶镀一丝金红,淘米做饭。

母亲纳凉回来,见榔头瘫着。踢他,踹他,掰他脑袋,掐他腮帮。突然大哭,跑到门口,呼叫"没用,没用"。宋没用正端饭锅,就地一放,疾奔过来。邻里纷扰。"老宋醉死啦!"霎时传几条弄堂。

乱了一阵。榔头脸变僵了,死得透透的。宋没用扯起草席,罩住尸首,拖到屋外。母亲说:"你爸死了,你哥干革命去了。家散了,我不活了,饭也不想吃了。"

宋没用想起饭锅,端回来。一揭,淌一盖子水汽,白米凉硬了。她心上压着事,勉强拨几筷。

母亲边哭边吃。上个冬天,她掉过几颗牙,腮都瘪了。口齿七零八落,碾压食物,犹如一架破损的石磨。却吃得又快又多。兑水,涮涮锅壁,喝掉最后一点白米味。

宋没用说:"爸想回老家。"

"老不死的,不是想做上海人吗?"

"爸想回老家。"

"花样忒多。"

"爸想回老家。"

母亲瞥瞥她,带起哭腔:"你自己街坊里问问,谁最近回阜宁。给点钱,葬过去。知会一下他几个弟兄。唉,老不死的,老不死的,死了还费钱……"

宋没用听不得,跑去屋外。天色晦暗,一地软泥。父亲躺在那里,看似一卷物品。苍蝇点点飞绕。一只母鸡与宋没用昂然对峙。她呆站着,想着心事。不觉暮光熄掩,父亲隐进黑暗。

宋没用回屋里。母亲坐下,抓她。手指如镣铐,箍得她疼。"没用,陪妈说说话。"母亲靠一会,躺一会,说一会,哭一会。说当初男人娶她,只花两筐萝卜,底下还掖了半筐草。结婚以后,兄弟分家,只得十三亩薄土寡地,种冬小麦。

"没用啊,种地苦啊,下嫁给农民最最苦。农民背上两把刀,租米重,利钱高！农民眼前三条道，一逃二牢三上吊！阜宁个鬼地方，夏季老是涨大水。只能抹泥巴封了门，逃到淮阴去。做瘪三，讨救济。退了水，回了家，还是没吃的。捡山芋藤和萝卜缨子，抓半把谷子，煮得稀稀的。我一个大小姐家，怎就过这种日子呢，都怪你爸，没良心的死鬼。"

母亲逐渐话语紊乱，东一榔头西一锤。说妯娌吵架，他不帮她，跟弟媳眉眼勾缠；说轧完姘头回家，继续弄她，弄得她下头脏脏，长年腰酸；来上海后，她想坐趟黄包车，就一趟，他却打她，骂她贱骨头；后来他成了废物拖累，她早早备好棺材钱，等他死，却不死，不想他死，却死了。

"老不死的，事事跟我过不去。"

宋没用梦一程，醒一程，不知身在何处。吊在棚顶的竹碗篓，渐能看清轮廓。宋德旺回家来。

"德旺，你爹没了。"

宋德旺闷声，辨不出表情。

母亲又呜呜哭。"没良心的，没良心的。"

不知骂的亡夫，还是儿子。

宋德旺退到门外。

"去哪儿？"母亲厉声。

宋没用追出去，见宋德旺在道边。晨光粼粼，肩膀勾一圈金。他长高了，是活着和死去的家人中最高的。五官也硬挺，眼袋青肿，唇纹深刻，还未真正长成，就有了苍老感。

"哥，游行怎样啦。"

"工部局太坏了，派一队老毛子，机关枪对着我们。"

"你可别干革命。我们小老百姓，就是过点小日子。"

"他们吓唬人，不敢开枪的。"

宋没用隔着衣服，捏捏他胳膊。身体完好。

"哥，真要拆房子吗？"

"谈判了，说明年开春拆。还说拆了会发钱。"

宋没用想问，每户发多少钱，兴致索然。哦一声，瞅地上。草席被揭掉了。逾夜，父亲蜡黄了，身形小一圈。宋没用意识到，这是一个死人。

她见过很多死人，从药水弄窄道上推出去，包括她的大姐。此时，变了颜色的父亲，让她第一次恐惧，更有说不清的虚空。她误以为自己胆量浅了。仿佛利刃割指，起初无感，慢慢看到血，渐而疼痛，越来越疼。但在那刻，她想到另一事："妈说，棺材钱被你拿了。"

"谁拿啦。"

"妈说，她想打点我进工厂，钱也给你拿了。"

"谁拿啦，"宋德旺捏捏拳头，又松开，"你瞧你，像个小老太婆。"

宋没用抹一把红鼻头，转身进屋。"妈，我去问问，有谁回阜宁。"

母亲说，"好，去吧。"又拉她手。她想抽，抽不出，挨着坐下。母亲身上，也有酸叽叽的泪水味。

"德旺在干啥？"母亲问。

宋没用努努嘴，听见宋德旺声音，似跟人说话。侧首乜眼，见一女人，推门进来。宋没用即刻猜到是谁。二姐提起过"孃孃"，说她讲究。

讲究的"孃孃"小头小脑，脸上每条褶子，都像水洗过的。一袭铅色香云纱旗袍，襟前挂一弯栀子花，仿佛喷香的上海女人。

母亲也猜到是谁，想抛一串脏话，比不出哪句更脏，一时噎住，抓起隔夜碗，作势要砸。女人一退，双肘隔面。宋没用拽住母亲。母亲顺势放下碗。女人觑着眼，掏一叠纸币，撂在地上。

"我就来看看，没别的意思。给……买副好点的寿材吧。"

母亲终于憋出一句："烂屄狐狸精，滚！"

女人眉目昂然。抽出手帕，擦擦耳根，仿佛擦去听到的污浊。母亲目视她款款出去，气得胸脯起伏，拉风箱似的。抓起钞票，摔在地上，又抓。嘴里抖擞脏话。手也不闲着，连数两遍钞票，整三十元。卷实，压严，扎进裤腰。"以为自己仙女呢。矮矬子一个，没胸没屁股，脑袋像颗烂冬瓜。天晓得睡了多少男人，不要钱的野鸡！"

宋没用朝外张望，宋德旺和女人，都不在了。关上门，以免邻居听去。

母亲到江宁路施材栈，讨一副蓝底白十字标志的薄皮棺材。榔头气味已馊，屁股和后脑勺，开出紫绀色尸斑。对屋邻居，恰要回阜宁，接老婆孩子。愿帮脂脂船载椟，要价二十元。母亲骂他赚黑心钱。宋德旺说："你也没少赚。"

"什么意思？"

宋德旺不语。

"亲儿子唉,可别嫌弃妈。妈随时要翘辫子咧。到时候想妈,都看不到妈了。"

现在,她常向宋德旺示弱。对宋没用,也有了近乎讨好的亲热。死亡是狡猾的对手。将她的身边人,一个个拔除;等待她的生活,一点点坍塌。让她心惊肉跳,形单影只,最后才与她正面相对。

对屋邻居回来,告知榔头已葬。"他家小弟葬的。还挺想到你,给你也留了位。"

她剜他一眼。"他们巴巴等我死呢。好把咱家十三亩地,安稳稳拨拉过去。穷旮旯儿的人,没见识。上海水门汀缝长的草,都比那破地的庄稼多。我死也死在上海。没处葬,往苏州河一抛。"说罢,叹息。想到自己也会死,有些受不住。

宋德旺顶替父亲,拉起黄包车。一身爱国布新衣新裤。父亲的西式便帽,往额上一勾。胡须稀淡,喉结翻滚,是个男子汉了。母亲说,德旺拿了她的钱,去打点入行的。宋德旺说,是自己打临工攒的钱。两人拌一嘴。宋德旺不怎么回家了,家用也不补贴。宋没用自己每月匀两块钱,向母亲谎称哥哥给的。

入冬以后,草鞋渐渐卖不动。宋没用提针线篮,到码头上,给人补衣服。工人们与她调笑,让她知道,自己是大姑娘了。

仿佛一夜之间,宋没用眼睛亮了,留意起广告牌、月历纸、电影海报的时髦女郎。指甲又长又红;眉毛忽深忽浅,忽而拨得精光,眉笔勾画入鬓;头发烫成爱司、横爱司、顶花、卷花、大菊花、小菊花、长波浪、短波浪,甚或剪至齐耳,抹足头油。旗袍开衩愈大,腰身愈窄,垫肩愈高,袖管愈短。滚花边、灯笼袖、装饰线、裘皮镶拼、花卉刺绣、西式翻驳领。马甲、围巾、手套、风衣、小帽、胸针、钱包、手袋、眼镜、项链、西装外套、翻毛领大衣、玻璃丝袜、高跟鞋。鞋子还有花样,船鞋、鱼口鞋、蝴蝶结鞋、玛丽珍鞋。更别提宋没用看不懂的东西。唇脂、摩丝、睫毛膏、啫喱水、雪花膏、润肤露、花露水、爽身粉、生发油、凡士林、法国香粉……她想起二姐说:"没用,有天你想扮俏了,就是长大了。"

宋没用自觉卑贱。二姐却是踊跃的,想做上海女人,想在花花日子里活一遭。

宋没用在橱窗倒影里看自己。身形高了，五官开了。眼梢微微吊起，是典型宋家人长相。包子褶似的唇峰，和二姐几分像。街坊有传闻，说二姐和东家姘上，又说二姐做野鸡去了。宋没用越想越愤，继而怅怅然。当她挎着针线篮，回到草棚，在霉潮气里打战，瞬间把二姐和时髦世界忘净。

开春时分，一场暴雨。草棚塌了角，没钱修葺。宋没用问母亲。母亲说："二丫头哪留过什么钞票。我没钱，一分没有。德旺只晓得挑拨，等他回来，我当面问问他。"

宋德旺已数月不归。邻居搬闲话，说德旺在给日本人做事，和一个野鸡相好，租着杨树浦的广式房子。还说德旺惹了脏病，吸上鸦片，钱给野鸡卷跑了。母亲不信，跟人吵。"我家德旺出息了，这些人眼热，见不得人好。""我家德旺赚大钱啦，要接我去住里弄房子。""我家德旺娶了标致小媳妇了，马上就会抱孙子。"

宋没用似见过哥哥，觑了个侧面，肩膀窄薄，让她不能确定。那个过于消瘦的德旺，斜戴便帽，拉着黄包车，从弄口遥遥经过。车上坐个女人，看起来年长。颧骨棱棱，褪两抹胭脂，颈窝挽一髻。黛蓝色阴丹士林布旗袍，玻璃丝袜，浅口鞋。一手搭在挂棉暖篷边，套着翡翠指环。宋没用跟着跑，在第二个红绿灯，把他们跑丢了。

弄里有户射阳人，从闸北新搬来。当家的姓聂，口舌聒噪。母亲经常串门，听一肚鸡零狗碎。

那天老聂说，黄沙港镇有个陆老头，看管芦苇滩。去年5月中，在滩上见一巨蛇。脑袋如箩筐，腰身似水缸。脖子昂起，比城里电线杆还高。"我一表亲也见了，说像赤链蛇。信子就有六七尺长，扁担那么粗，一吞一吐，一吞一吐，"他抬起手臂，一伸一缩，"好些人吓得尿裤子，还有人吓瘫。村里有人卜一卦，说有血光之灾，世道要乱，死很多人"。

听客起哄："世道果然要乱，要和日本人打仗了。"

纷纷说，蛇是地龙，是吉兆，肯定打得赢。日本鬼子有飞机，我们也有。比他们多，比他们大。炸死叽里呱啦的日本鬼子，把他们千刀万剐。也有说，官老爷没骨气，啥都依着日本人，肯定打不起来。"年前传闻要打，闸北人都逃到药水弄。看看没动静，很多人搬了回去。"

"老聂,你怎么不搬,你说会不会打?"

老聂笑:"不好说,不好说。"

母亲听回来,一晚乱梦。烙饼似的,在席上撺来翻去。"没用,出妖孽了,老不死的索命来了。"说看到榔头,半截插在盐碱地里,向她招手;说见到她爹妈,在阎王殿上镬烹油煎;又说干革命的大哥,刚刚找过来,浑身血淋淋。"干革命的人,听说都绑起来,一片片剐肉喂狗吃。德旺长得像我大哥,性格也像,爱惹事。没用,快找他回来,好好看着他。"

宋没用哄她,唱淮剧给她。母亲要听《席棚会》。

"娘为儿历经辛酸容颜改,娘为儿早生白发人已衰,娘为儿节衣缩食挑野菜,娘为儿望穿秋水盼成才,看今朝儿凯旋把乌纱戴,归心似箭回双槐,重见慈颜将娘拜,乐叙天伦笑颜开……"唱得月钩高远,云丝散淡。母亲拉她衣角,渐渐入睡。

宋没用也浅盹片刻,醒了。屋角踞着个黑影,在翻找什么。动作轻慢,窸窣作声。翻了片刻,蹑足出去。宋没用跟起。"哥!"

宋德旺站定,陷在屋檐阴影里,五官模糊不定。

"哥,你做啥。妈担心你。"

"她才不担心。"

宋没用不语。宋德旺作势要走。"哥,你去哪,干吗不回来住。"

"别管我。"

"我听人说,你在给人做事。"

"不做事,吃什么。"

"说是给日本人做事。"

"呸,谁说的。"

"邻居说的。"

"哪个畜生说的?"

宋没用顿了顿:"晃耳听到的,忘了。"

宋德旺哼一声:"老太婆钱放哪儿了?二姐留了很多,一卷卷的,全给她藏了。"

"没有的事,妈妈没有钱。"

"他说什么,你信什么。她放个屁,你觉得香。她以前差点打死你。现在老了，靠子女了，舍你几碗糖水话，脑子就甜晕掉，"宋德旺走两步，停住，"你是不是伙着她，吞了钱啊，你……"

"哥！"

"罢，罢，我自己找抽。"

"哥。"

"人都有困难时候，我就想调个头，手头活络了，再还给她。"

宋没用不语。

"你知道钱放哪儿吗？"

宋没用仍不语。宋德旺也不说话了。云影子沉在头顶，犹犹豫豫移动。月光里的物体时而清冷，时而森然。宋没用看她的哥哥。宋德旺也看她。片刻，摸摸头，转过身，浅一脚深一脚，遁入黑暗。宋没用举手，向着他的背影挥动。

人人说世道要乱。宋没用一亩三分心思，只在做草鞋上。寒冷松动了，旺季可待。她捻着高秆稻草，让它们在各样工具间嚓嚓作声。这时候，日头停住，周遭响动停住，纷纷的世道也停住。天色安静，蓝里透青，带一点烟灰。宋没用望望天，想想命。活着，无非片瓦遮顶，一饭果腹。死了也就死了，她命贱如草。只是不放心母亲。

熬过冬天后，母亲身材干缩了，像久置失水的果子。年龄也往回缩，时常慌慌张张："没用，没用在哪里？"宋没用往她面前一杵。她稳妥了，捏女儿手。长指甲掐肉，横竖不放。宋没用洗衣做饭，她跟进跟出。宋没用打草鞋，她倚在窗槛上，不声不响看。宋没用出去卖草鞋，她在弄口等待，转转悠悠，见到什么，就往家捡。很快，棚角杂物成堆。母亲翻呀翻，一样样观赏，一件件絮叨。翻出一块桂花糕，角上缺了两口，包裹的油纸已发臭。塞给宋没用，"怕你偷吃，藏起来的。藏得好吧，你找不到，"嘿嘿笑，"给你，省着点吃。"翻出一根佛珠，二尺来长，穿绳黏硬，木珠霉败。"当年我奶奶有串翡翠珠，气派得很。做姑娘时，只有她疼我。她心善，念佛吃斋，滚过荤油的锅子，碰都不碰，"把木佛珠套在宋没用颈间，"没用也疼我，没用像个小尼姑。"又翻一截铁丝，簪到头发里。"没用，以后叫我方小姐。"

宋没用不语。

"以前佣人叫我'方小姐'。方家有大院，我单住一厢。穿的丝绸，吃的细软。还有贴身小丫头，"母亲露一弯赭色牙龈。说她本是村里大户的偏房之出，没人给她起过名字。她的妈妈管她叫"妹妹"。她很少见到爸爸，也不记得他喊过她。他抬起胳膊，向里勾一勾，就是让她过去；往外扬一扬，就是让她快点消失。

　　十六岁时，她眼睛不是三角的，而是杏仁形状。皮肤新鲜，像刚刚绷紧的鼓面。二十六岁那年，她的父亲在田畔上，叫住一个年轻长工，问他多大，家里几兄弟，父母多少地。翌日，长工送来两筐萝卜，把她领走了。"没用啊，那个长工，就是你爹。"他起初也唤她"妹妹"，很快喊她"喂"，后来称呼"老婆子"。他嫌她年龄偏大，身材干瘦。再也没人叫她方小姐。"可我就是方小姐。没用，叫我方小姐。"

　　"方小姐。"

　　"乖，"她捋宋没用脑袋，仿佛她只五岁，"快要清明了。你得回老家，给你爸扫扫墓。我死以后，不想回去，把我葬在上海。到时候你念念佛珠，叫声'方小姐'，我魂灵回来保佑你。"

　　"妈妈不会死，妈妈长命百岁。"宋没用捏她手。那手褐斑丛生，关节在皮肤底下松松滑动。

　　她心念一软，"方小姐，方小姐。"

　　母亲笑了。"我不死，我长命百岁，"宋没用点头。母亲反捏她。她们的手，都窄小如动物爪子。宋没用的淡黄透红，指间斑斑冻疮疤痕；母亲的手，掌心姜黄，指头一截一截，仿佛营养不良的竹子。

　　天气热得快，转瞬七月底。蝉声挠人，梧桐叶沉沉不动，药水弄的泥浆地，皱得一块一块。

　　街坊每日聚老聂家，听"最新情报"。老聂上过私塾，识得几个字。他儿子是卖报的，穿格子小西装，走街串巷，耳听四方。忽说要和日本人打仗，忽说双方谈判了，忽而大批国军进驻，忽而传闻日本派出"毒气队"。悬悬不决，惶惶难安。

　　一天，老聂说得起劲，突然停住："你来干吗，帮你哥探消息？"左右顺他所指，盯住宋没用。宋没用羞着脸，退出门，越想越愤，折回老聂家。"你才当汉奸，你们全家当汉奸。我哥是好人，是大好人，不许你冤枉他。"嚷罢,眼泪汪汪,不顾一屋人侧首瞠目,跑了出去。

街坊明显疏冷了。宋没用也疏冷他们。整日闭门关窗。待到天黑,才低眉耷眼,疾步穿过弄堂,到河边洗衣、打水、刷马桶。母亲说:"没用,你不笑了。"宋没用说:"我本来就不笑,"又说,"妈,你只剩我了,我也只剩你。"

末伏时分,母亲发热病。满头满脑烧红着,一屁股褥疮。宋没用将饭菜捣烂。母亲一闻,说不爽口。宋没用捡瓜皮,洗净,切块。母亲也不吃,喊渴。又嘴唇抖抖,把水漏在前襟。宋没用沾湿棉布,给她润唇。母亲拽她手。一刻离开,就呜呜哭。宋没用到哪里,都背着她。她轻成一把柴火,埋怨女儿的脊梁骨,硌得她胸疼。夜里服侍母亲躺下。不时嚷嚷小便。扶到马桶上,嘀嗒几点,又尿不出,下身瘙灼。宋没用索性彻夜坐起。窗外无风,浑身腌在油汗里。指头滑腻腻,捏不住妈妈的手。

宋没用不知道,夜气灼燥,终让人捺不住。

几千中国军,向虹口日本海军司令部开了枪。翌日清晨,又炸黄浦江上"出云号"。她隐隐听见声响,听不清,瘫在窗边睡去。睡得今夕何夕,被阳光烫醒,发现屋外挤满陌生人。

他们从闸北来,少数从南市来。接着又有吴淞和杨浦的。拖家带口,面色仓皇。传说南市烧

了一晚,闸北打死好多人。又说租界空屋子,间间住上了人。没钱租房的,找地方就钻。天蟾舞台挤进两千人,玉佛寺四千人。到处有弃婴,育婴堂出钱,急寻奶妈。医院住满缺胳膊少腿儿的。政府盖几百处难民所,管吃管住。还贴补外地移民,自遣还乡。

宋没用和母亲,靠卧窗前,开半扇玻璃,看洋眼,听议论。听了一晌,问母亲,上海无亲,回不回阜宁。母亲拿眼角瞄她。宋没用懂了。"妈,我们哪都不去,死就死这儿。"顷时无语。窗框和对面屋檐,裁出一角亮天,白云成扎。起风,刮来一点甜,远方空气的新鲜味道。宋没用抽鼻子,似闻到淡淡血腥。

她哄母亲数飞机。飞机像鸟,翅膀不动滑去。

一只,两只,三只。天色倏阴,显几分脏。起一记嘘声,仿佛金属摩擦,让人头皮收紧。死寂一秒,轰然爆炸。宋没用感觉脚下颤动。远处起

黑雾，飞尘沙。片刻，又炸。宋家玻璃窗，刷地粉碎，落一地残渣。

宋没用把母亲拖到屋角。吊一口气，跌坐在地，感觉脚底黏糊糊疼。"妈！"她俯下身，发现母亲眼睛直了。又喊又拍，半晌，目光软下来。

她看见女儿。"没用。"

"妈，妈！"

母亲没头没脑道："你该叫'梅用'，梅花的梅。女娃家的名字，搞点花花朵朵。"

宋没用想挤一个笑容，让她心安，笑不出。

屋外哭喊哓哓，人头涌动。一条狗疯叫，忽然没了声。她起身清理玻璃碴，炭炉和掭筅拿进屋。

重新关门，顶上条凳，推一推。宿在她家檐下的闸北难民，趴住窗口乞食。一个小孩哭得五官扭曲，却无眼泪。抱她的母亲说："阿姨行行好，给我们家虎头一点吃的。"将小孩往窗内塞。

宋没用翻一件破衫，找几根铁钉。把破衫钉上窗框。她每敲一槌，虎头嚎一声。宋没用不停推他出去，终将窗户四角钉牢。那只小得出奇的泥手，在窗布外面贴了会儿，终于消失了。

宋没用滋味难辨地发怔。母亲啊哟一声。"妈，饿不饿。"

"德旺，德旺在哪里？外面那么乱，他死哪里去了？"

宋没用草鞋槌一扔，跪坐到母亲身边。"回头我去找他。"

"好，快去。"母亲微微探手。宋没用将自己的手塞过去。母亲想捏，捏不动，指甲挠挠她手背。"快去。"

宋没用起身。母亲又道："回来。"

宋没用重新跪下，重新塞过手去。

"没用，告诉你个事儿，你可谁都别说。"

"好。"

"你对观音娘娘发誓。"

"好。"

"你二姐留了钱，我藏好了，谁都找不着，"母亲笑，露出黑色牙床，"我快死了，你去把它取出来。"

"妈，你不会死，你长命百岁。"

280

"这回真的要死了。"

"你只是受惊了,睡会儿就好。"

"弄口有棵梧桐树,被雷劈掉一半。你晓得吗?"

宋没用晓得。那树前年被劈,树干撕下螺旋形裂口。裂处树皮剥离,裸出浅白木色。有人说,雷击树断,百年不遇,是棵妖精树。争拾树皮碎片,拿回家辟邪。没抢到的人,菜刀凿皮,斧子砍根。那树垂垂欲死,逾年才慢慢活回来。

"我的钱啊,"母亲说,"就埋在妖精树底下。"

宋没用不信,仍点点头。

"把钱挖出来,悄悄挖,"母亲说,"以后和德旺相依为命。你要待哥哥好。"

"妈,我有你呢。"

"你赶快挖钱。"

"好。"

"半夜去,别让人看见。把钱交给德旺保管。"

"嗯。"

母亲又挠挠宋没用,手缩回去,脑袋倏然一偏。

宋没用反复探鼻息,确认她只是睡着。迂一口气,擦擦眼泪,趴躺下来,和母亲并头。母亲面皮灰暗,脓点密布,头发稀白了,发际线往后荒芜,裸出坑洼的额头。她看起来像颗变颜色的土豆。

宋没用不舍得挪眼,很快眼皮垂垂。千万别睡——她这样想着,仿佛熄灯一样,瞬间睡死了。

夜半暴雨。电光似箭,雷声如炮。窗布哗然透亮。雨点砸在外墙,越来越迅疾,嘭嘭啪啪,碎成行行水迹。屋顶漏雨,脏水冲门。宋没用半侧身体淹进泥浆,仍然没有醒转。

有人撞进来。那对闸北难民夫妇,抱着儿子虎头,拖一个十岁闺女。母亲拿指甲掐宋没用。

宋没用醒了,就着电光,瞪视来者。

虎头爹身材精短,上臂有个船锚刺青。他将行李堆在屋角,夯实。虎头妈拎起两个孩子,扔在行李上。孩子们表情呆滞,头发簌湿,薄衣黏身，透出肋骨条条的形状。虎头妈让姐给弟换衣。虎头爹双臂一抱，刺青咄咄。宋没用不敢吱声，把条凳靠墙，扶母亲半躺，搂紧她的腿脚，以免浸到泥水。两家人面朝面，对峙着。

俄顷，雷声稀落，空气微焦。暴雨收住一刻，静得透不过气。虎头妈嘴唇半张，脑袋一垂一垂，身体渐软。突然受惊似的醒转，晃一晃怀中儿子。虎口爹始终细眼半阖，面无表情。他们没有离开的意思。

外头有踢踏声，渐响渐近。门板被踢开。来人脚尖一钩，将门从里面嘭上。屋里众人不出声。来人摸到棚顶煤油灯，取下，点燃。他箬帽遮面，蓑衣蔽身，显得体型大一圈。四周探视，对准虎头一家。"你们谁啊。"

宋没用听出宋德旺。母亲也听出，眼睛明亮了，转脸跟着问："你们谁啊。"

虎头妈说："我们避避雨。"

宋德旺说："出去，这是别人家。"

母亲说："出去。"

虎头一家不语。

"我跟巡捕房熟，你们别自讨麻烦。"宋德旺朝屋外努嘴。

虎头妈胳膊肘碰碰丈夫。虎头爹打量宋德旺，似用目光射击他。宋德旺目光回击。两厢较量，虎头爹扭过头，"死婆子，聋了吗，还不收拾。"

虎头妈将儿子放在地上。虎头哭，姐姐抱他。一家人磨磨蹭蹭出去。

"滚远点，十六铺流氓。"宋德旺抵紧门板。

"德旺。"母亲道。

宋德旺乜她一眼，转向宋没用："妈病了吗？瘦成这样，满脸的坑。"

母亲即刻哼哼叽叽。

宋没用说："病一阵了。"

"干吗不看医生，洋人医院不花钱。"

"以前爸爸说，洋人医院剁他手，还给病人下蛊。"

宋德旺鼻腔哼一声："没见识的，"蓑衣下甩出一罐火油，一袋白米，"你们乖乖待着，别到处跑。"宋没用捏米袋，捏到粒粒坚硬。腹内饿虫蠕动，一阵绞痛。"哥，你自己留着，我们有吃的。"

宋德旺恍若未闻。"这是暹罗米,外洋运来的。不会烂,够吃一阵。藏藏好,强盗小偷多着呢。刚才那男的,一看不是善茬,"又解出一把小剑,摁在桌上,"这是军人用的,拿着防身。"

"哥,你参军了吗?"

"参军?参个屁军。这国家是官老爷们的,不是我的。"

宋没用想起邻里谰言,霎时憋红脸。

宋德旺举煤油灯,四下一转。"漏成这样,得补屋顶了。让林家傻儿子帮帮忙,给他一碗饭就好。"

宋没用心思一沉。"哥,你不走了吧。"

宋德旺不答,放下油灯。

"哥,你别走,妈整天念叨呢。一家人总得一起。"

"一起饿死吗?婆婆妈妈的。"

"德旺,亲儿子哩。德旺,德旺!"

宋德旺扯低箬帽,抖抖棕榈蓑衣,甩出一径水。母亲揸起指头,似要够到他。宋德旺往后一闪。"外头太乱,妈没法去医院,静养着吧。没用,你好好照顾。"宋没用嗯一声,拉他,指间溜滑,没拉住。追到门口,见宋德旺蹚着泥浆,哗啦哗啦,咔嗒咔嗒,瞬间背影魆黑。

母亲懵憕,说饿。宋没用煮白米粥,服侍她吃。母亲说:"德旺孝顺,给我送白米,还让我看医生。"张张嘴,吃不下。"我不行了,我要死了。"宋没用把碗放在地上。想说长命百岁之类,说不出口。母亲又催宋没用,尽快挖钞票。宋没用似听非听,猛抓起碗,不顾烫嘴,几口喝光。舌头一舔一舔,舔得碗壁没味了,犹不肯放。

母亲叹一声,不语。宋没用盯着空碗。灰白土碗,挂半釉,边沿磕一小口。这是老虎灶老板娘家的碗。油尽灯灺,屋外放亮。有人走动、说话、伸懒腰、刷马桶。寻常一天开始了。宋没用感觉长梦未尽。

宋德旺留的防身小剑,半米长,铜柄铸狮头,铜鞘首尾雕花,剑身"乾隆年制"章,宋没用不识得。她摩挲剑身,缓过神,觉得宋德旺鬼祟。

越想越躁,熬到太阳高升,去老聂家,趴在墙边。

老聂在里头说,昨天大世界门口扔了两颗炸弹,炸得残臂断腿满天飞,血雾蒙蒙不散。问,谁炸的,是不是日本人。老聂说,报纸写是中国人飞机,被日本高射炮击中,误炸的。

宋没用听得索然,回家烦闷。母亲哼哼,说女儿也不要她了。宋没用搂她,哄她,仿佛她是个孩子。母亲恹恹入睡。身体沉重,四肢发僵,恍若死去一般。宋没用贴贴面孔,感觉温热,放心了。母亲头发里,有股老年人的枯败味道。

下半夜,宋没用掖着小剑出门。月头正好,地上景物染了昏黄,倏有惆怅之意。宋没用脚底谨慎。一个奶孩子的媳妇,站在窗前问:"三更半夜的,去哪里呀,送情报吗?"宋没用不理。弄口左拐,走一段,站停。觑着左右无人,奔向妖精树。摸摸树干,拜一拜,抽刀挖起来。泥土浸过雨,松软了。宋没用挖到尺把深,重新填好。连挖几坑,忽见一角纸色。手刨剑掘,摸到软物。果真是法币,裹在数层油纸里。油纸似遭鼠啮,边角残缺。从外到内,钞票张张霉湿,一碰即烂。宋没用估摸,三百块钱。啊呀一声,想二姐真和东家姘了。又一转念,这么多钱,已然废纸。

心里百样滋味,手上灼烫起来。小剑就地一插,起身往回走。到家,母亲原样躺着。眼皮留条缝,眼白隐现。

仿佛用久的箱子,箱盖已不能完全阖拢。宋没用听到心底窸窸然,是怒气上涌之声。大步到母亲面前,废钞票一甩。"妈,睁眼看看,你宁愿让钱烂掉,桂花糕馊掉。我快饿死了。你巴望我死吗?是了是了,你一直嫌我累赘,巴望我死。"

母亲不动。月光倏淡,地上的人成为阴影一部分。

"我恨你。"宋没用大声说出,吓自己一跳。

四周寂静若空,怒气愈滚愈旺。"妈,妈,你不心疼我吗,我不是亲生的吗?十月娘胎一块肉,不能疼疼我吗?妈呀妈,你路上看到一只猫,都要逗一逗。我宁愿是条狗,是只猫。"

一刻,宋没用自觉抱怨联翩,恍似母亲。不及多想。"我就没个饱日子。小时候长个子,饿得晕淘淘。你骂我馋,不肯多舍一口。我吃草,嚼纸头,吞蛋壳。蛋壳扎肚子,疼得半死。我都十岁了,还嫌我磨鞋子、费衣服,让我夏天打赤膊。大家笑我多根趾头,是妖怪。还有坏人,在我身上蹭来蹭去。我吓得要命,不敢说。怕你打我……"

宋没用气竭,跌坐在地,不住瑟抖。回想自己说过什么,噩噩想不清。忽地惊醒，摸近母亲，摇摇肩膀，探探鼻息。俯到她身上，抓起她的手，连拍自己面颊。"妈，你打我，狠狠打我，打死我个不孝顺的。"双手阖住母亲的手。阖了会儿，将那手捋平，摆放端正。

云团开了，云团闭了。月光亮了，月光灭了。

太阳渐起，渐高，渐斜，渐沉。宋没用下肢尽麻，仍然跪坐不动。她在等这个皱巴巴的老妪醒转。想她的说话神态，走路模样，想她在屋里移动，作响。想得气味渐变，苍蝇狂舞。起来，苫一方麻布。久磕咽声道："方小姐保重。"

普善山庄收尸车隔日才来。说大世界炸死两千人。收尸车全部出动，还租了别家卡车。龙门路材栈积尸成山。搬运、清理、瘗埋，整整两天。

宋没用裹好母亲，怕她被压坏，嘱咐堆在上层。

收尸人着统一马甲，背后印四个白字，"普善山庄"。字底一个大十架，晃晃惹眼。宋没用跟着十字架。走一程，收尸人说："姑娘，回去吧。"又一程，再劝："回去吧。"

宋没用站停，错神，分不清哪个是母亲。板车也停。道旁布篷卡车，后厢大开。一卷卷尸体，往车里叠放。仨俩看热闹的，拎着马桶、搋笊、菜篮，木木然围着。收尸人收好板车，登上梯子。

卡车动了。宋没用跑起来。一个须发夹花的收尸人，站在车厢沿挥手，示意她回去。宋没用脚底打绊，腹部绞痛。卡车变小，转弯消失了。

宋没用也转弯。柏油马路灰得很深，宽直向前，左右分岔。不知卡车走哪条道。晨风一抖，碎金似的阳光，洒向街面、楼檐、路灯，洒向碎石、杂草、垃圾，洒向露天而宿的难民。天亮了，世界好看起来。宋没用感觉身轻似萍，随波浮沉。

不知何处去，不知拿新的一天做什么。母亲是个负担。而宋没用的人生，只为这负担而活。

宋没用拖着步子，返身回家。推门，有米饭香。虎头一家在桌边。见她进来，余人碗筷不响了，小虎头继续呼啦吃粥。俄顷，虎头爹妈重新把脸俯到碗上。虎头姐姐迟疑着，不停睒宋没用。

桌子被摆到正中，陌生行李堆在屋角。恍惚之间，以为错入别家。宋没用吞一口唾沫，唇舌皆苦。她听父亲说过，以前阜宁逃荒，常有房屋被占。她后悔没有装锁，没将暹罗米藏好。欲抬宋德旺壮胆，眼角一溜，虎头爹手旁，有把铜制小剑，颇眼熟。他摩挲剑鞘，抽出，推回。宋没用跟着，心头一紧，一松。

虎头忽大哭。虎头妈摸他裤裆，骂道："自己捂干。"给他擦嘴，放在地上。虎头爹空碗一推，条凳一踢，似要站起。宋没用即刻转身狂奔，奔得大腿抽筋，软在墙边。有邻居咦一声，绕开她。

许久，宋没用撑直身子，胡乱漫走。听到老聂声音嘶哑，就停下。老聂在说，有个当日军翻译的汉奸，被人在新闸路打死。爱文义路、卡德路、霞飞路，都打死汉奸。纷纷指责汉奸，拿了点钞票，帮日本人欺负中国人，要下十八层地狱。

"那个宋德旺啊……"

宋没用一惊，踅进去："聂叔叔，瞎说什么呀。"屋内煞静，纷纷侧视。宋没用不管不顾起来。"就知道欺负女人。整天说这说那，自己怎不去打日本人。我妈死了，我家房子被占了，我也不想活了。"

旁边有人伸手，抚一抚宋没用背脊。宋没用得了安慰，气软，闭嘴。

老聂说："你家的事，我们做不得主。"

宋没用憋了憋，又说："我家房子被占了。"

众人不语。

她膝盖打颤，飘出药水弄，躲在一处桥堍。

想哭，无泪，呜咽几声，肺腔扯痛。阳光开始扎人。求生的本能，催她起来。就着岸边，喝一肚水。她记起法租界南面，有一弯枯河。斜穿河床，能随意进出租界。

宋没用过桥，沿岸走。街旁店面皆闭。路人拎着包裹，挑着扁担，推着板车，惶惶恐恐，不知何往。有人停下不走了，推开收容所的门。灰糊的玻璃门内，满地秽物，粪臭熏人。挤不进收容所的，窝在门墀、桥洞、墙角。报纸铺地，草席遮身。空阔处搭起滚地龙。哭泣的、乞讨的、出卖细软的。跑单帮小贩穿梭其间，叫卖洋米、火油、肥皂、香烟、灯胆。有人满头血，倒在粪堆里。人们远远看着，不去搀扶。说他为争一个馒头，打架落败了。

宋没用转个弯，到民国路。远见铁栅门，六七尺高。门前难民成堆。

继续走，见西门斜桥，赫然立起砖墙，二丈高，沿陆家浜，通大西路，绵延无尽。宋没用过法租界，经公共租界。沿界依样堆沙包、拉铁丝网、修铁栅门。界内警力森然，架枪与难民对峙。难民们趴住栅门哀求。每有飞机掠顶，就骚动、前涌。孩子们被踩踏在地，哭嚎震天。在他们身后，是更多难民，站满街面，蜿蜒数里。携包裹麻袋、箱笼被褥、木器家具。他们脚边，一地弃物，是幸运儿们留下的——他们已进入租界，并按规定，将行李留在界外。

宋没用左手掐右手，右手掐大腿。感觉指头无力，犹在梦中。一刻，想自己衣食无着；一刻，想宋德旺回药水弄，找不到母亲妹妹；再一刻，想花团锦簇的世界，顷刻凋敝如土。她抬头望天。天上没有云，颜色深一块，浅一块。天空往前延伸，被一丝电线悬住；向后舒展，被半排瓦檐截断。天空逐渐洇漫，淹过树顶、房屋，淹过城市、陆地。天那么大，宋没用这么小。她浑身瑟抖，心怀敬畏，对天高呼："方小姐，方小姐！"

一个馒头应着声，从天而降。宋没用哑然，合不拢嘴。又一个，再一个。二楼窗口有脑袋转动。对街另一窗口，也倚出二人，往下扔烧饼。

宋没用缓过神，朝窗口挤。一时间，沿路店家住户，纷纷扔掷，食物如雨下。租界里也有人送馒头，让巡捕代为抛送。

宋没用被人流裹挟。胸背相抵，群脚互踩，无数双手向空中乱抓。宋没用也抓，半晌，抓到什么，是一个烧饼。缩起脖颈，牙齿一沾食物，涕泪齐下。心里默念：观音保佑，观世音娘娘，菩萨……旁人打她肩膀，捶她面颊，抢夺烧饼。她囫囵吞光，胸口噎闷，久久回不过气。

宋没用东搡西挤，两只草鞋被踩丢。出人群，抱住电线杆，大声牛喘。喘着喘着，感觉食物在腹中，夯得实实的，裹一团热。四肢渐生气力。拾地上弃物，挑几个轻软包裹，挂在臂弯。逆行，七绕八转，至一垃圾堆。四顾无人，逐一打开。多是男女衣裤。有双牙白色羊皮女鞋，中跟，鞋头缀蝴蝶结。宋没用试穿。鞋尖空一截，鞋跟支得小腿打战。脱下，抚摸压皱的鞋帮。终究舍不得穿，塞回包裹里。

马路发烫。宋没用赤足，走出一背盐花。胃里有食物，手中有衣鞋，生活里还有一个哥哥，心思渐稳妥。她停下，见对街有所学校，辟为难民收容所。门口有男子在拍照。白衬衫，圆眼镜，像个文化人。宋没用穿过马路，站到近旁，想打听新民会在哪。门里出来个穿长衫的，和白衬衫论起时局，宋没用不懂。只听得"日本人""汉奸"，心惊肉跳，满面灼热。白衬衫扭头，朝她嘿一声。宋没用返身狂奔。一辆雪佛兰街心急停，刹车刺耳。她被撞倒，一骨碌爬起，拽住包裹，奔向上街沿。

宋没用屁股刺痛，左腿关节咯啦。任由疼着响着，兜兜转转。太阳淡成金白色，迟疑不决吊在楼顶。宋没用走到小沙渡路以西，劳勃生路之南。见一家老虎灶，灶门大开。恍觉眼熟。灶间比记忆中小，墙壁湿裂。门边灶台滚着水。长凳空绰，桌前不见茶客。蓝花夹棉浴帘，仍垂在堂内，多褪了几个补丁。

老板娘身材依旧滚滚，头发全白了。守在灶台前，捏块抹布，擦擦额头，揩揩人中。鹊眼半撩，喜怒难辨。"小姑娘，我们这里不留人。没地方住，找政府去。"

宋没用一沾凳，屁股就黏住。脚底水泡，一径疼到心尖。"老板娘，我买水，"满身掏找，又解开包裹，取出羊獴皮鞋，"这个抵水钱吧。"

老板娘抓一只，捏捏皮质，正反地看。甩到地上，一脚踩进去。脚背肥厚，半途卡住。她睨视宋没用，脚慢慢探出来。"喝水吧。"

宋没用呷着水，不停流汗。时或捏起前襟，扇一扇，以免衣衫透湿。老板娘目光铆着她，让她不自在。进来一位顾客。老板娘倒水、收钱、寒暄。宋没用吁一口气，四下张望。记得上次留宿，长凳拼排，睡在窗边。灶台对墙，放过一篮矮脚青菜，被自己吃掉大半。此刻置一杉木桶。楼上依旧有走路声，仿佛隔着时间，从那个冬夜传来。

脚步横贯头顶，至楼梯。楼梯吱咯，下来一个男人。

男人见宋没用，咦一声，放下怀中孩子。他就是那个"仁道"。肩膀阔了，脸胖了，双颊微微松弛。倏忽寒暑，有了中年姿态。孩子在地上，晃悠悠走。大头，小眼，颈弯和耳郭，连绵一片妃色烫疤。孩子朝宋没用扑扑手，宋没用心里一紧，朝他勾指头。

老板娘问："水喝完了？"

宋没用颔首，不想走，又没理由。屁股一挪，身体顺势伏地，用力磕头。咚——前额后勺，闷声振荡，她整个人晕漾漾起来。"老板娘，我不想回药水弄。"

老板娘眼珠岿然不动，心底来回拨算，有了自己的主意。"起来吧，慢慢说。"

　　宋没用从地上起来。浑然不觉，生活已经翻新。

选自《花城》2015年第3期

评鉴与感悟

棚户区里的另一个老上海

读《药水弄往事》多少是有点压着心的。1923年上海的大幕打开，一条艚艚船摇进黑臭湿冷的苏州河，是苏北少女宋没用一生记忆的起点：这起点是告别故乡的起点，这记忆，则是人亡家毁，国土沦丧的记忆。任晓雯将宋没用如草芥般不起眼的人生缓缓铺开——宋家六口人的命运，棚户区的底层众生相，抗战爆发在即的上海，三个叙事层像是三架相互牵连的齿轮同时转动，而苞藏其中的内核，是一个被指认为"没用"的少女的成长，和一个读者并不那么熟悉的老上海。

虽然《药水弄往事》中各色人物来来去去，最大的主角却不是人物，而是作为景观和生存空间的贫民棚户区。工厂边上的棚户区，是20世纪上海工业文明典型的衍生物，著名的棚户区药水弄，既是任晓雯发现的"风景"，也是她"重访老上海"的落脚点。作者用大量篇幅描绘了药水弄的空间景象及声色气味，她写到了破蔽的"滚地龙"和草棚，操持着苏北口音的底层劳动者，还有他们形形色色的职业和营生——码头搬运、更夫、扛面粉的、黄包车夫、拾荒者，不一而足。藏污纳垢的日常，贫困驱策下委琐地生，瘟疫肆虐下卑贱地死，让开篇那句"据说上海遍地钞票"的黄金梦变成一句再刺耳不过的嘲讽。更进一步说，是在上海叙事的光谱里，任晓雯展露出了独特的眼界与匠心，她对于棚户区所代表的底层世界的深描，显然在言必"十里洋场，纸醉金迷"的老上海想象之外，找到了更驳杂的观察向度和写作潜能。

在小说中，贫穷和死亡的威胁始终是一把钝刀，沉重地架在每一个药水弄住户的脖子上，人人都在竭尽全力地活着。但在"活着"之外，父亲好色嗜酒，母亲贪财薄情，兄姊各自心怀鬼胎——无一不怀抱着其他的企图，唯有宋没用，这个谁也不重视的小女儿，从小就只为"活着"而活着，并最终成为家族唯一的幸存者。她活得一心一意，不问世事，没有欲念，正如她的名字暗示的：这条生命是徒劳无用的。直到一次无声而未遂的性启蒙，以及亲人和家的丧失，让她生而为"人"的性别、愤怒与爱恨逐一复苏、喷薄，并驱使她逃离棚户区，永不回头。宋没用逃亡的背影，最终隐没在了即将沦陷的1937年的上海之中。

任晓雯擅长使用短句，行文冷静老道，三两句勾勒出的人物动作情态，往往传神。全篇最见功力的，无疑是宋没用与老虎灶老板娘儿子仁道之间那场无声的"对手戏"，这一幕，也是宋没用"苏醒"的转折点。在"铁青色的月光"下，落魄少女惊慌懵懂，被欲念牵制的房东少年，同样心虚无措。一出黑暗中的哑剧，两具年轻身体相互吸引又相互拒斥，但越是大开大合处，作者落笔就越是节制收敛，仅用短句白描，抓住了所有微妙的神髓。仁道对宋没用的试探看似点到即止，却把少女推向了成长的激流："宋没用混沌的心胸，忽地开了。她以为自己没有感情。母亲把她当狗，她也把自己当狗。活着，就是活着。忍饥挨冻，任打由骂。但在此时，一切不同了。她说不清楚，委屈、伤感、愤懑，交替起伏。仿佛揭了一块疤，忽觉脓血四溢，伤痕遍体。"

可以说，与常人"由生而死"的方向相逆，宋没用十六年的人生是"由死而生"的。变成了孤儿的宋没用，实则卸下了"家"的沉重枷锁，以"人"的身份投入更大的命运之中，从此为自己而活。小说在"八·一三"淞沪会战之际画上句号，宋没用无疑是二三十年代动荡上海的一则隐喻。只是在逃离了"家"的牢笼之后，未被言明的"国"的阴影已呼之欲出——"浑然不觉，生活已经翻新"，这一复义的尾声尤为意味深长。因为没有人知道，摆在少女宋没用面前的，是一场新的灾难，还是一个绝处逢生，从"没用"到"有用"的新的转机。

（刘欣玥）

闯入者

/ 胡学文

1

那天和往常并无什么区别。我起床时，温燕还在熟睡。她在发廊工作，不用早起。嘘，不要乱猜，她可是正经女孩儿。我和人干过一架，原因是那家伙拿温燕在发廊工作说事。那小子显然喝大了，舌头比马夹板还硬。喝大就能胡吣吗？我脸上的乌青半个月才褪干净。这没什么，我计较的不是输赢。

我如往常那样简单洗漱过。出门前，像往常那样瞄瞄温燕。有时她会早醒。如果她睁开眼睛，哼唧着努努嘴，我就给她买回早点。当然，这样的时候很少，她挺贪睡的。温燕的姿势变了，头依然枕在原来的位置，脚却伸到另一侧，身体呈V形，几乎把整个床占了去。我也喜欢侵占她那边，但得是她躺在那儿的时候。此时，床的另一侧只有零乱的毛巾被以及我的体温。

巷子没多深，穿过巷子到马路，也就七八分钟。我在这儿住了五年，闭着眼睛也能摸到。当然我不会闭着眼走。踩了什么碰了什么，可不是闹着玩的。还得防着头顶，几天前，报上登一则消息，一个女人跳楼自杀，她没死，倒把过往的路人砸死了。沿马路走百八十步，是一条三角街，三角街左拐就有公交站点。时间尚早，我没急着赶公交，像往常那样走到红姐炒粉店。

红姐炒粉店在三角街顶口，店不大，十几平方米的样子。天气转暖，店外也支起桌子。两张并行，另一张离店门远些，孤零零的，我习惯坐那儿。屁股刚落，红姐便从店里出来，好像她就在门口候着。她如往常那样打招呼，来啦？然后抓着抹布擦拭桌子。我知道她刚刚擦过，桌面十分干净，但她知道我的习惯，总要再擦一遍。我的目光从她汹涌的胸前划过，落到马路对面的树上。我挺无耻的，但我不下流。虽然我说不上无耻和下流有什么区别。

不一会儿，红姐给我端来一盘细粉、一杯白水。我吃葱姜却不吃大蒜韭菜，这些红姐都知道，不需要我特别交代。炒粉店是她两口子开的，那个瘸腿男人，瘦得像根柳条一样，多半时间在后厨，很少出来。算起来，我吃了五年炒粉，见那个男人不超过三次。我只知道这些。没必要知道太多，对不对？虽然我想知道。

红姐少收一块钱，昨天她没零钱，我说算了吧就离开了。我确实想算了，一块钱半个苹果都买不回来，何况——红姐显然不想算了，她惦记着呢。

几年前，我流落到这座城市时，正是炎热的夏季，路面又烫又软，似乎一不小心脚就会陷进去，融化掉。我在鞋厂干了半年，跳槽到房产中介。跳槽是我自己的说辞，其实是被炒了。再半年，跳到街道办，三个月后，应聘到一所技工学校，算是稳定下来。我不是正式教师，管他呢，能养活自己，捎带能养活个女人，也算不错。当然，能挣套房子就更对得起自己，虽然那很遥远。

我先乘19路，后改乘8路，坐三站就到了。傍晚的公交车比早上人多，也容易堵，所以我一般步行到19路站点。那天和往常唯一的区别是下班我没有直接到19路站点，经过站牌，8路车正好停住，我就势登上去。司机是个胖子，反应慢。抢在红灯亮前通过是可以的，但他停了车。

车停下差不多两秒，黄灯才亮起来。他是不是太迟钝了？就在等红灯的时候，两辆轿车在路口吻在一起。吻得有些过，牙齿都咬掉的样子。我站在车头，看得清清楚楚。公交车挪了几米，干脆熄火等待。

堵了差不多一小时。就是说，我比往常晚了一小时。白白扔掉的时间多了去了，一小时不算什么，只是这种消耗，心里堵，像无缘无故被绑架了一小时。当然也没什么，堵的事也多了去了，我遇到的……算了，不说了。

我去市场买了一斤长豆角、一个茄子，温燕爱吃。又买了半斤花生米、半斤鸡胗，我好这口。温燕回来得晚，买菜做饭当然是我的任务。

我像往常那样拐进巷口，慢慢悠悠的，时间还早，急什么？我租的房间在二楼，房间正对着平台。平台是房客的公共区域，接自来水、晾衣服都在平台上。此外，平台还是吸烟区。常有光着膀子的男人蹲在平台的角落，除了吸烟，谁知道他们还琢磨什么？我和温燕的房间永远拉着窗帘，双层的。

天有些暗，我又有些走神儿，没注意门口堆着一团灰乎乎的东西，直接掏钥匙开门。那一团灰突然站起来，吓我一大跳。我退后两步，看清是个女人。四十，也可能五十。

这是方全家吗？女人搂搂胸前的包，似乎怕我抢去。她的口音不怎么好听，我联想到碎裂的瓦片。

你是……我迅速在脑海里搜刮，可是大雪茫茫。

你就是方全？女人倒是不笨。

是，我就是。你是谁？我挺纳闷。

女人往前一跳，如果不是搂着包，很可能撞到我。

哈……可逮着你了。

2

如果在大街上，某个女人跳到面前这样说，我一定会躲开或逃掉。在我屋外，我当然不能鼠窜。我带着几分恼火几分不耐烦：这是干吗？你谁呀？孰料女人比我更不耐烦，我是谁一会儿你就知道了，快开门，渴死了。彼时，有房客到平台，并朝我和女人投过探寻的目光。我不想被窥视，再者，女人咂啦着嘴，发出怪异的声响，我便打开门。

水桶在靠近门口的位置，只有少半桶。温燕忘了盖盖儿，她总是丢三落四的。我想倒掉接桶新水，女人抢我前面抓起舀子。她多半个脸被舀子遮住，只能看到她的下巴和脖子。那么大一盅水，她一口气灌进去，抹抹下巴，又盛了一盅子。我被她弄愣了，死盯着她。她喝得慢了些，中间似乎歇停两秒，但仍然喝得干干净净。

女人圆脸，皮肤略黑，模样还算周正。头发乌黑乌黑的，和眼角的细纹不怎么相称。我揣测她，她也从头到脚打量我，问我，你属什么？我的脑子有片刻短路，然后明白她的意思，答属马。

女人扭转目光，里里外外看个遍，完后评价，够乱的。我租的是里外间，当然，外间不大，严格地说，半间也算不上，也就一张单人床的宽度，正好当厨房。煤气灶上的炒锅里还有昨日的剩菜，铲子、碗筷、菜刀、面板随意丢置，确实乱。没时间收拾，况且我和温燕整天都在外面，收拾好给谁看？这就是睡觉的地方。里间也好不到哪儿去，女人的目光久久停在床上。两块毛巾被缠在一起，像在格斗。枕头一个在床头，一个丢在床角，互相戏耍的样子。温燕胃不好，喜欢抱着枕头睡，当然是我不在的时候。

她呢？女人突然回头。

她……我突然灵醒，说，你是阿姨吧？

女人的目光略略抬高，含着你终于明白过来的责备。

我歉意地说，她一会儿回来，阿姨先坐。

其实，早该想到的。她能找到这儿，能叫出我的名字，还有她的审视，她的挑剔，她的反客为主，足以说明她的身份。当然，这也不能完全怪我。我没向温燕说过自己的过往，温燕也极少提她的家庭。我俩互不过问。不是冷淡，而是那一切与我们无关，至少与我们的现在无关。我和温燕同居两年多了，说不上牢靠，也说不上不牢靠，说不上未来，自然说过去也没有任何必要。

现在不同了，我得面对。我正要问她怎么来的，路上走了多久，她先开口问，她几点回来？

我迟疑着，十一点……有时……

女人皱眉，这么晚！

我说，在深圳，这不算晚，还有……

女人不满地扫我一眼，声音里带着毛刺，怎么回来？她一个人不害怕？

我说，坐公交，很方便的，我会到路口接她。

女人望了望墙上的小提琴吊钟，还不到九点。吊钟是温燕买的，她喜欢钟的样子。其实，闹钟对我和她没什么意义。

我讨好地说，阿姨饿了吧，我先做饭。

女人站起来，我来吧。

我忙道，阿姨累了，歇着吧。

女人已经把豆角扯过去，我给温燕发了信息，寻思去附近店铺买个枕头。我说出去一趟，一会儿就回来。女人说有事你忙，生火得你弄，我不会用那玩意儿。她没用过煤气灶，我能猜出来。

我转了半小时，买了个竹枕。返回途中，脑里突然划过一道闪电，心中一沉，拔腿猛跑。屋门大敞，灯光歪歪斜斜，被踢翻的样子。我心里咯噔一下，扑进去。

女人在。她背对着我，正专注地看着什么。我大喘着气，抹抹头上的汗。女人转过身，脸乌青乌青的，目光也被脸色染了，暗而硬。我看清她手上的东西，是温燕的碳笔画像，街上画的。

她是谁？女人扬扬画像。

我的嘴巴和眼睛同时撑大，温燕呀。

女人喝问，温燕是谁？

我彻底傻了，舌头搅了半天才抬起来，你不是……那……其实没必要再问，我说不清楚为什么发慌，毫无来由地慌张。

女人看穿我的样子，你和她住在一起？

我强迫自己镇定，是呀。

女人直瞪瞪地看着我，目光渐渐锋利，我女儿呢？

我说，阿姨，你搞错了吧，我不认识你女儿。

女人目光如刀，直戳过来，不认识？你说你不认识？

我问，你女儿叫什么名字？

女人反问，这里是不是深圳？

我点头。

女人问，是不是青阳街？

我再次点头。

女人问，你是不是叫方全？

我愕然，我是叫方全，可……

女人声音陡然提高，那你还装什么？我找了你大半年，光青阳街就转了二十多天，一家一户地问。我就不信找不到你。你就是我要找的人，你还装？

肯定是哪里出了问题。女人在找一个叫方全的人，方全和她女儿有关系，但那个方全不是我。同名同姓的多了去了。我试图向她解释，但女人咬定就是我。我住在深圳青阳街，我叫方全，这就是铁证。

我哭笑不得，如果我是你要找的那个人，那你女儿呢？她在哪里？

女人瞪眼，我正要问你，她在哪里？

我说不知道。

女人凶起来，你不知道？你说你不知道？

我说，确实不知道，我根本不认识她。

女人怒了，你还嘴硬？她的脸有些变形，眉毛突突地抖，仿佛狂风正从面颊掠过。

女人的样子挺吓人，我往后退了退。她的架势像是随时要扑到我身上，撕拽我撕咬我。无论如何，我不能让她近身，那绝对是引火烧身。女人已经失去理智，或许她根本就没有理智。那更糟糕。必须稳住她，然后寻机报警。只能报警。于是，我笑了笑，阿姨，你别生气。女人依然气冲冲的，我别生气？我能不生气？你老实说，我女儿哪里去了？我转移话题，阿姨，你肯定饿了，我给你做饭。女人哼了一声，我吃不进去！我赔笑道，怎么也得吃饭啊，你会烧茄子吗？我给你打下手。我想转移她的注意力。女人不上当，冷笑道，让我给你炒菜？我说不是给我，还有你。女人问，她呢？她吃不吃？刚才，她把温燕的画像丢开，此时又捡起来。我硬着头皮说，她很晚才回来，咱俩先吃。女人再次哼哼，咱俩咱俩，少套近乎！我说，你和我，行了吧？阿姨，消消气，吃完饭再说，行吧？女人审视我好半天，重声道，不行！我没心思吃你的破饭，你老实说，我女儿哪儿去了？

费心搭的架子哗啦散掉。我窝了火，其实，早就窝了火。我说，我再说一遍，你弄错了。我不是你要找的那个方全，我不认识你女儿。你再纠缠，我就不客气了。

女人猛地撞过来。还好我有防备，迅速一躲。女人直直地撞到里外间之间的墙上。很响，我感觉墙都晃了。当然，晃的是她。晃了两下，她像脱了藤蔓的瓜，重重摔下去。她的额头渗出了血，很快整个额头半个脸就染红了。

3

警察姓黄，我在红姐炒粉店见过他。当然，他不认识我。我想提一下红姐，套个近乎，彼时黄警察连打两个呵欠，我便打消了那个念头。套近乎有什么用？女人很老实，从医院到派出所这段路上，不嚷不闹，也没其他肢体动作。她刚才急昏了头，那一撞八成是撞醒了。我略略松口气，急欲和黄警察说清楚，赶快脱身。至于那女人如何，与我无关，那是警察的事儿。

温燕的电话再次打进来。黄警察皱皱眉，你能不能把手机关掉？我得听他的，这种时候可不能惹他上火。陈述了缘由，我问黄警察是不是可以离开，黄警察重重地盯了我一眼，那表情，就像我是个疑似逃犯。我只好老老实实坐定。

黄警察询问女人及她女儿的姓名、年龄。女人很冷静，看不出任何不正常。待黄警察问她女儿在哪里，女人突然烦躁起来，指着我说，你应该问他。我说我不认识你女儿。女人不买账，你说不认识就不认识了？黄警察打断她，问她何以认定我和她女儿在一起。女人再次指着我，我女儿刚毕业就让他拐跑了，不跟他在一起跟谁在一起？黄警察问她之前见过我没有，女人摇头，我要见过他，早把他撅巴了。我说，你没见过我，怎么断定我就是你要找的人？女人笃定地说，我是没见过你，有人见过你。黄警察问见过我的人是谁。女人摇头，我不会告诉你。黄警察说，你不告诉我，就不能证明他就是你要找的方全，你可能搞错了。女人激动起来，筛糠一样乱抖，我搞错了？我搞错了？黄警察忙道，你别急，坐下慢慢说。女人不坐，脸上的青紫一片片跳起。你认为我脑子有病是不是？黄警察沉下脸，我可没那么说。女人叫，你是没这么说，可你就是这个意思。黄警察说，你别嚷嚷，都让你嚷晕了。女人说，你也是当父亲的人吧，你女儿跟人跑了，好几年没音讯，你能不急？黄警察有些不耐烦，忽然间，黄警察笑了，虽然很勉强。他倒杯水递给女人，女人也不客气，抢过去一饮而尽。黄警察说，我理解你的心情，你先润润嗓子，消消气。天亮了，不但黄警察和做笔录的小警察困了，我和女人都呵欠连天的。黄警察让我和女人先回，改日再做调查。我急了，说我回可以，但你得把她留下。黄警察说她又没触犯法律，我不能把她留在派出所。我说，她跟着我也不合适呀，我又不认识她。女人气鼓鼓瞪我一眼。黄警察说，这不能由你，你说不认识就不认识了？我欲争辩，黄警察截断，就算你不认识，这事儿因你而起，她人生地不熟的，你暂且安顿好她，别让她出什么意外。我恼怒道，我不认识她，没这个义务。黄警察的目光变得锋利，你不认识她，可她认识你，如果你就是她要找的人呢？我说，我绝对不是。黄警察说，她说是你说不是，现在我没法判断。工作一夜我得休息了。又对女人说，你别乱来，乱来对你不好。女人说，我来找女儿，不是来打架的。黄警察说，这就对了。黄警察和女人一对一答，我竖着，像个局外人。

折腾一夜，女人又随我回到出租屋。

温燕显然没怎么合眼，头发零乱，脸色煞白。她扑过来，看到我身后的女人，又往后退了退，脸上掠过几丝慌几丝怒，你是谁？女人说，我是谁你问他！我冲温燕动动眉毛，她随我来到平台。

昨晚，我给温燕发信息，告诉她，她母亲来了。收到她的回复，我和女人已经到了医院。不想再叙述经过，那何止是荒唐，可……现在必须说，就怕说不清楚。我以为温燕怎么也要和我吵，没料她半晌没说话。我有些慌，比先前更慌。忙着检讨，这事儿怪我，是我没问清楚。温燕终于扬起脸，你的意思，她要住这儿？我忙说，暂时的。温燕问，多久？我说不用多久，我一会儿再去趟派出所，你没睡好吧，今天就别去了。温燕问，在家陪她？我咽口唾沫，你睡你的，她……温燕说，我还是去店里吧。我欲再劝，温燕已经转身。

我吃了盘炒粉，给女人打包一份。既然已经这样了，总不能饿着她。女人也不客气，扒拉得一丝不剩。我支撑不住，想打个盹，问女人，你出去转转，还是待着？女人不言，直定定地射着我。我躲到床上，担心她发作。侧耳听了一刻钟，没什么动静。

女人也睡了，坐着睡的，头扎在桌上，双臂环抱着她的包。我愣愣地瞅了她一会儿，她似乎被我瞅醒，慢慢抬起头。她的脸压出梯田般的褶皱，嘴角吊着涎水，样子极难看。

下午，我撇下女人，又跑到派出所。黄警察出警了，一个多小时才回来，身后还跟着一对中年男女，进屋了两人还在吵。我和黄警察打招呼，黄警察让我等一会儿，我只好继续在长椅上坐着。我平时鲜和派出所打交道，没料到找警察也要排队。我只能等黄警察，他管我们那一片。时间一分一秒过去，我烦躁起来。快五点了，黄警察那边还没结束。我撑不住，推门问黄警察还得多久。黄警察没好气，没见我忙着吗？到时候叫你。又等了半小时，仍没有结束的意思。我不敢再等，万一温燕提前回去，可别和女人干起来。

我走得快，后背几乎湿透。推开门，顿时惊呆，以为走错了。再瞅，小提琴在墙上挂着。屋子整理过了，毛巾被和枕头叠放在一起，整整齐齐的。锅碗瓢盆清洗得干干净净，摆放有序。窗台也擦拭过，我多时不玩的九连环荡去灰尘，容光焕发。

女人从床头另一侧的旮旯站起来，抓着抹布，额头湿漉漉的。我定了定说，你没必要做这些。女人没好气，你以为我讨好你？我闲不住，闲着难受。我说去了派出所，她的目光就定住。我说警察忙得要命，可能还得再等等。女人略显失望，问警察什么时候有空。我摇头。女人说，他要是个糊涂警察，等他也没用，干吗非等他呢，这事儿你我就能解决。我脱口道，怎么解决？女人说，你把我女儿的下落告诉我，我就离开。我感觉上了当，气呼呼地说，我再说一遍，我根本就不认识你女儿，你找错人了。女人冷笑，你再说十遍也没用，她跟了你好几年，你竟然说不认识，良心真是让狗吃了。我说随你怎么说吧，反正我不认识她。女人说，你不敢承认，你心虚对不对？你对她做了什么？我大叫，你血口喷人！她哼了哼，目光充满挑衅，急了？我闭了嘴。争吵没什么意义，还是要找黄警察。

4

黄警察连续办了三天案，都是当紧的案子。这是黄警察的说法。我的事儿怎么就不当紧了？我的生活全乱套了。但我不能和黄警察较真儿，那还不是往枪口上撞？

我请了两天假，第三天一早便去了学校。请假扣钱，那点小收入经不得几次扣。女人独自留在出租屋。如她所言，她闲不住，擦擦抹抹，洗洗涮涮，枕巾床单毛巾均被洗了一遍。就这一点，女人像个称职的佣人。此外，还给我和温燕做饭，只要我把菜买回来。她没乱闹，格外安分。她和我一样在等黄警察。

白天好凑合，温燕去发廊，我也可以躲出去，关键是夜晚。第一天，女人抱着包在屋门口靠了一夜。第二个夜晚，我把她叫进屋。野猫很多，万一咬着她呢？深圳的四月，夜晚还是有点儿凉，若染了风寒，岂不是我的麻烦？双人床不宽，我和温燕仍给她留出一块儿位置。女人没上床，趴餐桌睡的。第三晚也是。突然多出一个人，还是个陌生女人，睡床也罢睡餐桌也罢，对我和温燕的影响都一样。不要说亲热，我和温燕话都很少说。也没说话的兴致。温燕没吵也没闹，只是冷着脸。她无疑是生气，生女人的气，更多是生我的气，毕竟，这一切因我而起，尽管我是冤枉的。解释没有任何意义，闭嘴还算明智。她与我和女人一样，在等待黄警察。火山爆发前，永远是沉默的。

第四天早上，温燕和女人吵了架。女人闯入，温燕再没睡过懒觉。我起床，她就跟着爬起来，呵欠连天，犯毒瘾的样子。女人用温燕的牙膏，温燕斥责她乱动别人东西，孰料女人把整管牙膏挤出来。温燕和她抢夺，被女人甩个跟跄。我扶住温燕，抓住她的胳膊。女人也很上火，叫，我女儿那么大个人让你们弄没了，用你点儿破牙膏你还嚷嚷？温燕说，谁弄没你女儿你找谁要，凭什么赖在我家？女人指指我，是他，你也有份，你和他是一伙的。温燕骂她疯子。女人冷笑，我要是疯子，早把你们剁了。温燕往前拱，你剁呀你剁呀。我死劲拖住温燕，让女人闭嘴。女人闭了嘴，低头擦抹衣服上的牙膏。我拽温燕，温燕不走，还踢我一脚，恨恨地说，这是我的家，我凭什么躲她？我悄声道，就当让狗咬了，别和她一般见识，气坏不值。温燕不那么激动了，总算把她拽开。

和温燕一起吃早点，我说黄警察答应今天解决的。温燕不答，有一下没一下地翻弄着炒粉。我说，绝对是个误会，谁知道那女人中了哪门子邪，缠上我。温燕说，让她走，必须今天就让她走。我说放心吧。温燕警告我不许给女人吃饭，饿她一天，看她还有力气嚷嚷？我说一百个遵命。温燕离去，我还是给女人买了炒粉。

黄警察竟然在出租屋。老天，总算来了。他正询问女人，看到我，点点头，又瞄瞄我手上的餐盒。我忙说，我和她没有任何关系，总不能让她饿着。黄警察让女人吃饭，把我叫到平台询问。问得很细，我何时到的深圳，交往过几个女孩儿，平日来往还有什么人，和温燕什么时候住在一起的，温燕的职业及社会关系，等等。我也答得很细，当然，有些事没说，那是我的秘密。而后，黄警察又单独询问了女人。

黄警察离开时都快中午了，我问什么时候有结果，黄警察说因为我的事儿，这个双休日他没法休息了。他要调查一些人，周一还要到我所在的学校，最快也得周二三。这意味着，女人至少还要住三天。我做痛苦状，黄警察说你就当作慈善吧。我说没这么个做法，我感觉被讹上了。黄警察意味深长地说，白的就是白的，黑的就是黑的。

我买了些水果。绝不是想讨好女人，不过想缓和一下，以便这三天能相安无事。当然，说讨好也没什么。我告诫女人别和温燕对着干，换作别的女孩，早把她轰跑了，温燕忍让不是怕她，是善良。女人叫，她善良，我女儿就不善良了？我皱眉，别把你女儿扯进来！我真的不认识她。女人说，杀人犯从来都不承认杀了人。我怒道，你别造谣，我让你不是怕你。女人说，我看不出她哪点儿比我女儿强，你怎么就鬼迷心窍了？我挥挥拳头，女人毫不示弱。我退却了，不能节外生枝。我说也就几天时间，如果你还想在这儿住，就老实点儿，冲撞起来对谁都不好，毕竟这是我家。如果我犯罪，还有法律对吧？黄警察正调查，你根本没理由跟我和温燕闹。哦，吃个苹果吧，深圳的苹果贵着呢。女人抢过去，大大咬了一口。

温燕回来，我忙着解释，还得两三天，就当作慈善吧。温燕说黄警察去发廊找过她。我问黄警察都问什么。温燕没好气，还能问什么，问你呗。

5

调查没结果。没有证据证明我和女人的女儿有过交往，但也不排除这种可能。也就是说，没有证据证明我和女人的女儿绝对没交往过。绕了一圈又回到原点。黄警察话音没落，女人猛地站起来，我早瞧出你是个没用的警察，这不等于白说吗？我更急，但还算理智，如果没有证据证明，她缠着我就是犯法的对不对？那么，你应该拘留她。女人配合地伸出双手，好呀，反正我也不想活了。

黄警察不停地弹吹帽檐，似乎帽檐上沾了太多灰尘。此时，他抬起头直视着我，如果她使用暴力，你报警就是，现在我没有理由拘留她。我叫，她赖着不走，还不是暴力？黄警察说，你可以不让她进屋。对不起，我还有别的案子。我试图阻拦，黄警察凌厉的目光扫过来，我便定住。

女人嘴角翘着，似乎看我的笑话，我一压再压，终是爆发，火从眼睛往外冒，眉毛、头发都要燃着了，恶毒的话劈头盖脸砸向女人。女人红了脸，在我强大的火力攻击下，她没有能力反击。于是，她扑向我，我顺势揪住她的头发，往墙上猛撞。女人号叫起来，我没松手，撞击也更猛。血从她脑顶往外冒，墙上瞬间盛开了大片罂粟花……

其实我什么也没干。只是警告她，如果她再纠缠，我就对她不客气。

没等她有什么反应，我已经离开。当然，和逃跑也没多少区别。只能逃，如果女人跟踪到学校，那就不只是麻烦。这年头找工作不易，找份挣钱又不怎么累的工作更不易。

躲了和尚躲不了庙。我可以甩开她，但不能甩开出租屋。我从未像现在这样害怕天黑。老天也和我作对，时间飞快，眨个眼就黑了。如果我是一个人，可以在外边躲几天，虽然不是上策，至少清静几天。但温燕在，我怎么可以躲？

我吃了盘炒粉。晚上很少吃，只为磨蹭时间。红姐似乎看出我有心事，主动给我开瓶啤酒。我问，你也来一杯？红姐往门口瞭一瞭。她装作随意，但我知道不是。然后，她倒了一杯，一饮而尽，抿抿嘴说，你慢用。我想问她个问题，又有些害羞，终是被啤酒浇灭踪迹。

我拎着几样蔬菜，一步步踏上二楼。心跳如擂，似乎正步入虎穴。

尽管有心理准备，看到那灰乎乎的一团，仍然被铿到。女人抬起头，黑暗中，看不清她的脸。

我恼火道，你怎么又来了？

她不答。

我蹲过去，抓小鸡一样拎起她，你为什么还来？

她依然不答，就那么静静地、定定地看着我。

我拽着她绕了两圈，把她抵在墙角，喝令她离开。女人毫不畏惧地瞪着我。我被激怒了，骂着脏话，举起拳头。我还没昏头，女人巴不得我的拳头砸她脸上。她的神情分明是，你打死我好了。我的拳头最终砸向自己。

我开门闪进去，马上把门插住。她可以撬门，可以踹门，可以把窗户砸个稀巴烂。但她什么也没做。她就像我的侍卫，静静地守在门口。我择了菜，洗干净，切好。我竭力忘掉她，就当她是个影子。这很可笑，但……我突然想到一个主意。

房东是个中年胖子，似乎没职业，每天抓着扇子转来转去。当然，他也不需要干什么，那么多房租。房东似乎很吃惊，你不认识她？这几天不是住你那儿吗？房东够厉害，什么都清楚。我说那是个误会，我其实并不认识她，现在她在我门口，你必须轰走她。房东说，你可以撵她啊。我说撵了，撵不走。房东上了趟二楼，片刻就回到院子里，言语带了几分愠怒，似乎被我愚弄了。我只管出租房，没义务管房客的纠纷，我又不是法院！我说你别听她一面之词。房东问你是不是觉得我是傻子？在这儿住了几年，和房东发生不快还是第一次。我说算啦算啦，就当我什么也没说。

在公交站等了一个多小时才等见温燕。往常等她，我会和她电话联系。那个晚上，我没勇气拨她的电话。怕她在电话里问，该怎么答她？电话肯定说不清楚。

我挽起温燕的胳膊，温燕抽出去，这就是说，她腻上你了？我说那就是一疯子，咱不理她，实在不行就换个地儿住。温燕站住，那今儿还回吗？我说回呀，那是咱家，怕什么？我绝不再让她进屋。温燕问，她要砸门呢？我冷笑，就盼她使用暴力呢，黄警察就可以拘留她。温燕仍然踟蹰，我猛地搂住她，走呀，不能让她吓住。

我当然没让女人进门。她也没进门的意思，靠在墙角，昏昏欲睡。门以外的地方都是房东的，是房客的共用领地，与我无关。

吃过饭，我和温燕就躺下了。因这个突然闯入的女人，我和温燕碰触都不敢。现在总算尘埃落定。做爱的过程我不想说了，实在没什么可说的。仓促匆忙紧张。我绝不是怕女人听到，说不清楚怎么回事儿，酝酿许久，却草草收场。

我和温燕赤裸裸地躺着,像以往那样。但和以往不同,我们沉默着,似乎再没了说话的力气。

良久,温燕探过一只手。我抓住,紧紧握着,像两个刚刚结成同盟的领导人,似乎未来正等着我们去开创。

她……能睡着吗?温燕小心翼翼地问。

我说,和咱有什么关系?

顿了顿,温燕又问,她是不是一天没吃东西?

我气呼呼地,你怎么关心起她了?

温燕说,别晕倒了。

我说,活该。

温燕说,她可是找你的。

我说,我又不认识她。

温燕说,要是有什么事儿……

我打断她,如果我有责任,我去坐牢。

温燕叹口气。

我愕然,怎么,你真关心她?温燕善良,我知道。

温燕说,她够可怜的。

我说,世上可怜人多的是。再说可怜之人必有可恨之处,你忘了她的可恨?

温燕说,还是把她叫进来吧,预报夜里有雨呢。

我跳起来,边套衣服边说,这可是你说的。温燕显然看穿了我,狠狠瞪我一眼。

6

我并不是关心女人,当然,也不是怵她,是怕她昏倒在门口。

我警告女人,她可以再住一夜,但天亮必须离开。我发誓,她点了头。次日我撵她,她却说哪儿也不去。我火了,叫,我好心收留你,你怎么不知好歹?滚!女人说,你把女儿还给我,我马上滚。我揪住女人往外拖,女人干脆一屁股坐下去。温燕劝,她没地方去,住几天也没什么。我冲女人喊,听见了吗?不是怕你!女人沉着头,看不到她的表情。

女人就这样住了下来。像先前那样，不吵不闹，也不冲我要女儿，只是极有耐心地等待。自然她不闲着，除了收拾我的屋子，把平台也打扫得干干净净。我和温燕下班回来，饭菜已经做好。我俩都不和她说话，当她是个影子。但她终究不是影子，让人添堵。

八九天过去，她仍没有离去的意思。我吃不消了。星期六上午，我决定和女人谈谈。那时女人正擦拭不锈钢茶壶，鼻头上沾着去污粉。她愣了一下，意识到我在和她说话，脸上划过一丝紧张。

我说你住这儿确实碍事，看你每天这么辛苦，我又不忍撵你，如果你愿意住就住着。只是你出来这么久，你家人不定怎么担心呢，你把家人的电话告诉我，我和他们说一声。女人眼里泛起丝丝缕缕的雾气。我趁热打铁，接通你和他们说。半晌，雾气散尽，女人的声音硬得像生铁，我没家人，没电话。我叫，怎么可能？怎么可能没家人？女人嘴角吊起洞穿我的冷笑，我只有一个女儿，你告诉我她在哪儿。我有些气急败坏，竭力忍着没让自己发作。喊叫毫无意义，只会更加添堵。可有些话必须重复，我不认识你女儿，更不知道她在哪里。女人说，你是个撒谎精，我女儿就是让你这个撒谎精骗了。我叫，我不是。女人大叫，你就是！

僵了数秒，我说，好吧，假设……我说的是假设，我如果和你女儿认识，可现在她不在这儿，你也看到了，你守着有什么用呢？

女人说，你肯定知道她去了哪里。

我说，我不知道！

女人叫，你肯定知道。她跟你那么久，你不会不知道。

我做个制止的手势，你别嚷嚷，我是假设，你不懂啊？

女人哼一声，真的就是真的，假设也没用。

我的喉咙直冒烟，你这么固执，我还说什么？不管你怎么想，你女儿不在这儿，你守着干吗？

女人掷地有声，我等她回来。

我问，她要不回来呢？

女人盯我良久，除非你把她害了，你……害了她？我竟然慌了一下，虽然我的声音透着气恼，诬蔑犯法你知道不？

女人说，我死都不怕。

我瞪她一会儿，目光忽地软下去。好吧……你愿意等就等吧。只是，你白天去别的地儿找找，晚上可以住这儿，说不定在街上能碰到她呢。

女人似乎被我说动，偏着头寻思一会儿，笃定地答，我哪儿也不去，看我不顺眼，就把女儿还给我！

我陡然起身。再谈下去，我会崩溃。

又一个晚上，还不到接温燕的点儿，我打开一瓶啤酒。女人问要不要先炒个菜，我没搭理。她不会用煤气，但学会了用电磁炉。我跳起来拔掉插头，夺过她手里的铲子摔到地上。女人说，空肚喝酒不好。我愣了愣，却没给她好腔调，你管呢，和你有什么关系？女人噎住，嘴巴抽动半天，什么也没说出来。如果不是有人敲门，我会说出更难听的。

来人是一楼的女租客，波浪发，粗嗓子。我对她印象不好，她在平台吃碗面，完后总把带汤的碗盒随意丢放，其实旁边就有垃圾桶。房东就卫生问题给租客开过一次十分钟的会，她似乎猜到是我告的状，此后每次碰到我都冷着脸。波浪头晾在平台上的衬衣不见了，问我见过没有。我马上瞅女人，女人摇头。我说，她没见到，那就是没见到。波浪头却没有离开，说中午才晒出去的，估计有人拿错了。我说可能吧，你再问问别人。波浪头却定在门口，目光搜搜寻寻、鬼鬼祟祟的。我正要说什么，波浪头突然快步过来，从床侧的衣服中间抽出一件葱绿色衬衣，声音顿时提高，你不是没见吗？我瞅女人，女人一副傻样。我忙给波浪头道歉，波浪头狠狠瞪女人一眼，火腾腾地离开。

女人仍在原地站着，似乎没反应过来。她确实是误拿了衣服，也可能是故意的，别有用心。

我斥责她，她没辩解，只低着头。我叫，你不是挺能说吗，怎么哑了？女人直定定地看着我，脸寡着。我说，你这是何苦？给别人添堵不说，还给自己找罪受。涉及这个话题，她的反应就特别快，你心里清楚，你以为我想给自己找罪受？我说我不清楚。她哼一声，不承认也没用。我问，你还打算住多久？她极干脆，等我女儿回来。我问，她要不回来呢？女人的目光突然血红血红的，你什么意思？我说就这个意思。女人拎起菜刀，逼近我。我终于明白什么叫杀气腾腾。我竭力控制，不让声音发抖，你要干什么？女人不言，在我近前站定。如果她动手，我就可以报警，我的遭遇就可以画上句号。若她失去理智,我就没了报警的机会。当然,所有的一切也会结束。

女人愤怒的目光柔下去,然后,她转身,将菜刀搁回去。我暗暗舒口气。女人说,你不会害她对不对?她跟你那么多年!我说,我无话可说。女人说,想想她对你的好。我叹息一声,你这是典型的妄想症,如果你家人不来寻你,没准我哪天把你送进疯人院。女人不屑,你吓唬我?我说,吓唬你干什么?女人说,我女儿怎么会看上你?你给她灌了什么迷药?你要是觉得她不好,当初就别祸害她。

就这么扯下去,我会疯掉。我看看表说,温燕快回来了。

7

温燕难得休息一天,我带她去了趟笔架山公园。女人入住半个多月了,温燕虽然没再和女人吵架,但心里肯定不痛快。女人搅乱的不仅是我一个人的生活。我把外屋倒腾一下,放了张弹簧床。并不是为女人着想,而是这样我和温燕有个相对独立的空间。没那么别扭了,却再寻不到从前的感觉。我刚刚碰到温燕的手,她就缩回去。那天,我试图用些蛮力,结果被温燕咬了一口。我只得放弃。我和温燕不过是同居,她真不必为我承受什么。她如此忍让,已经够大度。我当然不能生她的气。倒是可以生女人的气,但有什么用呢?不但不能阻止女人,还……算了,说笔架山吧。

玩得还算痛快,温燕笑了六次,两次被我逗笑,四次是她自己笑出来的。中午吃的是自备的干粮,晚上我请她吃麻辣鸭头。温燕平时不喝酒,那天在我一再撺掇下,喝了一杯啤酒。就一杯,脸颊便扑出红晕。出门她说头晕,我趁机提出开间房休息一下,要不半路上呕吐怎么办?吐便道上倒没什么,万一吐别人身上呢?温燕不是很情愿,也没怎么反对。我一步步把她引诱到酒店。温燕把我的肩咬破了,当然和先前的咬不同。洗过澡,我们又做了一次,不然对不起这间房。

年龄不同了,两次就有些累。我仰躺着,蓄谋歇一会儿再做一次进攻。我和温燕同居时间不短了,从未像今天这么刺激。温燕说不早了,催促我穿衣。我说现在走太亏,交整天的钱呢。温燕问,你想在宾馆过夜?我反问,你不想?温燕怔了怔,说想是想……我打断她,那不就得了,别的事儿你不用操心。过了一会儿，温燕还是问我，你真不管她了？我愕然，你惦记她干吗？温燕一点儿不客气，我犯得着惦记吗？她是你的客人。我纠正，她不是我的客人。温燕说，总归是找你的对不对？我说她找方全，碰巧和我的名字对上号，我不认识她。温燕说，认识不认识你心里清楚。我顿时急了，原来你认为我撒谎对不对？温燕说，我没这么说。我叫，你没这么说，还用说吗？温燕说，你真不认识她，就别这么过敏。我重重强调，我绝对不认识她。温燕说，你或许不认识她，但她认识你，你也知道她是谁！我哈一声，难怪你不言不语的，原来是这么想的。就算我和她女儿认识，那又怎样？温燕别有意味地，怎么样？撑不住了吧？我抽搐一下，明知自己犯浑，可就是管不住嘴巴，恶狠狠地，她女儿先前和我同居，让我甩了，我是个浑蛋，这下你满意了吧？温燕问，你干吗死不承认？我叫，我不想承认，干吗要承认？温燕说，你过去有什么破事儿，都和我没有关系。可如果……女人寻上门，你得有个交代。承认又能咋的，她能吃了你还是撕了你？你害怕什么？我说我没什么害怕的。温燕问那为什么不敢承认？我冲她大叫，我就是不想承认，不想！

　　温燕腾地坐起。乳房受了惊，一阵跳突。她要戴胸罩的，由于双手发抖，怎么也扣不上去。干脆不扣，拽了褂子跳下地，四下寻找裤子。

　　我这才意识到大祸临头。其实，我明白乱嚼舌头的后果。

　　我扑过去，拦腰抱住温燕。

　　温燕让我松开，声音平静，冷硬。

　　我箍得更紧。我错了，温燕，你听我解释。

　　温燕叫，我不听！

　　我说，你必须听。

　　温燕说，你跟别人说吧，我没兴趣。

　　我说，温燕，我错了，我说错了。

　　听我解释好吗？

　　温燕累了，动作慢下来。

　　我说，生这么大气，至于吗？

　　温燕说，如果我母亲还在，有一天咱俩分手，她来找你，你是不是也这样？说从来不认识我？

难怪她……我叫，不会的！

温燕说，你撒谎，你肯定会。

我突然有些心酸，温燕，你真的感觉我会？

温燕问，那你为什么对女人撒谎？

我的头皮阵阵发麻，温燕，我再说一遍，我确实不认识她……不，我确实不认识她女儿，刚才是故意气你。

温燕拨拨我的胳膊，我松开。她转过来面对着我。我赤裸着，她也赤裸着。刚才一阵拉扯，她的衣服全部滑脱。

温燕的目光似乎被撞击，有些飘忽。你再说一遍！

我重复，并补充，如果有半句假话，你能想到的任何惩罚，我都接受。

温燕问，我可以相信你吗？

我说，温燕，咱俩在一起不短了吧？我哪真哪假你还不知道？

温燕问，那个女人怎么办？

我说，你说怎么办就怎么办，你看她不顺眼，我明天绑也要把她绑出去。

温燕寻思一会儿说，她怪可怜的，先让她住着吧。

我说没意见。

意识到自己说得太快，我贼贼地瞟瞟她，随后道，我听你的。就势拽她一把，滚到床上。

风暴暂时过去了。只能是暂时，我瞧出温燕没有百分之百相信。是的，她不在乎我做过什么，在乎的是有没有勇气承认。我有的是勇气，可没有影子的事儿，为什么承认？

温燕的身体有些僵，在我持续的抚摸和撞击下，终于柔软。据说做爱是和好最有效的方式，有道理。

温燕不再提退房，我也就闭嘴。这个世界，这个房间，这张床此时属于我和温燕。

睡得太沉太香，手机叫起来，我都懒得接。温燕推我，并把手机塞给我。我迷迷糊糊喂一声，霎时清醒过来。

是黄警察，让我过去。我问什么事儿，他只让我过去，现在就过去。我问明天行不行，黄警察说不行。我几乎想象到他严厉的表情。我不敢怠慢，让温燕先睡。温燕说什么也不一个人住。

退了房，拦出租到派出所，快两点了。我猜到与女人有关，老实说，我挺担心的。

果然是女人。其实没什么大事儿。女人没等到我和温燕，摸黑到派出所找黄警察。黄警察埋怨我不回家该跟女人打个招呼。我没好气，我根本就不认识她，犯得着跟她打招呼吗？黄警察摇摇手说，算了算了，赶紧领她走，天快亮了。我说，我才不领她呢。黄警察说，你不领，她也认识路，何苦呢？事情已经拧巴了，我想和黄警察理论，温燕悄悄拽拽我。

女人坐在长椅上，呵欠连天。似乎我俩没失踪，其他的便与她再无关系。

8

其实，有些事儿说说也无妨。

多年前，我爱上一个姑娘。她很老实，接个吻也会羞红脸。后来，她成了我妻子。那时，我是乡镇的邮递员，管着十二个村庄的邮递业务，每天骑着嘉陵摩托从一个村庄到另一个村庄。那是北方的乡镇，常年刮风，春夏还好，冬天日子极难过，寒风如刀，能割破双层的棉衣。邮递员退休，膝关节多半变形。妻子给我做了护腿，羊皮材质，能挡大半风寒。我不想当一辈子邮递员，参加了自考。我平时在镇上住宿，周末回家，有大把时间看书。妻子在县城，是某单位会计。某个晚上，我突然想妻子，想和她接吻，当然还想做点儿别的，顶着寒风赶回去。在属于我的位置，躺着一个陌生男人。很老套很庸俗是不？可就是这个老套的故事把我击垮了。我离了婚，来到南方。时间和空间对治疗伤痛还是有一定效果的。我先在珠海待了几个月，然后来到深圳。

我忍受不了出租屋的闷热，整夜睡在公园长椅上。公园也热，但至少空间大些，呼吸也通畅些。整夜在公园的人不止我一个，半夜在公园溜达的男男女女就更多。起初，我并没动这方面的心思，后来撞了几次。算不上桃花运，我只是把不同的女人带回出租屋。一个夜晚或两个夜晚，最长的一个半月。我已经忘记她们的长相，名字就更记不得。我从来不问她们名字，她们也从来不说。名字有意义吗？说不定都是假名化名。

租客中也有单身女孩儿。我住二楼左侧，二楼右侧常年住着不同的女孩儿。那个房间小，租金便宜，一个人住挺划算。有的住两三个月，有的住半年。同住二楼，我和她们见面的机会较多，但很少和她们打招呼。并不是我没想法。她们也不搭理我。那次一个女孩儿喊我帮忙，房间跳闸了，完后硬塞给我一只桃，算感谢吧。当然，如果我有贼心的话，似乎那扇门已经打开。可没等我付诸行动，女孩儿搬走了。

在某个宾馆房间，我向温燕交代了以前和那些女人的关系史。她没要我讲，是我自己说的。温燕神色平静，没有任何惊讶。每个人都藏着故事，如果某天有个男人找上门，说温燕是他老婆，我绝不会吃惊。我想不出哪个女孩儿是女人的女儿，我似乎有了嫌疑，但也仅仅是个嫌疑。

我和温燕每周去开一次房。多是钟点房，三小时左右。钟点房也不便宜，但有什么办法呢？女人守着，我和温燕什么也不能做。这项开支应算到女人头上。每次激情过后，我都会讲点儿什么。歉疚，当然也想证明自己。你相信我吗？这个问题极愚蠢，但我总是会问。温燕说，你应该让女人相信。我当然听出温燕的意思，她不计较我的过去，重要的是我对过去的态度。她的话还有另外的含义，我没有资格进入她的过去。我明白，也没打算进入。过去，过去好了。而且她的过去也没有影响我和她现在的生活。

除了要女儿，女人没做过分的事。这必须得承认。可……就算她是一尊木雕，我也不能任由她住着。我没再轰她走，固然没有良策，也与温燕不明朗的态度有关。温燕既不想看到女人，又不想看到我对女人动粗。我不知道温燕何时才能彻底和我站在一起，只能等待。

9

黄警察把我和温燕赎出来，已经是凌晨。下了一夜雨，此时停了，路面仍积着一洼洼的水。平时看不出来，下过雨才知道，路并不是平的。我一再提醒，温燕还是踏进水洼，鞋全湿了。黄警察看看她又看看我，问要不要先吃早饭。我饿透了，可温燕神情木然，我便冲黄警察摇摇头。黄警察说那就直接上车。我忙说，我们自己回，不麻烦你了。黄警察说那个女人还在派出所……我突然被戳了一刀，感觉血往四个方向喷涌。我没冲黄警察发火，毕竟他刚把我和温燕赎出来。我没理他，拽着温燕大步离开。无言的愤怒是多么无力啊！

我和温燕是幽会时被带走的，另一个辖区的警察。我俩虽然不是夫妻，但也不是嫖客和妓女，我的叫嚷激怒了那个厚嘴唇警察，这么点儿破事儿，居然折腾了大半夜。

回到出租屋，温燕的脸依然灰白。那个警察不只审我，还问了温燕许多无耻的问题。我劝温燕好好睡一觉，别再去了。温燕摇摇头。我难过地说，让你受委屈了。温燕动作很快地往脸上泼水，声响极大。我大声说，这账必须跟那个女人算。温燕力气很大地拍打着脸，不答。温燕涂护肤霜，我马上给她挤上牙膏。看样子，温燕没生女人的气。或者这样说更靠谱：温燕生女人的气，但更生我的气，因为女人是我引来的。

温燕刚走，女人就回来了。她大约和我俩一样，一宿没睡，脸色发暗。我盯住她，你称心了？全是你害的！女人说，昨晚我擀了面条，你们不回来也不说一声。我叫，凭什么和你说？你算什么？女人说，面条全扔了，多可惜。我大叫，谁让你做的？啊？我让你做了？女人说，我闲不住，你嚷嚷什么？我气极了，你吃在我家住在我家，还嫌我嚷？女人冷笑，你以为我愿意待这破地儿？我说那你滚啊！干吗死赖着不走？女人说，你心里清楚。我叫，我不清楚！女人说，你就装吧，住这么几天你就急，告诉你，我且住着呢，除非……我扑过去抓起女人的肩往外猛拖。走，你现在就走。到门口，女人死死抓住门框。我狠狠踹她的小腿、膝盖，女人不躲避，也不松手。

我跳开，抄起菜刀再次逼近她。

我的脸鼓胀着，随时会爆炸开。

女人没有畏惧，平静地说，你剁吧，反正我没有指望，早就不想活了。

我脑里一片轰隆声，你以为我不敢？

女人说，你敢，敢就剁啊。

我的手抖了。

女人激我，怕了？瞧你这熊样，我女儿怎么会看上你？

我猛地扬起手。不过虚张声势，我还没失去理智。

女人眼睛都不眨。她就等着这一刻吧？

房东进来了,他一定听到了争吵。他看我举着菜刀,往后退了退,劝我别乱来。我是多么感谢他救驾,否则真是不好下台。

女人哼了一声,他没这个胆儿,瞧瞧,他快尿裤子了。

女人的火上浇油令房东惊愕,上下颌骨几乎错位。房东没再说话,样子有些傻。

静了几秒,我的胳膊缓缓垂下去。被女人挫败,说不出的沮丧和狼狈。不知房东几时离去的,不知女人什么时候松开门框的。直到女人煮了米粥,将碗端给我。我看看飘着油花的粥,又看看她。我试图从记忆中搜寻与女人相似的面孔——不是第一次了,但毫无结果。

女人说,吃吧。

我说,我让警察审了大半夜。女人说,我瞧出你饿了。

我说,肚子胀,吃不下。都是因为你,我和温燕有家不能回。

女人说,我可没霸占你的地儿,你不给我支小床,我也不和你们挤。

我说,我不知该怎么称呼你,叫你阿姨呢,还是大姐……

女人说,什么也不用,不稀罕。

我说,我说了几百遍,不想再说。你住了这么久,我已经仁至义尽,请你离开好吗?咱别伤了和气。如果我是有钱人,可以给你一笔钱。但我不是。我和温燕都凭辛苦吃饭,你也看到了。我可以给你带些路费,两千,三千,都可以。你别再缠着我,对我没好处,对你有什么意义呢?

女人受了污辱,你以为我想讹你的钱?

我说,你当然不是,我想帮帮你。

女人说,把女儿还我,别的少扯。

我说,你就是剐了我,我也说不出你女儿的下落。

女人说,那就别想撵我走。

我说,算我求你。

女人硬邦邦的,求也没用。

我问,这么耗着,你不嫌累?

女人说,粥凉了,快喝吧。

我说,你别把我逼急。

女人说,你说反了,是你逼我。

我闭嘴。女人油盐不进软硬不吃。只能想别的招。和温燕商量是愚蠢的，也不可能再找黄警察。不是我的屎屁股，但我必须擦，只能一个人擦。把女人送进精神病院，不妥……我可能因此坐牢，况且我也没那么狠；把女人哄到一个地方丢掉……可她既然能找到这儿，自然还会回来；把她贩卖，更不可能；把她支开，我和温燕乘机搬家……做通温燕的工作没那么容易。

一个个方案，一次次否决。

10

既然女人认定我就是她要找的方全，如她所言，我抛弃了她女儿，也不排除拐卖或谋杀，她对我恨之入骨才对。但她没有。这点分辨能力我还是有的。不但没有，反而像保姆一样照顾我和温燕。固然她闲不住，再闲不住也不至于……她几乎承担了我和温燕所有的家务。我猜不透她何以如此。感化我？让我良心发现？还是麻痹我，寻机会报复？抑或另有所图？

不管怎样，我不打算陪她玩了。

租房的电费按电表计，水费房东按月定额收取，不管用多少。我和温燕从不节约用水，特别是洗衣服，一遍一遍冲洗。自女人进门，水就用得少了。她像用油一样节俭，淘过米的水洗一遍菜才倒掉。我洗菜一般都是三四遍，她只洗两遍。我实在忍无可忍，那天突发奇想，问她愿不愿意去别处寻女儿。她说，你别想撵我走，我哪儿也不去，就在这儿等。我说你女儿已经不在深圳，她去了东莞，离深圳没多远。女人的目光玫瑰一样绽放，你终于承认了。我说并不是我不承认，实在是和她已经没有关系，再者，我知道她在东莞，却不知道确切地点，怎么告诉你？女人问，现在呢，你知道她在哪里了？我摇摇头，虽然没有地址，但我可以陪你去趟东莞，到了再打听，不过，我不是怕你，只是觉得你挺不容易。女人问什么时候去，我说明天吧，明天周六。

我问女人身上还有多少钱。女人说一分也没有。我不大情愿地说，看来得我出了。女人很瞧不起我，我女儿跟你那么久，几个钱你就心疼了？我说这不是钱的问题，我和她已经没有关系。女人叫，因为你，她才没了消息，你说没关系就没关系了？我做投降状，好吧，算我没说。确信女人身无分文，我一阵窃喜。到东莞就甩掉她，她没钱，她说身份证也丢了。如果回深圳，肯定会费些时日。那时，我已经搬离。我会劝通温燕搬家的。

刚和女人坐进出租车，温燕来电话了。她问我在哪里，说她正往家里赶，让我在家等她。我的计划没让温燕知晓，难道她发觉了，要阻止我？她口气挺急的，我只好让司机掉头。

温燕怀孕了。

我啊一声，是吗？这是好消息啊。温燕问，你替我想过没有？我说，当然想过，女人怀孕不是很正常吗？温燕重重推我一把。我可怜巴巴的希冀顿时肥皂泡一样破裂。女人怀孕是很正常，温燕虽然是女人，却有着太多的模糊和不确定——我俩仅仅是同居关系，从未谈过结婚这个话题。个中原因，彼此心知肚明。那么，怀孕就有些麻烦。

我说你不是一直吃着药吗，怎么——对不起，我抽自己一个嘴巴，小心翼翼地问，你打算怎么办？温燕轻描淡写，还能怎么办，做呗。仿佛她肚里怀的是个红薯。我没有资格劝她改变主意，附和，你说怎样就怎样。温燕说，其实我挺想要的。我想这不是废话吗？温燕补充，我不想瞒你，得让你知道。我说听你的，今天就做？温燕点头，你得陪我去。我说当然，这还用说吗？

我和温燕是在平台说这番话的，高度机密，与女人也没什么关系，自然不想让她听到。下午，我陪温燕从医院回来，女人狐疑的目光扫扫我，又扫扫温燕，问怎么了。我说没什么，她在家休息两天。然后把温燕扶到床上。女人似乎有些紧张，她是不是……女人确实不笨。我说这两天还得麻烦你照料，女人突然叫起来，这么大的事儿，怎么不和我商量？

我愣住，温燕也有些傻。女人生气不像装的，乌紫的脸几乎崩裂。我微笑着，话却没那么好听，你说说你是谁？我们的事儿凭什么和你商量？女人突然醒悟似的，僵了僵，寡寡道，要是早告诉我，我会劝你们生下来，你们年龄也不小了，该有个孩子了。我沉下脸，你没资格知道，更没资格劝说，还是管管你自己吧。女人难过而又惋惜，你们……唉……你们，要我说什么好呢？我没好气，自然更不客气，那就别说，闭上嘴巴。女人突然来了火，我就要说，你能怎么着？

我不能把她怎么着。对付她最有效的办法就是不理不睬。女人却没有罢休，唠叨了半天。说归说，女人还是很尽心的，她劝温燕多休息几天，小产不是小事儿，不然落下病，年龄大些都是麻烦，并且指派我买鸡、红糖、大枣之类。在这方面，她无疑是有资格的。

女人对我和温燕没和她商量仍然耿耿于怀，傍晚把我叫到平台，追问是谁的主意。我觉得滑稽，说，这你就不用管了，如果和你有一分钱关系，也会告诉你。女人不理会我的嘲讽，问，你俩是不是就没打算过下去？我反问，碍你什么事儿了吗？女人问，你和我女儿是不是也这样，开始就没打算和她过下去？拐到她女儿身上，我不敢大意，说，感情的事儿说不清楚。女人的声音透着恼火，我问你是不是？我说，不知道。女人问，我女儿是不是像她这样也做掉过？我说，没有。女人说，听着就是撒谎，你是个骗子，骗惯了。女人追问谁侍候她女儿的，我说忘了。恰好手机响了，我趁机逃离。

11

第二天温燕就和女人发生了争吵。起因是女人逼温燕喝鸡汤。鸡汤滋补，温燕当然懂，但女人在鸡汤里放了太多甜性食物，红糖、桂圆、大枣，都是女人吩咐我买的。温燕胃不好，最不喜欢吃甜食，何况是油腻的鸡汤。温燕喝了一口就不喝了。女人叫温燕屏住气，哪怕再喝两三口呢。温燕被她搞烦，答应再喝几口。女人不让温燕动手。温燕没想到女人会灌她。她猛推一把，碗摔在地上。又挥了下胳膊，不料恰好掴在女人脸上。温燕稍一愣，女人也有些呆。好一阵，女人才数落温燕不懂事，她只想让温燕喝些汤，并没有害温燕的意思。干吗打她？温燕说女人过分，她差点呛死，那一掌是意外，没想到会打着女人。女人咬定温燕是故意的。

温燕也来了气，她说就是故意的，你怎么着？女人说温燕不识好歹，她把温燕当亲闺女，自己的女儿她也没这么侍候过，温燕不领情也就罢了，不该打她啊。温燕冷笑，就算你是我母亲，也不能像土匪一样灌我，你这是谋杀，我一口气上不来就死了。女人激动起来，说她想谋杀，早在饭里下毒了，非等到这会儿？她不过想让温燕多喝点儿，是心疼温燕。温燕问，你是谁，我用得着你心疼？女人僵了僵，讪讪道，我是没资格。女人声音弱下去，像浸了水的纸。温燕乘胜追击，你说我必须静养的，你这嘴脸是让我静养吗？我要是落下病根，都是你害的。女人如溃掉的堤坝，瞬间短下去。你别生气，是我不对，我……温燕扭开脸，你别演戏了，离我远点好不好？烦人！女人退出去，在平台愣了好半天。

我不在现场，是根据温燕的讲述还原的。温燕问她是不是过分了，女人真把她当女儿的。我说好心没有分寸，就是讨厌，她在家恐怕就是这么对待女儿，费力不讨好，自己都不知道。温燕摇头，别这么说她，她挺可怜的。我笑笑，她有什么可怜？她是看咱善良才死赖着。温燕说，还不都是因为你？我又不认识她。我忙说，我也不认识她啊，如果不是你护着，我早把她轰走了。

温燕说，你的意思倒怪我了，我想收留她？我听出温燕的不满，忙说，不怪你，只是你过于迁就她。温燕盯了我好一会儿，你该知道我为什么这样。温燕的脸有些白，几绺汗湿的头发紧贴着脸颊。人都虚弱成这样了，话却不软，往骨头缝里戳。温燕仍然在怀疑我。我挺难过，解释早已失去意义。那该怎么办？彻底招认？能招认什么，编也得靠点谱吧？

我沉默良久，检讨，全怪我。温燕眼睛亮了亮，很弱的一丝。我的"认罪伏法"对她似乎比对女人更重要。滑稽还是吊诡？我想说得清楚点儿，又怕温燕有别的误会。温燕说，帮帮她吧，一个找不到女儿的母亲，从哪方面咱们都该帮她。我想起自己丢弃女人的计划，幸亏没和温燕讲。我笑了笑，问怎么个帮法。温燕似乎愣了一下，目光透着锋利。我无奈地说，好吧，尽一切可能，你暂时别和她说，什么也别说。温燕问为什么，我说还半点眉目都没有。温燕点头，好吧。

如果先前温燕的态度是暧昧和摇摆，那次争吵之后，温燕彻底和女人站在一起。女人只向我要女儿，温燕除了帮女人要女儿，还要别的。我清楚。也正因此，我焦头烂额。我像堂吉诃德一样举着长矛，却不知道往哪个方向冲。

温燕打算休息两三天，女人命令温燕必须休息一周。命令，绝不是夸张。女人劝说无效后，就守在门口。钱再多也没身体重要，你傻啊？女人又一次忘了自己的角色，女人又一次回到自己的角色。很矛盾是不是？

你给我试试？女人不是凶神恶煞，没有使用强硬手段，但手段也够狠。你要是出门，我立马撞死。她就是这么说的。

我不清楚温燕听到这样的话后是热血奔涌,还是周身冰冷。她只是跟我说,听她一回呗。

温燕的妥协无疑让她和女人的关系更近了。所以,当温燕问我女人的女儿在东莞什么地方时,我一点儿都不意外。

12

如果当时和温燕说清楚,那不过是丢弃女人计划的一部分,后来的事儿可能就简单些。但那一刻我的脑子短路,竟然愚蠢地反问,你怎么知道?

温燕似乎比女人还兴奋,去东莞的前一个晚上,不停地问种种问题。那个女孩儿的个头、衣着、饮食习惯,等等,甚至问那个女孩喜欢什么颜色的胸罩。我们同居两年多,很少问到对方的隐私。仿佛过往埋着地雷,会把彼此炸碎。此时此刻,温燕着了魔,并且执意要陪我和女人去东莞。

午夜已过,温燕仍没有睡意。外屋传来女人轻微的鼾声。我碰碰温燕,又指指外屋。温燕压低声音,仅仅是压低声音。我实在烦透了,也就没了好气,多半夜了,你能不能先睡觉?哪儿来这么多问题?那全是我骗女人的,我根本不知道她女儿在什么地方。温燕猛地坐起来,你什么意思?我说没什么意思,我不过是想把她丢到东莞。然后呢?温燕追问。我说没有然后,她怎么着不关我的事儿。温燕抓住我,你骗她?干吗骗她?我龇龇牙,说真不知道她女儿在什么地方。我根本就不认识她女儿,说几百遍了,你怎么还不信?温燕声音不高,但是咬牙切齿,你真不是个男人。我辩解,这不是我的错,她无端地闯进来,我根本不认识她。温燕缩回手,冷笑道,你不认识她,未必不认识她女儿,你没见过我母亲,可是我和你睡了差不多三年。她可真够粗鲁,我差点儿就冲她嚷,睡觉是自愿的,我又没逼你。我知道这么说就死定了,于是狠狠咬住舌头。温燕不依不饶,就算你不知道她女儿在哪儿,你总该有线索吧,帮她找找又有什么错?我问,你死心塌地站她那边了?温燕反问,你的意思呢?我和你合伙骗她?如果她是我母亲呢?我是不是也得站你这边?我突然心虚,声音随着软下去,毕竟她不是你母亲嘛。温燕凌厉的目光几乎将我射穿,如果我告诉你,她就是呢?我瞪大眼,不知怎么接茬。好大一阵儿,我结巴着,你不会……温燕哼道,如果她患了失忆症呢?我更慌了,你……这怎么可能？绝不是……不对，你没有母亲，你母亲已经……

你说过的。温燕说，我是说过，可你不相信对不对？我说，我从来没有怀疑啊。温燕脸上掠过一丝揶揄，好吧，我现在正式告诉你，她就是我母亲。我的脑袋一片轰鸣。温燕捏捏我的下巴，怎么？吓着了？我小心翼翼地说，我让你搞糊涂了，她是你母亲，我们就没有帮她找女儿的必要了吧？温燕说，她要找的女儿不是我呢？我像被温燕洗了脑，不假思索地说，那咱帮她找。温燕问，还去不去东莞？我说，去一趟吧。确实，之前我认识的一个女孩儿去了东莞，不过我真不知道她在什么地方。温燕的话别有意味，只要你肯。

一周之后，我和温燕带着女人返回深圳。毫无收获，这是肯定的。就算我认识女人的女儿，在茫茫人海中寻她也是大海捞针。如果女人有女儿的照片，可以在报上登寻人启事什么的，但女人什么都没有，唯一的线索就是她女儿跟一个叫方全的男人走的。我和温燕请了一周假，其实，请一年也未必有结果。我说先让女人住着，慢慢打听吧。我知道温燕不会有异议，女人当然更没有异议。

女人成了我和温燕生活中的一员。当然，她早就是了。只不过我再没胆量轰她走。

我在网上搜集了大量关于失忆症的资料。失忆症并非一定是脑部受伤，有时一觉醒来，记忆全失。也并非过去的记忆完全丧失，许多失忆症患者是选择性失忆，只是部分失忆。比如女人，她女儿站到面前，她可能认不出来，别的倒或许记得。或者，除了认识她女儿，其余的什么都没有记忆。

温燕的话让我好奇，也在我心里投下阴影。我不敢再问，但是又想知道。女人是温燕母亲……不是没有可能，虽然可能性很小。我无法验证，又不能排除。感觉自己是在岸边挣扎的鱼，想返回水塘，结果却跳进煎锅。

那天早上，我在红姐炒粉店碰见黄警察。我刚在桌前坐定，黄警察慢慢悠悠晃过来，坐在对面。我和他打招呼，黄警察愣了一下说，哦，想起来了，你叫方全吧。我点点头。黄警察问，那个女人后来怎样了？如果两个星期前他这样问，我的气肯定不打一处来。此时，我像扎了洞的轮胎，整个人都瘪下去。我诉苦，黄警察反而嘿嘿笑起来。我急了，我真的不认识她。黄警察举手制止我，干吗要解释呢？我说不是解释，这是事实。黄警察说，我难得有会儿空闲，咱们吃饭好吧？

这会儿不办公。

红姐瞅瞅我，又瞅瞅黄警察，问我和黄警察什么时候认识的。我怕黄警察说出女人的事儿，自己都不明白为什么害怕。黄警察似乎窥透我的心思，只说老早就认识了。我感激地看着黄警察，黄警察说，其实这有什么保密的？所谓的秘密不过是一层纸。

确实没什么秘密，但是，我就是心虚。

13

大约一个月后，某天吃晚饭时，女人不停地瞟我和温燕，欲言又止。这不像女人的行事风格。但我实在不想招惹她，也惹不起。她有温燕护着。

我搁下碗，女人马上让我出去，她和温燕有话说。我瞅温燕，温燕示意我走。其实没必要看温燕，她似乎更相信女人，而不是我。

我缩在平台的角落，点了一支烟。我曾经抽得很凶，后来戒了，最近又偷偷抽起来。其实温燕不管，从来不管。我想把近日的事儿彻底梳理一下，但脑子一片混沌。一支吸完，又点上一支。我侧侧头，窗帘挡着，看不到女人和温燕，自然更听不到两人说话。老实说，我挺酸的。我似乎成了第三者。

没想到两人会吵起来。当怒喝传进耳朵，我稍愣了一下，接着就跳起来，冲进屋。温燕双眉紧皱，面色铁青，女人粗硬的目光如两根铁链，紧紧捆着温燕。

两人对我视而不见，继续争吵。我叫，你们还有完没完？还嫌不烦啊？两人这才把目光转向我，嘴巴却没有停下来。女人说，你听话行不行？温燕冷笑，你以为你是谁？我凭什么听你的？我拽女人一把，女人一个趔趄，几乎撞着门框。女人恼怒道，你想摔死我？我喝令她出去。女人道，偏不出去！我抓着她的肩往外拖。女人终不是我的对手。

我插了门，回头对温燕说，就不该让她留下来！确实，起因是我，但后来责任在温燕。我终于可以抱怨温燕了。温燕让我猜女人对她说什么。我又不傻，早从她俩的争吵中听明白了。女人也实在过分。和温燕同居这么久，我都没有资格让温燕再怀一次我的孩子，她，一个不相干的女人，一个完全陌生的人，有什么资格说这样的话？何止是可笑，简直是荒唐！

我说，这下你信了吧，她就是个疯子。我不是一个恶毒的人，但事情发展到这个地步，我必须这样，必须离间女人和温燕。只有离间，才有可能把女人从我和温燕的生活中剥离。

温燕无语，似乎认同了我。我乘机说明天带女人离开。温燕警惕地问我干什么。我说你就不用管了，我不会伤害她，只想让她离开我们。温燕定了一会儿说，还是算了吧。我没有掩饰自己的恼怒，你还要让她留下？温燕略显无奈，她真挺可怜的。我问，她要是天天嗡嗡你呢？温燕说，我不听她的就是，我又不是木偶。我泄气道，你还要让她住多久？温燕说，你先开门让她进来吧。我只得妥协。

女人立着，似乎料定我和温燕不会把她关在门外。她不理我，更不理温燕，气哼哼地爬到弹簧床上。

第二天清早，女人像往常那样打好洗脸水，给我和温燕准备好早餐。温燕和我相跟着出门，女人说，你再想想，我是为你好。

那天，我比平时回得早了些。我想心平气和地和女人谈谈。我让她老实住着，一旦打探到她女儿的消息，就带她过去。至于我和温燕的事儿，和她没有任何关系，她就不用操心了。女人问我不想要孩子？我说想是想，没有能力养啊。这是实话。再说，我和温燕仅仅是同居，当然我没和女人说这个。女人说我明白了。我问她明白什么。女人的目光极其鄙视地扫过我的脸，你根本就没打算和她过下去对不对？随后断然道，不行，我不同意。我哑然失笑，你不同意？你有什么资格同意或不同意？女人问，我要是她母亲呢？有没有资格？说完，她便死死地盯住我。我骇然至极。不是她的目光和表情让我畏惧，而是她的诘问。她在假设，可她的假设与温燕如出一辙。这是巧合吗？我没有回答，我说不出话，似乎一个巨大的陷阱正等着我。

女人追问，我要是她的母亲，有没有资格？

我垂下头。我承认，女人的气势压倒了我，她的神秘击垮了我。

温燕回来已是深夜。我和女人没吃饭，一直等她。温燕略显疲惫，看到满桌的菜，立即哇一声。我们同居这么久，她似乎从未这样惊叹过。今儿什么日子？我看女人，女人看我。温燕问，怎么啦？我说，没怎么，不早了，吃饭早点儿睡。女人说，我有话，本来想等你们吃完饭再说，现在边吃边说吧，省时间。

温燕静静地看女人，我的心暗暗吊起来。

女人幽幽地叹口气。然后黯然道，你俩看我不顺眼是吧？我是不顺眼，我不讨人喜欢。住这么多天，早就该走了。

我窥温燕，温燕依然直瞪瞪的。女人说，我走，不用你们撵。不过，我有一个条件。她目视着温燕，你怀上孩子，我就走。

温燕抓起鸡腿，大口嚼着。

这让你们不痛快吧？我承认我多管闲事儿。女人扫扫我，又瞟瞟温燕。随后略带威胁，你们必须听我的，不然休想让我走。

我抹抹脑门上的汗，尽量让语气平稳，你不想找女儿了？你缠着我们有什么意思？

女人看着我，良久才道，不找了。

我啊了一声。我的脸肯定走形了，好半天才问出来，为……什么？

女人诡异地一笑，为什么？你听着，我来告诉你为什么。

选自《芒种》2015年第9期

评鉴与感悟

"廉价"都市里的"昂贵"救赎

胡学文新作《闯入者》首先以标题让人眼前一亮。"闯入者"模式在俄罗斯文学的叙事结构中较为常见，如莱蒙托夫笔下的多余人、果戈理笔下的流浪汉等，他们总是带着自己的独特个性进入陌生的环境，打破原有的生活秩序，但最后又往往不得不在各种冲突纠缠中黯然退场。这些"闯入者"总被作者赋予特殊的叙事功能。胡学文在这篇小说中为我们塑造了中国当代大都市中一个毫不起眼的角落里的"闯入者"，而这个"闯入者"又能否摆脱属于她的功能宿命？

小说开篇，胡学文便为我们大致勾勒了主人公的生存环境，这是今天在北上广深等一线城市生活的人再熟悉不过的了：出租屋，同居伴侣，路边早餐店，挤公交地铁上下班，堵车，买菜做饭。在一线城市，生活成本是很高的，但也有很多东西是廉价的，比如人情、信任、时间。在早餐店，因为昨天红姐没有零钱，少找了一块钱，"我确实想算了，一块钱半个苹果都买不回来，何况——"，在阅读时我想这"何况"后面要接的是什么，应该是"大家这么熟""我在这里吃了五年早餐了"之类温情脉脉的话，但这些话还没说出口，第二天红姐便自觉少收了一块钱，"红姐显然不想算了，她惦记着呢"，即使熟悉，即使吃了五年早餐，一块钱还是一块钱，在这样一个大都市的平凡巷口，人与人之间也是要两不相欠的，人情与信任比不上一块钱来得实在和妥帖。更可怕的是时间的廉价，大都市本该是走路带风，惜时如金的，可对于底层的方全来说，"一小时不算什么""白白扔掉的时间多了去了""时间还早，急什么"，这种慢悠悠并不是积极的淡然心态，恐怕更多的是生活拮据带来的无可奈何的消沉。

有了这样的开场，"闯入者"的到来便显得格外重大。虽然卑微，却也是"能养活自己，捎带能养活个女人"的小日子，却被一个陌生的女人纠缠着，还要挤进本就狭窄的出租屋。按小说的叙述，女人是来找女儿的，但找错了人，可在行文中又总觉得女人似乎携带了故事。在"我没见过你，但有人见过你""有些事没说，那是我的秘密"等话语中，小说似乎在酝酿一个爆发，但到结尾，也只是一句"你听着，我来告诉你"的意味深长。小说始终没有交代女人的女儿是谁，到底和方全有没有关系，但这些又都不重要，因为"过去就是过去"，和温燕同居两年多了也依然保留着各自的故事。这是一种"现代"的关系，一种不问过去不谈未来的都市生活方式。但这个"闯入者"却不是严格意义上的都市人，她"闯"进来的同时也带来了遗落许久的传统生活理念：人要有良心，家务要整洁，要生个孩子，要踏踏实实过日子。温燕虽然短暂地和女人"结盟"，但也只是出于理解的同情，而非真正的观念的认同。表面上是女人打破了他们原有的生活节奏，本质上却是两种生活理念的冲突。女人看到方全温燕的生活并不认同甚至横加干涉，她在寻找的是自己失去消息多年的女儿，又何尝不是她认同的那种生活？

于是，女人以他们梦寐以求的"离开"为条件，希望换取他们的"回归"——生个孩子，好好过日子。对女人而言，她死都不怕，只想找女儿，但现在，她却愿意为了两个陌生人的生活放弃自己的目的，不管这是不是文末她要讲述的原因，我们都可以把她的行为看成一种牺牲，或者说是一种"救赎"：拯救两个都市中迷惘失败的年轻人。但问题的关键在于，对女人而言，这是她的牺牲和"伟大"，但对方全和温燕来说呢？他们会领受这番心意吗？从温燕之前的主动流产和他们俩遭遇"闯入者"以来的种种表现，以及直到当下依然激烈地和女人争吵看，答案显然是否定的。或许他们会为了让女人离开暂时答应，但这也是虚伪的妥协，他们可以假扮怀孕，可以在女人走后流产，他们有太多方式不接受女人的"意识形态"。说到底，这是一场"闯入者"自导自演单方面进行的无效救赎。

在大都市深圳，方全温燕过着最简单的底层生活，消费着这个城市微不足道的商品，却奉献着几乎全部的精神和劳力，这是现代都市文明带来的宿命，于是有着另一套生活价值理念的"闯入者"的到来带给他们的除了无尽的烦扰和点点温情外，却再也没有了别的，"闯入者"期望的救赎无法达成，对他们"廉价"的生活而言，这救赎实在太"昂贵"，因为这意味着他们卑微生活的再卑微，意味着他们现有生活的解构，意味着他们信仰的"现代性"的彻底失落。

文末似乎给了我们一点希望，女人的"故事"是不是值得期待呢，是不是可以让廉价和昂贵对等呢？胡学文没有，或许也并不想给出答案，因为无论残忍还是温情，在大都市深圳，都有希望，却也都令人绝望。（樊迎春）

本末倒置

/ 蜀虎

1

这天,筱啸正在办公室审阅一份他属下第三分公司的扩建计划。

突然,桌上的电话响了,他拿起电话……是家里负责父母起居的保姆打来的。保姆说筱总啊,你家老爸老妈说他们想你啦,问你啥时回家?筱总拿着电话迟疑了一下,啥时回家?什么意思嘛,不是一个月前才回过家吗,他对保姆说,我上个月不是回来了,两个老人都好好的,他俩有事吧?电话里没动静了。

筱啸放下电话,在办公室里来回走了几步。他看见办公桌上有一个精美的请柬,他盯着那个请柬足有五六秒,也没想起自己是否翻看过。他走上去,伸手去拿请柬,手机响了,他一看是家里负责父母安全的保安打来的。他神情立刻凝重起来,连忙问保安家里出什么事了?保安恭敬地告诉他,筱总放心,两个老人正在院子里散步呢,挺好的!

筱啸愠怒地问保安,两个老人在散步……那打电话干吗?

保安恭敬地回答道,筱总您规定的呀,两个老人散步时讲话中如有怨气的话,必须报告您的。

筱啸说有这规定,两个老人讲话带怨恨了?

保安回答道，您老爷子他老人家对您家老太太说您，都三十七天不回家来，还不如当初在敬老院的日子，周末儿子还在敬老院同咱们住一宿，现在住在这郊区的别墅里，四周看不见人，晚上还黑灯瞎火的！您家老太太又说，原来的敬老院离公司近，那时只要抽空，步行十分钟就可以到儿子的办公大楼下站一会，离儿子多近哦，不像现今离有一百七八十公里，连搭个便车都找不着！

筱啸听到有人在敲门，他就问保安，两个老人还讲什么了，都记下来交给保安队长，然后呈送到我办公室，不得有误。保安应允道，明白！

筱啸坐回宽大的办公桌后面的靠背椅上，放好手机，对着门外喊道：请进！

门开了，进来一位气宇轩昂的僧人。筱啸抬眼一看，脸色泛起笑容，这僧人是本市佛教协会会长、佛教圣地传灯古寺的纪溟方丈。筱啸起身迎上去，他抓着纪溟的胳膊说，方丈驾临，该我到楼下恭迎的，失敬了！纪溟方丈双手合十，口中一声阿弥陀佛，他问筱啸，筱施主，请柬看了？打算捐赠多少香火钱？

筱啸看了一眼桌上那份精美的请柬，歉疚地说，阿弥陀佛！我还没来得及看呢。捐赠数已经公布，只待划拨资金了。

……

传灯寺是著名的佛教圣地，除元代蒙古人统治的那九十八年和新中国后的"文革"十年断过香火外，千余年来，香火梵音终年昼夜萦绕缥缈不绝。改革开放后曾扩建过两次，前几年被特大洪涝浸泡冲刷，坍陷不少庙宇，拖了几年后，全省佛教界和广大信徒反映强烈，省里决定对传灯寺重新修缮恢复，这是本市乃至全省佛教界的大事，也是全省统战部门的第一号工程。

前不久，省统战部的佟部长来市里检查工作，主管市长陪同与本市的企业家见面，名为见面会实为传灯寺的修缮恢复搞募捐动员。座谈会上，主管市长向企业家们介绍了重新修缮传灯寺的意义，市宗教局的领导从团结全市佛教界各派的角度，阐述了修缮的紧迫性，建筑设计院的专家从技术上保证了传灯寺的修旧如旧，让虔诚的信徒们一万个放心，传灯寺绝不会面目全非的！

这时，该进入座谈会的主题了，捐赠环节或者说是表态环节。主管市长假装把香烟掐灭，他那视线却直射筱啸，只要听不到筱啸的声音，市长掐灭香烟的动作就不会停下来。

当然，筱啸作为本市最大的民营企业集团的董事长，著名慈善家，又是政协常委，市企业家协会名誉会长，他肯定是第一个要表态的人，不论是在希望工程捐款会上、扶贫帮困义演会上、敬老院改造募捐仪式上、北部贫苦山区修路架桥誓师大会上、疏浚明清古渠和兴建传染病医院等等需要捐赠的会上吧，他都得是（必须是）第一个要出声的。筱啸知道，此时不仅是市长在盯着他，所有参加座谈会的企业家也都在瞄着他，等他开口，尤其是等他表态捐赠的大概数额，这样他们就托底了。否则，企业家们一个个忐忑不安如坐针毡，会被未知的款额逼得汗涔涔的。

筱啸认识到不能再煎熬主管市长了，因为那支香烟已被掐碾成齑粉了。他望着省统战部佟部长说，修缮传灯寺虽然是省统战部领导挂帅的工程，也是全省宗教界特别是佛教界的大事，但直接受益的却是我市。主管市长亲自主持这个会议，可见这项工程涉及我市的社会稳定，信徒们的凝聚力，还有保护文化遗产的重要意义，如果再说大一点，我们这些民营企业要想发展，要做强做大，没有一个安定的环境哪行，所以，这几乎还是一个政治工程，而政治工程是不能讲条件的。我宣布，我们兆达企业集团捐赠传灯寺修缮款五千万元！

筱啸还掷地有声的表态一结束，主管市长的掐烟动作也凝固了。佟部长的眉头舒展开来，座谈会马上成了嗡嗡然的选举场所，不少人在拭额头上的汗珠。但会场里气氛顿时活跃起来。我二千万，我一千万，我五百万……佟部长和主管市长又重新点燃香烟，两颗头凑近似乎在争论什么。到宣布会议结束时，相关部门已初步统计出民营企业家拟捐赠的总额一点七亿元，比预算的一点五亿元超出两千万元！

纪溟方丈立在原地，左手不停地数着檀香木佛珠，面容淡定慈祥，似乎不在意筱啸的回答。筱啸做了个请坐的手势，示意纪溟稍坐，他拿起桌上精美的请柬，翻开看着。

筱啸看完后，他对纪溟方丈说，这么大的工程中秋后才开始，既需要对废墟进行清理，墙上彩画的修复，拆除的佛像挪回殿内，还要对全寺地砖起除安装新砖，以及周围近二百株古木柏林移植……你们定在甲午年（2014年）六月十九日观世音菩萨成道日重新……时间太紧迫点吧！

纪溟方丈口喧一声阿弥陀佛，说传灯寺修缮后重新开光的日子是市宗教局请示省委统战部后确定的，请柬也是宗教局发的，工程修缮进度和质量自有专家监督，与他这出家人无关。他这次来公司，并不专为寺里的捐款和请柬来，他只是看见桌上的请柬，才随口这么问一句的。筱啸听后莞尔一笑，哦，你不为捐款的公事而来，另有别事那就是私事了？我们是朋友，朋友之间私事比公事重要。请你坐下说吧。

纪溟方丈这才落座。筱啸递了一瓶冰红茶饮料给纪溟，纪溟指着一箱矿泉水说喝那个吧。然后，纪溟说出家人四大皆空，哪还分公私呀，只做一件事那就是度人替人解厄。

筱啸听罢哈哈大笑，他说这下咱俩是私下说话哦，唉，这几年传灯寺烟消香灭，寺闭钟哑，你跑哪去了？也不来个电话，咱结识多年，你连我都不相信啦！春节期间市里政协召开茶话会，你这个佛教协会会长竟然缺席，代表宗教界发言的是道教的柏布让道长讲话。看来，道教的势头真是上来了，道观规模小，建筑精致，修复起来很快，不像你们佛寺庙宇工程既耗时又费钱，照此下去传灯寺怕是传不下去了。

纪溟脸色始终和颜悦色，他淡淡地说，这几年我去四海云游了。我不走，难道要在家为他们装点门面？庙堂关闭，香客信徒们自然会另想侍奉菩萨的办法，或另立场所，或四处串联，或内讧新立派系，或结队到外省市朝拜，与不同风俗的异地香客信徒发生点冲突就在所难免。这些现象都是政府部门、统战部门最忌讳的，他们的上级还会对引发这些现象的原因追本溯源，刨根问底，当然喽，本地寺庙的坍塌废置是最重要因素。这样，本市甚至本省的相关部门都会到处找我，让我回来主持庙宇的修缮，我推脱说我不懂修缮，只会诵经念佛……领导焦急地说只要我回来，每天到传灯寺露个面就行！这不……

筱啸打断纪溟方丈的话说道，你回来传灯寺就有灵性了，你在，那些香客信徒就不会跑到别处朝拜啦。这一招，你跑了，……使出云游这一招真是高妙啊。你要是去化缘筹资修缮传灯寺，那一点五个亿的资金要猴年马月才能化到？信徒香客一乱套，社会治安就有反映，哪个政府不怕出现稳定问题呢？用钱买平安是当今各地政府用得最多也最灵的招数。唉，只可怜我们这些民营企业了，你们度凡人上岸却把我们企业拖入苦海了！

纪溟方丈摇头说，我们把你们都度了！只是方式不一样。阿弥陀佛！

筱啸说，纪溟你把话说透吧，啥方式不一样？难道不是都得出钱吗！要是不出钱，那才是有别的一说。

纪溟方丈说，企业家把钱用在修筑庙宇，重塑佛像上，那是在做一件功德无量荫庇子孙的大善事。你们也不想想，前些年你们捐赠的那些款项，架桥的，过几年桥因质量太差桥墩塌了一个，现在那座花费几千万元的桥废弃在那儿；修建的四所希望小学--我还参加两所的奠基仪式—有三所学校楼板漏水窗框变形地基陷落，另一所因配套公路未通，成了养鹿场，又是几千万元泡汤吧。还有，各县那个样板敬老院，设施功能倒是齐全，可管理不行工作人员责任心太差，样板敬老院成了死亡率每天仅次于医院的地方！……还要我再排列下去不？你们企业家可以说是一帮—阿弥陀佛—助纣为虐的群体！

筱啸霍地站起，面色不悦地对纪溟说，咱俩是老熟人哟，你"助纣为虐"这成语用得不恰当，过了点。我们是民营企业家，赚的每一分钱都是血汗钱，不像国企那样吃的政策饭，旱涝保收，还可以搞行业垄断和强势竞争。我们每一次的捐赠都是响应政府号召，凭良心凭对弱势群体的感情出发，没想捞名誉。

纪溟拧开矿泉水，缓缓咽下，脸上慈祥依旧。他说，那你们为啥要对这些属于国计民生的工程捐款呢，这些都是政府应该规划立项的，是分+内的事。政府的事情你们民营企业家掺和干啥？……阿弥陀佛！我可没上火哟，喝水那是我真的渴了！

筱啸重新把请柬拿起，他翻开请柬说，这份请柬名义上是宗教局发的，可盖的是统战部和政协的大印呀，我们民营企业哪敢不参加会。再说了，政府的工程只要涉及民生，我们怎么可能袖手旁观呢，毕竟民营企业的发展壮大，除了享受国家政策，当地政府的关照也是离不得的。所以……

纪溟把请柬拿过来，放回原处。他说，政府立项拨款的工程与企业家捐赠修筑的工程，承包商的要求和监督机制的运作是不一样的。这个，你我都上过政协举办的培训班，那培训内容中有这些，你忘啦？

筱啸问道，不一样，啥叫不一样？都是干工程，建筑质量、建材、工程队资质、工期、验收等等都一回事，你说那个不一样是指哪个？

纪溟说，我说是指工程建设中资金使用的审计监管方式不一样。政府由财政拨款的建筑用资金，一分一厘都有账目可查。你们捐赠的资金，使用人认为是在用资本家压榨工人的血汗钱，是私人赚的昧良心钱，大手大脚地花是应该的，要为资本家节约钱吗！

纪溟站起身，他没有看也没顾及筱啸的表情，要走。筱啸正听得有些血脉贲张，见纪溟说完就起身要走的架势，这才想起纪溟方丈是自己的好友，进屋后的谈话与他俩的关系太不贴切了。他伸手拦住纪溟，他说哎呀，咱俩都争论些啥呀？多久没见了，我今天不听你讲经，我要你讲讲云游中的善事，度人解厄的事情。别走嘛，出家人的禅坐功夫是我见识过的，你怎么才进屋没讲几句，就要起"云游"之心了？哈哈哈，淡定，阿弥陀佛！

纪溟方丈立刻肃穆起来，口中喃喃道，该淡定的是筱施主呀。看来，我今天得给你开悟了，把你从观念紊乱的泥沼中拖出来。

筱啸说，只要你莫走，凭你发落……开悟吧。要得，要得！

2

纪溟方丈来筱啸的兆达企业集团公司总部，已经过去一周了。

筱啸的捐赠款已划到政协的专项资金账户上，五千万元一分不少。

那天，纪溟到他办公室，说到工程队在使用政府的拨款和企业家的捐款有区别一席话，他当时并没往深处想。事后，在捐赠款转账由他签字时，猛然想到这句话心里不由咯噔一下，但还是龙飞凤舞地把自己名字签上了。不过，既然咯噔一下，心里就留下了一个疙瘩，如鲠在喉，不吐不快。筱啸决定到传灯寺一趟，不是去找纪溟，而是去看看工程队在修缮工作中有无纪溟说的"不一样"现象。筱啸不想惊动谁，他独自驾车，径直朝传灯寺方向驶去。

街道两旁景致的变化，筱啸感到很惊讶，他天天生活的这个城市，记忆中杂乱无章，尘土飞扬，行人横穿道路，街边两旁的店铺门面五花八门……平常车子经过街道时，他不是阅览公司的各种报表，就是靠在后座上假寐一会，反正不愿瞧车窗外，闹心！今天自己驾车，两眼盯着前面，余光掠过两旁的景物，映入眼睛里的一切这么让他感到惬意，醒目的斑马线，洁净的街道，整齐的店铺门面，红绿信号灯，遵守交通规则的行人，重新粉刷过的建筑物，时尚的广告牌，从连接的超市口展现出琳琅满目的商品，以及装饰精美的咖啡、麦当劳、快餐店、糕点店等等，哇，我们市这两年变化挺大的，尤其是市民的素质，让人刮目相看了，这届领导还真做出点成绩来，再不去揶揄甚至去挖苦人家了……这些情绪的变化把筱啸出门时接到那个电话后，所引发的不快心情，都扫荡得无影无踪了。

那个电话是市里宗教局一个领导打来的。那个宗教局领导也很客气，先问筱总你在开会或是会客？说话方便吗？

筱啸并不熟悉但知道这位领导，便用惯常的语气说，是领导呀，有啥指示？他一边接电话一边把驾驶上方的遮阳板拉下。他的司机告诉过他，开车打手机被监控录像了既要罚款还要扣分，他很少亲自驾车，但每年驾驶执照年检从未耽误。罚款扣分倒没什么，关键是不能违反交通规定，这是文明人的标志。这都是筱啸的下意识动作。当时，他的车子刚启动，他缓缓地前行并说，领导我很方便，你说。

那个宗教局领导问，筱总，你的慈善举措和对我们主管部门的支持，令大家对你和你的企业集团，都高看一眼。你不仅仅是一个民营企业家，你是一个懂政治的企业家，儒商，几乎称得上是红顶商人啊！哈哈，我们应该常聚！

筱啸听这话有些不得要领，甚至迷糊。他迅速在脑子筛选一遍，确定他同这位宗教局领导不熟悉，最多在什么会场诸如政协会之类的地方见过，根本谈不上"常聚"。筱啸面对手机迟疑着，不知如何往下接话，手机里面传来喂喂的喊声，他只好说，你好领导，信号弱哩，你在电梯里吧，声音有点……哦，这下好些了，你出电梯啦？不在电梯里在、在办公室啊，那是我手机的毛病。领导刚才说些啥都没听清楚，请再指示一遍。

宗教局领导说，声音清楚了吧，好，那我直说了。手机里又没动静了，过了约五秒钟，里面又传出声音。那我直说了，你的信仰是啥？皈依了吗？哪个教？

筱啸索性把车靠边，停下。他实在没明白宗教局长究竟想要表达什么，找他有何事，他甚至怀疑宗教局长打错电话了，或把他当成了要找的人。车停稳后，筱啸按下车窗，透透气，道路旁边是家水果店，马上走来一个精明的小伙，凑近车窗问，老板，来买火龙果？这一批昨晚到的，新鲜。

筱啸看了一眼小伙说，等哈，我打个电话。他把电话回拨过去，他不想绕弯子了，接通后就问，你是哪个领导？我是兆达企业集团的筱啸。

宗教局的领导在电话里问，你不是筱总吗，我是民族委员会宗教局的管鑫阳常务局长呀。……咳，什么事情，也没有啥大事。就是这么一回事，作为宗教局嘛，是民委下面的一个独立部门，工作还受统战部的领导，统战部当然是党委领导下的重要部门。当年，我们党就是靠三大法宝打下的江山，统战是三分之一呢。这点，咱俩都晓得，当选市政协常委时一起在社会主义学院培训过的。你们兆达企业集团那时正处于巅峰--现在你们是平稳发展壮大期—你在哪？筱啸董事长。

这时，那水果店的小伙，提上包装好的火龙果走近车窗，对筱啸说，老板我亲自挑选的，个顶个，刚好一百元。说着，小伙把火龙果递进来放在驾驶盘上，筱啸瞄了一眼衣着干净面貌诚实的小伙，从旁边变速器盒子里抽一张百元票子，交给小伙。他又把驾驶盘上的火龙果放在副座上，启动车子走了。这期间大约七八秒钟，他手机里又传来喂喂的喊声。

筱啸想起来了，这个宗教局的管副局长，是省里下派市统战部的挂职干部，期满后留了下来，安排在市宗教局。似乎是在一次座谈会上，他同纪溟方丈不知因啥争吵起来，这件事情在全省政协系统被通报。筱啸转念一想，毕竟是个官员，又一同在政协挂职，他几次打来电话，肯定话里有话，是他面子矮不好意思挑明吧。那就主动点吧，问他究竟有啥"指示"。他说管局长呀，你有事吗？是现在说或是要我们见面说？我正开车到传灯寺去，还没出城郊。

宗教局管副局长在电话里说，哦，你还亲自到传灯寺去啊？筱总，我国是一个有多宗教信仰的国家，正确认识和处理宗教问题，切实做好宗教工作，关系到我党我们国家的全局工作，涉及社会的和谐稳定，这是一个原则问题。我们市信教的群众很多，特别是改革开放后，全市信教的群众占总人口的51%还多。所以，宗教工作还关系到我市的社会主义事业发展大局。……筱总，你在听我说吗，不是我啰唆，而是牵涉的事情重要呀！

筱啸打开了音响，一曲歌唱草原的旋律响起，他把声音调低点，对手机说管局长你说，我听着呢，知道你的工作涉及方方面面，你肩膀上的担子重，肩负着重要使命。你说吧，只要涉及兆达企业集团，我们责无旁贷，全力帮助，行不行？

管副局长高兴了，兴奋地说，我就等你这个当家人说这句话。我告诉你吧，目前，我们全市有这几个教派，道教、天主教、伊斯兰教、基督教，还有佛教。我市有多少人口，二百八十万人啦，信教的就有一百五十万人，比我们共产党的党员都多！这局面意味着什么，你我心里都明白吧。嗨，你们兆达企业集团有共产党的组织吧，民营企业也应该有党支部和工会。这不是我今天打电话找你的主题，我找你，是因为你们集团捐款的事……

筱啸又被管副局长说得迷糊了，他调侃地问管副局长，你是说我们兆达企业集团捐款修缮传灯寺，涉及

全市社会的稳定了？

管鑫阳副局长马上回答道，嘿，这回你才真正说到点子上了！

筱啸一听，啥呀？我们公司捐款影响到全市的稳定了？这话谁说的！

管鑫阳说，不是谁说的，而是事实已经摆在那儿啦。

筱啸把手机往副座上一掼，想打转向往右边靠，突然，他发现前面一辆拉蔬菜的三轮车停了，他急忙踩刹车，但已经来不及了，他车子的前杠撞上了拉蔬菜车子的屁股，那车被撞出一米多，车上蔬菜瓜果撒得满街都是！筱啸说糟糕，这下他妈的坏了，溜号了！他赶紧拉上手刹，下车去看前面那辆三轮车，还招呼走近看热闹的行人帮忙捡拾一下地上的蔬菜水果。

从三轮车驾驶室走下来一个年轻人，只见他左手捂着额头，一边打电话一边问筱啸，车你开的？怎么戳上我后腚了。

筱啸赶紧说，你头怎样？车里没有其他人吧？我开车打电话溜号了，对不起！我来报警和通知保险公司。对不起啊，都是我的责任。

那年轻人说就我一人，驾驶室是自己改装的，我头在挡风玻璃上磕一下，倒没啥事，可我这农用三轮车没买保险。他见筱啸打电话通知公司来人，还一个劲地道歉，也就低声说，我没事，只是耽误我家的事情了，我

母亲的寿诞快到了,我要赶到传灯寺去进香,为她老人家祈福!再就是,我爸妈描摹的《妙法莲华经》没有了,今天方丈已为我准备了一百本,方丈等我去请佛经呢……能约上方丈那多不容易呀!方丈还说他要教会我背诵《大悲咒》呢!这车蔬菜瓜果就是送去孝敬传灯寺的……这下蔬菜瓜果撒得满街都是,弄脏了的东西怎么好意思送给方丈呀!这可咋整啊?

筱啸听了年轻人这番话,才晓得这车蔬菜瓜果是送到传灯寺,他说,用蔬菜瓜果找纪溟方丈换佛经呀?改天我派人把佛经送到你家,我让传灯寺的和尚专门为你爸妈做一场祈福诵经的法事。

那年轻人说,看你这话说的?用蔬菜换佛经书!这蔬菜瓜果是我家父母用家里畜禽粪沤肥种植的,没沾半粒化肥,专为传灯寺敬奉的。纪溟方丈才安排寺僧定期替我爸妈为菩萨上香祈祷,持诵《大悲咒》。纪溟方丈还送《妙法莲华经》描摹本供我爸妈描写!这是多大的无量功德呀!送几车蔬菜瓜果算啥,我是捡大便宜……啊呀,阿弥陀佛!

那好啊,我也是去传灯寺,纪溟方丈是我的老熟人,我让他……

年轻人似乎没在意筱啸说什么,他拨通电话就喊起来,方丈您好!今天我不能把新鲜蔬菜送到您那了,我车子被人追尾了。是呀,都走到北门桥了,人没事,双方都没事,就是我的车子后面凹了一块,蔬果撒地上弄脏了……人托您和佛祖的福,没事!我求您把那佛经书……

筱啸说对年轻人说,把手机给我吧,我同纪溟方丈说。

年轻人正在将信将疑之际,筱啸从年轻人手里取过手机,就说起来,纪溟吧,我是筱总,这年轻人的车是我撞的,我打电话没注意就撞上了。对呀,我今天自己开车,也是往传灯寺来,看看修缮工程前期的准备情况。……好啦,别扯那些了,这个年轻人这么孝顺,改天,你安排专门为他父母做一场法事吧!费用我出。我哪能同他比孝心,我看这小伙才是真孝顺,他给你们寺院送蔬菜多少年了?怎么这还不能说,佛家不打诳语呦。哈哈哈,我同他用这种方式相识,这也算是缘分吗?算是!……好了,你等着,我们把车收拾一下,装好蔬菜瓜果,就来你那里。你等着吧。

筱啸把手机递回给年轻人。年轻人一脸惊讶,继而惶愧地说,原来你同方丈是这关系呀!原谅我这山民有眼无珠,凡胎俗眼看不见高人。你的车我看了,进口车结实,无碍。我那车后车厢瘪一块进去,敲几锤就还原形了。只是，蔬菜瓜果撒地上弄脏了，那是万万不能送到寺院里去了，我得回家去菜园果林，新摘一车，赶明天才能去寺院了。我只求一事，您今天去传灯寺务必给纪溟方丈解释清楚，我明天才能把蔬菜瓜果送去的原因，拜托拜托！

这时，交警已经到了，其中有认识筱啸的，赶紧过来立正敬礼！筱总、筱常委（政协）、筱会长等的呼叫声不停。筱啸只对领头的交警说，组织人把地上的蔬菜捡拾到他车上，拉到你们队的食堂去，算我送的，再把他车厢修好，让他开走，费用都算我的。我今天着急到传灯寺去，明天再到你们交警队接受处理吧。

交警队长说，筱总别客气，这个小事故双方当事人无疑义，我们就按当场处罚处理了。您走吧，其余的按您说的办。小伙子，行吧？那好，你跟我们走吧。

筱啸握了下年轻人的手，问他姓名，年轻人低声答道，我叫峙孝，姓郑。

……

3

筱啸到传灯寺时，已临近晌午了。

纪溟方丈在巍峨的第一道寺门等候他。筱啸见到纪溟方丈就不客气地说，你是真心来迎接我，或是来堵截我，不让我进寺院里去。纪溟方丈口喧佛号阿弥陀佛，筱施主黄鳝脑袋疑（泥）心太重，人心向善，心自然善！

筱啸手一挥说，你别整那些虚无缥缈的东西了，今天遇到的破事，我正烦恼着呢！先是被宗教局那个管局长纠缠，听了半天也不明白他给我打电话要表达啥，或是诱使我要表个什么态。再就是工程队是否有一个修缮的计划，科学性缜密性差点不怕，有针对性就行。我们企业家是有那么点闲钱，但也不想被人耍弄，这么多钱用于寺院的修缮，本市建国六十多年来，据我了解还是头一遭。我不知道开这个头，是好头或是坏头，一点五个亿的计划，嗯，一点七个亿呀。就按一点五个亿的计划，据省里专家透露的，一半钱就够了。

纪溟方丈打断筱啸的话，说一半钱肯定是不够的。寺院恢复时是1992年夏，周围的土地补偿和村民的搬迁费，二十多年了至今未补偿到位，这次一并解决了。所以，一点五个亿不多，有一半用于村民搬迁的补偿嘛。

筱啸说，别进寺院去了，我说呢，一个寺院修缮就要上亿，钱都用到哪些地方呢？不如新选一处不用搬迁的地段，花一两个亿新建一座寺庙。哪知是用我们的捐款去还二十年前政府的旧账，这在财务审计资金使用上也违反规定吧！

纪溟方丈站住，他望着第二道寺门，若有所思地说，我只负责寺院修缮的保质保量，按期完工，重新点燃香火普度众生造福于寺僧和信徒。资金使用那是政府的事情，出家人不沾铜臭，那是一堆阿堵物！

筱啸问纪溟，你们寺院二十年前恢复时将附近村民迁走多少？

纪溟方丈说，我从佛学院毕业，后又被分配到刚恢复的传灯寺，当时的法智住持说十多户山民要背井离乡了！后来，才知道是三十多户村民搬迁，当年政府拨的恢复建寺庙的资金，全部用来补偿村民都不够了。

筱啸疑惑了，他问道，十多户变成三十多户，土地补偿、青苗费、房屋动迁等等，十和三十相差太大了，谁统计的？政府里面庸人实在太多了！

纪溟说，这件事当时就轰动全市、全省了，你不知晓？当时补偿是按户头计算，有的村民为了能在拆迁中获得更多补偿，出现了模糊离婚（假离婚）和买卖户头的现象，有一户村民还抬着八十高龄的父母去办理了离婚！……滚滚红尘，大千世界，芸芸众生，利令智昏，无奇不有！

筱啸对着纪溟方丈正色道，你真是出家人啊！你要晓得哦，村民们失去了土地，背井离乡之际，芸芸众生为了生存，通过婚姻自由的公民权利来保全自己的财产，争取自己的利益，虽然方法不当，可仔细想来既在情理之中，又不能说他们违法。除此之外，他们手里还有别的生存自卫武器吗？说到这里，要让人感到愤懑的，拆迁补偿政策有失公平，决策者何以总他妈如此低能！

纪溟方丈说，只有一户村民例外，他们拿上先期那点补偿费后，就搬迁到山坳里独居，重新开荒垦地种植庄稼，至今过着世外桃源般的日子，而且两个老年夫妇已皈依我佛，儿子性情淳朴，对老人至孝，足以堪当芸芸众生的楷模。

筱啸笑了，指着纪溟方丈说，就是用一车蔬菜瓜果来换你几册描摹本佛经的那个年轻人吧,叫什么"真至孝"的。

纪溟方丈这回正色了,他肃穆地缓缓讲道,是叫郑峙孝,这山民真是质朴得可爱。他父母三十多岁才有了他,视其为宝贝。搬迁那年他小学毕业,父母有意考察他,征求他对搬迁的意见,他只说一句:只要一家人不散,住山洞也行。就这样,他们家率先搬走,这山民高中毕业后回乡小任了几年教师,因超生被学校辞退回家,从此在家躬耕,伺候皈依我佛的双亲,他家住在城郊三十里远的山坳里,唉!

筱啸说,这样的人家为了腾地方恢复建寺庙,主动搬迁到山坳单家独户的,多不容易,你们寺院欠他家的补偿费给完了吗?

纪溟方丈辩驳说,你此言差也。不是我们寺院欠他家钱,是政府欠他家的。现在他双亲都皈依我佛了,峙孝这么多年来,一直按季奉送我寺时鲜的蔬菜瓜果,从未提过补偿费的事。补偿搬迁费应该是宗教局管,我们市佛教协会哪能管理这些事。政府的责任,欠债还钱乃尘世间至理。当年附近搬迁走了的村民,现今散居在各地,不易聚集,就是聚集了哪敢来传灯寺闹腾,干扰宗教自由,信徒们不答应,我一个电话告诉佟部长,公安民警就会赶来轰他们出寺庙的。这次佟部长出面募捐资金,令我既感动!佟是省领导,他这是在积德,为父母双亲积德,真是在做一件功德无量的善事!阿弥陀佛!

筱啸听纪溟方丈这么一说,也若有所思,他问既然有佟部长亲自挂帅这次的修缮工作,那还有谁敢挪用这笔资金呢!宗教局的管鑫阳上午给我打电话,支吾半天我也没有明白他想表达啥子?

纪溟方丈说,佛家不打诳语,筱总我们交往时间不短了,我就直说了吧,管局长找你绝不是关于佛教界的事,更不是关心传灯寺的修缮之事。他,可能对你有意见了,不满意了……你感觉不出来呀?你又不是虔诚鲁钝的郑峙孝,从电话里没听出点不满的味道?

筱啸说,没听出,他只是强调大道理,谈稳定,说捐款也涉及稳定……更奇怪的是,他好像知道我开车追郑山民送蔬菜车的尾了,他电话也挂断了。直到现在,他都没来电话找我,好像上午的焦急突然化解了。纪溟方丈,你真得告诉我真话,入住寺庙的工程队是具有修缮寺庙的资质证书吗,我在海南的南山佛教区,那些修缮寺庙的工程队,那都是有国家和佛教协会认可专业工程队哩。

纪溟看着筱啸一会，双手合十答道，现工程队还未入住寺院，我还没见过，不便妄加置评。我只知晓，这笔修缮专款有一点五个亿，都由佟部长一支笔管控着。宗教局的管鑫阳局长，曾是佟部长的秘书。他同我教的关系，要比他与另外四个教会关系差些，他为啥对佟部长阳奉阴违，个中原因我掐算不出来。……他是啥意思，待他再给你打电话时，或许会摊牌的。

筱啸说你都掐算不出，又何以知晓他对我摊牌？

纪溟方丈说，天机不可泄漏，筱施主你就准备好几笔捐赠资金吧。我们佛教协会，我们传灯寺，都是不敢坐大呀！阿弥陀佛！

筱啸问，企业捐款还捐出影响稳定的结果出来了，这都是什么世道呀？以前没有这么多宗教派别活动，社会平稳到死气沉沉的程度。现在各个教派都自由活动了，为了自己教派的宗旨去拉拢信徒，四处募捐攒钱，于是教派之间争斗四起，这都是你们这些教派以一己私利闹的！难怪管局长说我们捐款惹出了不稳定，他是在暗示我们集团捐赠别忘记了别的宗教派别吧……

纪溟方丈急促地走到筱啸面前，双手合十地喊道，打住打住！再往下说就超出你我之间缘分和交往底线啦，在佛家净地千万别谈政治。阿弥陀佛！

筱啸根本不在意纪溟的告诫，他只想知道他们企业家捐赠的那笔慈善款，究竟在谁的账户里，是统战部门监督使用或是宗教局专款专用？怎么连传灯寺的主人纪溟方丈对修缮费的使用都讳莫如深！他对纪溟方丈说，你这个市佛教协会会长，我看完全是荣誉性的……是你打电话或是我打电话，直接问管鑫阳局长那笔修缮费现在谁的账户上。一问，款在谁的账户上，我就能猜出这里面的勾当了！

纪溟方丈说，问不问是你的事。反正，我不想管这事，我手机里只有十个联系号码，不熟悉的号码来电话我一概不接。有事，只能在寺里固定的座机号找我，咱俩算是……这你怎么忘记了？

筱啸说，那好，我不信捐款还捐出仇家对头来了，难道民营企业家都只能是处在被愚弄的位置上，捐赠的血汗钱连提问怎么用谁在用的权利都没有！他停顿一会，看了看面容有点灰暗的纪溟方丈，又仰望一眼传灯寺坍塌的第二道牌楼，咬了咬腮帮子，又说，还是我打管鑫阳的手机吧。他拨通了，问道：

管局吧，你上午打电话我在开车，……对，到传灯寺来，是，是，现在到了。见谁？……哦，我主要是来看看工程队进驻情况，是呀，我们兆达企业集团带头捐赠的款嘛。你是知道的，本市企业家知道市领导为啥这么重视传灯寺，因为它的历史，从唐代就有了，在本市下辖的十几个县区享有在精神层面上的崇高地位。唉，你说啥？你说国教？道教呀，当然喽，我知道石耶区的那个回龙观，有历史有历史，我家从前就住在那儿，读完高中我家才离开石耶区的。回龙观的规模、道士先生、观外那几十棵枫树，我都比你清楚，在初中时我们学校搬到回龙观里，我在观里读完初中，……你是查阅资料或是从地方志上知道的？哦，宋代就有道观了，从武当山圣地来的道士先生。这些知识我赶不上你，你是专家嘛。

纪溟方丈轻声问筱啸，你们究竟要说啥呀？我，你们说，我返回禅堂了，你上来吧，中午就在寺里用膳，新从杭州来的素斋师傅，好手艺哩。说完，纪溟方丈稽首后，缓步沿石阶上行而去。筱啸看了看天色，又瞅一眼远方的市区，对着手机又说起来：管局长，你我认识，只是交往不深，我筱啸是个耿直的人，你要说什么，有啥指示请你……哦，你说省市领导都熟悉我，表扬我，那是……那可不敢同他们攀什么哥们兄弟，我知道自己是干啥的。我只是个民营企业家，靠国家政策和自己的智慧，在市场经济的大海里合理合法地捞点利润。……我嘛，真不懂政治，只懂政策，干企业做买卖不研究政策哪行！唉，捐款就是讲政治？那中国的、不，美国的比尔盖茨捐款最多，他起码该当美国的副总统吧。

筱啸说到这里，用手蒙着手机，仰头对着已经走到第二道寺门的纪溟方丈喊道，别准备我的那份素斋了，我要赶回家给父母送食物呢，改天再来拜访！他见纪溟转身向他合十，也招了招手算是回应。他这才对着手机又说，领导们是瞧得起我们兆达企业集团，每次把拔头筹的机会都让给我。今天，你也把什么机会赐予我们兆达企业集团吧！

对方的手机似已关机了。筱啸看了看手机，真觉得这个宗教局长做得令人感到不解。先不管他，开车回父母那里吧，还有，郑峙孝到交警队后的情况也该问一下，想到这里，筱啸开车离开了传灯寺，朝自己在乡下的别墅方向而去。

4

筱啸开着车，打电话告诉他的司机，将给父母购买的那些食品，用中巴车送到他父母住的别墅里，他俩在那里汇合。

筱啸用遥控器打开别墅的滑道铁栅门，车缓缓开进别墅里面。筱啸看了看墙上的铁丝防护网，个别接头处噼啪地闪耀着绿光。别墅二楼阳台上竖立的巨大空调散热器，院内里三个不同风格的亭阁，池塘上的曲桥，连接池中的"风雨亭"。筱啸看见甬道两旁是两垄菜畦，可荒芜着，他记得父母被他从敬老院接出来时，父亲嚷嚷要有个菜畦，他平常去那里活动一下筋骨，也可免去闲着的无聊。还有铁笼内的两只藏獒，见到主人筱啸后，仅仅起来转了两圈，并不是很兴奋的样子。几个保安闻声持着器械奔出，一看是他们的筱董事长来了，个个喜出望外。四个保安，两个保姆，一个花农，七个人像桃花源里的人见到晋人一般，喜欢得嘴都合不拢了！他们知道，月底了保安就会换另一批来，用他们私底下的说法就是可以"重返人间"了！而两个保姆就显得较沉稳，她们是半年一换，还有好几个月的冷静日子呢！

筱啸的父母听到儿子来了，竟然激动得在客厅的电视机前，转来转去不知如何是好。

老头对老婆说，你儿子回来了，你快出去吧！

老婆说，是你儿来看你，你天天到楼上阳台上去看那条小道，现在他来了，你却在这儿转圈圈。你呀你……

老头说，那你在这儿好好坐着哦，外面阳台高，昨夜有点雨，台阶滑不好走，我出去吧。说完，老头扯了扯衣服角，得意扬扬地挺胸往外走。

老婆见状急了，斥责道：你这个死老头，慢点，我不去扶你你敢下那个滑滑的台阶？你等我！

老头大笑地喊道，你嚷啥子，我还没走出五步呢。听见儿子的动静就坐不住了，还说我惦记儿子，看你那着急样……哈哈！

老太婆没理老头，竟然把电视屏幕当镜子了，她对着电视机整理了一下头发，急步走到老头儿的前面，掀开了门帘，出到外面的走廊上。外面的空气清新，蝉声震耳，天空湛蓝，显得格外辽远。老婆那浑浊的眼睛格外有神，她一眼就看出了正在从车上下来的儿子——筱啸。她举了举手，想喊儿子，却没有喊出声来，只泪汪汪地回望着她老头，嘴里咕噜道：你看你的儿子，他……

筱啸下车后，一边回头吩咐司机、保安如何搬放车里的食品和其他东西。老头看见儿子怀里抱着几瓶酒，朝他们屋里走来，老头就知道那几瓶酒是他喜欢的"剑南春"老酒。他感到眼前一片模糊，嘴角一阵咸味，他转身朝室内走去，他要洗几把脸，他决意不让儿子看出他流泪了。他认为，看见儿子就流泪那是老婆的事，他这个刚毅威严了一辈子的男人，怎么会变成一个感情这么脆弱的糟老头呢？那绝不是他的性格，他也绝不是这样人！

这时，老婆已顾不上老头到哪去了。她完全沉浸在见到儿子的喜悦中，儿子的到来让她浑身处于一阵轻扬温柔的氛围中。筱啸见到走廊上的父母，因怀中抱着几瓶酒，只冲着父母笑了笑，见他父亲转向阳台后不见了，也没停脚步。他几个跨步就登上了台阶，见母亲颤巍巍地靠在大理石栏杆上，怔怔地望着他笑。他喊了一声，妈，我回来啦。他见母亲身子往下坠，急忙上前靠住老人发软的身子。他感觉到母亲顺从的神情，像个瞌睡的婴儿，他把几瓶酒放在栏杆上，搀扶起母亲进入到室内。

装潢得富丽堂皇的客厅里，筱啸有些不解，父母在他面前显得不是手足无措，就是局促不安，甚至有某些害羞的表情。那四个保安也让他感到有些陌生了，只顾同他的司机寒暄，像儿童样地问些外面的变化及事物。筱啸把母亲扶到沙发上坐着，见他父亲从洗漱间出来，站在那檀香木屏风旁，怔怔地盯着他，那眼神令筱啸很陌生。

他对父亲说，爸，过来坐下吧。

他父亲说，儿子，爸就喜欢这么看着你。近了，看不全哩。

筱啸笑着对他母亲说，妈，你看爸他说的，坐近了还不如离儿子远点，儿子又没缺胳膊少腿的，有啥好担心的。

只听筱啸父亲说，啸儿，原来我们敬老院的那些老朋友……这时，筱啸母亲大声咳嗽一下，插话说，儿子呀，你今天不走了吧？不走哦。她见儿子要张嘴说话，又急忙说道，妈就想看看你吃饭的样子，看看你睡觉的模样……不知为啥，筱啸的母亲说着说着就哭泣起来，她竭力让自己停住哭泣，可还是止不住抽泣着。

筱啸坐过去，挨着母亲，他突然感觉到母亲的肩膀比上次来时，瘦削多了。他让一个保安把两个保姆叫到客厅。他对两个拘谨的保姆说，这次我带了不少的海参、鲍鱼回来，你们要按照说明书，把海参鲍鱼烹制好，这可都是朋友从大连搞来的哦。还有，朋友从川藏给我寄来的虫草、山参，我谁都没给，专门拿回来孝敬我父母，你们要好好熬汤，定时定量给我父母服用。还有……

两个保姆低着头，憋红了脖颈，不说话。过了一会，其中一个似以鼓足起了勇气，怯生生说道，这些山珍海味我们按照您送回的《烹饪大全》光碟上教的，学会做了，只是两个老人不爱吃……，还有，两个老人不爱看您捎回的宫廷片、言情剧和韩剧大全，他俩爱看四大名著和"聊斋"改编的剧，他们只爱吃你有一次捎回来的小黑米，还有那些玉米面，我们把它揉合做成小饼，蒸烙煎都合口味，还有……

筱啸伸手示意那个保姆别往下说了，他有些不快地责怪她道，你们也……好啦，我不怪你们俩。不要听电视上那些伪养生专家的胡说八道，老人们年纪大了，肠胃消化不了那些粗粮。老年人的肠胃，就应该吃些精细优质的食物，才有利于营养的吸收。我们家当年穷，口粮不够吃，用细粮去换粗粮，大米换苞米、红苕、糙米，他们一辈子都吃粗粮、低廉的食品，现在他们到了晚年，还能活十年八年的，谈什么修身养生的！现在我们赶上好时代过上了好日子，又不是年轻人要奋斗奔前程，吃好了会消磨锐气失了斗志，七八十岁的老人吃些海味山珍又有何妨！一辈子到这个时候了，还不吃些好的、高档的东西，要等啥时？

筱啸说，爸，你过来坐嘛，我还有事征求你老人家意见呢。见父亲过来坐在自己对面了，筱啸说，我买这些高档东西回来，爸妈，儿子并不是有钱了就显摆炫富，乱花费不懂得节约勤俭了。儿子是想，你们辛苦一辈子，没吃什么好的，没穿什么好的，没住个好房子，当年我们家是全乡最穷一户，三个弟弟生病没钱医治，都死了！我要不去当几年兵，也会死的。……现在，托你两个老人家的福，儿子的企业集团愈来愈壮大，儿子没忘记你们从小对我的教育，有钱了莫忘记施舍穷人。爸妈，儿子敢说，我们兆达企业集团是捐赠慈善款最多最广的民营企业。只是现在改革开放的政策，让老百姓解决了吃饭穿衣问题，但教育和精神信仰却缺乏了，儿子就在这两个领域大量投资和捐赠，加上医院和敬老院，铺路修桥等等，儿子也算个慈善家了。我给你和妈送敬老院那一两年，社会上和朋友们都造谣说我不孝顺，说我忘本，说儿子所有的捐赠和慈善举措都是作秀，为自己和兆达企业集团捞取名声和光环，还有不少老人写信控告儿子，没办法……儿子是公众人物，所有的活动和生活方式、处世方法，都必须符合公众的世俗观念。我们集团董事会一致决定，才修建了这幢远离市内的别墅，要我把你们两个老人家接到这里来，远离媒体和公众的视线，让他们把视线转移有到于我们集团正面形象上。这种对你们的养老安排，是我们兆达企业集团的"孝敬"方式呀！爸妈，你们就为儿子着想，克服困难尽量习惯这种"孝顺"吧！

司机和几个保安已搬完东西，来到客厅，他们肃立在筱总身后。听完筱总的这一番话，他们你一言我一句的说起来，他们说筱总是全市第一、全省也是前三名的慈善家，做的好事都有三四本书专门记述他的事迹了，而且，筱总对部下也好，每年的春节和重阳节，集团评出的优秀员工都带薪准假回家陪父母，这事省电视台专门报道了呢！爷爷奶奶，筱总做的好事几天几夜都说不完哟。我们保安部每两个月换一班，大家都争抢到这儿来，愿意伺候爷爷奶奶，你们两个老人家也算是我们集团的功臣……

筱啸的母亲揩干眼角的泪水，她枯瘦的双手捧着筱啸的手放在怀里，自豪地对保安保姆讲道，我儿做了善事，当娘的哪有不高兴的。他爸就三天两头在我面前念叨说真没想咱的儿子有出息了！哈哈哈……只是，儿啊，家里用不了这些个保安，保姆保安都一个就够了，给我们做个伴儿，这屋子太大有些冷清，那两个叫什么"獒"的又不爱叫，为娘想……

筱啸说，妈，你放心，儿自有考虑。派四个保安是他们玩牌不缺人，下棋正好两对，也可两人值班嘛。两保姆就是让她们有个伴，花匠是本地农民大哥，我们集团副总的小舅子，可靠又人熟地熟的，附近有谁来别墅有点啥事他出面照应就够了，还有，就是那两个藏獒，除听我的就只听他使唤。好啦，你两个老人家一辈子没过个清静日子，这么安排，就是要让你们耳根子清静几年，不然我从敬老院把你两老接出来，也会送到外市或省城敬老院的。

筱啸的父亲迟疑一会后，终于开口说，啸儿，主要是你妈她对这儿不惯适，觉得没个人说话，没个东邻西舍的串不了门。她不吃你买回的好东西，是她舍不得吃要留给你，你问保姆每回做好吃的，我那份都完成任务。你妈她……

筱啸的母亲摇着儿子的手说，你爸是说假话，保姆做好吃的，只要摆上桌子，他每次都到外面阳台上去，盯着你开车来的路上，他说他听到你车子的喇叭声了……一直要到桌上的菜饭凉透了，他才进来吃几口，还不准保姆去热饭菜，我说得对吗？两个丫头。

保安和保姆们听到老头老太太的互相指责，都忍不住笑了起来。

这时，那个花匠发话了，他说，筱总，我今天就斗胆讲几句真话，不怕得罪你了。你爸妈就是想你常来这儿，他们想好好同你吃顿饭，想听你讲讲外面的事情，老人家对我们讲，哪个都比不上我儿讲得好听，精彩！还有……

筱啸的母亲急忙拦住花匠的话头，她说，这不回来了吗，我儿的手就在我怀里呢。回来了！儿……

筱啸看见他父亲起身走了。他感觉母亲又哭泣起来，他不好把被母亲握在怀里的手抽出来，更不好开口说他有事，马上就得走。可保姆保安们都看出来了，一个个默默地离开客厅，走出门外。

筱啸的母亲似以觉察到了什么，她把儿子的手紧紧捂在怀里，嘴里啜嚅道，儿，娘跟你坐回车子出去吧，娘不耽搁你……不下车也不上厕所，娘就想坐你的车到外面转转，娘两年都没看见外面的人啦，转转你就把娘送这儿来吧。娘哪儿都不去，这儿啥东西都有，儿都给我们准备好啦！娘就想坐坐你的车……跟着你……呜呜呜！

筱啸见他母亲哭出了声，赶紧安慰说，妈，下次，下次儿专程开车回来接你和爸，啥事都不安排，就是开车拉你俩出转转……妈，你说转到哪儿就去那儿，好不好？今天，儿要赶到传灯寺去，搞清楚我那笔捐款修寺庙的使用情况。

筱啸的母亲止住哭，泪涟涟地望着她儿子，轻声道，下回，你一定不安排别的事回来哦！主要是你爸，他想坐你车！……娘可以不去，你是你爸的儿子，他就那点心事，他不再提我们搬回城内敬老院的事了，听儿子安排。我们就坐坐你的车……娘老了，儿莫嫌弃娘唠叨哦。你回来，娘就不唠叨了！

……

他没让母亲出来送他。他让司机那辆拉食物的中巴车先走，他要同父亲告个别，这一走也许七八天就回，有事了，可能要两三个月才能来，兆达企业集团太大了，下面有若干分公司，董事长能不忙吗？……他又朝台阶上的走廊上扫一眼，没有父亲的影子，老人家可能是上厕所了，他这么想着就钻进车里。在车子缓缓启动的时候，他从反光镜里看见，别墅二楼一个窗口上，有个人影，是不是他父亲，因车子颠簸确实看不真切。筱啸的车子驶出了别墅。此刻，他想到宗教局管鑫阳在电话里的几句话，就莫名其妙来了气，他脚一踩油门，车子咻溜一声别墅就被远远地甩出了他的视线了。

5

未到传灯寺，筱啸的手机就响了，是郑峙孝打来的电话。

郑峙孝很礼貌地问他，打电话是否方便，他有点着急事求他，这城里他不认识别人，就"碰巧"与他这个大人物结缘了。

筱啸对这个送蔬菜瓜果到传灯寺，换回一本本佛经的山里人印象不错，他曾有个念头，要到这个山民家去看看。他想弄明白这个山民，被他车子追尾后，下车来为何不像别的山民村民（狡诈的市民除外）那般纠缠上你，继而耍泼呈悍吵嚷赔偿，而且一门心思在那些撒落街面弄脏了的蔬菜瓜果上。所以，他用委婉的口气说，你有啥急事，别怕有我这个老大哥呢。前几天，我撞了你还没好好向你赔不是。他想把话题扯开，让这个山里人从焦急的状态中摆脱出来。他说现在你说吧，我方便通电话了。

郑峙孝问道，你要方便就给这儿的保安打个电话吧，他们拦住我不让我开送蔬菜的车进去。我送保安几棵菜，他们又不要，就要我找一个担保人才放我开车进去。

筱啸问郑峙孝在哪儿，都是些穿啥制服的保安，那大门上写着什么单位？

郑峙孝说，这儿是个半圆的拱形墙，墙头上站着一排没穿衣物的男男女女，大门牌匾上描金大字写作"东方佛罗伦萨小区"。从拱形墙的大门看里面，都是一幢幢小洋楼房，花团锦簇的，好看好看！

筱啸一听，这是他们集团在梅江岸畔开发的第一个商品房住宅区，还是本市最高档的别墅区哩。这个山里人开车到那儿干啥，给谁家送蔬菜呢？他马上说，那儿我知道，你给谁送蔬菜，谁让你送的？

郑峙孝回答道，我给佟部长送点新鲜蔬菜。我们感谢他……谁叫我送的我不能告诉你。筱总，你要不认识这儿的保安，你把管局长家住的地方告诉也行，纪溟方丈说了，找到管局长家就算找到佟部长了。这事闹得……保安走过来了，我让他接电话罗。

筱啸正要告诉郑峙孝就在原地等他，他马上叫他的司机开车过去。他一听到郑峙孝提到纪溟方丈和管鑫阳局长，立即改变了主意，他要亲自开车到那个"东方佛罗伦萨"小区去。这时，手机里传来一阵浑浊的声音：你哪位？这儿是东方佛罗伦萨物业门卫保安部。

筱啸不想报上自己的名字，只好应付道，我这儿是兆达企业集团保安总部，那个开三轮车送蔬菜的是我们总部的采购员，他是去给我们集团筱总的朋友家送蔬菜的，你放他进去吧。他有什么事，我们兆达企业集团保安总部担保！

那个保安的声音立即变了，好的好的，兆达企业集团保安部呀，咱们同行啊！我还在你们下面干过保安呢，去年还出席过集团优秀员工表彰大会，筱总接见过我们还合影留念呢！好好好，我马上给他登记上，引领他到佟部长那幢别墅去。你就百分百放心吧！

那边的手机关了。筱啸想了想，正犹豫去不去东方佛罗伦萨别墅区。他决定先办正事吧，问问捐款的使用情况。他打电话到传灯寺，值班的僧人接的电话，一声阿弥陀佛后，就问施主你有何事相求？

筱啸说，我找纪溟方丈，同他有事相商量，约好了的。

值班的僧人又问，你是哪里？何事要找我们住持？

筱啸换成严厉和命令的口吻，他说，我是市宗教局的，有事通知纪溟大和尚！快叫他接电话吧。

值班的僧人立刻回答道，报告领导，今天，新任宗教局局长的管局长来我寺视察了，他和住持谈了半天，管局长刚走。……噫，你是宗教局的怎么不知道管局长今天来，喂喂喂。

筱啸马上挂断了电话，并把手机关了。他拿出另一部手机，拨通了管鑫阳局长的电话。他说，管局吧，祝贺高升了，咹，没听出我是谁，手机号……哦，这是我另一部手机号啊，我是筱啸，嗯？就是兆达企业集团的筱啸。我祝贺你终于修成正果了。我找你谈点、了解点、汇报点事情，上次你在电话里说的关于我们捐款，捐出了影响稳定的说法，我想把这句说法来龙去脉搞清楚。你说搞清楚啥意思啊？我们搞清楚后在下次捐款时就知道如何权衡了，什么？你说是如何平衡，哦，权衡和平衡当然是两个概念了。我希望同你见个面，在单位或是别的地方，由局长确定吧。……当然是愈快愈好，就现在，不行嗦？什么时候……

筱啸突然不说话了，他把手机紧紧贴在耳朵上，听着，任凭里面喂喂筱总筱总喊声不断，他也不吱声。原来，他听到手机里有"佟部长，您家的蔬菜车到了"的喊声，里面还有"保姆去选几个新鲜的香瓜来吃"的吩咐声。他猜是山里人郑峙孝把蔬菜送到佟部长家了，而管局长也在佟部长家里！这个管局长，你方便不方便告诉我一声就行了，到你老领导的家里有啥要藏着掖着的呢！他索性把这层窗户纸捅破。于是，他又取出一个手机，拨通了省统战部佟部长的家里座机电话。筱啸轻声地问，佟部长家吗？我找达晓部长。我是兆达企业集团的筱啸。

筱啸听到电话里传出哈哈大笑的声音，筱啸嘛，你这个大企业家，好久没打我家里电话了？接电话的正是佟部长。

筱啸答，是佟部长呀，我打过，没人接，两个老人家又到哪旅游去啦？

佟部长说，老人的确常年不落家，这才回来住七八天嘞——可家里有保姆嘛，怎么保姆记录的来电话中没你筱总的名啊？哈哈哈，说着玩的。你说吧，今儿是怎么知道我回来了？找我有何事？我还要申明一点，还有几个教派，特别是伊斯兰教、基督教这两个教，教派之间情况复杂，困难不少哟。我看你们集团董事会还得考虑考虑哦，在企业家慈善家的眼里，宗教派别是不该有贵贱之分的，要尽量做到一视同仁吧。这些具体事务我就不过问了，你同管鑫阳同志谈去吧……找不到他？他刚当局长才几天，就忙得连你这个大企业家大慈善家都见不着了？太玄乎了吧！告诉你他又来……就在我家里，两个老人要出门，他过来给号号脉，检查一下身体，你来我家吧，我帮你逮住他，看他还忙不忙！

筱啸握住手机忍住笑，那好，我马上过来找他，也送送又要出门旅游的两个老人家。这叫作公私兼顾吧，企业家们的典型干法！达晓部长，一会见。

筱啸把两部手机都关了，放好。把常用的那部手机重新打开，通知他的司机一会到佛罗伦萨别墅区去开车，他在首长家吃饭。尔后，他嘴里咕嘟一句：狠，你以为你是谁呀？小样！他踏油门，车子哧溜一声，冲向东方佛罗伦萨方向而去。

6

筱啸开车到东方佛罗伦萨别墅小区，门口保安看见他的车号，立即敬礼放行。这个别墅区是他们集团开发建设的，他不仅熟悉，而且佟部长家那幢别墅还是他选定的。他同佟部长有多年的关系，改革开放的总设计师南巡那年，佟部长是本市的副市长分管城建和动迁工作，后从常务副市长任上调任省统战部担任副部长，七年前佟任统战部长省政协副主任。而那时，刚下海的筱啸，在市里一直被佟部长树立为下海经商的成功典型。可是，这么多年过去，不知为什么，从感觉上他们还谈不上已经达到"那种朋友"的关系程度。

筱啸记得，每次省政协会议期间，或是有慈善捐赠活动，只要有佟部长莅临，被捐赠的对象和捐赠款的用途，都不是那么明朗透亮。有几次，筱啸都对自己的这种疑惑感觉理解为"割肉"的逆反心理，是吝啬的另类表现吧，他这样提醒自己。今天，他对给佟部长直接打电话，又立即驱车来的举措，也觉得有点唐突，管鑫阳局长曾是佟部长秘书，他来正常，我来也属正常，但自己本来就对管鑫阳不感冒且明知他在佟部长家"汇报工作"，自己也来凑局就显得不"正常"了。现在，只好以送两个老人家出门为幌子吧。筱啸还有点纳闷，佟部长为啥子非要把他两个年迈体衰的父母，不停地送到全国各地甚至世界各地去旅游呢？

他远远就看见有几个人在佟部长的别墅前搬东西。还有一个人在别墅的台阶下踯躅着。车到后，筱啸见那几个人在搬蔬菜瓜果，那个在台阶下踯躅的就是新任市宗教局管鑫阳局长。

筱啸把车停好，他打开车门，把副驾座上的几听高级营养补品提上，看到台阶下站着的管局长，装着惊讶地喊道，你……这么大的领导，站在这儿？是透透新鲜空气。

管局长皮笑肉不笑地说，你……这么大的企业家、慈善家，来了，我不该迎接一下？

筱啸说，管局，你是政府官员，再怎么说都是国家的栋梁，是手握权力的部门老大。我们民营企业搞得再大，在政府这棵大树面前都属草根，在政府官员眼里都是草民。兆达企业集团的副董事长，约政府部门的一个处长，至少得等上一个礼拜才能在酒席上见到，我要见政府部门的一个局长，比见主管市长或市长都难。当然，关系到位的除外哦，所以，你来迎接我，让我会感到有什么地方做得不对，或者不符合领导意图了……

管局长像当年尼克松走下舷梯夸张地向周总理伸出手那样，他握住筱啸的手说，这只手是掌握几个上市公司几十亿资产的"金手"呀！现在，筱总的嘴上功夫也炉火纯青了！你下一步正像传闻的那样，进入全国政协委员行业指日可待。我俩关系算到位吧？我们别斗嘴了，老领导在里面等着呢。

筱啸故意躬身说，管局长这样礼贤下士，又拿传闻来鼓励我，受宠若惊哦！

他俩进入客厅，佟部长正在亲自沏茶，高档的巴西木茶几上，摆放着各种时令水果。有个保姆正在擦拭玻璃窗，窗台，浇花。高大的落地窗的两边挂着一副书法：终身履薄冰，谁知我心焦。

筱啸将礼物放在沙发旁，他对佟部长说，省领导亲自沏茶，我们哪敢喝呀？老市长——还是这么叫亲切——是哪天回来的？有统战系统的会在这召开吧。

佟部长说，哪能开会才回来，干事如果用开会的办法就行，还搞啥子经济建设和改革开放。我回来，谁也没告诉，当然小管是有事同我商量。……喂喂喂，你手轻点啦，那可是一副价值……是我老爷子的最爱，要是有丁点破损，会要他命的！

管鑫阳也跟着对擦窗玻璃的保姆嚷嚷道，怎么这么粗呢，知道吗？这是于右任的草书呢，这幅字号称我省书法藏品之最呢！

原来，那擦拭玻璃窗的保姆，嫌两边悬挂的字幅挡碍，就把窗右边的那副字取下，卷放在窗台上。她这有些粗放的举措，被佟部长看见，急忙制止。管鑫阳马上走过去，把那幅字轴拿过来，放在佟部长坐的沙发上。

佟部长说，唉，你俩从今天起更要密切配合了。说着，佟部长指了指茶几两边的沙发，让筱啸和管鑫阳两人坐下喝茶。

管局长说，佟部长这次回来，是为了我市宗教界的下年度工作安排，听取我们的汇报。当然，两个老人家身体恢复了，他回来送他们再度去国外观光。这次选择的是，噫，我也忘了，老领导是哪儿？

佟部长白了管鑫阳一眼，有些不悦地问，老人家去国外走一趟，算啥？也能把这些小事摆上桌面。筱总有事找你，你俩今儿在我这儿碰面了，就好好沟通沟通，把事情谈透淡妥。

筱啸一见佟部长对管鑫阳局长的说话语气，就觉察到自己属于"外人"了。他说，佟部长，不是沟通，是我向管局长汇报工作。

佟部长一边制止筱啸说下去，一边将沏好的茶，倒在一套紫砂陶杯里，让筱管两人品赏。佟部长说，既来之则安之，先品尝一下我的茶艺。

筱啸瞅了一眼那把线条流畅造型古朴的茶壶，他猜测，这把壶就是行间传说的本市唯一、全省第二的绝世精品吧，据说此壶是当代陶瓷工艺大师顾景洲亲手制作的。佟部长见管鑫阳只顾闭着眼喝茶，筱啸的眼神盯着自己手中的陶壶发呆，他笑道，一个在闭门思过，一个神游八极吧！你俩既然不愿把我这寒舍当鏖战的疆场，那就搭成私下摒弃隔阂的平台好了。大企业家有大企业家的风度，政府官员要有政府官员的胸怀，你俩联手合作，那我就了了一块大心病了。

筱啸说，佟部长是政治家，是省领导，今天，我见到老领导有点激动是一方面，另一方面我又是民营企业家，得抓住领导高兴的时机提点政策方面的要求。管局长，这不算以私谋公吧？

管鑫阳微微睁开眼皮，疑惑地看着筱啸，他说，呀！这把壶，这铁观音，茶是沁人心脾，壶是巧夺天工，这个地点这个时刻，筱总能说点贴近主题的话行不？管鑫阳把脸转向佟部长说，我说老领导，你的沏茶功夫又精进了。我们下属怕是一辈子也跟不上你罗！

佟部长说，你这鑫阳，又把筱啸的话题绕开了。人家是说给你听呢，不是让你搭话，是让你解答。

筱啸说，佟部长，宗教局是各种宗教的主管单位，掌握着慈善捐款的使用划分。作为企业，把款捐赠出去了，捐款的使用已与我们无关。但企业捐赠款了，可以享受减税的优惠，减税额度的大小，税务部门要根据宗教局的建议函来确定。我们前不久，为修缮传灯寺捐的五千万元，我希望到年底减除我们企业的税额时，不低于五千万。这可以吧？

管鑫阳似已才听明白筱啸说的意思，他哦了一声，用沉重的语气说，我目前的主要精力不在年底的工作上，而是基督教和伊斯兰教这两个教的教友们的活动场所，一个得重新修建，一个场所必须尽快装修。两教距离不能太近，近了会发生影响全市稳定的问题……又得组织一场捐款活动，真伤脑筋啊。

筱啸说，我觉得市里的慈善捐款在使用上可以通盘考虑。就像传灯寺的修缮款吧，最多一个亿就可恢复了，另外五千万，可以用于另外的宗教工程，反正钱都在你们的账户上。

筱啸说完，佟部长就起身走了，身影在客厅东转角楼梯边消失。管局长埋怨筱啸不该乱提传灯寺的修缮，那是佟部长当年和现在都亲自抓的工程，包括资金的来源渠道和使用。平常，市里领导都主动避开传灯寺这个工程。管鑫阳说筱啸你怎么还提"另外五千万"这个话。传灯寺的修缮就是一点五个亿，你说一个亿就能拿下，你有啥依据？

筱啸认为自己没说错话，他说，我听说那五千万就挪去用于传灯寺的动迁费了。寺庙周边的动迁费应该由政府掏钱的，怎么能拿企业家的捐款去填补当年政府拖欠的动迁费呢？

管鑫阳端起的茶杯停在半途，他问筱啸你听谁说的，那五千万拿去补贴以前的动迁户了？这是我们政协……宗教局的事务，谁在乱置喙！现在有的人真是摆不正位置，以为捐了点钱就有资本对政府的行政行为"献计献言"，忘记了这些捐款都来自于国家政策的优惠，来自于社会，通过正规的、合法的政府渠道回馈于社会，同时企业获得了名声，又获得了减税的优惠，还有什么不满足的。唉……不过，筱总，你们的兆达企业集团例外。有你们竖的标杆，举的大旗，那些小企业是无足轻重的！

筱啸愈听愈坐不住了，他似乎面前这位喝着茶，神色有些得意的人不是宗教局的新任局长，而是一个常犯颐指气使的政法部门的官员。既然这样，就没有什么好谈的了，他也不想再谈下去了。他站起来，对管局长说，感谢你对我们兆达企业集团有如此评价，希望这点好印象能在你那里继续保持下去。我去打个招呼，你慢慢品茶吧。

管鑫阳稳稳地坐在沙发上，他说，两个老人刚起床哩，刚才老领导就是进屋请安去了，他们一会都得到客厅来。……你这么大的企业家来了，你们又是多年熟人，肯定要见个面。坐下坐下，不就是几句话嘛，说对了听一半，说岔了一句都不听！你是企业家，下面有几万员工，上千名的管理员，说话水平有高低、建议有对错，你这个董事长都要去听？

筱啸冷冷地说，两个老人家真要到客厅来？你这么肯定？

管鑫阳指了指沙发，他劝筱啸坐，说他是两个老人的保健师，对老人的身体状况了如指掌。筱啸这回露出了笑容，他调侃管鑫阳道，你要是保健师那我就是营养师。筱啸对管鑫阳说，别的不敢吹，对老人家爱吃什么适合吃什么，他算是个专家。管鑫阳说自己的医疗水平，评个副主任医师那是绰绰有余，尤其在老年人的保健方面，堪称民间高手。两人你一句我一句，气氛又缓和了。筱啸在同管鑫阳的对话中，他看出这位宗教局长绝不是信口雌黄，而是说得十分淡定，让人感到夹杂着某种自信自豪之意在里面。

果不出管鑫阳说的，只见一个穿得很体面的妇人来到客厅，她四处瞅，然后将两个靠垫放在长沙发上，转身走了。临出客厅前，这妇人叮咛旁边一个搬运蔬菜的佣人，你停一会，老爷老太太要出来了，别闹动静了！

7

这时，客厅电话响了。管鑫阳拿起电话就说，过一小时再打来。说完，他把电话扣死了。筱啸对管鑫阳在佟部长家里的做派，更增添了一层迷雾。

果然，过几分钟后，只见一个精神还算矍铄的老太太先走到客厅。她没同管鑫阳打招呼，而是笑呵呵地喊道，是慈善家来了，你父母还好吧，都两三年没见面了。

筱啸一看是佟部长的母亲，赶忙站起来，恭敬地喊道：伯母好！

佟伯母示意筱啸坐，又对管鑫阳看了看，说你还没走呀。她对筱啸说，好？还算好吧，就是想静一静。唉，你爸妈在乡下住可享福了，人年岁一大，就想清静。四处折腾，那是你们年轻人的事。

筱啸过去想扶佟伯母，老太太已坐在佟部长坐过的位置了。筱啸回答道，我爸妈还好，同你老人家想的相反，他们就是嫌乡下太冷清了，想出来活动活动。

佟伯母有些激动地说，有啥活动的，人老了就该静养！乌龟不动活万年，兔子蹦跳就三年！……小管，你是医生，这道理要说透还得你来。是不是？

管鑫阳轻轻回答道，你俩老是例外呢。您们这么硬朗的身板，老年人中真是少见，趁现在还手脚灵活，外出走走看看世界的变化，多好！不少老人，特别是那些住在敬老院的，只能坐在轮椅上看电视里的风光片了。他们多羡慕你们，上半年国内，下半年国外地逍遥，说你俩是快活老神仙哩！

这时，佟部长陪他父亲进入客厅。佟老爷大概是听到"快活老神仙"这句话了，就反驳道，小管，神仙在天上是坐宫殿里，菩萨是坐莲台上，那些整天飘来飞去的是天兵虾将，你是管那些和尚道士牧师阿訇的，这都不明白？你给你爸妈是怎么安排的，让他们跟我们去折腾几天试试！哦……忘了你爸妈早过世了，你看我这老糊涂，都是看的地方太多啦，把原来脑子里的东西都挤丢了。

管鑫阳说，我爸妈哪有你们这样的福气呀！要他们现时话着，我就安排你们四个人一起，要雇两个保姆一个护士，七个人就可以组一个小豪华旅游团了。可惜……不说啦！

佟部长横了管鑫阳一眼，从茶几下取出一包香烟，点燃吸起来。管鑫阳变换了口吻，对佟老爷劝慰道，这次安排您和伯母去的地方，是非洲的肯尼亚。那地方……

佟老爷子说，非洲太热了，去年到云南的西双版纳，我上吐下泻闹肚皮，就是热地隙缝泛出的瘴气惹的祸。再说，我们自己国家还有恁多地方没去，坐十几个小时飞机，我扛过去，她不行！

管鑫阳说，伯母外出每次都比您强，回来休息几天，把觉补足了就行了。不像您老人家，几乎要病一场。这回的肯尼亚，是非洲旅游胜地，大草原，天然动物园，凉爽，我们国家领导人只要到非洲访问，都要到这个肯尼亚国家去看散养的各种动物，大草原和峡谷。这一批还有几个同你俩年纪相仿的老人家，有伴。

佟伯母问筱啸，你家爸妈爱动弹，把他们叫来同我们一起去吧。

筱啸赶忙说，我爸妈想出来，是在市里转转，出国他们不会去的。我前年都问过，我妈讲这么大岁数了，去国外干吗，水土不服，弄不好把身子骨累散架了，这把老骨头就撒在外国了，连魂都……哈哈，这是我妈担心的。我爸更搞笑，当年在安排他去敬老院前，我说爸，先去游玩几月再来吧，你看他怎么说的：少年如猴，活泼天真；中年似牛，负重前行；老年像狗，替儿孙看家守门。……我到现在，都还没有安排爸妈到国外去观光的想法。

筱啸见佟部长和管鑫阳都异样地望着他，他感到这话不符合佟管两人的本意。于是，他又说道，明年吧，先让我爸妈去趟朝鲜，在附近国家走走，适应一下再考虑到远地方。

管鑫阳有些释然地说，这就对啰，现在的条件这么好，有父母的不安排旅游，那就是当孩子的不孝，像老领导就属于大孝的人！当今，能把父母安排得这么周到，每年都去一两次国外的人家，不敢说没有，但绝不多。

佟部长说，过两年我就退下来了，那时，我们全家一起去旅游。

管鑫阳接口说，我也去，为两个老人家服务。

佟部长在鼻孔里嗯了声，你去，你退休还得十多年吧？你把本职工作干好了，就相当于让我高枕无忧了！筱啸，再有个十年八年的，你们兆达企业集团在全国五百强的排名，能进入前一百名吧？这几年国际金融危机已经过去了，这是恢复发展的难得机遇，谁抓住了机遇谁就掌握了主动权。这种机遇的把握讲的是智慧和尊重经济规律，不是20世纪90年代下海经商狂潮时，讲的是敢于冒险和撞大运。

佟老爷子插话说，常言说：看景不如听景。先几年愿意外出，是想凑巧能碰见走丢的幺儿……还提啥十年八年的，那时，恐怕我们的骨头都可以敲鼓了！

管鑫阳堆起满脸的笑，他说您老人家在九十六岁上还有个坎，翻过那坎子，你老人家就趋期颐之年了！我们……

佟伯母揶揄地说，我们也要有点自知之明，活得太久也压制了你们。我看再有个一年两年的，也就够了。小管呀，希望你不用再费心地张罗了，我们也没有大病怪病，有点老年人常见病，不要大惊小怪的，有时你送来的药我都没按时服，拖几天，病还不是好了。听达晓讲，你有出息现在当局长了，望你把个人的主业做好，我们这两个快走不动的人你就莫操心啦！

管鑫阳似要解释几句，见佟部长的表情，把话咽了回去。佟部长继续对筱啸说，你要记住，你们虽说是民营企业，但也不是家族式企业，要讲科学管理，要遵循市场经济规律，要赚钱和发展壮大。你不要同政府部门的管理者去攀比，我们是任命制，吃政策饭，旱涝保收。有的公务员，长期处于养尊处优的环境，业务不精，政治仕途也不思进取，还自命不凡，埋怨命运不济，瞧不起尊长，可是，你要给他一个工作任务，他又畏怯不敢承担，编些理由搪塞。须知机遇是给有准备的人的。一个相邻大国的总统说过：命运是白痴的人准备的！

筱啸站起来，感激地说，领导这一席话，让我感到这么多年来，没有白攀上您这个领导！请老市长放心，本市树立我们集团为民营企业旗帜，我会扛下去的！今天来，主要听伯父伯母又要远行，赶过来见见，也代我爸妈向您两老人家问候！各家有各家的情况，希望伯父伯母理解我们这儿做儿女的，孝敬的方式虽然差异较大，可都是发自内心的！……要不，就调换一下，我爸妈爱动，想外出观光转悠，伯父伯母爱静，住到我那别墅去，哈哈哈，玩笑！

佟部长说，你今天就在我家吃饭，你说来看老人，吃饭也算饯行了。

筱啸说，看见伯父伯母就行了，饭，老市长我看就留到下次吃。前不久，我开车撞了一个送蔬菜瓜果到传灯寺去的山民，我还得赶到保险公司去签字，要赔点钱给那个山民。现在，这样的山民万难遇见了，你撞了他，他反而安慰你，不胡搅蛮缠。唉，这个时代物质这么丰富，可社会公德却下降了。好了，我走了。

管鑫阳局长也站起来，他说，我也走吧，你们明天下午就要出远门，我就不在这儿耽搁你们，老领导，我安排的送老人到机场的车，明天中午十二点半就来您这。筱总，我们一块走。

走出门外，管鑫阳叫住筱啸，他说马上就到饭口时间了，找个酒店坐坐，我做东。

筱啸说，我还没祝贺你高升局长呢，算我请你吧。那个叫"荷恬心语"的素食店很清静，素食更是一绝，去那儿吧。

管鑫阳微笑道，都四十多了，才混个正处级，说来就气馁。不说这个，哎，你怎么选择去素食店？

筱啸说，现在吃素食是时尚，而且又保健。我打个电话给传灯寺，让值事僧传话去把纪溟方丈叫来，我们三人坐一起。你好像不爱吃素食，还是有什么忌讳的？

管鑫阳说，忌讳啥呀，不就吃顿素食，有啥怕人的。我打纪溟的手机看他在哪，让他马上过来。筱总，咱俩要联起手来，本市除了几个市领导，还有我们请不动的？

筱啸听管鑫阳这么说，才知道纪溟方丈没有用手机是忽悠他的。但是，他不动声色，等这位宗教局长把纪溟叫来，看这位常常把出家人不说诳语挂嘴上的方丈对此如何解释。筱啸毕竟是本市的大企业家，他们的慈善举措多是与宗教结合的，被人忽悠几乎少有。

筱啸和管鑫阳两人说完，就钻进各自的车里，驾车一前一后出了东方佛罗伦萨的南大门，车子汇入下班时高峰的车流中。

8

筱啸开车到"荷恬心语"素食店时，他看见传灯寺纪溟的轿车已到了。

他心里猜测，纪溟方丈就在附近，或是就在这个店里用餐。现在，不仅是出家人吃素，整个社会都将吃素视为时尚，当年，领导干部吃素食名为贴近底层群众或体验生活，现今，所有人吃素食都美其名曰为了健康！看来，不用刻意去了解观察社会，就从平常人们的衣食住行上，就可以洞悉时代的变迁和政治的风雨变幻了！

筱啸走进店里，就见大堂两边的圆柱上，挂一副对联：白头到此同休威，青史凭谁定是非。筱啸立定又仔细读了一遍，觉得这副对联挂在这家素食店，有些不伦不类。

一位服务员过来问他，老板您几位？

筱啸扭头看一眼服务员，说这副对联是才挂上不久吧，谁让挂的？你们店老板吗？

服务员说，是我们会长让挂的，说是局长推荐的。我们老板亲自挂攀上梯子，差点摔下来，挂在圆柱上后，来店的顾客们都说……

筱啸问服务员，是哪个会长让挂的？你们这家店不是私人开的吗，怎么还有会长局长的！

这时，过来一个领班的，他躬身对筱啸说，是筱总吧？会长在三楼的五台山包间等您呢。我给您带路，您慢着。

筱啸想，管鑫阳动作挺快的，这会功夫就把纪溟方丈邀来了。他跟在领班后面，乘电梯上到三楼。领班轻轻敲了下门，推开门侧身让他走进包间。筱啸见包间里的三个人有两个人站起。洁净素雅的桌面上，已经摆放几碟精美的点心，紫檀香炉里袅袅烟雾，让房间充满温馨，隐约传来的佛教音乐，使人有些沐浴在禅味十足的氛围里。这一切，都是筱啸喜欢的，他常常独自到这里来，点几道素雅的菜肴，细细品尝，让紧张的神经松弛下来。筱啸的情绪马上改变了，他脸上泛起了笑靥。

管鑫阳坐在主座上，指着纪溟方丈和穿对襟排扣的中年人，对筱啸说，筱总啊，为了陪你吃好这顿素食，我把佛教协会会长都叫来了，佛教协会的副会长兼这个店的老板贾荇涪亲自安排菜。今天，就只能用茶代酒了。

筱啸看见纪溟有些不自然。那个叫贾荇涪的老板却一副坦荡的模样。筱啸为了活跃一下屋里气氛，他强调今天是他请客，选日子不如撞日子，他撞上了升任局长的管鑫阳。而且，选择这家素食店，主要是这里的环境，其次是厨师做的素食精致如艺术品，用色香味美悦目来形容，一点也没夸张。既然，管鑫阳局长这么给面子，安排这么周到，余下就是入席上菜了吧！

纪溟方丈坐在管鑫阳右边，筱啸坐左边，店老板陪末座。服务员已换成四个衣着素雅的美女，管筱纪三人身后各一个，还有一个在表演茶艺。

一会儿，三个美女端上茶，管鑫阳告诉筱啸，这茶是三十年的普洱，茶杯虽然比不了佟达晓家的那套紫砂陶，但也是汝窑瓷器！

筱啸以为自己听错了，管鑫阳竟然直呼佟达晓部长的名字？他假装问末座的店老板贾笤涪，刚才管局说比不了谁的茶杯？

管鑫阳抢过话头，就是佟达晓家那套紫砂陶呀！筱总，你看看这汝瓷的工艺，这些独一无二的裂纹。行话说：有家财万贯，不如汝瓷一片！这套汝瓷还得感谢会长呢，他在河南云游时，用传灯寺里宋代的一个小香炉，同洛阳白马寺住持交换的。这叫银枪换宝剑，互不亏欠！

筱啸不解地问，这么金贵的瓷器怎么放在饭店里？不怕用坏也怕偷嘛！

贾笤涪老板解释说，会长将这套汝瓷带回后，就送到协会驻所宗教局里，管局长怕弄坏了，就送到我们店存放，没人知道！今天管局长叮嘱我取出来，就是专供筱总享用的。

筱啸听了这番话，心里咯噔一下，好像有十年了吧，传灯寺恢复并重新举行开光大典前，曾在全市广泛搜寻寺里散落在民间的佛经和文物，为此，兆达企业集团还捐款三百万，用于征集文物的所需的费用。难道那个宋代的香炉，征集回来后现已成了洛阳白马寺的物件？这……

筱啸端起茶杯，对纪溟方丈说，这么珍贵的汝瓷，真来之不易，方丈辛苦了！来吧，我筱啸代表兆达企业集团敬你一杯。

纪溟方丈站起来，面有歉意地双手合十，筱总，我们结缘时间也不短了，传灯寺能有今天，你和你领导的兆达企业集团乃头功。积下这么广厚的功德，你的父母永享福寿、子孙将永受佛陀的恩泽。我们佛协受管局的引领，这家素食店也是佛协唯一的饭店，宗旨不在赚钱，而在宣传佛经弘扬佛法，为过往的云游僧人提供食宿方便。这一点，已得了省委统战部领导的认可！

纪溟说完，把手里的茶喝了。他邀贾笤涪一起喝，贾仰脖喝了。纪溟问管鑫阳局长，用膳吧？得到管点头允许后，他叮嘱贾笤涪道，叫上菜！

贾笤涪一边让正在沏茶的美女去上菜，一边自豪肯定地告诉筱啸，筱总，你是大企业家大慈善家，但不知是不是美食家。我们今天这个包间吃的素食，同店里其他包间素食最大的区别，就是材料不一样。其他包间的素食材质，都是大棚里培育的，自由市场买的转基因农作物，肥料的污染和杀虫剂残留物超标……而这个包间里的材质，来自一个山民，我到过他家检查过，他家种植的蔬菜瓜果绝对的自然生长，用现在时尚语言就是绿色食品百分百！由于只此一家，所以，我们店已将那户山民种植的蔬菜瓜果全部包销了，连一片废菜叶根茎都不丢弃。

筱啸对管鑫阳说，贾老板说的那个山民我认识，不就是给佟部长家送蔬菜的郑峙孝，是纪溟方丈发现这个山民的。传灯寺的佛经法力无边，把本就天性纯善的山民变得更加虔诚俭朴啦，以至用一车蔬菜换几卷佛经，还乐呵呵以为占了大便宜。

管鑫阳马上对筱啸说，筱总，你不能这么譬喻，山民以种植蔬菜瓜果为生，佛协的素食店购买他的东西，没有多骗取他一分钱。他要的佛经，都是赠送他的，没要他一分一厘。听说这户山民是住在城外山坳里，单家独户，一家三代过着没有电灯电视的生活，令人蹊跷，也让人佩服。

贾斧涪老板对纪溟方丈说，会长，听那山民说，他两个月前送到佟部长家去的菜基本没动过，现在新鲜蔬菜又送去，那家保姆得把老的蔬菜搬走丢掉，新的蔬菜才了贮藏的地方。哎呀，那些老的蔬菜丢掉干啥？送给我们素食店多好！会长，把两个月送一回蔬菜改为三四个月送一回，这样不行啊？

纪溟方丈看了看筱啸，似又对管鑫阳局长说的，可能不行吧，两个老人家外出远游归来，就靠新鲜蔬菜调剂身体，哪能用存放两三个月的蔬菜瓜果呢，还不得又吃出病来啊。你是两个老人的专职保健师，这么些年你都没想出招数，来把这个问题解决了。

管鑫阳局长说，哪是我不想解决这个事，是佟达晓不同意。再说了，这是会长自己安排送给佟部长家的，别人也不知道这事，今天我们是小范围议议，到此为止罢了。

这时，素菜陆续端上来了，几个在说话的人，被素菜馥郁的芬芳熏得直咽唾沫。管鑫阳把汝瓷杯高高举起，他说，菜已上来，从现在起我们谁也不谈公事。来，为我们今天相聚在荷恬心语店，为我们下一步的密切合作打基础，为了我们的友谊，干杯！

筱啸、纪溟、贾斧涪三人站起积极响应，把汝瓷杯里的茶水饮尽。筱啸说，我就讲一句，改天我想去那户山民家瞅瞅，要是贾老板有闲暇，咱俩一起去看看，算是请你陪我走一趟吧。可以？

贾符涪老板同纪溟方丈面面相觑，不置可占。沉默一会，管鑫阳说，我看这样，我最近找个时间，我俩一起去。我对那户山民感兴趣也不止一天两天了，这户人家背后，一定隐藏着精彩的故事。

筱啸高兴起来，连声喊好。这同纪溟方丈和贾符涪的尴尬行成明显反差。管鑫阳喊道，请了，趁热吃味道更好！

9

荷恬心语素食店的蔬菜瓜果，确实是山民郑峙孝送的。而且，正如贾符涪老板说的，那真正是没受污染的绿色食品！

刚从传灯寺被强令迁走时，郑峙孝的父母才五十多岁，正值中年，还能开荒种地，铺路砌房，所以，为远离尘嚣之地，他们带着初中刚毕业的儿子，选择了这个临近梅江河畔的僻远山坳。

这一住，就是二十一年。

郑峙孝家的地有两种，共二十亩。一种是自己开垦的荒地，种的是红苕、土豆、玉米、小麦等十亩，二种是在住房的周边，那是"文革"时下乡知青们学大寨修砌的水稻田，近十亩。他家将这二十亩地，改造成了瓜果地和菜园，先是什么菜容易生长存活，就种植什么，待地逐渐喂肥成了熟地，再挑选好的蔬菜瓜果种上。在住家的房前屋后，还搭起棚架挂满葡萄、丝瓜、南瓜等，散养的鸡、鸭、猪、羊、兔、几头牛、守家的猫，它们和谐相处。郑家就是不养狗，说狗容易得罪到来的朋友，还常与其他家禽发生打斗。

当年觉得僻静的山坳，随着城市建设的快速发展，宁静的山野已与喧嚣的城郊为临了。有时在夜深人静的子夜，隐约可听到几里开外梅江河上游船上传来的靡靡之音！为怕这些靡靡之音和逐渐逼近的别墅群、农家乐游玩活动扰乱父母悠闲自在的生活，郑峙孝打算再次举家搬迁。他已经看中一处陡峭的峡谷，临水，还通简便公路，那儿还有一块因造纸厂污染而荒芜的一片稻田。如今，造纸厂倒闭了，可以用农家肥把荒芜的稻田喂成熟地，同样可以种植蔬菜瓜果。为此，郑峙孝还到相关部门打听了搬迁涉及的政策……

可是，郑峙孝的父母对搬迁持反对态度。郑峙孝夫妻俩对此先是不解，继而就想明白了，父母在这里住惯了，对费尽心力开垦出的菜瓜土地有感情，最为重要的是，年龄已过古稀之年的父母，耳朵有些背，对日趋逼近的尘世喧嚣已达到充耳不闻的境界。

郑峙孝父母的生活形态，与大自然处在融为一体的境地。两个老人日出而作，日落而息，凡是佛教里的节日，都吃素诵经，把平常描摹的佛经供于神龛前。日间，帮着媳妇洗衣做饭，为儿子到菜园瓜地挑选送寺庙换佛经的蔬菜，看着孙女早出晚归上学校。夜里，只要看见孙女做完作业，两老人哈哈一笑便就寝了。

十年前，郑峙孝驾车返家时，在道上捡到一个男婴。他把孩子抱回家交给妻子，他妻子打开包袱就大叫起来，这是个缺少左手的残疾婴儿！郑峙孝当场就傻眼了。可是，他父母却喜欢得手舞足蹈，以为这是他们虔诚地描摹佛经所获的报答。……这个男孩长得聪明伶俐，为步入晚年的两个老人带来不少乐趣。真是"人有旦夕祸福"啊，这孩子七岁时因一场莫名其妙的疾病而夭亡！他们把这个苦命的孩子安葬在河畔，每年忌日两个老人亲自到坟头，为孩子焚烧纸钱，祈求孩子安息。

这天，又到了那个夭亡孩子的忌日。

时令已过夏至，两个老人家来到坟前，拔掉坟头周边葱郁的野草杂树，清除牛羊狗猫的粪便，摆上祭品，焚烧纸钱。望着这孤零零的小坟，回忆起这孩子生前伶俐懂事的种种姿态，想到孩子的未知身世和遭遇，两个老人不停地抹着眼泪。郑老太从怀里掏出照片，摆在坟头的石块上，郑老头责怪道，怎多好看的照片怎么挑了这一张？郑老太定睛一看立即泪下。这是孩子三岁那年去医院安装假肢时照的，大热天孩子光着上身，残缺的左手很刺眼！老太太自责道：苦儿，你看奶奶都老昏头啦！

郑老太指着不远的河堤竖起的木牌，说她眼花看不清，要老头看看写的什么。郑老头看后说，是迁坟告示，这一带要开发了，三月内坟墓不迁移的，按无主坟推铲掉处理！郑老太沉默好一阵，她幽幽地说，这孩子是有主的！说着，老人开始收捡祭祀物件。

这时，一个中年人站在十米外的道上向老人问"郑家坳"怎么走？

郑老头抬头看到问路的中年人后，顿时露出瞠目结舌的神态，惶惑间，他回头低声向老伴说，嗨，你看这人像谁？郑老太看一眼后，回答我没觉得像谁，她眨巴着眼，走近问话的中年人面前，仔细地瞅一下。中年人嘴里咕噜道，天，山里人反应都这么迟钝。看来，把乡村城镇化的政策是对的，要不这些山里人什么时候才能开化呀！他咳了下，又问"郑家坳"走哪条路？

郑老太这下看清中年人面目，一脸惊觫地问，同志，你要到郑家坳，找哪个？

中年人有些不耐烦，说你告诉走哪条路就是了，找哪个干你啥事？郑家坳不就一家吗！

郑老太太连忙说，是啊，同志，郑家坳就一户人家。

那你说，前面两条路，我们车子往哪走，左边或是右边？中年人问道。

郑老太太说，左边的是消防路好走可得绕远道，右边的是当年基耕道陡峭但近，一会就到。

哦，是这样，两条道都能走通，我们自己选呗。你这回答等于没说嘛！好，谢啦！中年人讲完，转身就返回道上，对前一辆车喊到，筱总，我们就走左边吧，路面平坦些，你在前，我跟上。

前面车子的车窗降下来了，伸出一只手招了招，说，管局，路再陡也能行车，走右边，咱们都是越野车怕啥。早去早回，我公事还一大摊等着我哩。

行，右边就右边！我的事也不少！中年人说完，钻进自己那辆车就跟了上去。前面那辆越野车是筱啸开的，后面这辆越野车是管鑫阳开的。两人约好，一起到郑家坳看看郑峙孝和他的菜园瓜地，亲眼瞧瞧这是户什么样的家庭。

郑老头怔怔地立在原地，像中邪般动弹不得。郑老太太说，老头子，怎么成死鱼眼了？走吧，是撞巧了！

郑老头说，不是我成死鱼眼，你不是眼睛也发直啦！怎么就这么像！怎么就这么撞巧？天意，肯定是天意。他们不是到郑家坳吗，我们家就是郑家坳，那儿就我一家，原来他们这两台车是去我家？是孝儿招的吧。快走，今天孝儿不在，我们不赶去，这些乡镇干部就跑冤枉路了！

郑老太太说，太怪了！哪有这么怪的。说着，郑老太太从怀里摸出那张缺少左手的残疾男孩照片端详起来，嘴里喃喃道，他可不像村干部。

郑老头说，管他是不是村干部，我们都得快点回去，哪个到郑家坳，不是到我家买瓜菜猪羊，就是看稀奇呢。……你也不去想了，如果那人去我家看稀奇，就与这个苦命孩子无缘，如专程到我家，就与这孩子有瓜葛了。回去看？

是祸躲不过，是福等不来。要得，回去看看，就晓得是什么货色了！郑老太太一改伤感的神态，恢复了她乐天派的本色。

这才是郑家坳的风格！走啰！郑老头说完，就同老伴一起，顺着基耕道蜿蜒地向自己家返回了。一路上，两个老人各自哼唱着喜欢的歌谣。

10

筱啸和管鑫阳开的车，稳稳地停在郑家坳唯一的一幢屋子前。

他们看见，这幢砖木结构的房屋，呈U字形，院门楣上挂一盏煤气灯。院外四周的桃树李树上挂满果实，棚架上悬垂的葡萄伸手可及。往来奔跑的家禽们，几乎不把到来的筱管两个当外人，不时从他们裆下窜过。最为惹眼的是，大院不远处有口一亩见方的浅浅水塘，周边树上筑满了大大小小几百个鸟巢，水面苇丛里不时飞起雀鸟，鸟叫虫鸣此起彼伏，宛若鸟儿的天堂！

用土夯实的院墙有一米七高。外墙刷一层水泥，上面画着"嫦娥奔月""牛郎织女""白蛇与许仙"和"梁山伯与祝英台"四个爱情故事！画面色彩简单线条粗朴，但故事内容清楚。里面的院子宽敞干净，石磨盘、石桌石凳、舂米的、风车、各式农具等，一应俱全。院前竖一石，上刻"来到的都是客"！在大院的大门两边，大红纸贴有是一副对联：

> 发上等愿，结中等缘，享下等福；
> 择高处立，寻平处住，向宽处行。

筱啸对管鑫阳局长说，别轻看这户山里人家了，仅这副对联就显得了有境界哩。听纪溟方丈说，这家人有个孝顺的儿子，常用蔬菜瓜果到传灯寺去换佛经,供他父母描摹用。其实,人不一是非要到寺庙去进香拜佛,只要信佛,心存善念,自然就俱佛性,就是有德人。你是管宗教的局长,肯定比我理解得透彻罗。

管鑫阳有些愠怒地问,筱总,你觉得纪溟方丈是高僧吗?具有大德大智之人吗?……就说这个山民吧,他用一车蔬菜瓜果换几本佛经,虽说自愿的,可寺庙每年收不少香火钱,不仅不上交宗教局,每天我们还要给各寺庙拨款,维修和水电费都是由我们,也就是国家财政承担。你说,传灯寺该不该付山民一车的蔬菜瓜果费?

筱啸听管鑫阳说话这口气,心里一动,他问道,你是宗教局长,各教派的领头人物的品质应该清楚吧。你怎么倒问我来了?

管鑫阳说,纪溟当方丈有不少年头了,那时我不过是佟达晓手下的一个司机。我知道纪溟这个人的来头……也是后来我调到宗教局后,才同这些宗教派别打交道的。

筱啸这才醒悟,他早就听说当年佟部长在本市当副市长时,手下有个聪明的司机,没想到就是眼前这个人。他原以为管鑫阳是秘书出身,没想还是从司机干起来的。他顿时来了兴趣,见郑家大门敞着,也不见院内有人,他就在外一个材禾堆边,坐下。他说主人还没回,我们在这儿等会吧。他把话题引到当年:听说你当年是佟部长手下的风云人物哩?

管鑫阳掏出手机正要打电话,听筱啸这么说,就回道:你一个大企业家都坐得下来,我一个公务员还怕没时间。难得咱俩有空在这么僻静的山坳里坐坐,谁都不装假也不说场面上的话,就讲实情!

筱啸笑笑,他说你就讲你给佟部长当司机的实情吧,他是怎么看上你的。

管鑫阳一屁股坐在材禾堆上,把手机放进手包里。长长地吁一口气,他说,这得从我父亲说起,粉碎"四人帮"后,1978年中央下发55号文件为全国五十五万多的右派改正,摘掉右派帽子的父亲领着全家返回城里,那年我十岁。我父亲在市里一所中学教书,教务主任就是佟达晓,他们是同事。不久,佟达晓赶上国家大批启用知识分子的政策,调到市政府去了,我父亲因患腰椎病回家休养。我高考落榜后,去学了个驾驶技术,父亲就给我介绍给已经是本市风云人物的佟达晓。这不,就成了他的司机

——我们戏称为抬轿子的轿夫。……他最感兴趣是因为一套家俱，有一年，他带我们到深圳参观，在一个高档的家具店，一套标价二十五万元的八件巴西木家具引起他的兴趣，那是一套样品，人家不卖的。他问了几次，来回两三天就是舍不得走，都耽搁了下一站行程了，大家都焦急可又没办法。我对佟达晓说，领导放心到下一个城市去参观吧，只要把二十五万元钱的卡给我，保证把这套家送回本市。

筱啸听管鑫阳愈来愈兴奋，也坐在材禾堆上，听他继续说。管鑫阳得意地告诉筱啸，我当时看到存放家具的墙上挂一牌子，写着"名贵家具，损坏赔偿！"我买了一把锉刀，这天我装成一个买家，同售货员在争执这套家具是不是实木时，在众目睽睽之下，我用锉刀把大办公桌下的柱子上锉了几刀，里面确实是实木的。这下我假装傻眼了，对方马上叫来了工商管理员，还报了警！经过工商、公安的反复调解，最后达成赔偿协议，责成我按原价买下这套"残次品"家具，商家负责把货寄送到我提供的地址处！哈哈哈，佟达晓从此对我另眼相看了，他瞅了个机会把我送到省医学院读书。

筱啸竖起大拇指，夸管鑫阳逆向思维利害。你从此就起步啦！

管鑫阳说，这就像你们兆达企业集团当年挖到的第一桶金吧。佟达晓当时用我，但还不是从内心上赏识我。不过，机会是给有准备的人提供的，从医学院毕业后，佟已是副市长，他把我安排在市中医院。记得是香港回归后的事吧，佟副市长带我们出国考察，其实就是旅游购物呗。在西欧一个国家的大商场，老佟购买了一套高档西装，穿了两天大家都觉得不合身，他自己也觉得太紧了，于是就去退货，商家说穿过的不可以退，只能换。第三天，要离开这个城市了，老佟愁眉苦脸的，大家看他一脸不高兴，顿时全队都沉闷了。我想了个招，叫老佟把西装脱下来，我按原包装到那个商店，随意指一套类似的西装要求换了。在外面逛了几个景点后，返回那个商店，对刚换班来的售货员说，这套西装不适合自己，售货员看了看标签和发票，马上就办好了退货手续。就这么简单，其实就是换个思维方式而已吧。这样，我又调到老佟身边当秘书。

筱啸听得哈哈大笑，他指着管鑫阳说，你应该到我们商界来混，不，是来干。不然可惜你这人才了！

管鑫阳说，筱总，你这话我可记着了。将来有那天，我再犯生活作风的错误，或者躺下中枪了，就到你们兆达企业集团来混，当个保安也行呀。

筱啸听管鑫阳说得这么实在，就接上一句：怎么可能中枪呢？你刚被重用呀，正在势头上冲劲正足……万一，你退二线愿意到我们集团来，那最起码也是个保安队长啊。

管鑫阳情绪有些低落地说，一朝天子一朝臣，老佟还有一年半载的就到头了。要是有点别的闪失，那就两说了！

筱啸笑了，你这个大局长就多虑啦，佟部长是省领导，他平常处事低调，为人谦和，又没竖什么政敌，近些年我同他打交道并不比你少，他所在部门所管辖的单位都属清水衙门，这……还能有啥闪失的。

管鑫阳说，现在严查腐败，我是知道的，光我市宗教部门每年都收多少捐款，全省加起来有多少！这些慈善捐款的用途都佟达晓一个人说了算。你以为捐款都用到修庙建教堂啦？我有时整夜整夜失眠……虽说我父母都走了，又无拖累，唉，还是不扯这些了吧。

筱啸劝慰管鑫阳说，管局，你刚当局长，以前只是个跑龙套的——这么说你别生气哟。再说你，单身一人就不存在裸官的问题，把你选来管宗教，共产党真是选对人啦。

管鑫阳说，我在佟达晓手下确实只是个跑……他历来只把我当司机看。我不怕，只是万一他倒了，他妻儿都在国外，有些人又不便出面，我和他的关系全省人民都知道，那两个八十多的老人就得我照顾。

筱啸说，我看佟部长的父母身体好得很，还能出国旅游……至少，也不比刚才我俩在山坳下河岸遇到的两个老人差哪去。

管鑫阳说，他父母我在中医院时，就用中药调理了，只要药一停，两个老人就得卧床上。老佟为啥用？他孝敬老人是一方面，用孝来抵消心里的不安才是主要！就说那个素食店嘛，说是佛教协会开的，纪溟方丈是后台，但后台也得听他的。……这里面有个大秘密，就我们三人知道，我在医院发现的。

这时，传来了突突声，是郑峙孝开着送菜的三轮车回来了。

筱啸正要问管鑫阳，他和佟部长、纪溟方丈知道的大秘密是什么，见郑峙孝回来后，就停住了。

郑峙孝老远就看见，有两辆豪华的越野车停在他家院子前。他走近，才看清是筱总管局两人，大声喊道：我说这几天喜鹊老叫，原来是应在你们两个贵人身上。真是稀客呀！

管鑫阳说，你赶紧请筱总进屋，这么大企业家在材禾堆上坐半天了，这就是你们郑家坳的待客之道啊？

筱啸同郑峙孝打招呼，说都认识啦，今天来就是想看看你们家，你的父母呢，怎么没见着。

郑峙孝把筱总、管局引进大院。院里靠近门边又见竖着一块石头，上面刻着"进院就是朋友"！最让筱管二人惊奇的，是院墙内壁上，绘着《二十四孝图》。郑峙孝介绍墙上的图画都是父母画着玩的。筱啸进入屋内又看见案桌上竖一木牌上写："进屋皆为上宾！"木牌两边银器烛台上插着两根大蜡烛。他在堂屋的椅子上坐下，宽大的案桌上堆着一摞书：《三字经》《百家姓》《千字文》《弟子规》《增广贤文》《千家诗》《传世家训家书》《神童诗》《历代蒙求》等传统书籍，还有《妙法莲华经》《白话金刚经》等佛经和描摹本。案桌东侧有两张小写字课桌，上面还有没描摹完的佛经。屋子正墙壁的中堂上是"福碌寿三星图"。两边歪歪扭扭地写着一副对子：

堂上二老是活佛，何用灵山朝世尊。

郑峙孝说，这副对联是我从书上抄下来的。你来这间屋看吧，我父母寝室门上有一副对子：养儿何须尽登科，虽然顽钝可磋磨。右边的字是我母亲写的，左边的字是我父亲写的。他们每年都从古书上选两句，比试着谁写得好，写完就让我贴在他们寝室门框两边。我女儿要高考了，孩子她妈陪着住在市内补习，我们家就她母女俩被学校拴住了。我和父母两个老顽童都是自由人。

你家父母呢？管鑫阳站在一幅"孔融让梨"图面前大声问道。

郑峙孝回答说，他们上午去给苦儿上坟，你们来时，在河岸岔道边就是向我父母问的路。我开车回时，父母告诉我家里来干部啦，让我赶回招待你们。他们在后面，一会就到家。

筱啸见管鑫阳满院子转悠，尤其对舂米和风车感兴趣，还一边摇头感叹不已！筱啸要郑峙孝别去摘葡萄水果什么的，用山坳里的山泉沏一壶茶就可以了。他问，平常你父母除了抄描佛经，都还做些什么，天天吃素吗？

郑峙孝在屋后竹林边，用芭蕉叶接水，一边回答筱啸问话，我父母平常不忌荤，只在佛教节日当天吃素。你看今天，是苦儿的忌日，他们也吃素。说着，郑峙孝打开另一个锅盖，里面是一锅绿豆南瓜汤。郑说，这东西清热、利尿、解毒，还生津益气。其实，老人家最好伺候，他们想怎么玩、想吃啥，只要你有能力做到，就满足他们，没能力做到就告诉他，儿子没能力做到。我是一个山民，只能做到让父母吃得鲜点、淡点、野点、杂点。用自家种植的蔬菜瓜果，去传灯寺庙里换几本佛经书，父母自小在传灯寺周边长大，只认那庙堂里的佛经，我能满足他们这点要求。

筱啸说，你做得比我们好！你父母过得像神仙，原来我们以为，只要给父母吃最高档、穿最高档、居住最高档的，还有安排父母国内外游山玩水，看遍世界珍奇就是孝顺了，殊不知父母那样为难，天天过着闹心担忧的日子！

郑峙孝说，你们那么好条件，我们哪敢比呀！我们家不通气，没电视看，天黑了我父母就看月亮，没月亮看就睡了。早上，他们从菜园摘菜回来，煮熟饭了才叫我们，那劲头足啊。

你说你父母今天给苦儿上坟，那是你家什么人？要两个老人去。管鑫阳走进堂屋就问。

郑说，这个不瞒两个领导说，当年夏至刚过不久，我在中医院后道上捡得一个男孩，尽管少一只左手，但我父母高兴得不得了，说我儿女双全了，父母把这孩子取名苦儿。这孩子没有户口，我们抚养到七岁时，一场怪病要了孩子的命，父母把他埋在山坳外的河岸边，希望这孩子的魂魄能够找到他的家。唉！

管鑫阳脸色苍白，汗如雨下，几乎要站不稳了。筱啸见状，问管鑫阳是不是低血糖了，让郑峙孝赶紧化碗糖水来。

管鑫阳局促地对筱啸说，我们已经看见郑家坳的主人了，知道怎么回事就行了吧。筱总，要不我先走？

你脸色不好看，先歇一歇，喝点水，过几天就入伏啦，我看你是像中暑了。筱啸边说，边挽扶管鑫阳的胳膊。不一会，郑峙孝端过来一碗糖水，递给管鑫阳手里。管鑫阳端起碗，用一种很奇怪的眼神，看了郑峙孝一眼，指了指"福碌寿三星图"下面一个相框，问，那相片是你家……

那是去年春节时，镇里计生办到我家收完五万元"超生费"后，给我全家六口人照的全家福！可惜，春节过后不到五个月……苦儿就没了，真苦……

筱啸说，管局，喝了吧。

管鑫阳喝了两口，把碗放在案桌上，突然，他手机响起来。他接了一会电话，对筱啸说，这回真被我猜对了，狼真的来了！走吧！

筱啸说，我们还没见到两个老人家呢，着啥急呀。你不听我说几句嘛？

管鑫阳说，筱总，刚才是市纪委来的电话，说省纪委来了个工作组，要找我了解点情况。别的可以扯故推诿，纪委找的人哪敢不去的！我走了，管鑫阳握着郑峙孝的手，诚恳地说，我认你……认你这个兄弟了。记住，我还要找你，来你家！说完，管鑫阳走出院子，上车就开车走了。

筱啸和郑峙孝两个，满脸狐疑看着管鑫阳的越野车，在出山坳的消防通道拐弯处消失。这时，在基耕道上又出现两个人影，郑峙孝对筱啸说，筱总，我父母回来了。他俩最喜欢同外面来的人说话啦，我去摘点新鲜菜让你带回去，纪溟方丈打电话告诉我，从现在起不要再送瓜菜到传灯寺了，啥时送听他电话。

筱啸哦了一声，他拦住郑峙孝，不让郑去摘菜，说没空把菜送到爸妈那儿。要郑去把茶沏好，他要同两个老人谈一谈。

郑峙孝说，那太好了，谢谢筱总！你今天要是能在我家吃顿晌午饭吧，我父母会高兴地跳花灯舞的。筱啸笑着说，那就看你用山泉沏出来的毛尖茶留不留人啰！郑峙孝一蹦老高，喊道：保证。保证！

筱啸见两个老人走近了，他笑呵呵地迎了上去。

11

筱啸的办公桌上，放着当日的省报和市报。

报纸上面是醒目的标题内容，通过省市两级纪委的共同努力，终于揭开了市佛经协会慈善捐款使用的黑幕，涉及的省市统战系统、宗教局的相关领导,已经停止工作,正接受组织审查,个别涉及违犯法律的人物已由政法机关立案调查云云。筱啸打电话到传灯寺,都没打听到纪溟方丈的消息,而且,已进驻寺庙里准备开展修缮工作的工程队,也被通知撤除了。

筱啸以市政协常委的名义,向市里相关部门打听宗教局管鑫阳局长去向,也没结果。只有一点是肯定的,司机告诉他,东方佛罗伦萨小区里,佟部长家那幢别墅,已被打上了封条。而且,他司机还听荷恬心语素食店的老板说,纪溟会长联系不上了,估计是到四大佛教圣地或三山五岳云游去啦。以前,纪溟方丈最长云游两年没有音信,最短一两个月就回来了。这次,究竟多少时间,没有人猜得准,但纪委要宗教局设法,无论如何要联系到纪溟,说有重要事实要核实。

筱啸觉得,他们兆达企业集团才捐出去几个月的五千万元,应该还在市慈善总会或宗教局的账户上。筱啸担心的是捐赠的认证单和减免税函,是否到税务部门了,能否在年底顺利减免本集团的税费。他打电话给市地税局张局长,邀请对方见个面。市地税张局长听是纳税大户、全国闻名的企业家筱啸董事长打来的电话,便爽快地说,见什么面啊,我斗胆违一次小规,请你这个纳税大户吃顿火锅,地点就在梅江河东门桥头新开业的,叫"小天鹅"火锅店。下班后六点见!

筱啸让司机送他到"小天鹅"火锅店,他独自走进店里,见荷恬心语素食店的老板贾荇涪在大厅站着,筱啸思忖,真是小城市故事多哟!只听贾荇涪老板说,筱总真准时,我幺舅在二楼的888号厅等你,我带你去。

筱啸问道,地税张局长是你幺舅?贾荇涪老板回答,是正儿八经的舅舅呢。筱总,我就不进去了,我还有点事,改天请筱总您到我们素食店去,我还亲自为您服务。

筱啸说,好啊。麻烦你,纪溟方丈和管鑫阳两人,一有消息就告诉我。

素食店老板说,我懂的,我懂的。我就是受管鑫阳局长托付,今晚在这儿请市第二公墓营销部的经理吃饭,遇见我幺舅,他让我在这等你。

筱啸一听,似乎印证了他内心某种猜测。他问,管局长要买墓地?

素食店老板说,管局长是托我买个墓穴,他要迁一座坟到公墓。

筱啸问到哪迁坟?迁谁的坟?

素食店老板讲,对不起筱总,这我实在不清楚。只让我联系好墓地,缴费办好迁坟手续，余下的交给郑家坳那个给我店送蔬菜瓜果的山民就行了。

筱啸听后似以释怀，他对素食店老板说，谢谢你等我。到二楼了，你赶紧去办管局长托付的事吧。

素食店老板站住，说那好。筱总记得多到我们店捧场！说完，素食店老板下楼走了。筱啸轻轻推开888号厅门，一股火锅香味扑面而来。他进屋里，见张局长正在往锅里倒蘑菇。张局长见筱啸进屋了，就招呼快坐下，今晚就我俩，蘑菇最抗煮，先倒下煮着，你喝啥酒，白、红、黄，任你挑。

筱啸说，你先告诉我减免税的事，有着落了，那白、红、黄，也任你挑选，我奉陪到底。

张局长一拍脑门，这才是大企业家的派头嘛！我就一句，省里市里谁倒了都与我们税务系统无关，兆达企业集团今年的捐款要是影响一分钱减税，我下次请你吃火锅时，你把这锅汤浇到我脑袋上！

筱啸大笑，张局，没想到你这么照顾我们民营企业。来，我车上有茅台，我让司机送两瓶上来，我陪你喝！

张局长站起身，拍着筱啸的肩膀说，难怪这么多省市领导夸赞你，是干大事业的人！佟部长阅人无数，是人中精英，可也防中有漏，还是栽倒在他一手培植起来的人手里！好在他也留了一手，那些东西都放在别墅里，除了吃穿用其余如数上交，追究不了，也判不了大刑！只是，教训深刻……一代英雄就此落幕了！

筱啸惊讶地问道，佟部长也栽了？！他培植的，不就是宗教局……

张局长抢话道，不是那个医生还能是谁！他检举了慈善捐款的去向，更要命的是，他把佟达晓同纪溟方丈的关系，揭发出是"亲兄弟"关系，是早年间佟家走失的那个孩子。纪溟从佛学院毕业后，分来本市佛协工作，有年参加市里无偿献血时，被医生管鑫阳发现他同佟达晓的DNA相同……

筱啸惊愕得以为张局长是在编故事。他感觉到头有些发晕。张局长见筱啸在发愣，就催促道，快打电话让你司机把茅台送来呀！

筱啸下意识地掏出手机。张局长又叮嘱道，别忘了，让司机送两瓶哦，我俩一人一瓶！

筱啸觉得酒还没有喝，他的头就有些大了……

选自《中国作家》2015年第11期

评鉴与感悟

城市权贵阶层的利益书写

道德的利益化

小说中有三组父母和儿子形象的对照：民营企业家筱啸，安排父母住在清幽的乡下别墅，每天吃着海参鲍鱼、虫草山参，老人们只不过是希望能多一些和儿子在一起的时间，而儿子的考虑则是这样的安排"有利于企业正面形象的维护"。政府官员佟达晓，"用孝来抵消心里的不安"，父母只想安心静养，享享清福，却被儿子不断地送到全国乃至世界各地去旅游。而与之形成鲜明对照的是普通山民郑峙孝的父母，他们日出而作，日落而息，过着神仙般自由的田园生活。顺应父母意愿，多花时间去陪伴他们，这样的"孝"才是"真孝"，而当孝被打上引号，甚至父母被要求克服困难去习惯这种"孝顺"时，我们不禁要问，道德被利益污名化的后果该由谁来承担？

"关系"的权力话语

与其说小说涉及的是官商教三个利益集团围绕金钱的博弈和钩心斗角，不如说这是一场笼罩在巨大"关系"网络下的无硝烟的战争。小说没有直接写欲望和具体的权钱交易，而是通过揭开人物之间的关系链来逐层剖析他们之间的利益关系。小说以民营企业家筱啸调查企业为市里修缮传灯寺捐赠资金的使用为线索展开叙述，逐渐揭开了人物之间暗藏的关系：市宗教局局长管鑫阳曾经是省统战部佟部长的老下属，市佛教协会会长纪溟大师和佟部长是亲兄弟，这就不难猜测筱啸所一直追问的宗教寺庙的修缮资金被谁使用的问题。

对于筱啸和佟部长的关系，文中是这样描述的："他同佟部长有多年的关系，改革开放的总设计师南巡那年，佟部长是本市的副市长，分管城建和动迁工作，后从常务副市长上调省统战部担任副部长，七年前佟任统战部长、省政协副主任。而那时，刚下海的筱啸，在市里一直被佟部长树立为下海经商的成功典型。可是，这么多年过去，不知为什么,从感觉上他们还谈不上已经达到'那种朋友'的关系程度。"正是由于这样模糊的关系,决定了筱啸在整个事件中身份和态度的暧昧。最初,他对于政府用企业的捐款去还二十年前政府的旧账是颇为不满的,甚至要找管鑫阳当面对峙,问清修缮费的使用明细,后来知道了捐款的用途都是佟部长一人说了算,他却只是说些冠冕堂皇的话,而这些矛盾行为的利益出发点是为了"捐款能减免集团税费"。可见,筱啸也是利益关系中的一环,并且很难从这个利益链中脱离。

有意思的是,作者为我们呈现了一种极具官场特色的语言艺术。这套迂回的话语体系表现为:赞美在前,不说重点,话里有话,自行体会。比如管鑫阳为了暗示筱啸增加捐款数额,先是称赞他是一个懂政治的企业家,然后却问他的信仰,弄得他云里雾里,紧接着大谈做好宗教工作对于社会和谐稳定的作用,直到最后才点题,"我找你,是因为你们集团捐款的事"。这样的说话方式在把读者绕晕的同时也达到一种反讽效果。

资本在权贵阶层中的流动

小说的主题是揭露某市佛经协会慈善捐款使用的黑幕,实则反映的是全球化时代下资本的流动过程。工人付出劳动,为资本家创造利润,资本家为了获取更优惠的政策和营造"积极正面"的企业形象进行慈善活动,而善款却被官员个人独占。我们看到,个人(普通大众)通过劳动创造的价值被有权力的个人(权贵阶层)不劳而获,这种不公平导致了资本的不合理配置,同时也造成了社会贫富差距的悬殊。

当代城市小说一般以描写底层人民或正在兴起的中产阶级的生活为主,这篇小说触及城市题材中的富人阶层,尤其是官员的贪污腐败现象,且对于民营企业家在市场经济活动和政治生态场的尴尬地位给予了较立体化的描写。不过,从整体来看,小说的叙述表达相对平淡,更类似于一个"故事会"式的官场小说,而缺少对于城市权贵阶层更深层次的精神探求。(陈雅琪)

致作者

　　本套《北岳年选系列丛书》,收录了本年度众多优秀文学作品。在编选过程中,我们及各选本主编已尽力与大多数作者取得了联系,然仍有部分作者无法取得联系,见此消息,烦请来电,以便奉送薄酬及样书。

　　联系人:史晋鸿
　　电　话:0351-5628695